廖四平 著

当代长篇小说的星座
——第一至七届茅盾文学奖获奖作品丛论

北京大学出版社
PEKING UNIVERSITY PRESS

图书在版编目(CIP)数据

当代长篇小说的星座:第一至七届茅盾文学奖获奖作品丛论/廖四平著.—北京:北京大学出版社,2013.12
ISBN 978-7-301-23415-0

Ⅰ.①当… Ⅱ.①廖… Ⅲ.①长篇小说—小说研究—中国—当代 Ⅳ.①I207.425

中国版本图书馆 CIP 数据核字(2013)第 260175 号

书　　　名：当代长篇小说的星座——第一至七届茅盾文学奖获奖作品丛论
著作责任者：廖四平 著
责 任 编 辑：隗静秋
标 准 书 号：ISBN 978-7-301-23415-0/I·2687
出 版 发 行：北京大学出版社
地　　　　址：北京市海淀区成府路 205 号　100871
网　　　　址：http://www.pup.cn
新 浪 微 博：@北京大学出版社
电 子 信 箱：zpup@pup.cn
电　　　　话：邮购部 62752015　发行部 62750672　编辑部 62750673
　　　　　　　出版部 62754962
印 　刷 　者：北京大学印刷厂
经 　销 　者：新华书店
　　　　　　　787 毫米×1092 毫米　16 开本　34.75 印张　545 千字
　　　　　　　2013 年 12 月第 1 版　2013 年 12 月第 1 次印刷
定　　　　价：69.00 元

未经许可,不得以任何方式复制或抄袭本书之部分或全部内容。
版权所有,侵权必究
举报电话：010-62752024　电子信箱：fd@pup.pku.edu.cn

长篇崛起的文本解读

——《当代长篇小说的星座——第一至七届
茅盾文学奖获奖作品丛论》序

白 烨

根据原中国作协主席茅盾先生生前捐赠的 25 万元稿费和"奖励每年最优秀的长篇小说"的最终遗嘱,中国作家协会于 1981 年 3 月设立的茅盾文学奖,已连续举办了八届,先后彰奖了 1977—2010 年间的 38 部长篇小说。这个奖项从举办以来,一直伴随着各种各样的议论,比如,哪些是不该获奖的获了奖,哪些是本该获奖的又未获奖,等等。但是,回望这八届"茅奖"评选及获奖作品,平心而论,它还是以在众多的作品中选优拔萃的方式,遴选出了好的和比较好的作品,比较好地反映了长篇小说 30 年来的长足崛起。

近期,中国作家莫言荣获了 2012 年度诺贝尔文学奖,喜讯从瑞典文学院传来,人们奔走相告,文坛一片欢腾。而正是在第八届茅盾文学奖的评选中,他的长篇小说《蛙》经过几轮激烈竞争,最终荣获此奖。这也从一个方面证明,作为中国长篇小说最为重要的奖项,茅盾文学奖的评选,在优秀作品的遴选上,确是有眼光,也是有预见的。

在我国当代文学的所有奖项之中,以长篇小说为彰奖对象的茅盾文学奖,创办的时间最早,举办的年头最长,在文坛内外的影响也最大。

但与此不相适应的是，有关这一奖项的史料收集、文本解读与宏观考察等，关注的人不多，研究得也很不够，更谈不上细致与全面。这使得人们要想了解茅盾文学奖的有关状况时，就只能现翻现查一些散见于纸媒与网络的各种文字与资料，而即使如中国作协的中国作家网的"茅盾文学奖专题"，也主要是获奖作品目录，别的资讯一概没有。

正是在这样的一个背景之下，廖四平的这本《当代长篇小说的星座——第一至七届茅盾文学奖获奖作品丛论》，就显出了它的非同一般的及时和重要。有了这本论著，有关茅盾文学奖获奖作品的评述与研究，就不再是一个空白点。从这个意义上说，这本论著既适逢其时，又独步一时，堪为当代文学研究中的一着妙棋。

当然，廖四平的这部研读"茅奖"作品的《当代长篇小说的星座——第一至七届茅盾文学奖获奖作品丛论》，不独以选题的补弱弥缺与角度的先人一步而取胜，它在基本内容构成的两个大的方面，还有着其显而易见的优长与值得关注的意义。

其一，是由具体评介与系统扫描构成了一份独特的"茅奖"作品基本档案。"茅奖"自1982年起评奖，连续评选了八届，涉及三十多年的长篇小说创作；而不同时期的作品创作，又与不同时期的文学潮动、社会脉动密切相连。作品背后，有一定的文学活动支撑；文学背后，又有一定的社会生活依托。因此，看起来只是一个文学奖项的茅盾文学奖，其蕴有的内涵与意义，实际上远远地超出了一个文学奖。廖四平在他的这本论著里，从第一届到第七届（只缺最新的一届），对茅奖获奖作品依次进行评介，既有较为精细的逐部作品的评述，绍介了每届获奖作品的各自特色，又有顺流而来的依届评说，在整体上描述出了"茅奖"评选的整体演进。在这里，具体来看，不同时期有不同时期的风景，不同作品有不同作品的样貌，但总体来看，又有"茅奖"自身发展演进及其所标志的长篇小说的强力行进与一路高歌的基本态势。这种横向上有具体的作品评介，纵向上又有总体的发展的情形，使得这部论著在对"茅奖"作品的评述上，除去其既有的评论性、学理性之外，显然还有一种充足的档案性，乃至一种难得的史话性。

其二，是由文本细读与资讯引述构成了一个丰盈的名作大观与"茅奖"总览。

《当代长篇小说的星座——第一至七届茅盾文学奖获奖作品丛论》在对第一至第七届的"茅奖"获奖作品进行具体评述时,既寻绎其在题旨与内容上的自我发现,又探悉其在艺术形式上的独特创意,力求从"写什么"到"怎么写"的两个方面,客观而全面地掘现获奖作品种种的特色与特点。而且,在评述每部作品时,还引述了获奖作品作者的创作谈,征引了大量的相关的评论意见与研究文字,这使得这部论著在阐释论者自己的研究心得的同时,还别有一种"茅奖"作品评论与研究之集大成的意味。这种既囊括了廖四平自己文本解读的所见所得,又包含了别的研究学者不同时期的即时评论的丰富而多样的内容构成,使得这部论著,成为名符其实的"茅奖"获奖作品的名作大观与"茅奖"总览,从而给不同层次的读者和不同需要的阅读,都提供了应用的要点与应有的方便。

廖四平这部论著,对于文学领域里的人来说,可作为一部有关"茅奖"的档案性质的工具书,备于手边,随时查阅查看;而对于文学领域以外的人来说,则可作为一部有关茅盾文学奖的获奖作品大观与文本导读,可由此了解茅盾文学奖的代表性作品及其评奖以来的大致脉络。

我很看重,也很期盼这部以"茅奖"作品为研究对象的当代文学论著的撰写与出版,愿它早日面世,尽早与读者见面,因为它确乎急需,确实有用。当然,我也对作者廖四平充满敬意与谢意,因为他别具手眼,因为他雪中送炭。

是为序。

2013 年 1 月 21 日晚于北京朝内

目 录

第一章　第一届茅盾文学奖获奖作品（1977—1981）　001
　　第一节　《许茂和他的女儿们》　002
　　第二节　《东方》　016
　　第三节　《李自成·第二卷》　029
　　第四节　《将军吟》　043
　　第五节　《冬天里的春天》　057
　　第六节　《芙蓉镇》　070

第二章　第二届茅盾文学奖获奖作品（1982—1984）　089
　　第一节　《黄河东流去》　090
　　第二节　《沉重的翅膀》　106
　　第三节　《钟鼓楼》　118

第三章　第三届茅盾文学奖获奖作品（1985—1988）　135
　　第一节　《平凡的世界》　136
　　第二节　《第二个太阳》　157
　　第三节　《穆斯林的葬礼》　172
　　第四节　《少年天子》　189
　　第五节　《都市风流》　202
　　第六节　《浴血罗霄》　214
　　第七节　《金瓯缺》　229

第四章	第四届茅盾文学奖获奖作品(1989—1994)	245
第一节	《白鹿原》	246
第二节	《战争和人》	267
第三节	《白门柳》	286
第四节	《骚动之秋》	304

第五章	第五届茅盾文学奖获奖作品(1995—1998)	313
第一节	《尘埃落定》	314
第二节	《长恨歌》	333
第三节	《抉择》	352
第四节	《茶人三部曲》	367

第六章	第六届茅盾文学奖获奖作品(1999—2002)	383
第一节	《无字》	384
第二节	《张居正》	404
第三节	《历史的天空》	428
第四节	《英雄时代》	444
第五节	《东藏记》	462

第七章	第七届茅盾文学奖获奖作品(2003—2006)	477
第一节	《秦腔》	478
第二节	《额尔古纳河右岸》	496
第三节	《暗算》	513
第四节	《湖光山色》	529

第一章
第一届茅盾文学奖获奖作品(1977—1981)

第一节 《许茂和他的女儿们》

一

周克芹的《许茂和他的女儿们》最初发表于《红岩》1979年第2期上[①]，由百花文艺出版社于1980年出版，其内容梗概为：

许茂是川西葫芦坝村的一个农民，一共生养了九个女儿。其大女儿许素云嫁给了金东水，生有长生、长秀一对儿女。金东水在从部队复员后任大队党支部书记，但后在葫芦坝的一场政治风暴中被停职，房子被敌手郑百如放火烧毁，妻子急火攻心、连气带病而死。其二女儿、五女儿、六女儿嫁到川西坝，家境较为殷实。其三女儿许秋云，人称"三辣子"，嫁给了东村的罗祖华，夫妻俩虽很能吃苦耐劳，但一家人的日子却过得相当艰难。其四女儿许秀云，年轻时在小河边洗衣时被郑百如强奸，之后，含垢忍辱地嫁给了他，并遭其百般欺凌；在许素云去世后，许秀云出于手足之情和慈爱之心，收养了其女儿长秀，但被郑百如的姐姐郑百香中伤为与金东水不清白，从而遭郑百如的打骂、金东水的迁怒，长秀也被金东水接走；在对郑百如逆来顺受了八年后，许秀云与之离婚，回娘家暂

---

① 发表在《红岩》1979年第2期上的《许茂和他的女儿们》为修改稿，初稿曾发表于《内江卅年文学作品集》，作者本人对没有修改过的初稿情有独钟（参见刘铁柯：《〈许茂和他的女儿们〉编辑出版补遗》，《中国编辑》第20页，2008.5）；第一章曾在内部刊物《沱江文艺》发表过（参见周克芹：《〈许茂和他的女儿们〉创作之初》，《北京师范学院学报》（社会科学版），第32页，2010.4）。

住;许茂虽因郑百如为大队党支部副书记兼会计,得罪不起而不同意许秀云与之离婚,但碍于公社妇女主任的支持、法院的判决,便没阻拦,可又觉得许秀云离婚之事让他丢人现眼而整天不开心;郑百如在得知县工作组将要进驻葫芦坝后,因担心许秀云把其所做的坏事尤其是放火烧毁金东水的房子之事揭发出去,便想通过与她复婚来稳住她,并为此而缠着罗祖华帮助说项,夜闯许秀云的住处图谋不轨以迫其就范,耍手腕让工作组成员齐明江出面给许秀云施压,但许秀云始终不为所动;在金东水负气接走长秀后,许秀云虽非常伤心,但仍对长秀牵肠挂肚,熬夜为长秀赶制冬衣,同情金东水的遭遇,用自己的劳动所得为金东水置办祝贺许茂生日的礼信,决意接过许素云所留下的"担子";在绝望之际自杀,但一想到长秀便终止了自杀;在赶场时掏钱让金东水去给长生、长秀买肉;虽一再遭金东水的冷遇,但在得知郑百如等企图陷害金东水的阴谋后,毅然在夜雨中奔走于乡亲们中间,揭发郑百如的恶行。工作组及组长颜少春在了解到金东水和许秀云的实际情况后,推动上级为金东水平反昭雪,说服许茂同意了许秀云和金东水的婚事。其七女儿许贞为公社供销社营业员。其八女儿参军。其九女儿许琴在高中毕业后任大队团支部书记,暗慕回乡知识青年吴昌全,但吴昌全却对许贞一片痴情;齐明江爱慕许琴并对她关怀有加,但她不予理睬;在上级决定提拔她做社干后,她怀着烦乱的心情决定离开葫芦坝。随后,工作组在圆满完成工作任务后,离开了葫芦坝。

二

小说中重要的人物主要有许茂、许秀云、郑百如等。

(一) 许茂

许茂是一位农民,年过花甲,一生经历了新旧中国两个不同的时代,性格复杂而又独特——孤僻、自私、固执、奸诈、冷酷是其最为显在的特点:他总是两眼直盯着自己的小家——"当许多人高喊着革命的口号进行着政治战争,几乎忘掉了土地的时候"[①],他毫不在意集体麦地里的土块如碗口那么大、庄稼无人施肥除草,而对自己的自留地却是精心"照料";他不怕别人冷嘲热讽,每天奔波十多里,将大字报撕下来存放好后再定期卖到供销社的废品收购站;他在从自家

---

① 周克芹:《许茂和他的女儿们》,第20页,人民文学出版社2004年版。

自留地里采摘准备拿到集市上去出售的豌豆尖时,把每一根豌豆尖都掐得很长,甚至带着一节根本没法吃的老秆儿。对家人亲情淡薄——在女儿们出嫁时,他不让她们把自己的那份自留地退掉,以便在婆家再分自留地;在大女儿许素云家遭火灾一家人无处容身时,他宁愿让自己宽敞的三合头草房空着也不让她们居住;在大女儿连气带病死后,当九女儿许琴领人来家中取为死者做棺材的木料时,他堵在大门口不准来人进门,即使许琴气得大哭也不松口;三女儿许秋云家境贫寒,他不仅不管不问,而且因担心自己受连累而吃苦,有意与之断绝亲戚关系;四女儿许秀云离婚,他认为这有损于他的名誉而对她非常不满,并且对她回娘家居住之事也非常不高兴;在家中遭"贼"时,他首先想到的不是女儿的安危,而是粮食衣物、鸡鹅鸭等是否遭窃,之后,又想把"惹祸的"四女儿逼走。对外人绝情绝义——他在集市上,趁人之危,压价购买一个急于筹钱给孩子看病的农妇的半罐食用菜油,然后,打算高价出售;他因担心即将到来的工作组会增加自己的开支、给自己添麻烦,便主动找大队干部拒绝将工作组安排到自己的家里居住。小心眼——工作组组长颜少春关心他给他送药,他立马让九女儿付钱,以此来提醒颜少春不能在他家里白吃白喝。势利——他料想大女婿金东水在受政治冲击后将一蹶不振,便避而远之;他不同意四女儿离婚,主要原因是在他看来四女婿郑百如是个"大干部"——大队党支部副书记兼会计。

勤劳、节俭、慈爱、上进、正直、善良是其本质特点:在物质极度贫乏的年代,他不仅住上了一座气派、宽敞、明亮的三合头草房大院,而且还养育了九个女儿,"这正是他自合作化以后逐年辛勤劳动的见证"①;在女儿们年幼的时候,他总是满脸的幸福与慈爱,让她们在本可种蔬菜的院子里种花草树木;在他每次生日来临时,他都早早地准备好各种好吃的东西以让女儿、女婿和外孙们饱餐几天;他在合作化、高级社年代担任副业组组长时,全身心地投入到集体的农副业生产中,爱社如家。在极"左"路线盛行时,他虽乘人之危压价买走了别人的食用菜油,但在事后又为此感到羞惭;在识破郑百如的丑恶嘴脸和认识到金东水的高尚情操后,他便克服偏见,同意许秀云与金东水的婚事,让金东水父子搬进他的大院居住;在颜少春的启发和帮助下,他将积攒多年的钱,一部分平分给女儿们,一部分捐给了坝上修水电站。

---

① 周克芹:《许茂和他的女儿们》,第5页,人民文学出版社2004年版。

总的来看，许茂属中国老一代农民之列，其坎坷的人生经历和性格的形成及发展变化，形象地再现了社会变迁及政治尤其是新中国成立后的极"左"政治给国家和人民尤其是农村和农民带来的灾难性影响——农村经济极度衰败、物质极度贫乏，农民身心受到伤害并留下了深深的伤痕。从现当代文学发展史的角度来看，作为一个中国老一代的农民形象，它既不属赵树理的《小二黑结婚》中的二诸葛和三仙姑、周立波的《暴风骤雨》中的老孙头等之列，又不属赵树理的《三里湾》中的范登高或马多寿、周立波的《山乡巨变》中的盛佑亭和陈先晋、柳青的《创业史》中的梁三老汉、梁斌的《红旗谱》中的朱老忠和严志和等之列；比起二诸葛、老孙头等来，其内涵要丰富得多、文学性也要强得多——它是被放在一个更长的历史时期和一系列情节中刻画的，其性格特征被刻画得相当充分、具体、全面，其所承载的历史意蕴丰富、厚重，因此，具有极强的艺术魅力。

(二) 许秀云

许秀云是一个农村女子，也"是个爱好的女人"[1]——即使是在"心情恶劣的倒霉的日子里，她也不能让自己随随便便地睡在肮脏阴暗的地方"[2]。她美丽、贤淑、温婉、娴静、敦厚、善良、正直——她是一朵"开放在深谷里的幽兰"[3]，在花季年代遭到读了半年高中就被学校开除的郑百如的奸污后，出于对贞洁的看重，忍辱负重地嫁给了他；之后，又遭其百般凌辱，并在长达八年的时间里一直逆来顺受、沉默无言，"像平静的大海，什么都容得下，爱和憎，悲哀和希望，什么都深深地藏在心底，表面看来，不起波澜"[4]，"任凭感情的狂涛在胸中澎湃，任凭思想的风暴在胸中汹涌，她总不露半点声色"[5]；在许素云病逝后，她先是不带丝毫功利之心地抚养其女，后是不顾流言蜚语照料其女；"许秋云一家的窘迫，使她感到心酸，在同样困难而急需用钱的时候，她慷慨解囊，毫不犹豫地塞给小侄儿一张伍元的票子，以弥补鸡瘟给三姐家带来的困难，而这点钱，却是贫穷的葫芦坝上一个女强劳力一年收入的四分之一！老父的忧郁，七妹的失恋，九妹

---

[1] 周克芹：《许茂和他的女儿们》，第31页，人民文学出版社2004年版。
[2] 周克芹：《许茂和他的女儿们》，第31页，人民文学出版社2004年版。
[3] 周克芹：《许茂和他的女儿们》，第32页，人民文学出版社2004年版。
[4] 周克芹：《许茂和他的女儿们》，第32页，人民文学出版社2004年版。
[5] 周克芹：《许茂和他的女儿们》，第54页，人民文学出版社2004年版。

的苦闷,她都放在心上,给予他们力所能及的关怀和照拂。"①内向、深沉、能忍辱负重——流氓加丈夫郑百如的玷污、侮辱与折磨,自私、冷酷的父亲的呵责与逼迫,姊妹们的无形威压,她虽不堪其重、不胜其苦,但从不与人言,而是将之深藏在心;即使是对与自己最亲近的九妹,她也未曾流露过。聪明、头脑清醒,对生活有着自己独特的见解和追求——她一听到郑百如散布要与她"破镜重圆"的谣言,立马意识到他之所以如此准是遇到了什么麻烦,因此,无论他怎样软硬兼施,她也决不入其彀;一发现郑百如鬼鬼祟祟的活动,马上意识到葫芦坝的好日子也许就要到来了;认为丰衣足食未必就是幸福,如她曾明确地对颜少春说:"将来什么都实现了,不愁吃,不愁穿,住砖瓦房,装上电灯,那样就算是'幸福生活'么?'幸福'两个字的意思就只是吃喝穿戴么?"②"她对金水东由怜悯而产生的感情,不只是因为她大姊的早夭,两个孩子乏人照料,弄得金水东生活上手足无措,更引起秀云关注的,是金水东的下台,他的处境,包容着一个是非颠倒的问题在里面。是非问题上,她是在金水东一边的,她把自己的命运和金水东的命运交织在一起"③。看似柔弱,其实很坚强——在对郑百如彻底绝望后,她便毅然决然地与之离婚,之后,独自一人居住在娘家的小草屋里;即使孤苦伶仃、父亲威逼、姊妹劝诱,她也执意不再草率结婚;虽然几次精神濒于崩溃,几次萌生自杀之念,但对世俗的无形压力、生活的艰难、邪恶势力的逼迫,她实际上从来没有真正屈服过,而是始终大胆无畏地抗争:在众目睽睽下,勇敢地与大姐夫和侄儿女们走在一起;对郑百如,她不仅始终保持着清醒的头脑,坚定地拒斥其威逼利诱,而且在风雨之夜,挨家挨户地揭露其丑恶嘴脸,向工作组举报其罪行。

总的来看,许秀云是一个贤淑的农村女子,作为一个文学形象,它是中国现代文学史上孙犁的小说《荷花淀》中的水生嫂那类淑女形象的发展。

(三)郑百如

郑百如是一个农村基层干部。他为人阴险、狡诈、卑鄙、龌龊——他趁着

---

① 吴宗蕙:《深谷里的幽兰——评〈许茂和他的女儿们〉中的许秀云形象》,《北京师范学院学报》(社会科学版),第 34 页,1982 年第 3 期。
② 周克芹:《许茂和他的女儿们》,第 260 页,人民文学出版社 2004 年版。
③ 洁泯:《人生的道路——评周克芹的长篇小说〈许茂和他的女儿们〉》,《文学评论》,第 63 页,1980 年第 3 期。

"文化大革命"的风波整垮金东水进而掌握实权,之后又放火烧了金东水家的房子。他害怕许秀云会把他的恶行公之于众,便处心积虑地要和许秀云复婚,企图以此来钳制住她,并讨好一切能帮助他达到复婚目的的人。为了显示自己的敬业,他在齐明江面前装出一副对工作一丝不苟、兢兢业业的样子。他喜欢搞表面工作,故意延长妇女们的工作时间给工作组组长颜少春看。在支委会上,他只顾传达上级会议的文件,而对葫芦坝实际存在的粮食问题却不愿想办法解决。他瞒产,却厚颜无耻地称之为坚持党的原则。他凭借政治手段在葫芦坝一手遮天,用一套又一套的花言巧语蒙蔽工作组成员。他一边汇报工作一边阿谀奉承,装得十分谦卑温顺,唯命是从。他夜闯许秀云的小屋,却反咬一口,诬陷金东水。他通过有"闲话公司经理"之称的姐姐郑百香,在人群中散布谎言,向许秀云施放暗箭,在社员大会上当众羞辱许秀云,把许秀云往火坑里推。他尽管恣意作恶,但最终也恶有恶报——他先是遭许茂的棍打,后是由于许秀云的揭发以及工作组的推动,被组织撤销了职务,从而受到了应有的惩罚。

总的来看,郑百如是一个农村恶棍、政治流氓,作为一个文学形象,它在中国现当代文学史上具有开创性的意义。

三

小说通过其内容及所塑造的一系列人物,尤其是许茂、许秀云、郑百如等所表达的主旨大致有以下几点:

(一) 反映了当时的政治斗争形势、农村社会关系和社会心理。

小说所叙述的故事发生在 1975 年冬天。此时,"文化大革命"接近尾声,政治动乱所造成的严重社会恶果已充分暴露。党中央决定由邓小平主持工作并开展各条战线上的整顿。党的一系列正确决策使人民看到了新的希望,也引起了"四人帮"一伙的拼命反扑,两种政治势力的斗争一时白热化。与许茂及其女儿们密切相关的金东水和郑百如之间的"恩怨"便是当时这两种政治势力的斗争在农村的反映,同时,也"把那个特定历史时期农村社会关系和社会心理的真实而复杂的变动,深切感人地表现出来。"[①]

---

① 张炯:《论"许茂和他的女儿们"》,《辽宁大学学报(哲学社会科学版)》,第 56 页,1983 年第 4 期。

（二）揭露了极"左"路线给国家特别是农村带来的灾难性影响。

极"左"路线给国家特别是农村带来了灾难性影响——农业生产遭到了毁灭性的破坏，如麦地里的土块如碗口那般大，也无人施肥除草；农民物质极度贫乏甚至衣食不保、精神极度迷茫和空虚、身心不自由、性格扭曲，如许茂，其复杂而又独特的性格的形成，主要是当时社会和时代的影响使然——他从勤劳、节俭、慈爱、上进、正直、善良到孤僻、自私、固执、奸诈、冷酷，虽有个人方面的原因，但更主要的是社会、时代"大气候"的影响；极"左"路线不仅使整个社会物质极度贫乏，而且使假丑恶盛行，他只有自私、奸诈、冷酷，才能苟全性命。

（三）提出并解剖了一些事关国计民生的问题。

小说通过对许茂和他的女儿们各自的生存状况以及他们相互之间纠葛的描写，提出了农村集体所有制给农村、农民、农业带来的究竟是"欣欣向荣"还是饥饿、贫穷、倒退？"文化大革命"给农村、农民、农业究竟造成了多大灾难、痛苦和创伤？农村集体所有制，究竟要不要改革以及如何改革等一系列直接关系中国十亿农民及国家的命运的问题①；通过许茂这一形象，"解剖历史，为什么历史会在这样的年头停顿不前、甚至倒转？我们这个世界上最大的农业国，农业问题、农民问题究竟是怎么回事情？在如何对待农民这样一个重大的方针国策方面，是不是出了点什么问题？'生产关系必须适应生产力发展水平'这样一个最基本的马克思主义常识，为什么竟然被制定政策的人们忽略？真的是疏忽大意呢，还是有一条早已露头的左的路线在阻碍着历史的进程，在给我们的许茂们制造痛苦？"②

（四）探讨了个人的悲剧或命运与社会发展变动之间的关系。

小说实际上形象地告诉了人们：个人、家庭的命运和国家的命运是密切相关的；个人的不幸遭遇和整个社会的动荡不安是分不开的；只有当国家安定团结了，个人或家庭才会有稳定、幸福的生活；当政者切不可主观随意、胡乱、草率地行政，人民切不可对政治一味地"随波逐流"。同时，小说还预示了在"文化大革命"结束后国家必将会有一个光明、美好的前景。

---

① 参见刘铁柯：《〈许茂和他的女儿们〉编辑出版补遗》，《中国编辑》，第 21 页，2008 年第 5 期。
② 周克芹：《〈许茂和他的女儿们〉创作之初》，《北京师范学院学报》（社会科学版），第 31 页，1982 年第 3 期。

(五)鞭挞了假恶丑,赞美了真善美。

在小说中,郑百如集假恶丑于一身,是邪恶势力的代表,也是小说极力谴责的对象。在其身上,折射出社会在偏离正常的发展轨道时恶人发迹的真实情况,也昭示了"恶有恶报"的真理:他尽管恣意作恶,但最终也遭到了恶报——先是遭许茂的棍打,后是由于许秀云的揭发以及工作组的推动,组织上撤销了他的职务,从而受到了应有的惩罚。

许秀云则集真善美于一身,是正义势力的代表,也是小说极力赞美的对象。她是一个外柔内刚的女性,是作者"以发自肺腑的热爱之情,噙着眼泪","把自己自懂事以来的二十余年艰苦岁月的磨练所积累起来的感情,二十余年从劳动农民……身上感受到的美,大部倾注给了"[1]的一个艺术形象;在其身上,既葆有中华民族妇女传统的美好性情和品德,又葆有新时代妇女"是非分明的斗争勇气、追求光明与幸福的不可阻遏的决心"[2],同时还有"博大的母爱,执著的情爱,对生活的热爱"[3];其美好的品质、悲苦的命运、不屈的抗争、在逆境中对幸福的执著追求及如愿以偿等,既揭露了生活中假恶丑对人性的戕害,又昭示了人性中的真善美及其最终的胜利。

四

从艺术表现的角度来看,小说主要具有如下特点:

(一)多方面地刻画人物。

1. 描写人物性格的主要特征。如许秋云,在葫芦坝,人称"三辣子"。为了凸现其"辣",小说描写了她与郑百香的一场"对骂":在县委工作组成员齐明江主持召开的社员大会上,许秋云虽在心里已经认定许秀云确如谣言中所说的那样"不规矩",但还是不忍不让,把郑百香"骂"得哑口无言。

2. 描写景物。如通过描写浓重的雾霭、凄然的月色、冰冷的雨水等景物来描写许秀云的凄然心境,通过描写潇潇不停的雨水来写吴昌全因心爱的姑娘许贞的离开而产生的惆怅心理等。

---

[1] 周克芹:《〈许茂和他的女儿们〉创作之初》,《北京师范学院学报》(社会科学版),第31页,1982年第3期。
[2] 张炯:《论"许茂和他的女儿们"》,《辽宁大学学报(哲学社会科学版)》,第57页,1983年第4期。
[3] 张志忠:《近年农村题材小说概论》,《中国社会科学》,第137页,1984年第5期。

3. 描写心理。如有关许秀云心理活动的描写,将她痛苦迷茫而又苦苦挣扎的情感生动地展现出来了;又如,有关金东水面对许秀云时心理活动的描写,写出了他除了刚强、果敢等之外还优柔寡断的性格特点。

4. 描写细节。如通过颜少春给许茂送药,许茂立马让许琴付钱,颜少春由此事产生联想等细节,不仅写出了许茂的小心眼和许琴的单纯、清浅,而且写出了颜少春的细心、敏锐——她从这件小事背后看到了干群关系的冷漠、看出了干部队伍中存在着干部揩农民油的现象。

5. 对比描写。如对比描写许秋云和许秀云,凸现前者的泼辣和后者的温婉、沉稳;对比描写许贞和许秀云,凸现前者的庸俗、冷漠和后者的高洁、善良;对比描写吴昌全与齐明江,凸现前者的踏实和后者的虚浮;对比描写罗祖华与郑百如,凸现前者的憨厚、善良与后者的奸伪、狠毒;对比描写金东水与郑百如,凸现前者的心地光明、开阔和后者的阴险、狠毒等。

6. 侧面描写。如通过炊事员、颜少春等人对许茂的观感、言语,描写了许茂的自私。

7. 把人物放在特定的环境里,紧扣其经历描写其性格。如对许茂的刻画:在小说中,许茂从勤劳、节俭、慈爱、上进到孤僻、自私、固执、奸诈、冷酷的转变纯属大环境的使然——当国家处在一种正常的状态时,他能过一个人的正常生活;虽然整个社会物质极度贫乏,但他能通过勤俭持家住上时人少有的房子;平常,他虽然手头也并不多么宽裕,但总尽其所能地善待孩子;在做副业组长时,他拼命地为集体、社会出力,是一位爱社如家的模范。当国家处在一种非正常的状态时,庄稼人不再管庄稼了,葫芦坝人的日子越过越穷了,他便清醒地认识到:自己如果依然故我便永无出头之日,于是,一改常态——在女儿们出嫁时,他不让她们把自己的那份自留地退掉,以便在婆家再分自留地;在女儿们有困难时,他袖手旁观;趁人之危掠夺性地买走别人的食用菜油。当国家恢复到正常状态时,他也恢复了常态,人性复归——将毕生费尽心机积攒的钱平分给孩子,让两个外孙搬到他的家里去住。就这样,小说不仅写出了许茂的性格及其变化的过程,而且写出了其变化的原因。

又如对许秀云的刻画。在小说中,许秀云是一个普通的农家妇女。"她悲苦,却并不明白为什么悲苦,她的苦难及其抗争,一开始,仅仅是个人的事,她不能把个人的命运与整个祖国遭受的苦难联系起来思考,因此,她曾感到过委屈。

写至第十章,她与颜少春有一段对话。颜少春告诉她,由于种种原因,金东水认为目前还不是办喜事的时候,这时她说:

'我能等,这么些年都等过来了。'

颜:'秀云,你真是个好女人!……'"①

——到这里,许秀云的性格大大地向前发展了一步;她"和我们许许多多普通人一样,经历了人生种种磨难之后,才懂得了人生,才把个人的命运与党、与祖国的命运联结起来,从今以后,才不至于再是孤苦、寂寞的受害者,而是一个战斗者了。"②

小说对其他人物的刻画也大抵如此,如许秋云的泼辣、大胆、富于同情心,许贞的爱慕虚荣,许琴的正直、热情等性格的形成,都与各自的生活环境和亲身经历密切相关。

(二)情节主线分明而又波澜起伏。

小说以"家庭纪事"来结构行文——以许秀云的婚姻问题,即许秀云与郑百如的复婚与否,与金东水的再婚与否为主要线索展开情节,一环套一环,一步跟一步,中间穿插着她的其他姐妹的故事,通过一个家庭的矛盾纠葛和人物性格的变化来反映整个社会的动荡和时代的足迹,达到了以小见大的艺术效果。

小说情节虽主线分明但又并不简单平直,相反,"波澜起伏、曲折有致":"许茂的烦恼因为四姑娘许秀云的离婚和她的丈夫郑百如别有用心地要求复婚而伸展开去。复婚不成又引出郑百如对许茂的大女婿、原党支书金东水的诬陷,引出四姑娘跟金东水的为社会舆论所不容的真正爱情,引出工作组长颜大姐的干预,使得伦理婚姻的纠葛又与政治斗争联结起来。再加上其他几个女儿的爱情婚姻的插曲,使人物的几层矛盾和故事的几条线索交织在一起,其发展变化,让读者每感意外。但这种种错综复杂的线索又通过许茂老汉串起来,并从老汉的心灵变化中获得反射;同时,小说所展开的所有人物形象和生活画面,又都指向一个目标,一个突出的思想主题——尽管十年内乱给我国社会主义事业造成巨大损害,给人民的内心也造成严重的创伤,但是,人民为社会主义美好未来奋

---

① 周克芹:《〈许茂和他的女儿们〉创作之初》,《北京师范学院学报》(社会科学版),第31页,1982年第3期。

② 周克芹:《〈许茂和他的女儿们〉创作之初》,《北京师范学院学报》(社会科学版),第31页,1982年第3期。

斗的信心和决心,'人活着不能只为自己'的崇高道德精神,却永远不会泯灭。"①此外,插叙、倒叙的多次使用也增强了小说的故事性和戏剧性。

(三) 语言朴素而又优美②。

小说所描写的人物既不是高大全的英雄人物,又不是新奇怪异的"新新人类",而是普普通通的农民;在描写人物时,主要是从日常的生活矛盾出发,紧扣故事情节,展现人物情感,凸显人物性格,所使用的语言地方色彩鲜明,大多近于口语,但又鲜有生僻难懂的方言;因而语言总的来说质朴、平实、洗练、活泼、生动,不过,也有不少语言抒情性很强。

如有关葫芦坝景色的描写:

> 晨曦姗姗来迟,星星不肯离去。然而,乳白色的蒸气已从河面上冉冉升起来。这环绕着葫芦坝的柳溪河啊!不知哪儿来的这么多缥缈透明的白纱,霎时间,就组成了一笼巨大的白帐子,把个方圆十里的葫芦坝给严严实实地罩了起来。这,就是沱江流域的河谷地带有名的大雾了。③

作者针对许秀云直接发表的议论:

> 四姐啊!你的悲哀是广阔的,因为它是社会性的;但也是狭窄的——比起我们祖国面临的深重的灾难来,你,这一个葫芦坝的普普通通的农家少妇的个人的苦楚又算得了什么呢?……是的,这些年来,从天而降的灾难,摧残着和扼杀着一切美好的东西,也摧残和扼杀了不知多少个曾经是那么美丽、可爱的少女!四姐啊,这个道理你懂得的,因为你是一个劳动妇女,你从小看惯了葫芦坝大自然的春荣秋败,你看惯了一年一度的花开花落,花儿谢了来年还开。你亲手播过种,又亲手收获。你深深地懂得冬天过了,春天就要来。你决不会沉湎于个人的悲哀。④

一群妇女针对许秀云发表的议论:

---

① 张炯:《论"许茂和他的女儿们"》,《辽宁大学学报(哲学社会科学版)》,第56页,1983年第4期。
② 参见张炯:《论"许茂和他的女儿们"》,《辽宁大学学报(哲学社会科学版)》,第57—58页,1983年第4期。
③ 周克芹:《许茂和他的女儿们》,第1页,人民文学出版社2004年版。
④ 周克芹:《许茂和他的女儿们》,第55页,人民文学出版社2004年版。

"为啥子嘛,跟自己那个离了婚的男人在一个大队住着,每日里低头不见抬头见,多难堪呀!何苦呢?"

"葫芦坝这块背时的地方,她还留恋个啥子?……走得远远的,也免得触景伤情叫!"

"说的是!她手上又没有娃儿,未必就守一辈子寡么?常言说得好:寡酒难吃,寡妇难当呢。"

"呸!你这完全是'封建思想'!"

……①

有关许茂因转手倒卖食用菜油之事而产生的内疚和孤寂的描写:

院坝里种的玉兰花还未曾含苞,迎春的杏树也还没有醒绽,梨树枝丫挂着几片凋零的红叶,美人蕉显得苍老而憔悴,几株老柏树在院中投下浓重的阴影。惟有报春的腊梅,孤芳自赏。春天还没有来,冬天迟迟不肯离去。多年来,一向以房舍庭院的宽阔清幽而暗中自负的老汉,今天第一次感到:这一切都是这样的死气沉沉!②

…………

因此,从总体上来看,小说语言可谓既朴素又优美。

五

小说也存在着一些不足之处,具体地说:

(一)"有些地方,显得粗糙了些"③,抒情和议论成分过多过露。

(二)有些地方"失真"。

如"七姐许贞的性格,前后就不甚协调。她羡慕城市生活,虽与小朱的爱情关系结束,但向往城市之心未变,还未看出她有什么变化,却又与扎根于农村搞科研的吴昌全念旧起来。不独是许贞,即对吴昌全思想脉络的变动,似乎也不甚吻合。又如,三姐许秋云为劝许秀云再嫁,秋云离家后,郑百如来同三姐夫罗

---

① 周克芹:《许茂和他的女儿们》,第2页,人民文学出版社2004年版。
② 周克芹:《许茂和他的女儿们》,第158页,人民文学出版社2004年版。
③ 刘铁柯:《〈许茂和他的女儿们〉编辑出版补遗》,《中国编辑》,第21页,2008年第5期。

祖华作了相当时间的长谈;但三姐刚到秀云住处,告坐甫毕,其夫罗祖华接踵而至,时间上的错差显然影响了情节的真实性。再如对郑百如的描写,写了他家庭关系和生活中的丑恶行径,固然也可以画出他的面貌,但是这个人的丑恶面目没有得到深刻的描绘,特别是他上台前后的结帮营私的种种邪行,在一九七五年那个年代中,这类人物是颇为盛行的,对他的劣迹并未充分的描写"[1]。

(三)"对农村生活的发掘,似乎还可以更深些。共产党员金东水、造反派郑百如这两个在现实生活中、也在全书中占有相当分量的人物,形象的刻画就不如许茂和四姑娘那么丰满,他们的内心世界的展示也比较浮浅"[2]。

(四)在小说的后半部,许秀云与郑百如、金东水之间的矛盾冲突这根主线有点被其他矛盾冲突掩盖和冲淡。

不过,总的来说,这些缺点"无伤大雅,瑕不掩瑜",小说"仍不失为一部具有光彩的作品"[3]:

在小说出版的年代,文坛正如小说中所描写的四川农村的冬天一样——"'寒风凛冽','满目疮痍'。文学作品,除了几个样板戏,几本榜样书外,再没有给人耳目一新的新作名作可言",基本上是"'千人一腔,万人一面'的'主题先行'、'歌功颂德'、'假大空'、'瞒'和'骗'的文学"[4],小说则一反此态:既有歌颂又有揭露和批判——在歌颂真善美,歌颂颜少春、金东水、许秀云等"新人物"以及由他们所体现的"新气象"的同时,也揭露和批判假丑恶,揭露和批判极"左"路线给农村带来的灾难,揭露了农村在"文化大革命"中所遭受的破坏,但又不是像当时流行的"伤痕小说"那样一味地"揭露"或"批判"——而是在"揭露"或"批判"的同时,也给人们揭示了未来的希望,从而真实而全面地反映了在"文化大革命"那混乱的年代里,中国农民所走过的悲剧性历程,在对"文化大革命""这场漫卷神洲(州)、搅得天翻地复(覆)的大动乱,究竟如何认识和评价,党和人民都经历一个艰难而痛苦的过程"[5]的时候,率先以"形象"的方式给了一个"实事

---

[1] 洁泯:《人生的道路——评周克芹的长篇小说〈许茂和他的女儿们〉》,《文学评论》,第 66 页,1980 年第 3 期。
[2] 张炯:《论〈许茂和他的女儿们〉》,《辽宁大学学报(哲学社会科学版)》,第 60 页,1983 年第 4 期。
[3] 刘铁柯:《〈许茂和他的女儿们〉编辑出版补遗》,《中国编辑》,第 21 页,2008 年第 5 期。
[4] 刘铁柯:《〈许茂和他的女儿们〉编辑出版补遗》,《中国编辑》,第 21 页,2008 年第 5 期。
[5] 张炯:《论〈许茂和他的女儿们〉》,《辽宁大学学报(哲学社会科学版)》,第 55 页,1983 年第 4 期。

求是"的回答。在塑造人物方面,完全突破了"从农业合作化以来,我国农村生活在文学作品的描写中已成"的"定型",即"贫农坚定走社会主义道路,中农难免动摇于两条道路中间,富裕中农和富农则是资本主义自发势力的代表",也突破了"当时尚未消失影响的'无产阶级专政下继续革命'的左倾理论和一个阶级一种本质的'人物典型'论"[1]以及"三突出"的模式,注重从多个方面对人物进行刻画,从而成功地塑造了许茂、许秀云等在实际生活中真实地存在着的农民的形象;而许茂、许秀云"作为新中国两代农民的典型形象,确为以往的文学作品所未见,因而,无疑丰富了我国当代文学的人物画廊"[2]——前者堪称当代文学史上一个"走回头路"的艺术典型,其性格特点是"一个中国普通农民在社会主义遭致悲剧性曲折时极有典型意义的心理状态"[3]的显现;后者则是对中国现当代文学史上正面农村女性形象——如水生嫂、江水英等的一个超越。在情节营构方面,打破了之前30年间盛行的以政治运动或生产过程为中心展开情节的模式,而以主人公的情感纠葛为中心展开情节……正因为这些,小说在百花文艺出版社一经出版,就"迅速地在文坛上掀起了一股'许茂热'。作品几乎做到了家喻户晓,作者也蜚声文坛"[4];许多著名的批评家或作家对之给予了高度的评价,如周扬称它为"一部引人入胜的书",沙汀则认为"它不只是三年来反映在'四人帮'阵阵妖风横扫下四川农村生活的佳作,就是30年来反映农村生活的长篇小说,也相当难得"[5];八一电影制片厂和北京电影制片厂争相将其改编拍制为两部同名电影,同期上映;也由此可见,小说不仅是"一部具有光彩的作品",而且也是一部在文坛上起到过领风气之先的作用和在文学发展史上尤其是当代文学发展史上占有相当重要的一席之地的作品。

---

[1] 张炯:《论"许茂和他的女儿们"》,《辽宁大学学报(哲学社会科学版)》,第55页,1983年第4期。
[2] 张炯:《论"许茂和他的女儿们"》,《辽宁大学学报(哲学社会科学版)》,第56页,1983年第4期。
[3] 张炯:《论"许茂和他的女儿们"》,《辽宁大学学报(哲学社会科学版)》,第57页,1983年第4期。
[4] 刘铁柯:《〈许茂和他的女儿们〉编辑出版补遗》,《中国编辑》,第21页,2008年第5期。
[5] 周扬、沙汀:《关于〈许茂和他的女儿们〉的通信》,《文艺报》1980年2月18日。

第二节 《东方》

一

魏巍于1953年开始构思《东方》、于1959年动笔①。该小说最初由人民文学出版社于1978年出版,后来又增加了几个以彭德怀为描写中心的章节,其内容梗概为:

郭祥在八九岁时与地主谢香斋家的儿子谢家骧发生冲突,随后,谢家老鹰又啄死了郭家一只芦花公鸡。出于报复,郭祥在半夜潜入谢家杀死老鹰后,逃离凤凰堡到外地打工;其父则为此惨遭谢家毒打,并被逼厚葬死鹰。在卢沟桥事变发生后,年仅13岁的郭祥随工友老康从军抗日,直至1950年秋才在中国人民解放军连长的任上回故乡探亲;其父则因在土改时分得地主田地财物而被"还乡团"开肠破肚,心肝被挂在树上。探亲还没结束,朝鲜战争便爆发了,国内潜在的反动势力也蠢蠢欲动,谢香斋之弟谢清斋甚至从农民家中取回自家被分走的财物;杨大妈等针锋相对地与之进行了斗争。杨大妈在抗战时支援子弟兵抗日,被称为"子弟兵的母亲";在抗战胜利后,她又把女儿杨雪送到部队——杨雪后与郭祥同在一个部队,郭祥暗恋她,而她却已爱上营长陆希荣。郭祥在回家探亲时,杨雪也回家探亲。郭祥在得知美军在仁川登陆并越过三八线后,决定提前归队,杨雪与之结伴而归。陆希荣因郭祥与杨雪的结伴而归心怀不满,要求和杨雪马上结婚,但遭到了一心想上前线的杨雪的拒绝,而陆希荣却认为杨雪此举实为郭祥捣鬼所致,便向政委周仆打郭祥的小报告。部队奉命赴朝作战,曾想做逃兵的王大发在郭祥的教育帮助下积极响应,团长邓军也提前出医院归队。在急驰龟城的途中,部队遭敌机的狂轰滥炸,郭祥为了以气势压倒敌人而置陆希荣的命令于不顾,用冲锋枪扫射敌机,许多战士效仿,敌机狼狈逃窜。陆希荣以违反军令为由欲处分郭祥,但是,邓军肯定了郭祥和战士们的"积

---

① 田怡:《论魏巍的创作道路》,《内蒙古师大学报》,第78页,1983年第2期。

极防空"。在第一次战役胜利后,志愿军在朝鲜北部站稳了脚;而在后方农村,如凤凰堡,则出现了严重的贫富两极分化,于是,上级决定试办农业合作社。在第二次战役开始后,在缚龙里,郭祥率红三连抗击敌人;虽然阵地变成一片火海,但是红三连也不后退半步,甚至在弹药打尽之际,战士们带火扑向敌人,从而打退敌人的进攻。郭祥所在的团在全歼李伪第七师后奉命急行140里去阻止美军三个师向平壤溃逃,并造成了美军"黑暗的十二月",取得了第二次战役的胜利;但在战斗中,陆希荣为保命和报复郭祥,下令所部后撤,使下属郭祥所部腹背受敌,团党委决定给予陆希荣留党察看处分。杨雪在得知陆希荣的所作所为后,给他写信表示鄙视,并提出断绝关系;陆希荣找团政委求助而未得,便自伤腿部,造成被特务打伤的假象,在真相大白后被遣送回国。郭祥因烧伤严重而住进医院,受到杨雪、徐芳等的精心护理;徐芳暗恋他,而他则仍然爱着杨雪。在康复后,郭祥参加了黑云岭的战斗;在弹尽后,他率战士们跳下山崖,但在昏迷之际为负伤的战友乔大夯所救;之后,他又得到一个朝鲜妈妈的掩护和照料;在伤势好转后,他在朝鲜地方组织的帮助下回到部队。在郭祥率领战士英勇杀敌时,杨雪为保护朝鲜儿童白英子遭敌机轰炸而死;随后,杨大妈把刚满16岁的儿子送上前线。郭祥怀着对杨雪的思念、对杨大妈的敬爱以及对敌人更加刻骨的仇恨参加了白云岭的坑道战斗,右腿受重伤;1953年7月,被送回沈阳截肢。在离开朝鲜之际,郭祥专程去杨雪的墓地凭吊;回国途中,获得停战的消息。在截肢后,郭祥被省委任命为县委书记,邓军带给他"朝鲜民主主义人民共和国英雄"和"志愿军一级战斗英雄"的勋章;徐芳则放弃在北京的生活而到他的身边,郭祥也接受了徐芳的爱情,两人共同开始了建设家园的新生活。

二

小说中的重要人物主要有郭祥、杨雪、陆希荣等。

(一)郭祥

郭祥是解放军和志愿军某部连长。他出身于贫苦之家,在小时候被人称作嘎子,颇为顽皮——与地主家的孩子打架、杀死地主家的鹰;在参军成为一个战士和基层干部后,他"嘎"性犹存、英勇无畏、机智勇敢——在青坪里,当敌机狂轰滥炸时,他毫不畏怯,"一个凭着一双铁翅膀而目中无人的近代化飞贼,同一个手持短兵火器的步兵,直打了近一个小时之久"①;在缚龙里的战斗中,敌机投放汽油弹,阵地一片火海,他带领战士们顽强抵抗,身上带着火焰与敌人拼在一起,在负伤昏迷时也不忘坚守阵地;在伤愈后,他又只身拆除敌人安置的定时炸弹,挽救了部队的车队;在黑云岭战役中的弹尽粮绝之际,他率部跳崖;在克服重重困难回到部队后,他又率领战士们坚守白云岭的地下坑道,主动出击,配合大部队反攻。活泼、乐观、和顺、诙谐、热心助人——"在哪儿驻军,房东没有不把他当成通讯员的。部队一驻下,他在炕头上两条腿一盘,就同老乡家长里短地扯起来。满口婶子大娘叫得真甜,那些穷苦人眉开眼笑。没有不喜欢他的。他同那些通讯员差不了几岁,又常同战士们滚蛋子,一时真看不出有什么不同。等到部队集合起,他站在100多人队列前讲话,这才知道他就是连长。"②"每逢战斗胜利结束,他都是要坐在敌人炮楼的垛口上,两条腿儿垂在半天空,一边悠闲地悠荡着,一边唱几句他爱唱的那些歌儿。'革命人永远是年轻呀……'"③在行军路上,他巧言"骗"取"老模范"康保的背包,帮他背上。能忍辱负重——虽屡遭陆希荣的陷害,但为了顾全大局而置若罔闻。沉着、冷静、细致——在就任白云岭第一线的坑道部队总指挥兼支部书记后,"零散人员,建制很多,光连的番号就有十几多个,指挥不统一,思想也比较乱,又处在敌人五面包围之中"④,他有条不紊地指挥,注重做振奋战士的工作。情感专注——他与杨雪青梅竹马,并在与她成为战友后爱上她;在得知杨雪爱上陆希荣后,他虽很痛苦,"眼泪唰唰地滴落在湖水里……只有孩子,才能像他哭得那么专心"⑤,但又设身处地地替杨雪和陆希荣着想,不惜牺牲自己的爱情去"成人之美",同时,对杨雪仍然一往情深;在杨雪牺牲后,他产生了一种强烈的"惘然若失的情感"⑥,仿佛时时能看见她的形象、请别人织毛线套以珍藏她留下的钢笔和镜子、在听文工团演唱赞美杨雪的歌曲时流下了思念的眼泪;在负重伤回国之前,他躺在担架上到杨雪墓前凭吊。同时,他急躁、莽撞——在任"小鬼排"排长时,他同意手下打死

---

① 《东方》,第244页,人民文学出版社2008年版。
② 《东方》,第4页,人民文学出版社2008年版。
③ 《东方》,第245页,人民文学出版社2008年版。
④ 《东方》,第869页,人民文学出版社2008年版。
⑤ 《东方》,第100页,人民文学出版社2008年版。
⑥ 《东方》,第710页,人民文学出版社2008年版。

俘虏;赴朝作战之前,王大发做了逃兵,他不做调查、不做工作就把王大发关禁闭;在青坪里,他"手持短兵火器"面对敌机固然显示出了其英勇无畏,但也足见其鲁莽;在受陆希荣的无端指责、辱骂时,他也曾有过按捺不住、想杀入敌阵的冲动。但有时又优柔寡断——他虽很爱杨雪,也有很多向杨雪表达的机会,但每次都欲言又止,结果让在情场上善于迂回包抄、耍心计的陆希荣捷足先登了。一方面坚强——在得知父亲被谢家开膛破肚后,他也未流泪,而只是冷静地询问仇家的消息;另一方面脆弱——在得知杨雪牺牲后,他哀思如潮、泪如雨下。

总的来看,郭祥是一个在长期革命战争中从穷小鬼成长起来的革命战士,是"最可爱的人"的典型代表。

(二)杨雪

杨雪是解放军和志愿军某部战士。她机智勇敢——从小就为在她家养伤的首长和战士们站岗放哨、传递情报,而且从没出过一次差错;在十四五岁时,被母亲送进部队做卫生员,后成为护士班长,最后在车站转送伤员时,为了救白英子而牺牲。"她朴素得就像那枣花似的……她不像桃花那么艳,更不像海棠那么娇。可是她倒比她们香得多,质地也坚实得多。"[1]一方面,她是一个光彩照人的巾帼英雄:积极进取、看重革命事业、果断、坚决——因为没办法进入朝鲜战场,她跑到团长面前哭鼻子;为了能上前线,她拒绝与陆希荣结婚;在确知陆希荣在战斗中因贪生怕死而导致郭祥所在的三连受损的情况后,她断然与他一刀两断。能吃苦耐劳、工作兢兢业业——"在家里不知给伤病员们端过多少屎尿……她跟母亲一起,给战士们洗过不知多少血衣"[2],在寒冷的冬天,她用冰水帮战士们洗血衣,两手冻得通红也满不在乎;在战士受伤后头脑不清时,她柔声细语地安抚战士;有些战士在负伤后不让女护士们背,她便把自己打扮成男孩;在洪水来临之际,她为将伤员们安置在树上而累至虚脱;热情、爽朗——"她走到哪里,哪里就有了生气,就是那死气沉沉的人,脸上也漾出了笑纹"。[3]另一方面,她也有女孩子常有的缺点:过于单纯、轻信——正因为如此,她才被陆希荣的一些表面现象,如长得挺拔、有文化、在战斗中立过大功等所迷惑而爱上他;

---

[1] 《东方》,第944页,人民文学出版社2008年版。
[2] 《东方》,第93页,人民文学出版社2008年版。
[3] 《东方》,第93页,人民文学出版社2008年版。

优柔寡断——正因为如此,她才虽然知道郭祥是一块金子,也很爱他,但直到最后也没当面把自己对他的感情明确地表达出来,带着遗憾离开了人世。

总的来看,杨雪是在朝鲜战场上千千万万无私奉献、舍小我为大我、将自己的宝贵生命献给了和平事业的志愿军战士的代表。

(三)陆希荣

陆希荣是解放军和志愿军某部营长。他虽然有才华,文化水平高,是个知识分子类型的军队基层干部,带兵打仗也很有一套,很得团长邓军的赏识;但总的来说,他自私、个人主义思想严重——在他心中,战斗只是得到功名的途径;他作战英勇只是因为觊觎着团参谋长的位置,当他未能如愿时便消极颓废,认为革命无用;在他看来,"全国快解放了,革命也成功了,农民得到了土地,工人改善了生活,连那些不革命、反革命的人都当起大官来了,……我得到的就是这么一身伤疤,一身臭汗!这不成了革命不如不革命,不革命不如反革命么?这不是革命有前途,个人没前途么?"[1]"富贵于我如浮云,弄个一官半职又值得几何!人一辈子归根结底还不是吃一点儿,喝一点儿,痛快一点儿。只要有一个好老婆,一个温暖的小家庭,手头稍许宽裕些,风吹不着,雨打不着,日子过得平平妥妥,不要老是打仗流血,也就很不错了。"[2]于是,"他在吃、穿、住这些方面兴趣越来越浓厚了。……他每到一个地方,都要住最漂亮的房子,只好都住在地主家里"[3],花高价钱买旧货摊上的半瓶进口的雪花膏准备送给未婚妻杨雪,穿着乾隆的龙袍照相留念,同大毛皮商人结干亲;在抗美援朝开始后,杨雪为了上朝鲜前线而推迟与他的婚期,他却要求在入朝之前的三天时间里和她结婚;在到达朝鲜战场后,他又滋生了右倾怕死思想,同时,个人主义思想恶性膨胀起来,屡次对所在部队的整个战斗产生负面影响——先是在一次战役中,他下令所部不按照预定路线诱敌深入,导致整个围歼计划失败;后是在遇到敌机时,率先钻进防空洞,还下达不准向敌机开火的"保命命令";再后是在缚龙里的战斗中,出于保命和报复郭祥的目的而下令所部后撤,导致部队损失惨重,郭祥也因此而受了重伤;最后是为逃离战场自伤腿部,并为此而被遣返回国。虚伪、阴

---

[1] 《东方》,第456页,人民文学出版社2008年版。
[2] 《东方》,第459页,人民文学出版社2008年版。
[3] 《东方》,第233页,人民文学出版社2008年版。

险——"他有许许多多假象,包了一层又一层。在他身上,现象和本质往往相反。比方说,他本来对群众、对战士没有感情,可又装出一副非常平易近人、非常关心你的样子;他本来对上级是瞧不起的,时时刻刻想取而代之,可又会装出非常尊重你,非常听话的样子,把你吹捧得非常舒服;他本来对同级想一脚踹到地下,表面上却对你非常热情,使你信赖他,达到以他为首的目的;他本来对战斗是恐惧的、厌烦的,但在某种有利时机,也会脱光膀子,干一家伙;他对革命事业本来就没有热情,一贯虚情假意,但是他在一些场合,又往往发表一些激烈的、极'左'的词句,表现的比谁都要革命……"①用"诱敌深入"、"严密包围"、"勇猛突击"和"一举歼灭"这种对敌作战的方式猎取杨雪的感情,将自己的右倾错误用万分愧疚与诚恳的态度加以掩饰,巧舌如簧地把别人的功劳加在自己身上。在工作中,"他能把准备干的工作,汇报是已经做的,说得头头是道,天花乱坠;他也能把已经做过的工作,向你请示作法,来表示对上级的尊重。"②在批评他的会议上,他时而故作镇静,时而用激愤掩饰慌乱。在收到杨雪给他的断绝信后,他找到团政委周仆,想通过组织继续保持和杨雪的关系,他对周仆毕恭毕敬,表现得十分可怜、真诚;但在遭到拒绝后,立马凶相毕露。

总的来看,陆希荣是人民军队里的一个蜕化变质的典型。

三

小说通过其内容及所塑造的一系列人物,尤其是郭祥、杨雪、陆希荣等所表达的主旨大致有以下几点:

(一)再现了抗美援朝战争的全过程,揭示了抗美援朝的正义性和必要性,歌颂了以毛泽东为代表的中国共产党人的英明决策和革命胆略,歌颂了志愿军战士的革命英雄主义和乐观主义精神、崇高的爱国主义和国际主义精神,歌颂了人民的无私奉献精神和军民的鱼水情谊,歌颂了反侵略战争的正义性和中朝两国人民的友谊,形象地说明了志愿军战士是"最可爱的人"。

小说从郭祥在故乡凤凰堡探亲期间得知朝鲜战争爆发后归队写起,写了郭祥和战友们赴朝作战的经过,写了朝鲜战争的几个阶段和许多有名的战役,如

---

① 《东方》,第1065页,人民文学出版社2008年版。
② 《东方》,第459页,人民文学出版社2008年版。

五次战役、秋季攻势、夏季攻势和松鼓峰战役、上甘岭战役,写了郭祥和战友们在战斗中的表现,写了朝鲜战争在中国农村各阶级中引起的不同反响,写了冀中平原农村对抗美援朝前线的支援以及土地改革、农业合作化、镇压反革命等,最后写到郭祥在战斗中身负重伤后回国治疗的途中获悉停战消息;"把统帅部和基层指战员联系起来,把志愿军和朝鲜军民联系起来,把前方和后方联系起来,把国外和国内联系起来"①,再现了朝鲜战争从爆发到结束的全过程以及与朝鲜战争相关的国际国内风云,揭示了新中国在成立伊始困难重重、满目疮痍、百废待兴的情况下抗美援朝的正义性和必要性,歌颂了以毛泽东为代表的中国共产党人的英明决策和革命胆略;通过对郭祥及其战友在战斗中英勇表现的描写,如郭祥在青坪里斗敌机、缚龙里阻击敌人、只身破除公路边的定时炸弹以及在陷入重围时壮烈跳崖、在五面受敌的情况下固守坑道、在战斗中身负重伤,刘大顺虽在气焰嚣张的敌人面前曾一度懦弱恐慌,但在经过革命熔炉的锻炼后竟创造了只身生擒敌军六十多人的奇迹,最后勇炸敌堡、壮烈牺牲……歌颂了志愿军战士的革命英雄主义精神和乐观主义精神以及崇高的国际主义精神,形象地说明了志愿军战士是"最可爱的人"、"今天的东方,不是昨天的东方了,中国人民站立起来了,朝鲜人民也站立起来了,他们已经显示了自己的力量,还有的是没有显示出来的潜在的力量。这个力量将是很大的"②,帝国主义恃强凌弱的时代已经一去不复返;通过对美机在战场与非战场的狂轰滥炸、杨雪为保护朝鲜儿童白英子而牺牲、郭祥跳下山崖遇一阿妈妮并得其掩护和照料等的描写,歌颂了反侵略战争的正义性和中朝两国人民的友谊;通过对杨大妈等人民群众对抗美援朝战争全方位支援和无私奉献的描写,如杨大妈"披着满身风尘精神抖擞地行走在故乡的风沙里"③、组织动员群众支援前线、在女儿牺牲后忍受着巨大的悲痛送儿子参军等,歌颂了人民的无私奉献精神和军民的鱼水情谊。

(二)歌颂了无产阶级的人性美。

杨大妈热爱子弟兵,以至于被称为"子弟兵的母亲"。郭祥爱杨雪爱得如醉

---

① 马蓥伯:《人类灵魂的工程师——魏巍创作谈(上)》,《高等理论战线》,第42页,1996年第2期。

② 魏巍:《我是怎样写〈东方〉的》(在解放军文艺社军事题材短篇小说读书班的谈话),《解放军文艺》,1980年第10期;转引自徐其超《渐行渐进——论获得茅盾文学奖的长篇军旅小说》,《西南民族大学学报(人文社科版)》,第106页,2005年第3期。

③ 《东方》,第544页,人民文学出版社2008年版。

如痴、刻骨铭心,以至于产生幻觉,如在去杨雪墓前凭吊时,他仿佛听到:"嘎子哥!别傻哭了!你又不是不懂事儿的。你自己也常说,天底下任何革命斗争都要付出相应的代价。何况我只不过做了一点琐碎的工作,洒了几点鲜血,而我的那腔热血本来就应当是交付人民的。这有什么值得悲痛,值得惋惜的呢?嘎子哥!还是赶快养好伤,顾自己的工作要紧。别的都是小事,只有为人民工作,才是一生中最重要的。"①乔大夯身材高大,饭量也大,可当团长、政委特地请他吃"山鸡宴"时,他为了不过多地"掠夺"首长,却食之甚少;平时总是吃个半饱就说"我饱了",战友们体贴他照顾他,他竟哭着说:"我这肚子小时候吃糠咽菜把它撑大了,给大家添了多少麻烦!今天我是一个共产党员,怎么能老沾大家的便宜呢?"②陈三("小鬼班"的班长)非常爱他班里的战士,以至于被称为"老保姆"。这些描写实际上是对无产阶级人性美的歌颂。

(三)揭露和批判了人民军队内部存在的某些消极思想及其所产生的消极影响。

小说通过对陆希荣一些不良思想品行的描写——"全国快解放了,革命也成功了,农民得到了土地,工人改善了生活,连那些不革命、反革命的人都当起大官来了……我得到的就是这么一身伤疤,一身臭汗!这不成了革命不如不革命,不革命不如反革命么?这不是革命有前途,个人没前途么?"③"富贵于我如浮云,弄个一官半职又值得几何!人一辈子归根结底还不是吃一点儿,喝一点儿,痛快一点儿。只要有一个好老婆,一个温暖的小家庭,手头稍许宽裕些,风吹不着,雨打不着,日子过得平平妥妥,不要老是打仗流血,也就很不错了"④之类的思想;在急于与杨雪结婚未遂之后,他便心怀不满、制造事端,甚至坑害战友、制造遭袭的假象之类的行为……揭示了人民军队内部存在的"刀枪入库,放马南山"的麻痹思想以及小农经济对战士思想的消极影响,鞭挞了个人主义——在陆希荣自伤的真相大白后,没有担架员愿意抬他;在被遣送回国当上皮毛公司的副总经理后,他虽衣着光鲜、考究,过上了他想要的优越的物质生活,但实际上依然是个

---

① 《东方》,第 1036 页,人民文学出版社 2008 年版。
② 《东方》,第 281 页,人民文学出版社 2008 年版。
③ 《东方》,第 456 页,人民文学出版社 2008 年版。
④ 《东方》,第 459 页,人民文学出版社 2008 年版。

精神上的穷人,郭祥甚至冲他厌恶地说:"人要掉到粪坑里,可就爬不出来了!"①

四

从艺术表现的角度来看,小说主要具有如下特点:

(一)人物众多而又性格鲜明。

小说人物众多——除郭祥、杨雪、陆希荣外,还有团长邓军,政委周朴,事务长康保,通讯员花正芳,机枪手乔大夯,战士王大发、齐堆、刘大顺、陈三、小罗、杨春,文工团员徐芳,农民杨大妈、金丝、瞎老齐、来凤、小契,朝鲜妇女金大妈、朴贞淑,朝鲜战士金银铁等。这些人物都是一个又一个活生生的独立意识主体,他们各自"一个一个地成长,而且站立起来,活动着,丰满,多姿"②,显现出鲜明而又独特的性格,如杨雪机智勇敢、积极进取、热情爽朗,陆希荣自私、虚伪、阴险,康保朴实诚恳,周仆细致深沉,邓军坦率刚毅,乔大夯纯朴憨厚……发出自己所具有的独立价值和独特价值的"声音",形成了众多独立的声音和意识纷呈的"复调"世界。

(二)抒情方式多样,抒情色彩浓郁。

"作家花了很大的精力科学地组织起这部长篇,笔力始终不懈,感情贯串到底",③抒情方式多样:

1. 借景抒情。如小说开篇这样写道:"谷子黄了,高粱红了,棒子拖着长须,像是游击战争年代平原人铁矛上飘拂的红缨。秋风一吹,飘飘飒飒,这无边无涯的平原,就像排满了我们欢腾呐喊的兵团!"④这一景物描写烘托出了郭祥回到家乡的喜悦情感。又如,小说在写到郭祥在得知杨雪牺牲的消息后写道:"大海正起着早潮。暗绿色的海水,卷起城墙一样高的巨浪狂涌过来,那阵势真像千万匹奔腾的战马,向着敌人冲锋陷阵。当它涌到岸边时,不断发出激越的沉雷一般的浪声。"⑤在这里,滔滔巨浪象征着杨雪的英气勃勃,同样象征着郭祥对杨雪不绝的思念,情感和景物达到了完美融合。

---

① 《东方》,第 1070 页,人民文学出版社 2008 年版。
② 丁玲:《我读〈东方〉——给一个文学青年的信》,《东方》,第 2 页,人民文学出版社 2008 年版。
③ 丁玲:《我读〈东方〉——给一个文学青年的信》,《东方》,第 2 页,人民文学出版社 2008 年版。
④ 《东方》,第 3 页,人民文学出版社 2008 年版。
⑤ 《东方》,第 708 页,人民文学出版社 2008 年版。

2. 借物抒情。如杨雪牺牲之前,不忘郭祥的钢笔老漏水儿,把自己用过的黑杆金星笔和包着红边的小圆镜子留给他作纪念;收到杨雪的遗物,在郭祥看来,"那面镜子看来比水晶还要晶莹,比雪还要洁白,比银子还要明亮。"① "郭祥本来在极力地克制着自己,嘴唇上咬出了一排血印,现在睹物思人,泪如泉涌般地倾泻而下……"② 在战斗前,拿出那面小圆镜子,默默思念她。

3. 通过描写梦境、幻想等来抒情。如在杨雪牺牲后,郭祥因思恋她而出现幻觉或梦见她:"郭祥望着大海,默默地想着他少年时的伙伴,他的同志和战友的一生。他仿佛看见这个矫健的女战士,短发上带着军帽,背着红十字包,面含微笑,英姿勃勃地踏着波浪向他走来。"③一天夜晚,在梦见杨雪醒来后,"郭祥回想刚才的情境,又觉得似梦非梦,望望窗隙间透过的月光,听听风吹树叶的沙沙声,心头更觉凄绝。"④这些渲染了郭祥对杨雪浓重的思念之情。

4. 将情感意象化。小说注重将情感充分地意象化,如描写花正芳在反坦克战斗中一腾身跃上坦克时:"他这时棉衣还是白里冲外,在硝烟弥漫之中,远远望去,就宛如一只白鹤,高高地站在乌龟背上"⑤——在这里,小说将作者对志愿军战士大无畏精神的由衷的爱与赞美化作了"白鹤"的意象,对敌人坦克的强烈憎恶之情化作了"乌龟"的意象,充分而又恰切地表达出了作者的爱憎之情。像这样将情感意象化的例子在小说中比比皆是。

多种抒情方式的运用,使小说的"叙事"笼罩在抒情氛围之中,整个小说诗意氤氲、情趣盎然,呈现出浓郁的抒情色彩。

(三)结构宏大而严谨。

小说一共包括山雨、火光、风雪、江声、长城、凯歌六个部分,字数多达七十多万,以时间为线索,将国外和国内、前线和后方交错在一起描写,有分有合,疏密相间,似断实连,描写了抗美援朝战争的各个阶段和有名战役,展现了整个抗美援朝战争的进程,全景式地描述了20世纪50年代初国内复杂的阶级斗争、合作化运动等重大事件;以郭祥从部队回到阔别已久的家乡探亲始,以战争胜利、

---

① 《东方》,第707页,人民文学出版社2008年版。
② 《东方》,第707页,人民文学出版社2008年版。
③ 《东方》,第708页,人民文学出版社2008年版。
④ 《东方》,第712页,人民文学出版社2008年版。
⑤ 《东方》,第399页,人民文学出版社2008年版。

郭祥负伤回家担任家乡县委书记终,首尾呼应;从而形成了宏大而严谨的结构。

(四)情节富于传奇性。

小说不仅描写了抗美援朝战争的各个阶段和有名战役,情节跌宕起伏,而且不少情节富于传奇性,如郭祥所在的志愿军部队在刚刚进入朝鲜时,遇到了一位朝鲜人民军上尉——金银铁;而在战争后期,志愿军与人民军成功会师时又遇到了这位上尉;郭祥在跳崖受伤后曾受到一位朝鲜阿妈妮的精心照顾,而那位阿妈妮却正是金银铁的母亲;郭祥所在的部队在进入朝鲜后帮助了一位当地妇女——朴贞淑,他在受伤后又是通过朴贞淑的帮助回到了自己的部队;在战争结束之际,金银铁、朴贞淑和被杨雪救了的女孩白英子组成了一个家庭。这些情节都极富传奇性。

(五)注重议论与叙述、描写、抒情等的结合运用,语言极富感染力。

如"这些火人们,这些不知恐惧为何物的人们,他们究竟是一种什么样的部队,什么样的战士啊!他们是下凡的天神吗?不,他们不是天神,他们就是那些朴素得不能再朴素的战士,是同自己朝夕相处的战友和同志。然而,他们却的的确确像无畏的天神,也可以说他们就是为劳苦大众复仇的天神。"[①]"他们有人掐着敌人的脖子把敌人撂倒在地上;有人同敌人死死地抱着烧死在一起;有人紧紧地握着手榴弹,弹体上沾满了敌人的脑浆;有人的嘴里还衔着敌人的半块耳朵。附近还有几个六〇炮的弹坑,弹坑边躺着烈士,成堆的美国人倒在烈士的周围……"[②]"周朴抱着他,看着他那年轻的脸,看着他那单薄的在山林里刚破的夏季服装,是多么的激动啊!他想对他说:亲爱的朝鲜同志!你们打了多少仗,吃了多少苦,走了多远的路啊!你们是多么勇敢啊!全世界都称赞你们是英雄的人民,你们的确是受之无愧的。你们遭受的一切艰难困苦,难道仅仅是为了自己的祖国吗?不,你们是为了整个东方,为了全世界进步人类的革命事业。周朴的眼泪也悄悄地流到那个年轻战士的肩头上去了。"[③]"对于一个革命部队来说,胜利就是欢乐,是部队生活的维他命。没有胜利,就如同树林困于干旱,那缺少水分的树叶,就要蔫耷耷地垂下头来;而有了胜利,即使有很大伤亡,

---

① 《东方》,第421页,人民文学出版社2008年版。
② 《东方》,第420页,人民文学出版社2008年版。
③ 《东方》,第439页,人民文学出版社2008年版。

也依然郁郁葱葱,象披着春雨含笑。"①

(六)人物语言个性化。

小说人物众多,但基本上是一人一腔、一人一调,个性鲜明,如在战斗动员会议上,"调皮骡子"王大发说:"我不是吹牛,这次到了朝鲜,要是美国鬼子叫我瞄上,我说打他的脑袋,不能打中他的肚子"②,而乔大个则只说出"共产党叫我到哪儿,我就到哪儿!"③这些语言表现出王大发的"调皮"和乔大个的耿直淳厚。又如杨大妈面对地主谢清斋,冷笑着说:"想当初,你家里又有县长,又有团长,还有蒋介石几百万军队给你们撑腰,多凶啊!多了不起啊!你们三天扫荡,两天清剿,炮楼都快修到我的炕头上来了。可是我问你,凤凰堡的老百姓低头了没有?杨大妈眨一眨眼没有?最后是谁滚蛋了?"④这些语言表现出杨大妈刚烈的性格特点。

(七)正面刻画中共领袖形象。

小说正面刻画了毛泽东、周恩来、彭德怀等中共领袖形象,而对彭德怀的着墨更是多达"七章,约六万余字。已由片段描写、侧面表现发展为相当充实的正面描写,俨然一幅清新疏朗的水墨丹青。作者将彭总高超的军事韬略与卓越的指挥艺术表现自然地融汇于深谋远虑、坚韧、沉着、冷静的'老渔翁'性格刻画之中,并强调彭总'高明'的打法和'独特的战术'是他对长期革命战争历史经验的把握和抗美援朝战场新鲜经验的总结,归根到底,军队和'人民群众才是奇迹的创造者'。把侄女'小白兔'轻轻地抱起来,放在软床上,严严实实地盖好,自己睡地板;还戴上老花眼镜给她缝补小红毛衣,比慈母还亲;听到毛岸英牺牲,面色顿时变得苍白,想到毛岸英的可爱,更'觉得热泪将要涌出来'……比较丰富、生动地描写了彭总的日常生活细节,并通过比较广泛深入地展示了彭总的内心世界,使我们看到了一个有血有肉、富于普通劳动人民的精神素质和思想情感的大军统帅"⑤。

---

① 《东方》,第 297—298 页,人民文学出版社 2008 年版。
② 《东方》,第 169 页,人民文学出版社 2008 年版。
③ 《东方》,第 170 页,人民文学出版社 2008 年版。
④ 《东方》,第 73 页,人民文学出版社 2008 年版。
⑤ 徐其超:《渐行渐进——论获得茅盾文学奖的长篇军旅小说》,《西南民族大学学报·人文社科版》,第 107 页,2005 年第 3 期。

五

小说也存在着一些不足之处,具体地说:

(一)"简单地演绎了阶级斗争的主题。

作品的两条叙事线:国际上的炮火硝烟的阶级斗争,西方资产阶级和东方无产阶级的斗争;国内的地主阶级和无产阶级的斗争,都是围绕阶级斗争的主线来展开的。这就使作者描写国内斗争的部分,在人物刻画上概念化,如坚决同地主阶级斗争的杨大妈、一心想变天的地主分子谢清斋的形象刻画,都显得单薄和脱离实际;在描写现实生活上简单化,即以杨大妈为代表的贫下中农,坚决打击了地主阶级的变天企图,支援朝鲜战场。"①

(二)在很大程度上"停留于'十七年'优秀军事题材小说即'五老峰'(老题材、老故事、老人物、老观念、老方法)的层面,与时俱进的独立自主开掘不是很多。"②

(三)"在人物尤其是主要人物的典型化方面,却远远没有达到50(即1950——引者注)年代末某些革命战争题材的长篇所达到的艺术高度。"③

不过,小说尽管有这些不足之处,但总的来说仍不失为一部优秀之作——"是一部史诗式的小说,它是写中国人民志愿军在抗美援朝战争中创造的宏伟业绩的史册,是一幅绚丽多彩的画卷,是一座雕塑了各种不同形象的英雄人物的丰碑"④,"一百年以后,有人想要了解抗美援朝,他们还得去读《东方》"⑤,"在新时期的开始阶段刚刚复兴的革命战争题材的长篇创作高潮中,《东方》无疑是此中翘楚并代表了这一阶段革命战争题材的长篇创作的最高成就,但当这一传统的题材领域出现了一种新的创作形态之后,《东方》很快便退居历史的深处,成为过去时代在这一文学领域盛行的艺术时尚的最后标志。"⑥

---

① 毛克强:《回归与探索——首届茅盾文学奖获奖作品评析》,《西南民族学院学报·哲学社会科学版》,第 21 页,2003 年第 3 期。
② 徐其超:《渐行渐进——论获得茅盾文学奖的长篇军旅小说》,《西南民族大学学报·人文社科版》,第 106 页,2005 年第 3 期。
③ 於可训:《历史转折期的艺术见证——重读首届茅盾文学奖获奖小说》,《当代作家评论》,第 26 页,1995 年第 2 期。
④ 丁玲:《我读〈东方〉——给一个文学青年的信》,《东方》,第 1 页,人民文学出版社 2008 年版。
⑤ 转引自马蓥伯:《人类灵魂的工程师——巍巍创作谈(上)》,《高等理论战线》,第 42 页,1996 年第 2 期。
⑥ 於可训:《历史转折期的艺术见证——重读首届茅盾文学奖获奖小说》,《当代作家评论》,第 27 页,1995 年第 2 期。

第三节 《李自成·第二卷》[①]

一

姚雪垠的《李自成》是一部关于明末李自成领导农民起义的五卷本长篇小说。第一卷上、下册于 1963 年 7 月出版，第二卷上、中、下册于 1976 年 12 月出版[②]，第三卷上、中、下册于 1981 年 8 月出版，第四、五卷（每卷各上、下两册）于 1999 年同时出版。其中，第二卷的内容梗概为：

崇祯十二年夏天，商洛山中瘟疫肆虐，李自成及其大多数将领病倒。李自成在与从崤函山区赶往商洛山的妻子高夫人（即高桂英）会师后，为了牵制攻击率部在谷城重新起义的张献忠的官军，赫然竖起义旗。崇祯严令陕西、三边总督郑崇俭和陕西巡抚丁启睿全力进剿。李自成在从部将王长顺口中得知军心不稳后，强撑病体安抚部队。宋家寨寨主宋文富欲收买张献忠赠给李自成的人马之首领王吉元，借道其防守的射虎口攻击李自成的老营。在王吉元向李自成汇报此情后，李自成决定将计就计地攻取宋家寨。此时，李自成所收编的驻守石门谷的杆子（即"土寇"）哗变，并将其部将李友包围在一座庙里；李自成派老营中军吴汝义去安抚，可吴汝义又为杆子头目刘雄所扣留，于是，李自成率 30 名亲兵赴石门谷平息了杆子的哗变。与此同时，坐镇老营的刘宗敏装病诱捉了宋文富兄弟；在从俘虏口中得知丁启睿攻打野人峪和清风垭的部署后，刘宗敏又紧急调兵遣将，打败了官军，但部将郝摇旗却因醉酒而丢失了智亭山，与郝摇旗同守智亭山的刘芳亮受重伤，高夫人等紧急驰援。李过在率部赶往智亭山与高夫人会师后鏖战官军。慧梅为救高夫人而身负重伤。李自成带着医生尚炯赶往智亭山救治刘芳亮和慧梅，派部将刘体纯去开封找江湖术士宋献策，求他帮忙救尚炯陷于难中的同窗、举人牛金星，以图牛金星能为己所用。在崇祯苦

[①] 本文中"第二卷"是指获"茅盾文学奖"的"第二卷"，人民文学出版社 2005 年版的"十卷本"《李自成》时把这"第二卷"编入第二、三、四卷；本文引文采用的是后者。

[②] 但也有人说第二卷于出版 1977 年，参见郭志刚主编：《中国当代文学史初稿·下册》，第 296 页，人民文学出版社 1984 年。

盼湖广和陕西的捷报时,官军在房县以西大败。辅臣兼兵部尚书杨嗣昌被派往湖广督师"剿贼",指挥刘国能、左良玉在玛瑙山重创了张献忠、围困住李自成。崇祯十三年夏天,李自成率千余骑兵从武关突围而出,在进入鄂西后欲与张献忠合作抗明。但张献忠听从军师徐以显的建议,欲加害李自成。王吉元在得知徐、张的阴谋后,冒死向李自成报信,于是,李自成逃过一劫。杨嗣昌认为李自成已兵少将寡,不足为患,便全力围剿张献忠等。崇祯因向武清侯李国瑞借款给前线筹饷而不得等事情而迁怒或责罚田妃,廷杖詹事府少詹事黄道周、户部主事叶廷秀等,贬左都御史刘宗周,赐死首辅薛国观。李自成趁杨嗣昌围剿张献忠等之际率部挺进河南,收牛金星、宋献策为谋士。时为举人的原兵部尚书之子李信因在其老家河南杞县放赈,但遭仇家诬告,并被关进杞县大牢,随后,为百姓和跑马卖解的红娘子等所救。李信在弟弟李俟和红娘子的说服下,率众起义,并投奔李自成,李自成为之改名为李岩,高夫人认红娘子为干女儿。李岩建议李自成"均田"和在军中配备火器。李自成在率部攻破洛阳后,处死福王、开仓放赈、为李岩和红娘子主持了婚礼;之后,决定撤离洛阳,攻打开封。

二

小说所刻画的重要人物主要有李自成、刘宗敏、高夫人、崇祯等。

(一)李自成

李自成是农民起义军的领袖。他高瞻远瞩、英武果断,能根据具体的现实条件调整策略、制定出正确的革命纲领——在潼关南原遭重创之后,他及时率部进商洛山养精蓄锐、积极寻求与张献忠所领导的农民起义军建立抗明统一战线。大义凛然、光明磊落——在驻守石门谷的杆子哗变后,他深入虎穴,义正词严地训斥杆子头目刘雄,晓之以理、动之以情地训导为刘雄所蒙蔽者,秉公处理了引起和激化矛盾的李友、处决了刘雄。作风民主、礼贤下士、虚怀若谷、知人善用——采纳李岩的"均田"、在军中配备火器和朱升的"高筑墙。广积粮。缓称王"[1]等建议,对牛金星、宋献策等提出的建议也很重视;利用战争的闲暇学习,让牛金星给他讲《资治通鉴》;李岩智勇双全,便委以重任。意志坚定、百折不挠——在遇挫时,他不灰心丧气;即使被官兵重围、陷于九死一生的境地,他也

---

[1] 《李自成》第4卷,第384页,人民文学出版社2005年版。

毫无所惧。严于律己、克勤克俭——在率军攻下洛阳后,福王宫富丽堂皇,部将们一再请求他进驻,但他不为所动,坚持在简陋的周公庙办公。沉着、冷静、机敏、灵活、果断——在得知杆子哗变后,他处变不惊,并在反复权衡后,力排众议,亲赴石门谷;在到石门谷后,一面惩处不讲策略的部将李友,一面做说服工作,团结窦开远、黄三耀,拆散刘雄与丁国宝的联盟,最后平息了哗变;在谷城访张献忠遇险时,他泰然自若,并最终虎口逃生。能辩证地看问题——在和宋献策等商量重新起用郝摇旗时,他说:"我们不能光记着人家犯过错那笔老账,也要看人家如何想改正过错,再看人家从前有过什么功劳,大节如何"①,后又对郝摇旗说:"谁一生能不办几件错事儿?好比走路,也都有一步踏错了脚的时候。就拿这两三年说……我犯过许多过错,有的过错很大。"②但他毕竟出身于农民阶级,受农民与生俱来的思想的限制和传统的封建帝王思想的影响,像历史上的其他农民起义领袖一样,具有帝王思想;同时,他毕竟是人而不是神,因而不可避免地会有缺点和错误,如不加选择地收编杆子,但又未能及时整肃、清除异己,结果,不是杆子哗变,就是因杆子成分复杂而难于管理。又如,"在经济上一向实行'割富济贫',特别在进入河南以后提出了'随闯王,不纳粮'和'三年免征'的口号,根本不要农民和其他中下层人民交粮纳税。他的军饷完全依靠打击豪绅大户、官僚恶霸,强迫他们交粮退赃,或抄没他们的财产……在财政上长久实行这一政策,必然会忽视建立牢固的地方政权,不利于恢复生产,也就不能为军事活动提供强大的经济保证。"③在攻占洛阳后,不仅没有将之建设成根据地,反而轻率放弃。

不过,总的来说,小说中的李自成比中国历史上任何农民起义领袖都优秀,甚至可以说是一个具有现代无产阶级革命家或英雄气质的农民起义领袖。

(二)高夫人

高夫人即高桂英,李自成的妻子,起义军的一位重要将领。作为李自成的妻子,她一方面在生活上悉心照顾李自成——在李自成生病后,她在代他外出处理公务时,仍不忘叮嘱总管:"中军不在老营,双喜和张鼐这两个孩子也都不

---

① 《李自成》第4卷,第285页,人民文学出版社2005年版。
② 《李自成》第4卷,第289页,人民文学出版社2005年版。
③ 严家炎:《〈李自成〉初探》,《北京大学学报》(哲学社会科学版),第89页,1978年第3期。

在闯王身边……我不在老营时候,他要是想骑马出寨,你千万设法劝阻"①;另一方面在工作上努力做好他的助手——在李自成、高一功、田见秀、袁宗第等一大批将领染病不能视事期间,她勇敢地担负起指挥全局的重任,代表李自成巡视部队,安抚人心;利用李自成的夫人的身份做团结工作——亲自给郝摇旗缝制衣服,认红娘子为干女儿,以娘家人的身份为红娘子和李岩张罗婚事。作为义军的一位重要将领,她有勇有谋、果敢,连其敌人也这么认为——在宋文富心目中,"李闯王是不好对付的,高桂英也不弱。"②马三婆则说,"李闯王的老婆高桂英有勇有智"③,事实上,也确实如此——在白羊店、智亭山战役中,她亲临前线指挥;在去处理军务时天将大雨时,慧英提出回寨中去给她取一件油布斗篷,她却斩钉截铁地说:"不用耽误时间!如今军情很紧,别说下雨,下刀子也挡不住咱们办事。"④作为一个女人,她有一个女人特有的温柔、细腻——在慧英为了保护她受伤时,她忧心如焚、潸然泪下,并无微不至地关怀慧英。

(三) 刘宗敏

刘宗敏是起义军的"总哨"。他脾气火暴、威武勇猛、粗犷豪迈——李自成亲赴石门谷平叛,他到老营"一听禀报,登时心中火冒三丈,双眼圆睁,胡须根根乍开,连头发也几乎直竖起来"⑤,竟打了老营总管任继荣及李自成的爱将张鼐,并不顾老营空虚令三百精骑赶去保护闯王。胸有韬略——装病诱骗马三婆去看病,让她无法脱身去给其主子宋文富送信;在视察射虎口防线时,假装栽下马来不省人事,诱使宋文富冒险进兵以歼之于老营;在宋家寨欲去攻打野人峪时,他开始装作十分不屑,不把敌方的攻打当回事,甚至在门板上睡觉,让官兵吃饭,从而降低了敌人的警惕性;敌人刚进攻时不立即回击,而在他们撤退时反击,打得他们措手不及;让娘子军出马以制造兵力不足的假象,从而使敌人掉以轻心、一战即败;在攻破洛阳后审问缙绅吕维祺时,他不仅列举其罪,丁是丁卯是卯,清清楚楚,而且还利用自己的亲身经历,有理有据,把吕维祺反驳得哑口无言,唬得吕维祺以为是李自成在审问自己。此外,他虽是一个武将,但政治觉

---

① 《李自成》第 2 卷,第 179 页,人民文学出版社 2005 年版。
② 《李自成》第 2 卷,第 199 页,人民文学出版社 2005 年版。
③ 《李自成》第 2 卷,第 210 页,人民文学出版社 2005 年版。
④ 《李自成》第 2 卷,第 179 页,人民文学出版社 2005 年版。
⑤ 《李自成》第 2 卷,第 293 页,人民文学出版社 2005 年版。

悟很高,对农民起义军的事业忠心耿耿。

(四)崇祯

崇祯是明朝的末代之君。他虽是一个末代之君,但并不像前代的末代之君那样庸碌无能,而是励精图治,十分"勤政",力做中兴之主——他五鼓上朝、事必躬亲、临朝听政、宵衣旰食。善于决断,重用一些能干的人物——在派杨嗣昌往湖广"剿贼"后,他力排众议,全力以赴地支持他,并且为了筹饷进剿农民起义军而不惜用武力胁迫皇亲国戚捐出财物。不过,他毕竟是一个皇帝,其反人民的本性与生俱来,所以,制定并坚持"先安内而后攘外"的反动政策;同时,也毕竟是一个末代之君,缺点不少——猜疑多端、刚愎任性,如他尽管对田妃宠爱有加,但在处理李国瑞家抗饷问题时,觉得田妃和自己的谈话似有替李求情之嫌,便将她打入冷宫省愆,又如连下棋也"像他处理军国大事一样……最忌别人提出来与他不同的高明意见"①;虚伪做作、色厉内荏——他一方面削减自己的御膳费以示节俭,另一方面耗银三四万两为周皇后过千秋节;一方面在上朝时威严庄重,令群臣不敢仰视,另一方面常常暗地里唉声叹气,甚至垂泪满面。独断专行、暴戾恣睢、狠毒阴残——黄道周上疏弹劾杨嗣昌,因与自己心意相违背,他便下旨廷杖、下狱,叶廷秀、刘宗周等出以公心地为之辩护,他下旨廷杖或贬官;他因自己在外名声不佳,便找薛国观做替罪羊,甚至将他处死;此外,他还杀熊文灿、将傅宗龙下狱、革方孔昭的职。迷信鬼神、拜神求签,甚至用棋局预卜吉凶——把袁妃故意让他赢的棋看作是军事进剿获胜的祥兆;当杨嗣昌到湖广督师辞行时,因所言"若剿贼无功,臣必死封疆"含有"死"字而产生"不吉的预感"②;"认为'烟'和'燕'读音相同,'吃烟'二字听起来就是'吃燕',对他在北京坐江山很不吉利,便一时心血来潮,下令禁止吃烟,凡再吃烟和种植烟草的杀头"③。

除是一位末代之君外,崇祯也是一位人夫、人父,而且还是一个颇有可圈可点之处的人夫、人父——从对田妃宫中陈设的欣赏和对田妃所玩赏的汉镜上所刻诗句的关注来看,他是一个感情细腻且重情义的丈夫;从平常对皇五子的关

---

① 《李自成》第3卷,第60页,人民文学出版社2005年版。
② 《李自成》第3卷,第73页,人民文学出版社2005年版。
③ 《李自成》第3卷,第313页,人民文学出版社2005年版。

爱以及因皇五子之死而严惩包括首辅在内的一批人等事来看,他是一个慈爱如海的父亲。

三

小说通过其内容及所塑造的一系列人物,尤其是李自成、高夫人、刘宗敏、崇祯等,展现了李自成领导的农民起义军与明朝的斗争、李自成与张献忠之间的矛盾以及明朝统治集团内部的矛盾,揭示了明末农民与官僚地主之间的尖锐对立、明朝统治集团的腐败、朝政的混乱以及明朝必然灭亡的原因,也揭示了明末农民起义风起云涌及李自成领导的农民军迅速发展壮大及失败的原因。

在小说中,明朝末年,官宦、地主、乡绅等有钱有势,骑在百姓头上作威作福、"耀武扬威"、"见老百姓奸淫掳掠,杀良冒功"①、私设法堂,罪恶累累、罄竹难书,农民生活在水深火热之中。大臣们各怀鬼胎、勾心斗角,如对有魄力、有才干、精明、干练的杨嗣昌,其他大臣是"常骂"②;对杨嗣昌被派往湖广督师"剿贼"一事,大臣们议论纷纷甚至非议诋毁;崇祯十三年春天,"半个中国,无处不是灾荒惨重,无处不有叛乱"③,在川陕鄂围剿张献忠农民义军的杨嗣昌"迭次飞奏,征剿诸军欠饷情况严重,军心十分不稳"④时,朝中大臣相互推诿;崇祯和大臣、戚畹、勋旧之间互不信任甚至内讧,如在崇祯向李国瑞借款筹饷遭拒后将之打入大牢时,所有的皇亲国戚几乎都站在李国瑞一边,甚至李国瑞的家人买通皇五子的奶妈、宫女,装神弄鬼,把皇五子吓死,为此,小太监、小和尚、都人、奶妈和他们的家人等十来人受连累而死,李国瑞在监狱吞金自尽,田妃被重责,忠心进言的詹事府少詹事黄道周、户部主事叶廷秀等遭廷杖,左都御史刘宗周被贬,首辅薛国观被赐死。农民与官僚地主之间如此尖锐对立,明朝统治集团如此腐败、朝政如此混乱,明朝除了灭亡外,别无选择;农民起义风起云涌及李自成领导的农民军迅速发展壮大也理所当然;同时,李自成所犯的一些错误,如一味地"割富济贫"而不注意恢复和发展生产、忽视建立牢固的地方政权,实际上为农民起义的最终失败埋下了种子。

---

① 《李自成》第 2 卷,第 465 页,人民文学出版社 2005 年版。
② 《李自成》第 3 卷,第 40 页,人民文学出版社 2005 年版。
③ 《李自成》第 3 卷,第 237 页,人民文学出版社 2005 年版。
④ 《李自成》第 3 卷,第 238 页,人民文学出版社 2005 年版。

小说还描写了"李自成在商洛山由于得到义勇队和百姓支持而取得保卫战的胜利……李自成离开老营去平叛后慧英和女兵、眷属、孩儿兵们的革命主动精神……广大义军战士在和敌人集体搏战中的作用……李自成进入河南后提出了符合人民愿望的政策和口号,得到群众拥护,从而开辟了新局面",从而"歌颂了李自成起义军的英雄将领,歌颂了他们为救民水火而英勇奋斗、不怕牺牲的革命精神,而且相当真实有力地表现了人民群众在革命战争中的巨大作用。"①

四

小说在艺术上颇有特色,具体地说,主要有以下几点:

(一) 线索主次分明,结构宏伟严谨。

小说事件庞杂,线索纷繁,人物繁多,内容十分丰富。与此相应,小说采用了保主线、兼写各方、多线条复式发展、蛛网式纵横交错的结构,即把李自成领导的农民起义军与明朝的斗争作为主线,把李自成与张献忠之间的矛盾、崇祯皇帝与其朝臣们之间的矛盾、李自成派刘体纯赶赴开封找宋献策营救牛金星、红娘子等营救李信并劝李信起义以及李信率部投奔李自成等作为副线,相互制约,螺旋式地向前推进,逐渐展开情节,繁而不乱、主次分明。同时,小说一共五十四章,分十个单元。"第一章到第十五章,是《商洛壮歌》。第十六章到十八章,是《宋献策开封救金星》。十九章到二十二章,是《杨嗣昌出京督师》。二十三和二十四章,是《玛瑙山之役》。二十五章到二十八章,是《李自成突围到鄂西》。二十九章到三十三章,是《紫禁城内外》。三十四章到三十六章,是《闯王星驰入河南》。三十七章到四十二章,是《李岩起义》。四十三章到四十八章,是《伏牛冬日》。四十九章到五十四章,是《河洛风云》"②;每章、每单元,虽然人物众多,但又有重心,即以一个或几个人物为重点展开故事;"从《商洛壮歌》起头,而以《河洛风云》作结,写出了李自成起义军从采取守势转到发动攻势的重大战略变化,完整地表现了革命转变阶段前后力量对比的根本不同"③——结构相当宏伟

---

① 严家炎:《〈李自成〉初探》,《北京大学学报》(哲学社会科学版),第87页,1978年第3期。
② 严家炎:《〈李自成〉初探(续)》,《北京大学学报》(哲学社会科学版),第45页,1979年第1期。
③ 严家炎:《〈李自成〉初探(续)》,《北京大学学报》(哲学社会科学版),第50页,1979年第1期。

严谨。

(二) 人物众多而又个性鲜明。

小说人物为数众多——除李自成、刘宗敏、高夫人、崇祯等外,还有李岩、红娘子、牛金星、宋献策、张献忠、郝摇旗、李双喜、王长顺、慧梅、杨嗣昌、薛国观、熊文灿、傅宗龙、方孔昭、黄道周、叶廷秀、刘宗周等,这些人物均血肉丰满而又个性鲜明,如李岩乐善好施、正气浩然、有勇有谋,张献忠粗犷豪迈、胸无城府、生性聪慧、粗中有细、心胸狭隘、首鼠两端,杨嗣昌有魄力有才干、精明干练,刘宗周赤胆忠心、不畏强权、耿直执著、不计个人荣辱……

(三) 注重多方面地刻画人物。

1. 把人物置于具体的情景中,通过激烈尖锐的矛盾冲突来刻画人物。如李自成在率部进商洛后,粮草匮乏、瘟疫流行,同时,外有官军大兵压境、内有石门谷杆子叛乱;在突围至鄂西以后,本希望与张献忠合兵一处而共举大业,却不料遇到了徐以显的极力阻挠。通过这些描写,揭示了李自成坚忍不拔的意志和百折不回的精神。又如崇祯,其独特性格是在其独特的生活环境中,即在"各地农民纷纷起义、关外清兵又多次进攻、朝廷内部矛盾重重、明朝封建反动政权已面临总崩溃的形势下"[①]形成的。

2. 通过典型情节来刻画人物。如李自成不顾部将们的劝阻,带着30名亲兵前往石门谷说服丁国宝、杀掉刘雄、重整石门谷,通过这些描写,展现了李自成胸怀磊落、大义凛然的统帅风度和崇高威望及应变才能等。

3. 通过心理描写来刻画人物。如小说花大量的笔墨描写李自成在得知杆子哗变后的心理——他在乍得消息时怒火中烧,恨不得把老营中所有能够出战的将士,包括孩儿兵和各家亲兵,立刻集合起来去踏平石门谷,严惩无义贼;同时,还想趁官兵尚未进攻,偷偷地从白羊店抽人马,先平定石门谷的叛乱,再回头对付官军;但在经过反复考虑后,觉得使用兵力去平乱是下策——可能会使杆子倒向官军,同时,偷偷地从白羊店抽人马还可能给郑崇俭可乘之机,于是,决定亲身前往石门谷。又如,"描写崇祯面对遍地起义的烽烟,派谁做督师大臣时举棋不定的犹豫心理,委派杨嗣昌后又忧心忡忡;描写崇祯面对国库亏空,筹措银两时受到皇亲内戚的抵制时的恼怒和虚弱的心理;描写崇祯对心腹大臣、

---

① 严家炎:《〈李自成〉初探(续)》,《北京大学学报》(哲学社会科学版),第49页,1979年第1期。

对皇妃的猜疑心理;描写崇祯听不进忠谏之言、用重刑打杀进谏大臣时的刚愎、暴躁、专横的心理"①。

4. 通过细节描写和夸张的手法来刻画人物。如对崇祯,通过写他在和袁妃下棋前,"暗中向神灵默祝:如果他能在香灼完之前赢了袁妃的棋,陕西和湖广就会有捷报飞来"②以及在袁妃的承让下赢棋后的沾沾自喜等细节,写出了他的迷信、虚伪、刚愎自用等。又如刘宗敏,在李自成兵渡汉水后,他单人独骑、陷入敌人重重包围之中,立马悬崖,对敌人引弓扣矢、箭无虚发,在箭射完后,又跃马洑水过江。这些描写实属是运用夸张的手法以凸显刘宗敏大无畏的英雄主义气概。

此外,小说还注重通过肖像描写、个性化的人物语言、抒情化的插笔等来刻画人物。

(四) 情节跌宕起伏、舒缓自如。

就整体而言,小说情节跌宕起伏、舒缓自如,如写"李自成突围鄂西"后,随即转写"紫禁城内外"——没落王朝的内外交困;之后又转写"李自成星驰入河南";之后,本可接着写李自成率部纵横中原、攻破洛阳,但笔锋却转向"李岩起义";后面的"伏牛冬日"、"河洛风云"等部分的组接也是如此,这好似戏中的武戏之后来文戏,热场之后排冷场,曲折起伏,舒卷自如,活泼多姿,极尽波云诡异之妙;既大开大阖、挥洒自如,又紧扣主线,并推动了主线的发展。就某一部分而言也如此,如描写宫廷生活的"紫禁城内外"这一单元——前方"进剿"起义军的官军急需军饷,而国库又无款可供,崇祯不得已向皇亲国戚借款,但遭到他们的联合对抗,一筹莫展,便喜怒无常;或将"好好阁老"程国祥削职处分、永不录用,或将李国瑞削去封爵、下到镇抚司狱,或向皇后祝寿,或廷杖黄道周、叶廷秀,或将刘宗周削籍,或严遣田妃,或斥骂周皇后,或带皇后、贵妃到永和门赏花听琴,或赐死薛国观。又如,李自成在石门谷平叛时,为了争取丁国宝,玩笑着拿他的名字解颐;可余兴未了,一个被丁国宝抢来的姑娘却突然从里屋跑出来,大喊"闯王爷救命!"丁国宝拔出腰刀要杀那姑娘,李自成拔出花马剑拦住丁国宝的腰刀,亲兵吴汝义和李强双双抢上,抓住丁国宝,宝刀直指其心窝,丁宝国的弟

---

① 徐其超等:《聚焦茅盾文学奖》,第 39 页,作家出版社 2005 年版。
② 《李自成》第 3 卷,第 60 页,人民文学出版社 2005 年版。

兄也拔出兵器,威胁着李强等,双方剑拔弩张,情势非常紧张,但接着却笔锋突转——李自成斥退双方手下,和丁国宝立于庭院中,聊着青年如何对待婚姻的问题。这正如茅盾所说:"时而金戈铁马,雷霆震击;时而凤管鹍弦,光风霁月,紧张杀伐之际,又常插入抒情短曲,虽着墨甚少,而摇曳多姿。"①

(五)语言丰富多彩。

1. 或文或白,雅俗适宜。若是描写人物交谈,小说便根据人物的身份或所处的场合选择性地使用语言:

(1)当交流者双方或双方之一文化程度低时,使用大白话。如李自成在石门谷处理杆子哗变时,站在石门寨大庙前的石龟上对哗变的士兵所说的话——"上有皇天,下有后土,我李自成倘若对这个案子不一秉至公,天地不容!我现在把话讲明:第一,两三天来你们有些人扰害百姓,奸淫烧杀,我本该将你们个个斩首,可是我决定痛责自己失于教导,对你们既往不咎,只要你们从现在起不再违反我的军律就行。倘再有犯军律的,即令他是天王老子地王爷,定斩不饶!第二,从现在起,你们该守寨的守寨,该把卡的把卡,该哨探的哨探,该休息的休息,无事不准乱动,更不准寻衅报怨。倘有谁敢再寻衅报怨,随便动武,不管是大头领、小头领,也不管是主犯、从犯,一律斩首!第三,我把李友派驻在这个地方,他没有把我交给他的事情办好。我现在就把他叫出来,先当着众人的面责打他四十军棍。然后你们举出几个公正人,马上替我查明谁是谁非,不许有一分徇私。我知道你们有些人想杀死李友报仇,好吧,倘若查明后说他该杀,我李自成对他决不会有半分姑息,不到明天早上我就把他的人头挂在此处!"②

(2)当交流者双方的文化程度都较高但又有差距时,使用略带文言的白话。如在同牛金星、宋献策等分析黄巾用兵失败的原因时,李自成说的话——"仗要活打,不要死打。历来百姓起义之初,纵然声势浩大,人数众多,终不像官军训练有素。能够打硬仗就打,不能打硬仗就避开。避开就是兵法上说的'以走致敌',是为的不给消灭,回手来狠打敌人。为将帅的,要时时记着'制敌而不制于敌'。自己力量弱,死守一座城池,最为失策。守得越顽强,越会全军覆灭。兵法上说:'小敌之坚,大敌之擒也。'拿南阳这一支黄巾军说,起初以张曼成为

---

① 茅盾:《关于长篇历史小说〈李自成〉》,《文学评论》1978年第2期。
② 《李自成》第2卷,第325—326页,人民文学出版社2005年版。

帅;曼成阵亡,众推赵弘为帅,死守个南阳城;赵弘阵亡,又推韩忠为帅;韩忠突围未成,被杀,众推孙夏为帅,还军再守南阳,直到完全战败,被朱儁消灭。这是极大错误。张角和他的兄弟张梁起事后死守一个广宗城,起初被卢植围困,随后又被皇甫嵩围困,直到覆灭。天宽地广,进退在我,何苦死守孤城?死守一城,等着挨打,又无可靠外援,岂有不败之理!"①

(3) 当交流者双方的文化程度都较高且没有多少差距时,使用浅显易懂的文言。如崇祯盼望湖广和陕西两方面的捷报而不得,在平台召见阁臣时双方的语言——崇祯:"朕不意以今日中国之大,竟没有如关云长、岳武穆一流将才……朕早已看出来熊文灿没有作为,剿抚无方,敷衍时日,致使张献忠盘踞谷城,势如养虎。但以封疆事重,朕不肯轻易易人。谷城之变,朕还是不肯治他的罪,仍望他'失之东隅,收之桑榆'。没想到因循至今,三月有余,军事尚无转机,深负朕望!"②杨嗣昌:"熊文灿剿抚乖方,致有谷城之变,贻误封疆,辜负圣上倚畀之深。臣当时无知人之明,贸然推荐,实亦罪不容诛。但目前鄂西与商州两处大军云集,正在进剿,日内想可有捷报到来。恳陛下宽心等待,不必过于忧虑。"③知识分子出身的义军将领相互之间的言谈、公文等也常用浅显易懂的文言。

2. 使用方言、俗语和"杆子们"的"黑话"。如"杆子"④、"跟你们吵嚷几句"⑤、"老鸹野雀旺处飞"⑥、"独木不成林,一个虼蚤顶不起卧单"⑦、"病倒的人像地里躺的麦个子一样"⑧、"老母猪吃禾兆黍——顺杆子上来了"⑨、"一个槽上拴不下俩叫驴"⑩、"吃不郎当一大串这瓜葛"⑪等。

---

① 《李自成》第 4 卷,第 334 页,人民文学出版社 2005 年版。
② 《李自成》第 3 卷,第 46 页,人民文学出版社 2005 年版。
③ 《李自成》第 3 卷,第 46 页,人民文学出版社 2005 年版。
④ 《李自成》第 2 卷,第 188 页,人民文学出版社 2005 年版。
⑤ 《李自成》第 2 卷,第 221 页,人民文学出版社 2005 年版。
⑥ 《李自成》第 2 卷,第 225 页,人民文学出版社 2005 年版。
⑦ 《李自成》第 2 卷,第 233 页,人民文学出版社 2005 年版。
⑧ 《李自成》第 2 卷,第 238 页,人民文学出版社 2005 年版。
⑨ 《李自成》第 3 卷,第 115 页,人民文学出版社 2005 年版。
⑩ 《李自成》第 3 卷,第 213 页,人民文学出版社 2005 年版。
⑪ 《李自成》第 4 卷,第 139 页,人民文学出版社 2005 年版。

3. 使用韵语。如李岩的《沁园春》：

登古吹台，极目风沙，万里欲空。叹平林尽处，烟村寥落，田畴如赭，零乱哀鸿。我本杞人，请君莫笑，常怕天从西北倾。凭谁去，积芦灰炼石，克奏神功？英雄未必难逢，且莫道人间途已穷。幸年华方壮，气犹吞牛；青萍夜啸，闪闪如虹。应有知己，弯弓跃马，揽辔中原慷慨同。隆中策，待将来细说，羽扇从容。①

刘宗周的《谢恩口占》：

望阙辞君泪满袪，孤臣九死罪何如！
常思报主忧怀切，深愧匡时计虑疏。
白发萧萧清禁外，丹心耿耿梦魂余。
蕺山去国三千里，秋雨寒窗理旧书。②

汤夫人的绝命诗：

三千勇士刀枪明，金鼓喧天起远征。
控鹤玉京遵别路，仍将后约订来生。
万语千言余血泪，难将珍重苦叮咛。
幽魂夜夜随君往，化作清风绕旆旌。③

（六）民族特色鲜明。

小说注重运用民族色彩浓郁的文体，如在描写牛金星、宋献策、李信等文化程度较高的人物时，小说不时运用了诗、词、文、对联、灯谜等民族色彩浓郁的文体；注重描写具有民族特色和地方特色的环境，如对开封相国寺的风情、北京上元节的灯市、洛阳龙门的风光、李岩和红娘子的结婚仪式及相关摆设、刘宗敏吃饭端碗的习惯以及崇祯皇宫里的生活等的描写；将古典诗词的意境融入小说所描绘的画面中，不以成败论英雄地刻画李自成等农民英雄形象，艺术描写上丰富多变——颇具《史记》《三国演义》等优秀史传文学作品的神韵，从而呈现出

---

① 《李自成》第 3 卷，第 40 页，人民文学出版社 2005 年版。
② 《李自成》第 3 卷，第 352 页，人民文学出版社 2005 年版。
③ 《李自成》第 4 卷，第 126 页，人民文学出版社 2005 年版。

鲜明的民族特色。

五

小说也存在着一些不足之处,其中,最为明显的是受阶级和阶级斗争理论的影响,在结构模式和叙述方式上几乎与革命历史题材的小说无异①,拔高、净化、美化人物,过分关注人物的阶级性而忽视其人性,有些描写脱离甚至违背历史,如小说在写及李自成与张献忠联合抗明未果而陷入困境时这样描写道:"强渡汉水以后,李自成把人马拉到房、竹大山中休息……探听官军的部署和动静……他看见左良玉把人马驻扎在陕西境内,贺疯子也逗留在陕西和湖广交界地方,与其他官军都不乘胜急追,判断出杨嗣昌的尚方剑对这班骄兵悍将也没有多大用处,迟早会一筹莫展。如今跟着他的虽然只有一千多人,而且粮食十分困难,银钱也缺,但是他的心情十分敞朗,坚信只要渡过这段困难日子,局势就会好转,任自己龙腾虎跃。他经常同将士谈闲话,替大家鼓气。这一支小部队在房、竹大山中休息了一个短时期,士气又旺盛起来。"②这些描写既与李自成在当时那种处境下应有的心情和作为相悖,又与《明史》中有关李自成悲观失望得几乎要自杀甚至通过占卜等迷信手段鼓舞士气的记载相悖,显然是按照现代革命领袖的模式来描写的;"三十四章(新版三十五章)写义军将领们众口一辞,纷纷赞扬李自成当初主张化整为零、隐藏郧阳山中这个决策的英明;这些本都是为了从各个角度烘托李自成形象的,却由于与作品所写的特定情境扣得不紧,有的显得不近情理,有的失之冗赘生硬"③;对高夫人的刻画,也存在着类似的毛病。

不过,由于作者"对现代观念与小说艺术关系敏锐的感悟,还有在此基础上卓越的见识与才情"④,其"受观念影响的小说却没被束缚在观念预设的小说框架内,在讲求观念的时代,小说与历史形成一种张力:一方面,小说不可能脱离一定的历史观念及其话语范畴;另一方面,文学想象又不断地开拓并僭越特定

---

① 参见洪子诚:《中国当代文学史》,第121—122页,北京大学出版社1999年版。
② 《李自成》第3卷,第194页,人民文学出版社2005年版。
③ 严家炎:《〈李自成〉初探(续)》,《北京大学学报》(哲学社会科学版),第44页,1979年第1期。
④ 董之林:《观念与小说——关于姚雪垠的五卷本〈李自成〉》,《文学评论》,第76页,2008年第2期。

观念的边界,就像'新的语言不断加入到旧的语言之中,形成老城区周围的新区'"①,因而"实际上要比意识形态规定的范围丰富、复杂得多"②,作为《李自成》各卷中相对更为出彩的第二卷更是如此。如果说,"中国的封建文人也曾写过丰富多彩的封建社会的上层和下层的生活;然而,用历史唯物主义和辩证唯物主义来解剖这个封建社会,并再现其复杂变幻的矛盾的本相,'五四'以后也没有人尝试过,作者是填补空白的第一人"③,如果说,《李自成》是一部具有"填补空白"意义的小说,那么,第二卷则直接而又积极地影响了这种"填补空白"的意义!

---

① 董之林:《观念与小说——关于姚雪垠的五卷本〈李自成〉》,《文学评论》,第 74 页,2008 年第 2 期。
② 董之林:《观念与小说——关于姚雪垠的五卷本〈李自成〉》,《文学评论》,第 77 页,2008 年第 2 期。
③ 转引自郭志刚主编:《中国当代文学史初稿》,第 296 页,人民文学出版社 1984 年。

第四节 《将军吟》

一

莫应丰的《将军吟》第一卷发表于1979年第3期《当代》上,全书由人民文学出版社于1980年首次出版①,其内容梗概为:

空军新编第四兵团司令员彭其在一次会议上直言空军司令员吴法宪不懂军事不能当司令,此举被林彪定性为罢官夺权的阴谋。彭其之女湘湘的男朋友、文工团员赵大明在从兵团政治委员陈镜泉之女陈小炮的口中获悉此消息后,决定与彭家终止关系,站到以新兴革命家范子愚为首的造反派之列。彭其的秘书邬中在与时为兵团门诊部护士的妻子刘絮云仔细斟酌后,决定投靠北京方面的红人——兵团宣传部部长江醉章。在江醉章的唆使下,范子愚率众围攻兵团地下指挥所试图抢取"黑材料",彭其命令军队控制秩序,并用计拍下范子愚偷抢文件的镜头;范子愚因被抓住把柄而仓皇逃走,其随从则有一百多人被抓。江醉章等揪斗彭其的老战友——兵团管理处处长胡连生,彭其在门诊部主任方鲁的帮助下,通过把胡连生诊断为神经病的方式将他保护起来。之后,文工团员们受范子愚等的鼓动,批斗陈镜泉和彭其,并在江醉章的指使下绑架彭其,诱使他交代其所谓的反革命言行,同时,篡改录音带。在受江醉章之命整理彭其的交代材料时,赵大明发现有关彭其的录音带是被篡改过的,意识到自己正在被人利用,决定帮助彭其。在掌握了有关彭其的"黑材料"后,北京方面随即羁押、审查彭其;江醉章则因打倒彭其有功而升任兵团政治部主任。作为彭其的老战友,陈镜泉不但不能保护彭其,而且还得充当兵团革命的领导者和审查彭其的负责人,同时,对江醉章等的倒行逆施也无能为力,为此,深感痛苦;而彭其又因对陈镜泉误解而对之深感失望和伤心。到北京后,彭其因拒不认罪而被撤掉一切职务,遭批斗和软禁。在风雪交加的除夕,彭其借酒浇愁,并伺机摆

---

① 参见汪名凡主编:《中国当代小说史》,第326页,广西人民出版社1991年版;蔡葵、韩瑞亭《长篇小说的辉煌——茅盾文学奖获奖小说评论精选(1977—1988)》,第88页,北京十月文艺出版社1994年版。

脱软禁去向周恩来递交诉说冤情的信；途中，他不慎摔进玉带河而摔伤了腿，被路过的赵大明的父亲——老工人赵开发救起。赵大明在回家得知有关彭其的情况后惊喜交加。在父亲的教育下，赵大明彻底悔悟。范子愚在失去江醉章的信任后，拿着揭发彭其的材料进北京抢功未遂而流浪街头，并在流浪时无意间从大字报中得知江醉章曾背叛过革命，随即决定以此要挟江醉章。彭其在腿伤痊愈后被送回部队，江醉章欲置之于死地，并命已升任兵团党委办公室主任的邬中亲自办理。邬中把彭其秘密关进一间阴湿的石头小屋里，派赵大明看管。江醉章在得知范子愚掌握了有关自己叛变革命的材料后，他先发制人地将他打成反革命分子，随后又逼他跳楼自杀。赵大明从范子愚的自杀现场获取了有关江醉章叛变革命的材料，随后，决定复员、离开是非之地，并将有关江醉章叛变革命的材料转交陈镜泉。胡连生遭迫害、彭其被治罪、副司令员李康不堪迫害自杀、部队全盘瘫痪，部队里可谓祸不单行，陈镜泉为此自责不已。此时，周恩来打电话下令将彭其送往北京。在机场送彭其时，陈镜泉突然感到一阵眩晕，昏倒在机场草坪上。

二

小说中的重要人物主要有彭其、陈镜泉、赵大明、江醉章等。

（一）彭其

彭其是一位职业军人。他在青年时代以烧炭为生，在遇到陈镜泉和胡连生之后，与他俩死结同心，一同参军，一同跟随毛泽东参加二万五千里长征、打日本、打蒋介石；新中国成立后，任中国人民解放军空军新编第四兵团司令员。他政治头脑敏捷——他最初虽对"文化大革命"不甚了了，但能直觉到这场运动是"政治家的安排"[①]，是"新时期的新政治"[②]。思想境界高——在"文化大革命"中，他奋起抗争倒行逆施，但又不是出于个人利益得失的考虑，而是出于对党、民族、国家的忠诚；即使身陷困境、生死难料，也念念不忘民族、国家的利益和自己的职责，如在文工团员批斗他时，他说："我不怕你斗，你斗得我只剩一口气

[①] 《将军吟》，第47页，人民文学出版社1980年版。
[②] 《将军吟》，第47页，人民文学出版社1980年版。

了,我还要进指挥所,你要我死,我就死在岗位上。"①甚至在被幽囚山野、饥渴交迫、生死难料时,还惦记着自己保卫国家领空的神圣使命。耿直刚烈、疾恶如仇、宁折不弯——他直言空军司令员吴法宪不懂军事不能当司令,谴责空军靠搞卫生出名的形式主义作风;兵团政治委员陈镜泉出于善意而责怪他讲话太多,他不以为然;当陈镜泉劝他下到部队不要随便讲话时,他拒绝道:"这也怕,那也怕,讲不能讲,动不能动,这些鬼名堂比敌人还狠!……我不怕!怕丢官,还怕不怕丢江山?!"②意志坚定、不屈不挠——他即使惨遭囚禁也不屈服,誓言"要活下去,不把这出戏看完我不死。"③在腿摔伤后,决定"要认真把腿治好,还要练出劲来,身体要练得劲板板的"④,声称"他们越想我死,我越不死,我要活到 90 岁,还有三十来年。30 年总能看到这出戏的结果吧!"⑤果断勇敢,足智多谋——在"新兴革命家"范子愚率众围攻兵团地下指挥所试图抢取所谓的"黑材料"时,他一面处变不惊,一面用计抓住范子愚致命的把柄,使之落荒而逃;他用瞒天过海之计把时任兵团管理处处长的老战友胡连生送进精神病院以避祸。仁慈、宽厚、平和——战士杨春喜因神经极度紧张而将"谁热爱毛主席我们就和他亲,谁反对毛主席我们就和他拼"⑥这句口号中的"亲"字喊成了"拼",他暗中从宽处理杨春喜,并让女儿给杨春喜送饭送菜,自己还亲自端面给杨春喜吃;给医生泡茶。既重情义又讲原则——"他是有感情的人,用感情来打动他,他不会不动;但他更加重视原则性,要是把感情和原则放到天平上来称,那么感情就变得几乎没有重量了"⑦,因此,对与自己死结同心的陈镜泉和胡连生,他一面始终以兄弟视之,甚至在自身不保时还绞尽脑汁地救助胡连生,一面又因为误解而怪罪陈镜泉。

总的来看,彭其可谓性格复杂、个性鲜明;作为一个人物形象,彭其具有独特的意义和价值:其一,在《将军吟》出现之前,中国当代小说史上被着力刻画的正面职业军人形象不少,如《铁道游击队》中的刘洪、《林海雪原》的杨子荣、《保卫

---

① 《将军吟》,第 204 页,人民文学出版社 1980 年版。
② 《将军吟》,第 218 页,人民文学出版社 1980 年版。
③ 《将军吟》,第 533 页,人民文学出版社 1980 年版。
④ 《将军吟》,第 432 页,人民文学出版社 1980 年版。
⑤ 《将军吟》,第 432 页,人民文学出版社 1980 年版。
⑥ 《将军吟》,第 113 页,人民文学出版社 1980 年版。
⑦ 《将军吟》,第 392 页,人民文学出版社 1980 年版。

延安》中的周大勇、《红日》的沈振新等;但高级将领的形象不多,像彭其这样被着力刻画的兵团级高级将领的形象更是几乎没有——虽然《保卫延安》中有彭德怀,《红日》中有沈振新,但彭德怀不是小说所着力刻画的人物形象,而沈振新又只是一个军长,且在作品中的位置也远不如彭其的那么重要;因此,彭其这一人物形象的出现,无疑拓展和丰富了中国当代文学中的军人形象画廊。其二,彭其虽然是一个高级将领,但小说所着力表现的不是他带兵打仗、杀敌报国,而是他及其战友们在"文化大革命"中饱受迫害、九死一生的经历以及在灾难中所表现出的高风亮节和对民族、国家、人民的忠诚,从而拓展和丰富了中国当代文学中军人形象的内涵。

(二)陈镜泉

像彭其一样,陈镜泉也是一位职业军人。他和彭其、胡连生等一起走过烽火连天的岁月,又一起在和平年代担起保家卫国的重任——任空军新编第四兵团政治委员。他人生坎坷连连、一身不幸——在抗日战争时期丢掉了一条胳膊;中年时妻子在"反右倾"中含冤自杀;自己身患严重的心脏病,被动地参加"文化大革命",做违心之事。他忠于职守——身为政委,上级要求他召开党委会批斗彭其,他如果不按上级的要求办,自己则可能被打倒;如果按上级的要求办,又实在于心不忍;可最后还是从自己的岗位职责出发,担任了批斗彭其的组长;但他也不是愚忠,如彭其对他说:"我是打仗的,头脑简单,不懂政治,搞不清楚"①,他回答道:"你以为搞政治的就一定搞得清楚吧?"②在兵团宣判十名罪犯时,他见他们都是刚入伍的十八九岁的战士,内心十分矛盾,从而质疑"一方面是大歌大颂毛主席的光辉功绩,大树毛主席的最高威信,大学毛主席著作,大力开展忠于毛主席、忠于毛泽东思想、忠于毛主席革命路线的'三忠于'活动;而与此同时,反对毛主席和毛泽东思想的人突然变得这么多"③这一怪异现象。冷静敏锐——在面对问题时,他总是冷静地分析对待,并劝慰彭其也要冷静;在被戴高帽子"当猴耍"时,女儿发火,他却说:"我没有发火,你发什么火?"④能从身边出现的迹象推断出有一个"地下党"在指挥一切,调动一切;上级要求他批斗彭其,

---

① 《将军吟》,第 54 页,人民文学出版社 1980 年版。
② 《将军吟》,第 54 页,人民文学出版社 1980 年版。
③ 《将军吟》,第 101 页,人民文学出版社 1980 年版。
④ 《将军吟》,第 22 页,人民文学出版社 1980 年版。

他清楚地认识到这是借刀杀人。有智慧——在当时的情形下,他既没有像胡连生那样以硬碰硬,也没有像彭其那样宁折不弯,更没有像兵团宣传部部长江醉章那样不要人格地投靠国贼,而是既不正面抵抗,又决不投靠,更不与错误路线一起肆虐,在力所能及的范围内保护革命事业、保护战友,从而减少了民族、国家、人民所受的损失,也减少了战友的痛苦。重感情——他视彭其如亲兄弟,为自己被迫伤害彭其之事愧疚不已,以至于对秘书徐凯痛心疾首地说:"……小徐……我们是死结同心一起参加共产党的。这个半年,我……我拿刀子杀他……我刺伤他的心了,是我的罪过啊!我的罪过啊!小徐,你晓得吗?是我的罪过啊!"①彭其在除夕从北京的被关押处逃走后,他非常担心其安危,不顾自己虚弱的身体,也不顾恶劣的天气状况,到火车站、铁路等各处寻找;在得知江醉章的阴谋后,他决心为彭其洗清冤屈,虽为形势所迫未能成功,但决心没变,并在彭其登机飞往北京时,昏死过去。懦弱、缺少勇气,用其女儿陈小炮的话来说是个"糯米团"——上级要他批斗彭其,他虽心如刀绞,但还是照做不误;文工团批斗他,冲他高呼大吼,甚至有人把拳头伸到其鼻子跟前、拿墨汁往其脸上涂、把其军衣都染黑了,他也不稍作反抗;在得知彭其被陷害的真相后,非常悔恨和激愤,甚至想找林彪为彭其说话,但在发现事已成定局后,又隐忍妥协了。不过,他并不总是懦弱、妥协——在关键时刻,他也有魄力,敢于担风险,如在彭其被绑架后,他责令江醉章把人交出;当江醉章把彭其关进石屋加以迫害时,他怒不可遏,立即亲自驱车前往,并不惜承担巨大的风险而把彭其营救出去。

总的来看,像彭其一样,陈镜泉也可谓性格复杂、个性鲜明;虽不如彭其威武不屈,但又和彭其一样具有高风亮节;而作为一个文学形象,也具有独特的意义和价值——迄《将军吟》的出现为止,中国当代小说中还没有出现过像陈镜泉这么高级别、且内蕴如此丰富的军队政治工作者形象。

(三)赵大明

赵大明是空军新编第四兵团文工团成员之一。在"文化大革命"时期,受时代潮流的影响,他加入了造反派的行列,但后来又觉醒了,并同情和保护彭其、揭发江醉章。他积极上进、为人真诚、思想单纯但幼稚、容易随波逐流——他把"文化大革命"当成一场触动人灵魂的革命,力图紧跟时代、与现实生活合拍,以

---

① 《将军吟》,第411页,人民文学出版社1980年版。

至于为此终止了与彭其之女彭湘湘的恋人关系、与范子愚"团结""战斗"在一起;尽管尊敬、信任彭其,但又相信彭其有错误,并希望他积极改正错误;看到陈镜泉遭批斗,虽颇感矛盾,但很快"由惊奇到理解,由理解到冲动,由冲动到麻木"①,最终参与批斗陈镜泉。有才华——能作曲作词演唱;领导让他写材料,他能把领导的意图恰到好处地表达出来;所写的广播稿能让"那些机关干部和警卫战士们听着听着都不做声了。他们至少是感到惊奇,居然也有这样讲道理的造反宣传品!在文工团造反群众中间也有一部分人赞成这种宣传,他们在议论纷纷。"②有是非感——虽为形势所迫,终止了与彭家的关系,但对彭其一直怀有尊敬之情,不相信彭其会做出反党的事情;在北京巧遇彭其后,尽心尽力地照顾他,并打心眼里认为他是一个爱党爱国爱人民的好司令;冒着生命危险照顾被囚禁的彭其;在范子愚自杀的现场获取了有关江醉章背叛革命的材料后巧妙地将之带走;揭露江醉章的阴谋,并把江醉章陷害彭其的黑材料偷出去交给彭湘湘,让她用来保护彭其。重感情——他虽然为形势所迫而与彭湘湘终止了恋人关系,但又始终挂念着她;在决定离开部队到工厂工作时,希望她将来能到他所在的工厂和他一起工作。胆小怕事——他在看守彭其时很想暗中照顾彭其,但又害怕被发现。

总的来看,赵大明是一个虽一度迷失自我但又良知犹存、积极进取的青年,也是一个个性鲜明、意蕴独特的人物形象。

(四)江醉章

江醉章是空军新编第四兵团宣传部部长,林彪集团在兵团里的爪牙。他善于溜须拍马、投机钻营——竭力迎合林彪集团、狂热地宣传"文化大革命"以借势扶摇直上。善于玩弄权术、搞阴谋、笼络糊弄人——在被任命为兵团政治部主任后,他"巡视"总部,每到一处,都把工作同"文化大革命"联系在一起大谈特谈;到组织部时,因部长资格较老、年纪较大而对他不在意,他很恼火,但又不好直接发作,便借办公室的地面没有打扫干净而大加批评;又如,一见到到访的范子愚就亲昵地说:"进来进来,我知道你没有吃早餐,给你准备了一份,你进来,

---

① 《将军吟》,第32页,人民文学出版社1980年版。
② 《将军吟》,第75页,人民文学出版社1980年版。

洗脸没有？"①一副信誓旦旦的样子对身为文工团一员的范子愚说："我就主张这样，把文工团当作干部学校，只要我在这里当部长，我就要这样做。现在是锻炼人的好机会，要跟着毛主席在大风大浪里游泳，争取游过河去。好好干吧"②。阴险、狠毒——他在范子愚可资利用时便重用之，在范子愚丧失被利用的价值时便一脚将他踢开；在得知范子愚掌握了有关自己叛变革命的材料后，先发制人地将之打成反革命分子，逼之跳楼自杀；要阴谋诡计陷害彭其、陈镜泉和胡连生等，并欲置彭其于死地。易反易覆、反复无常——在陈镜泉从北京回部队召见他时，他嚣张傲慢；但在看到陈镜泉脸上闪着胜利的光彩后，他便一改狂态；在听陈镜泉说军委命令他为兵团政治部主任后，他放肆地大笑；但在得知林彪送给陈镜泉一尊毛泽东的铜像后，他立马又惶恐不安。心地龌龊——他既要彭其的秘书邬中的妻子、兵团门诊部护士刘絮云做他办事的工具，又要她做他满足情欲的工具。

总的来看，江醉章是一个政治投机商、暴发户，是一个野心家、阴谋家，是人民军队里的一个败类。

三

小说通过其内容及所塑造的一系列人物，尤其是彭其、陈镜泉、赵大明、江醉章等所表达的主旨大致有以下几点：

（一）从军队的角度再现了"文化大革命"时期的社会风貌。

"文化大革命"不仅使国家的政治、经济、文化、道德、法律等陷于灾难之中，而且使军队陷于灾难之中——出生入死几十年、饱经革命战火考验的空军兵团司令员彭其、兵团管理处处长胡连生在"文化大革命"中饱受迫害、九死一生，和彭其、胡连生死结同心的兵团政委陈镜泉总处在政治斗争的风口浪尖，时时刻刻如临深渊、如履薄冰，精神上苦不堪言；钻进军队里的政治投机商、暴发户江醉章兴风作浪、为虎作伥、肆无忌惮地迫害忠良……军队素有国家的钢铁长城之称，关系到国家的安危存亡，其混乱都如此不堪，整个社会之混乱可见一斑。

---

① 《将军吟》，第87页，人民文学出版社1980年版。
② 《将军吟》，第94页，人民文学出版社1980年版。

（二）揭露"文化大革命"的危害性。

"文化大革命"不仅危害了国家的上层建筑和经济基础，而且危害了人的生存及人际、人伦关系甚至人性——"文化大革命"爆发后，老一辈革命家不仅遭受政治迫害，而且还遭受人格凌辱；青年造反者虚掷年华、荒废学业、浪费才干，成为阴谋家的牺牲品；两代人都付出了惨重的代价。彭其、陈镜泉和胡连生本是死结同心的老战友，在"文化大革命"之前，三人虽然职位不同，但彼此肝胆相照；而"文化大革命"爆发后，却相互怀疑、猜忌甚至埋怨，最后，胡连生竟手举手榴弹，逼着陈镜泉去找彭其；赵大明与彭湘湘的情侣关系、与彭其的婿翁关系因"文化大革命"而恶化为敌我关系；彭其与彭湘湘的父女关系也被离间……其他如江醉章与邬中、刘絮云、范子愚之间相互关系的变化，陈镜泉的进退维谷、邬中的反叛和投靠、刘絮云的"参政"以及背叛丈夫与江醉章的苟且、范子愚的殉葬，都是"文化大革命"的产物。"文化大革命"使"人的性情在发生着奇妙的变化。心慈的，狠毒起来；温存的，狂暴起来；胆小的，勇猛起来；含蓄的，外露起来。仇恨的火海把所有人冶炼成同一性格，发出同一种表明其性格的嘶叫声。"①"小说自然地表现出许多单纯的青年如何被引入迷途，表现了林彪、江青制造的现代迷信使这些人精神产生了异化。他们失去了'自我'。昨天，政委不那么经意的一个亲切的招呼和玩笑也使他们兴奋和激动，今天，却向这位为人民献出了一条手臂的将军经受过战火和风霜的脸上泼去墨汁。他们并不是坏人，他们以为这就是革命。"②

（三）歌颂了以彭其等为代表的老一辈无产阶级革命家。

彭其、胡连生虽身心备受磨难，但始终刚直挺拔；身处沧海横流、恶人当道之世，不仅能出污泥而不染，而且还能舍生忘死地护卫真理正义；在同恶势力斗争时既注重用实力又注重用智慧讲策略。陈镜泉虽为形势所迫，不能像彭其、胡连生一样横眉冷对恶势力，但也坐得端行得正。李康宁死也不向恶势力屈服。这些既是对正义、公道的歌颂，也是对老一辈无产阶级革命家的歌颂。

（四）抨击了以江醉章等为代表的政治投机商或暴发户。

江醉章、范子愚、邬中、刘絮云之流或者黄粱美梦一场空，或者机关算尽不

---

① 《将军吟》，第108页，人民文学出版社1980年版。
② 冯鸣：《〈将军吟〉——净化和震撼心灵的好作品》，《语文教学与研究》，第45页，1983年第4期。

得善终,或者赔了夫人又折兵,或者身心未保,沦为别人的玩物或工具,一个都没有好下场,这些既显示了天网恢恢疏而不漏、恶人自有恶报的真理,又表明了正义的胜利,更是对政治投机商或暴发户的抨击和诅咒。

(五)从人性的层面上探讨"文化大革命"发生的原因。

邬中、刘絮云、范子愚等各自的言行及其所显现的心态,揭示了每一个人本性之中潜伏着的并会相机而出的恶欲,含蓄地说明对"文化大革命"的发生,作为中华民族个体的每一个人,实际上都负有不容推卸的责任。

四

从艺术表现的角度来看,小说主要具有如下特点:

(一)人物众多而又个性鲜明。

小说人物为数众多——除彭其、陈镜泉、江醉章、赵大明等外,小说还有李康、胡连生、范子愚、邬中、刘絮云、邹燕、彭湘湘、陈小炮、李小芽、陈小盔、徐凯、方鲁、赵开发等一系列人物,而且这些人物堪称性格内涵丰富、个性鲜明,如兵团副司令员李康政治眼光敏锐、宁折不弯,胡连生爱憎分明、直爽、粗鲁、暴烈、粗中有细、善良,范子愚愚忠、狂热、愚昧、阴险,邬中心地龌龊、见风使舵、见利忘义,刘絮云精于心计、巧于钻营、善于伪装、阴毒、狂暴、寡廉鲜耻,彭湘湘善良敏感、敢爱敢恨、敢作敢为,陈小炮乐观、聪明、勇敢、果决、无畏、倔强、热忱、侠义,李康的女儿李小芽单纯、善良,陈镜泉的儿子陈小盔沉默寡言,徐凯忠心耿耿,门诊部主任方鲁是非分明,赵开发热心朴实……

(二)多方面地刻画人物。

1. 在"文化大革命"的背景下,把人物放在错综复杂的矛盾冲突中来刻画其性格特点,如对江醉章,小说通过写他与范子愚、彭其、胡连生等之间的矛盾,描写其阴险狠毒、老奸巨猾、故弄玄虚、处心积虑、不择手段。

2. 在各种境遇中刻画人物,如彭其,在身处顺境时,他居安思危——在司令员的任上时,他认真地对待自己的工作,真诚地对待自己的下属,对"文化大革命",从开始就担忧;在身处逆境时,他刚直不阿、百折不挠——在"文化大革命"中挨批斗时,对批斗一笑置之,他不仅没有因挨批斗而意志消沉,反而因此而看开了更多的事情:在了解女儿湘湘和赵大明之间的感情后,他不再阻挠他们;清醒地认识到自己再怎么遭批斗也不会比当年烧炭的境况差。

3. 通过描写人物的心理来刻画人物。小说既有客观的心理分析式描写,又有人物独白、幻觉和梦境的描写等,同时,还注重通过描写人物的行为、语言、表情等来描写人物心理,如写彭其:"他站起来,在老战友的办公室里走来走去,走来走去,也像早年思考作战方案一样,但心情已经完全两样了!他突然快走,好像在急急赶路似的。"①——这是通过描写彭其的动作写其心理;对陈镜泉直言道:"这也怕,那也怕,讲不能讲,动不能动,这些鬼名堂比敌人还狠!……我不怕!怕丢官,还怕不怕丢江山?!"——这是通过彭其的语言写其心理;在批斗胡连生之后回到家里关上门倒在藤睡椅上时,他"总觉得耳边有声响,有吼叫声,辱骂声,还有哭声。这三种声响有时绞在一起,成了一种嗡隆嗡隆的如螺旋桨飞机在低空飞行的声音。"②还幻听到钢琴声,忽视了在他身旁的烟——这是通过描写彭其的幻觉写其心理。在妻子许淑宜讲了女儿因他的蛮横举动而闷闷不乐后,"彭其听了,心中更觉难受,好像一切罪孽都是自己的过错。"③——这是直接写彭其的心理。

4. 通过描写细节来刻画人物。如小说多次写到彭其端端正正地戴上军帽——这写出了他的严肃、认真、严谨。

(三) 思辨性强。

小说的思辨性一是表现在语言方面,如"每人都在变化,每人的变化又不同,可见人世间多么丰富多彩。"④"与其做一个高贵的附属品,还不如做一根自立于泥土的野艾蒿。"⑤"他们目睹了整个冗长的戏剧。一会儿是喜剧,一会儿是闹剧,一会儿是恶作剧,当前又在演悲剧。"⑥"仇恨的火海把所有人冶炼成同一性格,发出同一种表明其性格的嘶叫声。"⑦"不爱大家就是因为太爱自己;不爱人民就是爱着人民的敌人;不爱美好的事物就是正在迷恋着丑恶的事物。"⑧"人

---

① 《将军吟》,第53页,人民文学出版社1980年版。
② 《将军吟》,第114页,人民文学出版社1980年版。
③ 《将军吟》,第127页,人民文学出版社1980年版。
④ 《将军吟》,第376页,人民文学出版社1980年版。
⑤ 《将军吟》,第28页,人民文学出版社1980年版。
⑥ 《将军吟》,第557页,人民文学出版社1980年版。
⑦ 《将军吟》,第108页,人民文学出版社1980年版。
⑧ 《将军吟》,第335页,人民文学出版社1980年版。

都在变化中,变化了的人心会产生出变化环境的力量。"①"人只要有了忘我的精神,热爱人民的精神,就能把自己的肉体看作如尘埃一般微小,扬起落下都无关紧要。"②"枪是硬家伙,文章是软家伙;枪是呆家伙,文章是活的。硬的搞不过软的,呆的搞不过活的,没有办法,只好认输。"③"坚强可以使人在狂风暴雨的摧残下不倒不折不弯腰"④,"凡是大智大勇者都是没有感情只有理智的。"⑤"威信就是一威二信。在实际上,信是没有用的,只要有威就行,有威就是信,有威,谁敢不信?"⑥"历史是一条漫长的道路,道路上跑着一代又一代接力赛跑的人。上一代的不尽职会给下一代留下过重的负担;上一代走错了路,下一代还要绕回来。长辈人的身上担着多么重大的责任呀!再怎么没有心肝的骗子也只能在同辈人中间行骗,难道可以欺骗儿孙辈吗?自己已经上过当的,就不要再叫儿孙们重受上当之苦了!应该告诉他们,留给他们一份真有价值的遗产。这是一段多么重要的经历呀!在儿孙们前进的路上,从此又多了一块赫然醒目的巨碑。它告诉人们,不要再花费精力做不必要的冒险了,祖辈的探索应是有意义的,应把这重大的意义变成财富才对。"⑦这些语言都富有思辨性。二是表现在人物的思想活动描写方面,如彭其在被当作囚徒给看管起来时对囚犯与狱卒之间关系的反思,赵大明对自己从造反到觉醒、反叛的过程的反思,邬中对自己为了攫取权力而不惜连老婆也赔了进去的丑恶行为的反思等。

(四)线索繁复,结构精巧。

小说从正面描写军内的"文化大革命",但没有简单地按运动的流程来布局情节结构,而是以彭其一家身处"文化大革命"的险风恶浪、所面临的矛盾斗争及其经历、遭遇、命运为主线,交织着由彭湘湘、赵大明、范子愚等相互之间的矛盾纠葛所构成的空军新编第四兵团文工团造反派的各种内幕,由彭湘湘、陈小炮、李小芽等相互之间的矛盾纠葛所构成的空军新编第四兵团高级干部的家庭忧患和生活变故,由邬中、刘絮云、江醉章等相互之间的矛盾纠葛所构成的空军

---

① 《将军吟》,第579页,人民文学出版社1980年版。
② 《将军吟》,第220页,人民文学出版社1980年版。
③ 《将军吟》,第419页,人民文学出版社1980年版。
④ 《将军吟》,第236页,人民文学出版社1980年版。
⑤ 《将军吟》,第333页,人民文学出版社1980年版。
⑥ 《将军吟》,第608页,人民文学出版社1980年版。
⑦ 《将军吟》,第621页,人民文学出版社1980年版。

新编第四兵团野心家、阴谋家对忠臣良将的陷害,由彭其、陈镜泉、胡连生等相互之间的矛盾纠葛所构成的空军新编第四兵团的运动"全景"等线索,从而呈现出扇形结构,全方位地扫描"文化大革命"最初几年的历史风貌[①]。

(五) 采用"戏剧化"、"音乐化"的手法。

小说借助戏剧组织矛盾、形成高潮的手法,如第一章《琴声·歌声》,围绕砸琴事件"引进"主要人物,初步形成悬念,勾画出时代氛围。之后,采取传记的写法,一章一章地展开,描写主要人物的身世、经历、现状。小说的前五章,可以看作是多幕的第一幕。再后,按照创造人物和故事发展的需要,精心组织了《公审大会》、《老人心》、《斗争会》、《将军愤》、《四面哀歌》等高潮,收到了波澜起伏的艺术效果。同时,借助于交响乐再现和变奏的手法,将某一种思绪固定在一个特定的旋律上,有时又把各种不同的"音响"融会在一个画面里。如第一章《琴声·歌声》,旋律是抑郁的;第八章《公审大会》,旋律是怨艾的;第十四章《老人心》,旋律是明快的;第二十八章《将军愤》,旋律是激昂的;第三十三章《热情奏鸣曲》,旋律是热烈的;第四十章《爱与死》,旋律是缠绵的;第四十二章《温泉夜》,旋律是挑逗的。即使在同一章里的旋律,也有其他各种和弦;就是同一旋律本身,也有节奏、"音响"的多层次变化,进而使整部小说充满了音乐的优美感和节奏的明快感,引人入胜,具有极强的可读性。[②]

(六) 注重运用比喻、象征等手法。

小说大量地运用了比喻、象征等手法,比喻如"她(彭湘湘)仿佛觉得,她的温暖的家就像一条飘泊在惊涛骇浪中的小船,随时都可能被浪头打翻;而那些造反者们便正是掀起巨浪的妖孽。"[③]"她预感到人跟人的关系会发生一次巨大的变化,孤独像乌云的阴影一样正在移近这个动荡的家庭。"[④]"他像一堆篝火燃烧在她的心里,使她感觉不到有严寒到来的威胁;他像一个力量之神跟随在她的左右,使她永远也不会弱小与孤单。"[⑤]"海风时强时弱地吹来,把竹子摇得飒

---

① 参见徐其超等:《聚焦茅盾文学奖》,第157页,作家出版社2005年版。
② 参见谢望新:《〈将军吟〉再认识》,《当代作家评论》,第114页,1984年第5期。
③ 《将军吟》,第145页,人民文学出版社1980年版。
④ 《将军吟》,第148页,人民文学出版社1980年版。
⑤ 《将军吟》,第148页,人民文学出版社1980年版。

飒作响,好像有蟒蛇或猛兽正在那里蠢蠢欲动。"①"有一架歼六型战斗机被卡车牵引着,从滑行道上开来。它抖动两翅缓慢地爬行,就像刚钻出蜂巢的一只幼小的工蜂。"②象征如"窗外是阳台,阳台上放着一盆金橘。海风使院里的大树摇晃得相当厉害,而金橘小树不受大的影响。在寒风中没有一棵大树能够结果的,倒是这小金橘树独能果实盈枝。"③"阳光透过窗口射进病房来,天气复晴了。无论大风雪来势多么猛烈,它只能逞凶于一时,只有阳光才是永恒的。即使在昏黑的风雪天,也并非阳光不存在了,不过暂时被浓云挡住了而已。浓云一散,阳光还是阳光,多么明亮的阳光!"④

(七)注重描写环境,渲染气氛,隐喻时事。

《兵临城下》一章开头写道:

"窗棂上有一只南方特有的巨大的越冬蚊子在吃力地爬动,细长的腿伸向前边左边右边探探摸摸,犹豫不定。它大概看到窗外有阳光,试图飞出去取暖,不知道这透明的玻璃是钻不过去的。这只幸运的蚊子,曾经平安地度过了漫长的寒冬,也许麻痹大意出来得太早了,竟会在春暖花开以前挣扎不过去,遗憾地死在这窗棂上?"⑤

这段描写实际上隐喻了政治时令,同时,借蚊子来隐喻人物当时进退维谷的困境——小说中的这类描写很多。

五

小说也存在着一些不足之处,具体地说:

(一)虽然正面描写了"文化大革命",但对其产生的背景、根源揭示不充分。

(二)对人物心灵世界的开掘不够充分。

(三)后半部的故事情节戏剧性过强,弱化了对人物形象的刻画,影响了整部小说思想内容和艺术水准的平衡性⑥;同时,彭其的"行动性"不如前半部强,

---

① 《将军吟》,第149页,人民文学出版社1980年版。
② 《将军吟》,第622页,人民文学出版社1980年版。
③ 《将军吟》,第49页,人民文学出版社1980年版。
④ 《将军吟》,第433页,人民文学出版社1980年版。
⑤ 《将军吟》,第177页,人民文学出版社1980年版。
⑥ 参见谢望新:《〈将军吟〉再认识》,《当代作家评论》,第114页,1984年第5期。

同恶势力的斗争显得无力。

（四）陈镜泉这个人物虽然总的来说个性鲜明、性格复杂，但也存在着一定程度的抽象化、概念化倾向。

不过，这些缺点毕竟是"白璧之瑕"。总的来说，在20世纪80年代的长篇军旅小说领域中，小说属于"艺术峰线"的代表作；尽管因袭的包袱比较沉重，步履艰难，但终究超越了"老五峰"——老题材、老故事、老人物、老观念、老方法，在整体上较之20世纪五六十年代反映革命战争的长篇小说，包括其中的优秀代表作如《保卫延安》《红日》《林海雪原》等，有极大的开拓和创新，在反映生活的广度、主题思想的深度和所塑造的人物形象的完美度以及叙述方式的开放度等方面，均较此前同类题材的小说有了进一步的发展和提高，进一步的增添和丰富[1]；加上它是新时期第一部揭露"文化大革命"的长篇小说，"确是相当大胆地敢于'直面惨淡的人生，敢于正视淋漓的鲜血'的"[2]，"思想高度，远远超出了它当时诞生的时代，为我们提供了认识历史发展方向的线索，预见了未来"[3]，是"最具清醒的历史意识的创作……完全应当被看作是新时期文学历史起点的标志和一个新的文学时代到来的最初信号。"[4]

---

[1] http://blog.stnn.cc/zzerer/Efp_Bl_1002452860.aspx.
[2] 康濯：《"敢于正视淋漓的鲜血"——略论莫应丰的创作》，蔡葵、韩瑞亭《长篇小说的辉煌——茅盾文学奖获奖小说评论精选（1977—1988）》，第88页，北京十月文艺出版社1994年版。
[3] 谢望新：《〈将军吟〉再认识》，《当代作家评论》，第110页，1984年第5期。
[4] 於可训：《历史转折期的艺术见证——重读首届茅盾文学奖的获奖小说》，《当代作家评论》，第27页，1995年第2期。

第五节 《冬天里的春天》

一

李国文的《冬天里的春天》最初由人民文学出版社于 1985 年出版,其内容梗概为:

于而龙本名于二龙,其母早年从石湖里救起并收养了为人贩子所弃的芦花。在母亲病逝后,为安葬母亲,于二龙与哥哥于大龙以及芦花向三王庄的大户王敬堂家借了 18 块大洋。1937 年早春,王敬堂在北平上大学的二儿子王纬宇回家与县城商会会长之女订亲。因为在订亲聘礼中需要有一条象征吉祥的红荷包鲤,王纬宇的哥哥王经宇向于二龙许诺:如果能交上一条五斤重以上的红荷包鲤,于家所欠王家的租金和债款一笔勾销。于二龙在喝下加了砒霜的酒后钻进冰窟弄到了一条红荷包鲤,但自己却昏死于冰上。于大龙在如约将鱼送到王家后,王经宇随即翻脸不认账,并以讹诈行凶的罪名将于大龙送往区公所陈庄治罪,派家丁把于家的船抬走抵债,并把芦花打得死去活来。来自于江西的红军老战士赵亮救活了于二龙,并把于二龙、芦花及贫苦渔民组织起来成立了石湖游击队,于二龙任队长,改名为于而龙。于大龙为报仇而投奔土匪麻皮阿六,后参加游击队。王经宇出于攀附权贵的目的,逼王纬宇抛弃所爱的船家女四姐而娶订亲之女,王纬宇愤而投奔游击队,王经宇则投靠了日本人。在于大龙牺牲后,芦花做了于而龙的妻子,任游击队指导员。在抗战胜利后,王经宇投靠国民党。1948 年初,国民党军队围剿游击队,王纬宇从内部破坏,游击队陷入困境,于而龙也身负重伤。大年三十夜里,王纬宇独自离开石湖的沙洲到陈庄与刚守寡的四姐幽会,并让四姐将出卖于而龙的密信送给县城里的王经宇,以换取和王经宇的和解。芦花在进城给于而龙买药的途中遇到四姐,截获密信,并利用信上的暗号混进王家,割下王经宇的头。随后带着四姐赶回陈庄,把王经宇的头颅掷在王纬宇的面前。王纬宇偷偷地划着芦花的小船回到沙洲,芦花则以为王纬宇去给敌人报信,便给四姐的哥哥老晚五块自己珍藏了多年的银元作为加急费划船送她回沙洲告急。芦花到沙洲上岸后,遇到一个到湖里侦察的特务并击毙之,而躲在苇丛里的王纬宇则开黑枪杀害了芦花,并被老晚透过苇丛看见。解放战争末期,游击队随大军南下,于而龙任骑兵团长。在从抗美援朝的战场回国后,于而龙率部转业到地方,在沼泽地上建起了大型军工厂,任厂长兼党委书记;王纬宇则因生活作风问题而放弃南方某省文教厅厅长之职,投奔于而龙,做其副手。一个偶然的机会,于而龙的朋友、当年在石湖战斗过的诗人劳辛回到石湖,听一位摇船老人说芦花是被人开黑枪打死的,但那老人因为害怕只说到一半便没说了。于而龙在得知后准备亲自回石湖调查,但因工作太忙,加上王纬宇从中作梗,便未成行。在"文化大革命"开始后,王纬宇当上了厂革命委员会主任,于而龙花费了大量心血建成的工厂被高歌、康司令所率领的"红角小队"以及王纬宇破坏成了一座空架子,于而龙遭批斗,受其牵连,女儿于莲遭批斗,儿子于菱无故被抓走,于而龙请来的归国工程师廖思源也饱受折磨。王纬宇回到石湖,诱奸了他与四姐所生之女叶珊,诬芦花为叛徒;暗中操纵石湖的地方领导,阻挠于而龙回乡调查芦花之死,组织派去调查芦花之死的调查组也因受阻挠而未见到老晚。1977春天,于而龙趁王纬宇忙于准备出国考察之机回石湖,查访那位摇船老人,老林嫂交给他一颗从芦花棺材里摸到的弹头,他也打听到那位摇船老人是四姐的哥哥老晚,但当于而龙找到老晚家时,老晚已于前一天晚上因县委书记王惠平的"看望"而死。老晚在临终时,把在心中藏了30年的秘密告诉了四姐,并留下了与那秘密有关的五块银元。王纬宇意识到自己面临着巨大的危险,遂终止出国而赶到石湖,将四姐杀害于沙洲。在四姐奄奄一息之际,于而龙赶到,并从四姐口中获知当年向芦花开黑枪的便是王纬宇,随后,追上了王纬宇。

二

小说中的重要人物主要有于而龙、王纬宇、芦花等。

(一) 于而龙

于而龙本是一个贫苦的渔民,后投身革命,先后任石湖游击队队长、骑兵团长、大型军工厂厂长兼党委书记等职;既是一个具有传奇色彩的战斗英雄,又是一个与诗人交朋友、拜专家为师、热爱生活、懂艺术、可以整本地啃外文原著的干部。他勇敢——为了还王家的债,他冒着生命危险钻进冰窟窿抓红荷包鲤;

石湖游击队成立之初,他率领一支没有一支枪且不到十个人的队伍胁迫平时作威作福的王敬堂交出枪支。勇猛——在与日寇的战斗中,一个鬼子跑着把一捆冒烟的手榴弹往外扔,他猛一使劲又把手榴弹送了回去。坚强、倔强——他在突围时独自一人流落到黑斑鸠岛上,且身受重伤,但还是凭毅力活了下来;在"文化大革命"中遭到批斗受迫害,家人也受到连累,但始终不向恶势力屈服,不仅自己顽强坚韧地活了下去,而且还鼓励归国工程师廖思源要挺住。富有牺牲精神——在战争年代,为了不影响部队的作战,他甚至想把自己的亲生骨肉丢弃。尊重科学、尊重知识分子、与时俱进——为了胜任厂长的工作,他从零开始学外语,学管理知识,支持归国工程师廖思源推进科技改革,通过多方面努力在工厂成功安置了一台先进的计算机。重感情、讲义气——老林嫂之子小石头被麻皮阿六和王纬宇串通杀害后,他悲痛欲绝;赵亮横死后,他悲痛得六神无主,并终生对他怀念不已。有亲和力——老林嫂、老林哥、小石头、廖思源等各式各样的人均被他吸引到身边。有责任感——为了一家人的生活,他饮下加了砒霜的酒钻进冰窟去捉红荷包鲤;石湖游击队成立后,他任队长;新中国成立后,大型军工厂动力实验厂建立之后,他任厂长兼党委书记。但他也头脑简单、轻信——王纬宇多次耍阴谋诡计,麻皮阿六耍苦肉计,这些他都本应该识破但最终却都没有识破;暴躁——在去营救赵亮前,老林哥不慎把一个装着银元的"美孚"油箱掉进了湖中的塘河里后,他暴跳如雷,粗暴地伤害多年来任劳任怨的老战士。

总的来看,于而龙是一个铁骨铮铮的男子汉。

(二)王纬宇

王纬宇是三王庄的大户王敬堂的二儿子,先后任石湖游击队参谋、副队长、南方某省文教厅厅长、某工厂副厂长和工厂党委书记兼革命委员会主任等职。他狡猾、阴险、狠毒——混进游击队,为了骗取战友们的信任,他放火烧了自家的房子,刨掉自己父亲的坟墓,用血写入党申请书;一面为于莲出国深造奔走效劳,一面又与夏岚一道扼杀于莲的艺术生命;在"文化大革命"期间,在扳倒于而龙时,他从来不主动出面,而是怂恿利用高歌等达到自己的目的,暗中嘱咐造反派把于而龙往死里打,可"文化大革命"一结束就与于而龙一家野餐于西山寺院;极力主张为自己亲手杀死的芦花建陵墓、修纪念碑;利用游击队的求胜心理作出错误决定,险些使全队覆灭;勾结麻皮阿六"拉大网"对付于而龙,绑走小石头,继而唆使土匪杀害小石头,并挖掉他的一双眼珠;在勾结王经宇出卖游击队的阴谋败露后,向芦花开黑枪,在四姐将要揭露其杀人真相时将四姐杀掉;鼓动叶珊挖了芦花的墓;和老婆合谋陷害于而龙一家。不择手段——"他的哲学是:'如果需要,地狱的门也可以去敲!'"①在他看来,"'任何真理都是相对的,不可能超越时空的限制,真,在一定时期一定条件下,如果需要,可能看做假,相反,同样也是需要的话,假会变作真。真理和需要是姻兄姻弟'"②,"'如果需要的话,我们就加工定做,成批生产'"③真理,他的所作所为也确乎如此:"无论是共产党,还是国民党,生死之谊还是人伦纲常,爱情还是婚姻,统统都不过是王纬宇人生赌场上的资本,私利天平上的法码。"④善于见风使舵、投机取巧、溜须拍马、讨好逢迎——他因与王经宇发生冲突,便参加了石湖游击队;在游击队处于困境时,又与王经宇相勾结,使游击队损失严重;在于而龙还是厂长兼党委书记时,他巴结逢迎于而龙;当于而龙被打倒时,他则对于而龙落井下石;他可以记住"将军"周浩的每一次生日,可以对他的政敌在他认为需要的任何时刻作出关怀、体贴备至的举动;为了巴结讨好于而龙,极尽所能地巴结其女儿于莲,如在欣赏她的画时,竟"虔诚地近乎膜拜地观看,仿佛在巴黎卢浮宫欣赏那里收藏的世界名作似的"⑤;为于莲搞到了出国留学的机会,使于而龙不得不领他的情、承他的恩,帮他在"将军"面前美言了一番;"文化大革命"中,他按"现在是重新估价一切的时代;旧的价值观念不灵了"⑥的处世哲学行为处事。道德败坏、生活腐化——他在年轻时玩弄四姐、在中年时"吃窝边草"、年老时诱奸亲生女儿。巧言令色、爱出风头——"将军"请人吃饭,可他却"好像理所当然地成了主人"⑦;参加宴会,只要没有比他官大的人,他就会"吵吵嚷嚷,不会寂寞的了"⑧,要让大家以他为中心;在送于莲出国时,"王纬宇吵吵嚷嚷地来了,大声喧哗使得站台

---

① 《冬天里的春天》,第 325 页,人民文学出版社 1981 年版。
② 《冬天里的春天》,第 141 页,人民文学出版社 1981 年版。
③ 《冬天里的春天》,第 141 页,人民文学出版社 1981 年版。
④ 《反面形象塑造的一个重要突破》,《盐城师专学报》(社会科学版),第 57 页,1986 年第 2 期。
⑤ 《冬天里的春天》,第 550 页,人民文学出版社 1981 年版。
⑥ 《冬天里的春天》,第 524 页,人民文学出版社 1981 年版。
⑦ 《冬天里的春天》,第 476 页,人民文学出版社 1981 年版。
⑧ 《冬天里的春天》,第 476 页,人民文学出版社 1981 年版。

上一些外国乘客,都为之侧目"①,并且"他们俩口子占领了窗口前的一席地,于而龙和谢若萍被闪在了后面"②。自高自大——总觉得自己出身富裕之家且是受过高等教育的人,而于而龙只是个贫苦渔民且没文化、没知识,不应该总成为他的顶头上司,因而总是暗中对于而龙表示不满。

总的来看,王纬宇具有"狐狸加上狼的双重天性"③,是一个"即使那些坏人,怕也不会赞成与他为伍"④的坏人。

(三)芦花

芦花本是一个被倒卖的包身工,后成为石湖游击队女指导员和于而龙的妻子。她重义气——在被人贩子以15块钢洋买去送往上海一家纱厂当包身工的途中,当一个同伴被人贩子当作死人扔进水中时,她冒死相救。富有反抗精神——在受到高门楼王家的欺压时,"她决定吊死在高门楼的大门上"⑤以示报复。意志坚强、不屈不挠——在查王纬宇运子弹的事情时,她为了使线索不断,愣是挂在船艄,一路泡在水里;在去黑斑鸠岛去找不知所踪的于而龙时,"她仍坚持着用两只手在地面上摸索着,一寸一寸地都仔细摸了个遍"⑥,即使"那双手不成样子了,找不到完好的地方,扯裂的伤口,丝丝的血在渗透出来,肿胀的部位又受了冻伤,在发黑坏死"⑦。爱憎分明、嫉恶如仇——当五个伪军强奸一个年轻媳妇被她发现后,即使伪军们呼天抢地地哀求芦花放过他们,并且她也明知应遵守俘虏政策,但还是用枪"朝那五个举手投降的伪军前胸和脑袋射去"⑧。勇敢——"只要一投入战斗,接火以后,芦花马上精神抖擞,像一只凶猛迅捷的鹞鹰,倒背着双翅,笔直地朝枪响得最厉害的地方猛扑过去。无论对手怎样毒辣致命的打击,她都能利落地避开,仿佛旱地拔葱似的脱离险境,又好像脑后长着眼睛似的躲闪意外的偷袭"⑨;击毙土匪头子"麻皮阿六",杀死王经宇,日本鬼

---

① 《冬天里的春天》,第554页,人民文学出版社1981年版。
② 《冬天里的春天》,第554页,人民文学出版社1981年版。
③ 《冬天里的春天》,第758页,人民文学出版社1981年版。
④ 《冬天里的春天》,第842页,人民文学出版社1981年版。
⑤ 《冬天里的春天》,第64页,人民文学出版社1981年版。
⑥ 《冬天里的春天》,第856页,人民文学出版社1981年版。
⑦ 《冬天里的春天》,第857页,人民文学出版社1981年版。
⑧ 《冬天里的春天》,第319页,人民文学出版社1981年版。
⑨ 《冬天里的春天》,第673页,人民文学出版社1981年版。

子和伪宪兵们对她闻风丧胆。胆大而又沉着——她让谢若萍冒充一个被抓的女特工,带着谢若萍一起去见王纬宇以诓骗他,但在被他识破后,她又不慌张,甚至反客为主。警惕性强——她一直对王纬宇存有戒心,而且王纬宇确如她所料。率直、思想开放——她大方地说出自己喜欢的是于而龙而不是于大龙,顶住陈旧的习俗和恶意的流言而与于而龙在一起。

总的来看,芦花是一个觉醒的无产者和彻底的革命者。

三

小说通过其内容及所塑造的一系列人物,尤其是于而龙、王纬宇、芦花等所表达的主旨大致有以下几点:

(一)从一个特定的视角反映了从抗日战争到解放战争、新中国成立后17年、"文化大革命"及粉碎"四人帮"长达40年的社会风貌。

小说以于而龙回到30年前战争年代的根据地石湖查找暗杀前妻芦花的凶手为线索,通过对他查找期间的经历、见闻、联想、回忆等的叙述以及由此描摹出来的于而龙、王纬宇、芦花等人物形象,把国内战争时期内部的革命与反革命的隐秘斗争和"文化大革命"时期这一斗争的继续有机地交织在一起,再现了20世纪30年代石湖地区贫困渔民的生活状况与婚丧嫁娶风俗、抗战时期于而龙领导的石湖游击队与日本侵略者艰苦卓绝的斗争、解放战争时期石湖游击队的艰难处境、新中国成立初期社会主义建设者的劳动热情、"文化大革命"期间的种种颠倒与荒谬等,展现了石湖游击队从无到有、从弱到强的发展历程以及如火如荼的战斗生活,也展现了新中国成立后17年时期朝气蓬勃的气象和"文化大革命"时期是非颠倒、正邪错位、万马齐喑的社会现状以及"文化大革命"结束后百废待兴的时代气息——从一个特定的视角反映了从抗日战争到解放战争、新中国成立后17年、"文化大革命"直至粉碎"四人帮"长达40年的社会风貌。

(二)揭露和鞭挞了"文化大革命"的破坏性,探讨了"文化大革命"产生的根源以及如何避免"文化大革命"重演之类的问题。

"文化大革命"不仅使国家的政治、经济等遭到了毁灭性的破坏——政治混乱,像于而龙那样从抗战时期到新中国建设时期,出生入死,对民族、国家忠心耿耿的老战士、高级干部也饱经磨难、身心俱伤,其家人也受牵连,一些普通国人的遭遇和所受到的伤害就更是可想而知了;而像心底阴暗、道德败坏的王纬宇却如鱼得水、呼风唤雨、推涛作浪。经济陷于崩溃的边沿,如于而龙花费了大量心血建成的工厂在王纬宇之流的折腾下成了一座空架子。而且也使执政党遭到了毁灭性的破坏、人心遭到了惨重的伤害,如一位老骑兵对于而龙哭诉道:"说句不客气的话,今天这个共产党和我昨天认识的那个共产党不一样,要不,就是有一个好人的共产党,还有一个坏人的共产党"①;曾冒着生命危险支援革命的老林嫂对县委副书记非常冷漠,直言"反正现在要来了鬼子,老百姓不大肯掩护干部的罗!"②1952年满怀爱国之情回国参加社会主义建设的动力专家廖思源,又生出国之念。因此,对"文化大革命"及其发生的思考,不能仅仅停留在道德的层面,而应该深入到文化的层面,也就是说,不能把"文化大革命"及其发生仅仅看成是由于一个人或一些人的个人道德素质有问题所致,而同时还应该看到这些也与我们民族文化传统有关——"错误总是积累而成,存在着许多历史渊源,决非一朝一夕的事情。正如地壳下的能量活动一样,直是到了不能承受的程度,才会发生地震。所以,过错既有今天的,也有昨天的,而今天和昨天又是无法分割的,稗子在稻田里,并不是一天就长那么高的"③;只有坚决地摒弃传统文化的糟粕——专制文化,深入持久地批判国民劣根性——国民的盲从性、奴性以及由王经宇所显现的那种投机性等,弘扬民族传统文化的优秀成分,吸收外来先进文化,提高全体国民的素质,才能避免"文化大革命"之类悲剧的重演。

(三)歌颂了人性美、人情美,鞭挞了人性恶。

在战争年代,于而龙和战友们相濡以沫、生死与共、情同手足,在"文化大革命"中,于而龙被关进"优待室",他的秘书小狄不怕被牵连而经常去照顾他,老林嫂为了他去县委闹了好几次,老晚为了他将自己的手指砍掉;这些都是对人性美、人情美的歌颂。王纬宇集假丑恶于一身,其丑行、恶行根于其人性的恶性因子,他最后也不得善终;这些实为对人性恶的鞭挞。

四

从艺术表现的角度来看,小说主要具有如下特点:

---

① 《冬天里的春天》,第36页,人民文学出版社1981年版。
② 《冬天里的春天》,第218页,人民文学出版社1981年版。
③ 《冬天里的春天》,第716页,人民文学出版社1981年版。

（一）人物众多而又个性鲜明。

小说中的人物共有 50 个左右，其中，于而龙、芦花、老林嫂、王纬宇、赵亮、老林哥、郑老夫子、廖思源、小石头、谢若萍、于莲、于菱、柳娟、高歌、艾思、夏岚、劳辛、江海、周浩、陈凯、老晚、王惠平、大久保等大多个性鲜明，如于而龙刚毅、耿直、勇猛善战，赵亮稳重、机智而又风趣，老林哥善良、恪尽职守，于大龙沉默而又固执，芦花美丽、坚强，郑勉之（郑老夫子）刚正不阿，王纬宇自私、阴险、道德败坏……个性都相当鲜明。

（二）运用了"意识流"、"蒙太奇"、象征等西方现代派小说常用的手法。

小说以主人公于而龙现在时态活动中的思绪或者相关事物的联系展开了两场历史斗争的叙述。在叙述时，小说虽然也在一些局部和具体章节里采用了传统的写实手法，但在总体上则采用了一些西方现代派小说常用的手法，其中最为显在者，一是运用了"意识流"的手法：小说在对芦花的死作了"序幕"式的描写之后，立马转写 30 年后的初春主人公于而龙来到石湖的第一个早晨，划着船去找芦花的墓以及知道芦花之死的真相的老晚；在寻找的途中，于而龙随着行踪的变化触景生情而意识流动、思绪飘荡，错觉、幻觉、梦境、联想、追忆等交杂纷呈，在时间上时而超前时而滞后、在空间上时而南方时而北方的一件件往事接踵而现，如当年与日本鬼子的斗争、与国民党保安团的斗争、王纬宇混进革命队伍杀害指导员芦花、暗中破坏革命、于而龙在"文化大革命"中受到的迫害和极"左"势力的猖獗情形等；在寻找结束时，随着于而龙对王纬宇的一声怒吼，芦花之死真相大白，故事则随之戛然而止——小说由此结构上显得前呼后应、浑然天成，内容上又显现出一种"千岩万转路不定，迷花倚石忽已暝"的朦胧性，并拓展了表现的空间。二是运用了蒙太奇的手法："在小说的开头就映现出游击队的指导员芦花，被暗藏在队伍内部的敌人杀害，然后作者描写：'沉沉的雾（'沉沉的雾'应为'迷雾'——引者注）啊，越来越浓重了，大概永远也不会消散地弥漫着、笼罩着。'然后在下一段紧接着描写：'湖面上的雾终于开始在消散了。三十年过去了——'于是，主人公于而龙出场了。前后三十年场景的对接，作者就采用了'相似式'蒙太奇，通过雾与雾的切换，直接过度（'度'应为'渡'——引者注）到三十年后于而龙重回石湖。'平行式'蒙太奇在小说结构中也运用得比较成功：'他想起了一九三七年，在心里对那位工厂革委会主任说：咱俩的交情，应该算是从这一年的早春开始的吧？'然后画面直接跳到'一九三七年的早春,冰封的湖面上——'插入对于而龙苦难的青少年时期的叙述。还有'对照式'蒙太奇的使用:'活见鬼啊!她头发那样黑——于而龙敢发誓,曾经在哪儿见过,然而记不起来了。'作者把画面剪接到:'尽管眼前这个姑娘,和于莲的性格是绝不相同的——'使叙述很快转到对主人公女儿的遭遇描述上。在小说中,还运用了'喻意式'蒙太奇、'复现式'蒙太奇、'叫板式'蒙太奇等多种结构手段"①,从而使历史叙述话语和现实叙述话语精密衔接,历史和现实有机穿插。三是运用了象征的手法:小说在人物塑造、物象描绘、情节设置等诸多方面都运用了象征的手法,从而使不少人物、物象、情节都带有强烈的象征性,如于而龙、芦花的经历、性格特点甚至名字都带有象征性——象征着一种坚韧、顽强、不屈不挠、生生不息的人格和精神;于而龙在钓鱼时所碰到的那条红荷包鲤"足智多谋,狡猾灵巧"、"胸有成竹"、"雄厚的体力"、"临场不慌的理智"②、"沉着老练"③、勇敢、顽强、富有韧性和耐力,"懂得怎样战斗,怎样活下去"④……这些实际上是于而龙本人的象征;红荷包鲤从被钓住到解脱,则实际上是于而龙艰苦曲折的一生的象征,也"是一种意志力的象征,象征着复仇主题中的主人公坚韧不拔的意志力,在九死一生的挣扎中力求解脱的顽强的意志力,在身负重创的困厄状态中对生的追求的意志力,在血海深冤中虽百折而不挠的坚决复仇的意志"⑤;被于而龙钓到船上的红荷包鲤向往着石湖,绝不放弃最后的希望,最终回到了给它力量、给它生命的石湖之中,这些实际上象征着于而龙也终于回到了给他力量、给他生命的人民的怀抱;于而龙在划着船去找芦花的墓以及知道芦花之死的真相的老晚时不止一次地驶进过浓浓的迷雾之中,这实际上是于而龙一生遭受的挫折及作者在20世纪50年代中期以作品干预生活、揭露阴暗面而步入文坛但又因此受到二十多年不公正待遇的象征。小说的标题甚至整个小说都是一个象征——象征冬天里内蕴的春天,象征冬天必将过去春天必将会到来等。

---

① 毛克强:《回归与探索——首届茅盾文学奖获奖作品评析》,《西南民族学院学报》(哲学社会科学版),第22页,2003年第3期。
② 《冬天里的春天》,第70页,人民文学出版社1981年版。
③ 《冬天里的春天》,第71页,人民文学出版社1981年版。
④ 《冬天里的春天》,第70页,人民文学出版社1981年版。
⑤ 洁泯:《读〈冬天里的春天〉的随想》,《文学评论》,第53页,1982年第2期。

（三）情节扑朔迷离、蜿蜒曲折，线索纷繁而又主线分明。

小说情节扑朔迷离，如一开始就设悬念：芦花在 30 年前的游击战争中误入敌人圈套后牺牲本是"定论"，但随着五块银元的出现，这一"定论"遭到了质疑；又如，于而龙在回乡下查明芦花的死因时遇到了重重障碍——曾像母亲一样对待他们一家的老林嫂支支吾吾不敢道出以前的事情，他在费尽周折地即将找到要找的人时，人却突然死亡；再如，于而龙和王纬宇之间的冲突一个回合接着一个回合，触之即破，其中的重要关节有如薄纸一张，而且几次要戳破而又未能破，结果持续了几十年。但在所有的情节中，于而龙与王纬宇之间的冲突构成的线索为主线——其他一切线索都是围绕这一条线展开的。

（四）注重描写心理。

小说注重通过心理描写来刻画人物——在小说中，不独人物的思想状态几乎都通过心理描写来展现，就是叙述人物的动作、情节的推移，也常常通过心理描写来进行；大致地说，小说中的心理描写既有客观的心理分析式描写，如于而龙对芦花的思念、于而龙在钓鱼时与鱼之间的感应与交流……又有人物的内心独白，如于而龙的内心独白："那丝丝缕缕飘忽着的雾，遮住了他的视线。他哆动着嘴唇，然而却是无声的呢喃：'芦花，我的亲人，你会听见我的心在向你靠近。雾是隔断不了的，听见了么？芦花！你在九泉下，也肯定会辨别出我向你走来的脚步声。你听见了，听见了，我的同命共运的姐妹，我的生死相知的战友，我的……'"[①]还有幻觉的描写，如于而龙回石湖寻找有关 30 年前开黑枪打死前妻芦花的凶手的线索不得，意识到是王纬宇搞的鬼，心情沉闷而烦躁，神志恍惚，朦胧中看见王纬宇站在眼前向他发出幸灾乐祸的冷笑，他愤怒地掏出手枪将王纬宇打倒在地；再如，四姐在听到女儿姗姗投河自杀后昏厥过去，幻觉连绵而至：时而觉得王纬宇好像就是 30 年前把她从装满包身工的船上拖出来往湖里扔的那个人贩子，时而觉得自己又回到了当年和王纬宇卿卿我我的情景之中。此外，小说也注重通过描写人物的行为、语言、表情等来描写人物心理。

（五）环境描写与内容相参照。

小说开头写雾，既是在描写了事情发生的客观环境，又是在暗示小说的内容特征——故事情节如同变化着的浓雾一样，朦胧飘忽；主人公像在雾中一样

---

① 《冬天里的春天》，第 19 页，人民文学出版社 1981 年版。

去探索事情的真相,去寻找真实的世界,读者在阅读小说时则如同在雾中穿行一样,会产生一种朦胧的美感。

(六) 抒情色彩浓郁。

小说虽然是一部写实性颇强的叙事作品,但也营构一系列江南韵味浓郁的意象,如雾、红荷包鲤、马齿苋、银杏树、鹊桥山等,这些意象通过"意识流"、"蒙太奇"的手法和扑朔迷离的情节组构成优美的意境;同时,小说常常将作者的议论或抒情化入主人公的灵魂中,通过主人公的意识流动自然地表露出来;此外,小说还赋予一些人物或物象以传奇色彩,如于而龙大难不死、九死一生——他三九天喝了兑砒霜的酒钻到冰河里去捕红荷包鲤,结果中毒受冻昏死,但最终又活了过来;他在抗战时身负重伤且与队伍失去联系、生命垂危之际被芦花救起;在"文化大革命"中,他遭造反派毒打,甚至被打倒在电工室里,但最终没死;心脏病严重甚至心肌梗死也没死……仿佛一个不死翁;红荷包鲤能和人交流,能虎口逃生——不论是在水里被钩住还是被捉到船板上,最终安然得逃。所有这一切组合在一起,使小说呈现出浓郁的抒情色彩。

五

小说也存在着一些不足之处,具体地说:

(一) 人物概念化。

小说虽然总的来说注重描写心理,但除于而龙之外,对其他人物又大多缺少必要的心理描写;芦花"高大全"的特征过于明显;王纬宇"假丑恶"的特征过于明显;把极"左"时期的正反两个方面的斗争,归结为过去国共两党斗争的继续,受"阶级斗争为纲"观念的影响明显,对极"左"文化的批判力度和对人的劣根性的批判力度均不够大。

(二) "由于受到当时文化思想界整体认识上的限制",作者"更多地看到了个人品质的问题,如王纬宇、王西平('王西平'应为'王惠平'——引者注),更多地看到了极'左'路线和极'左'观念的影响,而较少涉及体制本身的弊端"[1],小说文本的具体显现亦如此。

(三) "在叙事结构的创新上,过于追求技巧性,大量的剪接和时态的快速

---

[1] 何西来:《〈冬天里的春天〉和李国文的小说创作》,《当代作家评论》,第25页,1998年第4期。

交叉,让读者应接不暇;而过分分割事件,使结构显得零乱,使读者很难形成整体阅读感"①。

不过,小说尽管有这些不足之处,但总的来说仍不失为一部优秀之作,在中国现当代小说尤其是"文化大革命"结束之后的小说的发展历程中,占有重要的一席之地,具体地说:

(一)为反思小说的代表作。

在"文化大革命"结束之后的20世纪70年代末80年代初,政治上一方面全面结束动乱,另一方面对动乱进行理性反思。与此相应,文学上首先出现了伤痕文学,即作品以"文化大革命"为批判对象,揭露"文化大革命"在各个方面对人民造成的伤害,给人民留下的难以愈合的身心创伤,提出了许多尖锐的社会问题,如刘心武的《班主任》、卢新华的《伤痕》、王亚平的《神圣的使命》、从维熙的《大墙下的红玉兰》、周克芹的《许茂和他的女儿们》等;这些作品差不多都叙述了一个不同寻常的、令人惊异的事件或故事,通过这些故事所作的思考也大多为"道德化的思考",多少是在用个人品质的善恶来解释历史。在伤痕文学出现后不久,文坛上又出现了一批站在70年代末80年代初思想解放的立场上对新中国成立之后整个30年的历史行程予以回顾和反省、思考和探索如何防止"文化大革命"悲剧重演的作品,如方之的《内奸》、高晓声的《李顺大造屋》、茹志鹃的《剪辑错了的故事》、李国文的《月食》、陆文夫的《小贩世家》、宗璞的《我是谁》、陈世旭的《小镇上的将军》、王蒙的《蝴蝶》、张贤亮的《河的子孙》、古华的《芙蓉镇》等,这些作品把历史教训寓于人物形象之中,通过人物的命运展示和总结历史的得失,探及诸多问题,如历史是非问题、党和人民群众的关系问题、农民的历史命运等。《冬天里的春天》探及历史是非问题、党和人民群众的关系问题、人性等问题,"作家的意图并不在这几十年的历史本身,而在换个角度看待这段历史,以及活动于其中的人物","是要借助于对几十年间不同人物命运的反思,表达他对'左'倾政治的厌恶,寄托他的一种期望,并以此参与思想解放的进程"②,"是典型的反思文学作品"③,堪称反思小说的代表作。不过,《冬天里的春天》也

---

① 毛克强:《回归与探索——首届茅盾文学奖获奖作品评析》,《西南民族学院学报》(哲学社会科学版),第22页,2003年第3期。
② 何西来:《〈冬天里的春天〉和李国文的小说创作》,《当代作家评论》,第25页,1998年第4期。
③ 何西来:《〈冬天里的春天〉和李国文的小说创作》,《当代作家评论》,第28页,1998年第4期。

不仅仅是一部反思小说——无论从哪方面说，它既可以与《蝴蝶》、《剪辑错了的故事》等'反思'历史的小说引为同调"，又可以"与《神圣的使命》、《大墙下的红玉兰》等暴露'伤痕'的小说""引为同调"①，也就是说，《冬天里的春天》是一部集反思小说和伤痕小说于一身、带有"集约"性的作品。

（二）开启了当代小说叙事创新的先河。

小说"把叙事的过去时态与现在时态有机交织，在短暂的主人公活动的现在时态中编织进过去时态里发生的两场你死我活的斗争"，"两场斗争构成作品的主要内容"，"这样的对叙事时态的高度把握和不同时态里发生的事件片段的精密衔接的艺术功力，在今天也少有人达得到"，"叙事时态的交织，扩展了叙述的视角，加快了叙述的节奏，丰富了作品的内容，是对传统的单向性叙述的革新，开启了当代小说叙事创新的先河"②，"将现代小说技巧与传统手法有机结合，达到自然天成的境地，在社会主义时期的长篇小说创作中，《冬天里的春天》恐怕还是第一部。"③

---

① 於可训：《历史转折期的艺术见证——重读首届茅盾文学奖获奖小说》，《当代作家评论》，第28页，1995年第2期。

② 毛克强：《回归与探索——首届茅盾文学奖获奖作品评析》，《西南民族学院学报》（哲学社会科学版），第21—22页，2003年第3期。

③ 春容：《〈冬天里的春天〉的情节结构艺术》，《辽宁大学学报》（哲学社会科学版），第71页，1984年第4期。

第六节 《芙蓉镇》

一

古华的《芙蓉镇》原名为《遥远的山镇》，后由古华改名为《芙蓉姐》，最后由《当代》主编秦兆阳定名为《芙蓉镇》[①]；最初发表于1981年《当代》第1期上，由人民文学出版社于1981年11月出版，其内容梗概为：

芙蓉镇坐落在湘、粤、桂三省交界的峡谷平坝上，虽然只有一条青石板街，但圩很频繁，为三省18县客商的云集地。到1963年时，镇上生意最好的当数胡玉音的米豆腐摊——粮站主任谷燕山、芙蓉镇大队党支部书记黎满庚、"运动根子"王秋赦、"右派"分子秦书田等四人每圩都到这一米豆腐摊。县委财贸书记杨民高的外甥女、县商业局的人事干部李国香在正要被提拔为县商业局副局长时，和有家有室的县委财办主任的"秘事"不幸泄露，于是，被迫下到芙蓉镇国营饮食店任经理。由于自己所主持的国营店生意冷淡而胡玉音的米豆腐摊子生意兴隆，同时也由于向谷燕山求爱遭拒绝，而谷燕山又支持胡玉音，李国香便怀恨在心，暗中对胡玉音展开"政治调查"。随着李国香当年年底回县商业局任科长，其"政治调查"便不了了之。1964年春，胡玉音家盖了一幢新屋；李国香带领县委社教（即"社会主义教育"）工作组进驻芙蓉镇，住在王秋赦的吊脚楼里搞"四清"（清政治、清经济、清组织、清思想）。风传工作组要拿"新生的资产阶级分子"胡玉音"开刀"，胡玉音便到丈夫黎桂桂在广西秀州的一门远亲家避风头；在临走时，把一千五百元钱寄存在黎满庚那里。两个月后，胡玉音回家，但已物是人非——黎桂桂已因被划为"新富农"而上吊自杀；谷燕山因"丧失阶级立场，盗卖国库粮食"而被停职反省；黎满庚为过"运动关"，同时也为老婆所逼，交出了胡玉音请他代为保管的钱；秦书田因给她的新屋写的对联而遭批斗；她被戴上"新富农婆"的帽子；随后，黎满庚被降为大队秘书。在"文化大革命"开始后，李

[①] 刘炜：《名作诞生记：〈将军吟〉、〈芙蓉镇〉》，《新文学史料》，第142页，2009年第1期。

国香担任县委常委兼公社书记,王秋赦任芙蓉镇大队党支书兼圩场治安委员会主任,胡玉音、秦书田被强令每天早晨在群众醒来之前打扫一次青石板街。不久后,在一场更为迅猛的运动中,李国香因生活不检点之事泄露而被红卫兵揪出来,并被挂上破鞋黑牌与"黑五类"们一起游街示众,王秋赦则成了"三忠于"、"四无限"的领头人,并批判李国香、杨民高;谷燕山靠边站。在1968年底县革命委员会成立时,李国香恢复"左"派身份,当上县革委会常委和公社革委会主任,杨民高当上县革委会第一副主任。王秋赦登门向李国香赔罪,并获其原谅;随后,两人在供销社李国香的住处勾搭为奸。秦书田和胡玉音在供销社侧门放了一堆稀牛粪,让王秋赦在从李国香的住处溜出时摔倒在稀牛粪中扭伤了脚。在一起扫街的过程中,秦书田和胡玉音相爱了,但在申请登记结婚时未能获得王秋赦的批准,谷燕山便在他俩偷偷结婚之夜前去祝贺并为之主婚。随后,因"非法同居",秦书田被判刑十年,遣送到千里之外的洞庭湖畔劳改;胡玉音被判刑三年,因有身孕而监外执行。是年冬,胡玉音难产;在此危难之际,谷燕山将她送进医院抢救,母子得救;但谷燕山却为此受到了停止组织生活的处分。在中共十一届三中全会前后,李国香负责落实全县冤假错案的平反昭雪工作,在地委副书记兼县委书记杨民高的"启发"下,她亲自为胡玉音夫妻去帽平反;谷燕山任镇委书记,秦书田任县文化馆副馆长,胡玉音成为街办米豆腐店的服务员,黎满庚官复原职;王秋赦被撤销了一切职务,不久后疯了。

二

小说中重要的人物主要有王秋赦、胡玉音、秦书田、谷燕山、黎满庚、李国香等。

(一)王秋赦

王秋赦,又被人称为"王秋蛇"、"王秋赊"。新中国成立之前,他是一个"流氓无产者"——在小时候"嚼的眼泪饭,喝的苦胆汤,脑壳给人家当木鱼敲,颈脖给人家做板凳坐,穷得十七八岁还露出屁股蛋,上吊都找不到一根苎麻索"[1],寄居在祠堂里,靠跑腿、打锣、扫地等营生,长大后给祠堂跑腿办事,供财主们随意驱使。新中国成立之后,土改时,他为"土改根子";在极"左"政治横行时,他为

---

① 古华:《芙蓉镇》,第20页,人民文学出版社1981年版。

"运动根子",当上芙蓉镇大队党支部书记兼芙蓉镇革命委员会主任,但居民们习惯称他为王镇长。在"文化大革命"结束后,他因为故意拖延给胡玉音和秦书田平反而遭到公社党委书记的严厉批评,并被撤销芙蓉镇大队党支书、芙蓉镇革命委员会主任两个职务,随即疯了。

总的来看,王秋赦主要具有如下特点:

第一,好吃懒做、游手好闲。在土改时,他因是一个农村无产者而分得了四时衣裤、全套铺盖、两亩水田、一亩旱地和一栋位于芙蓉镇青石板街的吊脚楼等,"就是睡着吃现成的,餐餐沾上荤腥,顿顿喝上二两,这楼屋里的家什也够变卖个十年八年的了。"①但他受不了农活的苦、脏、累,"几年日子混下来……吊脚楼里的家什已经十停去了八停。就连衣服、裤子也筋吊吊的,现出土改翻身前的破落相来了"②,一年四季靠赊账借钱过日子,过着乞讨似的生活——无论谁家讨亲嫁女、老人归天之类的红白喜事,他总是不请自到,在协助主家做事的同时大吃一番;在极"左"政治横行之际,他借"巡回讲用"、"传经送宝"等之机,游遍全国"天南海北",尝遍"鸡鸭鱼肉"。

第二,阿谀奉承、见风使舵、见利忘义。李国香一到芙蓉镇,他就向她反映情况、汇报工作。杨民高爱吃冬笋,他便制造了"笋壳党"事件——在从李国香口中得知杨民高爱吃冬笋后,派出民兵小分队,把守圩场的各个进出口,宣布了一次紧急戒严,没收进圩场的人窝藏在筐筐箩箩里的冬笋,以致让人以为是新近山里出了个反动组织笋壳党。李国香介绍他入党,提拔他当大队支书,还打算进一步把他当作国家干部来栽培,可李国香在"文化大革命"初期受冲击时,他却落井下石,声讨、控诉李国香及其舅舅杨民高。李国香在受冲击之后当上县常委兼公社革委主任,他随即跪在她面前悔罪表决心。

第三,思想腐朽、作风下流而又"自欺欺人"。在土改时,他和被逃亡地主遗弃的小姨太太偷情。在住进吊脚楼后,他有时把枕头当妍头,模仿老山霸以前玩乐的情形自慰;有时打着赤脚绕过屋柱或跳过条凳或钻桌底,追寻想象中的"小妖精""小蹄子",一直搞到精疲力竭;在遇到李国香后,他和她淫乐。

第四,心地阴暗,热衷于搞政治运动。见一些与他一起当"土改根子"的翻

---

① 古华:《芙蓉镇》,第 21 页,人民文学出版社 1981 年版。
② 古华:《芙蓉镇》,第 21 页,人民文学出版社 1981 年版。

身户发家致富了,他便想道:"娘卖乖!要是老子掌了权,当了政,一年划一回成分,一年搞一回土改,一年分一回浮财!"①躺在吊脚楼的破席片上,双手枕着头,美滋滋地想着谁该划地主、富农、中农、贫农;"每逢政府派人下来抓中心,开展什么运动,他就必定跑红一阵,吹哨子传人开会啦,会场上领头呼口号造气氛啦,值夜班看守坏人啦,十分得力。"②

总的来看,王秋赦既是一个品行恶劣的农民,又是一个政治流氓。

(二)胡玉音

胡玉音是一个农村妇女,上过几天"扫盲班"。其母亲早年为妓女、父亲为母亲所在妓院的小伙计,后来,两人私奔到芙蓉镇隐姓埋名,开了一个夫妻客栈,两人都过了40才有她。她命途多舛——两次组织家庭、多次挨批斗、一次面临牢狱之灾、一次差点性命不保。美丽——美得人见人爱,并先后被三个男子真诚爱恋。温柔、善良、贤淑——她因父亲在开客栈时参加过青红帮、母亲做过妓女而未能与黎满庚喜结良缘,但对他一往情深、信任有加,甚至把积攒的钱也交给他保管;在和桂桂结婚八年的时间里,既没有红过脸又没有吵过架;在与秦书田结合后,两人相濡以沫、相互鼓励,齐心协力地顶住恶势力。勤劳、能干、有主见、外柔内刚——在与黎桂桂结婚后,两人一起每天起早贪黑,"抓死抓活,推米浆磨把子都捏小了,做米豆腐锅底都抓穿了,手指头都抓短了"③,仅仅几年,就盖了一幢新屋;因担心要被划成新富农,丈夫提出卖掉新屋,她则慷慨激昂地说,"地主富农是收租放债、雇长工搞剥削!你当屠户剥削了哪个?我卖米豆腐剥削了哪个?"④对恶势力从未真心屈服,如和秦书田一起惩罚与李国香偷情的王秋赦;在因与秦书田结合而被押到宣判台上后,两人都没有哭,挺着腰身,不肯低头,分别用眼睛鼓励对方;在秦书田服刑后,她先是独自一人待产,后是难产,再后是独自一人抚养孩子,但她没有被生活难倒,坚持到秦书田结束牢狱之灾。她虽然目光不够远大,思想迷信,相信算命先生"克夫"、"无子"之类的邪说,但她并没有像鲁迅的小说《祝福》中的祥林嫂那样成为命运的牺牲品。

总的来看,胡玉音是一个秀外慧中、外柔内刚的农村女子。

---

① 古华:《芙蓉镇》,第22页,人民文学出版社1981年版。
② 古华:《芙蓉镇》,第5页,人民文学出版社1981年版。
③ 古华:《芙蓉镇》,第59页,人民文学出版社1981年版。
④ 古华:《芙蓉镇》,第59页,人民文学出版社1981年版。

(三) 秦书田

秦书田是一个知识分子,外号秦癫子;曾当过州立中学音体教员和县歌舞团编导,一九五七年被划成右派回乡务农。他多才多艺——"天上的事情晓得一半,地上的事情晓得全"①,吹打弹唱、琴棋书画均能;把胡玉音的结婚典礼办成了一个《喜歌堂》的歌舞现场表演会;所编创成的大型风俗歌舞剧《女歌堂》在州府调演,到省城演出;在省报上发表推陈出新、反封建的文章。待人和气热情——逢圩赶集,他跟人笑笑、打招呼;田边地头,他会应他人的要求唱个曲子、讲个古。一方面玩世不恭、逆来顺受——他在被打成"右派分子"后,"老实认罪",创作《五类分子之歌》以示服罪;在去胡玉音的摊子上吃米豆腐时,"笑笑眯眯的,嘴里则总是哼着一句'米米梭,梭米来米多来辣多梭梭'的曲子。"②有时坐在坟堆上唱《女歌堂》里的曲子,或半夜跑到坟岗去坐,自谓有时是鬼有时是人。在五类分子被召集训话时,只要召集人叫一声"秦癫子",他就响亮地回答"有!"并像学校里的体育教师那样双臂半屈在腰摆动着小跑前去,向召集人敬礼报告,低头表示老实认罪。在红卫兵要求他跳"黑鬼舞"时,他和着手足动作的节拍,嘴里不停地喊着"牛鬼蛇神加钵饭"③。在给五类分子塑像时,他给自己塑的那尊最为逼真。另一方面自重、严肃、正直善良、是非分明、富有反抗精神——他在被划成"右派"时,坚信自己是无罪的,终有一天会还自己以清白,对暂时身处逆境报以一笑;胡玉音被划为"富婆子",成了"黑五类",他不以为然,在她无依无靠时帮助她,和她相爱、结婚,故意不在她家门前给她塑像,和胡玉音一起用牛粪惩罚王秋赦;在遭到李国香和王秋赦假公济私的打击报复时,他威武不能屈,话中带刺地说:"我们原以为,她是寡妇,我是40出头的老单身,同是五类分子,我们没有爬墙钻洞……公社领导会批准我们……"④气得李国香和王秋赦暴跳如雷,喝令他跪下,但他在淫威面前不示弱,当右派十多年来,他"第一次直起腰骨,不肯跪下,甚至不肯低头"⑤。因为"过去命令他下跪的是政治,今天喝叫他

---

① 古华:《芙蓉镇》,第34页,人民文学出版社1981年版。
② 古华:《芙蓉镇》,第6页,人民文学出版社1981年版。
③ 古华:《芙蓉镇》,第105页,人民文学出版社1981年版。
④ 古华:《芙蓉镇》,第156页,人民文学出版社1981年版。
⑤ 古华:《芙蓉镇》,第156页,人民文学出版社1981年版。

下跪的是淫欲"①。

总的来看,秦书田是一个智者、一个专制的另类反抗者,属"竹林七贤"之类的人物——他玩世不恭、逆来顺受,实际上是他应对磨难、渡过难关、保存血肉之躯的一种方法或方式,"开初胡玉音有些看不起他,以为他下作。但后来慢慢地亲身体会到秦书田的办法对头,可以少挨打少吃苦"②;在动乱的年代,他既没有像黎满庚那样做昧良心的事,也没有像王秋赦那样做寡廉鲜耻、伤天害理的事,从而保全了人格尊严。

(四)谷燕山

谷燕山是一个南下干部,"文化大革命"爆发之前,任芙蓉镇粮站主任;在"文化大革命"结束之后,任芙蓉镇镇委书记;他曾提着脑袋打江山,在北方打游击时染上病,在平津战役中,大腿负伤,失去生育能力。他和善、友好——他本为北方人,讲一口纯正的北方话,但到芙蓉镇后,改成镇上人人听得懂的本地官话;芙蓉镇上的孩子多半都认他做"亲爷";给有的娃娃交课本费,买铅笔、米突尺等学习用具;在他家里,桌上、地上都是小人书、棒棒糖、汽车、飞机、坦克、大炮等,供去他家玩耍的孩子们玩;镇上的青年人娶亲或是出嫁,他总乐于送一份不厚不薄的贺礼。正直、是非分明、不畏强权、善良、富有同情心——他在转业到芙蓉镇后,时时处处为百姓着想、替群众排忧解难,街坊邻里闹矛盾,他总是秉公评理、断案,"大事化小,小事化了,不使矛盾激化,事态闹大"③,从而成为一镇的人望;为了成全胡玉音的米豆腐生意,他每圩都从粮站打米厂卖给她60斤碎米谷头子,即使被以"丧失阶级立场,盗卖国库粮食"的罪名停职反省也无怨无悔;在胡玉音遭批斗后,他不仅不疏远她,反而还主动地接近她,为她说话;秦书田、胡玉音俩结婚,他替他俩证婚;在胡玉音难产时,他不怕受牵连,送她去医院;在受到停止组织生活的处分时,他仍然肩负起胡玉音母子的临时丈夫和父亲的责任;对逆历史潮流而动的人,即使是自己的顶头上司李国香,他也敢于痛骂。

总之,谷燕山是一个善的化身和一位真正的共产党员——他始终保持着

---

① 古华:《芙蓉镇》,第156页,人民文学出版社1981年版。
② 古华:《芙蓉镇》,第143页,人民文学出版社1981年版。
③ 古华:《芙蓉镇》,第40页,人民文学出版社1981年版。

共产党人的革命本色和高尚品质、与人民群众呼吸与共,在抗拒邪恶的斗争中,勇于承担责任、具有大无畏的气概,在一些正直的老百姓心目中,他就"代表新社会,代表政府,代表共产党"①。

(五)黎满庚

黎满庚是一个乡村基层干部——芙蓉镇的大队支书。他善良、有情有义——虽然与胡玉音分手,但对她始终一往情深,如他以党支部书记的身份光临胡玉音的米豆腐摊,表面上是去吃米豆腐的,但实际上是为了过去的那一份情义,用行动印证胡玉音经营的合法性,帮助胡玉音;从来不真心想迫害胡玉音和秦书田等"阶级敌人",本能地厌恶无休止的政治运动及李国香之流。自私、自利、孱弱以至于有点窝囊——他在少年时与胡玉音彼此情投意合,但在杨民高威胁他说"要么保住党籍,要么去讨客栈老板的小姐做老婆"②时,他放弃了胡玉音,认她做干妹,娶了一个自己并不爱的女人组成了一个并不幸福的家庭;胡玉音将一千五百元寄存在他家,他没能顶住妻子和组织的压力,把钱交给了上级。是非分明、良知犹存——他把胡玉音存放在他那里的钱交给上级后又悔恨不已;在胡玉音母子孤儿寡母生活艰难时,他想方设法地关照,因自己的一些违心行为而内心痛苦,以至于酒醉后脸都扭曲、抽搐。

总的来看,黎满庚是一个品行不坏但意志不够坚强的人。

(六)李国香

李国香是一个政治投机者、极"左"政治在农村的代表和实施者。她善于见风使舵、兴风作浪——能"在汹涌着政治波涛的大江大河里鼓浪扬帆"③,如通过出谋划策而让县工商行政管理局对全县小摊小贩进行了一次突击性大清理,从而一跃而成为县里的红人,入党提干;千方百计地投领导所好,死心塌地跟着运动跑;极"左"政治横行的时代一结束,她又负责冤假错案的平反昭雪工作,亲自给胡玉音夫妻去帽平反。贪婪、嫉妒、虚伪——她在挑选对象时,挑三拣四,直至 32 岁时也没选定;在芙蓉镇,她发现自己不如胡玉音具有魅力,便嫉恨并寻机报复胡玉音;她为满足贪得无厌的权欲而投身于政治运动,不惜踏着无辜百

---

① 古华:《芙蓉镇》,第 91 页,人民文学出版社 1981 年版。
② 古华:《芙蓉镇》,第 17 页,人民文学出版社 1981 年版。
③ 古华:《芙蓉镇》,第 12 页,人民文学出版社 1981 年版。

姓的冤屈和苦难往上爬;她一方面道貌岸然地调查胡玉音与谷燕山的关系,断然否定胡玉音和秦书田的事实婚姻,另一方面却和王秋赦苟且淫乱;她找谷燕山谈话,本来是为了搜集他的材料,置他于死地,可装出的却是一副诚恳、关心的样子,表白格外好听。轻浮、放荡、腐化——她衣着洋气、说话装腔作势,为了满足情欲,不管是有妻儿的领导干部,还是没德行的流氓无产者,来者不拒,以至于两次打胎。心狠手辣——她因为在想象中把胡玉音看成是自己的竞争对手,便先借政治运动把胡玉音弄得家破人亡,后借口胡玉音和秦书田的"黑夫妻"关系而将他俩判刑;在找谷燕山谈话掏材料遭遇反抗时,她拍桌打椅,凶相毕露,强逼他在她面前讲出隐私;把粮站主任、税务所长、供销社主任和大队党支部书记等基层领导干部打成"反革命集团"。表面上看来,她颇为成功,但实际上十分可悲——她虽然兴风作浪、耀武扬威,但归根到底只不过是政治大棋盘上一颗任人摆布的棋子;虽然在人前颇为风光,但在背后却非常可怜,以至于把一个流氓成性粗俗鄙陋的王秋赦作为自己的情感寄托对象;实际上也是极"左"政治的牺牲品——从根本上来说,她的悲剧人生、变态言行是极"左"政治所致。

总的来看,李国香是一个恶的化身,也是共产党的一个异化分子和一个被政治异化了的女人。

三

小说通过其内容及所塑造的一系列人物,尤其是王秋赦、胡玉音、秦书田、谷燕山、黎满庚、李国香等所表达的主旨大致有以下几点:

(一)再现了新中国自国民经济调整时期至党的十一届三中全会前后的政治风云和乡镇生活变迁过程。

小说描写了芙蓉镇在1963年(国民经济调整时期)、1964年("四清"运动时期)、1969年("文化大革命"时期)、1979年(党的十一届三中全会前后)这四个国家政治生活中关键性的年份里所发生的事情。胡玉音夫妇勤劳致富,但又因富致祸,亲朋好友受其牵连;李国香、王秋赦、杨民高等借极"左"政治兴风作浪,芙蓉镇在他们的折腾下,人心惶惶、民不聊生、民怨沸腾、是非颠倒;在拨乱反正开始后,冤假错案得到了纠正、恶人遭惩处;从而形象地再现了新中国自国民经济调整时期至党的十一届三中全会前后的政治风云和乡镇生活变迁过程。

(二) 揭露和批判了极"左"政治。

从小说文本来看,极"左"政治所造成的危害大致包括以下几个方面:

1. 物质极度匮乏,经济极度萧条。县委书记杨民高想吃点冬笋,也得靠王秋赦制造"笋壳党"事件来获取;圩场形同虚设。

2. 人权遭践踏。李国香在臆想了一组以胡玉音为中心的通奸关系后,明察暗访,并借此打探别人的隐私、侮辱别人;五类分子受管制,动辄受处罚,连结婚的权利也被剥夺;普通民众没有起码的言论自由。

3. 是非颠倒。现实常态是"死懒活跳,政府依靠;努力生产,政府不管;有余有赚,政府批判"①,普遍的社会观念是"越穷越光荣"、"越穷越革命";秦书田和胡玉音真心相爱被视为大逆不道,并被判刑坐牢,而李国香与王秋赦偷鸡摸狗的奸情却堂而皇之。

4. 人与人之间正常的关系遭破坏。在极"左"政治横行时,"人人防我,我防人人"、人情寡淡——胡玉音在"四清"期间遭难后,连平日经常与她谈笑风生的米厂后生也对她"又冷又硬";她在从秀州回芙蓉镇求告黎满庚时,五爪辣畏之如鬼、避之如虎;在她和秦书田的事实婚姻公之于世后,给她俩贺喜的只有谷燕山;她在难产之际,给她帮助的只有谷燕山……"人踩人"成为一种必需的存活方式,"不你踩我,我踩你,就混不下去"②。

5. 人性异化。黎满庚时时刻刻谨小慎微、唯唯诺诺,像患了恐惧症;秦书田不得不装疯卖傻;谷燕山整天满腹牢骚、郁郁寡欢;李国香没有女性应有的温柔,有的只是铁的政治;王秋赦寡廉鲜耻、毫无良心。

(三) 揭示了极"左"政治是如何从局部发展成为全局的以及极"左"政治产生的根源。

从国民经济调整时期到"四清"运动时期再到"文化大革命"时期,极"左"政治在芙蓉镇从局部逐步发展成为全局:李国香依靠其舅舅而步步高升——由国营饭店的经理到工作组组长、公社主任、县革委会常委,王秋赦从土改根子到运动根子,胡玉音从普通国民到"'新富农'婆"和"黑五类"分子。而芙蓉镇又只是中国一个普通的乡镇,极"左"政治在芙蓉镇的发展状况实际上是在全国发展状

---

① 古华:《芙蓉镇》,第 24 页,人民文学出版社 1981 年版。
② 古华:《芙蓉镇》,第 77 页,人民文学出版社 1981 年版。

况的一个缩影。

极"左"政治产生的根源主要有以下几点：

1. 封建思想的影响。

（1）血统论。在极"左"政治横行的时代，以阶级性为名义强调人的家庭出身，这实际上是封建主义强调人的出身、等级的翻版，是一种地道的血统论。在血统论的影响下，胡玉音不能与黎满庚结合，而王秋赦却能成为被培养的对象。

（2）迷信。在极"左"政治横行的时代，国家一方面大张旗鼓地破除封建迷信，一方面又大搞现代迷信——领袖崇拜。同时，封建迷信在民间根深蒂固，如胡玉音相信八字、算命之说，听凭父母按照算命先生所说的话安排自己的婚姻，认为自己和黎桂桂婚后无子是他俩厮亲厮敬，相好得过了头，把"子路"好断了，自己之所以家破人亡是因为自己招亲的那晚上，秦书田带着一班人去"反封建，坐喜歌堂"，败了她的彩头……于是，她在很长一段时间里总是逆来顺受。

（3）禁欲主义。在芙蓉镇，"性"在公众舆论中是一个讳莫如深的字眼，也是李国香惩处谷燕山、黎满庚、胡玉音、秦书田等的一个借口：黎满庚在"要党籍"的名义下终止了对胡玉音性爱，秦书田因为"自己犯过两回男女关系的错误"①而自认为是"坏分子"，胡玉音、秦书田因事实婚姻而获刑。实际上，"'文革'的禁欲主义不仅仅是中国封建礼教意识形态的延伸，更是在极'左'思想主导下政治文化的扭曲与变形，只不过又将传统文化中'存天理、灭人欲'的道德理想化装成为纯洁高尚的革命理想。"②

（4）株连观念。在胡玉音在"四清"运动中被定为"新富农"后，黎满庚、谷燕山、胡玉音、秦书田等均受牵连，这便是一种地道的株连观点在作祟。

2. 国民劣根性。

王秋赦早年的生活经历、在看到一些跟他一起当"土改根子"的翻身户发家致富时的思想活动、热衷于"革命"等方面都与鲁迅的《阿Q正传》中的阿Q可谓一脉相承；李国香在被红卫兵批斗时坚持不与所谓的阶级敌人"黑五类"站在一起，这实际上是阿Q不愿与王胡、小D等为伍的心理、言行的翻版；胡玉音最初

---

① 古华：《芙蓉镇》，第6页，人民文学出版社1981年版。
② 袁梦倩：《身体话语与"文化大革命"书写——〈芙蓉镇〉的文化政治学探析》，《社会科学论坛》，第36页，2010年第6期。

把自己的悲剧不是归于极"左"政治,而是归于"右派分子"秦书田,这实际上和阿Q的愚昧没有两样。

由此可见,"国民劣根性"在国人中是多么的根深蒂固、影响深远!

3. 人性的弱点。

李国香的异化性格及对胡玉音的迫害也与李国香作为一个女人与生俱来的嫉妒有关:她虽然有舅舅做靠山,善于投机取巧、兴风作浪,但无论是勾引黎满庚,还是打谷燕山的主意,都是瞎子点灯白费蜡,最后只得和臭味相投的王秋赦共枕同床;而胡玉音虽然出身不好,社会地位卑微,但因秀外慧中而先后得到了黎满庚、黎桂桂、谷燕山、秦书田等的不同形式的爱。这样,李国香便自然而然地嫉妒胡玉音,有意无意地把她当成自己的情敌,也就是说,李国香对胡玉音的恨,在人性本能上,是一种对"夺其所爱"的恨;而她对黎满庚、谷燕山二人的恨与迫害,则实际上是"爱不成则恨";她虽道貌岸然,但在背地里却与"运动根子"王秋赦勾搭成"奸",暗享"鱼水之欢",由此可见,情欲促使了李国香的"恨",同时又泛滥着"恶"的波涛;她享受不到人类的纯洁的爱情、友谊与劳动的幸福,便不顾一切地憎恶与破坏它们①。

王秋赦的异化性格及王秋赦对极"左"政治的一味地追从,从根本上来说,与其生性懒惰密切相关——每当政治运动来临时,他便被列为基本群众、依靠对象和骨干力量,甚至成为乡镇的基层干部;在政治运动中,他不劳而获,其坐享其成的惰性获得了满足,而满足之后,为了获得更大和更长久的满足而更积极地参加政治运动;"极'左'政治运动与'运动根子'的相互需要表明,极'左'政治运动与幽暗人性是深度契合的,极'左'社会与传统的封建宗法文化有着千丝万缕的渊源关系。"②

黎满庚两次背叛所爱之人、与一个不爱的女人过着不和谐的生活、仕途不顺等固然都与极"左"政治横行密切相关,但又与其懦弱密切相关:他如果能不畏强暴、坚持真理、不昧良心,那么,其人生轨迹和生活状况可能是另一种样子——如果当时的国人都不像黎满庚,极"左"政治是无法横行的。

---

① 参见张启才:《从人物看古华〈芙蓉镇〉的反思意识》,《安徽文学(下半月)》,第208页,2009年第8期。
② 颜敏:《论〈芙蓉镇〉》,《文艺争鸣》,第146页,2009年第10期。

四

从艺术表现的角度来看,小说主要具有如下特点:

(一)小说"寓政治风云于风俗民情图画,借人物命运演乡镇生活变迁"①,"透过小社会来写大社会,来写整个走动着的大的时代"②。

小说滥觞于作者家乡一个寡妇的真实故事③,作者由此扩展生发,将久蓄于心的、富有典型意义的风俗民情与时代的风云变幻和社会的动荡变迁熔于一炉:"圩期"的变化折射出了不同年代的政治、经济、政策和形势及其变化——芙蓉镇解放初期政治环境相对宽松,于是,一旬三圩、一月九集;在打击城乡资本主义势力时期,圩期先后变成星期圩、十天圩、半月圩;20世纪60年代初期,为复苏元气大伤的农村经济,半月圩便又改为五天圩;在"文化大革命"时期,极"左"政治横行,圩场形同虚设;在中共十一届三中全会之后,圩期改为一月三旬、每旬一六。节日、仪式和生活习俗的变化传递出世道浮沉、国家兴衰、老百姓忧乐的信息,如新中国成立初期,政治稳定、经济繁荣、老百姓安居乐业,于是,在芙蓉镇,老百姓四时八节"互赠吃食"、"讲人缘"、"满圩满街人成河"、"万人集市";圩场上卖的"净是糠粑、苦珠、蕨粉、葛根、土茯苓。马瘦毛长,人瘦面黄。国家和百姓都得了水肿病。客商绝迹,圩场不成圩场,而明赌暗娼,神拳点打,摸扒拐骗却风行一时"④,"精神会餐"等所标示的是"大跃进"时代;早请示、晚汇报、做忠字操、跳忠字舞、五类分子挂黑牌子戴高帽子游街示众挨批斗、牛鬼蛇神跳"黑鬼舞"加钵饭等所标示的是"文化大革命"时期;圩场上人声鼎沸,出现米行、肉行,"白米、红米、糙米、机米,筐筐担担,排成队,任人们挑选议价……肉行更是蔚为壮观,木案板排成两长行,就像在开着社员家庭养猪的展销会、评比会,看谁案板上的膘厚油肥,皮薄肉嫩"⑤,顾主挑三拣四、挑肥拣瘦等所标示出的是中共十一届三中全会之后。

---

① 古华:《芙蓉镇》,第198页,人民文学出版社1981年版。
② 古华:《话说〈芙蓉镇〉》,《芙蓉镇》,第205页,人民文学出版社1981年版。
③ 参见古华:《闲话〈芙蓉镇〉——兼答读者问》,《作品与争鸣》,1982年第3期。
④ 古华:《芙蓉镇》,第3页,人民文学出版社1981年版。
⑤ 古华:《芙蓉镇》,第195页,人民文学出版社1981年版。

(二)结构精巧。

小说结构纵横交织——在纵的方面,小说以主人公胡玉音的政治命运和爱情、婚姻波折为经线,重点选取了国家政治生活中四个关键性的年份加以展现,其余年代的生活,如有必要,或由作者补叙,或由人物回忆,如果没有必要,则粗略带过,呈"跳跃式";这样,结构上上下勾连,人物命运的来龙去脉清晰,情节似断实连,艺术期待视野开阔。在横的方面,小说以芙蓉镇为主要阵地,以胡玉音与黎满庚、黎桂桂、秦书田、谷燕山以及李国香、王秋赦的社会联系(爱情、婚姻、保护、迫害等)和感情联系(爱、恨、恩、怨)为纬线,编织成一个"小人物"的网络。同时,借鉴《水浒传》《儒林外史》等经典小说的手法——每一个年代里发生的事情为一章,每一章分七节,在"一览风物"后集中描写重点人物,带出次要人物,但又没像《水浒传》等采用连环结构、"集约"式描写人物以完成对人物的塑造;而是随着政治气候和人物命运的变化,分阶段重点描写不同人物在不同条件下的不同表现和特征;这样,人物虽被分散刻画,但各刻画片断又珠联璧合。五个主要人物在第一章第一节由胡玉音的米豆腐摊子相继引出,在第四章最后一节同时收场,由发了疯的王秋赦的癔语发出了一个时代的尾音;这样,情节前呼后拥,结构玲珑浑成[①]。

(三)叙述技巧高超。

1."小说采用了中西合璧的叙述方式。具体地说,作品一方面运用了以部分喻整体的举隅法,剖析和呈现一个山区乡镇四个年代的社会关系与现实生活,隐喻新中国 30 年的社会现实和历史沧桑。另一方面采用了为人物立传的史传法,通过各种善恶类型人物的人生沉浮,思考特定生活情境中不同性格特征所蕴含的民族文化心理积淀与蠢蠢欲动的幽暗人性。"[②]

2. 小说所采用的是全知全能的叙述视角,展现了芙蓉镇的历史现实和生活场景,剖析了人物的行状和心理;无论是讲述故事、交待经历,还是刻画人物、传达心理,小说都大量运用了叙述,时而铺蔓细腻,时而简约粗犷,时而快速跳跃,时而亦步亦趋,疏密、详略、动静的节奏把握得十分得体;在整体的顺叙中,间以少许补叙,将人物命运单线或复线交替写来,剪裁配置既突出重点又疏密

---

① 参见汪名凡:《中国当代文学史》,第 340 页,广西人民出版社 1991 年版。
② 颜敏:《论〈芙蓉镇〉》,《文艺争鸣》,第 142 页,2009 年第 10 期。

有致。

3."打破了十七年文学和文革文学所形成的正面人物无欲化,无性别化的身体书写模式,塑造了富有人性美、女性美的个体劳动者胡玉音;突破了五四文学过于借重西方现代主义和浪漫主义精神书写疯癫的文学传统,创造了具有浓厚传统文化色彩的当代疯癫人物秦书田。"①

4."人物描写突破了既定的模式。以前的当代农村题材长篇小说,以贫下中农中的先进人物为主人公……《芙蓉镇》却以一个非贫下中农的'小业主'、卖米豆腐的普通女人作为主人公……《芙蓉镇》中的人物,都是些普通人,他们既不是按照农村阶级成分(贫农、下中农、中农、富裕中农……),也不是按照文学人物种类(英雄、先进、正面、中间、落后、反面……),而是按照生活的本来面貌,用传神之笔写出来的。"②

从而表现出极高的叙述技巧。

(四)语言自然流畅而又清新优美,精确细腻而又幽默风趣。

小说的语言既继承了传统讲唱文学的优点,又富有浓郁的湖南地方色彩,自然流畅而又清新优美,精确细腻而又幽默风趣;同时,褒贬色彩分明,既有史家笔法的正义感,又有机智作家的幽默感;从而雅俗共赏,充分有效地传达出作者的思想感情和作品的主旨。具体地说:

1.描写景物的语言。如有关描写芙蓉镇的语言:"芙蓉镇坐落在湘、粤、桂三省交界的峡谷平坝里……每当湖塘水芙蓉竞开,或是河岸上木芙蓉斗艳的季节,这五岭山脉腹地的平坝,便颇是个花柳繁华之地、温柔富贵之乡了……水芙蓉则上结莲子,下产莲藕,就连它翠绿色的铜锣一样圆圆盖满湖面的肥大叶片,也可让蜻蜓立足,青蛙翘首,露珠儿滴溜……"③有关描写黎满庚撞见胡玉音时的环境的语言:"凉粉树啊,薜荔藤,在码头石级两旁,形成了烈日射不透的夹道浓荫,荫庇着上下过往行人。树上吊满了凉粉公、凉粉婆,就像吊满一只只小小的青铜钟。它们连同浓荫投映在绿豆色的河水里,静静的河水都似乎在叮咚、

---

① 刘传霞:《新时期初始时期的文学身体——以〈芙蓉镇〉为例》,《中文自学指导》,第 56 页,2009 年第 3 期。

② 韩抗:《农村题材长篇小说的发展与〈芙蓉镇〉》,《求索》,第 81—82 页,1983 年第 5 期。

③ 古华:《芙蓉镇》,第 1 页,人民文学出版社 1981 年版。

叮咚……"①这些语言颇为优美传神。

2. 人物语言。"人物对话,或长或短,或文或野,作者力求符合人物的身份、地位、经历、教养,有自己特定的用语、词汇、声气、口吻、情调,从现实生活中提炼,从人物思想性格的深处流出,因而往往随声传形,听言知人。"②如胡玉音与一个老主顾的对话——"'缺德少教的,吃了白水豆腐舌尖起泡,舌根生疮,保佑你一世当哑巴!''莫咒莫咒,米豆腐摊子要少一个老主顾,你舍得?'"③另外,谷燕山在和黎满庚喝酒时所说的话:"满庚!我的小老表!如今有的人,心肠比铁硬,手脚比老虎爪子还狠!他们是吃得下人肉啊!……可、可是上级,上级就看得起这号人,器重这号人……人无良心,卵无骨头……这就叫革命?叫斗争?"④秦书田的"油腔滑调",李国香在给胡玉音算账、批斗活靶子秦书田、向谷燕山发动"政策攻心"时所说的话等也颇符合其身份、地位、经历、教养,颇能传达出人物的个性特点。

3. 抒情、议论语言。"风雨如磐,浩大狂阔。雷公电母啊,不要震怒,不要咆哮……雨雾雨帘,把满世界都遮拦起来吧。人世间的这一对罪人,这一对政治黑鬼啊,他们生命的源流还没有枯竭,他们性灵的火花还没有熄灭,他们还会撞击出感情的闪电,他们还会散发出生命的光热。爱情的枯树遇上风雨还会萌生出新枝嫩叶,还会绽放瘦弱的花朵,结出酸涩的苦果……"⑤"生活也是一条河,一条流着欢乐也流着痛苦的河,一条充满凶险而又兴味无穷的河。人人都在这条河上表演,文唱武打,红脸白脸,花头黑头。"⑥"连续地向左转,事物走向了自己的反面。以整人为乐事者,后来自己也被整。佛家叫'因果报应','循环转替'"⑦。这些语言或饱含情感,或饱含哲理,或内蕴讽刺。

4. 叙述语言。"《芙蓉镇》中不乏大块大块的叙述文字,它们无论是传记人物的身世,还是言说历史变迁或者铺陈风俗民情,都表现出两个共同的特点:幽默、调侃、辛辣、谐谑,笔调有感情;注重写实,描摹性强,酷似传神。严格摹写现

---

① 古华:《芙蓉镇》,第13—14页,人民文学出版社1981年版。
② 罗守让:《〈芙蓉镇〉的语言艺术》,《娄底师专学报》,第71页,1985年第2期。
③ 古华:《芙蓉镇》,第5页,人民文学出版社1981年版。
④ 古华:《芙蓉镇》,第118页,人民文学出版社1981年版。
⑤ 古华:《芙蓉镇》,第141页,人民文学出版社1981年版。
⑥ 古华:《芙蓉镇》,第159页,人民文学出版社1981年版。
⑦ 古华:《芙蓉镇》,第106页,人民文学出版社1981年版。

实,寓庄于谐,含泪写笑,是《芙蓉镇》叙述语言的基调"①,"常常能要言不繁,简洁而不流于粗陋、简单化。又能抓住被叙述的对象的主要特征,用较为形象的语言,将易于写成沉闷流水账的事物写得有浮雕感。"②如小说开篇叙述芙蓉镇的过去和现在及风俗民情的语言以及之后各章开头叙述风土人情的语言。

5. 方言。"那边徕崽站一排"、"那山妹子生得乖"中的"徕崽"(男孩子)和"生得乖"(生得漂亮),"被放牛娃儿当草帽挡日头"中的"日头"(太阳),"癫子"(疯子),"老表"(同志、老乡),方言的运用使得语言在朴实中平添一份亲切。

(五)运用了含泪写笑、寓庄于谐的艺术手法。

虽然总的来说,小说所写的是一个悲剧故事,但充满了喜剧的因素:秦书田因创编《女歌堂》而被划为"右派分子",受尽屈辱和折磨,但成天"穷快活,浪开心",连走路都哼着广东音乐《步步高》,"好像他的黑鬼世界里就不存在着凄苦、凌辱、惨痛一样"③。李国香、王秋赦、杨民高等实际上都是极"左"政治的牺牲品,如李国香、王秋赦连一个正常的家都没有;李国香被红卫兵在颈脖上挂起一双破鞋后批斗,和"牛鬼蛇神"一起游街示众,乞求般地对红卫兵说:"我从参加革命工作起,就是个左派……小将、战友、同志们,你们抓我,肯定是闹误会了,是新左派抓了老左派"④,但红卫兵不放过她,用牛皮带抽她,勒令她当场跳"黑鬼舞",她不会跳,就令她"手脚并用",学狗爬;王秋赦在从外地取经回芙蓉镇后像小丑一样表演,丑态百出,可他自己却津津有味,自以为是时代的弄潮儿;他们实为历史的罪人,却自以为是历史的主宰——真是既可恨、可笑,又可悲、可叹。

(六)运用了象征的手法。

小说运用了象征的手法,如王秋赦的吊脚楼,既是培育民族惰性的温床,又是芙蓉镇的"四清"、"文化大革命"的策源地;它的倒塌,既象征了"四人帮"的倒台、"文化大革命"的结束,又寄寓了作者改造和重建民族文化的美好愿望。

---

① 徐其超:《严峻乡村牧歌·"锋线"反思文学·开放现实主义——〈芙蓉镇〉回眸》,《西南民族学院学报(哲学社会科学版)》,第71页,2001年第1期。
② 文贵良:《流变与坚挺——〈芙蓉镇〉研究现象及其反思》,《理论与创作》,第75页,2004年第1期。
③ 古华:《芙蓉镇》,第143页,人民文学出版社1981年版。
④ 古华:《芙蓉镇》,第104页,人民文学出版社1981年版。

五

小说也存在着一些不足之处,具体地说:

(一)人物性格多过于"单纯",且没有多大的发展变化——基本上是"定型化"的人物(除胡玉音稍有性格变化外),因此,"胡玉音、黎满庚、秦书田、王秋赦都写得好,但是作为典型,还有差距"①。

(二)小说共四章,十四五万字,虽然结构精巧独到,但作为一部长篇小说,还是显得格局小了一点。

(三)小说的内容时间跨度大,但又多采取叙述,而场面描写较少,因此,总的来看,小说的笔致显得较为单调、沉闷。

(四)不论是从作为一个正面人物来看,还是从象征、隐喻的角度来看,把谷燕山写成一个性机能有缺陷的人都没有必要,同时也在一定程度上损害了正面人物的"审美性"②;"把人望所归的粮站主任谷燕山当成嘲讽对象,渲染他'像一匹被阉掉了公马似地'接受性功能检查那样的戏谑场面,那就更使人感到不但语言有些轻佻,而且人物形象也受到损害了。"③

(五)"某些叙述语的有些粗俗;议论嫌多了一些,有时也有浅的毛病;谐谑、讽刺固然峭利、明快,但欠含蓄和蕴藉。"④

(六)"《芙蓉镇》将李国香、王秋赦等反面人物身体丑化、兽性化……在理性反思上,它妨碍了人们对这一疯狂历史事件产生的各种动因的深层追问以及对复杂人性的审视。身体叙述在《芙蓉镇》中对政治本位的极'左'话语的控诉与反抗是有限的,对人物政治立场正确性的过度看重,使它在某种程度上又延续了文革时期的政治伦理,反思、批判的主体并没有完全超越被反思、被批判的客体,颠覆反思、批判对象的话语逻辑。"⑤

(七)小说"主要以人性善恶的关系构建人物形象谱系,形成善恶对立的二元冲突模式,最终根据善恶因果关系来安排'大团圆'结局……虽然善恶对立的

---

① 沙汀:《谈〈芙蓉镇〉——和古华同志的一次谈话》,《文艺报》1983年第2期。
② 参见沙汀:《谈〈芙蓉镇〉——和古华同志的一次谈话》,《文艺报》1983年第2期。
③ 胡光凡:《含泪写笑寓庄于谐——〈芙蓉镇〉的一个艺术特色》,《求索》,第87页,1983年第5期。
④ 罗守让:《〈芙蓉镇〉的语言艺术》,《娄底师专学报》,第77页,1985年第2期。
⑤ 刘传霞:《新时期初始时期的文学身体——以〈芙蓉镇〉为例》,《中文自学指导》,第59页,2009年第3期。

审美图式,在一定程度上表现出极'左'社会无辜平民的苦难命运,但却并不能从社会理论与人的存在哲学维度揭示苦难的深层缘由"①。"在表现手法上,作者又将人物主观地划分为两大阵营来表现……对立的思想和文化,因此就造成了人物性格的单一化,人性的不完整和人物形象不够饱满的缺陷。以简单的人物形象来表现宏大的历史场景显然是不够的,因此,小说对我国建国近二十年来的各重大历史事件的表现缺乏深度和力度,对历史事件的表现如此,对历史事件的反思也就必然不能深入下去。从小说人物阵营的分划,我们也可以看出,古华在对文革文学,甚至是'十七年文学'的反思也是还不够的。小说从整体上说仍然还没有逃脱两个阵营之间对抗的结构模式和叙事模式。"②

不过,小说尽管有这些不足之处,但总的来说仍不失为一部优秀之作——在中国当代长篇小说发展史上,"它第一次将政治、伦理、人性整合在文化阐发的历史书写中,对文革社会做出悲剧性的展呈与批判性的审思。"③"从古华这部作品开始,中国文学进入到理性的'反思文学'阶段。"④"如此集中凝炼地对'文化大革命'和它以前的'左'倾错误进了揭露、批判的农村题材长篇小说,《芙蓉镇》可算是第一部。"⑤堪称"一曲严峻的乡村牧歌"⑥,"一卷当代农村的社会风俗画。"⑦正因为如此,《芙蓉镇》在《当代》发表后立即受到读者的广泛好评,数月内收到三百多封来信;也得到文艺界友人的支持,有新华社、《光明日报》、《中国青年报》、《当代》、《文汇报》、《作品与争鸣》、《湖南日报》等报刊发表了有关的消息、专访、评论。许多单位读者争相传阅,《当代》第一期很快就脱销了。一些前辈老作家如沈从文、沙汀,读后大加赞扬,对作者说了许多鼓励的话。"⑧小说在出单行本后,更是引起了强烈的社会反响,并于1982年获首届茅盾文学奖;随后,由谢晋导演拍成电影,由杨献益、戴乃迭夫妇译成英文。

---

① 颜敏:《论〈芙蓉镇〉》,《文艺争鸣》,第150—151页,2009年第10期。
② 张启才:《从人物看古华〈芙蓉镇〉的反思意识》,《安徽文学(下半月)》,第209页,2009年第8期。
③ 袁梦倩:《身体话语与"文化大革命"书写——〈芙蓉镇〉的文化政治学探析》,《社会科学论坛》,第33页,2010年第6期。
④ 刘炜:《名作诞生记:〈将军吟〉、〈芙蓉镇〉》,《新文学史料》,第141页,2009年第1期。
⑤ 韩抗:《农村题材长篇小说的发展与〈芙蓉镇〉》,《求索》,第81页,1983年第5期。
⑥ 古华:《芙蓉镇·自序》,人民文学出版社1981年版。
⑦ 雷达:《一卷当代农村的社会风俗画——略论〈芙蓉镇〉》,《当代》,第204页,1981年第3期。
⑧ 刘炜:《名作诞生记:〈将军吟〉、〈芙蓉镇〉》,《新文学史料》,第142页,2009年第1期。

第二章
第二届茅盾文学奖获奖作品(1982—1984)

第一节 《黄河东流去》

一

李準的《黄河东流去》脱胎于其电影《大河奔流》,分上、下两集:上集最初由北京出版社于1979年出版,下集最初发表于北京十月文艺出版社的《长篇小说》丛刊第5期上[①],后由北京十月出版社于1984年出版,其内容梗概为:

李麦在九岁那年随父亲李甲子要饭到赤杨岗后给地主海福元当磨倌。在李麦十六七岁时,李甲子累死。之后,李麦随海青牛外出运盐推脚并嫁给了他,生下儿子海天亮和女儿嫦娥。为赎回典给海福元家的四亩七分地,李麦夫妇与海福元之子海南亭打官司,结果,海青牛被押死在监狱。新四军豫东抗日支队宣传队去赤杨岗宣传抗日,李麦结识了女战士宋敏。1938年夏天,老艄公梁恩带着独生女儿梁晴及海天亮驾船从黄河运棉花去开封;在发现日军要过黄河时,便命海天亮游水到南岸向国民党驻军报告。随后,梁恩被日军打死,海天亮被国民党军队作为汉奸抓起来、并派两个士兵去把他扔进黄河;在得知蒋介石要扒黄河以阻日军的消息后,他又从那两个士兵手中逃回赤杨岗。在得到海天亮带回的消息后,李麦组织村民转移到沙岗,凤英被父亲马槐送到沙岗上与海

---

① 徐其超、吕豪爽:《佤子群像首创与民族灵魂发现——论李准〈黄河东流去〉的历史价值》,《西南民族大学学报·人文社科版》,第27页,2003年第12期。

春义成亲。在村民逃难至寻母口后,李麦带着妇女给人拆洗被子,海天亮驾船,徐秋斋算卦,王跑用驴子给人拉东西;海南亭欲利用陆胡理做"人诱子"替日本人招华工,李麦在通过冯四圈得知后予以揭穿;海南亭还与汉奸团长褚元海囤积粮食。李麦和徐秋斋带领难民在新四军水东地区游击队队长秦云飞所率小分队的帮助下抢日军运粮船,并把粮食分给难民。随后,王跑等先后上洛阳,李麦和宋敏化妆成老百姓留在了泛黄区,海天亮参加新四军。到洛阳后,海春义坐上去西安方向的火车,王跑一家坐上向东去的火车,海长松、老清婶等留在洛阳。老清婶的女儿爱爱和雁雁在家门口摆摊卖茶和绿面丸子汤;在摊摆不下去时,爱爱进"春华书场"从徐韵秋学说书;老清在得知此事后,负气去伊川县佣耕,并死在那里。海长松先给难民救济所挑水,后拉黄包车;儿子小建和小强给黄包车"推坡",女儿秀兰和玉兰捡菜叶;后为生活所迫,秀兰、玉兰先后被卖给地主家,海长松带着小建、小强和邻居李锁去火车上偷麦,妻子杨杏把小女儿小响卖给妓院。王跑带家人在白马寺下火车后,给寺里种菜;在打井时挖到一块蔡邕所写的"两体石经",地主郭万有和国民党专员刘蹈村均欲据为己有而又未遂。之后,两人便联手以通共之名将他抓押。被放出后,他带家人前往洛阳以西的千秋镇;在那里,其大儿子黑蛋被抓壮丁,他本人也被诬偷铁路上的枕木,于是,他逃回老家。梁晴、徐秋斋和嫦娥到西安后,梁晴先干给人补袜子的活,后进工厂;嫦娥在拣煤时被抓并遭毒打后去宝鸡做工;徐秋斋讨饭或算卦或给剧院写海报,还帮助乡亲蓝五与情人宋雪梅幽会;在宋雪梅遭国民党缉私处处长孙楚庭暗害后,徐秋斋又为她向孙楚庭要到装殓费。海春义和凤英在逃至咸阳后为开饭馆的同乡陈柱子收留;一年多后,凤英开水饺店,海春义觉得自己一家对不起陈柱子,也因看不惯凤英做生意时的笑脸迎人、曲意奉承,离开凤英去西安。冯四圈在洛阳给海南亭的弟弟海香亭家拉包车;在因与海香亭的姨太太刘翠英勾搭而被赶出海家后,他遇妓女"大五条",两人结伴而过日子;两人还帮助小建一家找到了被杨杏卖到妓院的小响。1943年,海天亮随部队回到家乡,与李麦团聚。李麦去西安找到梁晴,但嫦娥不知去向。1945年,日本投降后,李麦、徐秋斋、梁晴和海春义等从西安返家,在途经洛阳时叫上海长松一家和冯四圈一家。他们回赤杨岗后,在共产党的领导下,投身于家园的重建。

二

小说中的重要人物主要有李麦、徐秋斋等。

(一) 李麦

李麦是赤杨岗的一位农家女子。她意志坚强,经得住"九蒸九晒"①——她在小时候随父亲要饭、当磨倌;在其父亲去世后,她随后来的丈夫海青牛外出运盐推脚;在家园被黄河大水淹后,认定"是条命都得活"②,在绝境中想出各种办法活下去。大胆、泼辣、豪爽、热情、乐于助人——冯四圈在吃包子摊的包子后无力付款,她用自己卖老母鸡的所得为之付账;冯四圈因母亲改嫁而拒不相认,她主动出面调解;在海长松因倾其所有买地而揭不开锅时,她主动送去大麦面;在黄河大水泛滥时,她为海春义和凤英操办了"水上婚礼";"中原留守处"处长关相云一直追求并帮助爱爱,可爱爱却怀了相好彦生的孩子,因而无法向关相云交代,她便代爱爱出面去和关相云交涉,从而帮爱爱摆脱了一场危机。思想开明、开放——她能够理解冯四圈的母亲的改嫁,并认为冯四圈的母亲"走这一步没有啥丢人"③;认为"不能有老思想,'嫁鸡随鸡,嫁狗随狗','好女不嫁二夫',都是放屁!想开了天广地阔"④。富有反抗精神、勇敢无畏——她敢与地主海南亭斗争,甚至与他打官司;在丈夫被诬为通匪关进监狱后,她想尽办法把他救出来;认为"土地爷也是长了一双狗眼,谁家富,他就巴结谁"⑤。配合豫东抗日支队组织难民抢运粮船,帮助难民渡河,帮助共产党拔掉日本鬼子李桥据点,为游击队刺探情报。思想境界高——她在逃难时懂得团结协作、集体行动;在黄河决堤时,带着乡亲上沙岗高地,让儿子搭救孤寡老人申奶奶,当申奶奶对逃命失去了信心时,她鼓励道:"婶子,走不动路,我们背着你;要不动饭,我们给你要!"⑥儿子所在的船行为儿子领到了一张"良民证",她则将之撕碎以与大家同甘共苦;不顾女儿、媳妇失散的痛苦,与新四军女战士宋敏留守在黄泛区坚持

---

① 《黄河东流去》,第191页,人民文学出版社2005年版。
② 《黄河东流去》,第75页,人民文学出版社2005年版。
③ 《黄河东流去》,第165页,人民文学出版社2005年版。
④ 《黄河东流去》,第587页,人民文学出版社2005年版。
⑤ 《黄河东流去》,第34页,人民文学出版社2005年版。
⑥ 《黄河东流去》,第75页,人民文学出版社2005年版。

抗日。

总的来看,李麦是一个有胆有识、有情有义、集中国广大农民众多优长于一身的人物,是中华民族赖以生存和发展的民族精神的某种象征。

(二) 徐秋斋

徐秋斋是赤杨岗的一位平民知识分子。他出身贫寒,受过民族传统文化的熏陶:会卜课、算卦、看阴宅阳宅,教过蒙学,逃过难,谙熟人情世态。他重情重义、品德纯正——他因感念妻子宁可自己饿死也给他留下一斗麦之举而终生不再娶;当梁晴和嫦娥跟着他一起逃难到洛阳城后,他始终像待自己的孩子一样待她俩;嫦娥因外出打工而一去不返,他为此自责不已;在觉得工厂监工崔天成送礼物给梁晴是没安好心时,他冒着得罪梁晴的危险,苦口婆心地教导她如何为人处世。见义勇为而又足智多谋——在海南亭不顾村人的反对而要砍掉村里两棵大杨树时,他在斧子砍的痕迹上涂了些鸡血,制造了杨树显圣的"神话",使迷信的海南亭打消了对大杨树的坏主意,从而使古树幸免于难,保住了村民的共同利益;在李麦的父亲累死在磨道后,海福元食言拒不为之买棺材;为此,他设计让李麦一天哭三次,闹得海福元全家不宁,从而迫使海福元兑现自己的承诺;在得知盐行的掌柜盗取了一群妇女的盐后,他带着这群妇女,舌战盐行掌柜,帮那群妇女讨回了公道;在得知王跑的驴子被褚元海的部下骗走后,他用计替王跑要回被骗的驴子钱;他还为宋雪梅向孙楚庭要到装殓费。朴厚、善良、通情达理——他能理解梁晴为避工头纠缠而将头发盘起来的举动;能理解蓝五和宋雪梅的感情,并把自己那破破烂烂的小窝棚提供给他们幽会,为他们放哨;在与梁晴、嫦娥一起流落西安时,他虽贫病交加也不让两个姑娘供养,挣扎着去卖卦、代人书写信札,以自己的劳动替她们分担生活的担子。不过,他也有不少缺点,如贪吃——他平时爱去别人家吃蹭喝;迂腐、懦弱——他不敢和海南亭作面对面的斗争,落难寻母口,李麦劝他在旅店门口卖洗脸水营生,他拒不相从,认为"我们这读书人,落魄了三条路:教学、行医、算卦。叫我去拧着热手巾喊着卖,我干不了! 就说我这老脸不要,我还得顾顾圣人的脸哩!"①在与梁晴、嫦娥流落到西安后被迫要饭时,他写了"家乡水淹,一片汪洋,儿女失散,老妻身亡。我患

---

① 《黄河东流去》,第112页,人民文学出版社2005年版。

重病,家中断粮,过路君子,恳求相帮"的文字,"伏在地上,把头叩在纸上"①;当宋雪梅和蓝五刚开始旧情复发时,他开始因害怕有权有势的孙楚庭而反对,后来又向宋雪梅隐瞒了蓝五的去向,间接导致宋雪梅和蓝五的爱情悲剧。

总的来看,徐秋斋一方面是一个传统文化和民间文化的集成者、集学理智慧与世俗人生智慧于一身的智者,另一方面是一个带有中国普通农民常有缺点的乡村落魄知识分子。

三

小说通过其内容及所塑造的一系列人物,尤其是李麦、徐秋斋等所表达的主旨大致有以下几点:

(一)再现了黄泛区人民在大迁徙中所经历的深重灾难和可歌可泣的斗争史实。

小说以1938年日军进入中原,溃退南逃的国民党军队扒开黄河花园口大堤,淹没河南、江苏、安徽三省44县,一千多万人遭到巨大灾难的历史事件为背景,通过对赤杨岗村的李麦、王跑、蓝五、海长松、海老清、徐秋斋和梁恩等七个家庭的流徙和遭遇的描写,再现了黄泛区人民从1938年到1948年在大迁徙中所经历的深重灾难和可歌可泣的斗争史实——"就中国而言,'黄泛区'只是一个小局部,就'黄泛区'而言,赤杨岗村也只是其中的一个小村子。作者正是以赤杨岗村为缩影去反映那一阶段中国的历史和人民的经历、际遇"②的:整个赤杨岗村被洪水冲毁,全村人被迫离乡背井、流离失所,王跑为褚元海的部下所坑;梁晴等被"福兴盐行"讹诈;海老清一家先是妻离子散,后是女儿被迫去"说书",再后是海老清因饥病而死、小女儿患上腿疾、大女儿遭政府官员的纠缠和威胁;海长松一家为了生存先后卖掉三个女儿,儿子小小年纪就给黄包车"推坡";凤英本规矩本分,可为了生存竟挖恩人的"墙脚",家庭解体。但赤杨岗村人并没有对命运逆来顺受:徐秋斋用计为王跑讨回为褚元海所坑之失、为梁晴等讨回被"福兴盐行"讹诈的背盐钱,李麦和徐秋斋带领难民抢日军的运粮船,海

---

① 《黄河东流去》,第255页,人民文学出版社2005年版。
② 林为进:《历史的限制与现实的选择——重评第二届茅盾文学奖获奖作品》,《当代作家评论》,第32页,1995年第2期。

长松带着儿子和邻居去火车上"偷"麦子。

（二）歌颂了中国人民坚忍不拔的生活意志、对爱情的执著追求、对传统道德的坚守、对故土的热爱,从而探讨了中华民族赖以生存发展的精神支柱和道德伟力。

赤杨岗村人为了生存,妇女们给人拆洗被子补袜子、给盐行背盐、开餐馆、开商店、进工厂,男人们驾船、算卦、赶脚、箍桶、做搓板,女孩摆摊卖茶和绿面丸子汤、进书场说书,男孩给黄包车"推坡"、跟着大人去火车上"偷"麦;虽然生活艰难,但仍然坚守中华民族的传统道德,执著追求爱情并对爱情忠贞不渝:徐秋斋在与梁晴、嫦娥一起流落西安时,拖着病体挣钱以分担两位姑娘的生活担子,监护梁晴;对妻子一片冰心。梁晴在与海天亮分别近八年的日子里,在不知海天亮生死的情况下,经受住物质和感情的引诱,毅然盘起头发。抗战一胜利,饱经苦难的赤杨岗村人便从四面八方赶回家乡,重建家园。中华民族正是由千千万万个赤杨岗村组成的,正是有像赤杨岗村人这种坚忍不拔的生活意志、对爱情的执著追求、对传统道德的坚守、对故土的热爱,才虽屡经劫难却金瓯无缺。

（三）歌颂了中国农民勤劳、勇敢、淳朴、善良等优秀品质和刻苦耐劳、团结互助、舍己为人的精神。

李麦从小就随父亲讨米要饭干粗活,在丈夫死后,独自支撑着家,为冯四圈付包子费,在灾难来临之际为年青人操办婚礼,给断炊的海长松送大麦面,解救落难的爱爱,组织乡亲集体逃难,撕碎儿子独有的"良民证"以与大家同甘共苦,在返回家乡时,不忘叫上乡亲;徐秋斋为丧父的孤女李麦设计迫使雇主兑现承诺,为遭盐行诈骗的妇女讨回公道,为王跑"智取"被骗的驴子钱,为蓝五和宋雪梅这对生死恋人提供幽会的场所并为他们放哨,在宋雪梅遇害后又为她要到装殓费;徐秋斋的老伴宁肯自己活活饿死,也要给他留下一斗麦;海天亮冒着生命危险,从大水中救出申奶奶等;李麦在找到给旅馆拆洗被子的差事后,与几个妇女一起干,挣来的粮食一起吃;梁晴在上班之后又拖着疲惫的身子照顾身患重病的徐秋斋;徐秋斋拖着病体去挣钱以减轻梁晴、嫦娥的负担;在无以为生时,嫦娥主动提出卖掉自己以让梁晴和徐秋斋继续生活下去。李麦等的这种品质、精神实际上也是中国农民共有的优秀品质、精神;正是因为有这种品质和精神,中国农民才无论在什么灾难面前也能葆有强大的生存能力,中国农村才无论遭逢怎样的劫难也能葆有一种强大的凝聚力、向心力以及抵抗突然而来的打击和伤害的力量。

（四）揭露、批判了反动当局的残忍、黑暗和腐败以及与侵略者狼狈为奸的行为。

面对入侵的日寇，国民党军队不是积极迎战，而是以扒开黄河花园口大堤让黄水去"迎战"，从而让水淹数十个县、一千多万人流离失所，或用"长沙大火"来"迎战"，从而使具有两千五百多年历史的古城付诸一炬，并使三千多人丧身；作为旧政权的中坚力量，地主海南亭不是组织力量打击侵略者，而是做汉奸，替日本人招华工，囤积粮食；"中原留守处"处长关相云一门心思坑蒙拐骗民女；国民党缉私处处长孙楚庭欺男霸女；地主郭万有和国民党专员刘蹈村联手陷害无辜；王跑大儿子被抓壮丁，自己遭诬陷；西安车站的小差役，可以任意抽打捡菜叶、拾煤块的嫦娥。通过这些，小说揭露、批判了国民党政府的残忍、黑暗和腐败以及与侵略者的狼狈为奸。

（五）揭示了农民身上由来已久的沉重的精神负担，表达了作者对传统文化深层的辩证思考。

儒家文化是中华文化的主导文化，其精华对中华民族成员胸怀的熏陶、人格的塑造和道德的建树有着极大的作用，如小说中李麦、徐秋斋等人物身上所显现的一些优良品质，实际上与儒家文化精华的潜移默化密切相关。但是，儒家文化的糟粕也对中华民族成员的人格素质、道德观念等产生了负面影响，如小说中海老清固执地认为唱戏人属于下九流，在得知女儿说书后负气而走；海长松、海春义等思想狭隘、封建意识强、逆来顺受；徐秋斋贪吃、懒惰、迂腐、懦弱；王跑自私、钻营、爱占小便宜、狡黠、唯利是图；冯四圈游手好闲。这些实际上都与儒家文化糟粕的影响有关。小说通过李麦、徐秋斋等的思想观念品行，不仅揭示了农民身上所传承的传统美德以及由此显现的传统文化精华的巨大魅力，而且也揭示了农民身上由来已久的沉重的精神负担，如落后和愚昧的封建意识、剥削阶级精神奴役的烙印、不良的文化传统等以及这种精神负担是如何妨碍他们在大难中迅速觉醒的，透示传统文化对普通国民思想观念、道德行为规范与价值审视的影响和制约，表达了作者对传统文化深层的辩证思考。

四

从艺术表现的角度来看，小说主要具有如下特点：

（一）人物为数众多且均为平凡人物。

小说"约略写了河南省中牟县赤杨岗十几个家庭的 98 个人物"[1]，重点塑造了三十多个人物，而且所有的人物均为平凡人物——即使是新四军女战士和指战员，也不是叱咤风云的英雄人物；而人物又大多个性鲜明，如李麦乐观开朗、泼辣正直，徐秋斋急公好义而又足智多谋，海老清忠厚、老实、执著、耿直、狭隘，海长松憨厚、朴实、善良、忍让，陈柱子精细，凤英聪明，海春义诚实、憨厚和保守，宋雪梅大胆、泼辣、沉着、刚毅、果断，蓝五钟情执著、重情重义，王跑爱占小便宜、贪财吹牛，冯四圈游手好闲而又有情有义、乐于助人。

（二）多方面地刻画人物。

1. 注重通过描写人物的言行去刻画人物性格。

小说在刻画人物时，注重通过描写人物的言行去刻画人物性格。如李麦的语言："投河上吊，都是没有志气人干的。人就是要活着！再困难也要活下去！"[2]"如今不能有老思想，'嫁鸡随鸡，嫁狗随狗'，'好女不嫁二夫'，都是放屁！想开了天广地阔"，"土地爷也是长了一双狗眼，谁家富，他就巴结谁。"[3]李麦的行动：在小时候随父亲四处要饭，帮海春义和凤英举行"水上婚礼"，让儿子海天亮去搭救孤寡老人，帮冯四圈付包子钱，劝冯四圈认母，给海长松送大麦面，解救爱爱，理解冯四圈母亲的改嫁，与地主海南亭打官司，率难民抢运粮船，帮助难民渡河，将儿子送去参加新四军，帮助新四军拔掉日军李桥据点，为游击队刺探情报。李麦的意志坚强、坚忍不拔、大胆、泼辣、豪爽、热情、思想开放、不守旧、助人为乐等一系列性格特点正是通过这一系列言行刻画出来的。

又如，王跑在挖得"两体石经"后兴高采烈，说："我说你这个人哪，真是井里蛤蟆没见过碗大的天！只知道黄菜叶子好吃，就不知道大肉香。咱真的要有二十亩水地，大小也算是个户了，还能叫你去拉耙拉犁！到时候，要是叫你坐到堂屋里，给你觅个做饭的，恐怕你也不会使唤。"[4]"我不是逃荒要饭的！我是王跑！我是王掌柜。以后谁再叫我老王，我唾他一脸，我踢他的屁股叫他不敢吭声！"[5]

---

[1] 徐其超等：《聚焦茅盾文学奖》，第 275 页，作家出版社 2005 年版。
[2] 《黄河东流去》，第 165 页，人民文学出版社 2005 年版。
[3] 《黄河东流去》，第 34 页，人民文学出版社 2005 年版。
[4] 《黄河东流去》，第 244 页，人民文学出版社 2005 年版。
[5] 《黄河东流去》，第 244 页，人民文学出版社 2005 年版。

通过这些言行刻画出了王跑得意忘形、贪婪自大的形象。

再如,对徐秋斋,小说用他保杨树、巧取装殓费、闹盐行、为王跑索驴价等行为,有效地刻画了其急公好义、好打抱不平而又足智多谋的性格特点;对宋雪梅,小说只用她与蓝五之间的一次简短的对话,就把她那种被旧社会不合理婚姻制度长期压抑的青春生命的火焰,那种大胆挣脱阶级压迫和婚姻苦海的泼辣性格,那种少有的沉着、刚毅、果断的行为活灵活现地刻画了出来。

对其他人物,如海长松、海老清、海天亮、梁晴、海春义、凤英、陈柱子等,小说无一不是用独特的行动和语言表现其各自不同的性格的。

2. 把人物放在不同境遇中进行描写。

如对海长松,小说在写他在爱爱身处困境时,对她一家热情帮助,可当爱爱靠说书而生活好转后,他就对她一家心生嫉妒、不理不睬;他在顺境时很有骨气,教育孩子"人穷志不能穷,就是饿死,也不能干这种下流勾当"①,可当他行将断炊时,却为了活命而卖掉大女儿秀兰,认可二女儿把自己卖给地主做小和妻子把小女儿卖给妓院,带着儿子去火车上偷麦。对关相云,小说写他在没有得到爱爱时,对她百依百顺、关怀备至、慷慨大方,当他知道爱爱怀了彦生的孩子后,就翻脸不认人、野蛮凶狠、绝情绝义。通过这些描写,小说写出了海长松、关相云性格的多样性、复杂性,揭示了其真实的嘴脸。

3. 在宏大叙事中不忘细节刻画。

如对李麦,小说写在大水围困的沙岗上,新娘子凤英盘髻没有头簪,李麦立即把自己的拔下,并顺手插了根荆条在自己头上,这一细节描写写出了李麦灵活、舍己为人等特点。对海长松,小说通过描写他在黄河水即将淹没自己倾家荡产买来的田地时把镰刀和烟袋锅埋进那些田地里这一细节,表现了他对田地无限珍爱和眷念之情以及他在失去土地后内心的凄凉之感。对陈柱子,小说写他在逃荒到咸阳做包子时,"不但馅大皮薄,火色还焦黄均匀,香脆透亮。他专门定做了一把细嘴白铁油壶,凡是当地熟人来吃,总要用锅铲把包子捣开,在每个包子里再加上一些麻油,虽然从油壶细嘴里流出的麻油像线一样细,可是惹得顾主们个个高兴"②,通过这一细节,写出了陈柱子在做生意时的"精明"。对

---

① 《黄河东流去》,第525页,人民文学出版社2005年版。
② 《黄河东流去》,第371页,人民文学出版社2005年版。

海老清,小说写他自己吃碗面条也要倒给牛吃;牛拉差车被累死了,他的伤悲无法形容;国民党军官唆使他把死牛卖给杀坊,被激怒的他说:"长官,你去卖吧!不管卖多少钱你花吧!在你看来,它是畜牲,你是人,在我看来,它却是人!"①通过这些细节描写,写出了海老清对牛的深厚情感和在失去牛之后的悲痛心情,同时,也写出了他淳朴、善良的性格。

4. 注重通过人物独特的行为反映其独特的生活地位、社会经历、思想素养等。

如徐秋斋由于深受传统文化的熏陶,有丰富的人生阅历,谙熟人情世态,因此,通达事故,为人处世的方式也与一般庄稼人不同,如用杀鸡溅血的方式创造杨树显圣的神话镇住海南亭的胡作非为,以占卜算卦为名骂保长骂官,使反动派的走卒们无可奈何,用蟋蟀降马的巧妙计策为王跑挣回被骗走的驴子钱。又如,王跑因为私有观念强,爱占便宜的恶习严重,所以后来为那块"两体石经"而含冤下狱。再如海长松与海老清,一个是"赤杨岗最能干活的汉子",一个是"村里最有名的庄稼汉",但在灾难面前的表现却很不一样——海长松在自己那块用血汗换来的土地被淹掉后,只能在土里埋下镰刀、烟袋,而海老清在自己心爱的牛被折磨死后,却敢发出铮铮抗议,显得是那样的刚正、倔强、凛然不屈。

5. 通过人物性格对比来展示价值观念的冲突。

如海老清对城市的排斥与老清婶对城市的接纳的对比,海春义对商业的排斥与凤英和陈柱子对商业的接受的对比,冯四圈对妓女刘玉翠的接纳与蓝五对雪梅贞操观质疑的对比,孙楚庭对雪梅的虚情假意与蓝五对雪梅的真情实意的对比,关相云的强横与彦生的懦弱的对比等,都使各自的性格得到了很好的凸现。

(三)结构精妙。

1. 小说共五十三章,每章的开头都引用了民歌民谣,每章又分成若干小节,使小说整体结构整齐严谨。

2. 小说以七户农民的逃难生活为基本情节,以李麦、徐秋斋的行踪为主干,几条线索交叉,其中悲欢离合,似乎枝蔓四处,但整个故事出在黄泛区、也归

---

① 《黄河东流去》,第224页,人民文学出版社2005年版。

在黄泛区,这种"圆线形"的结构,非常符合我们民族追求团圆、完整的欣赏心理。①

3. 采取了《水浒传》的"链条式"结构,即在一章或数章中集中刻画一个或数个人物,然后引出后面的人物和情节,从而使整部小说成为一个庞大而又相互勾连的整体,同时,某些章节如《唢呐情话》、《王跑的驴子》、《石头梦》、《咸阳饭铺》、《说书场》、《蝗虫》、《桃花运》等又可以独立成篇。为了避免情节发展的平淡和单调,小说又常常采用"大扭结"的方式,在某些关键的场合让众多的人物一起出场,从而使得整部小说在布局上有分有合、或合中有分、或分中有合,分合适度。

(四)情节曲折有致、波澜起伏。

政治斗争、自然剧变、家庭飘零、悲欢离合等交相穿插,使小说情节曲折有致、波澜起伏。如小说开头写海天亮花园口脱身报警,可谓"急管繁弦",但紧接着又描写起乡村平日的风土人情,可谓"行云流水"。又如,小说在写"黄水劫"之后接着写"水上婚礼"——"急缓相济"相得益彰。在《长安街头》、《桃花庵》、《重逢》等篇章中,小说写梁晴、嫦娥、徐秋斋老少流落异地,可谓"山重水复疑无路",可随后又写及蓝五以及蓝五、宋雪梅的爱情故事,又可谓"柳暗花明又一村"。有些情节出人意料但也入情入理,如梁晴在背盐时巧遇徐秋斋卜卦而找到李麦一家;难民们被困寻母口,眼见要被抓劳工,束手无策,却来了宋敏,接着,难民在新四军的帮助下到葫芦湾抢粮;海春义和凤英在黄河泛滥的大难之际结为夫妻,可在逃难之际又分道扬镳;海长松倾其所有买了几亩田,但随后又被黄水淹为乌有;王跑在狼狈逃难中偶得文物,但随后又因之白坐了一个多月的牢。曲折有致、波澜起伏的情节使整部小说在凄壮高昂的氛围中有张有弛、大起大落、千姿百态、引人入胜。

(五)语言朴素、简练、通俗、流畅、生动、活泼,生活气息浓郁。

小说无论是描写黄河景色的变化多端、三门峡行船的险恶、浊浪排空吞没赤杨岗的猛烈、成群结队的流民大迁徙、洛阳郊区和西安城下难民营的纷乱场面等的语言,还是人物语言,如李麦、徐秋斋、蓝五、宋雪梅等的语言,都朴素、简

---

① 参见参见汪名凡主编:《中国当代小说史》,第 456 页,广西人民出版社 1991 年版;《历史的回声,时代的画卷——〈黄河东流去〉座谈会纪要》,《长篇小说》1985 年第 9 期。

练、通俗、流畅、生动、活泼,生活气息浓郁。此外,大量俗语民谚及比喻拟人的修辞手法的使用,如"女大自巧,狗大自咬"[1]、"骂人三日羞,打人三日忧"[2],"情理不顺,气死旁人"[3],"能舍钱一千,不教一招鲜"[4],"酒好不怕巷子深"[5],"天上下雨地下流,小两口打架不记仇"[6],"前不栽桑,后不栽柳,门前不栽'鬼拍手'。"[7]"天河吊角,南瓜豆角","天河南北,西瓜凉水","天河东西,收拾棉衣"[8]"春雨贵似油"[9],"人吃土一辈,土吃人一回"[10],"美不美,泉中水,亲不亲,是乡邻"[11],"毛驴上套屎尿多"[12],"管天管地,管不住屙屎放屁"[13],"吃竹竿,屙笊篱——编"[14],"穷占富光,富占天光"[15],"大风刮倒梧桐树,自有旁人论短长"[16]等俗语民谚,"洛阳像个乡村姑娘一样,一夜之间变成了满头珠翠的贵妇人,同时她也变成了一个'魔窟'。"[17]"西安像雪梅自己一样,几乎每天都在赶着时髦,改换着服装,发型。""西安又像一个顽固的乡下老人,高大的青砖城墙,巍峨的钟楼、鼓楼和城楼,这是它结构的主体,不管在它身上换上什么胸章,领带,它还是一座中国古城。"[18]"黄河的浪涛声低咽了,她像在哭泣,月亮躲在云层里了,她不敢看这一场惨剧的序幕。"[19]"月亮光像水银一样显得格外皎洁……月亮把清冷的光辉洒在他们的脸上,寻找着他们眼睛里的泪珠"[20]等比喻拟人,也强化了小说语言的

---

[1] 《黄河东流去》,第206页,人民文学出版社2005年版。
[2] 《黄河东流去》,第622页,人民文学出版社2005年版。
[3] 《黄河东流去》,第28页,人民文学出版社2005年版。
[4] 《黄河东流去》,第397页,人民文学出版社2005年版。
[5] 《黄河东流去》,第410页,人民文学出版社2005年版。
[6] 《黄河东流去》,第343页,人民文学出版社2005年版。
[7] 《黄河东流去》,第19页,人民文学出版社2005年版。
[8] 《黄河东流去》,第57页,人民文学出版社2005年版。
[9] 《黄河东流去》,第487页,人民文学出版社2005年版。
[10] 《黄河东流去》,第487页,人民文学出版社2005年版。
[11] 《黄河东流去》,第274页,人民文学出版社2005年版。
[12] 《黄河东流去》,第17页,人民文学出版社2005年版。
[13] 《黄河东流去》,第17页,人民文学出版社2005年版。
[14] 《黄河东流去》,第18页,人民文学出版社2005年版。
[15] 《黄河东流去》,第27页,人民文学出版社2005年版。
[16] 《黄河东流去》,第27页,人民文学出版社2005年版。
[17] 《黄河东流去》,第194页,人民文学出版社2005年版。
[18] 《黄河东流去》,第309页,人民文学出版社2005年版。
[19] 《黄河东流去》,第13页,人民文学出版社2005年版。
[20] 《黄河东流去》,第79页,人民文学出版社2008年版。

特色。

（六）融情入景，情景交融。

小说注重营造情境，将特定情感的抒发与特定的景境交融在一起。如在写到蓝五和宋雪梅私奔，寄宿在香积寺时有这么一段景物描写："夜雨，又淅淅沥沥地下起来了。初开始是在屋顶上沙沙作响，清新的雨味夹杂着山上松枝的芳香，向着屋子里飘送着。接着，檐前滴水了，它是那么均匀而有节奏地滴在空阶上。一阵闷热之后，天上忽然雷电交加，一道道雪亮的闪电，一阵阵隆隆的雷声，接着是瓢泼的大雨，向山峰，向树林，向这座大庙倾泻着，一座座山峰突然像披上几十条飘带一样，挂上了奔泻的雪白瀑布。整个大地都像在战颤着，喘息着，在暴风雨中，它呈现着从来不曾有过的壮丽奇景。"①这段描写烘托出蓝五和宋雪梅冲破层层阻碍，在私奔后终于在一起时的快乐幸福的心情。类似的描写，小说中还有许多。

（七）叙述和抒情"交相辉映"。

小说以叙事为主，辅以抒情，两者相得益彰、"交相辉映"。如："人们的最初印象，有时候是荒谬的，但有时候也是非常准确的。因为每个人都是拿着自己全部生活经历的镜子，映照出初次接触的事物的新鲜感；新鲜感总是有一定的敏锐性和准确性的，而习惯熟了却像一把沙土，往往会把一盆清水搅浑。"②"爱情，本来就是一所伟大的学校。它陶冶着人的性情，启迪着人的智慧。这个学校的课本是不尽相同的，但是效果却是相同的，只要人们正确地对待它。"③"农民们的天伦之爱是无声的、是质朴的。他们没有动听的语言，没有热烈的表情。当时他们的爱是深厚的，深厚得像地壳里边的岩浆，他们把炽烈的热埋在地层深处，又用这些热量催发着万物，给大地以生命。"④"眼泪是一剂清醒剂，它会调节人们的感情。如果人类没有眼泪，恐怕要有一些人变成白痴。眼泪又是疏导感情的渠道，它可以把积郁、痛楚、悲伤，顺着一条条小溪流排遣出去，使人感到轻舒，感到徐缓，感到宣泄后的宁静，感到激动后的平缓。眼泪也是一种语言，这种语言有它自身的节奏和旋律，有它自己的音符和形象。'执手相看泪眼，竟

---

① 《黄河东流去》，第297页，人民文学出版社2008年版。
② 《黄河东流去》，第269页，人民文学出版社2008年版。
③ 《黄河东流去》，第298页，人民文学出版社2008年版。
④ 《黄河东流去》，第421页，人民文学出版社2008年版。

无语凝噎'是一种语言;'酒入诗肠,化作相思泪'又是一种语言;'念天地之悠悠,独怆然而涕下'是壮怀激越的语言;'泪飞顿作倾盆雨',则是浩瀚苍茫的歌声。"①

(八)民族色彩强烈。

小说在人物塑造、情节营构、环境描写、写作方法、表达方式、语言等各方面均具有强烈的民族特色,如小说所描写的王跑自私、钻营、吃苦、财迷心窍;蓝五虽社会地位低下,但为人正派,没有媚骨,没有奴性,有艺有胆;徐秋斋虽然穷,但穷得有骨气,欣赏伯夷、叔齐的精神;情节曲折有致、波澜起伏,"链条式"的结构,"大扭结"的方式,注重使用白描,注重通过语言和行动来塑造人物,注重民谚民谣的引用;中原地区的风物、风俗、人情——赤杨岗村头的老槐树、海老清的黄牛、王跑的小毛驴,农民按户头排号拉差车,"水上婚礼"上新郎、新娘在沙岗地上磕头,拜天地、拜伯母、拜爹娘,"笸箩底上摆着一碗鸡,一盆鱼,还有一碗炒干豆角,一盘拌粉条。另外还有天亮从水里捞来的两个大甜瓜,也摆在上面"②,唢呐吹出欢快的《上轿调》,看热闹的姑娘、小孩;西安裕华纱厂秦经理儿子婚礼的场面,长安街上桃花庵和夜市社会风情。这些使小说呈现出强烈的民族色彩。

五

小说也存在着一些不足之处,具体地说:

(一)受阶级斗争观念的影响过于明显。

"比较简单地从阶级分析出发去划定好人和坏人,而忽视了其他复杂的因素……没能从人的视角出发去表现特殊阶段的人生与社会,而仍然是比较生硬的以阶级定性法去安排人物的角色。"③"海福元为富不仁,海南亭凶残狠毒,海香亭贪污腐化,海四维以邻为壑,周青臣伪善冷酷,刘稻村污良为匪,孙楚庭草菅人命……总之,地主官僚、剥削统治者统统是坏蛋,而站在他们对立面的普通农民,那些河南侉子,则统统以'他们身上闪发出来的黄金一样的品质和纯朴的

---

① 《黄河东流去》,第313页,人民文学出版社2008年版。
② 《黄河东流去》,第89页,人民文学出版社2008年版。
③ 林为进:《历史的限制与现实的选择——重评第二届茅盾文学奖获奖作品》,《当代作家评论》,第33页,1995年第2期。

感情'令人敬佩和感动,即使有精神负担也在互助和受难中摆脱了"①,从而"无法表现出人物性格及人物之间的相互关系的转化与变化……简单的阶级定性,使得作品中人物关系的描写趋于呆板和简单,影响到更丰富内容的表现。"②

(二)人物形象存在着观念化、概念化的倾向。

如对李麦这一人物形象有理想化之嫌,"不仅由于拔高的意向而使得这个人物流之于生硬苍白,实际上也影响到了想通过这个人物所表现的历史内容。从而显得不够自然,见出了比较明显的图解历史和人生的色彩"③,秦云飞、海南亭等人物形象则概念化较为明显。

(三)有些场面和人物行动描写失之冗长,风格不太统一。

如小说开篇描写世界各大河及黄河的语言色调与此后的描写难民的语言色调大为不同。

(四)"小说反映的实际同作者企图通过这个题材概括历史时代的意图还有距离,史的深度还不够。譬如,作者对赤杨岗人在洛阳和西安的历史运动性显然揭示得不够,艺术的把握和表现都比较弱,这对一部史诗性的作品,不能不说是一个缺点。"④

(五)塑造人物形象的笔力不够集中,使一些人物形象,如李麦、徐秋斋、海长松、蓝五、王跑等未能获得更进一步的"内涵"⑤。

(六)"对传统文化的负面价值挖掘不深,未能充分地写出农民灵魂的内在冲突。"⑥

不过,小说尽管有这些不足之处,但总的来说仍是"一部好看的书,引人入

---

① 徐其超、吕豪爽:《侉子群像首创与民族灵魂发现——论李准〈黄河东流去〉的历史价值》,《西南民族大学学报·人文社科版》,第 35 页,2003 年第 12 期。

② 林为进:《历史的限制与现实的选择——重评第二届茅盾文学奖获奖作品》,《当代作家评论》,第 33 页,1995 年第 2 期。

③ 林为进:《历史的限制与现实的选择——重评第二届茅盾文学奖获奖作品》,《当代作家评论》,第 33 页,1995 年第 2 期。

④ http://www.hudong.com/wiki/%E3%80%8A%E9%BB%84%E6%B2%B3%E4%B8%9C%E6%B5%81%E5%8E%BB%E3%80%8B。

⑤ 参见蔡葵、韩瑞亭:《长篇小说的辉煌——茅盾文学奖获奖小说评论精选(1977—1988)》,第 145 页,北京十月文艺出版社 1994 年版。

⑥ 徐其超、吕豪爽:《侉子群像首创与民族灵魂发现——论李准〈黄河东流去〉的历史价值》,《西南民族大学学报·人文社科版》,第 35 页,2003 年第 12 期。

胜的书,写得漂亮的书"①,"即使不是第一部描写'黄泛区'难民生活的长篇小说,也是到目前为止相对说来比较全面和生动地反映'黄泛区'人民的苦难、挣扎和斗争且具一定内蕴的长篇小说。"②"在我国当代人民的生活中,特别是文学创作中,将会长时间地发生深刻而积极的影响。"③

---

① 张光年:《重读〈黄河东流去〉》,蔡葵、韩瑞亭《长篇小说的辉煌——茅盾文学奖获奖小说评论精选(1977—1988)》,第141页,北京十月文艺出版社1994年版。
② 林为进:《历史的限制与现实的选择——重评第二届茅盾文学奖获奖作品》,《当代作家评论》,第32页,1995年第2期。
③ 孙荪:《大悲歌中的民族灵魂》,《黄河东流去》,第808页,百花洲文艺出版社1998年版。

第二节 《沉重的翅膀》

一

张洁的《沉重的翅膀》最初连载于1981年的《十月》第4、5期上，由人民文学出版社于1981年首次出版、于1984年出修订本，其内容梗概为：

直属工业部的曙光汽车制造厂连年亏损，常务副部长郑子云委派在"文化大革命"中遭迫害的陈咏明出任厂长。在上任后，陈咏明首先撤换了不按政策办事、消极怠工的保卫处处长，接着改组领导班子，扣发因闹情绪而不上班的支部书记李瑞林两个月的工资。基建处处长董大山因为有曙光汽车厂原厂长、时任重工业部主管汽车厂的局长宋克和部长田守诚做靠山，所以与陈咏明作对，陈咏明便用强硬有力的工作作风制服了他。陈咏明还制定规章制度，改造工厂环境，在工厂中实行"自由组阁"，为职工贷款买自行车以方便他们上下班，组织职工盖宿舍。车工组组长杨小东带领14个"刺头儿"响应陈咏明的改革，把生活和生产都搞得有声有色。部机关干部贺家彬给上级写信批评国家计划和基本建设方面所存在的问题，田守诚在收到上级所转的贺家彬的信后，不怀好意地批转郑子云处理。郑子云认为贺家彬所言不爽，便将信锁进抽屉以冷处理。宋克以为陈咏明会因工作卓有成效受重用而影响自己的升迁，便给郑子云写信中伤他。郑子云在经过实地调查后给宋克复信否定了他对陈咏明的中伤，并旗帜鲜明地支持陈咏明。在贺家彬与时为记者的老同学叶知秋合写了一篇介绍陈咏明、抨击思想保守落后的领导人的报告文学后，田守诚在宋克的撺掇下，派主管局的朱一平处长带二十多人到曙光汽车制造厂，借考察干部的名义了解那篇报告文学"出笼"的经过，并在部党组会议上批评作品未尊重事实，诬称陈咏明政治品质有问题，孔祥副部长附和田守诚。郑子云据理力争，旗帜鲜明地进行了反驳；部党组还就此开会进行专门的讨论，结果郑子云转被动为主动。田守诚见诬蔑诽谤不成，转而用许陈咏明以副部长之职的方式拉拢他，但遭到了拒绝。贺家彬的朋友在1970年因受不了"五·一六"嫌疑的审查而自杀，之后，其妻子万群独自带着孩子苦度时日,贺家彬便经常帮助万群母子,但因此而遭中伤。重工业部的方文煊局长在干校时曾与万群产生过感情,但在恢复工作后又因环境所迫而放下对万群的感情。在重工业部党的十二大代表初选中,郑子云以 887 比 406 胜出,田守诚拟定"绝密"文件以阻止郑子云当选;田守诚的秘书肖宜由于长期受田守诚的威胁、打压,便将田守诚的"密旨"告诉了郑子云。郑子云据理力争,迫使田守诚作出让步,同意再次举行选举,结果郑子云的获票从887 票增至 1006 票,但郑子云却因心脏病发作而进了医院,田守诚的亲信、郑子云的秘书纪恒全随即欣喜地将郑子云进医院之事打电话报告给田守诚。田守诚明白郑子云当不成十二大代表了,便"衣冠楚楚,像去赴一个盛大的招待会"一样,但又"比往日更加庄重地坐进小汽车"①。

二

小说中重要的人物主要有郑子云、陈咏明、田守诚等。

(一)郑子云

郑子云是重工业部副部长,一个"工作有魄力,是个干事、不是混事的人"②——他精通业务,如在工厂调研时稍稍摸一下新车的座位,就知道其密封性能的好坏;所想的是如何把在计划经济体制下积重难返的机械工业抓上去,通过改革使国有重型工业走出困境,而不是个人的升迁或荣誉,于是,国务院领导让他承担起改革重任,他也便决心在有生之年,从思想政治工作的改革入手,为企业管理、改革闯出一条新路,并在众人怀疑的眼光之下提拔陈咏明为曙光汽车厂厂长,支持贺家彬和叶知秋合写的报告文学发表。襟怀坦白、虚怀若谷、脚踏实地——为了召开思想政治工作座谈会,他亲自拜访心理学教授等各界知识分子;为了解曙光汽车厂的真实状况,他深入工厂实地考察;在上级要求他修改关于抓企业整顿的报告时,他坚持实事求是、不说空话。倔强执著、勇于进取、敢于斗争,"不通世事简直到了愚蠢的地步"③,以至于被田守诚看作是"改革派"的"亡命徒"④——在得知田守诚阻止他当选十二大代表一事之后,"为了取

---

① 《沉重的翅膀》,第 324 页,人民文学出版社 1984 年版。
② 《沉重的翅膀》,第 12 页,人民文学出版社 1984 年版。
③ 《沉重的翅膀》,第 108 页,人民文学出版社 1984 年版。
④ 《沉重的翅膀》,第 285 页,人民文学出版社 1984 年版。

得和田守诚斗争的自由,他打过六次退休报告。"①思想解放、与时俱进——力倡思想政治工作不能搞老一套,要科学化、切合本单位实际,要把心理学和社会学应用到企业管理中去;能理解年轻一代的行为,不把自己的价值观强加于他们身上;冒着极大风险组织黎明拖拉机厂在报纸上登广告招商订货,支持陈咏明在曙光汽车厂搞改革。从善如流——在听到杨小东一伙"刺头"在饭桌上尖锐批评甚至开口大骂领导时,他不仅不生气,反而还邀请杨小东参加思想政治工作座谈会。敏感、谨慎、低调——为了避免政治联姻,他坚决反对女儿和田守诚儿子交往;当叶知秋上门采访时,"生怕叶知秋会把他和什么吹牛、浮夸的事情牵扯在一起。"②当画家想要给他画肖像画时,他因怕引起别人的误会而断然拒绝;虽然与叶知秋一见如故,但当叶知秋给他打电话或写信时,他又觉得叶知秋太过于不拘小节。此外,他还世故、懦弱、虚伪——他一面积极地主张改革,另一面又对现实中的阻力妥协、退让,对贺家彬写信揭露国家社会建设中的问题的举动不敢旗帜鲜明地支持,慑于他人的非议而不敢与自己首肯的贺家彬倾心交谈……他本人也觉得自己简直是"一个老奸巨猾的老官僚"③;对妻子夏竹筠,虽然"打心眼里看不起她","除了睡觉能不回家就不回家,整天整天地泡在办公室里","不捱到上床睡觉的时候才不回来,就是回到家里,一头就栽进自己的屋子"④,但为了对舆论维持"一个体面的家",他当着外人给妻子倒茶、搬椅子、穿大衣、开门,在家中,即使妻子用香烟头烫他、扇他耳光、把杯里的烫茶往他脸上泼,像个虐待狂一样虐待、折磨着他,他也总默默地忍受;妻子羞辱女儿、企图破坏女儿终身幸福,他最初也是听之任之。

总的来看,郑子云既是一个思想敏锐、锐意进取、勇于担当、敢于开拓创新和富于改革精神的领导者,又是一个缺点犹存、自身也需要"改革"的改革者。

(二)陈咏明

陈咏明是曙光汽车厂的厂长。他虽然在"文化大革命"中差点被人打死,但还是硬挺过来了,而且始终保持着积极的心态。他接受郑子云的委派,临危受

---

① 《沉重的翅膀》,第 297 页,人民文学出版社 1984 年版。
② 《沉重的翅膀》,第 46 页,人民文学出版社 1984 年版。
③ 《沉重的翅膀》,第 134 页,人民文学出版社 1984 年版。
④ 《沉重的翅膀》,第 316 页,人民文学出版社 1984 年版。

命,接手管理曙光汽车厂那个烂摊子。他有魄力,"敏锐、敢说、敢干、敢负责"[1],"遇见那些聪明人绕着弯子走的事,他呢,不缩脖子,不眨巴眼,对准目标,照直地走过去"[2]——一上任,"用了一个多月的时间,大刀阔斧地调整了各职能处科室的领导班子;其速度之快,调整范围之广,是建厂以来从来未有的"[3];完善工厂的各种规章制度,在厂内进行现代化管理,让工人直接选举车间主任,通过"自由组阁"产生生产班组,实行计件工资和岗位责任制。尽管在改革的过程中遇到了各种各样的阻力,如既有来自基建处处长、保卫处处长、原支部书记、车间主任等厂干部的,也有来自重工业部部长、副部、局长等部领导的,但他没有打退堂鼓。他工作严肃认真、实事求是、以人为本,认为"无产阶级不但要解放全人类,还要解放无产阶级自己。这解放不但意味着物质上的解放,还意味着精神上的解放,使每一个人成为完善的人。未来的世界,应该是人的精神更加完善的世界。"[4]于是,在其主持之下修建了曙光汽车厂的家属楼,重修了托儿所,食堂干净整洁,"车间里有一种让人兴奋的、一环紧扣一环的节奏感"[5]。他不仅是一个好厂长,而且还是一个好丈夫——当初,他在追求比自己小 14 岁的郁文丽时,"也像他做工作一样,疾风暴雨地、不顾一切地猛打猛冲"[6];与郁文丽结婚后,又小心翼翼并一如既往地疼爱她,无论是在外人面前还是在家里,他和妻子恩恩爱爱:或是手挽手款款而行,或是来个西式的拥抱和接吻。但是,他往往"过于严格、不通人情、方法生硬、使人下不来台、民主作风差,别人有不同意见,他不能耐心地说服。"[7]

总的来看,陈咏明既是一个成功的企业家,又是一个成功的"普通人"。

(三) 田守诚

田守诚是重工业部部长,一个"见风使舵的风派人物"[8]、"一个混迹于官场

---

[1] 《沉重的翅膀》,第 146 页,人民文学出版社 1984 年版。
[2] 《沉重的翅膀》,第 75 页,人民文学出版社 1984 年版。
[3] 《沉重的翅膀》,第 89 页,人民文学出版社 1984 年版。
[4] 《沉重的翅膀》,第 71 页,人民文学出版社 1984 年版。
[5] 《沉重的翅膀》,第 151 页,人民文学出版社 1984 年版。
[6] 《沉重的翅膀》,第 66 页,人民文学出版社 1984 年版。
[7] 《沉重的翅膀》,第 202 页,人民文学出版社 1984 年版。
[8] 《沉重的翅膀》,第 285 页,人民文学出版社 1984 年版。

的投机家"①。如果郑子云是"打攻球的,一个劲儿地猛抽",那么,他是"打守球的,软磨硬泡"②。他工于心计,善于把握为官之道,做人十分圆滑,能够平衡好上下左右的关系;每天总比规定的时间早15分钟到班,给人以爱岗敬业的感觉;与郑子云情趣相投的副部长汪方亮在"文化大革命"中被开除党籍时,他举手赞成,但一转身又偷偷地去看望汪方亮;对郑子云,他虽然背后做了很多小动作,但当面总是笑脸相迎,一口一个"郑子云同志";"文化大革命"中某市要批评陈咏明,他出于讨好而安慰陈咏明,不料某市委的书记正站在陈咏明的身后,他竟丝毫不觉尴尬和语塞,并感谢该市保护了陈咏明;他虽然很反感陈咏明的改革措施,极力希望能有人快点写一封反对信上来好让自己制止这场改革,但当宋克真的写了一封这样的信、部里开会讨论陈咏明的改革措施和叶知秋等写的报告文学时,他又冠冕堂皇地说:"看来是作品本身不够实事求是,不是陈咏明同志的责任。"③他总是想让手下代自己做"恶人",铲除政治道路上的威胁。他广植党羽,培养"爪牙"——分管人事政工的副部长孔祥,比"公安局还公安局",盼望再来"反右",把不老实的知识分子都弄去劳改;孔祥的下属副局长冯效先,夏天搓身上的细泥卷、冬天搓脚趾缝,是个整天琢磨整人的家伙;原曙光汽车厂的厂长宋克天天盯着汽车厂和陈咏明的一举一动,像是随时随地都要逮住陈咏明的违反规章政策的证据似的。他心底阴暗、居心叵测——悉心保养身体而静候多病的郑子云不战自垮,不择手段地要将郑子云的十二大代表资格"弄下来"。

总的来看,田守诚是中国改革进程中腐朽势力的代表。

三

小说通过其内容及所塑造的人物尤其是郑子云、陈咏明、田守诚等,展现了"从1979年冬到1980年冬国家重工业部及其所属的曙光汽车制造厂围绕工业体制改革所爆发的一场尖锐复杂的斗争"④,揭示了改革开放初期工业战线从部

---

① 《沉重的翅膀》,第59页,人民文学出版社1984年版。
② 《沉重的翅膀》,第127页,人民文学出版社1984年版。
③ 《沉重的翅膀》,第201页,人民文学出版社1984年版。
④ 杨建国:《浩瀚星海中一道奇异的光芒——读〈沉重的翅膀〉》,《语文教学与研究》,第2页,1986年第9期。

领导到工厂普通工人对经济改革的不同态度及其原因,鞭挞和抨击了阻碍社会发展进步的旧思想、旧作风、旧习惯势力,讴歌了郑子云、陈咏明等为改革而进行的悲壮斗争和义无反顾、勇往直前的精神,形象地说明了在改革开放之初,国有企业的改革首先应该是"改变机关作风、改革管理体制,打破计划经济的铁饭碗,甩开改革的绊脚石"①,表达了作者对"现实的沉思和深重的历史责任感。"②

　　面对改革,国家重工业部及其所属的曙光汽车制造厂从正副部长、司局长、处长到厂长、支部书记、车工组组长、普通工人,其态度是各不相同的:或支持并积极参与,如副部长郑子云、汪方亮,工厂厂长陈咏明、车工组组长杨小东及所部的一批工人;或表面支持但暗中阻挠,如部长田守诚;或公开反对并抵制改革,如局长宋克、基建处处长董大山。由此产生了一系列矛盾斗争,如部长与副部长,副部长与局长、厂长,厂长与处长、党总支书记之间的矛盾斗争。之所以如此,一方面是源于各自不同的心态:郑子云之所以支持并积极参与改革,主要是出于民族、国家振兴和发展的考虑——他预感到党的十二大代表大会对改革发展将会起至关重要的作用,便执意参加,甚至决定"哪怕这次就死在这个战场上,哪怕再给他戴上一顶右倾机会主义,或走资派的帽子"③也要参加,并与田守诚作坚决的斗争,直到田守诚作出让步同意再次选举党代表为止。田守诚之所以表面支持但暗中阻挠改革,主要是出于保住自己的部长宝座也就是既得利益的考虑,并为此在选举参加党的十二大代表时搞阴谋诡计——先从与己毫无干系的G省弄自己的代表资格,然后拟定"绝密"文件,规定"重工业部的十二大代表,已有部长一名在选,另外两个名额,不宜再安排部一级的干部"④。宋克、董大山等之所以公开反对抵制改革,主要是因为私心,如宋克听说陈咏明在汽车厂工作卓有成效,组织部门有意将他作为重工业部副部长候选人,因而担心陈咏明挤占自己的升官之途,便给郑子云写信中伤陈咏明,说曙光汽车厂问题很大,干部不安心工作,工人有意见。另一方面是源于计划经济模式以及与之相关的管理体制:在计划经济模式以及与之相关的被动管理体制下,国有企业的生产、销售都依计划而行,没有也不需要自主性,没有也不能焕发出创造力,没

---

① 徐其超等:《聚焦茅盾文学奖》,第55页,作家出版社2005年版。
② 徐其超等:《聚焦茅盾文学奖》,第56页,作家出版社2005年版。
③ 《沉重的翅膀》,第299页,人民文学出版社1984年版。
④ 《沉重的翅膀》,第295页,人民文学出版社1984年版。

信息、产品没销路、陈货囤积。对此,作为敢于担当,有时代感、使命感的政府高官,郑子云和汪方亮等当然不愿熟视无睹、坐视不管,于是,支持并积极参与改革——率先探索走市场经济的路子,允许并支持陈咏明在曙光机械厂搞改革,如为产品打广告和找市场、实行竞争。郑子云和汪方亮等的思想和行为,影响或势必影响到既得利益者或即将获得利益者,打破或势必打破既有的格局,例如,田守诚、孔祥等如果听任郑子云和汪方亮等搞改革,那么,自己的部长或副部长的位置显然不保,宋克的升迁之途显然会受阻,于是,或暗或明地阻挠或反对。由此可见,改革是非常必要的,但所遇的阻力是非常大的,国家现代化起飞的翅膀是非常沉重的,"如果马克思还活着,他将有责任对忠实信仰他的学说的人们,就整个共产主义运动和社会主义制度,重新做出回答和解释。原有的理论,已经不够用来解释和回答社会主义国家当前所共同面临的新问题了。"[①]

四

从艺术表现的角度来看,小说主要具有如下特点:

(一)现实主义色彩强烈。

小说所描写的内容上至中央一个部里高级干部之间的矛盾斗争,下到一个普通的工人家庭里夫妻之间的矛盾和纠葛,涵及家庭婚姻、伦理道德以及哲学、经济学、文学艺术等诸方面,基本上是改革滥觞时期现实生活的写照。小说的景物描写或环境描写也具有强烈的写实性,如对街景的描写:时髦的铃木50自鸣得意地"嘣嘣"着,临时就业的青年起哄似地推销着自己的货物,四处飘荡的电子音乐,在抢行后又停错地方的越野吉普乖乖地挨训等,都是20世纪80年代初期现实生活的逼真写照。对郑子云所居之处的楼道的描写:"楼道里传来的一切音响全是不顾一切的、理直气壮的,仿佛都在宣告着自己存在的合理:剁饺子馅的声音,婴儿啼哭的声音,弹钢琴的声音"[②]。对画家居住的嘈杂小院的描写:"院子里什么味道全有:醋熘白菜,葱花烙饼,油煎带鱼……什么声音也全有:两口子吵架,婴儿啼哭,收音机放到最大音量,河北梆子,慷慨激昂……"[③]这

[①] 《沉重的翅膀》,第143页,人民文学出版社1984年版。
[②] 《沉重的翅膀》,第43页,人民文学出版社1984年版。
[③] 《沉重的翅膀》,第109页,人民文学出版社1984年版。

些描写犹如刚长出的瓜果和植物一般,给人以清新、鲜嫩和"毛茸茸"的感觉。小说还注重用日常生活中富于典型化的细节去刻画人物心灵深处的微妙活动,创造了许多富有时代感和个性特征的成功典型,注重通过细密的心理剖析去揭示性格、描写人物心灵之间的交流和碰撞以及人物之间的关系;所有这些使小说具有强烈的现实主义色彩。

(二)政论色彩浓郁。

小说有大量的与人物、情节融合在一起的哲理性语句,如"一个丧失了党性原则而又身居要职的人,往往会变成一个混迹于官场的投机家。"①"真正使人疲惫不堪的并不是前面将要越过的高山和大川,却是这始于足下的琐事:你的鞋子夹脚。"②"三十年来经济建设的经验,说句官话,叫有成功也有失败。说句真话,基本上是失败的教训。"③"偏见比无知离真理更远。"④"生的欲望是多么的强烈啊,只要抓住一件可信的东西,她就会慢慢地复苏。"⑤"挣脱外界的束缚也许并不困难,而在挣脱自身的束缚,跨越自己的思想障碍时,人们却常常失败。"这类语句的大量存在,使整部小说呈现出浓郁的政论色彩,以至于"作品在刊物上发表以后,美国《基督教科学箴言报》便发表了专文予以评论,认为它是拥护党的十一届三中全会正确路线的'中国第一部政治小说'。"⑥

(三)结构新颖别致。

小说"打破了传统的串珠式的封闭结构体系,采用了网状式的开放结构形式……既不同于故事完整的传统小说,也不同于情节淡化、散文化的新小说。它虽没有一以贯之的主要情节,而许多章节却可以单独成篇,具有相对的独立性。各章节在作者创作意图的统摄下,形成一个有机的整体。如第六章通过改组保卫处,制服董大山等情节,使陈咏明这个新型企业家的形象跃然纸上。第十五章以郑子云的十二大代表资格为中心展开情节,活画出田守诚政治投机商的可憎面目,生动地表现了郑子云坚定的党性原则……在许多地方打乱了时空

---

① 《沉重的翅膀》,第 59 页,人民文学出版社 1984 年版。
② 《沉重的翅膀》,第 190 页,人民文学出版社 1984 年版。
③ 《沉重的翅膀》,第 298 页,人民文学出版社 1984 年版。
④ 《沉重的翅膀》,第 184 页,人民文学出版社 1984 年版。
⑤ 《沉重的翅膀》,第 311 页,人民文学出版社 1984 年版。
⑥ 杨桂欣:《简论〈沉重的翅膀〉的艺术性》,《文艺评论》,第 68 页,1985 年第 6 期。

顺序,使之交错跳跃,将丰富的历史生活内容通过人物现时('时'应为'实'——引者注)的内心活动反映出来,避免了冗长的叙述和静态的描写,加快了情节发展的节奏,增加了作品内容的纵深感和人物思想性格发展的逻辑性。"①

(四)人物形象众多而又个性鲜明。

小说虽然只有二十多万字,篇幅不算长,但人物却有六十多个,其中,"出场"人物有叶知秋、莫征、刘玉英、吴国栋、贺家彬、郑子云、何婷、冯效先、方文煊、万群、郑圆圆、汪方亮、田守诚、夏竹筠、郁丽文、陈咏明、李瑞林、董大山、杨小东、纪恒全、肖宜、林绍同、宋克等二十个之多。这些人物大多个性鲜明,如郑子云有胆识、有魄力,陈咏明富有朝气、情感丰富,杨小东等有活力、有干劲,田守诚世故、老练,宋克褊狭,纪恒全俗气、奴性十足,汪方亮言行中庸,叶知秋耿直、正义。小说在设置这些人物时,有意让他们处于对比的位置,如郑子云、汪方亮与田守诚、孔祥,方文煊与宋克、冯效先,吴国栋与杨小东,肖宜与纪恒全,郁丽文和夏竹筠等,他们彼此都构成了对比,他们的性格也在对比中显现出鲜明、突出之处。

(五)心理描写深刻细腻。

小说注重通过深刻细腻的心理剖析来刻画人物。小说中的人物,在经历着社会变革的同时,也在经历着一场心灵的发展变革,有的人在这场心灵的变革中走向成熟和光明,并获得心灵的救赎,如郑子云、陈咏明、汪方亮、方文煊、贺家彬、肖宜、叶知秋、莫征、郑圆圆、杨小东等,也有的人在这场心灵的变革中走向堕落和黑暗,让灵魂继续受到丑陋现实的腐蚀,如田守诚、夏竹筠、冯效先、何婷、纪恒全、石泉清等;小说在描写这些人物心灵的发展变革时,一是注重通过人物的心理独白直接展示人物的心理活动,二是紧扣人物的个性描写人物的心理活动,三是注重描写人物内心发展变化的过程,从而把人物的心理描写得颇为深刻细腻。

(六)善于通过细节刻画人物。

如小说写郑子云在到工厂调研时,"随手拉开第一辆汽车的车门,用手指头抹了一下司机的座位,车座上立刻现出一条清晰的指痕。"于是,对陈咏明道:

---

① 杨建国:《浩瀚星海中一道奇异的光芒——读〈沉重的翅膀〉》,《语文教学与研究》,第 3 页,1986 年第 9 期。

"密封性还不大好哪！耗油量多大？"①通过这个细节,小说恰到好处地写出了郑子云熟悉业务、重视实践的品性以及对下级不颐指气使的民主作风和平易可亲的性格。又如,写陈咏明在工人们分房搬家后,与他们一道吃饺子,通过这个细节,小说深刻地表现了他与工人的融洽关系。再如,小说通过对夏竹筠在第一次出场时与丈夫和女儿说话、在理发店中理发过后拿钱包及戴头巾的细节等的描写,生动地刻画了其浅薄、庸俗、作态、小心眼的特点。

（七）语言既形象、生动又犀利、泼辣。

小说注重运用比喻,比喻语句俯拾即是,如(孔祥)"像一辆安了十个炮眼的新式坦克,嘎嘎嘎嘎,突突突突,管它前面有没有目标,先他妈的放上一通。"②"石全清好伤心啊,就像一条忠心巴巴的狗,无缘无故让主人踹了一脚那么伤心。"③"石泉清夹着两条腿,好像屁股上有一条尾巴,生怕人走了尾巴还留在门里,身子很快一闪,走出了党委会议室。"④同时,小说也注重使用讽刺笔法,如"冯效先从一大摞文件上抬起他那思想家才有的、硕大的头颅。"⑤"他那硕大的脑袋,活像摆满油、盐、酱、醋的杂货铺,装着七零八碎、五花八门的学问。"⑥"就像北京冬天刮的风,一上来就是七八级,飞沙走石的。它不能老那么刮吧,刮上一两天,就会转成五六级、三四级,最后变成一二级。"⑦"心里有鬼或是反应慢的人,让她像扫机枪似的这么猛一通扫射,准得丢盔卸甲地落荒而去,往他家打电话的人,应该先穿上尼龙避弹衣,或戴上防毒面具。"⑧"那一摞纸就值一元二角钱？看完之后,当大便纸都不好使,又硬又滑,还不如报纸"⑨。比喻、讽刺等的大量运用,使得小说语言既形象、生动又犀利、泼辣。

五

小说也存在着一些不足之处,具体地说:

---

① 《沉重的翅膀》,第 155 页,人民文学出版社 1984 年版。
② 《沉重的翅膀》,第 266 页,人民文学出版社 1984 年版。
③ 《沉重的翅膀》,第 272 页,人民文学出版社 1984 年版。
④ 《沉重的翅膀》,第 279 页,人民文学出版社 1984 年版。
⑤ 《沉重的翅膀》,第 33 页,人民文学出版社 1984 年版。
⑥ 《沉重的翅膀》,第 39 页,人民文学出版社 1984 年版。
⑦ 《沉重的翅膀》,第 136 页,人民文学出版社 1984 年版。
⑧ 《沉重的翅膀》,第 204 页,人民文学出版社 1984 年版。
⑨ 《沉重的翅膀》,第 275 页,人民文学出版社 1984 年版。

（一）过于贴近生活，从而使"艺术表现"和"现实生活"两者之间缺乏必要的"距离"，令人"感觉得到作者当时是浮躁的，功利化的倾向很重。"①

（二）概念化倾向较为明显。

如有些人物的举动、思维、说话似乎都是直奔作者所预设的情节和所要表达的观点的；厂长、部长一打开话匣子就直抒胸臆没完没了，"郑子云式的改革，就是最多做一下调查研究，然后发议论做报告，然后羁绊于复杂的机关人际关系。作为改革第一线的厂长陈咏明，作者赋予他的也同样是改革的概念化和理想化人物，小说缺乏对企业改革的实际描写，没有进入到改革的实际生活之中。"②

（三）结构比较松散。

（四）"作者对方兴未艾的改革大潮和工厂企业的改革实际是不太熟悉的"③，因而有些情节比较牵强，看上去不够真实。

（五）"人物对话中议论过多，作者还迫不及待的随处插进许多议论"④，有些议论则过长，显得有些沉闷。

（六）郑子云这一人物形象存在着明显的矛盾之处。

郑子云在家庭生活方面委曲求全，可是在与其他人物的互动中，却显得十分生硬。

不过，小说尽管有这些不足之处，但总的来说仍不失为一部优秀之作——作为"我国第一部反映改革的长篇小说"⑤和作者的第一部长篇小说，《沉重的翅膀》还是相当成功的：其内容之深刻独到甚至超前，在问世的当时以及之前的中国当代文学史上是无与伦比的——小说"所揭示的矛盾，不是一般的基层单位或普通的社会生活常见的矛盾，而是某重工业部高层领导之间的矛盾，部长、副部长之间以至国务院某副总理及其某些部门的矛盾。描绘这样高层的领导，而且揭示的问题又是那样直接、那样尖锐，即是拥护党的十一届三中全会的路线，

---

① 徐其超等：《聚焦茅盾文学奖》，第57页，作家出版社2005年版。
② 徐其超等：《聚焦茅盾文学奖》，第57页，作家出版社2005年版。
③ 徐其超等：《聚焦茅盾文学奖》，第57页，作家出版社2005年版。
④ 张光年《沉重的翅膀·序言》，《沉重的翅膀》，第2页，人民文学出版社1984年版。
⑤ 杨建国：《浩瀚星海中一道奇异的光芒——读〈沉重的翅膀〉》，《语文教学与研究》，第2页，1986年第9期。

贯彻改革的方针,还是对三中全会以来党的方针、政策采取阳奉阴违甚至反对的态度问题。这样的作品,在新中国成立以来的文艺作品中,我们过去似未见过。在长篇小说领域里,《沉重的翅膀》不仅第一个写了改革,而且第一次写了这样高的领导层内部不同人之间不同政治态度、思想作风、道德观念以及个人品质等等的尖锐对立和斗争"①,同时,"作者突破了过去一些写工业题材作品的模式,也突破了自我的艺术经验,表现出崭新的艺术个性"②;即使与接踵而至的同类其他题材的长篇小说相比,小说也堪称"佼佼者"③。也许正因为这些,小说才在"发表后立即引起争论,成为首都文坛上一个惹人注目的事件。"④

---

① 胡德培:《艺术魅力的秘密——〈沉重的翅膀〉为何受欢迎》,《当代文坛》,第 15 页,1985 年第 4 期。
② 杨建国:《浩瀚星海中一道奇异的光芒——读〈沉重的翅膀〉》,《语文教学与研究》,第 2 页,1986 年第 9 期。
③ 杨桂欣:《简论〈沉重的翅膀〉的艺术性》,《文艺评论》,第 66 页,1985 年第 6 期。
④ 张光年:《沉重的翅膀·序言》,《沉重的翅膀》,第 1 页,人民文学出版社 1984 年版。

第三节 《钟鼓楼》

一

刘心武的《钟鼓楼》最初发表于1984年的《当代》第5—6期上，人民文学出版社于1985年首次出版，其内容梗概为：

1982年12月12日，住在北京钟鼓楼附近的一座古旧四合院里的薛纪跃结婚，并在住处举行婚礼。新娘潘秀雅是某照相馆的工作人员。邻居荀磊送来自己剪的两个大红的"囍"字。荀磊是某重要部门的翻译，其女友冯婉姝毕业于北京外语学院，其父荀兴旺则因冯婉姝满身洋味儿而对她不满意，希望他能与娃娃亲郭杏儿结合。清华大学水利系学生张秀藻对荀磊心仪已久。薛纪跃的大嫂孟昭英原定这天起早来帮忙，但因女儿发烧而迟迟未到。薛家所请的掌勺师傅本是同和居的何师傅，但来的却是其徒弟路喜纯。与此同时，邻居詹丽颖来了。稍后，孟昭英也来了，但薛大娘对她的晚到很生气，加上大儿子薛纪徽没来，便把她数落了一番。孟昭英觉得委屈，便顶嘴，于是两人吵了起来。薛永全一边劝太太一边劝儿媳，詹丽颖也参与劝解。孟昭英这天除干活外，还要与澹台智珠一起去迎亲。澹台智珠毕业于戏校，最初在一个剧团工作，"文化大革命"中遭到迫害，进到纽扣厂当包装工，与普通车工李铠结婚。薛大娘以为他们夫妻关系和睦、儿女双全，是"全可人"，便请她参与迎亲以图吉利。但李铠因讨厌剧团里给澹台智珠唱小生的濮阳苏而出走，澹台智珠得去寻找李铠，于是，由詹丽颖取代她去迎亲；但薛大娘因詹丽颖不是"全可人"而暗自不高兴。混混卢宝桑是第一个来宾，他到后便主动承担起为婚宴买啤酒的任务。此时，郭杏儿正提着大包的东西赶往荀家，詹丽颖、孟昭英与新娘子及其七姑坐在小轿车里前往薛家。郭杏儿在得知荀磊有对象后有些难过，但很快恢复了情绪。詹丽颖在接新娘回来后回家照应两位客人——嵇志满和慕樱，他们是被詹丽颖硬拉在一起谈对象的。澹台智珠在大街上寻找丈夫时碰到了自己的"粉丝"海奶奶和胡爷爷。此时，路喜纯精湛的厨艺赢得了薛家来宾的一致赞许，卢宝桑因此醋意大发,并找路喜纯的茬;小混混姚向东则趁人多眼杂之机混进薛家大院偷走了新娘的雷达表和薛家准备酬谢厨师的酬金。荀兴旺为使薛家喜宴不受影响而赶忙自己掏钱,让荀磊火速去商店买一块和新娘的表一模一样的雷达表,并谎称是小偷逃走时丢在门口被他们捡到的。荀磊在买表回来的路上,遇见张秀藻;两人随之边走边聊,并在不知不觉中拐进了他们所住的胡同;身后不远,是高高的钟鼓楼。

二

小说中重要的人物主要有薛大娘、詹丽颖、路喜纯、澹台智珠、卢宝桑、荀磊等。

(一) 薛大娘

薛大娘是一个北京普通市民。她"绝不是一个真正迷信的人,她知道迷信归根结蒂都是瞎掰,遇上听人讲述哪里有个老太太信神信鬼闹出乱子,她还会真诚地拍着大腿笑着说几句嘲讽的话;但她又同许许多多同龄的老市民一样,内心还揣着个求吉利的想法。"[①]于是,在小儿子办喜事的那天,她一大早就起床收拾东西,心里还惦记着各种各样的琐事,害怕婚礼上会遇到什么料想不到的事;谁说错了话,她便立即以吉利的话来更正,谁做错了事,她就用吉利的说法来打圆场;大儿媳来晚了,她便训斥大儿媳;儿子结婚一定要挑个阴历阳历都是双数的日子,怕逢上单数会惹出丧偶之类不吉利的后果来;迎接新娘的人要是夫妻和睦,家庭美满,事业有成的"全可人";当得知自己所选定的"全可人"澹台智珠不能去迎亲时,她惊吓得砸坏了杯子;当不讨人喜欢的詹丽颖毛遂自荐地代替澹台智珠时,她颇感不快;在得知主厨厨师路喜纯是"小茶壶"时,她愈是感到不快。她情感外露,几乎完全按自己的好恶来待人——对自己喜欢的人客客气气,对自己不喜欢的人尖酸刻薄,如喜欢澹台智珠,就对她客客气气,不喜欢詹丽颖,对她不但不友好,而且揭其老底。爱面子——为把婚礼弄得风风光光,她违心迁就许多新近流行的习俗。家长作风严重——大儿媳来迟了,她不仅生气,还发脾气;在大儿媳辩解时,她又觉得大儿媳忤逆。心胸狭窄——她对自己当年简单的结婚仪式耿耿于怀,动不动就发火。慈心重——为了让小儿子多睡

[①] 《钟鼓楼》,第9页,人民文学出版社1985年版。

会儿,她即使自己再忙也舍不得把他叫起来,看到他就对他"心生怜惜";大儿子在婚宴快结束时才来,她也不愿向他倒苦水以防引起他的不快,还认可了他为工作而误了自家大事的做法。善良——她虽爱发火,但实际上又是"刀子嘴豆腐心",在心底里希望周围的人都过得顺顺当当,而且讨厌一个人也不是永远讨厌,特别是当她所讨厌的人真诚地帮助她时,她也会真诚地感激那人,如当詹丽颖给她送炒米粉时,她就一下子满怀感激地高兴起来;虽然对路喜纯是"小茶壶"心存芥蒂,但当他圆满地干完了活后,又对他礼貌有加,希望与他以亲戚的关系往来。

总的来看,薛大娘可以说是北京普通市民特别是底层市民的代表。

(二) 詹丽颖

詹丽颖是一个北京普通市民。总的来说,她往往好心办坏事、热情过度、心地善良、性子直爽。她在说话时嗓门高,想说什么就说什么,说话咋咋呼呼——她在设计院的工作歇息时间大声宣布:"党委办公室新来了个副主任,是位部长夫人,个子那个矮啊——真叫'三寸丁谷树皮',北京土话叫'地出溜'……"[①]"对一位为自己发胖而感到羞赧的女同事大声地宣布:'哟,你又长膘啦?你爱人净弄什么好的给你吃,把你揣得这么肥啊?'"[②]她的言行总是引起别人的误解、不满、不快——她自告奋勇地加入到迎亲队伍,弄得薛大娘不高兴;在接新娘的轿车里,她评点新娘子的衣服、下车让车上的人等她,结果弄得新娘的七姑不高兴。她非常任性,全然不顾别人的感受——在薛纪跃的婚礼上,她一边梳头一边伸头到锅上面去嗅,且自作聪明地帮倒忙;不考虑嵇志满与慕樱的意愿就硬撮合他俩;在和人发生争吵时,劝和的人即使是站在她一边维护她,她也一概不买账,有时甚至把原本是站在她一边维护她的人推向自己的对立面。但她热心快肠、乐于助人——她见潘秀娅的新娘服颜色不很协调,便自掏腰包,为潘秀娅买来一枚漂亮的别针;见老同学未成家就主动地为之操心。她的这种性格,既使她吃了不少亏——被划为"右派"并受了二十多年的改造之苦、干过最粗重的活、忍受过最粗鄙的侮辱、被人们当面无数次地批评,又使她得到了一些善报——赢得了爱情,最终能得到人们的原谅等。

---

① 《钟鼓楼》,第47页,人民文学出版社1985年版。
② 《钟鼓楼》,第47页,人民文学出版社1985年版。

总的来看，詹丽颖是位带有另类性的北京市民。

（三）路喜纯

路喜纯是一位厨师。他出身于一个底层市民的家庭——其父亲曾是天津某下等妓院的杂工、其母亲则曾是那妓院的一名妓女。品行端正、自强不息——在父母双亡后，他虽然无依无靠、孤苦伶仃，但"要强，越是从这种屈辱中诞生，他越是要自尊自重。他不堕落！他不消沉！他要在自己那平凡的岗位上，正正派派地为这个社会贡献出自己的汗水；他要在这种施展自己技艺的义务劳动中，认认真真地为普通的群众奉献出自己精心创造出的美来……"①因而不仅没有像同是住在胡同中的青少年姚向东、卢宝桑等那样堕落，反而积极上进，从而赢得了同和居原掌勺师傅的青睐，被他收为徒弟，并被传授了几样"绝活"。为人厚道、极富理智——在婚礼上，卢宝桑无理取闹，并居心险恶地当众揭穿他不光彩的身世，在他的伤疤上撒了一把盐，"他本来是完全可以通过狠狠地揍卢宝桑一顿，以泄他心中的愤懑的，可是他在拳头就要飞出之际，忽然意识到他今天对更多的人所承担的义务"②，便立马克制住愤怒，把痛苦埋到内心深处；不计回报，薛家的汤封他也不收，只要能得到别人的肯定就很满足。厨艺精湛、对工作尽职尽责——他的努力使薛家及其亲朋好友吃得眉开眼笑，让新娘那爱挑剔的七姑也没找到麻烦。富有正义感——当看到一位妇女被一个壮汉粗暴地大骂拉扯时，他便想同那个壮汉评理；在薛家的金表丢失后，大家都怀疑是卢宝桑偷的，他却摒除私心，相信金表不是被刚刚给自己造成极大伤害的卢宝桑偷了，并为卢宝桑开脱。

总的来看，路喜纯是位积极向上且有为的青年。

（四）澹台智珠

澹台智珠是一个京剧演员。她热爱自己的演艺事业，有为艺术献身的精神——在结婚之前，她把艺术看得比什么都重；在"文化大革命"结束后重返舞台时，她始终以认真的态度对待每一出戏。忠贞、有操守——虽为"戏子"，但始终谨守妇道，即使遭丈夫无端猜忌甚至无理取闹，她也始终没做有违妇道之事。为人友善——无论是对邻里还是对同事，她都很友好，正因为如此，在薛家需要

---

① 《钟鼓楼》，第261页，人民文学出版社1985年版。
② 《钟鼓楼》，第261页，人民文学出版社1985年版。

人迎亲时,薛大娘首先想到的是她;在剧团人事组合发生变化时,同事们首先想到的是她;在路上也受到观众的追捧。善良——总是从好的一面去想象别人,如当自己的搭档们被"师姐""挖走"时,她所想到的是搭档们跟着那位"师姐"能时不时地到全聚德、丰泽园聚餐,到家里对戏,"跟着我澹台智珠呢?我倒有那个善待他们的心,可就凭我跟李铠这点工资,能给他们那么多好处吗?"①

总的来看,澹台智珠是一位品性、演技俱佳的演员。

(五)卢宝桑

卢宝桑是一个街头混混。他"起码在三代以上就定居在北京"②,祖父和父亲均为乞丐。形容猥琐——他"不仅穿得邋邋遢遢,而且胡子拉碴"③。粗俗——他一进薛家,就"一屁股歪坐在新沙发上,望望茶几上的糖果碟,甩着嗓门说:'谁他妈吃你这破糖!送我包烟是正经。'"④看到薛纪跃的结婚照,"他'嗤'地乐出了声来,那是一种阴阳怪气的闷笑;笑完他挨近薛纪跃身边,凑拢薛纪跃耳朵问:'怎么着!没先玩玩?我看她够你招呼一气的!'"⑤好吃鲜耻——在薛家婚宴那天,他"带着最佳竞技状态的食欲和一副功能健全的肠胃,准备在婚宴上大吃一顿"⑥,一进门就大模大样地要烟要糖,还嫌烟糖规格不够高。不尊重人——他一进薛家就自认为"此刻路喜纯是伺候人的,而他自己恰是被路喜纯所伺候的宾客之一"⑦,于是,对路喜纯说东道西,指手划脚;毫不留情地揭路喜纯身世的底。心肠毒辣——在"文化大革命"期间,他在批斗校长、老师的会上,总扮演那种揪着人家"坐飞机"的角色;除了揪人家胳膊、按人家脑袋外,他还会想出其他各种各样恶毒的办法。不过,卢宝桑也并非一无是处——"薛纪跃、潘秀娅置办家具时,他这个搬运工可尽了大力,往这屋里搬那三开大立柜时,摆放时,都是他吆喝着指挥的"⑧;在薛家没有啤酒的时候,他为薛家买到了啤酒等。

---

① 《钟鼓楼》,第66页,人民文学出版社1985年版。
② 《钟鼓楼》,第109页,人民文学出版社1985年版。
③ 《钟鼓楼》,第108页,人民文学出版社1985年版。
④ 《钟鼓楼》,第108页,人民文学出版社1985年版。
⑤ 《钟鼓楼》,第116页,人民文学出版社1985年版。
⑥ 《钟鼓楼》,第108页,人民文学出版社1985年版。
⑦ 《钟鼓楼》,第119页,人民文学出版社1985年版。
⑧ 《钟鼓楼》,第109页,人民文学出版社1985年版。

总的来看,卢宝桑是位不思进取、放任自流、品行不端的青年。

(六) 荀磊

荀磊是一个翻译。他出身于工人家庭,所受的家教极严——偶尔出于本能的骂声,也会招致父亲的训斥,因而知书达理、品性纯正——薛家办喜事,他一大早便送去"囍"字以示祝贺。虽然生长在一个动荡的年代,但"据薛大娘他们回忆,在那几年里,院里头好像就没有荀磊这么个孩子似的。他一下学便坐在他家所在的那个小偏院里念书"①,书本匮乏,他便读旧台历。正因为如此,他的学习成绩也比其同龄人要好。爱国情感强烈——"在泰晤士河畔,听着威斯特敏斯特寺的钟声……他感到从来没有这样强烈地爱过自己的祖国——那是具体已极的、实实在在的祖国,有尘土飞扬的小胡同,古老的、顶脊上长着枯草的钟鼓楼,四合院黑乎乎的门洞,门洞顶上挂着一对旧藤椅,锁骨下和腰上有着枪伤的爸爸,爱做鸡蛋炸酱面给大家吃的妈妈,善良的安心于服务工作的姐姐们,以及那些可爱的邻居,从珠阿姨家传出来的胡琴声和咦呀的西皮流水腔,还有英语老师那似乎总是吃惊的表情……那就是他'天才'的来源,就是他的'基因'。"②

总的来看,荀磊是一个积极向上,具有新时代青年优秀品质的青年。

三

小说通过其内容及所塑造的一系列人物,尤其是薛大娘、詹丽颖、路喜纯、澹台智珠、卢宝桑、荀磊等所表达的主旨大致有以下几点:

(一) 从"政治地位,经济地位,文化水平,职业特征,居住区域,生活方式,总体状况的稳定性等七个方面"③归纳了北京小市民的特点,写出了他们的昨天、今天、生活环境、心理状态等,写出了他们之间复杂而又微妙的关系。

北京钟鼓楼附近的那座古旧四合院是北京典型的民居,许许多多像薛大娘那样的北京市民及其父辈祖辈甚至上溯到许多代的先人就居住在或者曾经居住在那样的四合院里;工作的平凡低微、收入的微薄、住房的简陋狭小、邻里之

---

① 《钟鼓楼》,第 38 页,人民文学出版社 1985 年版。
② 《钟鼓楼》,第 41 页,人民文学出版社 1985 年版。
③ 何镇邦:《是独创的,但不完美——谈〈钟鼓楼〉艺术探索的得失》,《文学自由谈》,第 137 页,1985 年第 1 期。

间无法回避的"低头不见抬头见"及"被迫"的送往迎来等,这些便是他们的生活现状或生活环境,他们活得疲惫不堪、心烦意乱但又无可奈何,以至于像薛大娘竟在儿子结婚之日也忍不住发脾气,詹丽颖的性情发生一定程度的扭曲,本分、规矩、善良、学有所长的路喜纯无端遭到混混的挑衅欺辱,澹台智珠家里家外、身心俱困,卢宝桑一如其父其祖不务正业、走歪门邪道,身为国务院某部局长的张奇林公务缠身,去国外出差在即也得参加邻居的婚宴。当然,他们的生活也不乏光彩和希望,有"继承"也有"发展",如荀家儿子品学兼优,满门光彩;薛家儿孙满面、人丁兴旺;路喜纯既"超越"了其父母,又从师傅那儿学得几样"绝活";卢宝桑虽然缺点多,但也并非一无是处……"从小说中虽看不到民族起飞的波澜壮阔的生活急流,看不到叱咤风云的英雄人物,却看到了生活中的各阶层市民的各种矛盾纠葛和复杂的心态,看到了形成民族性格的社会的、历史的、心理的因素","看到了半个多世纪的历史、古都北京的风貌神韵、民俗民情的沿革变化,看到了这里的此起彼伏的风云变幻",也看到了"钟鼓楼下的大杂院将发生变化,中国将发生变化"[①]。

(二)写出了人们"在流逝的时间中,已经和即将产生历史感"[②]。

其一,小说标题为"钟鼓楼",其故事也主要发生在钟鼓楼一带,于是,本是古代报时建筑的钟鼓楼就作为一种标志着时光流逝的意象,成了小说一个笼罩全局的象征;而围绕着这一象征,又有若干象征,如选择人类延续自身生命的婚礼事件作为主线,以计时器——一块镀金坤表为"贯串道具",特意写到四合院门洞顶上所悬挂的海奶奶废而不弃的破藤椅以及海奶奶当作装饰的、停摆不走的老式挂钟等,所有这些象征,都是力图把读者的思维空间从一个小小四合院的"点"上、鼓楼前大街的"线"上、整个北京整个中国的"面"上拓展至全人类全世界的"体"上,并弥散开去,提醒人们去产生或"意识"一种神圣、深沉的历史感和庄严的命运感。

其二,小说有意使用卯、辰、巳、午、未、申等古代计时概念,能让读者意识到时间的流逝。

其三,在"共时性"地描绘人物"此时此地"的存在状态的同时,小说也把他

---

① 《新的高度——长篇小说〈钟鼓楼〉座谈会纪要》,《当代》,第 203—204 页,1985 年第 3 期。
② 《钟鼓楼》,第 109 页,人民文学出版社 1985 年版。

们的过去叙述出来,如张奇林的革命生涯和坎坷经历,薛永全的喇嘛历史,卢宝桑的乞丐生涯,詹丽颖的右派生涯等。

其四,小说开头所追叙述的发生在一百多年前贝子府的神秘故事;从表面上来看似乎与小说的主题没有多大的关系,但它作为一种参照物,实际上造成了时间的距离,也就造成了历史感。

其五,"历史感"还体现在人物的心理、言行、性格以及人物的嬗替等诸多方面——"薛大娘坚持要小轿车接新娘,坚持要全可人去迎亲,为的是平息自己当年过门时的不足和窝心,那位令人啼笑皆非的七姑在迎亲办宴过程中的种种善意的挑剔,处处图吉利反而事事不吉利;荀大爷为儿子指腹为婚一事无法实现竟一直怀着难以泯灭的内疚,海老太太并无骗人之心地瞎吹胡编自己的身世遭遇,仅仅是为了满足一下自己的虚荣;韩一谭('谭'应为'潭'——引者注)驯顺无争,谨小慎微到为了几句涉及江青的传闻竟真诚地送女儿去自首,梁福民、郝玉兰对生活的节俭近于苛刻,却偏要让儿子穿着新衣站在院子里吃柑桔,凡此种种今天四合院居民的所做所为、所想所思时,那种文化上的丝丝缕缕的联系便油然而现,使人感到昔日的四合院文化竟是那么根深蒂固地沉积在我们今天的生活里"①。同时,"历史在发展,人们的观念在变化。退休老工人荀兴旺同他的儿子荀磊,当过喇嘛的薛永全同他的儿子纪跃,虽然只相差二十来岁,但在生活方式和观念心态上有着多么远大的差异啊;当然,这两对父子异中又有同的方面,荀师傅很看不惯'新潮'的未来儿媳冯婉妹,却相中了指腹为婚的农村姑娘杏儿,但父子俩在自尊要强上则有性格上的延续,薛大爷尽管相信因果报应、轮回坏劫,却在婚礼要摆家宴、酬亲友,给儿媳买小坤表等事情上,同儿子并无二致。即使同一个人,例如慕樱医生,随着时间的推移、环境的变迁,她在婚姻爱情观的变化,前后又是怎样地迥然不同啊!"②

(三)写出了古老京华的历史积淀以及 20 世纪 80 年代的"政治脉搏、改革气氛……社会重大矛盾"③,反映了现代生活方式与历史文化的冲突和交融的过

---

① 邹平:《一部具有社会学价值的当代小说——读刘心武的小说〈钟鼓楼〉》,《当代作家评论》,第 111 页,1986 年第 2 期。

② 章仲锷:《我看电视剧〈钟鼓楼〉——赞赏的与感到不足的》,《中国电视》,第 152 页,1986 年第 6 期。

③ 刘心武:《〈钟鼓楼〉的结构与叙述语言的选择》,《北京师范学院学报(社会科学版)》,第 9 页,1986 年第 2 期。

程,展示了"一幅当代北京市民生活的斑斓画卷,或者说……显示当代北京的社会生态景观"[1]。

小说虽然"没有直接写政治,写改革,写重大的社会矛盾"[2],但是,每一个细节中都渗透着政治、改革、社会重大矛盾,如四合院居民的生活窘况形象地说明了改革的必要性和紧迫性,路喜纯和荀磊各自的学有所长及受欢迎或被重用、张奇林所辖的技术情报站新任站长庞其杉托张奇林帮忙从国外买书等反映出了一种重知识、重人才的时代气息。

(四)鞭挞了人们不易察觉的习惯惰力,歌颂了新一代自觉掌握命运创造历史的新篇章[3]。

薛大娘多年来在心里一直潜藏着自己当年出嫁时的自愧寒酸;海奶奶把早已不能用了的破藤椅高悬在门洞的天棚上,把早已停摆不走、不能指示时间的老式挂钟作为生活中不可或缺的装饰物;卢宝桑身上延续着其上代的乞丐心态和硬乞精神;这些都是古老北京的历史因袭物所造成的人们不易察觉的习惯惰力在京华的老市民和新市民的心灵里所产生的影响所致。荀磊依靠苦学和父辈朴实做人的教育,虽跻身于为人羡慕的外事部门,但仍自尊要强;路喜纯因正直、善良、宽容、厚道、实在而获得师父的青睐,从而学得几样绝活;薛纪徽公而忘私,为工作连弟弟的婚礼也顾不上参加;他们都属自觉掌握命运创造历史的一代新人,都是古老四合院"焕发"出来的一种"新气象"。

四

从艺术表现的角度来看,小说主要具有如下特点:

(一)"花瓣式"的结构。

小说所"采取的是类似中国古典绘画中的那种'散点透视法',整个长篇的结构不是'穿珠式'、'阶梯式',而是'花瓣式',即从一个'花心'出发,生出五个花瓣,再在五个外面生出十个花瓣……或者又可以比喻为'剥桔式',即将一只桔

---

[1] 刘心武:《〈钟鼓楼〉的结构与叙述语言的选择》,《北京师范学院学报(社会科学版)》,第6页,1986年第2期。

[2] 刘心武:《〈钟鼓楼〉的结构与叙述语言的选择》,《北京师范学院学报(社会科学版)》,第9页,1986年第2期。

[3] 参见章仲锷:《编后试析〈钟鼓楼〉》,《北京师范学院学报(社会科学版)》,第16页,1986年第2期。

子(生活)剥开,解剖为一瓣又一瓣的桔肉(个体及个体的生活史),貌似各自离分,却又能吻合为一个整体"①;具体地说,就是平行组合众多人物的生活故事,将众多人物的活动集中安排在短短的 12 个小时里,注重故事发展的"共时性":薛家在操办婚宴时,某局局长张奇林在自己家中处理公务、接待客人,鞋匠荀师傅正在修鞋,小混混姚向东正在街上徘徊,一群老人正在钟鼓楼下说古道今,农村姑娘郭杏儿正赶往父亲生前给她定下的婆家——荀家,医生慕樱在中学数学教师荀志满那里讨得了珍贵的邮票后去找部长。

(二) 情节"非戏剧化"。

小说"没有设置一个基本冲突,不把情节向一个焦点汇聚"②,"没有追求戏剧性,绝少悬念与巧合"③,没有一条明显、单一的情节线索——小说的内容虽然围绕着薛家的婚宴展开,但四合院里九户人家的活动,并非都与之相关,"新潮派"女医生慕樱、局长张奇林等的活动更是与之毫无关联,读者"似乎每读完一节都可以暂时放下"④。

(三) 人物众多而又平凡化。

小说人物为数众多,其中,"能给读者留下印象的人物,大约在三十个左右,上自副部长,下自('自'应为'至'——引者注)小流氓,当然,主要还是最普通的售货员、卡车司机、园林工人、厨师、修鞋师傅、搬运工……以及一般的工程师、编辑、教师、大学生、青年翻译……也写到京剧演员、'浪漫女性'、拾破烂的老头、来自农村的姑娘……甚至江青,也作为一个有言有行的人物,被描绘在一段回叙之中。"⑤

虽然人物为数众多,但没有集中地刻画一或几个不凡的"拔尖"人物——很难说谁是小说的主人翁或主要人物,所刻画的是一批芸芸众生,都很平凡:其一,没有"高大全"的人物,几乎都是小人物,他们既不十全十美,又不十恶不赦,

---

① 刘心武:《〈钟鼓楼〉的结构与叙述语言的选择》,《北京师范学院学报(社会科学版)》,第 7 页,1986 年第 2 期。
② 冼佩:《饱含现代意识的风俗画卷——〈钟鼓楼〉读后》,《语文教学与研究》,第 91 页,1986 年第 22 期。
③ 刘心武:《〈钟鼓楼〉的结构与叙述语言的选择》,《北京师范学院学报(社会科学版)》,第 6 页,1986 年第 2 期。
④ 冼佩:《饱含现代意识的风俗画卷——〈钟鼓楼〉读后》,《语文教学与研究》,第 92 页,1986 年第 22 期。
⑤ 刘心武:《〈钟鼓楼〉的结构与叙述语言的选择》,《北京师范学院学报(社会科学版)》,第 6 页,1986 年第 2 期。

即使"眼下是国务院的正局级干部,说不定过两天就升副部长、部长"①的张奇林也很平凡,没有常见的"大人物"那种"高大全"的特点;每个人物都有自身的历史和不同的性格,都是一个当代市民的生态标本,比如潘秀娅的七姑就是一个典型的小市民——在扮演"送亲姑妈"这一角色时,她充分地表现出了小市民的封闭性、保守性。又如,荀兴旺也是一个典型的小市民——他是一个鞋匠,是一个非常本分善良的人;他曾参加过八路军,参加过解放石家庄的战斗,受过重伤;在新中国成立后当了普通工人,退休后不愿闲着,在街上摆起了鞋摊;有这样经历的人对自己儿子的婚姻大事却存着十分陈旧的打算,即曾与战友为儿子"指腹定亲"。小说中的其他人物大多像潘秀娅的七姑和荀兴旺一样具有独特性和代表性。其二,小说里的人物没有主次之分,就像在日常生活中,每个人都有自己的生活道路、生活方式,没有谁注定就是主角一样;但也像在生活中某个特定的圈子里,谁都有可能成为主角而不能被其他任何人取代,具有其独特的身份、地位、特点一样,小说里的人物在特定环境里又是有主次之分、有其独特之处的,如在薛家,薛大娘是主角,她善良而又庸俗;在薛家厨房,路喜纯是主角,他勤快宽厚、手艺精湛……从而描绘出了"一幅当代北京市民生活的社会生态群落图,或者叫作当代北京市民生活的社会生态景观"②。

(四)细节和人物描写传神。

小说严格遵循现实主义,"其记实之精确、具体,如描绘鼓楼前大街以及小胡同、大杂院的场景,简直到了一丝不苟的程度。特别是其中一些场合人物心态的刻画,可说是惟妙惟肖,连'内行'也称道不已。例如关于柜台前某些售货员'浅思维'的剖析;慕樱医生门诊看病时同患者的对答"③,路喜纯在受卢宝桑侮辱后的痛苦心理,薛纪跃在婚前所感到的不安心理,卢宝桑的"足撮"心态,澹台智珠在事业和家庭上的矛盾烦恼等以及"关于荀兴旺、薛永全、卢胜七三人在浴池里的体貌,举止和气质的对比描写,作为新娘子潘秀娅保护人的七姑在婚宴上的一言一行的描写"④,都描写得十分细腻逼真,达到了传神的境地。

---

① 《钟鼓楼》,第280页,人民文学出版社1985年版。
② 孟伟哉、刘心武:《关于〈钟鼓楼〉的通信》,《当代文坛》,第22页,1985年第2期。
③ 章仲锷:《长篇小说创作的新探索——评〈钟鼓楼〉》,《文学评论》,第100页,1985年第2期。
④ 何镇邦:《是独创的,但不完美——谈〈钟鼓楼〉艺术探索的得失》,《文学自由谈》,第137页,1985年第1期。

(五) 书面语、口头语、哲理化语言掺杂使用,语言风格别具一格。

小说所使用的主要是一种比较冷静、平实、精确的笔调和白描手法,"摒弃刻意的华丽、藻饰和过多的抒情"①,在描述生活场景时不时把历史的因素沉淀其中,嵌进了一些颇为有趣的文献式段落,因而叙述语言颇为书面语化。

小说所叙写的是当代北京市民及其日常生活,因而人物对话颇为口语化——在整部小说中,生活化的语言贯穿始终,如运用了胡同串子、置气、小轿子、得儿蜜、嘎儿屁、丫挺的、格涩、愣头青、马趴、熬淘、包园儿、逗闷子、沾包儿、"地出溜"、"足摄"等为数颇多的北京方言俚词;而且,人物的语言往往与其身份地位学识相符,如詹丽颖哑嗓子,大嗓门,说话惊惊咋咋,爱夸张,于是,把党委办公室副主任的夫人的矮个子说成"'三寸丁谷树皮',北京土话叫'地出溜'",对同事不假思索地说:"'哟,你又长膘啦?你爱人净弄什么好的给你吃,把你揣得这么肥啊?'"

小说扉页上的题辞是:"谨将此作呈献在流逝的时间中,已经和即将产生历史感的人们",作者创作该作的本意是"使读者产生出一种庄重的历史感和命运感"②,这实际上深蕴着"哲理"的意味,为此,小说使用了不少颇富哲理性的语句,如"我们已经认识的那些人物远未展示出他们的全部面目,而新的人物仍将陆续进入我们的视野。世界·生活·人。有待于我们了解和理解的真多啊!"③"在匆匆流逝的时间里,已经和即将有多少人,意识到了一种神圣的历史感和庄重的命运感呢?"④"时间对每一个人一视同仁。如果说要做到'在真理面前人人平等'、'在法律面前人人平等'不那么容易,那么不用争取,在时间面前人人自然而然是平等的。"⑤"啊,时间!你默默地流逝着。人类社会在你的流逝中书写着历史,个人生活在你的流逝中构成了命运"⑥等。

书面语、口头语、哲理化语言的掺杂使用,使得小说的整体语言风格别具一格。

---

① 孟伟哉、刘心武:《关于〈钟鼓楼〉的通信》,《当代文坛》,第 23 页,1985 年第 2 期。
② 刘心武:《〈钟鼓楼〉的结构与叙述语言的选择》,《北京师范学院学报(社会科学版)》,第 9 页,1986 年第 2 期。
③ 《钟鼓楼》,第 181 页,人民文学出版社 1985 年版。
④ 《钟鼓楼》,第 338 页,人民文学出版社 1985 年版。
⑤ 《钟鼓楼》,第 365 页,人民文学出版社 1985 年版。
⑥ 《钟鼓楼》,第 375 页,人民文学出版社 1985 年版。

（六）历史感和生活感强。

如前所述,作者创作该作的本意是"使读者产生出一种庄重的历史感和命运感",小说中描写的生活场景和人物在北京的大街小巷、日常生活中都曾是随处随时可见的,小说用平实、细腻的文笔将之描绘了出来,能给人以较强的历史感和生活感,较好地实现了作者的写作意图。

五

小说也存在着一些不足之处,具体地说:

（一）可读性不强。

小说情节"非戏剧化";游离于人物和情节之外的风俗掌故介绍和环境描写过多过繁,如完全脱离小说中人物的活动而追述四合院的历史沿革、社会生态和文化景观的那一节;塑造人物形象的笔力不够集中,没有塑造出几个甚至一个堪称典型的人物形象,人物往往一出场其性格就基本定型,大抵为"扁平"式;"哲理性的议论过多,而且有点浅"[①],哲理"大都是用议论的形式表述出来的,没有化为艺术形象,而且给人一种故作高深而并不高深的感觉"[②]……这些使得小说不够引人入胜、可读性不强——读者"开始读的时候,虽然也因为它题材新颖、笔法老练而觉得饶有趣味,但又似乎每读完一节都可以暂时放下,好像小说中描写的一群悠闲自在的老人在旧城墙根晒着太阳扯闲话,显得很散漫,不能如有些小说那样逼着你非一口气读完不可。"[③]

（二）作者的创作意图与小说"横剖面"[④]的结构相矛盾。

作者的创作意图是"使读者产生出一种庄重的历史感和命运感",而小说的结构却是"横剖面"——描写北京市钟楼附近的一座传统的四合院内九户人家以及与他们相关联的四十来个人物在1982年12月12日这天中12个小时内的活动,这是相互矛盾的:从理论上来看,"横剖面"的结构所表现出来的内容是一

---

① 何镇邦:《是独创的,但不完美——谈〈钟鼓楼〉艺术探索的得失》,《文学自由谈》,第135页,1985年第1期。

② 何镇邦:《是独创的,但不完美——谈〈钟鼓楼〉艺术探索的得失》,《文学自由谈》,第126页,1985年第1期。

③ 冼佩:《饱含现代意识的风俗画卷——〈钟鼓楼〉读后》,《语文教学与研究》,第92页,1986年第22期。

④ 参见熊俊钧:《从〈钟鼓楼〉看刘心武小说创作在艺术上的某些不足》,《中国文学研究》,第134—135页,1987年第2期。

定历史时期的共时性社会结构和社会关系,表现出某一时间上的社会状况、人的状况以及人与人、人与自然之间的关系,显然,是不利于显示出历史的流动性和流向性的,是不利于显示出人的生活的具体过程的——而没有这些,历史感和命运感就难以形成;同时,从创作实际来看,"横剖面"只宜于短篇或中篇小说,不宜于长篇小说。在世界文学史上,长篇小说的这种构架并不常见,即使有,其具体的手法也有较大的不同,英国小说家乔伊斯的《尤利西斯》和美国作家福克纳的《喧嚣与愤怒》都是以拓展人物的心灵空间来构筑长篇的。为弥补这一先天不足,小说实际上采用了一些补救措施——向纵的方向延伸:或者对人物进行履历式介绍,即在人物出场时,集中对其家庭、身世和现状进行全面介绍,如对路喜纯、荀磊、詹丽颖、卢宝桑、慕樱等即如此;或者对事件进行溯源考察,如从对婚宴这一事件的考察到北京的婚俗、民情及其演变的考察;或者对环境进行沿革讲解,即对民俗民风、社会状况、历史文物等的变化发展过程进行一一讲解,如对丐帮、四合院、钟楼鼓楼等的介绍;或者对时间、空间发一些抽象的议论,如小说最后一节……但是这些措施并不十分得力,如对人物进行履历式介绍,一般都写得比较粗略,没有什么情节,也很少细节描写,牵涉面也不太宽,因而具有较强的概括性;对事件进行溯源考察、对环境进行沿革讲解、对时间和空间发一些抽象的议论等往往游离于情节、人物。因此,总的来看,小说是以牺牲其艺术性来满足和缓解其"横剖面"的形式与"历史感、命运感"的创作意图之间的矛盾的,其后果是既降低了作品的艺术性,又破坏了作者创作意图的实现。

(三)"形聚神散"。

小说"缺少贯穿全书的主线"[①],"结构……缺乏整体性,显得有点散"[②]——小说的中心事件是薛家的婚宴,但"大多人物包括一些主要人物如澹台智珠、荀兴旺、张奇林、慕樱、韩一潭等,都没有和薛家婚宴发生联系,或者只是偶有牵连,他们的各自活动方向和活动频率,并不受到薛家婚宴这一情节发展的制约……他们的活动也是彼此互不关联的"[③],"虽然勉强把人物拉到了一起,人物却

[①] 黄秋耘语,转引贾占平、殷连英:《关于〈钟鼓楼〉之"不足"的商榷意见》,《商丘师范学院学报》,第28页,1988年第2期。

[②] 何镇邦:《是独创的,但不完美——谈〈钟鼓楼〉艺术探索的得失》,《文学自由谈》,第135页,1985年第1期。

[③] 唐跃:《时间的艺术——兼析〈钟鼓楼〉时间的艺术处理》,《文艺理论研究》,第12页,1986年第2期。

缺乏必要的心灵交流和撞击,所以,整个婚宴没有成为人物活动的有利机会,没有成为整个作品的聚焦点……既未显示出应有的整体丰姿,也未能成为作品起中心作用的有机组成部分……从标目来看,作品是依时间进展的,从内容来看,这种标目与作品内在进展并没有很紧的联系。每章里面频繁地介绍人物、环境等,内容非常多,时间跨度也大。每一章就象一个大麻袋,里面塞得满当当的,显得臃肿,凝滞,即使有点流动,整个作品却始终未能形成流势,各种介绍自成体系,互相隔膜,所以,作品给人一种生硬的捆绑之感。另外,既然是以时间为标目,就应该体现出时间特点,早中晚应是一个各有特点又联贯的较完整的活动过程。但是,这一点作品也未很好地反映出来,因此,这六个时辰仅仅充当了分章标记,并没有实在的时间意义。从表面看去作品似乎很紧凑,实际上却常常是牵强附会,或者削足适履,因此形式与内容是矛盾的。"①

此外,小说"开头的'楔子'过于造作,结尾处的议论又有点故弄玄虚,画蛇添足。"②小说也由此而显得"形聚神散"。

(四)"作家在赋于荀磊这个人物更多的理想色彩的同时,也就有意无意地减弱了他的现实感,使他成了小说中唯一的完美无缺的人物。"③

不过,小说尽管有这些不足之处,但总的来说仍是一部"新颖、独特、厚实、感人的长篇力作"④;从中国当代文学发展史的角度来看,有几点颇为难能可贵:

其一,小说着力刻画了"多年来被文学所忽视了的'小市民',也就是文化较低、从事服务性行业和体力劳动、生活方式中保留较多传统色彩的北京'土著'。在这些人物四周,作者布置了五光十色的风俗画卷。典型的北京四合院是怎样的格局,现代北京人的婚礼有那('那'应该为'哪'——引者注)些讲究,过去北京的乞丐有哪些求乞方式,对于这种种,作者都用冷静精细的笔法,一一予以描绘,这些描写不但具有文学上的价值,而且具有社会学、民俗学上的价值。"⑤

---

① 熊俊钧:《从〈钟鼓楼〉看刘心武小说创作在艺术上的某些不足》,《中国文学研究》,第136页,1987年第2期。
② 何镇邦:《是独创的,但不完美——谈〈钟鼓楼〉艺术探索的得失》,《文学自由谈》,第126页,1985年第1期。
③ 邹平:《一部具有社会学价值的当代小说——读刘心武的小说〈钟鼓楼〉》,《当代作家评论》,第113页,1986年第2期。
④ 《新的高度——长篇小说〈钟鼓楼〉座谈会纪要》,《当代》,第203页,1985年第3期。
⑤ 冼佩:《饱含现代意识的风俗画卷——〈钟鼓楼〉读后》,《语文教学与研究》,第91页,1986年第22期。

其二,在已有的"京味"作品中,写"老北京"和市井民俗的居多,而描写当代北京底层市民这样一个社会生态群落的则颇为少见,因此,小说在一定程度上拓展了中国现当代小说的题材;小说所描写的"当过喇嘛的薛永全,抱着'足撮'心理的丐帮后代卢宝桑,'大茶壶'之子、厨工路喜纯,原是男旦、现唱小生的濮阳菘,原是英雄之妻、现为'新潮'女性的慕樱,过分热心而讨人嫌的'改正右派'詹丽颖,可敬亦可怜的老编辑韩一潭和登龙有术的'文坛新秀'龙点睛,世故而又固执的送亲太太七姑和心善嘴碎、时时怀旧的海奶奶,都是难得一见或很少为人述及的人物形象"①,它们的出现,丰富了当代小说的人物形象画廊;小说所刻画的演员、司机、厨师、售货员、修鞋匠、搬运工、小流氓等,"尽管我们日常习见,但他们的心理和职业上的特征、外在的形态和微妙的行动契机,一一写来,则是很有认识价值"②的。

其三,"花瓣式"结构的使用一者拓宽了小说的结构"疆界",二者拓展了小说的空间,增加了小说的容量——使一部篇幅不长容量不大的小说蕴含了极其丰富多彩的内容:从城市到乡村,从部长、局长到售货员、家庭妇女,从留学生、文学编辑、京剧演员到厨师、修鞋匠、喇嘛、乞丐,一百年前的神秘传说,30年前的市井生活,正在进行的婚宴……让人眼花缭乱,目不暇接。

其四,小说"没有学老舍先生的笔调,以一种地道的'京腔'去铺陈故事"③,而是叙述用书面语、对话用北京口语、议论用哲理化语言,相当形象、生动、准确地传达出了当代北京生活的"京味儿",从而为"京味"小说开辟了另一条蹊径,促进了"京味"小说的发展。

其五,小说具体地描写了北京底层市民的家庭生活,从某种意义上来说,"是研究封建社会晚期及其以后……市民社会的家庭结构、生活方式、审美意识、建筑艺术、民俗演变、心理积淀、人际关系以及时代氛围的绝好材料"④。

---

① 章仲锷:《我看电视剧〈钟鼓楼〉——赞赏的与感到不足的》,《中国电视》,第153页,1986年第6期。
② 章仲锷:《长篇小说创作的新探索——评〈钟鼓楼〉》,《文学评论》,第101页,1985年第2期。
③ 孟伟哉、刘心武:《关于〈钟鼓楼〉的通信》,《当代文坛》,第23页,1985年第2期。
④ 贾占平、殷连英:《关于〈钟鼓楼〉之"不足"的商榷意见》,《商丘师范学院学报》,第30页,1988年第2期。

第三章
第三届茅盾文学奖获奖作品(1985—1988)

第一节 《平凡的世界》

一

路遥的《平凡的世界》共三部,全书准备时间为1982—1985年;第一部第一稿写于1985年秋天—冬天,第二稿写于1986年春天—夏天;第二部第一稿写于1986年秋天—冬天,第二稿写于1987年春天—夏天;第三部第一稿写于1987年秋天—冬天,第二稿写于1988年春天—夏天。其中,第一部最初发表于《花城》1986年第6期上,由中国文联出版公司于1986年出版;全书后由人民文学出版社、中国青年出版社等出版社再版,其内容梗概为:

1975年,黄土高原上双水村的孙少平在原西县县立高中读书,因与同学郝红梅"同病相怜"而互生情愫;其兄孙少安与村支书田福堂的女儿田润叶青梅竹马,后又同学,关系要好。孙少安家境贫寒,于是,在高小毕业后即回家务农。田润叶在中学毕业后,在县城任小学教师,住在时为县革命委员会副主任的二爸田福军的家里。孙少平的姐夫王满银因贩卖老鼠药而被公社送往工地"劳教"。孙少安为解救王满银而赴田润叶之约,田润叶请田福军帮忙平息了王满银之事,田福堂由此知道了女儿对孙少安的爱意,随后暗中阻止。郝红梅为通过婚姻改变自己的地位而移情于父母都有地位的班长顾养民。孙少平与邻班同学、田福军的女儿田晓霞一起进学校宣传队,两人因情趣相同而产生友情。

1976年,田福军和另一县革委会副主任张有智一同去柳岔公社和石圪节公社检查工作。在柳岔公社,田福军批评了公社主任周文龙动辄把农民当阶级敌人抓起来劳教的做法,并释放了被劳教的民工,县革委会主任冯世宽认为田福军是在破坏农业学大寨运动,便主持召开县革委会会议批评田福军。春节,孙少安与婶婶贺凤英的侄女贺秀莲结婚,田润叶则在二妈徐爱云等的轮番苦劝下嫁给李向前。1977年,孙少平因高考落榜而回到双水村,与田福堂的儿子田润生一起当民办教师。孙少安喜得儿子虎子。当兵才一年半的金波因在青海与藏族女子谈恋爱而被部队打发回来——复员,随后去黄原找身为汽车司机的父亲金俊海学开车。1978年初,孙少安受安徽实行的联产承包责任制的启发,在自己任队长的一队搞"小承包",但被地区革委会制止。正月十五这一天,田福军带着妻子、女儿回到乡亲们中间,并鼓励孙少安。在十一届三中全会召开后,省委书记乔伯年因田福军能力强、威信高而任命他为黄原地区行政公署专员。田福军在上任后即在农村推行生产责任制,但又不强行;双水村大队党支部在开会研究后决定不搞生产责任制,但孙少安及其搭档——副队长田福高在他们所管辖的一队搞生产责任制。随后,孙少安筹资开办了一个烧砖窑,并日渐致富。孙少平在任三年教师后,只身去黄原闯天下,并由于勤劳、诚实而被阳沟大队曹书记看上,还在其帮助下在当地落户;后在电影院门口邂逅在黄原师专读书的田晓霞。田福军在升任黄原地委书记后,老部下白明川从原西县调任黄原市副书记;原西县委书记李登云在调任地区任卫生局长后,张有智接任县委书记。1981年初,孙少安作为"冒尖户"参加了原西县县、社、队、小队的"四干"会,会后即贷款买制砖机以扩大砖窑规模。孙少平因救被老板"打主意"的小女孩小翠而丢掉工作,到在黄原工作的高中同学金波处落脚。孙少安因砖场人手不够而去黄原找孙少平回家协助自己,但被孙少平拒绝。田晓霞在毕业后分配到省报当记者,在赴任之际,与孙少平同游古塔山,并向他表达爱意。李向前因得不到田润叶的爱而酗酒,并酒后驾车出车祸,双腿被截,与之分居的田润叶主动回到其身边,并与之结为真正的夫妻。孙少平在曹书记和田晓霞的帮助下获得当煤矿工人的机会,金俊海提前退休让儿子金波顶班当司机,孙少平的妹妹孙兰香考入北方工业大学天体物理系,金波的妹妹金秀考入省医学院。1982年,孙少平到煤矿上班后边工作边学习,并打算报考煤炭技校,其师傅王世才为救大徒弟安锁子而牺牲,之后,孙少平担负起照顾师娘惠英及其孩子明明的责任。田晓霞在一次抗洪斗争中牺牲后,孙少平悲痛欲绝,惠英对他关怀备至,两人萌生感情。在双水村,孙少安在办砖窑几经周折后成为双水村的富裕户。王满银在外漂泊后回到家里,洗心革面,享天伦之乐。田福堂重病缠身,并因儿女的婚事而烦心。金富作为盗窃团伙首犯被判有期徒刑十年,其父母金俊文和张桂兰因犯窝藏罪也被判刑,其弟金强则在南方前线立了大功。孙少平的堂姊孙卫红和金强相恋并怀孕。金波到青海去寻找当初的恋人未得。《黄原文艺》的诗歌编辑杜丽丽移情于诗人古风铃,被身为团地委书记的丈夫武惠良发现后,婚姻出现危机。田福军升任省委副书记兼省会所在地的市委书记。孙少安在致富后,胡永合怂恿他和自己一起赞助电视台拍电视剧《三国演义》,但孙少平劝孙少安为村里人办点实事,于是,孙少安出资扩建双水村小学。学校竣工那天,贺秀莲在欢庆会上口吐鲜血,随后被确诊为肺癌。孙少平在一次事故中为救工友而负重伤,金秀离开深爱她的顾养民而爱上孙少平,但孙少平在从医院出来后走向惠英和明明。

二

小说中重要的人物主要有孙少平、孙少安、田润叶、田晓霞、田福堂、孙玉厚等。

(一) 孙少平

孙少平为一农村青年。他是一个奋斗者,在其身上,个人奋斗精神始终高扬,冲破土地束缚、用知识和理想改变命运的积极态度一以贯之:他自尊、自信、自立、自强、积极进取、坚韧执著、百折不挠——凭着自己的努力,以优秀的成绩考上县城中学;虽也曾因家境贫寒而自卑,如每次都在别人打完饭后才偷偷走进饭堂,买两个黑馍馍,但又未因此而人穷志短、自惭形秽,相反,努力学习,品学兼优;在进城打工背石块时,脊背被压烂了,感到像被带刺的葛针条刷过一般;"两只手随即也肿胀起来,肉皮被石头磨得像一层透明的纸,连毛细血管都能看得见。这样的手放在新石碴儿上,就像放在刀刃上!"①但他没有因此而逃离城市,而是依然留在城市奋斗;当哥哥进城找他回家与自己一起办砖厂时,他

---

① 《平凡的世界》(第二部),第110页,人民文学出版社2004年版。

拒绝道:"咱们为什么一定要一辈子在一个锅里搅稠稀呢?"①虽然初恋情人背弃他,高考一再落榜,在外出打工时饱受歧视,在挖煤时险象环生,最爱的女人离他而去、阴阳相隔……但他从来没气馁或一蹶不振,而是勇敢地直面和担当。知书达理、孝顺——在双水村时,他严格地尊重乡风民俗,时刻把自己放在孙玉厚家二小子的位置上,尊大爱小,主动给金光亮的儿子辅导作文,从而化解了因其二爸孙玉亭的荒唐行为而结的家族之仇,使两个家族在绝交十几年之后,第一次有了来往;在家则重视家庭伦理,心中充满对双亲及兄长的感激之情,在兄长独立门户后,他便主动地肩负起赡养父母与照顾妹妹的重任,并立志要为老人箍几洞新窑,让父亲在双水村活得体面。质朴、温厚、善良——他在只身到黄原去闯天下时,正是由于质朴、诚实,加上勤劳,才被阳沟大队曹书记家看上,并为他在黄原落户口的;他深爱郝红梅,而郝红梅却背弃了他,但当郝红梅偷手帕被抓时,他不仅没有落井下石,反而以德报怨;他在遭郝红梅背弃时,喜欢拨弄是非的侯玉英嘲笑、讽刺他,但当侯玉英在洪水中遇险时,他又奋不顾身地跳进水中去营救她。明辨是非、富有正义感——在遇到他人需要帮助时,他会毫不犹豫地站出来,如在小翠面临着被伤害时,他挺身相救并把自己所有的财产给了她,明知会砸掉饭碗也在所不惜。有情有义——他尽管不爱侯玉英,但在接到她的求爱信时,他仍然对她满怀感激之情;他把自己在煤矿上班领到第一笔钱寄给父母,给在上大学的妹妹寄学费和生活费,在哥哥砖厂的事业受挫时慷慨解囊;对田晓霞一片真情,以至于为她的牺牲而悲痛欲绝,并守信地准时去老地方独自等待;在曹书记家揽工时,他为女主人的恻隐之心感动得热泪盈眶,以至于到煤矿工作后,仍然不时想起曾帮助过自己的曹书记一家,始终对他们充满感激之情;待金波如同胞兄弟;视师傅一家人如亲人,在师傅离世后,又义无反顾地担负起了照料师娘及其孩子的责任,最后又为此放弃了世俗的幸福;对安锁子等精神上的残废者真诚相待,绝不鄙视。

孙少平又是一个具有悲剧意味的奋斗者——他深感农村贫穷落后,但又无力改变农村的贫穷落后;他"常常用羡慕和祝福的眼光看待大街上红光满面的男女老少"②,他的所有努力在相当大的程度上只是想成为一个城市人,使自

---

① 《平凡的世界》(第二部),第349页,人民文学出版社2004年版。
② 《平凡的世界》(第三部),第404页,人民文学出版社2004年版。

己的生存环境获得改善,但最终并没有如愿以偿,以至于未竟的心愿只是为父亲箍几孔窑洞;他因舍己救人而获得了一种价值感,但又因舍己救人所致的外伤而生自卑感,以至于觉得自己那副"尊容"对不起那漂亮的城市。可以说,他的自尊、自信、自立、自强在很大程度上是为了唤来城市人的同情和怜悯;在奋斗意识上,他实际上停留在双水村农民的思想水平上,他与双水村农民的区别只不过是他记住了田晓霞的话,没有去背一个褡裢、抓一个猪崽儿,而是始终试图保住自己的城市意识、城市追求、城市形象。同时,他也有内心不够宽广、思想境界不够高的一面——在读高中班长点名时,"他故意没有吭声。班长瞪了他一眼,又喊了一声他的名字,他还是没有吭声"①,以此报复富人家的孩子;他要给其老父箍几孔新窑,"要让他(即孙少平的父亲孙玉厚——引者注)晚年活得像旧社会的地主一样,穿一件黑缎棉袄,拿一根玛瑙嘴的长烟袋,在双水村'闲话中心'大声地说着闲话,唾沫星子溅别人一脸!"②其目的实际上只是为了"实现一个梦想"③,摆脱贫困和屈辱在自己内心深处留下的创伤。

总的来看,孙少平是一个"接受了外部世界现代意识和文化形态的知识青年"④。

(二)孙少安

孙少安为一农村青年。他是一个奋斗者——6岁开始干农活,13岁辍学帮助父亲干活,18岁成为一队生产队长,成为双水村的"能人";后兴办砖瓦厂,经过艰苦奋斗,最后富甲一方。他聪明、灵活、有胆识、有魄力、富有创新精神、敢于担当——他上学时在班上成绩最好,在全县升初中的统一考试中,他在几千名考生中名列第三;在担任生产队长后,意识到实行生产责任制更利于发展生产力,便在自己的所辖范围内搞生产责任制;意识到仅按传统的方式农耕是不可能迅速脱贫致富的,便创办砖瓦厂;当老人因他搞改革而为他担忧时,他平静地说:"我知道你们是为我好。但既然已经这样了,那就要好汉做事好汉当!你们

---

① 《平凡的世界》(第一部),第9页,人民文学出版社2004年版。
② 《平凡的世界》(第三部),第73页,人民文学出版社2004年版。
③ 《平凡的世界》(第三部),第73页,人民文学出版社2004年版。
④ 杨秋荣:《隔靴搔痒的"感觉"——〈读《平凡的世界》刍议有感〉》,《中国图书评论》,第18页,1990年第6期。

先不要管,有什么差错我自己承担!"① 勇敢、坚强、百折不挠——他屡历坎坷,如与贫困斗争,却招来田福堂的妒忌;与落后的制度斗争,在自己的管辖地搞生产责任制,却因之而遭批判;与田润叶相爱,却不能与之喜结良缘;屡受政治迫害或打压;出于帮助村民的目的而扩大砖厂生产,却因之债台高筑甚至濒于破产;好不容易东山再起,妻子却随即患绝症;但他从不妥协畏缩,而总是一往无前。孝顺、仁义、厚道、心胸开阔、富有奉献精神——在家吃饭时,他总是想着年老的奶奶和年幼的弟妹等,将最好的食物让给他们,当妻子把家中不多的白面馍留给他吃时,他竟生气地打她;对父亲要他独立门户的决定,他长时间地感到痛苦和不安;在同意父亲的分家意见后,他心里又觉得十分内疚;在分家以后,他仍履行做儿子的职责,在一些重大的问题上,总会去征询父亲的意见;作为生产队长,他所琢磨的是怎样为村民谋幸福,甚至为了村民而不惜犯错误、挨批评;在办砖窑遇挫折时,他因付不起村民的工资而遭到村民的鄙夷和嘲讽;但在发家致富后,他又不计前嫌地帮扶他们,还慷慨解囊捐资助学。冷静、理智,具有颇强的克制力——他虽然爱田润叶,但当意识到自己和她的地位差距后,便毅然割爱。不过,由于所受的教育有限,文化水平不高,加上长期生活在一小方天地,因而见识较窄,"闯劲"不强——他从未想过要离开本土到外面去闯荡一番,甚至还想把本来在外面闯荡的弟弟找回家来和自己一起在家乡打拼;所追求的也只是种好地、吃饱穿暖而已,想投资拍摄《三国演义》的目的也只是为了让自己的名字出现在电视上。家庭意识过重——一得知妻子即将生产,便放下为拦截哭咽河的爆破所做的准备工作;在医院看到村里人拉着一受伤的老汉来抢救时,他最担心的是那受伤者是自己的父亲。

总的来看,孙少安是一个较为完美的人物形象——好儿子、好兄长、好爱人或情人、好干部,是他所生活的那个时代里的一个新型农民形象。

(三) 田润叶

田润叶为一农村进入城市的青年知识女性,父亲为村党支部书记,二爸是国家干部。她独立自主意识强——在中学毕业后做小学教师,独立地养活自己;追求自己理想的爱情,非常反感长辈们把自己当作政治交易的工具,对于未婚夫李向前炙手可热的背景置若罔闻。执著、专情——因与孙少安在两小无猜

---

① 《平凡的世界》(第一部),第413页,人民文学出版社2004年版。

中所建立了一种朴素、纯洁的情感而对之一往情深,而且在他结婚之后仍然一片冰心。孝顺、贤淑、善良——为了能对可敬的二爸有所帮助,她委屈自己,嫁给了自己不爱甚至鄙视的李向前;虽然对李向前毫无感情,而对孙少安又不可能再有感情期望,但她并没有像她的同学杜丽丽一样移情别恋、红杏出墙;虽然长时间地和李向前过着名存实亡的夫妻生活,但是当李向前因车祸被截取两条腿后,她出于对弱者、残者的同情和考虑到自己和李向前的婚姻自己最初毕竟是点头答应过的,因而自己也是应该对之负有责任的,便自觉、自愿地以妻子的身份来护理李向前,从而使濒临绝境、悲观厌世的李向前,重新燃起对生活的希望。坚韧、坚强——在孙少安结婚之后,她所有的期待、所有的梦想一下子灰飞烟灭,从而心灰如死,甚至想吃老鼠药了却一生,但最终还是挺了过来;当她推着坐在轮椅上的丈夫在街上散步时,对路人的眼光,她能坦然面对,后又支持其丈夫上街"掌鞋"而毫不考虑此事对自己可能会产生的负面影响。

总的来看,田润叶是一个集中华民族传统和现代美德于一身的青年女性。

(四)田晓霞

田晓霞为一城市青年,但"根子"在农村。她大胆、泼辣——她在初见孙少平时,就主动自我介绍,喜欢冒险,敢恨敢爱,有假小子的作风。自尊、自立、积极进取——她虽出身于干部之家,条件优越,但还是靠自己的努力考取师专、当上省报记者。善于思考、见解过人——她在读高中时,就读《参考消息》,关心社会;与孙少平相识后,引导他放眼世界,不断地鼓励他。思想开放——她和孙少平,一个是市委书记的女儿,一个是揽工汉,从世俗的眼光来看,两人绝对不般配,可她对此毫不介意:在南关影院前,她非常坦然地带衣衫褴褛的孙少平去自己家作客;在建筑工地上,她不在意揽工汉们粗鲁的叫唤而非常自然地去找孙少平,给他更换被褥;当上省报记者后,她又去大牙湾煤矿探望身为煤矿工人的孙少平;在爱上孙少平后,虽有来自既是高干子弟又是同行的高朗的追求,但也不为所动。严于律己——在父亲升任专员后,她不愿坐搬家的小卧车,还要父亲注意政治影响。能恪尽职守、富有牺牲精神——在暴雨之夜,她在得知省领导要去灾区视察洪灾区后,便毫不犹豫地随同前往;在抗洪前线,她除撰写新闻稿外,还帮助公安局副局长指挥群众撤离疏散,最后为抢救一位溺水的小女孩而牺牲。

总的来看,田晓霞是一个热血青年,是新时代优秀青年的代表。

(五) 田福堂

田福堂为一乡村基层干部——自新中国成立至改革开放初期,他一直任双水村大队党支部书记。他精明、机智、狡黠——他老谋深算、成府极深,善于拉帮结伙、排除异己,能不露声色、得心应手地平衡着各种复杂的关系,如身处孙、田、金三大家庭的矛盾冲突中却能八面玲珑、出入自如;孙玉亭与王彩娥偷情,引发了群体殴斗,他置身事外、静观事变,最后坐收渔翁之利。有手腕、善于纵横捭阖——只要是涉及到村里的利益,他必是锱铢必较、毫不妥协让步,以此猎取村民的信赖与拥戴;在指挥扒堤偷水时,他运筹帷幄、大胆、沉着、冷静、指挥到位;在处理伤亡事故时,他能设身处地地替受害者着想,把事做得合情合理;为造坝,他动员村民迁居,但遭到部分村民反对,金老太太还以死相拼,对此,他采取分化瓦解、各个击破的策略,甚至亲自走进金家的大门,双膝跪在金老太太炕前,对她动之以情、晓之以理,从而消除了搬家中的阻力。好大喜功、盲目、固执——在干旱缺水时,因怕村里人骂他"窝囊货"、"龟孙子"而发动全村人去掘坝偷水,结果,造成了堤坍人亡的惨剧;为了显示自己"学大寨"的业绩,打着"为村谋福"的旗帜,贸然拦截哭咽河制造小平原,但结果只是劳民伤财而已;沾沾自喜于自己在土改、合作化、公社化期间的"伟业",习惯于自己"革命"的工作方法,逆以"生产责任制"为中心的改革大潮而动。权力欲强、心狠手辣——他看重手中的权力,在发现孙少安是一个潜在的对手时,就想方设法压制他,不想让他在政治上出头;一旦在自己的权益和地位受到威胁与挑战时,他便重拳出击,如将孙少安给每户多分了几分地的猪饲料地之事报告给公社,让孙少安挨批斗,这样,一来阻止了孙少安与自己女儿的感情的发展,二来打压了孙少安,延缓了孙少安政治上的发展;又如,孙少安把生产合同书交给他,他在惊恐不安中报告给乡、县、市各级政府,最后,地委决定阻止,从而让孙少安率先发起的农村生产改革流产。通权变——他没有什么必须固守的立场,"只要能最大限度地达到利己的目的,什么都可以放弃和变通;不误农时地耕作责任田;借用女婿的公车让儿子学驾驶;双水村的这位'无产阶级革命家'甚至走上了'资本主义的道路',进城当起了包工头"①;在无法阻遏改革大潮时,他就对村中公务撒手不管,站在一旁看戏;在无法制止女儿的行为时,他就顺向理解;他无

---

① 朱献贞:《论〈平凡的世界〉中"乡村政治家"的文化人格》,《丽水学院学报》,第33页,2006年第1期。

法阻止儿子的婚事时,他就接受;在孙少安投资修建的双水小学竣工大会上,他能坦然地同双水村新一届领导人坐在一起。正直、善良——孙玉厚帮他种荞麦,他发自肺腑地感激,并温馨地回忆起他俩过去的阶级友爱;弟弟虽身居高位、手握重权,但他从未利用弟弟来为自己谋私利。

总的来看,田福堂是一个受极"左"思潮影响、"革命"思想根深蒂固但又并非顽固不化、且本性不坏的农村基层干部。

(六)孙玉厚

孙玉厚为一陕北农民。他勤劳、朴实——他把身心总放在农活上,对生活没有奢望,只求吃饱穿暖;当大儿子想建砖窑厂致富时,他不大热心,以至当砖窑点火仪式隆重举行时,他不但没有参加,反而莫名其妙地为之担心;他活着,并不是指望自己今生享什么福,而是为了自己的几个子女;他所想的是,只要儿女们活得好一些,自己即使受罪一辈子也心甘情愿。通情达理、责任意识强——他虽没有文化知识,但深谙为人道理;在年青时竭尽全力地供弟弟上学成家,尽到作兄长之责;在中年后竭尽全力地抚养孩子,供他们上学、支持他们发展,在大女婿被劳教、大儿子被批判时,他处于生不能生、死不能死的两难处境,但做父亲的责任、对子女的义务让他最终挺了下来。慈爱、善良——当大儿子为分猪饲料地给村民之事在公社挨批斗时,他站在街上默默吸着烟"陪斗";在大儿子挨批斗后,他悄悄跟在大儿子身后暗暗地保护他;当大儿子要扩建砖窑时,他把积攒的打算用于箍新窑洞的积蓄拿出来;当大儿子在砖窑烧坍后沉浸在痛苦中不能自拔时,他佝偻着身子到窑场劝慰大儿子;当二儿子想离开双水村去闯荡世界时,他毫不迟疑地支持了他;当对他一家并不友好的田福堂累垮在地里后,他默默地帮田福堂干活。谦逊、低调——当大儿子投资建成的村学校落成典礼时,他没抢着去公众面前露面,小女儿考进入大学,他没张扬显摆。

总的来看,孙玉厚是中国老一辈普通农民的代表。

三

小说通过其内容及所塑造的一系列人物,尤其是孙少平、孙少安等所表达的主旨大致有以下几点:

(一)描写了由双水村显现出来的陕北黄土高原的人际关系、矛盾纠葛和农民生活的变迁。

在双水村,以金、田、孙三个大家族为主组成了具有宗法观念的生存群落。金姓家族主要聚居在金家湾;由于历史的原因,在村中势力较大;改革开放之前,在外工作拿工资和参军入伍享用优厚的政治待遇的人较多;在改革开放后成为专业户经济实力较强的人也较多。田姓和孙姓主要聚居在田家圪崂;新中国成立之前,田福堂、孙玉厚等曾是金光亮父亲家的雇工;新中国成立后,田姓可谓真正翻了身——田福堂当了村党支部书记,田福军则当上了国家干部;孙姓则改观不大——基本上仍为老实本分的农民,孙玉亭虽然由胞兄孙玉厚费了九牛二虎之力供养外出读书,并当上了太原钢厂的工人,但在"困难时期"时,还是回乡当了农民,直至孙少安、孙少平和孙兰香这辈才有所改观。三姓虽共生共存、相互关联,显在的矛盾恩怨也并不复杂、凸显,但每当重大事情发生时总是风云突变、关系紧张,如在王彩娥与孙玉亭的"麻糊"偷情事发后,家族之争突起,甚至还发生械斗。同时,每个家庭都有一本难念的经——生计艰难、邻里纷争、婆媳矛盾、妯娌摩擦、夫妻龃龉、父子失和、兄弟反目……通过这些描写,小说写出了由双水村显现出来的陕北黄土高原的人际关系、矛盾纠葛和农民生活的变迁。

(二)展示了黄土高原古朴的道德风尚、生活习俗及其在时代风云作用下的蜕变。

在双水村,虽有家族之争,但总的来说,人与人之间相互友爱、关心、同情、帮助,甚至在孙家与金家有宿怨的情况下,孙少平不计报酬地给金家孩子辅导作文,在田福堂暗算过自己孩子之后,孙玉厚在田福堂累垮在地里后默默地帮他干活……在一个家庭里,更是尊老爱幼、父慈子孝、兄弟和睦,如孙少安疼爱奶奶、体贴父母、爱护弟妹、帮助不幸的姐姐,在遭批判后之所以没走上绝路,主要是由于对家庭的感情——他清醒地意识到自己需要继续和父亲一起支撑那个家;即使极为盲目革命的孙玉亭夫妇,对兄嫂也是恭让三分;金富、金强虽鲁莽粗俗,但也不敢对父辈有过分的忤逆……然而,在时代风云作用下,年青一代又不墨守传统道德,如孙少平拒不接受哥哥要他回家与之一起经营窑厂的要求,田润叶、田润生姐弟俩均敢违逆父意……通过这些描写,小说展示了黄土高原古朴的道德风尚、生活习俗及其在时代风云作用下的蜕变。

（三）揭示了在社会转型期的黄土高原上新一代农民身上正在生长着的新的精神品质和正在发生着创造性转化的传统美德，探索了中国农村青年的人生道路。

孙少安虽为生活所迫，在小学毕业后便挑起了家庭的重担，但并没有因此而自暴自弃，而是继承了父辈的种种优良品质，如勤劳刻苦、孝敬父母、毫无怨言地尽力扶植弟妹……同时，目光敏锐、脑子灵活、心胸开阔、思想境界高，如能从外来人的闲言碎语中悟出时局即将发生变化，冒着政治风险搞生产责任制，能从包工拉砖中悟出生活的转机，致富不忘乡亲邻里，捐款重修村里的学校。孙少平在高中毕业后，考过大学，当过民办教师，人脉广、人缘好，但他对双水村、原西城以外的世界充满了探求的渴望，因此，他一心去外面的世界闯荡，并最终在外面闯出了一片天地……通过对孙少安、孙少平等人物形象的塑造，小说揭示了在社会转型期的黄土高原上新一代农民身上正在生长着的新的精神品质和正在发生着创造性转化的传统美德，探索了中国农村青年的人生道路以及农民在困境中的出路和命运走向。

（四）表达了作者对社会、历史、文化、人生等的思考。

1. 小说通过孙少平、孙兰香兄妹俩各自的爱情故事，表达了作者对现实的思考：

孙少平、孙兰香两兄妹出自同一个家庭，但爱情经历及其结局大不一样——孙少平先后与郝红梅、侯玉英、田晓霞、金秀、惠英等发生过情感纠葛，最后与惠英组成家庭；其爱情经历可谓艰辛而又曲折，其爱情果实可谓酸涩。孙兰香则一下子就遇到了可以终身相托的白马王子吴仲平，在爱情上则可谓顺风顺水、一步到位。之所以如此，在作者看来，除了各有其独特的原因外，更有文化差异方面的原因：在小说故事所发生的年代和那种"城乡交叉地带"，作为农家子弟，只有通过身份的转变融入城市，才能避免爱情悲剧的发生，或获得理想中的爱情——而融入城市的一个最有效也最现实的途径便是考取大学，汲取城市文化的营养，缩小或消除与城市文化的差距。孙少安与田润叶、孙少平与田晓霞，都是有情人未成眷属，之所以如此，从根本上来说，也是现实中文化上的实际差异所致。

2. 小说通过对孙玉厚与田福堂、孙少平与郝红梅的对比性人生及其结局的描写，表达作者对人生的思考：

新中国成立之前,孙玉厚与田福堂都是金光亮父亲家的雇工;新中国成立之后,孙玉厚一如既往地老实本分、低调做人;而田福堂则风光无限——当上大队党支部书记,人五人六、呼风唤雨。但两人的结局大不相同——孙玉厚大女婿洗心革面、痛改前非,从一个浪荡子变成了一个规矩本分人;大儿子不仅自己带头发家致富,而且致富不忘乡老,捐资助办教育,上下有口皆碑;二儿子走出了农村,成为了一个令村里人羡慕的工人;小女儿考上了大学,找到了一个品学兼优的官宦子弟;而田福堂则女儿伴着残废的丈夫,儿子找了一个嫌贫爱富、见异思迁、爱情婚姻坎坎坷坷、从世俗的观点来看相当不幸的寡妇,自己则失掉了权力、致富无门,只得拖着衰残的身子在田地里劳作,甚至得接受孙玉厚施舍性的帮助。孙少平与郝红梅在中学时代同病相怜而互生情愫,但郝红梅背弃孙少平而另攀高枝;其后孙少平靠自己的善良、本分、勤劳、上进不仅赢得了世人的赞赏,而且还先后获得了侯玉英、田晓霞、金秀、惠英的爱;而郝红梅则在背弃孙少平之后,因偷手绢败露而先为顾养民抛弃、后远嫁他乡而丈夫又意外伤亡、最后嫁了个平常在其他女人面前总抬不起头且为孙少平所看不起的田润生。由此,小说表达了作者对人生的思考:"恶有恶报"、"好人一生平安",这也是中华民族传统的人生观。

3. 小说通过孙少平的认识,表达作者对中国乡村文化与农民的思考:

  孙少平在农村长大,深刻认识这黄土地上养育出来的人,尽管穿戴土俗,文化粗浅,但精人能人如同天上的星星一般稠密。在这个世界里,自有另一种复杂,另一种智慧,另一种哲学的深奥,另一种行为的伟大!这里既有不少呆憨鲁莽之徒,也有许多了不起的天才。在这厚实的土壤上,既长出大量平凡的小草,也长出不少栋梁之材……这样,孙少平的精神思想实际上形成了两个系列:农村的系列和农村以外世界的系列。对于他来说,这是矛盾的,也是统一的。一方面,他摆脱不了农村的影响;另一方面,他又不愿受农村的局限。因而不可避免地表现出既不纯粹是农村的状态,又非纯粹的城市型状态。在他今后一生中,不论是生活在农村,还是生活在城市,他也许将永远会是这样一种混合型的精神气质。①

---

① 《平凡的世界》(第一部),第400页,人民文学出版社2004年版。

四

从艺术表现的角度来看，小说主要具有如下特点：

（一）规模宏大，结构严谨。

小说共三部，长达 120 万字，堪称一部鸿篇巨制。全书围绕着孙、田、金三大姓的恩恩怨怨，形成一个纵横交错的矛盾网和人物关系网，矛盾与矛盾、人物与人物相互关联，推动着情节不断向前发展，如"小说开始以孙少平艰难困苦的学校生活引出他贫寒的家庭以及与他学校生活有密切联系的人物；随着他到黄原县城揽工，去铜城煤矿当工人，又扩展了与他生活命运有关的其他人物……真实地、多角度地反映了普通劳动者孙少平的生活命运"[①]；同时，情节发生、发展、高潮、结局各要素完整且彼此关联，使与之相对应的结构也随之显得完整而又严谨。

（二）现实主义色彩浓郁。

总的来看，小说是一部严格意义上的现实主义小说，其现实主义特征是"全方位"的，但其突出的表现则主要有以下几点：

其一，小说一方面逼真地再现了极"左"路线盛行时期陕北农村的破败与凋零，表现出极"左"路线给农民造成的物质生活与精神生活的双重灾难；另一方面逼真地再现了改革开放年代人民奋发上进、社会欣欣向荣的时代风貌。

其二，小说按照生活的真实或规律营构情节、塑造人物。如在小说中，无论是田润叶对孙少安的爱，还是田晓霞对孙少平的爱，都是那么纯粹、无私、执著、超越世俗，而且都是两情相悦，但小说并没有违背生活的真实或规律而按照传统的"有情人皆成眷属"的"大团圆"的模式将他们写成喜结良缘。

其三，小说在泼墨描写改革开放带来的社会新气象的同时，也写到了改革所带来的负面效应，如孩子失学、农民掠夺性地使用土地、农民的欲望膨胀、改革开放之前那种人与人之间的温情关系日趋淡化甚至消失等。

其四，小说中那些极富魅力的描写，如所描写的贫穷、饥饿及由此带来的屈辱感，都是来自作者亲身经历过的——"童年，不堪回首。贫穷饥饿，且又有一

[①] 廖晓军：《红色经典中的时代英雄与平凡世界的普通人——〈创业史〉与〈平凡的世界〉比较分析》，《新疆大学学报》，第 131—132 页，2007 年第 4 期。

颗敏感自尊的心,无法统一的矛盾,一生下来就面对现实。三、四岁就看清了你在这个世界上的处境,并且明白,你要活下去,就别想指靠别人,一切都得靠自己。因此当七岁上父母养活不了一路讨饭把你送给别人,你平静地接受了这个冷酷的现实。你独立地做人从这时候就开始了。中学时期一月只能吃十几斤粗粮,整个童年吃过的好饭,几乎能一顿不拉记下来"①;所描写的煤矿工人生活,都是基于作者所做的大量准备工作——"为了创作《平凡的世界》,他不仅大量的阅读,其中包括逐年逐月逐日的翻阅他的著作要涉及的 1975 至 1985 年十年间的有代表性的几种报纸,而且奔波于乡村、工矿企业、机关学校等去体验生活。只创作前的准备工作就用了三年的时间。虽然作为农民的儿子,他对农村生活并不陌生,但他仍要深入实际,搜集大量的第一手资料。"②而孙少平这一形象更是以作者的弟弟王天乐为原型塑造的③。

(三) 人物形象为数众多,个性鲜明。

小说以双水村孙、田、金三家的命运为中心,辐射陕西省乃至全国,所塑造的人物形象为数众多,成分复杂——"仅以正式出场的有名有姓(或称谓)的人物,粗略统计就有一百四十来人。这些人有男有女,从老到少,遍及各个年龄段,涉及社会各阶层、各行业,堪称当代中国社会各类人物的大观"④。其中,有勤劳老实本分的老一代农民,如孙玉厚;有充满理想、勇于追求奋斗的年轻一代农民,如孙少安、孙少平、田润生、贺秀莲;有游手好闲、不务正业、丧失农民常有的美好品行的浪荡子,如孙玉亭、王满银;也有心地善良的青年女性,如惠英;还有吃苦耐劳、勇于献身的煤矿工人,如王世才;其他人物,如田晓霞、郝红梅、田润叶、孙兰香、田福堂、金光亮、田海民、金秀、武惠良、田福军、高步杰、古风铃、金波、孙兰花、马来花等都个性鲜明;有些人物,如孙少安、孙少平等更是堪称典型。

(四) 情节复杂曲折而又合情合理。

为数众多的人物之间的"纠葛"使小说的情节复杂曲折,如郝红梅先是背弃初恋情人孙少平,后成了寡妇,再后是被田福堂的儿子田润生所接纳;田润叶先是深爱着孙少安,后是被迫嫁给了李向前,再后是与李向前离而复合;杜丽丽背

---

① 路遥:《早晨从中午开始》,第 76 页,西北大学出版社 1992 年版。
② 黄晶:《关注现实,触动心灵——由〈平凡的世界〉所想到的》,《山东文学》,第 77 页,2007 年第 2 期。
③ 参见路遥:《早晨从中午开始》,第 271 页,西北大学出版社 1992 年版。
④ 许云生:《〈平凡的世界〉的人物造型》,《湖州师范学院学报》,第 39 页,1994 年第 2 期。

叛丈夫武惠良而喜欢上诗人古风铃;在绕了一圈后,武惠良又回到黄原县当县长;孙少平深爱田晓霞,田晓霞却被中央纪委常委高步杰的孙子高朗爱恋着;金秀不顾深爱自己的顾养民的情感而喜欢上孙少平,但当初郝红梅却背弃孙少平而投向顾养民。不过,这些情节不仅未背离生活的实际,而且还显得合情合理。

(五)心理描写细腻入微。

小说注重运用心理描写手法来刻画人物,且心理描写达到了细腻入微的程度。如小说在描写孙少平独自一人开始闯荡黄原时这样写道:"孙少平尽量使自己的精神振作起来。他想,他本来就不是准备到这里享福的。他必须在这个城市里活下去。一切过去的生活都已经成为历史,而新的生活现在就从这大桥头开始了。他思量,过去战争年代,像他这样的青年,多少人每天都面临着死亡呢!而现在是和平年月,他充其量吃些苦罢了,总不会有死的威胁。想想看,比起死亡来说,此刻你安然立在这桥头,并且还准备劳动和生活,难道这不是一种幸福吗?你知道,幸福不仅仅是吃饱穿暖,而是勇敢地去战胜困难……是的,他现在只能和一种更艰难的生活比较,而把眼前大街上幸福和幸运的人们忘掉。忘掉!忘掉温暖,忘掉温柔,忘掉一切享乐,而把饥饿、寒冷、受辱、受苦当作自己的正常生活"①,这段描写细腻入微地写出了孙少平初入社会、独自漂泊时的恐惧、担忧、彷徨等心理和从胆怯到勇敢无畏、不怕苦难、满怀希望的心理变化过程,揭示了他在由稚嫩走向成熟的过程中的乐观、积极、向上的一面。又如,小说在描写孙兰花在丈夫出外游荡长期不归、自己独守空房时这样写道:"可是,作为一个女人,兰花的日子过得多么凄凉呀!除过担当父亲和母亲的双重责任,家里山里辛勤操劳外,她一年中得不到多少男人的抚爱。她三十来岁,正是身强体壮之时,渴望着男人的搂抱和亲热。但该死的男人把她一个人丢在家,让她活受罪。尤其是春暖花开的时候,在温热的春夜里,她光身子躺在土炕上,牙齿痛苦地咬嚼着被角,翻过身调过身无法入睡……在山里劳动,看着花间草丛中成双成对的蝴蝶,她总要怔怔地发半天呆。她羡慕它们。唉,死满银呀,你哪怕什么活也不干,只要整天在家里就好了。我能吃下苦,让我来侍候你,只要咱们晚上能睡在一个被筒里"②,这段描写细腻入微地写出了一个长期得不到丈

---

① 《平凡的世界》(第二部),第 100 页,人民文学出版社 2004 年版。
② 《平凡的世界》(第二部),第 218 页,人民文学出版社 2004 年版。

夫抚爱的女子极度空虚、寂寞、苦闷,渴望丈夫抚爱的心理,揭示了其可怜之处,能让人顿生同情之心。这类描写在小说中随处可见,如有关田润叶在爱情追求中的矛盾痛苦、农村发生的历史性变革在田福堂内心激起的波澜、田晓霞对自己和孙少平情感关系的心理分析等。

(六)地域色彩鲜明。

小说地域色彩鲜明:其一,小说所描写的生活场面地方色彩鲜明,如所描写的打枣场面,被渲染得红红火火、热情奔放,充满了陕北民间生活特色,生动地再现了陕北农民承受苦难的博大胸怀、对生活的乐观与热爱以及心理上的开朗、健康与热烈,闪烁着非常美丽的生命光彩。其二,小说注重描写陕北农民在服饰、饮食、居住、生产等方面富有地方特色的习性,如在孙少安与田润叶童年时,无论他俩谁过生日,两家母亲总要把一圈白线用红颜料染好,挂在他们的脖子上,期望他们无病无灾,长命百岁。其三,注重对信天游的使用。如"正月里冻冰呀立春消,二月里鱼儿水上漂,水呀上漂来想起我的哥!想起我的哥哥,想起我的哥哥,想起我的哥哥呀你等一等我"[1],每当田润叶情感的关键时刻到来时,这首信天游便"响"起,既渲染了气氛、抒写了感情又增添了小说的地方色彩。其四,同时,还有意识地选择运用了一些陕北方言,如"二爸"、"脚地"、"爬熊"、"塌火"、"挣命"等。

(七)景物描写情景交融。

小说注重运用景物描写来渲染气氛或刻画人物或推动情节,如小说第二部第十章开头这样写道:"八十年代的第一个春天,中国社会生活开始大面积地解冻了。广大的国土之上,到处都能听见冰层的断裂声。冬天总不会是永远的。严寒一旦开始消退,万物就会破土而出。好啊,春天来了!大地将再一次焕发出活力和生机。但是前行的人们还需留心:要知道,春天的道路依然充满了泥泞"[2],该段描写为后文描写社会环境做铺垫,预示着一场农村改革将会像春回大地一样在中国大地上展开,同时,也预示着这场改革将如春天里的泥泞道路一样拖泥带水坎坷不平,达到了情景交融的境地。这类描写在小说中还有很多。

---

① 《平凡的世界》(第一部),第 103 页,人民文学出版社 2004 年版。
② 《平凡的世界》(第二部),第 81 页,人民文学出版社 2004 年版。

(八) 哲理色彩强烈。

小说在叙述和描写的过程中,穿插着一些富有哲理性的议论,如:

"从古到今,人世间有过多少这样的阴差阳错!这类生活悲剧的演出,不能简单地归结为一个人的命运,而常常是当时社会的各种矛盾所造成的。"①

"不要以为一个人一时正确,就认为他永远正确。也不要因为一个人犯过错误,就断定他永远不可再加入优秀者的队伍。道理是如此简单,事实又不断在佐证,可是生活中用不变的眼光看待人的现象却是常常存在的。"②

"当一个人集中地凝视着自己的不幸时,他就很难想象别人的苦难。"③

"我们承认伟人在历史过程中的贡献。可人类生活的大厦从本质上说,是由无数普通人的血汗乃至生命所建造的。伟人们常常企图用纪念碑或纪念堂来使自己永世流芳。真正万古长青的却是普通人的无名纪念碑——生生不息的人类生活自身。是的,生活之树常青。"④

"人生啊,是这样不可预测。没有永恒的痛苦。没有永恒的幸福。生活像流水一般,有时是那么平展,有时又是那么曲折。"⑤

"命运总是不如愿。但往往是在无数的痛苦中,在重重的矛盾和艰难中,才使人成熟起来,坚强起来;虽然这些东西在实际感受中给人带来的并不都是欢乐。"⑥

"伟大的生命,不论以何种形式,将会在宇宙间永存。我们这个小小星球上的人类,也将继续繁衍和发展,直至遥远的未来。可是,生命对于我们来说又多么短暂,不论是谁,总有一天,都将会走向自己的终点。死亡,这是伟人和凡人共有的最后归宿。热情的诗人高唱生命的恋歌,而冷静的哲学家却说:死亡是自然法则的胜利"⑦。

"在我们的生活中,总会有一些人的认识超出一般的水平线。这种认识当

---

① 《平凡的世界》(第一部),第 302 页,人民文学出版社 2004 年版。
② 《平凡的世界》(第三部),第 105 页,人民文学出版社 2004 年版。
③ 《平凡的世界》(第三部),第 114 页,人民文学出版社 2004 年版。
④ 《平凡的世界》(第三部),第 130 页,人民文学出版社 2004 年版。
⑤ 《平凡的世界》(第三部),第 199 页,人民文学出版社 2004 年版。
⑥ 《平凡的世界》(第三部),第 201 页,人民文学出版社 2004 年版。
⑦ 《平凡的世界》(第三部),第 270 页,人民文学出版社 2004 年版。

然出自这些人非同一般的生活经历,而不在于读了多少伟人们的'生活指南'书"。①

"这就是生命!没有什么力量能扼杀生命。生命是这样顽强,它对抗的是整整一个严寒的冬天。冬天退却了,生命之花却蓬勃地怒放。你,为了这瞬间的辉煌,忍耐了多少暗淡无光的日月?你会死亡,但你也会证明生命有多么强大。死亡的只是躯壳,生命将涅槃,生生不息,并会以另一种形式永存。只要春天不死,生命就不死,就会有迎春的花朵年年岁岁开放。"②

……

从而使小说富有强烈的哲理色彩。

(九)语言既质朴、通俗,又生动、形象、流畅。

小说所使用的主要是充满生活气息的口语,如"可是对大多数人来说,生活的变化是缓慢的。今天和昨天似乎没有什么不同;明天也可能和今天一样。也许人一生仅仅有那么一两个辉煌的瞬间——甚至一生都可能在平淡无奇中度过"③,"过去有大锅饭时,谁碗里的一份也少不了。现在可没人管啰!你穷?你自己想办法吧!你不想办法?那你穷着吧!"④同时,注重运用比喻、拟人手法,如"父亲挖坑就像母亲纳鞋底,行行道道,疏密有致,远看如同工艺美术家精心设计的图案。"⑤"在那一片死亡的黑暗中,心灵的宫阙却回荡起铃铛般悦耳的声音,使他不由回过头来,追溯他短暂而平凡的一生"⑥;从而使小说的语言既质朴、通俗,又生动、形象、流畅。

五

小说也存在着一些不足之处,具体地说:

(一)过于理想化。

也许确如王晓明所说——作者是根据"自己的体验来虚构他的世界"⑦的,

---

① 《平凡的世界》(第三部),第 404 页,人民文学出版社 2004 年版。
② 《平凡的世界》(第三部),第 405 页,人民文学出版社 2004 年版。
③ 《平凡的世界》(第二部),第 248 页,人民文学出版社 2004 年版。
④ 《平凡的世界》(第二部),第 335—336 页,人民文学出版社 2004 年版。
⑤ 《平凡的世界》(第二部),第 93 页,人民文学出版社 2004 年版。
⑥ 《平凡的世界》(第二部),第 379 页,人民文学出版社 2004 年版。
⑦ 王晓明:《潜流与漩涡》,第 205 页,中国社会科学出版社 1991 年版。

因而小说存在着过于理想化的倾向：

1. 从中央领导到生产队长，绝大部分是一心为民，而很少以权谋私或腐化堕落，如作为省委书记，乔伯年在自家庭院种庄稼，为了解决公交问题而带领省市有关部门领导去挤公共汽车以体验生活，并当场解决问题；田福军在担任行署专员后，亲自解决农民急需的煤油问题，在担任省委副书记兼省会所在地的市委书记后，亲自解决人民所需要的火柴的问题、农民所需的化肥的问题；田福军、冯世宽、张有智等相互宽容、理解、帮助等情节即使不虚假，也不具有普遍性，可以说，"像乔伯年、田福军这样的'正面人物'，则几乎完全出于作者的想象"①。

2. 县委书记的女儿田润叶一往情深地爱着农民孙少安，省委副书记兼省会所在地的市委书记的女儿、省报记者田晓霞至死不渝地爱着农民工、矿工孙少平，孙兰香和省委副书记的聪明帅气的儿子吴仲平相互倾慕并定终身；这种"英雄美女"、"遇难呈祥"乃至大团圆的叙事明显地具有"乌托邦"色彩。

3. "路遥也有意掩饰人物的弱点，把恋爱中男女的身份、地位、容貌、素质及其关系升华为一种极为理想的形态。比如金波和青海女，他们的爱情犹如神话般令人回味无穷，然而苦恋多年的金波连对方的名字都不知道，多年后又踏上了千里寻爱的征途……田润生与郝红梅的两地相盼，孙兰香与吴促平（应为'吴仲平'）的校园相爱等，小说均写得曲折而富有诗意，没有一丝世俗气。至于孙少平与田晓霞，他们一直好像是陶醉在超越世尘的纯粹精神中，尽管对婚后的生活没有做出具体的设想，但每一次见面和交谈，都使他们的身上注满着充沛的激情，深刻地体验到人生的幸福和未来的美好。"②

4. 虽然孙少平、孙少安等人物形象不乏典型性，但又明显地具有"高大全"色彩；孙少安"作为一个受过很少教育的农家子弟，他非常喜欢贝多芬的《命运交响曲》和《田园交响曲》，尤其是《田园交响曲》的第二乐章。'他感觉自己常常能直接走进这音乐造成的境界之中。那旋律有一种忧伤的情绪，仿佛就是他自己伫立和漫步在田园中久久沉思的心境'……对孙少平过分拔高的描写，具有

---

① 李建军：《文学写作的诸问题——为纪念路遥逝世十周年而作》，《时代及其文学的敌人》，第4页，中国工人出版社2004年版。
② 罗笑芳：《传统女性的爱抚当代女性的呼唤——从〈平凡的世界〉看路遥的情爱观及创作心理成因》，《闽西职业技术学院学报》，第34页，2007年第4期。

文革文学中塑造'英雄人物'的显著特征"①。

总之,正如李建军所说:路遥的写作"是道德叙事大于历史叙事的写作,是激情多于思想的写作,是宽容的同情多于无情的批判的写作,是有稳定的道德基础但缺乏成熟的信仰支撑的写作,还有,他笔下的人物大都在性格的坚定上和道德的善良上,呈现出一种绝对而单一的特点"②,理想化倾向过于明显。

(二)人物关系的设置失真,价值观念陈旧。

小说中的人际关系虽然错综复杂,但孙氏三兄妹各自的婚恋关系失真:孙少安的初恋情人田润叶是教师、又是大队支书的女儿;其情敌李向前虽是汽车司机,但比作为农民的他在职业上要优越得多,而李向前的父亲李登云起初是县革委会副主任,后又晋升为市卫生局局长。二人虽因田润叶的父亲的干预、孙少安的退缩而未发展为婚姻关系,但孙少安一直处于主动和优势位置,而其强大的对手却成了竞争的失败者。孙少平的恋人田晓霞是大学生、省报记者,父亲是地委书记,情敌是田晓霞的同事高朗,而高朗的父亲则是省会城市的副市长。孙兰香的男友是大学同学吴仲平,社会地位就更高了,父亲是省委常务副书记;而更为巧合的是,孙兰香的爱情竞争者竟与二哥的竞争者出自在一个家庭,是高副市长的女儿、高朗的妹妹高敏……在这里,高官显贵既是孙氏兄妹欣羡和不由自主地走向的对象,又是其竞争对手和手下败将。这样的设置是不真实的,不太符合生活逻辑③。

(三)小说"没有很好地处理弘扬主旋律,歌颂生活,歌颂时代与坚持现实主义创作原则之间的关系。由于时代的局限、作者思想认识的局限以及政治功利目的,作者选择了前者而对后者有所违背。"④

不过,小说尽管有这些不足之处,但总的来说仍然堪称一部非常成功之作——"在回归经典的道路上",它"所达到的也许是'顶峰'"⑤;从中国当代文学

---

① 高文:《从〈平凡的世界〉看路遥现实主义小说创作中的不足》,《作家》,第25页,2008年第10期。
② 李建军:《文学写作的诸问题——为纪念路遥逝世十周年而作》,《时代及其文学的敌人》,第4页,中国工人出版社2004年版。
③ 参见李永建:《〈平凡的世界〉的艺术缺憾与路遥的巨著情结》,《淮北煤师院学报·哲学社会科学版》,2002年第5期。
④ 高文:《从〈平凡的世界〉看路遥现实主义小说创作中的不足》,《作家》,第25页,2008年第10期。
⑤ 邵燕君:《〈平凡的世界〉不平凡——"现实主义常销书"生产模式分析》,《小说评论》,第65页,2003年第1期。

发展史的角度来看,有几点尤为引人注目:

其一,它是中国当代文学发展史上"第一部全景式描写中国当代城乡生活的长篇小说"[1]。

其二,它是一部有关"中国农民二次翻身的史诗"[2]。

其三,它是中国当代文学中对读者影响最大的长篇小说之一——"在上个世纪(20世纪——引者注)80年代……中央人民广播电台先后3次播出152集的《平凡的世界》长篇小说连续广播节目……当时,每天全国有数以亿计的人在收听这部小说,其中大多数是青年人。《平凡的世界》又被改编成广播剧,先后播出3次,直接听众超过3亿人。在中央人民广播电台播出的60部来自古今中外名著改编的广播剧中,《平凡的世界》排名第八。随后,浙江、新疆、内蒙等十几个省市的电台又陆续重播,引起了极大的轰动。电台、出版社和作者共收到听众和读者来信近万封。"[3]在"1978—1998大众读书生活变迁调查"中,被认定为"20年内对被访者影响最大的书"之一[4];2000年又入选"百年百种优秀中国文学图书"。

---

[1] 易水寒:《〈平凡的世界〉》,《秘书工作》,第41页,2008年第3期。

[2] 参见郑万鹏:《〈平凡的世界〉:中国农民二次翻身的史诗——与〈安娜·卡列尼娜〉比较》,《中国文化研究》,1999年夏之卷。

[3] 马平川:《大众传播媒介与小说文本的互动双赢——以〈平凡的世界〉为例》,《文学界(专辑版)》,第18页,2010年第4期。

[4] 参见邵燕君:《〈平凡的世界〉不平凡——"现实主义常销书"生产模式分析》,《小说评论》,第58—59页,2003年第1期。

第二节 《第二个太阳》

一

刘白羽的《第二个太阳》最初由人民文学出版社于 1987 年出版,其内容梗概为:

1949 年 4 月的一个夜晚,兵团副司令秦震乘军列离开北京前往华中前线,指挥消灭国民党白崇禧部队的战役。途中结识了诗人黎明、小提琴手李天歌、军医严素等一群青年人,同时收到了周恩来令他探听黛娜的下落并设法营救的急电。黛娜是秦震的独生女白洁的代号,受中共中央的派遣打入国民党上层多年。在解放军齐集华中前线时,白崇禧所部已在武汉市区各要害部门埋设了炸药。为确保武汉不遭到重大破坏,中央军委命令正面对敌的秦震所部暂按兵不动以吸引敌人,另派一支部队从武汉东面渡江,拟迂回到敌后以形成夹击之势,迫敌西逃,然后在鄂西、湘西一线歼灭敌人。与此同时,秦震得知白洁被捕入狱,并把此消息告诉了白洁的恋人——先头部队师长陈文洪(陈文洪此时还不知道秦震是白洁的父亲)。在从武汉东面渡江的部队成功渡江后,秦震所部展开正面攻势;接着,秦震带着师长陈文洪和师政委梁曙光等率部率先攻入武汉。白崇禧所部未来得及实施炸毁武汉的计划即狼狈逃窜。在梁曙光的弟弟、护路队长梁天柱以及地下党员老李等的协助下,解放军进入武汉。秦震令陈文洪带人到监狱去营救白洁及其同志(但白洁在此之前已被押走),自己则与梁曙光一起寻找梁曙光留在武汉的母亲,但未找到。秦震因身心过于疲劳而病倒;在病中,他向陈文洪和梁曙光讲述了自己的身世——父母秦宙与陈雪飞都是老同盟会会员和国民党左派,因反白色恐怖、反汪精卫而被暗杀;由于局势紧张,组织安排秦震夫妇立刻从武汉转移出去,秦震便把女儿真真(即白洁)托付给了一位世伯(国民党里一位很有地位的白姓元老)。在庆祝大会上,梁曙光与梁天柱相认,并从梁天柱的口中得知母亲的革命事迹。中央军委与野战司令部为了粉碎白崇禧的"华中局部反攻计划",决定兵分两路:东线直切株洲;秦震所在的西线转战鄂西、湘西,直捣常德,两路大军以钳形夹击白崇禧。秦震在率部与西线兵团司令董天年在樊城汇合后,带着前线指挥部亲临战场。排长吴廷英用脊梁顶住被敌机炸断的简易桥的桥梁让车通过,而他自己却不幸牺牲了;其后,秦震收养其养女圆圆。陈文洪率部在宜昌与当阳之间追上并彻底地消灭了敌人。之后,又迅速攻下沙市,粉碎了敌人炸毁江堤、水淹三军的企图。游击队员老黄送来情报告知白洁随押在虎跳坪敌军中。秦震等在研究后决定进攻虎跳坪。陈文洪由于胜利而滋生了骄傲情绪,加上急于想救出白洁,在虎跳坪战斗中急躁冒进,结果不仅给部队带来了极大的伤亡,而且还让敌人逃走了。秦震严厉地处分了陈文洪,但仍让他带兵打仗。胜利在望之时,秦震接到令他回武汉的急电。在临走之际,他单独见了梁曙光,说了白洁的事情,托梁曙光把一封信交给白洁或陈文洪。在湖南战场,解放军攻克了芷江,并一举捣毁了敌人的特务组织,但白洁却被害。秦震到武汉后,又很快从武汉到北京,参加了酝酿筹建新中国的全国政治协商会议和开国大典。在开国大典后的第二天,周恩来派车把秦震接到中南海,亲自告诉秦震白洁已经牺牲的消息,并传达了中央关于秦震转业到建设部门主抓交通的决定。秦震写信给妻子丁真吾,告知了白洁牺牲的消息,并将圆圆托付给丁真吾。之后,秦震向周恩来请假回前线去办理交接工作的手续,并去给白洁扫墓。

二

小说中重要的人物主要有秦震、陈文洪等。

(一)秦震

秦震是解放军某兵团副司令。他出生于革命之家——父母均为老同盟会会员;他自己则早年进黄埔军校,投身于革命。他忠肝义胆,满怀爱国热情——在读书时,"他多少次为丧权辱国之耻而悲痛欲绝,为精忠报国之志而愤然拍案……只要一想到'东亚病夫'、'东方睡狮',他就热血沸腾,满面通红。"[①]心胸开阔、豁达、坦荡——当通往武汉的最后一座桥梁被敌人炸毁、陈文洪诚惶诚恐地等待他的批评时,他不仅没批评,反而说:"炸掉一座小桥,何足挂齿!他们想要

---

① 《第二个太阳》,第 20 页,人民文学出版社 1987 年版。

毁掉一个中国,绝对办不到!办不到!"①不怕困难、不怕牺牲、勇于担当——在行军途中遇雨时,"当参谋、警卫员轮流劝说要他到中型吉普去躲风避雨,他摇手拒绝"②;在工作中,"担子愈重,愈唤出他那一往无前,全力以赴的英雄气概"③;父母死于反动派之手,与女儿生离死别,与妻子长期离别……对这一切,他不仅承担下来了,而且还劝慰"准女婿",抚慰妻子,这正如他自己所言:"我们是最富于感情的人,可是我们无权滥用感情,在决定胜负的时候,镇定是最大的刚强啊!"④谨慎但又机智、果断——他每次战前制定计划时总是谨小慎微、周密布置,机警地掌握战争的动向,机敏地捕捉敌人的举动,在接到前线战报后,"根据他的思考立即口授了一份急电,当机立断,即刻发出"⑤;在作战中,他往往事必躬亲。关爱士兵——在南下武汉作战时,他一面命令后勤一定要跟上,一面又担心许多北方战士不适应南方的气候,并半夜查看;当看到战士们露宿街头时,他既喜又忧,既为战士们这种吃苦耐劳的精神所感动,为他们坚持不扰民、苦中作战的作风感到欣慰,又为他们遭遇这种困苦而担心难过;在发现自己错误地处理了吴廷英后,他又内疚不已,并在吴廷英牺牲后收养其女儿;"他从心里喜爱陈文洪,但他严谨地对待他,不让陈文洪感觉出来,实际上他是用一种父爱在引导他前进"⑥,他亲自陪梁曙光去寻找梁妈妈……但又不溺爱士兵,如他虽然一直以隐隐的父亲心理关心陈文洪的成长,可当陈文洪在跳虎坪战斗中犯了错误时,又毫不姑息迁就,相反,还秉公严厉地处分了陈文洪。和蔼可亲、平易近人、博学多才——在车厢上,他与第一次穿上军衣的年青人倾心交流,谈诗、谈理想、谈对革命的憧憬,以乐观的思想和合理的要求引导他们正确对待革命、对待人生、对待理想。谦逊、淡泊名利——他在革命时所想的并不是将来会"论功行赏,封官受禄",而是"找块地方种果园子"⑦。

总的来看,秦震既是一个饱经革命风雨、永葆革命激情和智慧的革命者,一个为了民族、国家而甘愿放弃或牺牲个人及家人幸福的"普罗米修斯",又是一

---

① 《第二个太阳》,第 36 页,人民文学出版社 1987 年版。
② 《第二个太阳》,第 3 页,人民文学出版社 1987 年版。
③ 《第二个太阳》,第 5 页,人民文学出版社 1987 年版。
④ 《第二个太阳》,第 80 页,人民文学出版社 1987 年版。
⑤ 《第二个太阳》,第 31 页,人民文学出版社 1987 年版。
⑥ 《第二个太阳》,第 80 页,人民文学出版社 1987 年版。
⑦ 《第二个太阳》,第 181 页,人民文学出版社 1987 年版。

个集中华民族诸多传统美德于一身的普通人。

（二）陈文洪

陈文洪是解放军某兵团师长，有"闯将"之称。他"面目英俊,全身总是绷得紧绷绷的，充满精力，就像一颗随时可以出膛的炮弹"[1]，"平时沉默寡言，战时又猛又狠……对人、对事、对一切，都有一股火辣辣的劲头儿"[2]。他能临危不乱、当机立断，身手敏捷——见到白洁被洪水卷走，他便奋不顾身地将其救起。能直面过失并勇于弥补过失——因受骄傲情绪和急于想救出白洁心理的影响而决策失误，使几乎一个连的士兵白白地丢掉了生命，为此，他心甘情愿地接受了严厉的批评和处罚，并在随后的战斗中抓获敌军少将司令，从而以实际行动改正了过失。为人低调——在把白洁从水中救出后就悄悄走开；在白洁写信感谢他并希望认识他时，他只是淡淡一笑，并把信放到一边。钟情——在与白洁相恋之后，白洁因为他所不知道的工作需要而与之相别，并"一去音容两茫茫"，但他对她的情感始终如一；在得知白洁身陷敌手后，他急于相救，甚至为此而犯错误。但也鲁莽、急躁——在通向武汉的最后一座桥被敌人炸毁后，他"一脚踏在钢筋水泥扭得七零八落的断崖上，满面通红，怒气冲冲"[3]，在得知敌人妄图炸毁武汉的计划后便打算强攻，而没有考虑到如果这样做，很可能会出现敌人炸毁工业设施、屠杀人民之类的严重后果；因急于解救白洁而在跳虎坪战斗中不冷静，错误用兵以至于使部队遭受损失。

总的来看，陈文洪既是一个骁勇善战之将，又堪称一个情种。

三

小说通过其内容及所塑造的一系列人物，尤其是秦震、陈文洪等所表达的主旨大致有以下几点：

（一）弘扬了革命的英雄主义，歌颂了革命英雄的高尚情怀。

小说从解放战争中的武汉战争起笔，以战争进程为主线，在解放战争时期人民解放军渡江南下的广阔背景下，描写了秦震、陈文洪、梁曙光、吴廷英等解

---

[1] 《第二个太阳》，第33页，人民文学出版社1987年版。
[2] 《第二个太阳》，第54页，人民文学出版社1987年版。
[3] 《第二个太阳》，第35页，人民文学出版社1987年版。

放军官兵的感人事迹、丰富的内心情感和坚定的革命意志,弘扬了革命的英雄主义,同时也歌颂了革命英雄的高尚情怀——"革命和解放,本来是集中代表了千千万万人的切身利益、和他们血肉相关的,象作品中多次出现的几个主要人物秦震、陈文洪、梁曙光那样,他们的生活中,不但有着属于军队这一最强调整齐化一、集体力量的部分,也有着各自的生活内容,革命之于他们,并不是抽象理念,而是与他们的女儿和母亲,爱情和故乡等等密切地联系在一起的,他们不是没有个人利益,而是将自己的目的与革命利益天然地融合在一起了。"①

(二)形象地说明了中国人民的"胜利是怎样得来的"②。

小说"纵横捭阖"、穿插描写了秦宙及其妻子陈雪飞、秦震、白洁等秦家三代人的革命经历以及与之相关的地下斗争、护城运动,同时还涉笔大革命、中央苏区红军长征、延安生活、国共和谈、东北解放战争、解放南京以及第一届全国人民政治协商会议、开国盛典等重大历史事件,再现了民主革命的全过程:秦震一家三代人奋斗牺牲的历史活动,实际上是中华民族优秀儿女在近现代几十年里为了民族的解放和复兴而不惜抛头颅、洒热血、前仆后继的奋斗过程的概括,形象地说明了新中国这个辉煌于人间的第二个太阳正是由无数志士仁人以及广大人民群众用生命和热血铸造、用一代又一代人的顽强奋战博取的。

(三)表达了作者对历史的深思。

"不管是秦震,还是陈文洪,都总是处在克制和躁动的撞击之中,不仅仅是白洁的被难给他们心头笼上抹不去的阴影,还有战斗中发生的一切。胜利,并没有给他们以忘我的陶醉,相反,战场指挥的失误,对于同志的错误处理,对于革命队伍内部出现的不良现象的敏感,却使他们常常陷入自审和悔恨之中。对于他们,战胜自己的过错并不就比战胜敌人容易,而是先自胜然后方能胜人……胜利者在写历史,历史也在写胜利者,有一分轻慢,就有一分教训,有一分愚昧,就有一分惩罚,创造者们在做出最大的创造之时,也常常招来最大的报复,由自身局限和历史局限招来的报复"③——"不管打开前面的哪一扇门,总是带着血污和眼泪的"④,历史就是这样"多情而又无情";"作者把书中的一个重要

---

① 张志忠:《历史的新生——〈第二个太阳〉简评》,《当代》,第 200 页,1988 年第 2 期。
② 刘白羽:《火光在前》·关于〈火光在前〉的一点回忆,人民文学出版社 1959 年版。
③ 张志忠:《历史的新生——〈第二个太阳〉简评》,《当代》,第 200 页,1988 年第 2 期。
④ 《第二个太阳》,第 399 页,人民文学出版社 1987 年版。

情节白洁的牺牲设计在新中国宣布成立之后,也表达了作者对中国革命的这样一种深刻的思考:革命的道路不是一次性完成的,革命以后还会有曲折、反复和牺牲。"[1]董天年与秦震谈话中那"'胜利不是结尾而是开头'所包含的'得天下易而治天下难'的感悟和议论,以及送别秦震时要他在任何情况下都应坚持革命道德和革命良心的嘱托,都显示了一个老布尔什维克深邃的政治眼光和忧国忧民的耿耿忠心"[2];"秦震到棚户查访,登临汉江大桥缅怀往昔,以致心脏病猝发,病中更回忆了父母的牺牲和自己的出走,觉得胜利的欢呼声仿佛是对牺牲者'天穹的回响'。小说第十八章写他占领了常德,犹如一个长跑运动员,'他一方面充满欢乐,一方面又若有所失。仿佛觉得胜利也不过如此,真正有意义的是拼搏本身,拼搏本身才是最壮丽的'。作品末尾他在苍茫黄昏的天安门前为纪念碑奠基,'仿佛有忧伤悱恻的哀乐声云雾一样弥漫开来,笼罩在这片广场之上'。这些都不只是对胜利的浅层次的欢欣,而是经过漫长岁月的沉淀和思索以后,对胜利的惨重代价的祭奠,它包含的是一种更为复杂和超越的感情"[3];这些都是作者在借人物的言行和心理表达对历史的思考。

四

从艺术表现的角度来看,小说主要具有如下特点:

(一)构思巧妙。

小说构思颇为巧妙,其突出的表现一是虽然所描写的仅仅是解放军一个兵团从攻占武汉到进军湖南这一段时间的战斗经过,事件的时间跨度也不过三个月,但没有单纯写这支队伍的行军打仗,而是还涉笔大革命、长征等中国近现代史上的一系列重大历史事件;所展示的具体环境也没有仅仅限于战场,而是随战事的发展而推移,依人物的现实与历史行踪而变换,从武汉到延安、北京,从而在历史和现实的交错描写中展现出中国革命几个重要阶段的联接和延续,小

---

[1] 范咏戈:《历史与人:经炼狱到天堂之门——评长篇小说〈第二个太阳〉》,《文艺理论与批评》,第30页,1992年第1期。

[2] 蔡葵:《用当代意识返观革命历史——读长篇小说〈第二个太阳〉》,《文艺理论与批评》,第87页,1988年第6期。

[3] 蔡葵:《用当代意识返观革命历史——读长篇小说〈第二个太阳〉》,《文艺理论与批评》,第86页,1988年第6期。

说也因此而显得内容丰富、底蕴深厚。二是有关秦震"率梁、陈师攻占武汉、转战湖南追击逃敌的艰苦、苦苦寻觅解救从事地下工作身陷牢狱的爱女白洁的焦躁等情节的设置,都较好地剖析出一位兼具杰出指挥员和普通人子、人父双重性格的复杂而深邃的人物内心世界。"①三是"把烽火征程与情感波澜交织在一起,甚至于以人物的情感活动笼罩和包容情节线索:小说第一章'暴风雨中的急电'着重讲的是秦震收到急电,要他探听女儿黛娜(即白洁)的下落,并设法营救,这是作品中第一个重要细节,小说的结末,不是以大的历史事件为压轴,仍然是以个人情感的延伸,秦震和妻子对白洁牺牲的沉痛哀悼为终结,秦震对于女儿的思念和回忆,既是他个人的感情世界的一个支点,也是全书的一个支点。"②

(二)双线并行、注重对战争中的人的刻画。

小说有两条线索:解放军大军南下与寻找、营救在敌巢里行踪不明的白洁,通过前者,小说反映了解放军与国民党军队的军事斗争,通过后者,小说展现了战争生活实际存在的另一侧面——人情伦理、信念情操等,如秦震与白洁的父女之情、陈文洪与白洁的恋人之爱、周恩来与白洁的长幼之亲,从而揭示了战争参与者的人情、人性,剖示了这类情感在战争环境中对人的思维行动的影响和制约,甚至导致像陈文洪那样的高级军事指挥人员出现指挥失误,展示了革命者和军人如何经受了这种难以自持的严峻考验,从而使自己的情操得到升华、使理想信念闪出光辉的"炼狱"历险。

除这两条主线外,小说还穿插着梁曙光寻找母亲和渴望与母亲重逢以及秦震、梁曙光、陈文洪等此前的革命活动等"支线",这些"支线"扭结在主线上,交织发展,从而从比较深广的层面上对历史作出了概括。

(三)多方面地描写人物。

小说一改以往军事题材小说常见的注重描写"军事对抗和战役进程"的写法,"把重心转移到人物命运、人情伦理和信念情操等方面"③,并且注重多方面

---

① 邓经武:《"红色情结"的终结——论刘白羽的〈第二个太阳〉》,《西南民族大学学报(人文社科版)》,第25页,2003年第3期。

② 张志忠:《历史的新生——〈第二个太阳〉简评》,《当代》,第200页,1988年第2期。

③ 蔡葵:《用当代意识返观革命历史——读长篇小说〈第二个太阳〉》,《文艺理论与批评》,第84页,1988年第6期。

地描写人物:

1. 描写人物的心理。

如对秦震,"作家用酣畅的笔墨写了他的丰富的内心世界。作品从三个侧面披露了这个高级军事指挥员的灵魂。首先是他身上的儿女之情,夫妻之情……其次,作品也写了秦震因犯过失而进行的心灵的忏悔……他还是从战士身上看到了自己灵魂深处的阴影。这就是他对于连长吴廷英的错误处理……第三,作品还写了秦震的'过门槛'。也就是一个革命者如何在战争结束以后继续革命到底"①。

具体地说,以下文字颇具代表性:

> 秦震坐在那里,却连一点睡意都没有:
> 唉! 这也是一种老态吧! 神经一兴奋,就安静不下来!
> 他像要驱赶什么,挥了一下手。
> 可,这是什么日子,又怎么能睡得着呢!……
> 他渐渐陷入沉思,每一家人回到自己家,难道就能睡得着吗? 就是小孩子,小孩子也会吵着还要一支火把呀!
> 火把!
> 火把!
> 南昌起义后,跟随朱总司令上闽西打游击,他和丁真吾不就两个人举着一支火把吗?
> 这时候,她在哈尔滨干什么呢?
> 松花江解冻的日子过去了,融雪的黑色泥泞大地该已晒干了,柳树飞了花,紫丁香飘散着浓香,高大的俄罗斯马拉着黑色双轮马车在石头砌的马路上,发出清脆、响亮的声音,布谷鸟的啼鸣多么惹人愁思啊!
> 他想起在北京分手前,两人握着手说过:
> "我们应该一道回瑞金去。"
> 他们俩都是浏阳人,而不是瑞金人,可是,"瑞金"——一提起它就想起那个年华似锦的时代呀,瑞金是他们真正的家!

---

① 范咏戈:《历史与人:经炼狱到天堂之门——评长篇小说〈第二个太阳〉》,《文艺理论与批评》,第31页,1992年第1期。

现在,她在做什么?下半夜了,她也许在酣眠?也许在思念?

也许,她戴着老花眼镜,披着毛线衣,坐在书桌前,从报纸上剪下有关华中前线的新闻吧?

这已成为他们共同生活的一种习惯,爱情的标记,凡是登载有关秦震正在那儿战斗的战地新闻,她都仔细剪下来。她已经贴了几十大本,装满一大木箱。她说这是为了他老了不能动了,写回忆录用。其实,做这件事本身,对于她来说,就是爱情,就是幸福。

也许她坐在柔软的皮沙发上在凝眸沉思?

想到这里,他心里突然漫起一阵热潮。①

这是关于秦震的心理描写,它写出了作为一个兵团副司令的秦震的另一面:

秦震在长期革命斗争中、在血与火的战场上练就了一副坚硬的骨头和一个强毅的魂魄,成为了一个向旧世界进攻的斗士,但其家世和个人遭际给他带来的生活苦难与精神创痛却是巨大而沉重的——父母死于反动势力的黑手,长期与妻子分离,女儿在敌营中下落不明,战争的需要使他必须时常忍受别妻思女之苦,甚至父女不期而遇却不能相认,于是,除了在人们面前所表现出的作为一个将军的坚强勇敢、无畏无惧的一面外,他还有作为一个父亲、一个丈夫的脆弱和让人感到凄凉的一面。

又如有关陈文洪的心理描写:

"突然,一阵寒栗从他脊梁上像电一样倏倏传遍全身,一时之间,他的整个心脏好像给什么拧得紧紧的,停止跳动、拧出鲜血,他整个地落入了万丈冰窟。"②这是关于在解放军攻占武汉大牢、陈文洪发现白洁已被人带走时陈文洪心理的描写,它逼真地刻画出了陈文洪内心的痛苦与煎熬,衬托了他对白洁的爱和对敌人的憎恨。

2. 描写人物的外貌。

"一个面目英俊,全身总是绷得紧绷绷的,充满精力,就像一颗随时可以出

---

① 《第二个太阳》,第145页,人民文学出版社1987年版。

② 《第二个太阳》,第98页,人民文学出版社1987年版。

膛的炮弹,这是师长陈文洪"。①

——它凸现了陈文洪干劲十足、斗志昂扬的精神状况。

3. 描写人物的动作。

"陈文洪脸色骤然变得煞白,飞身跃上黑马,四只马蹄不点地地急驰而去。"②

——它突出了陈文洪的敏捷和急躁。

4. 综合运用了外貌、动作、神情和心理等描写。

如秦震痛悼爱女那一节,综合运用了外貌、动作、神情和心理描写等,渲染他多愁善感的人情味和人性化的一面,从而使这一人物形象具有更加强烈的艺术真实性和感染力。

5. 巧设情节。

小说巧妙地设置了秦震率陈文洪和梁曙光等攻占武汉转战湖南追击逃敌的艰苦、苦苦寻觅解救因从事地下工作而身陷囹圄的爱女白洁的焦躁等情节,较好地剖析了秦震作为一位杰出指挥员和普通人父复杂而深邃的内心世界,进而塑造了一个为了新中国这第二个太阳的诞生而领导人民冲破黑暗的无数军事家的典型代表。

(四) 抒情色彩浓重。

小说文笔饱含情感,如"长江白哗哗的,在阳光下闪出耀眼的亮光。它刚刚穿过三峡,奔腾呼啸,喷涌而出,那钢铁一样灰蓝色的江流,以惊人的速度在飞旋,在狂泻,这是多么神情激荡、气势浩瀚的江流啊!中国的母亲的江流。可是,此时此刻,母亲的情感是多么错综复杂,思绪万千呀!自从盘古开天辟地以来,它流过多少乳汁,又流过多少血泪?她好像来不及改换心境,她一刻钟以前在上游还冲击着人间的苦难、熬煎、饥馑、死亡,而现在陡然一眼看到辽阔的楚天楚地,换了人间。她似乎在喘息,想平静一下,甚至想泰然微笑,但不能够,上游苦难的激流又推涌而来,于是,她来不及向远方来的亲人打个招呼,就浪涛旋卷,波光闪烁,飘流而下了,像在焦灼地颤悸,又像在欢乐地颤悸。"③它抒写了作

---

① 《第二个太阳》,第33页,人民文学出版社1987年版。
② 《第二个太阳》,第35页,人民文学出版社1987年版。
③ 《第二个太阳》,第280页,人民文学出版社1987年版。

者对祖国母亲的热爱、对大自然的赞美、对历史的思考、对战争的厌恶、对和平生活的向往,情感内蕴丰富;又如,"战士的心就是这样豁亮,浓雾遮不住,冷雨浇不灭,江风吹不透,夜深人静,一盏明灯,战士的心就是这样豁亮。"[1]"是枪林弹雨,他敢冲敢拼,是血光火影,他能打能杀,可是,这大自然的暴虐,他跟谁去搏去斗!"[2]"难道这脉脉含情,回环弥漫的雾,就是对我的回答吗?是的,为了这个天空,这个大地,这个民族的崛起,长江流了几百年几千年的血泪啊!你听,江涛在鸣咽,你听,江涛在呐喊,你听,江涛在呻吟"[3];这些简直就是诗的语言,情感澎湃。

情节大起大落,"势能"大,如战争的胜利、新中国的建立、梁曙光母亲的找到等情节充满"喜"情,吴廷英的被冤判以及献身、白洁的情况若隐若现以及牺牲充满"悲"情,悲喜交加,骤起骤落,情感蕴蓄和释放充分;从而使得小说充满了强烈的抒情性。

(五)善以景托情。

小说注重描写景物,或以景渲情,或以景创造氛围,或以景衬托人物的喜怒哀乐:

"雨湿的清晨空气那样新鲜,整个天空和大地都笼罩着一片蔚蓝色,这颜色使人想到朝露盈盈的牵牛花,好像这种花撒遍原野。微风像柔软的丝绸在四处飞散,吹上脸颊,透入脖颈,流遍全身,多么清爽宜人的清晨呀!"[4]

这段文字描写了雨后早晨的清爽与清新,营构了一种祥和与安静的氛围,一方面与后文描写战争的残酷做出了鲜明的对比,一方面又委婉含蓄地揭示了秦震对安宁、平和生活由衷的喜爱,并由此突显了主人公强烈希望战争胜利结束而勇往直前、犁庭扫穴的英勇气概。

"那丛生在大地与天空之际的密密的树林,像是郁郁连绵不断的山岭,好像在发出轻悄而又愉快的咏叹。此时此际,像儿童在母亲的怀抱中,那芳香,那温暖,那柔情,那幸福,这一切,都一下子涌上了秦震的心头。"[5]

---

[1] 《第二个太阳》,第106页,人民文学出版社1987年版。
[2] 《第二个太阳》,第223页,人民文学出版社1987年版。
[3] 《第二个太阳》,第110页,人民文学出版社1987年版。
[4] 《第二个太阳》,第17页,人民文学出版社1987年版。
[5] 《第二个太阳》,第18页,人民文学出版社1987年版。

这段文字描写了优美的风景,赞美了祖国大自然的美丽,反映了革命者们保卫和平、保卫祖国的决心。

"一下子,一轮太阳,那样红、那样大、那样圆、那样亮,晒得人难忍难熬,整个心像龟裂的田地,在发烧、在冒火;一刹那间乌云遮天盖地而来,到了跟前才知并非乌云,铺天盖地都是老鼠,老鼠,老鼠。"[1]

这段文字是对秦震梦境景物的描写,渲染了其心境,在这里,"老鼠"暗喻了国民党中那些孤注一掷、负隅顽抗、苟延残喘企图阻挠新中国建立的反动派,老鼠的多象征着逃窜的反动分子之多,它揭示了战争的艰辛和秦震对国民党的憎恨与仇视。

"这时,天塌地陷,山崩石裂,谁碰到它,谁就将毁灭,碎成粉末。但,现在,这一个人,这一个大地之子,在挥动双臂,破浪前进。"[2]

这段文字描写了延安山洪暴发的情景,揭示了环境的险恶,衬托出陈文洪英勇救人的胆量和勇气,为刻画其性格特征做了有效的张本。

总之,这部作品的景物描写可以说是收到了一箭多雕的效果。

(六)叙述方式多种多样。

小说运用顺叙来叙述解放军南下武汉作战和寻找、解救白洁等情节,运用倒叙、插叙来叙述秦震的身世、陈文洪与白洁的爱情等情节,从而使得小说摆脱了单一叙述方式所带有的枯燥无味,又避免了"天马行空"的倾向。

(七)语言形象生动。

小说如诗一样注意"炼"字,语言形象生动,除了以上列举的那些外,还有很多,

如"曙光,就是针掉在大海里也要捞起来!"[3]

"猛然间像有一万堵陡峭的山崖向他身上压倒下来,他一松手,电话耳机跌落下去,给电话线吊着,垂在空中转了几转。"[4]

---

[1] 《第二个太阳》,第32页,人民文学出版社1987年版。
[2] 《第二个太阳》,第49页,人民文学出版社1987年版。
[3] 《第二个太阳》,第119页,人民文学出版社1987年版。
[4] 《第二个太阳》,第108页,人民文学出版社1987年版。

五

小说也存在着一些不足之处,具体地说:

(一)虽然从某一方面来看,小说堪称构思精巧,但是,总的来说,"作品是沿着时间和战役发展的顺序进行叙述的,故事的脉络曲折有致却也无甚新奇,基本上没有摆脱五六十年代同类作品的固有模式。"①在题材、人物、故事等方面重复了作者此前的《火光在前》、《政治委员》,"小说中的陈文洪和梁曙光,明显是脱胎于《火光在前》中的陈兴才和梁宾"②,在观点上则重复了《长江三日》、《日出》等,在写作手法上重复了作者自20世纪40年代以来惯常使用的写作手法。简而言之,小说"是一部典型的旧有五老峰(即老题材、老故事、老人物、老观念、老方法)模式小说。"③

(二)小说"对于人民军队内部的矛盾和冲突,就没有很好展开。小说中写到那个诬陷吴廷英、自己临阵自伤的坏人白天明,但是作者和小说中人物的心理一样,'好像要把什么可厌恶的东西从这个世界上抹去',只是简单交代一下,而不作正面描写。小说所写的北方战士和南方战士关于气候的争吵,并没有什么重大的政治意义……此外,《第二个太阳》更多是表现了'司令部的真实',而没有充分展示'战壕的真实'。它在歌颂解放战争的同时,对战争本身的血腥、残酷、破坏和痛苦等等,也很少正面去描写。这就使它的生活内容显得过于透明和美好。"④

(三)"整个作品浪漫的气氛、抒情的笔调,又与清醒的反思难以并存,小说因而产生了裂痕……它用了作者擅长的诗化语言,而这种诗化语言又要去担负冷静地总结历史经验教训的使命,因而有时显得力不从心……作品中的一些人物形象也略嫌生硬,如秦震老上级姚锡铭,老是用书来教导秦震,教师味过浓了

---

① 张志忠:《历史的新生——〈第二个太阳〉简评》,《当代》,第199页,1988年第2期。
② 蔡葵:《用当代意识返观革命历史——读长篇小说〈第二个太阳〉》,《文艺理论与批评》,第87页,1988年第6期。
③ 邓经武:《"红色情结"的终结——论刘白羽的〈第二个太阳〉》,《西南民族大学学报(人文社科版)》,第23页,2003年第3期。
④ 蔡葵:《用当代意识返观革命历史——读长篇小说〈第二个太阳〉》,《文艺理论与批评》,第88页,1988年第6期。

一些。"①

（四）"小说中描写了秦震在指挥千军万马的闲暇,对关押在敌人监狱中的女儿的思念之情,使我们看到共产党的高级将领不仅有对敌人的强烈的恨的一面,还有对亲人的深深的热爱的一面;不仅有钢铁般的意志,还有绵长的儿女柔情。小说还描写了师长陈文洪对恋人白洁的相思之情以及师政委梁曙光对母亲的盼念之情。但由于作者极力要表现的是革命文化的主流感情,因此人物的阶级感情和革命的激情与人物的儿女柔情没有真正糅合在人物身上,对女儿对爱人对母亲的情感就成了点缀和附加,游离于人物情感世界之外,显得极不和谐与统一……小说中描写几个人物的情感世界,都几乎是采用的同一种方法,在战争的某一间歇,插进去一段人物的内心活动或感情倾诉。由于作者的主流意识是要刻画革命者的胸怀,因此这种点缀式的描写始终如鲠在喉,没有构成人物的整体心理刻画。"②

（五）有些细节描写失真。

如"陈、梁根据敌情变化改变原有作战计划,以求抓住战机,虽然未能取胜,也是战争中常有的事,秦震却要对之给予严厉处分,这个细节就违背常理。""解放战争爆发前夕,在北平'调处执行部'任我军代表的秦震,因为'和谈'破裂将回东北战场,对美国代表希望'不久能够再见面'的虚伪,他以'我将聊尽地主之谊,陪你畅游全中国'表现了一个真理在握、对未来满怀信心的政治家胸怀;而国民党少将一句'松花江的风雪很冻人呀'的阴险挑衅,却使秦震太'土八路'地说出'不,我倒替阁下担心,人民的血泪会把你们淹没'……1925 年考入黄埔军校、喜欢哲学、酷爱历史和地理的秦震,应该是内涵极为丰富、修养极深的儒雅之士,他在延安时期担任学校副教育长,被任命为北平和谈的我军代表,就是基于此,因此,他应该说出比国民党少将更具有内涵的话。"③

（六）语病不少。

小说虽然颇重语言的锤炼,但语言还是锤炼得不太够,有毛病的语句时有

---

① 卢敦基:《浅议第三届茅盾文学奖获奖作品的不足》,《浙江学刊》,第 34 页,1992 年第 3 期。
② 毛克强:《文化的解读与文化的冲突——第三届茅盾文学奖获奖作品评析》,《西南民族大学学报(人文社科版)》,第 112 页,2005 年第 3 期。
③ 邓经武:《"红色情结"的终结——论刘白羽的〈第二个太阳〉》,《西南民族大学学报(人文社科版)》,第 25 页,2003 年第 3 期。

所见,如"甚至连觉都没有觉得"、秦和国民党少将"面对面峙立起来"、"黎明的晨光还在慢慢照亮人间"、"但车一平平静静停止下来"、"秦震比较坚决地坚持了自己的意见"、"一刹那之前秦震看见"、"微微灼人的信念"、"精神内部发生着难以识辨、极其微妙的崩裂和变化"①。

不过,小说尽管有这些不足之处,但总的来说还是较为成功的;从中国当代文学发展史的角度来看,有其独特的意义和价值:

其一,它"在某些方面具有相当的代表性,它与魏巍的《地球上的红飘带》、黎汝清的《皖南事变》等一道,表现出一批老作家在新的历史时期、新的时代氛围中对于革命战争和革命战争文学的新的思考和探索,显示出他们深蕴的创作实力。"②

其二,小说"以战役发展和时间顺序展开的描写,从我军解放武汉到挺进鄂西和湘北,彻底粉碎了白崇禧集团的'华中局部反攻计划'。这些描写,对照作者的战地日记《横断中原》等历史资料来看,完全符合当时的历史真实,具有一定的战史价值";"写战争与人、战争中的人和战争中人与人的各种心态,真正用人物性格发展的历史来组织情节。而且不仅写战争中的灵魂,更难能可贵的是写灵魂中的战争,从而突出地显现了秦震、陈文洪和梁曙光等威武生动的'军人魂',改变了过去'战史为经,人物为纬'的浮面结构模式,使军事文学真正成为'人学'意义上的文学和人生启示录,这就大大扩大了作品的艺术内涵,提高了作品的思想品位。"③

其三,"不仅超越了苏联'战壕文学'的水准,同时在成功地处理战争事件与人物心灵的关系、实现战事与人物的命运、人物心灵的双重推进以及如何使长篇小说诗化等重要课题上,做出了新的、有益的探索。作家成功地写出了战争的灵魂,苦难的灵魂,那种取得胜利后的欢乐的灵魂。因此也可以说,这是一部有关战争灵魂的富有诗意的长篇小说。"④

---

① 邓经武:《"红色情结"的终结——论刘白羽的〈第二个太阳〉》,《西南民族大学学报(人文社科版)》,第26页,2003年第3期。

② 张志忠:《历史的新生——〈第二个太阳〉简评》,《当代》,第199页,1988年第2期。

③ 蔡葵:《用当代意识返观革命历史——读长篇小说〈第二个太阳〉》,《文艺理论与批评》,第84页,1988年第6期。

④ 范咏戈:《历史与人:经炼狱到天堂之门——评长篇小说〈第二个太阳〉》,《文艺理论与批评》,第33页,1992年第1期。

第三节 《穆斯林的葬礼》

一

霍达的《穆斯林的葬礼》完成于 1987 年 9 月,最初在 1987 年冬至 1988 年春发表于《长篇小说》季刊总第 17、18 期上,由北京十月文艺出版社于 1988 年出版,其内容梗概为:

民国八年,年纪约六十开外的吐罗耶定带着收养的十多岁的孤儿易卜拉欣去克尔白朝觐。在路过北京玉器作坊奇珍斋时,易卜拉欣被奇珍斋的主人梁亦清收为徒弟。随后,梁亦清带着易卜拉欣去见"博雅"宅里的"玉魔"老人,老人为之取大号韩子奇。"汇远斋"老板蒲绥昌找梁亦清为英国人沙蒙·亨特订制玉器《郑和航海图》。在三年期限将临、大功告成之际,梁亦清因劳累过度而倒地,失手弄坏了玉器,随即急火攻心而死。蒲绥昌趁机将梁家讹诈一空。韩子奇为报仇,改投"汇远斋"续做梁亦清没做完的活儿。一年后,宝船竣工的当晚,韩子奇在玉器底部工整地刻上了"梁亦清、韩子奇制"的字样,并因这几个字而与沙蒙·亨特交往。两年后,在沙蒙·亨特的鼓动下,韩子奇脱离"汇远斋"而回到奇珍斋。梁家长女梁君璧非常感激韩子奇,便嫁给了他。接着,在沙蒙·亨特的帮助下,韩子奇很快重振奇珍斋,并于民国二十四年从一个警察侦缉队长手中买下了原属"玉魔"老人的"博雅"宅。在韩子奇 32 岁时,梁君璧生下了儿子韩天星。为庆祝儿子满百天,韩子奇举办了"览玉盛会";其间,就读于燕京大学的梁家次女梁冰玉以一口流利的英语大显身手。1936 年春天,在沙蒙·亨特的劝说下,韩子奇带上贵重财物随他去英国以避战火,梁冰玉悄然跟随。到伦敦后,梁冰玉考上牛津大学,沙蒙·亨特的儿子奥立佛追求梁冰玉,但为梁冰玉所拒。不久后,奥立佛中流弹身亡,梁冰玉深为内疚。在一次空袭时,梁冰玉在复杂的心绪下与韩子奇结合,并生有女儿韩新月。与此同时,奇珍斋在梁君璧的经营下,很是惨淡,又因梁君璧怀疑账房老侯偷了一颗三克拉钻戒而将之排挤走,伙计们随之辞职;在无奈之际,梁君璧便将奇珍斋卖给蒲寿昌。1945 年,韩子奇带着梁冰玉、韩新月及珠宝回国。因不为梁君璧所容,梁冰玉便在给韩新月留下一封信和一张母女俩的合影后出走英国。1960年,韩新月想报考北京大学英语系,梁君璧起初反对,后又以此逼韩子奇打开了"密室"的门,拿出一件东西去变卖以作韩天星的结婚费用,韩子奇被迫变卖了一件乾隆翠珮。韩新月在考取北京大学英语系后,在报到时误将班主任楚雁潮当成同学;在期中考试后,又在湖边偶遇楚雁潮;在得知他正在翻译鲁迅的《奔月》后对他顿生敬意,两颗心逐渐靠拢。班里打算在学校的五四晚会上表演《哈姆雷特》,身为班长的郑晓京决定让韩新月演莪菲莉娅,楚雁潮演哈姆雷特。韩子奇在自己工作的特殊工艺品进出口公司看见一年前所卖掉的乾隆年间的珮饰时,一股怒火涌上心头,接着,从楼梯上摔下并摔折了肋骨。韩新月从学校赶回看韩子奇,因急火攻心而风湿性心脏瓣膜病突发,韩天星与未婚妻即韩新月的中学同学陈淑彦日夜陪伴护理。梁君璧不怀好意地告诉韩新月其实际病情,大夫精心策划的治疗方案被破坏,韩新月被迫休学。韩新月18岁生日那天,楚雁潮到韩家给韩新月带去全班同学的问候及他译好的《铸剑》、一棵巴西木等。韩天星结婚的那天,韩新月因劳累过度,加上着凉,便发烧,并引起腮腺炎,于是,住进医院。楚雁潮将一台留声机送至医院,在《梁祝》的音乐声中,楚雁潮借着拜伦的诗向韩新月表白了自己的爱意,两人正式确立恋人关系。在韩子奇的书房,韩新月在看到他在《内科概论》上所做的标记后,明白自己的病情已转为不治,便写信给楚雁潮与之断绝恋人关系。楚雁潮与韩新月面谈;两人在重归于好后,又相约一起续译《故事新编》,韩新月随之从绝境中站起来。梁君璧以回汉不能通婚为由反对韩新月与楚雁潮结婚,对此,韩新月非常反感。韩新月在从韩子奇那儿得知自己的真实身世后,病情恶化,随即病逝。1963年开斋节,韩新月被葬于西山脚下的回民公墓。楚雁潮被提升为讲师。1966年,老侯弄清了韩家当初丢掉的那颗三克拉钻戒原来是被某老板的三姨太偷走,在向梁君璧讨回公道后去世;随后,其已成为红卫兵的五个儿女洗劫了韩子奇藏品。韩子奇病倒;临终前,他告诉家人自己不是"回回"。1979年,在韩新月生日的那天,梁冰玉回来了,可想见的人和不想见人一个都见不到了。

二

小说中重要的人物主要有韩子奇、梁君璧、梁冰玉、韩新月、楚雁潮等。

（一）韩子奇

韩子奇是一位玉器匠人。以从英国回国为界，其性格前后大不一样。回国之前，他是一个有着朗朗血性与铮铮傲骨的男子：倔强、自强不息——在不小心摔破奇珍斋的玉碗后，他坚持以出卖劳动的方式赔偿，后靠努力拼搏，从一个孤儿而成长为"玉王"。义勇、坚强、有魄力——面对师傅的死亡和师傅家的破败，他不是无情无义、一走了之，而是忍辱负重，不惜背上背叛师傅的罪名和承受着师母师妹的误会而投入仇人门下，苦学本领；而一旦学到本领，又毅然与之决裂，回到师傅家，挑起振兴师傅家业的重担；与梁君璧的结合，实际上既是一种兄妹之情所致，又是出于"义"。头脑灵活、思想开放、接受能力强、富有创新精神——他本为汉人，遇吐罗耶定便皈依穆斯林；本是去朝圣，遇梁亦清便随之学琢玉；到"汇远斋"本是去完成师傅未竟的事业，但"账房和师兄在汇远斋厮混多年修炼出来的'生意经'，被他在递茶送水、无意交谈之间偷偷地学去了；蒲寿昌本来并不想教给他的，他已经耳濡目染、无师自通；而且，磨刀不误砍柴工，他提前两年完成了那件宝船！"①并自学英语、结交沙蒙·亨特；在回奇珍斋后，不再像师傅那样只满足于雕琢玉器，而是把生产与销售相结合；在英国躲避战火时，冲破世俗的障碍，与妻妹结合。在回国之后，他虽也有闪光的一面，如慈爱——为了让女儿完成上大学的梦想，他忍痛卖掉了他看作性命一般珍贵的藏品；在女儿患病后，他倾其所有而无微不至地关心她；但总的来说，猥琐、缺乏一个男人应有的个性，如或恬退隐忍、唯唯诺诺——对妻子的胡搅蛮缠总是一忍再忍，与妻子没有爱，但又不愿顶着抛妻弃子的恶名而与之离异；虽然口口声声后悔回来，但又没有勇气再次离开，整天低声下气、忍气吞声；或优柔寡断——眼睁睁地看着自己深爱着的人离去而毫无决断；或患得患失——既怕失去爱人，又怕失去家庭；既怕失去珍宝，又怕珍宝给自己带来灾祸；或得过且过——万事不遂心但总是仅仅应付而已。不过，他在两个时期也有一些共同点，如迷恋玉——他留在梁家、"潜入"汇远斋、与梁君璧结合、远走英国、在国外漂泊了数年后回国、与妻子无爱相守、病死等，无不是因为玉，简直可以说是一个"玉奴"；不诚实——欺骗吐罗耶定，欺骗梁亦清，欺骗梁君璧，虽名为穆斯林，但"几十年来，他没做过礼拜，没把过斋，没念过经，甚至在穿过苏伊士运河的时候都没有

---

① 《穆斯林的葬礼》，第 142 页，北京十月文艺出版社 1988 年版。

去麦加瞻仰天房"①。

总的来看,韩子奇不是一个多么惹人怜爱的人——他背叛妻子、抛弃所爱之人、对儿女不能提供足够的保障,可以说,是一个"怪异"的穆斯林。

(二)梁君璧

梁君璧为奇珍斋的内当家。她精明能干、孝顺勤俭——十二三岁就"几乎是梁亦清的小小'账房'"②,在父亲猝逝后,她得体地料理其丧事;在韩子奇离开"奇珍斋"后,她把整个家庭管理得井井有条,赡养母亲,抚养妹妹。坚强、刚烈而又冷酷——在父亲去世后,面对蒲寿昌的逼迫,她毫不畏惧,也毫不屈服;以为韩子奇背信弃义,便毫不客气地下逐客令;在韩子奇赴英十年期间,独自支撑着家,怀疑账房偷了戒指,便迫使他离开;妹妹夺她之爱,她便将之驱逐;逼丈夫出卖玉器藏品。泼辣、朴实——当韩子奇从汇远斋归来时,她主动地与之结合,后又在生活上尽心照顾他。虔诚而又偏执、专横、愚蠢——她谨遵甚至机械刻板地恪守伊斯兰教的清规戒律,并因此而拆散韩子奇与梁冰玉的结合、阻挠韩新月与楚雁潮的相恋;出于自己的好恶和传统的门当户对的观念而干预儿子的婚恋,给儿子蒙上了一辈子的心灵阴影;她爱妹妹、爱丈夫、爱儿子,但又非得让他们按照她的意志生活不可,结果,既伤害了他们又伤害了自己——既造成了他们的悲剧,自己也终日处在怨愤、郁闷、压抑之中;精心呵护、"从小都没舍得动一根指头"的妹妹决绝地别她出走,含辛茹苦抚养的女儿含恨而逝,与她厮守了一辈子的丈夫不但先她而去,而且还欺骗了她一辈子,她真正落了个众叛亲离的下场。心胸狭窄、乖戾、阴鸷——尽管在穆斯林的婚姻制度中一夫多妻是允许的,但她还是以《古兰经》中"真主严禁同时娶两姐妹"的戒律为由逼走妹妹,不原谅丈夫的背叛行为,甚至将怨恨转嫁到韩新月身上——平时总恶待韩新月、破坏韩新月的治病、阻挠韩新月与楚雁潮结合。不过,随着韩新月的逝去、丈夫的病危,她最后幡然醒悟、人性复归——"韩太太无法遏制心中的哀痛,她把脸贴在丈夫的手上,眼泪冲刷着这双为了奇珍斋,为了妻儿老小操劳一世的手,不舍得放开。"③

---

① 《穆斯林的葬礼》,第735页,北京十月文艺出版社1988年版。
② 《穆斯林的葬礼》,第16页,北京十月文艺出版社1988年版。
③ 《穆斯林的葬礼》,第735页,北京十月文艺出版社1988年版。

总的来看，梁君璧是一个在宗教化与世俗化同时作用下而产生的悲剧性人物——她总显露着压人的气势，但其内心隐藏着一腔悲痛；面对生活的突变，她主动地反抗和争取，但结果是在命运的罗网中越陷越深；她并不一定是一个坏人，但给人的感觉却是一个十足的坏人：弄垮奇珍斋，让丈夫抬不起头来，让儿子在单位里没法做人，让"女儿"得不到母爱；可以说，她可敬、可悲、可恨、可怜，是一个虔诚而又愚昧的穆斯林，也是一位《红楼梦》中凤姐式的人物①。

（三）梁冰玉

梁冰玉是一个知识女性。她出生于玉器匠人之家，从小接受良好教育，在花季年华考进燕京大学，在韩子奇举办"览玉盛会"时，"19岁的玉儿，正是青春妙龄，犹如一朵含苞待放的玉簪。上身穿一件青玉色宽袖高领大襟衫，袖筒只过臂肘，露出玉笋般两条手臂，腰束一条黑绉纱裙，白色长统袜紧紧裹着一双秀腿，脚穿青布扣襻儿鞋。白润的面庞衬着一头黑发，两旁齐着耳垂，额前齐着眉心。朴素大方，楚楚动人。"②她聪明——她在国内时考取燕京大学，到英国又考取牛津大学。思想激进、容易冲动、敢爱敢恨、倔强、执著——她肯定同学们宣传抗日的行动，认为自己不应该当管家婆及做饭、生孩子的机器；她不经过姐姐、姐夫同意就潜随姐夫去英国；在夺姐之爱后，她毫不内疚：在面对姐姐时，她振振有词地说，"我爱他，他也爱我，我们就结合了，事情就是这么简单。至于你，我只知道你是我的姐姐，也曾经是韩子奇的妻子，但那已经是过去了！"③而对姐夫兼爱人，也不仰之鼻息："我是一个人，独立的人，既不是你的，更不是梁君璧的附属品，不是你们可以任意摆布的棋子！女人也有尊严，女人也有人格……人格，尊严，比你的财产、珍宝、名誉、地位更贵重，我不能为了让你在这个家庭、这个社会像'人'而不把我自己当人！"④清高自许、目下无尘——即使面对有恩于己、优异、执著、真挚地爱着自己的奥立佛，她也未动芳心。有情有义——在奥立佛遇难后，她痛苦不堪，精神几乎崩溃；她自嫁姐夫虽与战争之下的内心苦闷彷徨、无聊无望及满足私欲有关，但在一定的程度上也是报答他多年来对她的关照。

---

① 参见刘白羽：《穆斯林的诗魂》，1990年7月29日《光明日报》。
② 《穆斯林的葬礼》，第228页，北京十月文艺出版社1988年版。
③ 《穆斯林的葬礼》，第645页，北京十月文艺出版社1988年版。
④ 《穆斯林的葬礼》，第660页，北京十月文艺出版社1988年版。

总的来看,梁冰玉是一个富于反抗、注重追求自我的穆斯林,又似乎是永远长不大的女人。

(四) 韩新月

韩新月是一位女大学生。她"美丽、文静、清高而又富于才华"[①]——"不必特别地打扮自己,便有一种天然去雕饰的朴素的美"[②],认为"爱情总不等于同情、怜悯和自我牺牲"[③],应建立在共同的事业、共同的奋斗目标和共同的人生追求上;在17岁时考入北京大学。敏感、自尊、进取心强——在北京大学宿舍里,谢秋思和罗秀竹在吵架时说了句"还不如人家少数民族来得个灵"[④],在场的她觉得自己作为一个少数民族学员受到了小觑,便努力学习,结果在期中考试时取得了全班第一的成绩。善良——她从小便"对谁都一视同仁,礼貌热情"[⑤],在学校里不计回报地帮助同学罗秀竹,在家里对每个人都抱着感恩之心。倔强而又坚强——梁君璧不赞成甚至阻挠她报考北京大学,但她坚持报考并且考中;遭同学轻慢、嫉妒、中伤,她既不是针锋相对、以眼还眼以牙还牙,也不是自轻自贱、自暴自弃,而是用好的成绩来回敬;病魔步步进逼、日益肆虐,她不言放弃更不自虐自戕,而是勇敢地与之战斗,将生命一天又一天地延长,同时还与老师合译书,在病床上完成了事业梦想;在爱情遭宗教信仰和清规戒律遏制甚至扼杀时,她更是宣称"我只认为爱是自发的、天然的、无条件的、神圣不可侵犯的"[⑥],并义无反顾、奋不顾身地扑向爱情。

总的来看,韩新月秀外慧中,是一株清新馥郁的奇葩,堪称回族自强、自信、自立的代表。

(五) 楚雁潮

楚雁潮是一位大学教师。他聪明——考进北京大学,并在毕业后留北京大学任教。有理想、有毅力、心胸开阔、超脱——他热爱翻译工作,但因父亲是个曾在敌对阵营卧底的革命者而被无休止地审查、询问、谈话,不仅不能当翻

---

① 《穆斯林的葬礼》,第553页,北京十月文艺出版社1988年版。
② 《穆斯林的葬礼》,第33页,北京十月文艺出版社1988年版。
③ 《穆斯林的葬礼》,第557页,北京十月文艺出版社1988年版。
④ 《穆斯林的葬礼》,第166页,北京十月文艺出版社1988年版。
⑤ 《穆斯林的葬礼》,第642页,北京十月文艺出版社1988年版。
⑥ 《穆斯林的葬礼》,第602页,北京十月文艺出版社1988年版。

译,而且不能入党、加薪、升职,但他并没有气馁,而是在业余时间翻译《故事新编》;在翻译《铸剑》的时候,把黑衣人当作了自己的父亲、把自己的导师严教授当成了父亲一样的亲人以鼓励自己。重感情——在严教授去世时,他像失去父亲一样悲痛,爱屋及乌地珍视严教授的儿子送给自己的礼物——巴西木,并把它转给了自己的"最爱"韩新月。善良、宽厚而又过于老实——他在与郑晓京交谈时,把自己也说不清的身世一股脑儿地讲了出来。开朗、严谨——他热爱生活,热爱工作,认真对待自己的学生、自己的职务、自己的翻译事业。真诚、钟情——在与韩新月相恋后便"义无反顾"、一往无前,即使韩新月身患绝症,也心无旁骛,即使家人反对,也全然不顾;同时,还绞尽脑汁地挽救韩新月,不断地给她注强心针,如鼓励她自信自强、送她巴西木、和她一起追求事业,当韩新月知道自己的真实病情后试图放弃接受治疗时,他以杰克·伦敦的小说《热爱生命》重新鼓舞起她面对一切的勇气;从而尽可能地延长了她的生命。

总的来看,楚雁潮纯真纯情,堪为少女们的梦中情人。

三

小说通过其内容及所塑造的一系列人物,尤其是韩子奇、梁君璧、梁冰玉、韩新月、楚雁潮等所表达的主旨大致有以下几点:

(一)描写了一个穆斯林家庭三代人的命运,回顾了中国穆斯林漫长而又艰难的足迹,揭示了他们在华夏文化与伊斯兰文化的撞击和融合中的心路历程以及在政治、宗教的氛围中对人生真谛的困惑与追求。[①]

民国初,穆斯林梁亦清所经营的奇珍斋还只是个名声甚微的玉器作坊,但在经过十年的发展后,却成为名冠京华的玉器行,梁亦清的徒弟兼女婿、奇珍斋的第二代老板韩子奇还获得"玉王"之称。不过,好景不长——不久后,日寇便全面入侵,为了保存玉器,韩子奇远走英国,奇珍斋由梁君璧主持经营,但因经营不善而被迫易手他人;在韩子奇回国后,又因与梁冰玉结合之事而不能为梁君璧所容,结果,梁冰玉被迫再次出走英国,韩新月代母受气,韩天星受到连累,韩子奇和梁君璧貌合情离、暗自彼此怨怼甚至视若仇寇,加上政权更替以及由此引起的社会变革,一个曾经的名冠京华之家便衰败了,其家庭成员也全都以

[①] 参见《穆斯林的葬礼·内容简介》,《穆斯林的葬礼》,北京十月文艺出版社1988年版。

悲剧告终——梁亦清因雕刻玉器《郑和航海图》功败垂成而急火攻心、吐血而死，韩子奇在丧爱、丧女、丧玉之中含恨而死，梁君璧在丈夫、妹妹、儿子、女儿、准女婿的怨恨中苦度时日，梁冰玉在姐姐的逼迫下与爱人、爱女生离死别，韩天星遭母亲的离间不能与所爱之人结合、而与无爱之人苦度时日，韩新月妙龄早逝；"两种文化，两种信仰，这是悲剧的凶手。两种文化的冲撞，两种信仰的差别，虽然没能在故事中融合，碰撞的火花也没能将民族的分歧化为灰烬，释放的也不是爱情美满的礼花，即便是真心相爱的人们，也还是被那真正的穆斯林将他们分隔在了两个世界。但是新月的死却是以死在抗争着，而玉王韩子奇那些玉破碎的声音，也是无声的痛诉。本是一种美好而善意的信仰，但是正是这种所谓的对真主的信仰与顺从，导致了一场痛心的爱情葬礼。"①由此，小说形象地回顾了中国穆斯林长达数百年艰难的足迹，并揭示了他们在华夏文化与伊斯兰文化的撞击和融合中的心路历程以及在政治、宗教的氛围中对人生真谛的困惑与追求②：两种文化、两种信仰的差异虽呈缩小的趋势，如穆斯林梁君璧、梁冰玉无意或有意地与"卡斐尔"（即"那些亲眼看见穆罕默德的圣行、亲耳听见穆罕默德的劝谏，而不信奉伊斯兰教，昧真悍道的人"③）韩子奇的结合，穆斯林韩新月与"卡斐尔"楚雁潮的相恋及精神上的结合，韩新月（包括韩天星）的回汉混血身份以及在其身上所体现出的时代意识大于传统意识、现代人意识大于民族意识等便是明证；但传统意识、民族意识又根深蒂固，并且成为两种文化、两种信仰兼容的障碍，并不时地制造一些悲剧；穆斯林在坚守自己的文化和信仰时也不免会对自己的坚守产生怀疑——梁冰玉尽管明知伊斯兰教的教规禁止两姐妹同嫁一人，但还是无法抗拒爱情的诱惑而自嫁给姐夫；韩新月尽管明知自己的民族信仰及家庭都不允许自己嫁给"卡斐尔"，但还是禁不住爱情和理想追求的诱惑而与"卡斐尔"谈情说爱甚至谈婚论嫁；而不论是梁冰玉与韩子奇还是韩新月与楚雁潮，最终都被拆散，梁君璧执著于信仰但又被现实所欺骗被命运无情地捉弄……这些难道不足以引起穆斯林们的反思吗？当楚雁潮用着"永不别离"的誓言印上韩新月的唇时，梁君璧不是差点惊呆了吗？实际上，梁君璧的身上"承

---

① 胡献锦：《爱情的葬礼——解读〈穆斯林的葬礼〉的爱情悲剧》，《安徽文学（下半月）》，第16页，2007年第7期。
② 参见《穆斯林的葬礼·内容简介》，《穆斯林的葬礼》，北京十月文艺出版社1988年版。
③ 《穆斯林的葬礼》，第580页，北京十月文艺出版社1988年版。

载着回回民族在时代潮流面前自我抉择时的无奈和痛苦。"①韩子奇在临终前告诉梁君璧他是一个假回回时,梁君璧原谅了他,认为"他一辈子都谨守着回回的规矩,他做出了大事业,为回回争了光;他一辈子都遵从着真主的旨意,他和玉儿的那点儿过错,也应该原谅了! 他是个真正的回回,真正的穆斯林,决不能让他在最后的时刻毁了一生的善功!"②她的这种态度又显示她正开始解除心灵禁锢,与现代文明接轨。同时,在梁冰玉和韩新月的身上,"有着霍达对回族知识女性在时代与民族文化传统间的理想期待"③——梁冰玉先是冲破伊斯兰教的清规戒律,毅然同韩子奇结合,享受了作为一个人的权利;后是决然从"博雅"宅出走,与韩子奇分手,维护了人格的独立和尊严,也就是说,"在梁冰玉的文化心理结构中,人的意识、女性的独立意识中与觉醒并支配了她,超越了特定民族的心理意识"④。而韩新月从小立志上名牌大学,成为学者,改变回回只能经商的习惯观念;认为"人的灵魂是平等的"⑤、少数民族的同学并不低人一等,崇尚真诚的平等的爱情,宣称"爱情总不等于同情、怜悯和自我牺牲",不向命运低头;如果把她们和梁亦清联系起来纵向来看,便会发现,"回回民族在与其他民族、其他国家文化的交流、接触、碰撞、冲突和融混、化合中,文化意识日益觉醒,挣扎着为生命开拓着愈来愈大的空间。三代人均禀有至少是一定程度地承续了伊斯兰文化精神和生活,但一代比一代以更开放、主动的姿态吸取伊斯兰文化之外的其他文化滋养,从而与时俱进地实现自我超越、自我更新。"⑥"三代人的家庭奋斗史,演示给我们的是:中华民族在两场民族大灾难中,由固步自封、在保守中求生存到突破自我、在竞争中发展再到平等对话,在交流中求发展的历史足迹。"⑦

---

① 杨文笔:《悲剧的美丽——试论霍达小说〈穆斯林的葬礼〉中的"悲剧精神"》,《昌吉学院学报》,第17页,2009年第3期。
② 《穆斯林的葬礼》,第736页,北京十月文艺出版社1988年版。
③ 杨文笔:《悲剧的美丽——试论霍达小说〈穆斯林的葬礼〉中的"悲剧精神"》,《昌吉学院学报》,第17页,2009年第3期。
④ 张雪花:《欲上青天揽明月——〈穆斯林的葬礼〉之人物形象评析》,《柳州师专学报》,第53页,2005年第1期。
⑤ 《穆斯林的葬礼》,第183页,北京十月文艺出版社1988年版。
⑥ 徐其超:《回民族心灵铸造范型——〈穆斯林的葬礼〉价值论》,《西南民族学院学报(哲学社会科学版)》,第30页,2002年第9期。
⑦ 马丽蓉:《20世纪中国文学与伊斯兰文化》,第167页,安徽教育出版社2000年版。

这实际上也是霍达对整个回族及中华民族的理想期待。

（二）鞭挞了反人道的陈规陋习和价值观念，形象地说明了穆斯林的某些传统信仰已成为其自身前进的障碍和束缚，穆斯林只有挣脱信仰的绝对束缚，才能更好地发展。

"伊斯兰教认为，婚姻是建立在男女双方感情的基础上，也必须彼此宗教信仰一致，否则同床异梦，没有共同的理想和精神寄托，也没有共同的语言，终无幸福可言。虽然一夫多妻是允许的，但禁止娶两姐妹。"①从尊重宗教信仰的角度来看，伊斯兰教的信仰及与之相应的风俗习惯都应该受到尊重；但是，从人性的角度来看，伊斯兰教的有些规定和观念又是应该"与时俱进"的，比如，改变以"彼此宗教信仰一致"作为结婚的前提这一规定或习俗、要么禁止一夫多妻要么允许娶两姐妹。否则，给其穆斯林必然带来生活的烦扰甚至是人生悲剧——"当穆民们被错综复杂的人情世事所缠绕，陷入了不能自拔的罗网和泥淖，就只有把命运交给万能的主，请主来给予裁决了！"②梁君璧正是以"彼此宗教信仰不一致"为借口而阻止楚雁潮和韩新月相恋的——虽然楚雁潮流着泪告诉梁君璧，他和韩新月其实没有未来，他只是为了给韩新月爱和力量以让她生活下去，但梁君璧还是不同意他们相恋；当韩新月在生命最后时期乞求梁君璧不要阻扰她和楚雁潮相爱时，梁君璧声色俱厉地说："你不知道自个儿是个回回吗？回回怎么能嫁个'卡斐尔'！"③"我宁可看着你死了，也不能叫你给我丢人现眼！"④也正是以伊斯兰教"禁止娶两姐妹"为借口而极力反对和痛恨韩子奇与梁冰玉私自结合的——当"姑妈"劝阻梁君璧赶走梁玉儿时，梁君璧说："她造的这罪，教规不容！"⑤而这些又导致了楚雁潮和韩新月以及韩子奇和梁冰玉的爱情悲剧，甚至是韩新月的生命悲剧——韩新月在病倒时没有崩溃，在得知病情真相后也挺了过来，但在明白教规的神圣不可触犯后，"这颗心已经破碎了，这具躯壳已经疲惫不堪了，正在一步一步走向命运……的终点：毁灭，一切都毁灭！"⑥即使

---

① 胡献锦：《爱情的葬礼——解读〈穆斯林的葬礼〉的爱情悲剧》，《安徽文学（下半月）》，第15页，2007年第7期。

② 《穆斯林的葬礼》，第650页，北京十月文艺出版社1988年版。

③ 《穆斯林的葬礼》，第596页，北京十月文艺出版社1988年版。

④ 《穆斯林的葬礼》，第597页，北京十月文艺出版社1988年版。

⑤ 《穆斯林的葬礼》，第664页，北京十月文艺出版社1988年版。

⑥ 《穆斯林的葬礼》，第679页，北京十月文艺出版社1988年版。

卢大夫和楚雁潮都曾竭力相助,也无能为力、无济于事。此外,梁君璧还出于门当户对这一包括穆斯林在内的许多人都有的观念,策划了韩天星与容桂芳的爱情悲剧。由此可见,穆斯林的某些规定、观念或信仰已成为自身前进的障碍和束缚,穆斯林只有挣脱它们的绝对束缚,才能更好地发展。

(三)展示了人性的复杂多变,歌颂了纯洁、真挚、美好的爱情及"人最可贵的自由本质"①。

韩子奇和梁冰玉尽管都明知伊斯兰教禁止同一男子与姐妹俩结婚,但两人还是私自结婚了,韩新月也尽管明知穆斯林不得与"卡斐尔"结婚,但仍然与"卡斐尔"楚雁潮相恋;韩子奇与梁冰玉可谓是患难生死夫妻,可仅仅因为梁君璧的反对——当然,也包括韩子奇的懦弱,就分道扬镳;梁君璧机械刻板地恪守伊斯兰教的清规戒律,但在知道韩子奇是一个假回回后随即改变了自己的一贯做派——原谅了他;由此可见,人性的力量是多么强大也是多么复杂多变,这也是人的自由本质的一种显现。

韩子奇和梁冰玉与楚雁潮和韩新月两代人纯洁、真挚、美好而又令人刻骨铭心的爱情也是小说所表现的人性复杂多变的内容之一——正如小说所写:"人们并不关心历史上是否真的有一对梁山伯和祝英台,拨动人们的心弦的恰恰是活着的人们自己的感情,人类的子子孙孙啊,世世代代重复着常读常新的一部仅有一个字的书——情!"②而且小说写得既"情"趣盎然,又揪人心肺,能让人真真切切地感到,那种爱情的确确是可歌可泣;进而也可以看出,"人最可贵的自由本质"是可歌可泣的。

四

从艺术表现的角度来看,小说主要具有如下特点:

(一)小说明暗双线并进而又主次分明,结构严谨而浑然一体。

小说以韩子奇对玉的"迷恋"为主线,辅以韩子奇对妻子、妻妹、女儿的情感以及韩新月与楚雁潮的情感等线索,明写韩子奇为玉所纠缠的一生(其主要处

---

① 李跃红:《理想价值的极地之光——论〈穆斯林的葬礼〉及在当前文学中的意义》,《云南学术探索》,第62页,1995年第5期。

② 《穆斯林的葬礼》,第525页,北京十月文艺出版社1988年版。

所是奇珍斋,那里是他的事业舞台),暗写韩子奇为情所纠缠的一生(其主要处所是"博雅"宅,那里是他的私生活场所);主线和辅线、明线和暗线交错交织——在篇章的安排上则有意识地"月"与"玉"交错"行进",如月梦、玉魔、月冷、玉殇,小说以回忆的方式展开,第一章和最后一章前后照应,整部作品显得缜密严整,浑然一体。

(二)"京味"强。

小说所写的是发生在北京的一个故事,故事中的人、事、物,小说的语言等均带有鲜明的"北京"色彩,从而"京味"很强:

小说一开始就详细地描写了北京独特而又典型的民居——名为"博雅"宅的四合院,而且"博雅"宅贯穿小说的始终;小说所描写的老北京的贴饼子、涮羊肉、兔儿爷、同仁堂、王麻子剪刀铺、东来顺等都是北京的一些带有标志性的事物;小说所描写的人物即使生活在伦敦,也带有鲜明的北京色彩;小说运用了大量的北京方言,像"可是,要是让她现在就对天星说'那敢情好',她也做不到。"[1]"得,甭哭……孩子好容易平平安安地回来了,是喜事儿!"[2]"唔,什么味儿?像延寿街王致和的臭豆腐!"[3]"淑彦哪,也跟她妹妹赛着地俊!"[4]"新月,悄不声儿的,跟着我,别言语。"[5]"唉,这个天星!怎么就不知道老家儿替他着急?"[6]等均是典型的北京方言。

(三)民族色彩强。

作者说:"我无意在作品中渲染民族色彩,只是因为故事发生在一个特定的民族之中,它就必然带有自己的色彩"[7],比照小说来看,的确如此——小说所描写的主要人物及其所从事的职业、所描写的景物和事物、所使用的语言无不带有鲜明的"穆斯林"色彩,如梁君璧、梁冰玉的名字中或明或暗地含有"玉"字,而许多穆斯林就主要从事琢玉、贩玉的行业,中东更是产玉盛地;因此"玉"在穆斯林的心目中,拥有其他珍宝不可取代的地位;梁亦清的"清"则表达出了穆斯林

---

[1] 《穆斯林的葬礼》,第 203 页,北京十月文艺出版社 1988 年版。
[2] 《穆斯林的葬礼》,第 347 页,北京十月文艺出版社 1988 年版。
[3] 《穆斯林的葬礼》,第 319 页,北京十月文艺出版社 1988 年版。
[4] 《穆斯林的葬礼》,第 377 页,北京十月文艺出版社 1988 年版。
[5] 《穆斯林的葬礼》,第 380 页,北京十月文艺出版社 1988 年版。
[6] 《穆斯林的葬礼》,第 441 页,北京十月文艺出版社 1988 年版。
[7] 《穆斯林的葬礼·后记》,《穆斯林的葬礼》,第 748 页,北京十月文艺出版社 1988 年版。

所特别崇尚的圣洁、高贵的品质。又如,小说泼墨描写了开斋节、古尔邦节的由来,穆斯林的婚礼、葬礼、伊斯兰教的起源、北京四大清真寺、北京传统的清真小吃等,同时,小说还使用了大量的"穆斯林"语汇,如吐罗耶定、易卜拉欣、克尔白、镇尼、达尔·伊斯兰、按塞俩目而来坤、吾而来坤色俩目、朵斯提、耶梯目、巴巴、榜答、撒什尼、底盖尔、沙目、虎伏滩、乜帖、安拉胡艾克拜尔、无常、依玛尼、罗赫、穆罕默德、水溜子(旱托)、务斯里、埋体、天园、拉赫、瓦直卜、逊奈、古瓦西、团书、官木箱、意札布、达旦、盖毕尔图、主麻、唔吧哩克、赞穆赞穆、撒乞赖、伊玛尼、以思卡托、卡斐尔、古那亨、尔德·艾祖哈、口唤、腮拜卜、伊斯兰、穆斯林、鼠霉、盖德尔、乃绥普、赫塔益、堵施蛮、罕格儿、意札布、喀宾、你喀花、麦莱丹、讨白、者那则、尔德·菲图尔、卧单(克番)、法雷则·其法耶、泰克毕尔、按赛俩目而来坤、吾而来坤闷赛俩目……从而呈现出强烈的民族色彩。

(四)注重象征手法的运用。

大致地说,韩子奇的养父、穆斯林老人吐罗耶定象征着回族的传统信仰——伊斯兰;韩子奇在梁亦清那里不小心打破了一口玉碗,同时也因深深地被玉器的精美绝伦所吸引,于是决定留下来学做玉器,这象征着韩子奇由一种理想境界落入繁华纷扰的俗世,也寓示了韩子奇日后对梁冰玉带有伤害性的爱以及他们不完满的爱情;韩子奇象征着伊斯兰文化和华夏文化的融混(他先后从朝圣老人和"玉魔"老人那里接受教育);"玉魔"老人象征中国传统汉文化;作者为自己钟爱的人物取名为"新月",而在回民的心目中,新月是幸福欢乐新生的标志,是神性的象征物——"穆斯林用绿色的新月旗作为伊斯兰教的标志,用一弯圣洁的新月标志来装点神圣的清真寺宣礼塔顶"[①],洁白清亮的月亮暗寓了回民纯洁高尚的审美意识;于是,韩新月这个人物也由此被蒙上了一层浓浓的宗教色彩,成为伊斯兰教的象征,显得神圣而不可亵渎;同时,作为一个人物,韩新月还象征着新一代回族青年,她对楚雁潮的那种不顾一切的爱,则象征着新一代回族青年对其父辈挣脱传统束缚的传统的继承,她那违背教义的出生和违背教义的死去,象征新一代回族青年对其先辈信奉的教义的彻底反叛;韩子奇与韩新月的死象征着传统的民族歧视的死或穆斯林繁乱规矩的死——像梁冰

---

① 徐冰:《悲凄的美学意蕴——赏析〈穆斯林的葬礼〉中"新月"的意象功能》,《飞天》,第19页,2009年第20期。

玉以种族的差异为由而拒绝奥立佛·亨特的求婚,梁君璧以种族信仰的差异为由拒绝同意楚雁潮与韩新月相爱,穆斯林的葬礼以种族的差异为由拒绝汉人参加之类的事情都随着韩子奇与韩新月的死而结束了,如楚雁潮参加了韩新月的葬礼,并为她试坑;韩子奇以自己和自己女儿的一生为代价埋葬了民族歧视和陈旧的陋习;韩新月、韩天星的回汉混血身份及其人生遭际象征着回汉或伊斯兰文化与华夏文化的融合或不太融洽的融合;"'玉器梁'一个家庭的超越、更新历程,实则象征着整个回族和整个中华民族的文化超越、更新,走向现代化的历程。"①

(五)注重对比手法的运用。

首先,从总体结构来看,"玉"与"月"对比"行文",贯穿始终——第一章玉魔、第三章玉殇、第五章玉缘、第七章玉王、第九章玉游、第十一章玉劫、第十三章玉归、第十五章玉别,第二章月冷、第四章月清、第六章月明、第八章月晦、第十章月情、第十二章月恋、第十四章月落,尾声月魂。其次,从内容来看,小说对比描写了韩子奇与韩新月父女两代人的生活。第三,小说对比描写了新旧两个时代、奇珍斋与汇远斋两个商号和韩子奇主要活动的奇珍斋与"博雅"宅两个场所。

(六)注重"道具"的运用。

小说注重运用"道具"来表情达意、推动情节,其中重要的有:

1. 翡翠如意。它由韩子奇送给梁冰玉,后又转送给韩天星,再后又转送给韩新月,有效地传达了梁冰玉对韩新月的关爱。

2. 相框。它陪伴在韩新月身边,相框里的人是梁冰玉和韩新月,它是梁冰玉直接留给韩新月的唯一的纪念品。

3. 巴西木。严教授的儿子把它送给楚雁潮,楚雁潮又把它转送给韩新月——那是爱的传递,但"爱"在严教授的儿子那里是严教授对楚雁潮的"父爱"、"慈爱",而在楚雁潮那里则是楚雁潮对韩新月的"情爱"。

4. 留声机。楚雁潮特地把它送给韩新月,它传递着楚雁潮对韩新月的情感,也陪伴着韩新月度过了病床上的岁月。

---

① 宋涛:《从〈穆斯林的葬礼〉看回汉两族文化异同》,《现代语文(文学研究版)》,第45页,2006年第11期。

5. 乾隆年间的一块珮饰。韩子奇在梁君璧逼迫下被迫舍弃它,从而染上了心病;后无意间见到它,因乍惊而摔伤;接着,韩新月因他摔伤而引发心脏病及一连串的反应,使家庭的矛盾逐渐显露出来。

6. 三克拉钻戒。梁君璧因它的丢失而怀疑老侯,老侯由此丢掉饭碗、倾家荡产。韩家后来又因它丢失真相的大白而家破人亡。

(七)注重"戏中戏"手法的运用。

小说在描写楚雁潮和韩新月的情感纠葛时,有意识地运用了四个经典爱情故事,即哈姆雷特和我菲莉娅的故事、简·爱的故事、梁祝的故事、海黛与唐璜的故事。在这四个故事中,我菲莉娅柔弱,简·爱坚强、果敢,主张人生而平等,她们对韩新月的爱情观念和行为造成了影响;而梁祝的爱情、海黛和唐璜的爱情则是对韩新月和楚雁潮的爱情的一个烘托。

(八)语言清丽优美,不少还极富抒情性。

如"弯弯的一道新月从西南方向的天际升起,浮在远处的树梢上空,浮在黑黝黝的房舍上空,它是那么细小、玲珑,像衬在黑丝绒上的一枚象牙,像沉落水中仅仅露出边缘的一只白璧,像漂在水面上的一条小船,这小船驶向何方?"①

"天上的月亮有自己的运行轨道,从容不迫地向前走去,她呢?她现在却在一个'十'字路口,茫然徘徊。"②

"春天来了,春姑娘把融融东风、绵绵春雨洒向人间,把爱和希望洒向人间。

楼前的花坛中,娇艳的繁花次第开放,竞吐芳菲。粉红的碧桃,嫩黄的迎春,斑斓的蝴蝶花,还有那愣乎乎的仙客来,羞答答的含羞草,以及那虽然开放不出灿烂的花朵却也要凭着旺盛的生命力与百花争一分春色的'死不了'……辛勤的园丁对她们一视同仁,精心护持,春天属于所有的生命!

沿着花坛旁边的小径,新月徐徐地踱步。夕阳的斜照透过白杨树、合欢树的树叶,投下一束束清亮的光柱,暮霭朦胧的林荫幽径显得开阔而深远了。和润的空气,醉人的花香,使她心清神爽,正是读书好时节,她一边漫步,一边轻轻地背诵着英语单词。陌生的单词,念上三两遍,便牢牢地印在脑际,似有

---

① 《穆斯林的葬礼》,第47页,北京十月文艺出版社1988年版。
② 《穆斯林的葬礼》,第48页,北京十月文艺出版社1988年版。

神助。"①

"新月没有等到她盼望的那个人,终于丢下一切,走了!对这个世界,她留恋也罢,憎恨也罢,永远地离开了!"②

"暮色悄悄地降临了墓地,婆娑树影渐渐和大地融融合在一起,满目雄浑的黛色,满园温馨的清香。

西南天际,一弯新月升起来了,虚虚的,淡淡的,朦朦胧胧,若有若无……

淡淡的月光下,幽幽的树影旁,响起了轻柔徐缓的小提琴声,如泣如诉,如梦如烟。琴弓亲吻着琴弦,述说着一个流传在世界的东方、家喻户晓的故事:《梁山伯与祝英台》。

梁冰玉在琴声中久久地位立,她的心被琴声征服了,揉碎了,像点点泪珠,在这片土地上洒落。

天上,新月朦胧;

地上,琴声缥缈;

天地之间,久久地回荡着这琴声,如清泉淙淙,如絮语呢喃,如春蚕吐丝,如孤雁盘旋……"③

……

(九)反讽强烈。

梁君璧虔诚地信仰伊斯兰教,恪守伊斯兰教的清规戒律,尤其是恪守穆斯林不得与"卡斐尔"结婚、两姐妹不得嫁给同一个人等,可与她厮守了一辈子的却是一个"卡斐尔",她姐妹俩却实际上同嫁了韩子奇;韩新月不是真正的回回,却因为回回的身份而被母亲阻止与"卡斐尔"楚雁潮相恋……

五

小说也存在着一些不足之处,具体地说:

(一)情节交错发展,这虽然增强了小说的张力和读者阅读时的期待心理,但也给读者尤其是阅读能力不够强的读者带来了阅读困难。

---

① 《穆斯林的葬礼》,第 531 页,北京十月文艺出版社 1988 年版。
② 《穆斯林的葬礼》,第 696 页,北京十月文艺出版社 1988 年版。
③ 《穆斯林的葬礼》,第 744 页,北京十月文艺出版社 1988 年版。

(二) 小说中对穆斯林生活礼仪的有些描写有点生硬,梁君璧这一形象的描写不太符合穆斯林的生活现实——像她那样虔诚的穆斯林妇女大都性格和蔼善良,一般也不会衣着短袖,沉湎于麻将桌上的更是少见。

(三) "韩子奇在伦敦,楚雁潮突然而来的爱情,由于铺垫不够,过分突兀,从而不能出神入化,精韧至微"①。

(四) 韩子奇的性格发展前后之间"跨度"太大。

如韩子奇在去英国之前有决心、有勇气、有智谋、有手段、有胆有识、能言善辩,而在从英国回来后,则唯唯诺诺、畏缩、猥琐,可对这种变化,小说没有充足、必要而有效的铺垫。

(五) 不少措辞欠精准。

如用"标致"形容年仅四五岁时的梁冰玉,用"弄潮儿"形容刚刚进入大学的女学生罗秀竹,用"烟波浩淼"、"水天一色"来形容未名湖,用"物华天宝"、"人杰地灵"来形容"博雅"宅,用"众人早已饿得发狂,馋涎欲滴,遂大吃特吃,风卷残云,好不快活"②的语句来描写参加韩天星和陈淑彦的婚礼的宾客等。

(六) 不少地方"失真"。

如有关韩子奇的藏玉(过于夸张)、梁冰玉的年龄(开头部分所描写的不准)等的叙写。

(七) 小说中大量的有关中国穆斯林的历史渊源、伊斯兰的教规教义、婚丧嫁娶的礼仪习俗的描写在给人新鲜别致之感的同时又给人以生硬、不自然之感。③

不过,小说尽管有这些不足之处,但总的来说仍然相当优秀,堪称"现代中国百花齐放的文坛上的一朵异卉奇花"④和"穆斯林的诗魂"⑤。

---

① 参见刘白羽:《穆斯林的诗魂》,《光明日报》,1990 年 7 月 29 日。
② 《穆斯林的葬礼》,第 385 页,北京十月文艺出版社 1988 年版。
③ 参见陈学祖、陈丽芳:《碧玉微瑕:〈穆斯林的葬礼〉指瑕》,《柳州师专学报》,第 30 页,2007 年第 4 期;李子迟:《〈穆斯林的葬礼〉与茅盾文学奖》,《海南师院学报》,第 34—35 页,1998 年第 4 期。
④ 《穆斯林的葬礼·序》,《穆斯林的葬礼》,北京十月文艺出版社 1988 年版。
⑤ 参见刘白羽:《穆斯林的诗魂》,《光明日报》,1990 年 7 月 29 日。

第四节 《少年天子》

一

凌力的《少年天子》最初由北京十月文艺出版社于 1987 年出版，后由刘恒改编为 40 集电视连续剧，其内容梗概为：

在皇太极去世后，五岁的爱新觉罗·福临（顺治）继位，成为清入关后的第一位皇帝，即顺治皇帝。顺治十年，除了南明永历据有西南一隅以及郑成功仍在东南海上抗争外，十分天下，八分已归大清。福临在发现武力征剿弊多利少及汉文化的先进性后，便接受范文程和汤若望的建议，采取招降弭乱的"文德绥怀"策略，但此举遭到了朝廷内部满族王公贵族的反对。不久后，皇亲圈占永平府马兰村的土地；为了筹钱帮助村民渡过难关，柳师傅把他的两个养子兼徒弟同春、同秋佃给戏班，两情相悦的柳同春与乔梦姑由此分离；乔梓年潜入紫禁城自刎于午门前以示抗议，九卿科道会议随即就此召开。会上，29 名汉官另成一议，引起了满臣及诸议政王的强烈不满。福临迫于辅佐自己多年的叔父郑亲王济尔哈朗和母亲庄太后的压力，忍痛下旨，处死了议臣陈名夏，严惩了其他汉官。顺治十一年六月十六日，福临在举行第二次大婚婚礼时，在宫中花园里偶遇幼弟博穆博果尔的福晋乌云珠，并随即对她钟情，后又与之私自结合；庄太后为了维护皇家内部的团结和不让福临背上失德罪名的原因而阻止他与乌云珠的结合，但福临又因之重病不起，于是，庄太后便冒天下之大不韪而成全了他们；而博穆博果尔则被逼得悬梁自尽。之后，福临册封乌云珠为贤妃，后又封她为皇贵妃。在乌云珠入宫后，皇后、康妃（佟妃）、谨贵人、淑惠妃等都对她颇有微词，其原因一是乌云珠的母亲是汉人，二是乌云珠深得皇上的宠爱和太后的喜爱。福临微服出访并斩杀了谨贵人的侄女儿，谨贵人由此迁怒于乌云珠。福临拟册封乌云珠为皇后，但乌云珠以大局为重而坚决不从。康妃所生的三阿哥玄烨染上天花，谨贵人和康妃都担心乌云珠所生之子四阿哥日后被册为太子，于是，谨贵人秘密地把三阿哥的肚兜给四阿哥穿上、把三阿哥的泥玩具放到四阿哥枕边,从而使四阿哥染上天花而夭折。乌云珠忍着丧子的巨大悲痛日夜陪伴重病在床的皇后,皇后大为感动。在三阿哥病好后,谨贵人因所做之事败露而被庄太后赐死。淑惠妃嫉妒乌云珠又不甘心受冷落,便到福临处污称乌云珠宫内的太监与宫女"对食";福临信以为真,便重责乌云珠,而在从庄太后那里得知实情后又颇为后悔,并将乌云珠接回宫中;但乌云珠随即病倒。郑成功在南方高举义旗攻陷三十余州府县后,汉族大臣蠢蠢欲动。为此,福临吓得跑到庄太后处要求回关外去,但遭到了庄太后叱骂,于是,福临不由得大怒,并不顾一切地要御驾亲征,直到德高望重的德国神甫汤若望出面劝阻才作罢。随后,福临去看望康妃;但在看望的过程中,康妃为显示自己并非无能而劝谏他不能逃回关外,他为此大怒,并立召侍卫封刀斩康妃。福临受史书及明制的影响,决定把内三院扩为内阁、设殿阁大学士及另设翰林院和掌院学士官、除去议政会议、任用大批有才华的汉族官员;对此,满族王公大臣纷纷进谏劝阻,但福临均置之不理,加上之前福临曾召侍卫封刀斩康妃,以简亲王济度为首的王公大臣便拟在福临祭奠崇祯时将他废掉。在得知此消息后,庄太后与亲臣安郡王岳乐联手采取行动,挫败济度等发动的政变,并迫使济度自杀。福临由于终日处于满汉矛盾之中,心理负荷过大,产生了一种强烈的想要解脱的愿望,便由信天主教而改信佛教,并在乌云珠病逝后出家。在郑成功失败后,大清的江山已经基本稳固,福临也随之在高度紧张之后突然放松,精神变化巨大;随后,染天花而死。庄太后为了大清的江山,修改了福临遗诏上的"满汉一体"、把六部放在内阁之下、撤议政王大臣会议之制等内容,扶持康妃所生的皇子三阿哥玄烨登上了皇位。

二

小说中重要的人物主要有福临、庄太后、乌云珠等。

（一）福临

福临是清入关后的第一位皇帝。他五岁即位,13岁亲政,24岁去世;虽一生短暂,却为他儿子的宏伟帝业奠定了坚实的基础。他气宇轩昂、风流潇洒,不仅有人君之度,而且兼具士大夫之风;虽号顺治,但一生不顺——他虽身为一国之君,但往往想做的事做不了或做不顺,不想做的事却总被逼着做,如想迅速统一国家,但遭到南明永历政权的顽强抵抗,并在顺治九年,丧师失地,还失去了两位王爷;想在满族内部普及汉族文化,却遭到满族上层保守派的反对;想废掉皇后,却遭到母亲的反对;占有弟弟的妻子,却遭到了弟弟的以死反抗;宠爱自己喜爱的女人,却遭致整个后宫的怨恨;想日后立皇四子为太子,皇四子却为人害死;想撤掉昏庸无能的官吏,昏庸无能的官吏却越来越多;渴望国泰民安,旱灾水灾地震却接踵而至,举国民不聊生;杀了受贿的大太监,但血迹未干,后宫里就出了淫乱的小太监;希望与所爱的人长相厮守,但所爱的人别他而去;信任自己的母亲,但母亲却更改了他的遗诏,使其生前种种的改革措施化为泡影;生前不喜欢康妃,可她的儿子却成了他的继任者。思想开明、志向高远、锐意改革、励精图治——他曾对汤若望明确地说:"我要勉力做一个有为的君主,一个仁德之君,不亚于汉武唐宗、宋祖明祖!"①在清军入关后,南明永历仍然据有西南一隅,郑成功则在东南海上坚持斗争。与这两者相比,满族虽然占有军事上的优势,但在文化和社会形态上均大为落后,福临看到了这一点后决定抛弃某些落后的传统以缓和民族矛盾、争取广泛的民心,进而实现国家的统一;同时,他还用封建社会的正统思想,即儒家学说来治理国家,推行汉化,以求长治久安、江山永固。睿智、有手腕、善于笼络人心——他遣宫中画工为即将告老还乡的汉族官员金之俊画像,认承泽亲王硕塞、安郡王岳乐、简亲王济度等的女儿为养女。果敢、有胆识、有魄力——他连续发布谕旨严令停止圈地,要求吏部选拔确有才能的人进部院各衙门,决定撤祖宗立下的议政会议,将三院扩为内阁,设殿阁大学士,任用大批有才华的汉族官员。固执、执著、热烈多情且钟情——尽管第一个皇后是庄太后的哥哥、科尔沁蒙古贝勒吴克善的女儿,但由于当初是由他所憎恨的摄政王多尔衮做主礼聘的,他便不管皇后如何秀丽、如何至亲,总感到别扭、不能对之产生感情,并且在婚后不到两年就不顾一切地废掉了皇后;但在遇到乌云珠后,他又不顾一切地追求她,并私自与之结合;在乌云珠入宫后,他又专宠她一人,即使乌云珠请求,庄太后规劝,宫中妃嫔怨气冲天,朝中满族王公贵族不满,他也未稍加理会,甚至险些为乌云珠而二度废后、因乌云珠之死而自杀殉情;在乌云珠死后,又欲倾天下之财厚葬她,并令其宫中之人殉葬,追谥的封号更使天下人震惊,太祖太宗的葬礼也没有如此隆重。意志薄弱、内心空虚——他决心改变"马背上打天下"的祖训,学习先进的汉文化,但在遭到满族王公贵族的阻挠与反对时,他便隐忍;迫于叔父郑亲王济尔哈朗和母亲庄

---

① 《少年天子》,第 30 页,北京十月文艺出版社 1998 年版。

太后的压力而忍痛下旨处死议臣陈名夏;当郑成功在南方高举义旗攻破三十余县州、朝廷的汉族大臣也蠢蠢欲动时,他竟吓得跑到庄太后处要回关外;济度政变未遂的那天晚上,他在回到行宫走进寝殿时,竟跌坐在门边的椅子里,浑身像瘫了似的,连挪动一寸也不能;在乌云珠病逝后,他想自杀,并出家。轻信、狭隘、刚愎自用、暴戾、自尊又自卑、荒淫失德——淑惠妃向他污称乌云珠宫内的太监和宫女"对食",他未加调查便信以为真,并暴打乌云珠;当博穆博果尔因感觉到自己的女人有了外心而无意间骂及他时,他勃然大怒、打骂交加;当汤若望说到汉人的文化和道德等优于满人、汉人比满人成熟时,他气得脸通红,并对汤若望发火;康妃无意间触及了他的短处,他便大发雷霆;他夺弟之妻、迫弟至死;在乌云珠死后,他令她宫中之人全部殉葬。

总的来看,福临既是一个充满活力的英雄少年,又是一个过早老化的青年人。

(二)庄太后

庄太后是科尔沁蒙古博尔济吉特氏大贝勒寨桑的女儿,与姑妈、姐姐三人一同嫁给了太宗皇帝皇太极,并辅佐皇太极、生养扶助顺治、教育康熙。她自幼便气宇不凡,敏慧练达,娴于蒙文,爱读史书,善词令。她头脑清醒、富于心计、充满智慧——在儿子继位后,她看清儿子朝不保夕的处境;之后,便维系着与多尔衮的感情以拴住他的野心,同时也压制儿子使他不与多尔衮发生冲突;她爱多尔衮,但更爱儿子,于是,为了儿子而眼睁睁看着多尔衮走向毁灭。她喜爱乌云珠,但当乌云珠因集宠于一身而触蒙古贵族的众怒以致动摇了满蒙合作的基础时,她又审度情势,以气度、风范和智慧化解危机;她虽信奉基督教,但又法外有度,不过分依赖;她深知儿子接受汉族先进的科学技术和文化、重用汉臣等决策是对的,并积极支持,但也充分地认识到了儿子的做法不能过激、眼下只能以满臣为主,因为他们都是开国功臣,手握兵权,否则会招致满臣的反对,激化满汉矛盾。沉着、冷静、果断、临危不乱甚至阴鸷——她身兼母亲、谋臣、皇太后等多重角色,牢牢地掌管着整个后宫;她在得知儿子对乌云珠的感情后,不说破,也不责备,只要儿子不逾矩,即使有人对此说三道四,也表面如无其事,不置一词;但当儿子和乌云珠私自结合时,出于维护统治集团内部的团结和不愿儿子背上失德的罪名,她又果断地切断他们之间的联系;儿子由相思病转为纵欲式的自我摧残,她只是静观,而当儿子因相思病而病倒时,她又甘冒天下之大不韪,成全了儿子与乌云珠的姻缘;每当儿子大难临头、茫然无措之时,她都给他以主意,或暗中为其谋划布置,帮其化险为夷,如在郑成功攻打福建之时,儿子方寸大乱,她将其喝醒;以简亲王济度为首的王公大臣欲发动政变之时,她在得到康妃的密报后,发号施令,调兵遣将,将一切于暗中处理,不使之流传于外,以免动摇社稷。通大略、识大体、顾大局、公正无私——在与乌云珠、福临郊游时,她突然病倒且病情日益加重,但身边只有乌云珠一个人伺候,乌云珠尽心尽力几天几夜没有合眼,而她家族的女眷和皇后却一个人也没去探望,她虽心里十分难过,但表面上毫不介意,以使儿子不为这些小事操心而影响工作;她不仅有慈禧太后那样的才能,而且更有慈禧太后所没有的对儿子的爱,因而没有越俎代庖独揽朝政,而只是帮助儿子和孙子稳固统治地位,等他们巩固了统治地位、能理事时就放手由他们自己去干;在得知自己的亲侄女谨贵人和康妃合谋害死了乌云珠所生之子四阿哥后,她不徇私情、毫不犹豫地秘密处决谨贵人。慈善——本来因儿子与乌云珠私自结合而与之闹到互不让步的地步,但在儿子因相思病而病倒时,她又爱子之情勃发,不顾太后的尊严,主动地走出母子和解的第一步,并最终成全了儿子的心愿;身为祖母,她在自己的寿宴上,不怕皇太后抱小孩有失身份,把三阿哥抱在怀中,还亲了他,并说起他抓周的事;在三阿哥被抱走时,她恋恋不舍;把三位皇子招呼到身边。但她也很无奈——儿子固执、刚愎自用,执意要为所钟情的女人殉情、出家,她无可奈何;在儿子心灰意冷地走后,她不仅不能遵循儿子的遗愿,反而还代他下了罪己诏。

总的来看,庄太后在平日或在家里是一个"温和、慈祥、迁就,仿佛安享清福的婆婆和奶奶"[①],而在关键时刻又可堪称为一个英明的帝王和足智多谋、不让须眉的统帅。

(三)乌云珠

博穆博果尔的福晋,福临的宠妃;其父亲为正白旗大将、母亲为崇信李卓吾的江南才女、师傅为钱塘老名士。她长得格外美丽,但"她的美不仅在于桃花般的容色,珍珠贝似的牙齿,端正秀丽的小鼻子和珊瑚那样红润的嘴唇,也不仅在于那一双令人惊奇的眼睛——如同清澈的冰下游动着两粒纯黑的蝌蚪,晶莹明净、灵动活泼,她的美更在于她那开朗从容的气度和她眼睛里流露出来的聪颖、

[①] 《少年天子》,第590页,北京十月文艺出版社1998年版。

才华和真挚。"①因而皇上在大婚时，对之一见钟情并不能自拔，连庄太后都情不自禁地喜欢上她。有胆识——在应选秀女之前，皇上在狩猎时，她装扮成小兵偷窥皇上；在七夕之夜，又对普通民众视为天子的皇上的道德修养、容貌等大胆设疑；在选秀被淘汰后，她不气馁，后又不顾世俗的压力而与丈夫之兄相爱。温婉、贤淑、宽容豁达、识大体、明大义——她在进宫后，待人和善，处事得体，处处以社稷为重，将个人荣辱得失埋藏心底；从不恃宠而骄，而是以宽仁待人；对皇上的其他妃子，她视同姐妹；尽管康妃十分嫉恨她，但她仍视三阿哥如己出；在皇后病重时，她五昼夜衣不解带、目不交睫地陪侍病榻；庄太后病重，后妃不去探望以向庄太后示威，她则为她们开脱；在皇上停了中宫笺表要废后时，她即使在病中也苦苦劝谏；为救康妃，她以命劝谏；当皇上发怒要惩罚太监宫女时，她常为之求情，劝皇上减轻或免除惩罚；在父兄相继亡故及儿子被害后，她极力掩饰住内心的悲痛与哀伤以免庄太后和皇上长久挂怀，让他们保重身体；对立太子的问题，她认为只要是爱新觉罗的后代，立贤立长都一样。有政治头脑——在当时，虽说有女人不能干政的规定，但她还是对世事甚至重大事件发表意见，并时或为皇上采用，如当皇上面对秋决疏中的十几人不忍下笔置之于法时，她的一番话让皇上最终提笔在几名死囚犯的姓名上写了"复谳"两个字，在另几个死囚犯的姓名上做了减等的记号；顺天乡试考官受贿作弊，她的意见促使皇上坚定了下训诫谕旨的决心，并当即决定第二天面召汉大臣及科道官；皇上在欲二度废后时，她以"陛下如果突然废了皇后，妾妃决不敢再活在世上"②相谏，不让皇上因废后失德于天下，失信于蒙古49旗，也使后宫避免了一场宫廷之战。

总的来看，乌云珠是一个集美德智勇于一身的女神般的女人，是满汉文化交融的一株奇葩。

三

小说通过其内容及所塑造的一系列人物，尤其是福临、庄太后、乌云珠等所表达的主旨大致有以下几点：

---

① 《少年天子》，第96页，北京十月文艺出版社1998年版。
② 《少年天子》，第394页，北京十月文艺出版社1998年版。

（一）全方位地描写了清初上层社会尤其是皇帝与大臣及宫廷内部后、妃之间的矛盾冲突。

小说描写了清初上层社会尤其是皇帝与大臣及宫廷内部后、妃之间的矛盾，其中主要的有以福临为代表的君权与以简亲王济度为代表的满洲贵族势力之间的矛盾和斗争，以满清王朝为代表的满族与南明永历政权以及郑成功的义军为代表的汉族之间的矛盾和斗争，以满洲大臣简亲王济度、安亲王岳乐、苏克萨哈等和汉臣吕之悦、傅以渐、陆健等为代表人物的朝廷内满汉朝臣之间的矛盾和斗争，以柳同春、乔梦姑以及乔梦姑的哥哥乔柏年为主要代表的黎民百姓与统治者之间的矛盾，庄太后与福临之间的矛盾，福临与皇后、皇妃们之间的矛盾，皇后与皇妃之间的矛盾，皇妃们之间的矛盾等。

（二）展示了清初各个社会阶层成员的生活、精神与命运。

在明清鼎革之后，中国万象更新，各个社会阶层的成员都面对着一个新的现实，都得开始适应新的生活，在此过程中，虽然由于"身手的敏捷度"和"对生活的适应力"各不相同，各自的生活、精神与命运便各不相同，但总的来说，与当时皇帝年号"顺治"的含义相反，即"不顺"，多以悲剧告终：皇帝福临从 16 岁开始"亲政"，虽然他一开始就力图做一代明君，但宫廷内外矛盾重重，而他又处于矛盾的核心而不能自拔，于是最终成为了一个悲剧性人物——与他心心相印的乌云珠，他却不能与她长相厮守；而与他貌合神离甚至是他所不喜欢的康妃却后他而终，康妃所生的儿子甚至还继承了他的皇位；年仅 24 岁就去世；想做的事不能做或不能放手去做，甚至想遁入空门也不能如愿，所开创的改革更是刚刚开始就随着他的离世而终止，身前所做的种种努力也随之尽数付诸流水。庄太后中年丧夫、老年丧子，身为女人，却被迫像男人一样为社稷江山操劳，甚至得用身体换取洪承畴的降服和多尔衮对儿子的手下留情，在战火、情海、政争中度过人生。在乌云珠入宫后，虽处处表现出贤达、容忍的风度，甚至以德报怨，但是，饱受汉文化的濡染所表现出来的儒雅、半个"南蛮子"的血统、集"三千宠爱在一身"的爱情等，使她既不见容于满洲权贵，又不见容于后宫，而且唯一的亲生儿子也受连累而死，最后自己伤心郁闷而死。谨贵人为了捍卫种族血液的纯洁性，亲手害死皇四子，既给福临和乌云珠造成了致命的丧子之痛，也导致自己命丧黄泉。梨园出身的柳同春、柳同秋师兄弟俩，一个因出身卑微而错失爱侣，另一个因抗拒不了金钱的诱惑而堕落；而与柳同春青梅竹马的乔梦姑则婚姻不幸,受尽丈夫的虐待,最后,性情变得极度麻木冷漠,成为一个悲剧色彩浓重的人物。这些人尽管悲剧的性质及原因各不相同,如福临的悲剧即是性格悲剧和历史悲剧,极度威压之下的成长所形成的极度自尊与自卑、喜怒无常、深层次的脆弱等性格特点和草原文化与农业文化、游牧文明与农业文明的冲突,则分别是性格悲剧和历史悲剧形成的原因;柳同春、柳同秋、乔梦姑等则主要是"生活悲剧",生活的艰辛是其悲剧的主要原因。但是,悲剧的本质和结局是相同的——他们都是封建专制制度的牺牲品,都为封建专制制度所戕害,即使是皇帝、皇太后也如此!

(三)批判了封建专制制度对人性的戕害。

小说里的人物或大多数人物,其本性并不坏,但不少又在封建专制制度下干了很多坏事,并且也深受伤害、深遭痛苦:福临在不满14周岁时,摄政王多尔衮为了控制他,做主为之娶庄太后的哥哥、科尔沁蒙古贝勒吴克善的女儿;在废掉皇后之后,庄太后又从"立后必得为社稷江山着想"的角度,做主为之娶庄太后的侄孙女兼外孙女固伦雍穆长公主——福临两次结婚都不能自己做主,而且所娶之人都不是自己所爱之人;福临在遇到自己梦寐以求的乌云珠后,为了达到与之结合的目的而逼死弟弟;乌云珠不论怎样贤淑,也会明枪暗箭簇集于身——康妃、淑惠妃、谨贵人等对之同仇敌忾,谨贵人甚至还害死四阿哥;简亲王济度出于自身、民族、国家等方面利益的考虑搞政变,在未遂后自杀;康妃在14岁时身怀有孕,即将临产,原先对能否进身册立为皇后之事并不热衷,但在经母亲的一再诱惑怂恿后却渐渐萌生了非分之想,小小年纪便卷入宠辱尊卑的争夺之中,正常的人性被贪欲吞噬;由此,小说写出了也批判了封建专制制度对人性的戕害。

(四)讴歌了纯真美好的爱情。

小说重笔描写的爱情主要有福临与乌云珠的爱情和柳同春与乔梦姑的爱情。福临与乌云珠和柳同春与乔梦姑,虽然前者为帝王贵妃,后者为平民,两者身份有天壤之别,但两者都有一种"得成比目何辞死,愿作鸳鸯不羡仙"的理想,都对纯真美好的爱情苦苦追求、忠贞不二,都为纯真美好的爱情付出了艰辛的努力和惨重的牺牲;由此,小说写出了爱情的"普遍性"和伟力——纯真美好的爱情是包括帝王和平民在内的人所共同憧憬的,能够净化人的心灵、完善人的人格。正是出于对纯真美好的爱情的追求,福临才不愿意而且最终也没有把结婚看成"一种政治的行为……一种借新的联姻来扩大自己势力的机会"①,并对乌云珠说:"乌云珠,有了你,朕于儿女情一无所憾。后宫有你在,朕不挂牵内事,正可专意综理天下,大展朕的抱负"②,"为君是对万民,为父是对子辈,在你这里,只不过为丈夫罢了"③;乌云珠才不惜背弃丈夫而与丈夫的哥哥——福临结合,并在此之后"爱福临胜于爱皇上"④;小说也由此而讴歌了纯真美好的爱情。

(五)形象地说明了中国社会变革的艰难。

福临身为皇帝,而且纯粹是从民族、国家的发展和长治久安的角度推行改革,可无论是他的母亲,还是满族王公贵族,如郑亲王济尔哈朗、简亲王济度等,都不支持或者干脆反对他,最后,他孤家寡人、心灰意冷地英年早逝;福临如果不是皇帝,而又想改革的话,即使获得了皇帝的支持,也不会善终,如果没有获得皇帝的支持,则更是不可想象或结局更惨——从中国历史上的改革家如商鞅、张居正等的结局来看,如此设想一点也不虚伪!由此可见,中国社会变革是多么艰难!

四

从艺术表现的角度来看,小说主要具有如下特点:

(一)结构宏大而又严谨,线索清晰且主次分明。

小说"仿佛是一个复杂的恒星系统,数层行星按自己不同的轨道围绕着恒星运动。这个恒星,自然是顺治帝福临。围绕着他,最近的一层,是宫廷中的人,即他的母亲庄太后与妻妾子女皇后、董鄂妃、康妃、三阿哥等;第二层是皇亲贵族,以岳乐、济度为代表;第三层则是朝廷的满汉大臣,如傅以渐、陈名夏、汤若望、索尼、鳌拜等;第四层,中下级官吏,有李振邺、龚鼎孳、苏尔登、熊赐履、徐元文等;第五层,便是一批汉族士人,如吕之悦、陆健、张汉等;第六层,民间百姓,柳同春兄弟、乔家母女姐妹等;还有一层,是蛰伏的故明复辟势力,朱三太子、白衣道人、乔柏年等。在这个大'恒星系统'中,同层次人物之间有他们的横向联

---

① 恩格斯:《家庭、私有制和国家的起源》,《马克思恩格斯选集·4》,第74页,人民出版社1972年版。
② 《少年天子》,第324页,北京十月文艺出版社1998年版。
③ 《少年天子》,第322页,北京十月文艺出版社1998年版。
④ 《少年天子》,第325页,北京十月文艺出版社1998年版。

系;各层之间又有纵向联系,辐射式地内指向中心——顺治皇帝"[①],同时,穿插描写了一些矛盾、斗争,从而生动地表现了顺治初年的宫廷生活和社会风貌——结构宏大而又严谨。

小说所描写的矛盾、斗争虽然繁多,但以福临为代表的君权与满洲贵族势力的矛盾、斗争贯穿小说的始终,是小说的主线,其他则为次线,且紧紧地围绕着主线,从而颇为清晰地揭示出了主人公福临的性格变化过程和人生发展轨迹以及他所处的那个时代的基本面貌和特征。

(二)人物形象个性鲜明、栩栩如生。

除福临、庄太后、乌云珠等外,小说还塑造了汤若望、岳乐、济度、康妃、傅以渐、吕之悦、陈名夏、龚鼎孳、张汉、乔梦姑、陆健、张汉、白衣道人、顾媚生、傅以渐、王素云等为数众多的人物形象。在塑造这些人物形象时,小说颇多"传神之笔,例如吕之悦在陆健告别宴席上的慧眼知人,与安郡王岳乐的从容应答,反映了他恬退而又通达、不卑不亢的真名士气度;张汉赋诗言志,风雅自炫,当他撞到李振邺与粉儿在自家宅第幽会时,在门口踟蹰徘徊的情景,又暴露了其假才子、真小人的面貌。又如,白衣道人似醉似狂,却又转为清醒与冷静的一幕,表现了他的阴鸷深沉;简亲王济度在三言二语后,即挥鞭驱车碾死了挡住同春运粮牛车的无赖的一幕,又表现了他性格的刚毅勇决。即便如风流娇媚的顾媚生、被傅以渐赞为'闺阁智士'的王素云这样的'次要人物',也无不有着一些令读者难忘、见其事便能想见其人的精采('采'应为'彩'——引者注)手笔。"[②]

(三)心理描写惟妙惟肖而又合情合理。

如对福临有关心理的描写:福临因郑成功在南方攻破三十余县州而惊慌失措,被庄太后叱骂为败家子、窝囊废,连草原上的兔子也不如;为了挽回面子,他不顾一切地要御驾亲征,企图树立英雄形象,之后,又刀劈宝座、威吓乳母,不听任何人的劝阻。但他在心里也明白逃跑和亲征都是不可能的,于是,当声望地位足够高的德国神甫汤若望出面劝阻他时,他便借机下台。随后,康妃因劝谏他不要逃回关外而无意揭了他的短处,他便勃然大怒,竟要刀斩康妃。在简亲王发动的政变被粉碎后,他因深感雄心壮志的幻灭而身心极度疲倦,便想遁入

[①] 《少年天子》,第 707 页,北京十月文艺出版社 1998 年版。
[②] 吴秉杰:《〈少年天子〉的艺术魅力》,《文艺争鸣》,第 24 页,1991 年第 4 期。

空门以寻求解脱,还忧伤地要求"师父赐朕法号,必得拣一个最丑的字才好"①。最后,他向重病的乌云珠剖白,倾吐了自己内心深处的自卑和脆弱。通过这些,小说把福临的思想逻辑和心理过程描写得颇为合理,使其矛盾性格得到了有机统一,进而使福临这一形象显得丰满而又完整。此类的心理描写还有不少,如有关庄太后对福临与乌云珠相恋一事的心理的描写、福临去"幸"康妃以及济度即将发动政变时康妃的心理的描写、陆健在将自己府上的歌姬王素云赠给傅以渐为妻时王素云的心理的描写、乔梦姑在念念不忘柳同春并希望有朝一日能被他救出苦海时的心理的描写等。

(四)细节描写真实细腻。

如小说开篇,通过对一系列细节的描写,非常真实细腻地描写了庙会现场热闹的气氛。又如,福临去看汤若望的那一节,把天子在圣驾出宫时的仪仗威仪描写得细致入微。再如,庄太后寿宴那一节,通过对一系列细节的描写,把环境、寿宴情景及人物的生活情趣、微妙的心理状态、细微的感触、语言行动感情都描写得真实可感、活灵活现。

(五)历史真实与艺术真实有机统一。

小说在营构故事情节时,一方面对大量繁复的史料进行了整理加工,如对福临与董鄂妃的相恋、永历朝、农民起义、郑成功以及顺治(福临)罢三饷、整吏治、宽"逃人法"及制止"圈地"等史料的加工整理;另一方面进行了大胆且不失艺术真实的虚构——"将历史还原到生活化、人情化、心理化"②,"不按史家论列的各种矛盾去写,永历朝虚化,农民起义虚化,郑成功虚化,前台只是顺治、庄太后、董鄂妃、济度、岳乐这些帝妃重臣活动……不再让历史时间、事件牵着鼻子走,完全以主要人物福临的精神、性格的发展为脉络、为需要……罢三饷,整吏治,宽'逃人法',制止'圈地',等等举措在民间的反映也被虚化,而把满汉融合的文化主题推到突出地位"③,从而达到了历史真实与艺术真实的有机统一。

(六)注重对诗词曲的运用,语言自然、典雅、蕴藉、精美而又抒情。

小说仅在描写福临与乌云珠的爱情时就使用了如下诗词曲:

---

① 《少年天子》,第 623 页,北京十月文艺出版社 1998 年版。
② 雷达:《历史的人与人的历史——〈少年天子〉沉思录》,第 12 页。
③ 雷达:《历史的人与人的历史——〈少年天子〉沉思录》,第 18 页。

"洞房昨夜春风起,遥忆美人湘江水。枕上片时春梦中,行尽江南数千里。"①

"夕殿萤飞思悄然,孤灯挑尽未成眠。迟迟钟鼓初长夜,耿耿星河欲曙天。"②

"云际纤纤月一钩,清光未夜挂南楼;宛如待字闺中女,知有团圞在后头。"③

"此去惟宜早早还,休教重起望夫山;君看湘水祠前竹,岂是男儿泪染斑?"④

"白云飞,黄叶飏,秋风起,菊秀兰芳。回车步马将何往?还到湘潭上"⑤。

"那湘君啊,兰旌横大江,湘夫人啊,辛楣葺曲房,中洲北渚愁予望。听瑶琴宝瑟参差曲,想碧杜红蘅飘渺香。还惆怅,空盼着九嶷如黛,几时对二女明妆"⑥。

五

小说也存在着一些不足之处,具体地说:

(一)乌云珠这一形象"概念化"倾向明显。

乌云珠本是半个"南蛮子",自由恋爱观与民主意识很强,如为了弄清一个人是否值得自己去嫁,竟女扮男装地去窥探;在错嫁他人后,又不惜背上"不贞"的名义红杏出墙;但在如愿以偿地实现了自己的爱情理想后,却变成了一个逆来顺受的"羊羔",以至于被福临错打也忍气吞声——这实际上是作者刻意要把她刻画成一个"贤内助"的主观目的所致。

(二)前半部分头绪太多,显得驳杂、纷乱;朱三太子那条线索的传奇色彩与整体不够协调——虽然作者把"朱三太子写成一个恶棍也自有他的考虑,但这样处理对作品的艺术构成、思想意义整体上并无助益,一定程度上还可能有损于它所要反映的历史的深刻性与复杂性。另外,柳同春与乔梦姑的命运线索未能完成,也不免使人产生一种失落感。作者接下来还要写《少年天子》的姊妹

---

① 《少年天子》,第 95 页,北京十月文艺出版社 1998 年版。
② 《少年天子》,第 225 页,北京十月文艺出版社 1998 年版。
③ 《少年天子》,第 323 页,北京十月文艺出版社 1998 年版。
④ 《少年天子》,第 323 页,北京十月文艺出版社 1998 年版。
⑤ 《少年天子》,第 508 页,北京十月文艺出版社 1998 年版。
⑥ 《少年天子》,第 508 页,北京十月文艺出版社 1998 年版。

篇《康熙大帝》(《少年天子》按原来计划只是《康熙大帝》的一部分),可既然《少年天子》已成为一个完整的艺术创造,那么其中很重要的一部分内容未见结果,便终究让人有些遗憾。"①

(三)"扭结和汇聚于福临的几股主要矛盾线索,并不都描绘得很深刻。比如,残明复辟势力,作为当时一种重要的历史矛盾力量,不论小说取怎样的写法,也是无可回避的……朱三太子——朱慈炤形象的刻划,就失之浮露……失之表面化、道德化……照作者写来,朱慈炤们已高度孤立,几成瓮中之鳖,并不完全符合史实,实际上浅显化了这一斗争的文化意蕴……围绕着他的乔柏年、乔梦姑们,或者头脑简单,或者盲从,让人感到这些人物没有多少历史根据,仿佛孤岛中与世隔绝的人。尤其是乔梦姑,作者写她用力甚大,笔墨不少,她却除了逆来顺受,哭天抢地之外,没有什么深层的历史意味,她的悲剧也非真正的历史悲剧……总之,在对残明势力的描写上,作品人为地缩小了其声势、根基和影响力,不利于主要人物主要矛盾的丰富和深化。"②

(四)从满族文化的角度去展示主要人物的心理和形象不够;对汉族文人的心理刻画比较单一、缺少变化等。

不过,小说尽管有这些不足之处,但总的来说仍不失为一部相当优秀的作品,而且从对"满清帝国在整个历史进程中的性质和意义"的描述的角度来看,小说还"达到了一种超越:超越局部的、暂时的正义与非正义,文明与野蛮的判断,把握住了历史运行的精神。"③

---

① 吴秉杰:《〈少年天子〉的艺术魅力》,《文艺争鸣》,第25页,1991年第4期。
② 雷达:《历史的人与人的历史——〈少年天子〉沉思录》,第19页。
③ 雷达:《历史的人与人的历史——〈少年天子〉沉思录》,第19页。

第五节 《都市风流》

一

孙力、余小惠的《都市风流》最初由浙江文艺出版社于 1988 年出版,获第三届茅盾文学奖,其内容梗概为:

唐山大地震的余波波及了半个华北,震毁了北方某城市 20 万平方米的房屋,防震棚、临建房遍布于该市,加上"文化大革命"刚结束,市政规划部门还未能有效地发挥作用,房管部门又无能为力,整个城市拥挤、脏乱不堪。为此,市长阎鸿唤拟建设环线和立交桥,但阻力重重;其中,第一个阻力便是市委书记高伯年的掣肘,于是,阎鸿唤决定去北京向总理汇报工作以寻求支持;在得到支持后,他大张旗鼓地实施起自己的计划,张义民、柳若晨、杨建华等参与其中。张义民是高伯年的秘书,抱着利用裙带关系向上爬的心理穷追高伯年的女儿高婕,高婕在与他人怀孕打胎后答应与之结婚。柳若晨为副市长;因资本家的出身和复杂的社会关系,他在"文化大革命"期间备受歧视;他虽曾找到一个与之真心相爱的妻子,但一场车祸又带走妻子和即将出世的孩子,之后,在领导的撮合下,与时为市政工程局总工程师的前市委书记徐克的女儿徐力里结婚。徐力里在上大学时与阎鸿唤相恋,最后因父亲认为阎鸿唤与她不般配而从中作梗,两人便未结合,但徐力里对阎鸿唤却一直念念不忘;而柳若晨本来也不想再接纳另一个人——他与徐力里结婚只是为了不拂领导之意;于是,两人虽同处一屋,但实际上分居;徐力里在向柳若晨坦陈自己对阎鸿唤的情感后,搬回娘家住。杨建华本是高伯年的儿子——高伯年早年与杨元珍结婚,两人生有儿子高原;新中国成立后,高伯年带着年仅三岁的高原进城做官,杨元珍则在乡下照顾公婆;在高伯年看上护士沈萍后提出与杨元珍离婚时,杨元珍已怀上第二个儿子杨建华。与高伯年离婚后,杨元珍带着杨建华颠沛流离地生活。杨建华从小没有见过父亲,在"文化大革命"期间到内蒙兵团劳动,与柳若晨的妹妹、知青柳若菲结婚并生有儿子蒙蒙,柳若菲在落实政策返城回到娘家后,两人的婚姻随之解体;在参与阎鸿唤的计划实施工作时,杨建华任市政二公司经理。二公司副经理严克强等出于嫉妒,向高伯年写匿名信诬告杨建华等滥发奖金、偏袒问题青年陈宝柱。高伯年担心阎鸿唤会因所主持的工程而"功高盖主",便将严克强等的匿名信当作是遏制阎鸿唤的武器,并派调查组审查、阻挠杨建华的工作。在一场暴雨后,在工地的陈宝柱突然想起自己半身不遂的母亲可能被困,便想回家照看母亲,但老队长刚接到排洪任务,要求谁也不能离开,两人便发生冲突并打起来;杨建华动手制止,并出手将陈宝柱打倒。杨建华觉得自己的行为太丢人现眼了,但在场的市政工程局宣传处的干部肖玲却觉得他的行为增加了其魅力,并下意识地爱上了他。徐力里在全力设计桥梁时,突患癌症;柳若晨知道后去看她,鼓励她努力设计光明桥,两人产生了爱情;但徐力里在光明桥的设计方案获得通过后便去世。在光明桥落成时,中央领导前来剪彩;但在剪彩的当场,光明桥建设的主要功臣杨建华、柳若晨都没有出席——杨建华被免职了,在家和肖玲一起陪着儿子和生病的母亲;柳若晨已经递上了辞呈,站在自己家的阳台上,遥望着气势磅礴的光明立交桥,思念着妻子。当晚,高婕和张义民在高伯年家里举行婚礼,但此前张义民已接受了在与徐克的儿子徐援朝的接触中所认识的女歌手罗晓维的色诱,并落入不法分子的圈套,参与违法活动;同时,高伯年夫妇收到二儿子高地在不辞而别地去美国留学时留下的信。在参加完剪彩仪式后,阎鸿唤并没有应邀去参加高婕和张义民的婚礼,而是偕同妻子任素娟到柳若晨家与之共进晚餐,以慰藉孤独的柳若晨。徐援朝因贪财犯法而被判刑,与之同时被判刑的还有罗晓维和柳若晨的弟弟柳若明。柳若菲从美国回到这座城市,为其所发生的巨大变化惊呆了。

二

小说中重要的人物主要有阎鸿唤、杨建华、张义民等。

(一) 阎鸿唤

阎鸿唤为北方某城市市长,曾当过工人、车间主任、公司经理、工业局局长。他自强不息——他虽出身于农村、家境清贫,但被前任市委书记所欣赏,并被保送进清华大学;在清华大学时,"学习基础差,尤其是数学很感吃力,机械专业的主要基础课上不去可不行,于是,他埋头在图书馆,他要拿下这个堡垒。靠窗的座位几乎成了他的专座,他几乎每天晚上在那里坐到闭馆"[1],最后以优异的成绩毕业;之后,凭着自己工作表现和实绩由现任市委书记推荐作市长。朴实、勤俭——在清华大学读书时,"他把自个儿独自关在屋里补袜子。他太好活动了,一双袜子两天前刚补过又破了。好在自己的粗手能伺候自个儿的大脚,破了再补。一个袜板儿,一针一线地缀上袜底,他不怵。"[2]有远见卓识、有魄力、有自信——他接任市长时,唐山大地震刚过,城市状况十分糟糕:"简陋的防震棚,简易的临建房,星罗棋布于全市各个角落。市政规划部门控制失灵,房管部门无能为力……本来就拥挤的城市,窄小的街道,就变得更加拥挤、窄小,越发脏和乱"[3],甚至被某国际卫生组织认为是"世界上最糟糕的一块地方"[4],也没有外商肯来投资……面对这种状况,他意识到,只有交通发展起来,这座城市才会真正发展起来,才会吸引更多的投资,其他问题才有解决的可能,便果断地提出建设环线和立交桥的设想。他"逐渐意识到他的'自我'在增强。他要把他的意志,他的思想,他的目标,化为全市统一的行动,这全盘的部署和落实,都是他的意志的体现,他从来没有过这样的自信。"[5]他深知"这项工程一旦开工,面临的是,七十多家中小企业,七所中小学校,19个机关事业单位,五千多户居民的搬迁。施工力量不足,市财政力量不足,几处改造旧居民区的资金需全部占用;地下管道,通电线路将受到破坏,重新铺设。本来就十分紧张的交通系统,在施工期将更为紧张,施工沿线居民的正常生活会受到干扰"[6],但还是义无反顾、一往无前;在无房者联合静坐示威时,他掷地有声地许诺修建450万平方米的房子,从而化解了矛盾。有谋略、有手腕——"阎鸿唤像一个永动的主轴,有效地使整个政府的机器转动起来。他满脑子都是那幅城市发展的蓝图,好像除此之外,没有任何可以占有他注意力的事情。他整天都处在一种上足了发条的紧张之中。办公厅秘书处把他的每一天都排得满满的,他的时间不是以天、小时来计算,而是以分、秒为单位。"[7]为了调动各区对交通改造工程的积极性,他故意把开会地

---

[1] 《都市风流》,第100页,人民文学出版社2005年版。
[2] 《都市风流》,第100页,人民文学出版社2005年版。
[3] 《都市风流》,第16页,人民文学出版社2005年版。
[4] 《都市风流》,第15页,人民文学出版社2005年版。
[5] 《都市风流》,第331页,人民文学出版社2005年版。
[6] 《都市风流》,第91页,人民文学出版社2005年版。
[7] 《都市风流》,第74页,人民文学出版社2005年版。

点选在远离市区的北郊区,让他们切实体验到交通拥挤的情况,从而促使他们产生恨不得马上改变这种状况的想法;为了解决交通改造工程资金短缺的问题,他找到并说服凤华饭店的总经理戴维,让其投资以支持政府的交通改造工程;为了解决绿化建设的资金,他为32个工业局局长开了一个别出心裁的"宴会",即为他们描绘城市绿化蓝图,调动了他们绿化建设的积极性,从而获取了一千万元的绿化建设费;当他感觉到人民群众对交通改造工程的支持和热情不足时,他紧急召集新闻部门负责人开会,让他们加紧对交通拥挤的情况做一个舆论宣传,让市民感到交通改造是全市人民共同的事业,从而调动了他们的积极性;在他向静坐示威的群众许诺修建450万平方米的住房后,市委召开紧急会议,批评他说出这个数字是不负责任的,可他却通过各种努力,不仅让许诺变成了事实,而且还超建了100万平方米;最后,在其主持下,政府如期拓宽了市区两条主干道、建立了三百多个商业网点、建成了四座大型污水处理厂和三座发电厂、修建了50公里环线道路以及工程浩大的立交桥。独具慧眼、知人善用——他"不是从听你说些什么来衡量你,而是从你能干什么来认识你"①,根据其能力安排其工作,如让曹永祥当市政工程局局长、让杨建华做了二公司的经理;让柳若晨做拆迁工作的总指挥,并给他配了精明的康克俭、年轻的张义民,使之形成老中青梯队,相互补充;在重用了张义民的同时,他对这样一个谙于奉承之人又保持警惕。公私分明、原则性强,但又不机械教条——他曾深爱徐力里,而且一直对她难以忘怀,但在建设环线工程时,他还是从大局出发,否决了她费尽心思设计的凤凰桥方案;高伯年对他有知遇之恩,但他并不因此而对之亦步亦趋,甚至敢于否认高伯年的方案,但又明白"个人之间的成见事小,计划的落实受到的干扰事大。动这场大手术前的准备工作还要加细,除了物质、技术上的准备,人事关系上的准备不可小视。在中国,技术上的失误可以纠正,人事关系上的失误却可能输掉全盘。"②他与高伯年有矛盾,但矛盾又不是如高伯年所想的那样——夺位、出风头、对老干部不尊重而起,而是因改革而起。

总的来看,阎鸿唤是一个富有开拓进取精神的市长,从文学形象的角度来看,则是一个"高大全"似的人物。

---

① 《都市风流》,第105页,人民文学出版社2005年版。
② 《都市风流》,第97页,人民文学出版社2005年版。

(二)杨建华

杨建华当过知青团长、市政工程副队长和经理。他有胆有识、"能文能武"——他干活有力气,遇事有主意,讲话有水平,会写文章,在返城后没多久就拿到自学考试文凭;在升任市政工程二公司的经理后,他采取"承包到底、多劳多得"的方法,带领工人热火朝天地建造立交桥,提前完成任务。有正义感、讲义气——柳若菲遭到欺负,他不顾周围异样的目光,帮助她,并与之产生爱的火花,后又不顾周围人的反对与她结婚;帮助陈宝柱进入市政工程队;在陈宝柱与老队长大打出手并将老队长打伤时,他意识到只有他也打了陈宝柱,才能让老队长获得心里平衡,陈宝柱才能免去了被开除的结局,便出手打了陈宝柱,把自己也牵扯进去;在率领工人完成工程后,他顶住压力给工人发了奖金,虽然被停职查办,但一点也不后悔;柳若菲决定离开他,他便尊重她的决定且不恨她。有责任感——在任知情团长时,知青纷纷返城,作为妻子的柳若菲也发电报叫他赶快返城,但他认为自己作为一团之长,不能丢下战友弃阵而逃,便坚持到最后一个;在柳若菲离弃他后,他独自抚养着儿子。爱岗敬业、勤恳工作——接受市政建设任务,他率领工人吃住在现场,没有节假日,一天工作十几个小时。心胸开阔、思想境界高——严克强出于嫉妒而向高伯年写匿名信诬告二公司,导致公司资金被冻结、不能给工人发奖金;对此,他虽然十分生气,本也可辞职,但为了大局,不仅自己忍辱负重,而且还积极做好稳定工人情绪的工作、调动工人的工作积极性。倔强——认为按多劳多得、奖勤罚懒的原则发奖金是对的,即使市委书记反对,他也不轻易放弃原则而停发工人的奖金。有志气、淡泊名利——在张义民当了高伯年的秘书后,胡同里"只有杨建华不把他放在眼里,甚至脸上还有那么一种轻蔑"[①];他对职务不大看重,认为只要是充分发挥自己的才能的工作就行;在看到"关于建筑二公司经理杨建华停职审查的决定"时,他只是语气尽量平静地阐述自己的观点;在知道自己是高伯年的儿子后,他虽然清楚自己如果认了那个父亲,即使以后不平步青云,也可能会少却很多麻烦,但觉得"过去咱们靠自己,今后还靠自己"[②],于是,放弃与高伯年相认。尊老敬老——他对母亲百依百顺,帮助陈宝柱的母亲做手推轮椅,对其他老人也非

---

① 《都市风流》,第243页,人民文学出版社2005年版。
② 《都市风流》,第499页,人民文学出版社2005年版。

常好。

总的来看,杨建华是一个不普通的普通人,不是伟人的伟人,是"一种真正的中华民族的精神"①传承者和体现者。

(三)张义民

张义民是市委书记的秘书、市政府综合计划处处长。他虚荣心强、虚伪、卑鄙、专横、狂躁——他出生于平民之家,但又不想让任何人知道自己的身世:上大学期间,谨慎地逃避女生;在大街上与高婕走在一起时,见到妹妹便匆匆躲开;在搬家时,他不想让别人来帮助,就是怕人知道其"家底";在结婚典礼上,他觉得大家都会轻视他的父亲,让父亲少说话;为了获取高婕的芳心并以此获取高伯年的庇护,他忍气吞声,甚至对高婕的失身也不计较;为了让罗晓维不供出自己,他在她进监狱时哄骗她说自己会等她出狱的;在家里,妹妹和父亲都要听他的,他动不动就发脾气,谁也不能顶一句嘴。世故、势利、圆滑多变、左右逢源——"他潜心研究着领导的每一个意图,判断着领导的每一个脸色,分析着领导内心的好恶,然后决定哪些事要抓紧办,哪些事可以缓办,哪些应该先办,哪些可以时机成熟再办,哪些需要领导明确指示后才能办,哪些不要等待领导发话就该主动去办。"②对自己能利用之人极尽拉拢之能事甚至不惜奴颜婢膝,而对那些于自己无用之人,即使是家人也视之如敝屣,如在高婕流产后,他不失时机地告诉高伯年,自己不会离开她、会真心地待她好、给她以温暖,他深知此时的那番话会让自己更进一步地接近高家并获得高伯年夫妇心理上的欠账单;说自己的家人、普店街的平民百姓全是些"吃货";他深知阎鸿唤的整体规划是科学的,佩服阎鸿唤的能力,也想得到阎鸿唤的赏识,甚至窃取徐力里的方案去讨好阎鸿唤,但也深知阎鸿唤对他来说是一个威胁,有阎鸿唤当政,他是不容易顺顺利利地往上爬的,因此,迫不及待地想加入高家;环线工程动工了,他一方面向高伯年报告工作,另一方面拼命效力于阎鸿唤;阎鸿唤没去参加他的婚礼,他害怕因为他做了高伯年的女婿而失去可能到手的建委副主任的职务,便想去向阎鸿唤表明心迹,让阎鸿唤认为是高婕苦苦追求他,他才答应娶她的,他本是愿意跟着阎鸿唤干的;他既不认为改革好,又不认为保守坏,在他眼里,阎鸿唤和

---

① 《都市风流》,第 471 页,人民文学出版社 2005 年版。

② 《都市风流》,第 71 页,人民文学出版社 2005 年版。

高伯年是没有区别的,只不过都是他通往政坛高峰的"缆绳"而已;他并不在乎高婕和罗晓维谁漂亮谁不漂亮,而只在乎她们的背景孰强孰弱。薄情寡义——为了政治的需要,他抛弃了以前的女朋友而追求高婕,但在追求高婕的同时又和罗晓维厮混;高婕帮助他获取了政治前途,罗晓维帮他赚钱,可他对她俩并无真情;他在平时总想方设法和徐援朝套近乎,总说喜欢罗晓维,可在知道自己实际上已经被徐援朝拖下犯罪的陷阱时,他毫不犹豫地甩开徐援朝、罗晓维,与他们撇清关系。"利"字当头——他有能力、有头脑、追求上进,在接受阎鸿唤交代的任务后,不辞辛苦,把工作做得井井有条,如在当上了"粮草管"后,四面奔波,八方求援,把施工材料准备齐全;但这一切都服从于他那实现做人上人的理想。

总的来看,张义民确如高婕所说的那样——是"在权力集团中的小部分,权力的暴发户",是一个"心里最看重的是地位、金钱、汽车、住房,嘴上却冠冕堂皇"①的市侩。

三

小说通过其内容及所塑造的一系列人物,尤其是阎鸿唤、杨建华、张义民等所表达的主旨大致有以下几点:

(一)揭示了不断深化的城市改革进程和中国社会日新月异的变化,再现了既有当代强烈的时代气息又有纵深历史感的都市生活。

在唐山大地震的余波波及下,北方某城市"满目疮痍";对此,年轻有为的市长阎鸿唤雄心勃勃地主持城市重建,并通过各种努力,使城市建设获得了超计划的发展。基层干部杨建华在自己主持的单位打破常规、奖勤罚懒,从而调动了员工的积极性、大大地推进了工作。这个"北方某城市"实为中国城市的一个缩影,阎鸿唤、杨建华等实为中国城市中改革者的代表——中国城市的改革进程和中国社会的发展变化以及时代气息和都市生活等通过这个"北方某城市"以及阎鸿唤、杨建华等较好地呈现了出来。

(二)揭示了改革时代都市中各个社会层次里人们的命运和心态以及人们在现实生活裂变中的观念冲突和困惑。

小说塑造了市委书记、市长、市级各部门的领导、普通工人和市民、高级工

---

① 《都市风流》,第 80 页,人民文学出版社 2005 年版。

程师和摆摊的个体户、前任和现任市委书记的儿女等高干子女、流行歌星、劳改释放人员等各个社会层次的人物,他们或积极进取,成为改革大潮中的弄潮儿,虽然几经坎坷,甚至付出了生命的代价,但最终干出一番事业,如阎鸿唤、柳若晨、杨建华、徐力里;或虽未做弄潮儿但也不甘人后,如杨元珍;或虽被改革大潮裹挟着前行,但也有在心里打"小九九"的时候,如高伯年;或"明修栈道暗度陈仓"——把工作作为表现自己、获取领导青睐或谋取私利、满足私欲的手段,如张义民;或因自惭形秽而嫉贤妒能,如严克强;高伯年虽然并不怎么"光辉灿烂",但又并不如沈萍那样自私自利,利用自己的职位为家人捞好处;柳若晨或为了国家建设的需要委曲求全地做副市长或急流勇退,而张义民却唯"官"是图、唯利是图;万家福(普店街的居民)与时俱进、抓住机遇、发家致富,陈宝柱则"临渊羡鱼"、满腹醋意;杨建华心胸开阔、思想境界高,严克强却嫉贤妒能;杨建华有正义感、讲义气、有责任感,张义民却无是非标准、为达到目标而不择手段、爱算计人;柳若菲在感情上"见异思迁",徐力里对爱情坚贞不贰。

此外,还揭露和鞭挞了官场中妒忌猜疑、争权夺利、官商勾结搞不法活动等丑恶现象,如市委书记对市长的妒忌猜疑、市委书记与市长争权夺利、前任和现任市委书记的儿女等高干子女利用父辈的影响与商人勾结牟取私利等。

四

从艺术表现的角度来看,小说主要具有如下特点:

(一) 多方面地刻画人物。

1. 把人物放到广阔的社会背景中,通过复杂的人物关系来描写人物。如通过高伯年与阎鸿唤在工作上的一些冲突描写了高伯年思想上的保守、落后和对权力的看重;通过沈萍想让高伯年利用自己的职位为家人捞好处,而高伯年坚决反对并且在出了一次国也只带回一条英国烟,家里电气化程度还赶不上一个普通老百姓等事情描写了高伯年的清正廉洁;通过高伯年对女儿高婕的幸福的关心和对大儿子高原壮烈牺牲的悲痛以及对那个未见面的孩子的思念描写了他作为一个父亲慈爱的一面。

2. 在人物的各种境遇中刻画人物。如高婕,她在被黄炯辉伤害前,高傲、"新潮",对张义民不是冷若冰霜就是冷嘲热讽,一点也看不上张义民,但在被黄炯辉伤害后,则温顺、脆弱、很传统,不但不再拒绝张义民,反而还渴望张义民安慰自己、保护自己,甚至同意与他建立一个家庭。又如张义民,他在阎鸿唤和高伯年面前谨小慎微、品端行正,俨然一个正人君子,而在罗晓维面前则对其追名逐利的一面不加掩饰;在父亲和妹妹张义兰面前,言行粗暴,态度恶劣,俨然是一个暴君。

3. 注重运用心理描写的手法来刻画人物。如:

"你猜,万家福那小子有多少钱了?妈的,最起码四五万,人家个体户,算捞上了。"①

这是通过人物语言来刻画人物——写出了陈宝柱的妒富心理。

又如,高伯年在知道阎鸿唤越级上报后,"沿着鹅卵石小路走去,这条小路的尽头是阎鸿唤的房子。阎鸿唤是第一次单独向总理直接汇报工作,要提醒他……高伯年越想越不对劲,他不主动找我,我又何必主动上门找他……高伯年背起手,转过身,踱着方步往回走。还没走回自己房前,他又站住了。他必须把注意事项告诉阎鸿唤,否则,他放心不下。他转过身朝大门口走去,他估计阎鸿唤六点半钟将出发,他就在那儿装作无意蹓跶与阎鸿唤开出的汽车偶然相遇,然后就可以非常自然、非常正常地给阎下达'指示'。他故意走得很慢,随时想听到身后传来汽车开动的声音。"②

这是通过人物的言行举止来刻画人物——写出了高伯年复杂微妙的心理。

"阎鸿唤感到脸和心都发烫。

真实?他怎么才能理清自己的真实情感?他曾真诚地爱过她,也曾真的淡忘了她。只是那次会面,当她把图纸亲手交给他时,才又重新勾起他对逝去了的爱情的回忆。当他知道她仍爱着他时,才又一次隐隐发现自己的心底还深深藏着一个她。但他已不能再爱她,不仅仅是道德的约束、婚姻的束缚,还因为他脑中没有空隙给这过去了的,又重新出现的爱留有余地。自从他踏上市长这个职务的那一天起,他就逐渐意识到他的'自我'在逐渐消失;他不再仅属于自己,属于素娟,属于这个家庭;更多的,他却属于这座城市,属于它的今天和明天,属于它的人民;他不能只以一个阎鸿唤、丈夫、父亲的身份思考问题,更多的,他以

---

① 《都市风流》,第59页,人民文学出版社2005年版。
② 《都市风流》,第10页,人民文学出版社2005年版。

市长这个特有的身份思考。为了这座城市,他必须放弃一些对于他仍然是珍贵的东西,包括徐力里对他的爱。同时,他也逐渐意识到他的'自我'在增强。他要把他的意志,他的思想,他的目标,化为全市统一的行动,这全盘的部署和落实,都是他的意志的体现,他从来没有过这样的自信。"①

这是通过分析人物的心理来刻画人物——写出了阎鸿唤的心路历程:他意识到自己作为市长,为了这个城市的繁荣,就得付出很多,就得把自己的"自我"转化为全市人民的"自我",做整个城市人民的公仆。

"张义民骑着自行车离开了高家小楼。

外边依然闷热,热风、热气。他沿着利华别墅的小路,缓缓地骑着车,时间已近十点钟,骑到家需要 35 分钟,但他一点不着急。回去干什么,关进那个闷罐子? 罐子的空气是污浊的,连人带家具都散发着一种臭气。一天不离开普店街,一天没有他真正的家。那个生养了他的地方不过是他的古拉格岛,现在他该搬出那个鬼地方,离开那帮俗不可耐的群体。他该生活在这里,往返于利华别墅和黄山高层大楼之间。每次他离开这里的时候,都有些恋恋不舍,这里的空气都格外清新。

星光闪烁,朦胧的月光洒在幽静的花园里,投下一片片银白,一株株树影。这里是个幽深的世界,也是个威严、凛然不可侵犯的地方。"②

这是通过环境烘托人物心理来刻画人物——这里所描写的是张义民从高家出来时的所见所感,狭小的普店街与利华别墅、黄山高层大楼间形成鲜明对比,气氛的闷热很好地衬托了其烦躁、苦闷的心情;家庭的贫寒一直被张义民看成是其前途上的绊脚石,为此,他拼命想摆脱他身上"普店街"的烙印,他要做"人上人"。

(二)人物众多而又个性鲜明,颇具典型性。

小说塑造了阎鸿唤、柳若晨、杨建华、徐力里、杨元珍、高伯年等近四十个人物,这些人物大都个性鲜明,颇具典型性,如阎鸿唤开拓进取,高伯年保守狭隘,两人堪称政治圈里两类人的代表;杨建华积极进取、自强不息,堪称市政工人的优秀代表,杨元珍人生坎坷而又不屈不挠,堪称下层人民的代表。

---

① 《都市风流》,第 331 页,人民文学出版社 2005 年版。
② 《都市风流》,第 81 页,人民文学出版社 2005 年版。

（三）情节旁逸斜出而又集中紧凑，跌宕起伏而又舒缓有致，引人入胜。

小说围绕着城市交通建设的大事件，从昔日的市中心、当下的旧街区普店街起笔，引出杨、万、张、陈几家的主要人物；接着写攀龙附凤的张义民和人生坎坷而又不屈不挠的杨元珍各自的活动，这一明一暗的两条线索引出市委书记高伯年一家；再后，由心绪不宁的高伯年引出大刀阔斧地工作的阎鸿唤，由阎鸿唤引出杨若晨、徐力里、张义民以及高干子弟中的不法分子；情节一环套一环，偌大的都市生活帷幕，就这样一层层地被掀开，市委书记和市长之间，市长和副市长、区长、局长、公司经理等之间，社会中层人物之间、下层人物之间以及相互之间的矛盾纠葛自然而然地被揭示出来——情节旁逸斜出而又集中紧凑，跌宕起伏而又舒缓有致，引人入胜。

（四）叙述冷静客观，写实性强烈。

小说把作者对生活的独到感受、思考渗透于对客观事象冷静、客观的叙述之中，把作者个性化的审美意向融化于对生活旋律本身的描述之中，笔致平实，使得小说像生活本身一样真实，具有强烈的写实性，从而内蕴着强烈的艺术真实性和对潜在读者的吸引力。

（五）主次分明，详略得当。

小说没有在恢弘的都市生活画卷上平均地使用笔墨，而是重点描写建造立交桥这一中心事件，在具体的描写中让各色人等尽性表演、各种心态尽情显现，揭示出了人们如何追求人生，生活如何委蛇蜿蜒，人们如何对待改革，改革如何步履维艰等的本真状况，从而高强度而又深刻地反映了生活的本质。

（六）语言意蕴厚重而又形象、生动、准确。

如"他只知道一块石头堵到嗓子眼。"[①]"通过疏理城市'血管'，让城市'肌体'活起来。"[②]"高伯年知道自己不是龙王爷，他止不住雨，也掏不尽水。但他觉着，在群众最困难的时候，市委书记的出现，会产生一种无形的力量。"[③]"鸡窝飞出一只凤凰，人们会刮目相看。如果一下子飞出三四只凤凰，人们就得比比看了。"[④]"在中国，技术上的失误可以纠正，人事关系上的失误却可能输掉全盘。"

[①] 《都市风流》，第 8 页，人民文学出版社 2005 年版。
[②] 《都市风流》，第 91 页，人民文学出版社 2005 年版。
[③] 《都市风流》，第 125 页，人民文学出版社 2005 年版。
[④] 《都市风流》，第 244 页，人民文学出版社 2005 年版。

"爱情,对于青年人,它是燃烧,是激情,是火山;对于中年人,它是温暖,是柔情,是大地。它的纽带不再是两极的吸引,而是双方的沟通、理解。"[①]……

五

小说也存在着一些不足之处,具体地说:

(一)结尾太仓促,情节缺乏必要的展开。

如对张义民、柳若晨的未来及高家父子的相认等均未作必要的提示或"暗示",在为读者留下艺术想象空间的同时也为之留下了不必要的心理缺憾。

(二)题材不够新颖,内容不够厚重。

小说写城市改革,但所描写的居民生活、市政建设、政治体制等内容实际上在此前的同类小说张洁的《沉重的翅膀》、蒋子龙的《乔厂长上任记》、路遥的《平凡的世界》等中出现过,且其"内涵"也并不一定或没有超过那些作品,从而显得题材不够新颖,内容不够厚重。

不过,小说尽管有这些不足之处,但总的来说仍不失为一部优秀之作。

---

① 《都市风流》,第336页,人民文学出版社2005年版。

第六节 《浴血罗霄》

一

萧克于1937年5月在甘肃镇原动笔创作《浴血罗霄》,于1939年10月在平西抗日根据地宛平县马栏村完成初稿;初稿二十多万字。1942年,在邓拓的建议下,萧克增写了一些内容,从而使小说稿的字数增至四十多万,小说名则拟为《罗霄军》[①]。小说稿在1958年反"教条主义"运动中被打印出来,同时印有"供批判用"的字样,装订成三册在"内部"传看;在"文化大革命"期间,它又被油印了数百册"供批判用"。1985年,萧克在从军事学院院长兼第一政委的岗位上退下来后,在夫人蹇先佛、《诗刊》总编辑张志民和曾在自己身边工作过的同志的鼓励、催促以及在解放军文艺出版社的支持下,再次修改了小说稿,并由解放军文艺出版社于1988年出版,其内容梗概为:

一天拂晓,司令郭楚松、政委杜崇惠和参谋长黎苏等率领的红军罗霄纵队,以三团为前卫、一团为本队、二团为后卫,途经赣江中游以西的国民党军队的辖地北上。队伍很快顺利渡过袁水。随后,在遇到何键所部在碉堡内驻守时,一团团长朱彪指挥所部向守敌喊话,在机枪连连长、神枪手张生泰击毙了守敌头目后,守敌投降。在罗霄纵队行至仙梅时,担任前卫的朱彪所部遭遇国民党军队,他一面上报司令部,一面带领两个连与国民党军队战斗并获胜。在仙梅之战后,罗霄纵队北进到江西苏区的一个村子。在村子里的"二七纪念大会"上,政治部主任黄晔春遇到了时为苏区干部的前妻刘玉樱。在得知自己的手下在仙梅战败后,在修河中游的一座不大的城市坐镇指挥的国民党军队西路进剿军司令曾士虎万般沮丧。罗霄纵队在渡过修水到达一个大村镇后,在那里发动、组织、武装群众,开展土地革命,惩处了土豪张全光、李福才,捉住了老张百万。一团一营营长朱理容在酒店中请战士们吃饭,但由于所带之钱不足而少付账并

[①] 参见《萧克将军与他的〈浴血罗霄〉》,《湘潮》,第37页,2007年第8期。

与酒店老板发生争执,因此被停职,并被罚到炊事班挑了一个星期的行李锅。罗霄纵队在离修水河东岸二三里的几个村庄宿营时遭遇国民党军队并将之击败。罗霄纵队盲目北上,进入长江三角地带,陷入国民党军队的包围圈;在经过激烈的争论后,司令部制定了方案:不断地变换行军方向,主动地调动国民党军队。国民党的曾士虎所部甚至被罗霄纵队牵着鼻子走,最后军心动摇、被迫停止追击罗霄纵队。朱彪带领前卫部队迎击国民党军队;在向所部发布郭楚松"全军向西撤退"的命令时,朱彪被一颗子弹击中胸部,壮烈牺牲。随后,国民党军队向罗霄纵队发起了第四次进攻,司令部参谋冯进文组织罗霄纵队进行坚决抵制,并有效地保存了罗霄纵队的有生力量。无线电队电池没电了,朱理容正拟替无线电队向一团三营营长洪再畴借电池时,洪再畴去找他商量"开小差"之事;事泄后,洪再畴被处决。杜崇惠在一次与黎苏去侦察地形时逃跑;之后,黄晔春继任政委。郭楚松下令向南回罗霄山中段苏区,在罗霄纵队的后卫与国民党军队交手时,其前卫已经走到了一个大碉堡的跟前。罗霄纵队决定向国民党军队"借路",张山狗和机枪连连长张生泰负责"借路"并获成功。国民党军队师长段栋梁和旅长江向柔制定了剿灭罗霄纵队的计划,但罗霄纵队利用苏区的优越条件进行伏击战。在段部受挫之际,国民党另一师长孙震威部见死不救,段部失利,随即段部及蒋介石围剿罗霄纵队的计划破产。之后,罗霄纵队回到苏区。宣传队长陈廉的母亲鄱湖婆婆冒险将禾新城守敌的兵力布防详细材料弄给罗霄纵队,罗霄纵队出击国民党军队,并俘虏了旅长江向柔,国民党军队全线溃败;随后,苏区军民在禾新城西北30华里的野地上召开了"庆祝红军胜利大会",并迎来了新的战斗任务。

二

小说中重要的人物主要有郭楚松、杜崇惠、黎苏、黄晔春、朱彪、冯进文、曾士虎等。

(一)郭楚松

郭楚松是罗霄纵队的司令。他出生于汉水北面小山区的一个农民家庭,从小喜欢读书看报,在考入师范学校后,接受了不少革命思想;很关注广东革命运动,后又去广东参军,并诚心诚意地做了蒋介石的部下。但在中山舰事件、四一二政变先后发生后,他便唾弃蒋介石,转而投身于共产党领导的革命。他判断力强——面对一团三营营长洪再畴和一团一营营长朱理容的"逃跑"之争,他很快就判断出了谁是真正的逃跑者。果敢,遇事能当机立断——在仙梅之战中,敌机一飞走,他便组织反攻;在得知十九路军屈服于蒋介石后,他便意识到中央红军的行动可能已经改变,并迅速作出了掉头南进的决定。警惕性强、反应敏锐——在罗霄纵队熟睡被袭时,他一惊醒就立即按照宿营部署,组织反击。身先士卒、临危不惧、处变不惊——在仙梅遭遇战中,他把指挥部设到一线战壕里;在南进遇敌时,他"在前卫没有发现枪声之前,就上了警备连的阵地"①,负伤之后仍坚持指挥战争。心胸开阔、襟怀坦白——对杜崇惠的潜逃,他虽然很气愤,但还是本着"由他罢!自己的历史自己写"②的心理淡然处之。是非观念强、原则性强——他与朱理容关系非同一般,但在朱理容犯错时,他仍然严格按军纪给他停职的处分。重友情——在朱彪牺牲后,他悲痛不已,甚至走路也比平时慢了许多;在读朱彪的信时,他不禁眼睛都湿了。爱成人之美、为朋友可两肋插刀——在不知黄晔春和刘玉樱已离婚时,他一见刘玉樱,便积极地想让他俩相见;但在听说刘玉樱早已写信跟黄晔春解除了婚约时,又为黄晔春感到愤愤不平;在听说刘玉樱已经跟苏区的区委书记结婚了时,他"把手里的烟往地上一摔,说:'岂有此理!我没有想到她这样,我要问问她!'"③文武兼备——除率领部队、指挥和参加战斗外,他还在战斗的间隙从事写作,甚至写出了像《斥蘖龙》那样的诗。但有时也优柔寡断、斗争性不强——他虽然对手下将士很注重也很善于做政治思想工作,如在发现战士在议论南昌西南的大万寿宫时,他乘机向战士们揭露蒋介石的罪恶历史,以亲身经历现身说法,讲了自己对蒋介石由认识不清到看透其反动本质的转变过程;但碍于红军政治工作条例,对与自己同级别的杜崇惠,却总"小心翼翼",在一些重大问题上出现意见分歧时,总不愿与之正面交锋,生怕遭到其反对,而全无在指挥战斗时的果敢决断,从而忽略了杜崇惠身上日渐暴露出来的问题,最后,让杜崇惠借夜间侦察地形之机做了逃兵。

总的来看,郭楚松是红军的一个优秀的高级将领。

(二)杜崇惠

杜崇惠是红军罗霄纵队政委。他出生于新安江上游一个小市镇的富裕中

---

① 《浴血罗霄》,第176页,解放军文艺出版社1988年版。
② 《浴血罗霄》,第207页,解放军文艺出版社1988年版。
③ 《浴血罗霄》,第47页,解放军文艺出版社1988年版。

农之家,七岁读私塾,后入小学就读;在升入中学读了一年半的书后回家务农,但平时也有时随父亲到新安江中游买货,并顺便购阅一些创造社的小说和《新青年》,结交朋友,后又加入中国共产主义青年团;1926年,参加北伐军,任会计股准尉见习官,后又秘密地加入中国共产党;在四一二政变发生之后,组织安排他离开军队到地方工作;在党组织遭敌人破坏后,到中央苏区,先后在工会、县委、省文化部、省委组织部等部门工作;在第四次反"围剿"后,任罗霄纵队政委。他有政治头脑——他对当时共产党领导的革命看得很清楚,正确地认识到当时的中国革命处在资产阶级民主革命阶段。有较强的军事才能——在与敌作战时,他果断地作出"就地抵抗"的决定,利用士兵休息之际整顿队伍。儿女情重但又深明大义——他爱妻子,不愿妻子为自己受苦受累,在部队出征前对妻子说:"有些苏区的红军调到另一个苏区,一去就好几年……你如果到了那种情况,不要过于伤感,也不要等我,有合适的人,就另找一个。"①但官僚气重、主观、片面甚至固执——他对下属爱发脾气,摆架子;对"自首"即在肃反中被迫承认参加过反动组织的桂森不能容纳;桂森在经郭楚松、黄晔春批示后未被处理而他却对桂森一直耿耿于怀;机械地执行中央要求部队北进的命令,以至于反对郭楚松等纵队其他领导的正确决定;在被迫服从后又耿耿于怀。意志薄弱、革命性不强——在革命形势非常严峻的时刻,他身为政委,竟做了逃兵。

总的来看,杜崇惠正如郭楚松所说的那样——"入党后看过不少革命文献,对国内外政治情况和党的方针政策理解较好,对上级决定执行的很坚决。但是,他缺乏中国历史知识,军事知识不足,文化修养不够,对战略决策,不求甚解"②,是红军高级将领中的一个异类。

(三) 黎苏

黎苏是红军罗霄纵队参谋长。他出生于贾鲁河畔,童年读私塾,后考入旧制高等小学,毕业后又考入中学;在一年半后,因故乡连年饥荒而辍学投身北洋军队;在大革命失败后,站在蒋介石一方参加蒋冯阎大战,后任副营长,并与部队中的秘密共产党员一起做营长的工作、率部起义加入红军。半年之后,因较为懂得军事和军事技术较为过硬,被调到罗霄纵队工作。他作风民主、平易近

---

① 《浴血罗霄》,第 7 页,解放军文艺出版社 1988 年版。
② 《浴血罗霄》,第 206 页,解放军文艺出版社 1988 年版。

人——他和士兵打成一片,与士兵们一起过无薪饷的生活。果敢、干练——在罗霄纵队北上时,他见战士随身携带着许多从土豪那里没收来的东西,如被服、腊肉等,担心影响整个部队的行动,便对战士采取了"轻装"行动,而且要求"不管是谁,一律不准带不重要的东西"①,从而使部队的行军速度得到了大大的提高。有军事眼光、判断准确、决策正确、处变不惊——他认为敌人的"碉堡再多也不怕,只要没有正规军"②;罗霄纵队在雨夜中被袭击后,他命令部队敌人不到眼前来,不准乱打一枪以保证罗霄纵队能够用最少的子弹打死最多的敌人;面对敌人的流弹,他能很快镇定下来,继续指挥战斗。

总的来看,黎苏是红军的一位较为优秀的高级将领。

(四)黄晔春

黄晔春是红军罗霄纵队政治部主任,在杜崇惠逃跑后继任政委。他与刘玉樱被父母指腹为婚;在结婚后不久,到离家三四十里的一个县小学做教员;后去广州进农民运动讲习所,搞农民运动,参加南昌起义。他思想觉悟高、政治立场坚定、政治工作能力强——在杜崇惠离开队伍后,他和纵队其他重要领导人一起主持召开党委扩大会,坚定了全军的斗志,加强了军队的纪律,鼓舞了全军的士气。以身作则——为了轻装前进,他首先将自己的枪砸毁。是非明确、判断能力强、办事干练——在杜崇惠和黎苏等为罗霄纵队南进或北进而产生意见分歧时,他支持黎苏等的罗霄纵队南进主张,促成了罗霄纵队的正确选择;在杜崇惠提出要等上级回电后才行动时,他明确地表示反对。办事讲究方法——罗霄纵队在行军途中遇到村民搞迷信活动,他请随军医生帮助村民治病,从而消除村民的迷信心理。幽默诙谐——他逗乐小勤务员、将蒋介石称作大蘗龙等。平易近人、关心士兵——见小兵因脚痛走不动,他便去搀扶;在罗霄纵队宿营遇到紧急情况时,他首先关心的便是伤兵走完了没有的问题。

总的来看,黄晔春是红军中的一个优秀的政治工作者。

(五)朱彪

朱彪是红军罗霄纵队一团团长。他智勇双全——在罗霄纵队渡过袁水遇到何键所部的一条碉堡防线时,他指挥所部一边向碉堡内的国民党军队喊话,

---

① 《浴血罗霄》,第 10 页,解放军文艺出版社 1988 年版。
② 《浴血罗霄》,第 179 页,解放军文艺出版社 1988 年版。

一边令神枪手张生泰击毙碉堡内国民党军队的头目,从而智取了碉堡。感觉敏锐、判断力强、有谋略——在仙梅战役开始时,敌机刚飞过头顶,他便立即意识到敌人的来路;同时,他还能根据口音和战斗动作很快判断出敌军是正规军还是地方武装;敌人用白布摆出"王"字,他很快就明白那是敌人在向自己的飞机发信号,随即命令自己的部队也用白布摆出"王"字,从而混淆敌机的视线,让敌机无所适从。临危不惧、不怕牺牲——在和敌人遭遇后,他从容地指挥部队抓住机会侧击敌人,亲临前线指挥军队,最后中弹牺牲。作风踏实、讲究实事求是——对"自首"分子桂森,杜崇惠强烈地要求朱彪把他开除回家,但朱彪经过调查发现他没有什么问题,便向老首长郭楚松、黄晔春请求,把他保了下来,从而避免了给桂森本人及革命带来损失。自强不息——他知道自己"少了点文才"①,便刻苦钻研文化知识,并大有进步。

总的来看,朱彪是红军的一个优秀的基层指挥员。

(六)冯进文

冯进文是红军罗霄纵队司令部参谋。他足智多谋——曾化装成国民党军队上尉副官带着二十多个化了装的战士,巧妙地骗过外号为"跛子老虎"的镇长,使罗霄纵队大部队顺利地通过石霖镇。感觉敏锐、判断力强——在罗霄纵队到达九宫山后,他根据自己的直觉,对敌情做了准确的判断,为罗霄纵队首脑作出正确的决策提供了有效的参考。指挥能力较强——面对敌众我寡的情况,他一边鼓舞士气一边沉着指挥。在郭楚松受伤后,他接过望远镜指挥战斗,带领罗霄纵队摆脱了困境。关心他人——在发现小战友何云生失踪后,他心焦不已,四处寻找。

总的来看,冯进文是红军的一个优秀指战员。

(七)曾士虎

曾士虎是国民党军队西路进剿军司令,浙江人。他先后毕业于保定军官学校和日本陆军大学。从派系来看,他属于蒋介石的嫡系——为了控制和瓦解地方实力派,蒋介石派他到何键率领的第四路军当参谋长。1933年夏,蒋介石委任他为进攻红军的西路军参谋长,不久后又兼任西路军第二纵队司令官。在红军北上后,他除了指挥第二纵队外,蒋介石又临时指定两个师和三个独立旅归

---

① 《浴血罗霄》,第174页,解放军文艺出版社1988年版。

他指挥。他有手腕——他一方面对讲了动摇军心之话的书记官痛下杀手,另一方面令下属"立即给他俩家里汇去抚恤金五百元,就说是战场阵亡的"①。恪尽职守而又优柔寡断——"他每天清早起来,看电报看地图,接电话,吩咐幕僚办理大小事务,忙个不休。有时候甚至在吃饭的一点时间,也不安静"②;有时,在拟定作战计划并发出命令后,他又怕通信人员责任心不够或电台出毛病,便亲自打电话给电台,叫他们注意;有时,命令发了,他又怕作战计划有错误和缺点,便反复思考;有时,他怕命令执行不好,便直接到最前线,亲自督军。注重仪表、自负甚至刚愎自用——他蓄着短须,头发乌黑光亮,整齐的倒梳着;昂首挺胸,两眼平视,有旁若无人之态;微宽的口,说话有声有色;他在闲暇时或在看地图后,头稍微向左向右转动,垂下他那英雄的眼帘,斜视肩上的辉煌肩章自言自语;常诵曾国藩的"成败听之于天,毁誉听之于人……大丈夫不能流芳百世,死亦当遗臭万年"③等名言以自励;在发现被罗霄纵队欺骗后仍不停止行军,一如既往地错下去。心胸狭隘、胸无城府——他虽自认为尽了最大努力,问心无愧,但面对外来的责难还是苦闷不堪;每获捷报即喜形于色、得意忘形;每遇失利则怒不可遏,如一得到仙梅之战失利的电文,他便怒气冲冲,将电文向桌上用力一掷,随即踢开凳子站起来。毫无将才——他虽然在遇挫时总以"成败利钝,非所逆睹,鞠躬尽瘁,死而后已"④的座右铭来激励自己,但有时也会"出了一阵冷汗,心怦怦地跳动,用力咬着牙关,好像防止心从口里跳出来似的"⑤;总担心自己的作战决策不当,有时竟为之无法入眠;"他想消灭红军,又没有信心,也想不出方法"⑥,便把希望寄托于蒋介石的《剿匪手本》;在罗霄纵队进到九宫山区后,他虽认真吸取了前几次作战失败的教训,对自己的部队有了较正确的认识,并制定了详细的作战计划,但又未能采取措施予以实施;在穷途末路之际所做的只是给爱妻写信。

总的来看,曾士虎是一个纸上谈兵之徒。

---

① 《浴血罗霄》,第 153 页,解放军文艺出版社 1988 年版。
② 《浴血罗霄》,第 49 页,解放军文艺出版社 1988 年版。
③ 《浴血罗霄》,第 50 页,解放军文艺出版社 1988 年版。
④ 《浴血罗霄》,第 50 页,解放军文艺出版社 1988 年版。
⑤ 《浴血罗霄》,第 54 页,解放军文艺出版社 1988 年版。
⑥ 《浴血罗霄》,第 54 页,解放军文艺出版社 1988 年版。

三

小说通过其内容及所塑造的一系列人物,尤其是郭楚松、杜崇惠、黎苏、黄晔春、朱彪、冯进文、曾士虎等所表达的主旨大致有以下几点:

(一)再现了红军艰苦卓绝而又复杂的斗争历程。

小说取材于真实的历史事件——"1934年1月,中共中央命令萧克率领一只小规模游击兵团,北上破坏南浔铁路,牵制国民党军队,声援竖起抗日反蒋旗帜的十九路军。尽管由于敌我实力悬殊,最终导致军事行动失利,但是部队在萧克的率领下,突破敌人的围追堵截,最终安全返回了苏区。"①罗霄纵队的原型是1933年6月由红八军精编而成的红十七师,萧克曾先后任红八军军长与红六军团军团长兼十七师师长②;小说的故事情节也是以萧克的"亲历亲闻、直接体验为基础,书中的人物以与他朝夕相伴、呼吸相通的红军指战员为原型",从而"把当时的政治、军事和生活活灵活现地反映出来。"③小说既描写了激烈的战斗场面——英勇善战的主力团团长朱彪率领同样英勇善战的战士鏖战敌人,但最后不得不向所部发布郭楚松"全军向西撤退"命令,并且自己也中弹壮烈牺牲;又描写了罗霄纵队艰苦的生活境况——部队不得不杀掉司令的坐骑以裹饥肠辘辘的战士之腹,政委不能与爱妻团聚,政治部主任长年戎马倥偬,妻子另嫁他人既无暇顾及也无能为力;既描写了罗霄纵队同穷凶极恶的敌人的殊死斗争——罗霄纵队每到一处都要遭敌人围剿或追杀,都要付出牺牲;又描写了罗霄纵队内部盘根错节的斗争——政委与司令、政治部主任,司令与得力干将,干将与干将,军官与战士均有矛盾,以至于最后政委开小差、营长洪再畴企图分裂部队、叛变革命;从而把罗霄纵队艰苦卓绝而又复杂的斗争历程真实地再现了出来。而罗霄纵队虽然只是红军的一个纵队,但实际上是红军的一个缩影——其艰苦卓绝而又复杂的斗争历程也是红军艰苦卓绝而又复杂的斗争历程的一个缩影。

---

① 《上将萧克与〈浴血罗霄〉的沉浮》,《纵横》,第37页,2007年第10期。
② 参见罗立斌:《血与火的历史启示——重读萧克将军近著〈浴血罗霄〉》,《南方文坛》,第53页,1989年第5期。
③ 《萧克将军与他的〈浴血罗霄〉》,《湘潮》,第36页,2007年第8期。

（二）展现了红军的成长历程。

罗霄纵队是由普通民众组成的普通军队，尽管不少战士的思想深处都残存着农民意识，如目光短浅、恋家自私等；内部矛盾重重；给养匮乏……但是，在中国共产党的领导下，罗霄纵队的广大指战员能正视并改正缺点、纯洁队伍，如在奉命出击之初，黎苏主持对部队进行了轻装的整顿，杜崇惠则主持纯洁队伍的工作，从而提高了行军速度；朱理容在酒店中请战士们吃饭，但由于所带之钱不能足额付账并与酒店老板发生争执，在回营后即被停职，被罚到炊事班挑一周行李锅；处决欲叛变革命的洪再畴；杜崇惠随着环境越来越艰苦险恶、所受的考验越来越严峻而变得越来越悲观失望，在再也看不前途、希望时，暗自脱离革命队伍，成为了可耻的逃兵。在这种自我完善和"大浪淘沙"中，罗霄纵队最终化解了矛盾、克服了危机、提升了战斗力，成为了一支能历险而不畏、遇敌而不败的强大军队——罗霄纵队的成长历程也是红军成长历程的一个缩影。

（三）歌颂了红军的革命英雄主义和革命乐观主义精神。

在出击—突围—回归的整个行军战斗过程中，罗霄纵队遭敌人死死的围追堵截，屡历险境，如罗霄纵队一渡过袁水，便遇到何键所部的一条碉堡防线；在行至仙梅时，又遇到有飞机支援掩护的顽敌；进入了长江三角地带，更是陷入了国民党军队的包围圈。但是，面对强敌，战士们没有退却，也没有涣散，更没有战败或屈服，而是或智取，如在遇到有坚固碉堡做掩护的敌人，朱彪考虑到强攻的结果不会太好，便指挥手下向碉堡内的守敌喊话，同时，又让机枪连连长、神枪手张生泰击毙守敌的头目，迫使守敌投降；在仙梅战斗中，朱彪在识破敌人用小白旗摆"王"字以告诉自己的飞机别误炸了自己的诡计后，随即命令所部也用小白旗摆"王"字以让敌机分不清目标，迫使敌机无法分清敌我，最后在空中盘旋了一阵后飞走；罗霄纵队到达修河中游的石霖镇，冯进文化装成国民党军队上尉副官带着二十多个化了装的战士，巧妙地骗过了外号为"跛子老虎"的镇长，使大部队顺利通过石霖镇……或强攻，如在仙梅战斗中，在敌机逃窜后，战士们趁机反攻，打得敌军狼狈逃窜，并获得了大量的俘虏和军需品；在离修水河东岸二三里的几个村庄宿营遭遇敌人时，战士们猛烈迎击，直至击垮敌人；在陷入国民党军队的包围圈后，在罗霄纵队突围时，朱彪率领前卫迎击国民党军队，朱彪本人也中弹牺牲。

除遭强敌的围追堵截外，罗霄纵队还屡陷困境，如在巧妙地摆脱敌人的围追堵截后,整个部队人困马乏,以至后来敌人的枪声大作也唤不醒酣梦中的战士们;少粮缺盐无鞋穿;军粮颗粒无剩,以至于司令员不得不下令杀马给战士们充饥……但从不气馁,如少粮缺盐,战士们就吃薯丝淡饭;没有鞋,战士们就用稻草打草鞋;在"食马"之后,战士们对唱山歌"大放马"……战士们苦中作乐、乐观向上的精神状况赫然沛然。

正是靠着这种革命英雄主义和革命乐观主义精神及其所焕发出来的战斗力,罗霄纵队才最终战胜强敌,最终整体性地回到罗霄山脉的苏区。

(四)谴责极"左"行为。

机枪连排长桂森在苏区肃反时,被别人交代出是"AB团",郭楚松、黄晔春认为他出身贫农且一贯表现好,于是就保他,组织也准许他"自首",可杜崇惠对桂森始终耿耿于怀;后来,桂森和几个战士发牢骚,说往哪里走、去做什么都不知道,是"打糊涂仗",杜崇惠一得知就决定把他开除回家;在一次在战斗结束时,桂森不见了,杜崇惠便断定他叛变了革命。但后来桂森在与大部队分离的情况下,把散兵游勇组织起来,一边战斗一边找队伍,并最终立下了功勋;而杜崇惠最终却做了逃兵;两者构成了鲜明的对比并形成了极大的讽刺——在这里,小说表达了作者对极"左"行为的谴责及"朦胧含混的对极'左'路线的憎恶"①。

四

从艺术表现的角度来看,小说主要具有如下特点:

(一)现实主义色彩浓郁。

"小说致力于通过对生活画面的形象描绘,对人物性格的生动刻划,还历史以本来的面目"②,"从头至尾……是一幅幅赤裸裸的未经筛选和过滤的生活画面。这里只有自然的还原,本色的重现,而没有人为的雕琢,想当然的装扮"③:

---

① 黄国柱:《战争亲历和艺术创造的结晶——评萧克将军的长篇处女作〈浴血罗霄〉》,《文艺理论与批评》,第100页,1991年第5期。
② 邓艳斌:《清水出芙蓉天然去雕饰——评萧克的长篇小说〈浴血罗霄〉》,《郴州师范高等专科学校学报》,第24页,1994年第1期。
③ 邓艳斌:《清水出芙蓉天然去雕饰——评萧克的长篇小说〈浴血罗霄〉》,《郴州师范高等专科学校学报》,第25页,1994年第1期。

其一,如前所述,小说取材于真实的历史事件,故事情节也是以作者的"亲历亲闻、直接体验为基础,书中的人物以与他朝夕相伴、呼吸相通的红军指战员为原型"。其二,小说既描写出了罗霄纵队的革命性,又描写出了其不纯洁性,如政委做逃兵,营长欲叛变革命或强吃赖账或私藏地主浮财中的绫绸女裤;虽然很注重纪律,但在非常时刻,又不顾纪律——为了弄白布以迷惑敌军飞机,司令部参谋李云俊"不由分说就急忙把两床花面白里大被搭在肩上,送亲的都跺脚叹气,他们根本不看,回头上山去了。"①尽管给过大洋六块、银毫子30枚,但"强买强卖"性质明显;战士们虽然意志坚强,但也和常人一样战胜不了饥饿——为了填饱肚子,他们连首长的坐骑也不放过。这些描写与以往革命历史题材小说对红军的描写或人们通常对红军的想象大为不同,而所描写的这些事又是的的确确地发生在罗霄纵队将士们身上的,具有"原生态"的性质。其三,在仙梅战斗中,郭楚松本来也感到"这种把最高司令部和散兵摆在一条线上,是不艺术的;但又觉得已经到了这里,这里和敌人很近,飞机很难分清红白,可以减轻空中的威胁;后退一点,虽然可以减轻地上的敌人的威胁,但又增加了空中的威胁,同时后面也没有适当的地形便于展望战场和督促部队行动。此外,为着在紧张关头鼓舞士气,也以进到最前线为宜。这在表面看来是不恰当的,但在这种情况下,高级指挥员摆在散兵线上,正是争取胜利的妙诀,不妙中的妙处。"②"这种大局在胸的全局感和对于高级指挥员战场生活的描摹"③,达到了"逼真程度"。其四,小说描写了罗霄纵队在摆脱敌人的围追堵截后极度困乏的情形:"大天亮后,还没有一个人醒来,战斗员不作战斗准备,在睡;炊事员不挑水不煮饭,在睡;饲养员不喂马,在睡;侦察员没有出去侦察,在睡;马伏在地下,垂着耳朵,闭着眼睛,也在睡。总之,罗霄纵队所有的人马,都在睡,睡,睡。"④逼真地写出了那种"亲身经历过的那种再坚强的意志也无法抗御的极度疲劳"⑤。其五,罗霄纵队在紧张的战斗间歇,广泛开展群众工作,领导农民打土豪分田地,教育农

---

① 《浴血罗霄》,第28页,解放军文艺出版社1988年版。
② 《浴血罗霄》,第30页,解放军文艺出版社1988年版。
③ 黄国柱:《战争亲历和艺术创造的结晶——评萧克将军的长篇处女作〈浴血罗霄〉》,《文艺理论与批评》,第98页,1991年第5期。
④ 《浴血罗霄》,第100页,解放军文艺出版社1988年版。
⑤ 黄国柱:《战争亲历和艺术创造的结晶——评萧克将军的长篇处女作〈浴血罗霄〉》,《文艺理论与批评》,第99页,1991年第5期。

民,从物质和精神两个方面解放农民,进而与农民互为支撑,形成鱼水之情,从而保证了一次又一次地绝处逢生、化险为夷——这些实际上也是对历史的还原性再现;郭楚松虽然能征善战,但也有过失算和失败,如在率部与敌人主力的遭遇时,由于处置不当,导致部队损失不小;由于碍于红军政治工作条例,对杜崇惠过于谦让容忍,从而导致了杜崇惠的借机逃走;国民党军队西路进剿军司令曾士虎和师长段栋梁,虽然腐败、反动、愚蠢、气焰嚣张,但也有常人的喜怒哀乐和常人所没有的精明——这些实际上是对人的还原性描写。这一切使小说呈现出浓郁的现实主义色彩。

(二)注重"个性化"手法的运用。

这里所说的"个性化"手法是指把特定的人物放在特定的环境里予以塑造,注重刻画其特定的性格、揭示其性格形成的原因及过程的写作手法。小说人物众多,有名有姓的就有三四十个,如郭楚松、杜崇惠、黎苏、黄晔春、朱彪、冯进文、顾安华、刘玉樱、朱理容、张山狗、朱福德、何云生、曾士虎、段栋梁、孙威震等。在具体刻画时,小说没有将人物概念化、脸谱化,而是将人物放在特定的环境中多方面地展示其性格特征,让人物的言谈举止、表情心态等与其经历身份、环境际遇相吻合,如郭楚松虽原本为农家子弟,但由于读过师范,因而也有较高的文化水平;虽然是罗霄纵队司令,但昔日却是一个蒋介石的崇拜者——早先本是在国民党的军队里当兵,只是在认清蒋介石的反动面目后才参加红军的,且是在艰苦的革命斗争中饱经历练、积累丰富的战斗经验后才成为罗霄纵队司令的。又如,杜崇惠,本是罗霄纵队的政委,但在最后却成了逃兵,但从政委到逃兵有一个过程——小说描写他先因上级指示不明确而苦恼,后因在纵队决定向南转移时犹豫不决而遭冷落,最后,在被敌偷袭后私自离队。再如,曾士虎,之所以能手握重权、在剿共时特别卖力,主要是因为他属蒋介石的嫡系,深受蒋介石的青睐,觉得唯有如此才能报蒋介石的知遇之恩;而孙威震则因非蒋介石的嫡系,深知有兵才有一切,所以,对蒋介石虚与委蛇,剿共不怎么卖力。

(三)场面描写精彩。

小说有不少精彩的场面描写,如有关饥肠辘辘的战士们杀马解饥的场面描写:

朱老大看着马,马看着朱老大,人们都不再说话,沉默了片刻,朱老大抚摸着马的脖子,说:"我,我,你们谁有本事谁干吧。"说完,含泪走开了。

几十分钟后,不晓得多少把刀把马分成几千块,管理员按着人数的多少,分配马肉,于是在大伙食单位中又分成好多小伙食单位。各单位的人都围着锅灶,打水的、烧火的、采樵的、挖冬笋的,没有一个人袖手旁观。

火焰从来没有那样多。千百条心想的是马肉。千百只眼睛盯着的也是马肉,他们从来没有杀过马吃,更没有整个队伍在同一时间、同一地点,菜是马肉,饭也是马肉,而且还是无油无盐的马肉。可是,谁也没有怨言,也不失望,千百人这时只有一条心,一个动作,就是煮马肉。

火焰虽然那样多,火力虽然那样猛,由于肚子在闹,总觉得慢了,在马肉还没有切完的时候,水早烧开了,马肉下锅的时候,各人都拿起了碗筷,伸长脖子等了好久了。

肉汤沸了不久,千万只眼睛都集中在锅里,喜洋洋地说:"差不多了!"

但谁也没有动手,几分钟后,都忍耐不住了,于是有人提议:"行了,拿下来。"

"对!"没有半点不同意见。

于是,许多人都端碗围在锅台边,由掌勺的按次序分马肉。他们或坐或立,没有一个说话,只有筷子拔碗和咀嚼的声音。①

——在这里,罗霄纵队的饥饿情形和无奈、急不可待的心情以及鲁莽的举止等一股脑儿地被描绘了出来,从而展现了红军的真实生活,还原了历史的本来面目。

有关仙梅战斗场面的描写:

"红军阵地上出现鲜血淋淋的尸首,在山岗上许多乌黑色圈内,东斜西歪的横着没有手的,没有腿的,没有一个四肢五官完全的人"②。

——突出了战争的残酷;

"没有其他动作,只有千万条腿的摆动;没有其他的声音……有的不用脚走,顺着陡坡向下一滑一滚"③。

---

① 《浴血罗霄》,第194页,解放军文艺出版社1988年版。
② 《浴血罗霄》,第26页,解放军文艺出版社1988年版。
③ 《浴血罗霄》,第32页,解放军文艺出版社1988年版。

——渲染出了罗霄纵队在击溃国民党军队时的氛围。

有关修水河附近战斗场面的描写：

为了强调罗霄纵队在沉睡着,渲染严峻的氛围,小说多次写到"沉重的鼾声""砰！砰！砰！……叭叭叭叭……"的枪声,最终用罗霄纵队的战士们"像潮水一样倾泻下去了"形象地写出了冲锋的场面,使人如临其境。

（四）语言质朴,富有生活气息。

小说无论是叙事语言还是人物语言或引用语言,都如口语化一般——质朴,富有生活气息,如朱福德称杜崇惠的妻子为"他的婆姨",黎苏在向当地农民借秤时说"老表,借几把秤,行吗？"①运用"高山有好水,平地有好花。人家有好女,无钱莫想她"②之类的俗语。

（五）运用了点面结合的手法。

小说一方面描写了硝烟迷漫的战场和敌我双方战略、战术的较量,另一方面重点描写了那些英勇牺牲和流血负伤的战士,两者结合,描绘出一幅可歌可泣的战争场面,再现了新中国建立的艰难历程。

五

小说也存在着一些不足之处,如叙述过于平淡；人物大多不够饱满,给人的"立体感"不强；情节不够引人入胜。也许正因为如此,茅盾文学奖评委会才只给了它一个荣誉奖,即并不认为"这本书就有多么高的文学价值。"③

不过,小说尽管有这些不足之处,但总的来说仍不失为一部难得之作——其一,"著名作家夏衍说,《浴血罗霄》是一部奇书：一奇,它是一位身经百战的老将军所写；二奇,是写了50年才出版。然而,它又是一部真实的书,这种真实非亲身经历很难写出。"④其二,"《浴血罗霄》不仅不同于外国各种类型的战争文学,在中国现、当代文学史特别是战争文学史上也是别具一格、不同凡响的,我们可以把它作为红军早期战争经历的历史教材来阅读研究,又可以将其作为挟带着半世纪前革命战争风尘的艺术品来欣赏揣摩,而只有把二者统一融汇成一

---

① 《浴血罗霄》,第9页,解放军文艺出版社1988年版。
② 《浴血罗霄》,第23页,解放军文艺出版社1988年版。
③ 《上将萧克与〈浴血罗霄〉的沉浮》,《纵横》,第36页,2007年第10期。
④ 《萧克将军与他的〈浴血罗霄〉》,《湘潮》,第39页,2007年第8期。

体来把握,才能得到更大的审美效应。"①其三,"如果说,对罗霄纵队险峻而艰苦的生存环境的真实描写给这部小说带来了凝重的战争氛围,那么作品中处处昂扬着的革命英雄主义和革命乐观主义的旋律则使它产生了更强烈的感染力和吸引力"②。其四,"小说……表达了有时是比较朦胧含混的对极'左'路线的憎恶……小说的超前性使它具备了许多同类题材的作品所无法企及的深刻与尖锐"③。其五,小说"对题材作全面而准确的分析和把握,保存着很高的史料价值……从文学体裁方面来说,它又是第一部具有自己特色的军事文学作品或战争历史小说。在某种意义上说,它是中国人民解放军军史或战史的一卷,又是作者自传或回忆录的一章。但是,它不同于报告文学,全部人名和大部地名都是虚构的,对照当年史实,个别内容与情节也由于布局谋篇的需要,有所变动和调整。可以说,它是纪实文学中一种颇为特殊的体裁。"④

---

① 黄国柱:《战争亲历和艺术创造的结晶——评萧克将军的长篇处女作〈浴血罗霄〉》,《文艺理论与批评》,第 98 页,1991 年第 5 期。
② 黄国柱:《战争亲历和艺术创造的结晶——评萧克将军的长篇处女作〈浴血罗霄〉》,《文艺理论与批评》,第 99 页,1991 年第 5 期。
③ 黄国柱:《战争亲历和艺术创造的结晶——评萧克将军的长篇处女作〈浴血罗霄〉》,《文艺理论与批评》,第 100 页,1991 年第 5 期。
④ 罗立斌:《血与火的历史启示——重读萧克将军近著〈浴血罗霄〉》,《南方文坛》,第 54 页,1989 年第 5 期。

第七节 《金瓯缺》

一

徐兴业的《金瓯缺》前两卷最初于 1980 年和 1981 年由福建人民出版社出版,第三、四卷于 1985 年最初由海峡文艺出版社出版,全四卷于 2009 年由长江文艺出版社再版,其内容梗概为:

北宋派登州兵马钤辖马政等渡海和金谈判,双方约定南北夹击攻辽,在事成之后,宋收回燕云十六州,其他土地归金所有——此即"海上之盟"。宋徽宗赵佶派龙神卫四厢都指挥使刘锜到渭州去向西北边防军统帅种师道传达"海上之盟"的精神。种师道与刘锜商定由西军总参议赵隆与刘锜一同前往京师,并让早有婚约的赵隆之女䄌娘与马政之子马扩完婚。赵隆、刘锜、䄌娘等在前往京师的途中碰到去向种师道传达北征之令的马政。种师道在接到北征之令后,紧急将各路人马派往前线。为了对付和钳制种师道,陕西河东河北宣抚使童贯决定从禁军中挑选五万人随自己北上,还向赵佶请了《御笔三策》。宣和四年四月二十三日,童贯以宣抚使的名义命令正在雄州待命的西军兵分两路开到边境线上驻屯。种师道抗命,但在雄州军事会议上,又勉强接受了童贯授意幕僚提出的一个折衷方案。会后,东路军统将杨可世率领由泾原、秦凤两路军的精锐组成的先锋部队开拔到白沟前线。马扩因救渡河投奔宋军的赵杰之妻而结识赵杰,随后让赵杰做向导深入辽军后方;马扩见义军后觉得应把义军组织起来,开辟一个敌后战场。马扩在回本军后,受童贯之令,以正使身份前往辽,说降辽的实际掌权人萧皇后,萧皇后随即决定下旨敦促耶律大石投降。但在白沟前线,耶律大石全军渡河掩击宋军,并追击宋军至雄州城下。马扩奋勇迎敌,马政率白梃军与敌厮杀,种师道率西军增援,最后,宋军堵住了辽军直击雄州的去路。六月初二下午,种师道在童贯以及监军崔诗等的逼迫下下令退兵;所部在撤退时遭敌军追击,且大部分溃散。宋军在到达霸州、雄州、安肃军一带后逐渐集合,凭着坚城,构筑起新的防线;至此,第一次伐辽战争以宋军从界河面前撤退几十里至百余里、两军重新对峙而告终。辽天锡帝耶律淳死后,其妻萧普贤皇后之兄萧干和耶律大石带着大部分奚、契丹军返回燕京,拥立萧普贤为女主。同时,耶律大石想趁机消灭本军中由汉人组成的"常胜军","常胜军"统将甄五臣等力促统领郭药师在宋军再次向辽军发动攻势之时,率领全军在涿州反正,并获郭药师的默认。童贯在得知此信息后,上奏赵佶发动第二次伐辽战争并获准。赵良嗣、马扩作为国信正副使前去与金主协议合取燕京事项。杨可世、郭药师率军奇袭燕京,遭遇契丹民众的奋力抵抗。在与赵良嗣等旷日持久的谈判中,金主完颜阿骨打做好了军事准备。赵良嗣启程回宋的第二天,金军三路并进,会师居庸关下,辽军闻风丧胆,纷纷逃走,耶律大石与萧皇后往迤西一带逃去,萧干遁出松亭关,往迤北一带逃走。萧皇后在逃至云中后,惨死在早就逃到那里的辽前皇帝天祚帝耶律延禧的皮鞭下,而天祚帝则在两年后在武州附近被金大将娄室捕获,后死在金海陵王马队的万蹄之下。耶律大石被金军俘获,但在获自由后,率众西征,建立西辽王朝。金在获得宋一大笔"赎城"费用后,将占领的燕云之地割还宋朝。因李师师与刘锜在龙舟会上十分亲密,赵佶吃醋,加上高俅为报私仇而给赵佶出馊主意,刘锜被调到西北边境。宣和七年十一月二十九日,以金主之弟阇母为统帅的侵宋东路军集结于蓟州城外。郭药师在借童贯之力飞黄腾达后,气焰旺盛;对此,童贯大为不满,并欲借马扩之手除掉郭药师。斡离不大军横扫燕京东北各州县,直抵黄河北岸,郭药师战败投降。赵佶得边境警报,加上金使恐吓,萌生南逃之念,并下《罪己诏》和《罢花石纲指挥》,把皇位让给太子赵桓。宣和七年十二月二十三日,赵桓在太和殿上即位,不久后改元"靖康"。在金军抵东京后,东京军民群情激愤,李纲在被赵桓封为右丞后,率军民抗敌,并取得第一次东京保卫战的胜利。斡离不在奸细的帮助下全歼姚平仲所率领的宋军,赵桓随即下旨罢免种师道、李纲,但为太学生及民众所阻。马扩在应真定安抚使刘鞈的请求主持守城后,在军队中进行改革,引起童贯的亲戚王渊、刘鞈的亲信李质等的不满。刘鞈迫于二人威胁,与之合计以通敌罪把马扩关进监狱。种师道为国事积愤成疾而死。李纲出任河东宣抚使,在解救太原失败后被放逐到江西。两路金军同抵东京城下,第二次东京保卫战开始,但最后以失败告终。马扩在狱卒徐信的帮助下逃出监狱;因斡离不欲将马扩收于自己麾下而下令要活捉马扩,马扩暂居狱友巩仲达的岳父之家;在数月后,乔装混出城到和尚洞山寨与赵邦杰一起组织义军抗金。在东京沦陷后的第三天,赵桓决定与金人讲和,并在出城与金酋见面写下降表后被放回。金大肆掠夺宋的财富,并将"元丰内藏库"之物尽数掠走。金皇室在经过长期的政治风波后决定废赵皇帝而立靖康朝的太宰张邦昌为皇帝。金人还伪造赵桓的手诏,将刘韐诓骗至青城,要他做候补皇帝,被刘韐以自缢殉国的方式拒绝。张邦昌在粘罕胁迫下登基。金人决定把赵氏宗族、部分官僚及家属北迁。康王赵构因偶然被派出城议和而漏过罗织之网,王渊、韩世忠等纷纷归之。五月初一,赵构正式即位,定都南京。赵构为敷衍舆论、巩固政权,任李纲为相,但仅在 75 天后李纲即被撤职。马扩在得知金军押送二帝分路北行后和石子明等商量联合义军灭虏迎驾,并被推为统帅,但因被金军抓去的义军士兵泄密,金军副都统兀哥亲率十万人马前去攻击义军,马扩受伤被俘。原真定府军巡院的橡吏刘七爹装死以让马扩等借送葬之机逃走。马扩在出城后加盟五马山寨义军;后在受遣南返时受到宗泽的热情接待,但遭到赵构的冷遇。在马扩北返后,马扩等领导的义军由于兵力单薄而被金军击溃,王彦领导的八字军也逐渐瓦解,宗泽悲愤而终。韩世忠、岳飞等大量招抚流动部队,成为南宋抗金的主力部队。兀术在升为都元帅后,大举南侵。刘锜率部抗击,取得顺昌大捷;韩世忠、岳飞等也屡克强敌。但岳家军在逼近东京时,秦桧以"莫须有"的罪名将岳飞等杀害于风波亭;随后,韩世忠、刘锜相继被解除兵权;刘锜被贬湖南。绍兴十五年七月,马扩受刘锜之邀,前往岳州,与几位老友登岳阳楼赏月,巧遇李师师,得知女儿夭折、母亲和嫂子在新乐县一户女真猛安家为奴、妻子病入膏肓。马扩、何老爹到新乐县办完赎回母亲、嫂子的手续和处理完妻子后事后,回到南方,心中一片茫然。

二

小说中的重要人物主要有马扩、刘锜、童贯等。

(一) 马扩

马扩为北宋一积极抗辽、抗金的中下层官员,其祖父马喜在收复熙州的战役中牺牲,伯父马效在河州附近战死,大哥马持和二哥马拙宗在哥川战役中殉国,父亲马政任登州兵马钤辖。他武艺高强——他武举出身;在出使金时,他将一头受惊的黄獐一箭射倒。有胆有识、高瞻远瞩——他自告奋勇陪西北边防军统帅刘仲武的儿子刘锜去当强敌青唐羌领袖臧征扑哥的人质;在宋军直逼燕京时,他深入辽廷招降,并最终说服萧皇后归降;鼎力促成金归还燕京;对时局、军事形势及战略方针有独到而又准确的见解;对两河义军在伐辽抗金中的作用有清醒的认识,以至于不惜忤逆朝廷,出入义军营寨,联络、收编甚至直接指挥义军作战。赤胆忠心、精忠报国——他抱着"苟有利于国家的边疆,何计乎个人的荣辱"①的心态应童贯的邀请到宣抚使司当差,"在司里绝口不谈家庭问题,给人的印象似乎他根本没有一个家,是以四海为家的流浪者"②;在深入辽廷招降时,他不为萧皇后的珍奇异宝所动,坦言:"马某饫闻嘉猷,兼带得国王、国妃投顺消息,上报朝廷,实属满载而归。这金银珠宝,万万不敢领受,国妃留下转赐与别人罢。"③不畏强暴、英勇顽强——他在辽廷痛斥辽臣"且谈当前之事,休去提那旧话"的谬论时慷慨陈词:"姚太尉说得好轻松,你我之间尽可不提,只是千百万老百姓,两百年来受尽苦难,旧创未复,新创又加,血泪斑斑,记忆永新,他们又怎能忘记旧恨?这民族之恨,邦家之耻,正是涉及贵我两朝的根本大事。只要前账目未清,休说二百年,再过二百年,也要讲个明白,算个清楚。"④在宋军被辽将耶律大石率部打得溃不成军时,他单枪匹马地向敌军所在地冲去,鼓舞了宋军的士气;见到捷胜军士兵在欺侮妇女时,他挺身相救。执著坚韧、百折不挠——"他是属于那种明知其不可为却偏要干下去、而希望其万一还有可为的执拗的人"⑤,"好像是一头扑火的飞蛾,多少次,他往理想的火焰中扑去,扑得身焦肉烂,化成灰烬。只要得到一次再生,他还是要向这个理想的火焰中扑去,不到最后殒灭,决不止。扑呀扑呀!他的生命就是在这样的扑灭、再生、再扑灭的反复过程中消耗尽的。"⑥在北宋灭亡后,他一逃脱监牢便前往真定西山和尚洞组织义军抗金,在营救被俘的二帝时,遭遇金军主力而力战被俘;在逃出魔掌至赞皇县五马山寨后,他重新举起抗金大旗,并将宋徽宗的第十八子信王赵榛营救出来。品端行正、出污泥而不染——在河北宣抚使司任职时,他不与达官贵人们应酬、不与那些整天端坐在衙门里却只会和前线部队找茬的同僚沉瀣一气,多次拒绝童贯的拉拢,从而成为宣抚使司衙门内部的一个另类。重情重义、

---

① 《金瓯缺》第三卷,第26页,长江文艺出版社2009年版。
② 《金瓯缺》第三卷,第50页,长江文艺出版社2009年版。
③ 《金瓯缺》第二卷,第92页,长江文艺出版社2009年版。
④ 《金瓯缺》第二卷,第72页,长江文艺出版社2009年版。
⑤ 《金瓯缺》第三卷,第26页,长江文艺出版社2009年版。
⑥ 《金瓯缺》第三卷,第247页,长江文艺出版社2009年版。

慷慨豪爽——"马扩东奔西走,大手大脚地赈济朋友部属"①。

总的来看,就地位而言,马扩虽只是宋廷的一个中下层官员,无法与岳飞、韩世忠等相比,但就其行为和战绩而言,他也像岳飞、韩世忠等一样,是一个捍卫疆土、反抗侵略的民族英雄和爱国主义者;而且,就一个人经历的复杂性和丰富性来看,在其时代则无人能与之比肩——他是这段特殊历史时期的政治、外交、军事和社会的一个缩影。

(二) 刘锜

刘锜是侍卫亲军马军司龙神卫四厢都指挥使,宋徽宗的宠臣;父亲刘仲武为当时名将,在种师道之前,多年担任西北边防军统帅之职,兄弟刘锡、刘锐都是有名的将领。他有非凡的胆识和精湛的武艺——在军队中服役时,他曾主动地去当强敌青唐羌领袖臧征扑哥的人质,从而促成了一项和平谈判;到西北后,为了完成宋徽宗交待的任务,他先说服种师道的亲信,用自己的亲和力,用他们同甘共苦的回忆,消除了他与西军之间的隔膜,从不同角度、不同方面说服种师道出兵;射箭之技高出军中的神射手高世宣。举止潇洒、谈吐风雅、文艺修养较好——干练灵活,对上司不卑,对下属不亢,"他的诗文书翰,都可与朝士媲美"②;他在名歌妓崔念月的筵席中随手拈起一支洞箫吹了一会儿,便使在座的乐师袁绹十分心折。机敏灵活——能"从官家的微笑中领悟出他的暗示"③。自尊自重——他深知"一个觥觥的男儿,自从来到东京后,无论一向在宫禁中进进出出,替官家当些体面的差使,无论此刻在州桥大街上骑着御马游街示众,实际上也无非是一件宫廷装饰品"④,因此,"虽然是官家的亲信,经常受到脱略礼数的待遇,刘锜却宁可官家对自己保持一定的距离。他不愿自居为、更加不愿被人误认为近幸的一流"⑤;晚年被南宋王朝排斥于朝廷之外,居于湖南,生活困窘,以至于被迫到酒馆赊酒,但当有人送给他钱物时,他又不接受。积极进取、有主见、有定力——他满腔热血,想驰骋沙场、杀敌报国;在东京时,所想的是整顿在京师的禁军,使其不再腐败不堪而成为国家的劲旅;为"一天天地、不由自

---

① 《金瓯缺》第三卷,第63页,长江文艺出版社2009年版。
② 《金瓯缺》第一卷,第13页,长江文艺出版社2009年版。
③ 《金瓯缺》第一卷,第6页,长江文艺出版社2009年版。
④ 《金瓯缺》第一卷,第12页,长江文艺出版社2009年版。
⑤ 《金瓯缺》第一卷,第5页,长江文艺出版社2009年版。

主地变成一个他从内心中那么藐视的地道东京人"①而内疚,"因为得不到满足而日益增强其吸引力的事业心和与日俱增的堕落感作着剧烈的斗争"②。热情、真诚、讲义气——对马扩一片冰心,对赵隆关照有加。正直——他敢于蔑视权贵,并从心底鄙视和憎恨他们。

总的来看,刘锜是一个身怀济世之情之才而又壮志未酬的贵胄子弟。

(三) 童贯

童贯为一宦官,"在宦途上一帆风顺,从西军监军一直升到领枢密院事,现在又官拜三路宣抚使"③。他善于阿谀逢迎、投机取巧——在宋徽宗面前,花言巧语,以宋徽宗之是非为是非;利用宋徽宗的好大喜功的心理及东京百姓的求新心理,不计成本地弄回一座空城。贪婪尤其是贪权——为权而与自己的"恩人"蔡京反目;在朝廷虽然地位很高但仍不满足,还想要统帅军队;在西军中培养、扶植刘延庆和辛世宗为自己的亲信以削弱种师道的实力,并最终迫使种师道去职;他做宣抚使完全是想把伐辽战争作为自己进一步操纵朝局、掌握大权、巩固地位的一种手段。自私——在其心目中,私敌比公害的危害性更大;"入燕犒师之役,童贯明知道如果让马扩随往,多少使郭药师有所忌惮,对事情有好处。但他一怕马扩根本就反对他的入燕之议,二怕万一事情顺利,反而给了他一个立功的机会,竟然大笔一勾,在宇文虚中拟好的随行人员名单中把列在首位的马扩的名字勾去了,却另外派他去雁北公干。"④穷凶极欲、作威作福——从来不体恤百姓的悲苦,仗着受宋徽宗的宠信,公开卖官鬻爵。奸诈、狡猾——在北伐战争中,稍获战绩就向宋徽宗献上溢满华美之词的奏章以邀功请赏;遇到败绩就把一切责任推给种师道。

总的来看,童贯实为其所在的黑暗腐朽朝廷的化身,暗寓着北宋王朝的必然灭亡。

三

小说通过其内容及所塑造的一系列人物,尤其是马扩、刘锜、童贯等所表达

---

① 《金瓯缺》第一卷,第 15 页,长江文艺出版社 2009 年版。
② 《金瓯缺》第一卷,第 15 页,长江文艺出版社 2009 年版。
③ 《金瓯缺》第一卷,第 20 页,长江文艺出版社 2009 年版。
④ 《金瓯缺》第三卷,第 50 页,长江文艺出版社 2009 年版。

的主旨大致有以下几点:

(一)再现了12世纪初至中叶,宋、辽、金三个王朝之间的矛盾斗争和宋、辽各自内部的矛盾斗争以及汉、辽、女真、羌等各族政权统治下的社会生活等。

小说再现了12世纪初至中叶(从北宋末的宣和年间到南宋偏安后的绍兴年间)宋王朝的内外交困——内部有君臣、大臣与大臣、文臣与武将、老百姓与达官贵人甚至皇帝之间的矛盾斗争,如宋徽宗与蔡京、童贯、高俅等,蔡京和蔡攸、童贯、高俅、王黼,童贯等与种师道、马扩、刘锜、杨可世、刘鞈等,宋钦宗与种师道、李纲等,宋高宗、秦桧等与韩世忠、岳飞等彼此明争暗斗,东京民众与宋钦宗等统治集团进行斗争;外有辽、金虎视眈眈或巧取豪夺;并经历了两次伐辽之役、两次东京保卫战、靖康之难,直至宋高宗偏安江南一隅。同时,还再现了辽、金彼此之间及辽内部的矛盾斗争——金对辽发动闪电战,袭破辽的首都中京,辽天祚帝耶律延禧侥幸逃走;随后,继任者天锡帝与天祚帝,天锡帝与萧皇后,萧干与耶律大石,耶律大石与李处温、李奭父子,萧皇后与李处温、李奭父子等相互猜忌、彼此怨怼;再现了汉、辽、女真、羌等各族政权统治下社会生活的方方面面——京津都会、封塞边关、辽宫暗室、义军山寨、囚室铁塔、书寓闺室、权贵豪门的奢侈家宴、金明池的龙舟竞渡、烽火连天的前线战场、东京城的元宵灯会、大相国寺庙会、"棘盆"百戏杂耍和宋四嫂做的鱼羹以及曹婆做的肉饼等市井庶民里三教九流的俚俗、女真贵胄们的歌舞骑射等。

(二)揭露了宋、辽统治集团的昏庸、奢靡、腐败和官场的黑暗、腐朽,揭示了人民在戎马纷争之中所受的深重灾难。

宋君臣荒唐堕落——宋徽宗在盲目定下伐辽之计后,就忙于后宫争宠、皇家园林和宗庙大典之类的事情;为风尘女子李师师煞费苦心、忧心忡忡,"为征服一个名妓所花的心思远胜于收复燕云失地之国事"[①],甚至吃臣子刘锜的醋并因此而贬谪之。皇亲国戚、豪门权贵在鼓动宋徽宗定下伐辽之计后却又因私欲作祟而耍阴谋诡计,破坏伐辽战争。高俅等一方面想借李师师的裙带加官进爵,另一方面霸占豪华楼台馆阁,如高俅霸占驰名全国的高级酒家"丰乐楼"的阁子。宋徽宗、宋钦宗、宋高宗等先后重用和纵容乱臣贼子、贪官污吏,如重用和纵容蔡京、童贯、高俅、秦桧、李邦彦、张邦昌、王孝迪、王时雍等,这些奸佞小人

---

① 韩瑞亭:《〈金瓯缺〉艺术创造成就初谭》,《文学评论》,第31页,1992年第1期。

以国事作交易谋取私利，或卖官卖爵、贪污受贿，或抄家掠物、大发国难财，或将国家的机密透露给敌国以换取一时的荣华富贵或苟延残喘，迫害种师道、李纲、刘锜、马扩、岳飞、宗泽、陈东等国家栋梁、忠良。辽君臣与宋君臣可以说是"半斤八两"——萧皇后暗中决定向宋称藩降附，并决定下旨促耶律大石投降；与李奭淫乱；任用奸邪，如李处温、李奭父子；首相李处温里通外国、败坏朝纲；李奭秽乱宫廷、卖主求荣。老百姓生活在水深火热之中——马扩的母亲和嫂子被卖为奴、女儿夭折，京城名妓、皇帝的梦中情人李师师也流离失所。

（三）鞭挞了腐朽、反动的统治集团，歌颂了中华民族的民族主义精神和爱国主义精神。

小说一方面通过对以宋徽宗、宋钦宗、宋高宗为首的宋统治集团和以萧皇后为首的辽统治集团的昏庸、奢靡、腐败及官场的黑暗的描写，有力地鞭挞了腐朽、反动的宋、辽统治集团；另一方面，塑造了为数众多的光明、昂扬的人物形象，如：为国家、军队的安危忧劳成疾的赵隆，率五百精兵渡河勇闯辽营的杨可世，为营救太原力战而死的马政及种师道的兄弟种师中等，保宋室拥渊圣皇帝西行、失败后慷慨赴难的蒋宣等禁军，率领军民保卫东京城的李纲，为国家出生入死、家破人亡的马扩，对皇上和国家赤胆忠心的刘锜，精忠报国、屈死风波亭的岳飞，抗金名将韩世忠、宗泽等军，在东京城沦陷后率几万军民向城外突围、与十几万敌军激战的吴革等，位卑不忘国的义军首领石子明、韦寿佺、张关羽、赵邦杰及广大义军战士，激愤于权奸对李纲、种师道的陷害而在宣德门伏阙上书、引发东京 20 万民众的请愿活动的太学生陈东，为缺衣少粮的前线守军捐出一半家产的老医官邢倞，在保州城被围之际堆薪盈门、准备焚家以示与城共存亡的马母，为救亡图存而顽强搏战的两河官军与义军，自发地静坐几天以等待出城的皇帝、终于迫使金军放回东京几十万百姓，虽沦落风尘但心性高洁、是非分明、大义凛然的李师师。这些人物形象虽然彼此有别，但都有强烈的民族情感和爱国主义情感，马扩甚至直言道："不管国家是否爱我，我一定要爱国……即使它有缺点和错误……因为我怀着一种神圣的，必然要排斥世俗观点的感情爱她……爱国不是做买卖，不是去街市买青菜萝卜，不能讲等价交换"①；虽然也不缺乏世人常有的亲情、爱情、友情，如，马扩与辇娘心心相印的爱情，与父母家

---

① 《金瓯缺》第四卷，第 2 页，长江文艺出版社 2009 年版。

人血脉相连的亲情,刘锜、马扩、李师师相互之间以及赵杰娘子对马扩一家的肝胆相照的友情,但这些情感都从属于或者渗透、交融于其民族情感和爱国情感。同时,小说"写辽军统帅耶律大石,不但表现他的机智、胆略和勇武刚毅,而且充分肯定他为民族生存不惜牺牲一切的高贵品质;同时,对契丹士兵为民族存亡而拼死决战的高昂士气与民族精神,也有笔墨浓烈的渲染;写女真贵族,在展现他们逐渐腐化的同时,也写出他们在创业之初的刻苦、骁勇和善于学习,特别是完颜阿骨打作为开国之君的雄伟气度和非凡才能"①。由此,小说写出并歌颂了中华民族特有的民族主义精神和爱国主义精神,而这种民族主义精神和爱国主义精神又是"中华民族千百年来历尽苦难而能够巍然屹立的根本原因"②。

四

从艺术表现的角度来看,小说主要具有如下特点:

(一)"文白杂糅"的语言形式③。

小说交错使用了文言文和白话文。在这里,所谓"文言文"一是指人物语言杂糅了现代文、宋元平话中的口语与浅近的文言书面语,接近文言文,富有古典风味,如马扩在出使辽时所说的话——"马某此来,本欲以一己之身,易全辽之命。贵朝君臣听得进马某的话,度德量力,归顺投正,大家都蒙其庥……俺自己却从不曾想到一个怕字,要怕就不敢来了,还说什么家室儿女?"④又如李师师在思亲时弹唱的《诗经·蓼莪》,宋徽宗在北行道上见杏花零落时所赋的《燕山亭》等。二是指在某一特定历史阶段人们所使用的日常生活语言,如沿用宋人的一些通常的称谓或说法——称皇帝为"官家",称皇后为"圣人",称蝉为"闹蛾儿",称折扇叫"聚骨扇",称亲王的女儿郡主为"宗姬",用"必须有"表达"肯定有",用"莫须有"表达"可能有",用"有巴"表示"好"或"妙"等,或沿用宋人的一些地方(包括少数民族地区)性语言——福建人称父亲"郎罢",西北人自称为"洒家",东京人在称赞事物时说"有巴",西夏人称皇为"可敦",契丹人称朋友为"朝定",

---

① 马红:《论〈金瓯缺〉的史诗性》,《重庆科技学院学报(社会科学版)》,第109页,2009年第7期。
② 董乃斌:《中华民族的一曲悲壮颂歌——评长篇历史小说〈金瓯缺〉(一、二)》,《文学评论》,第12页,1922年第2期。
③ 参见马红:《小议〈金瓯缺〉的语言艺术》,《安徽文学》,第304页,2009年第4期。
④ 《金瓯缺》第二卷,第75页,长江文艺出版社2009年版。

女真人称善射的人为"也立麻力"。所谓"白话文"是指在叙述、描写时使用现代白话文,如对东京城元宵灯会、马扩在雄州城外单骑赴死时的内心活动、鞞娘的梦境及眼中变幻的光圈等的叙写,二是指作者在叙写时穿插的一些哲理性议论,如"所谓'自我牺牲',从最深刻的意义上说来,就是一种不要求酬报的执拗的爱"①;"在抽象领域中自命为最渊博的人,在实际生活中往往最无知"②,"在任何职业范围中,如果不具有通常具有的职业病,这个人就不可能在他那一行业中出人头地"③。或政论性议论,如"'今天'是被制造出来专供欢宴享乐之用的,一切正经事都该安排到'明儿'去办。"④"官儿们必需出卖自己的灵魂,才能够博得缠头去收买歌妓们的肉体。他们实际上都是用不同的方式出卖自己,不过歌妓们公开承认这种买卖关系,而官儿们却要千方百计地把它掩盖起来。"⑤"官位的本身是一种模型,它能把许多不同的人放在同一模型里铸浇,使之成为同一类型的人。"⑥"做大官儿的秘诀是:在某些场合中需要让人感觉到比他的实体更大的存在,在另外一些场合中又要使人忘记他的存在。"⑦……

（二）多种语言表达方式的结合运用。

小说在叙述、描写中穿插着大量抒情、议论,且不乏精到之处:叙述,如宋金海上之盟和议夹击辽国、宋两次伐辽、伐辽事败、金国胜辽、宋从金手中买回燕京以护面子、金军挟灭辽之威乘势攻宋、宋仓皇应战、两次东京保卫战、二帝被虏、南宋建立偏安江南一隅等事件清清楚楚、一目了然。描写,如对西北五军的描写:上至军政大员如种氏兄弟,下至低级军官如李孝忠（李彦仙）,骁勇善战如杨可世,见风使舵如刘鞈——均被刻画得活灵活现;又如对白沟大战的描写:依据准确详尽的情报预先部署并在战斗中自如地指挥军队,下情上报,上令下达,官兵如一人;再如,在耶律大石策划渡河突袭时,他的计划再周详也得被具体执行命令的士兵依战场情况修改;当种师道阻止败军溃退时,他的意志再坚强也无法消除士兵们的恐惧和盲目;这些描写生动形象,能给人以身临其境之感。

---

① 《金瓯缺》第一卷,第49页,长江文艺出版社2009年版。
② 《金瓯缺》第一卷,第59页,长江文艺出版社2009年版。
③ 《金瓯缺》第一卷,第128页,长江文艺出版社2009年版。
④ 《金瓯缺》第一卷,第14页,长江文艺出版社2009年版。
⑤ 《金瓯缺》第一卷,第14页,长江文艺出版社2009年版。
⑥ 《金瓯缺》第二卷,第78页,长江文艺出版社2009年版。
⑦ 《金瓯缺》第二卷,第92页,长江文艺出版社2009年版。

议论,如上述列举的哲理性议论、政论性议论;抒情,如"伟大的东京城,美丽的东京城,在这一年中历经沧桑,多少人为它操心,为它挥汗,多少人为它流了血,希望从敌人的锋镝下,把它守卫住。可是昏聩糊涂的靖康君臣,儿戏似的拱手把它让给金人了。这是东京城的灾难,也是这个北宋王朝的灾难!一座城市被毁灭,一个朝代被灭亡,都不是轻而易举就可以做到的事。首先它并非单纯地亡于外来的暴力而亡于内部的溃烂以及本身不断造成的错误。人们要花多少气力才铸得成这样一个足以毁灭一座京城,一个朝代的大'错'"①——深刻剀切,内蕴着强烈的历史感和人生况味。

(三)多方面地刻画人物。

其一,在广阔的社会背景下,通过错综复杂的人物关系和矛盾冲突来刻画人物性格。如对赵隆,通过描写他敢于与不正之风和错误现象作斗争来写其耿直、执著,通过描写他对女儿婵娘的关爱来写其温情宽爱;对刘锜,通过写他到西军颁布圣旨、劝种师道出兵伐辽时对种师道的部下各个击破来凸现其足智多谋,通过写他拒不向童贯一伙人妥协来表明其刚正不阿。其二,将人物放在各种境遇中描写。如对婵娘,小说通过写她幼年时生活在军队中,与男孩玩闹来显示其活泼伶俐;通过写她在结婚后孝敬公爹、公婆和爱护丈夫来显露其贤淑。其三,通过描写人物的心理来刻画人物。如"描述久经战阵的西军战士们,听到催征的号角与战鼓如闻钟鸣而进餐一样习惯如常,在白刃格斗的沙场视危险若草芥,冷静地对待死亡,只要奋战过,索取得代价,死亡就无遗憾可言,不会想到在决战前夕去写什么遗书。除了此类普泛的战时心态以外,也有特殊的战时心态描写。比如马扩在第一次伐辽之役失败后,巨大的愤懑和耻辱使他失去理智,精神恍惚地单骑闯阵,准备以死殉国。这一段写马扩由心神迷离、动作失调到心境松静、得心应手的作战过程,称得上是对军人战时心态描绘的神来之笔。第四卷中对吴革突围救驾失败以至战死马上的心理刻画,亦有异曲同工之妙。"②其四,注重运用对比、烘托的手法来刻画人物,如对比描写了李师师对宋徽宗和权奸们态度的"冷"和对马扩、刘锜态度的"热",并烘托出了李师师的独具慧眼和李师师、马扩、刘锜人格的高洁与宋徽宗和权奸们人格的低下;又如,

---

① 《金瓯缺》第三卷,第348页,长江文艺出版社2009年版。
② 韩瑞亭:《〈金欧缺〉艺术创造成就初谭》,《文学评论》,第35页,1992年第1期。

通过对比描写刘锜娘子和婵娘,凸现了前者的热情、活泼、干练、能干等与后者的沉静、质朴、善良、纯真、纯情等,从而把两个虽性格迥异但同样倩丽可爱的女子的神采活灵活现地描绘了出来。

(四)主线清晰,重点突出。

小说贯穿着两条线索:其一为马扩一家人在动荡时代中的遭遇——先由刘锜的西行引出备战,然后由刘锜护送婵娘去京城成亲引出马扩,再由马扩走上前线引出宋辽之间的军事、政治斗争。其二为从伐辽战争到南宋偏安的历史变迁。

小说内容的时间跨度长达二十多年——从北宋末期的宣和年间到南宋偏安后的绍兴年间,但没有编年史式地描写这段历史过程,而只是重点描写了能充分地展示时代风貌和社会特征的一些事情或事件:"在小说正文里,围绕着靖康之难的孕育、发生、发展,分为三个大的阶段展开正面描写:第一、二卷写宣和三年冬到宣和四年的一年多时间里,宣和君臣通过海上之盟与金朝达成夹击残辽的协议后,两次伐辽的筹划、进行和失败的过程;第三卷是从宣和七年冬金军挟灭辽之势大举南侵始,集中展现靖康元年内如火如荼的两次东京保卫战;第四卷则写东京沦陷后,徽钦二帝及宗室被俘北迁,两河军民在亡国后的忍辱苦斗。通过这样三个大的阶段,小说对北宋灭亡前后的种种社会生活形态,作了多层次的密集的具象描写,相当清晰地勾勒出这个王朝衰极而亡的历史轨迹。"①

(五)结构严密紧凑。

小说"正文从宣和三年(1121年)冬,宋徽宗赵佶亲自派侍臣刘锜赴西北边防军统帅部传达诏旨,计议伐辽之战写起,到建炎二年(1128年)寒食节,马扩脱出金军占据的保州城,率随从奔赴五马山寨为止……至于尾声,则概要描写了此后十多年间政局和战局的发展变幻……始终环绕着伐辽之役、东京保卫战以及东京沦陷后旧君北迁新帝南逃这几个主要事件,将宋、辽、金三朝历史与现实的纠葛,将徽宗、钦宗、高宗三代皇帝当政时包罗万象的社会风貌,有机地组织与糅合于事件发展过程的描述中去"②,结构严密紧凑。

---

① 韩瑞亭:《〈金瓯缺〉艺术创造成就初谭》,《文学评论》,第30页,1992年第1期。
② 韩瑞亭:《〈金瓯缺〉艺术创造成就初谭》,《文学评论》,第30—31页,1992年第1期。

（六）追求历史真实而又不拘泥于历史真实。

小说注重追求历史真实——小说中的"人事描写百分之九十五以上都有坚实的历史依据。如书中正面描写的两次伐辽战争,在徐梦莘的《三朝北盟会编》中有比较详细的记载。再如,对刘𫓧、马扩两个人物的刻画,他们每到一个地方,每参加一次战斗,每调动一次职务,都完全与史实相吻合。尤其值得一提的是马扩这个人物,可能由于他拥护信王赵榛而为高宗赵构所忌,《宋史》中连他的传也没有,被隐没了许多年,一般非专攻宋史的研究者也多不知。作者凭着他那丰博的历史知识,在《南宋书》、《三朝北盟会编》和清毕沅所编的《读资治通鉴》('《读资治通鉴》'应为'《续资治通鉴》'——引者注)等史著中钩沉稽误,广考博证,终于使这位曾是关系到那个时代三个政权兴衰而被埋没了许多年的封建社会英杰重放光彩"①；小说所描写的北宋王朝一步步走向覆灭的历史过程、人情风土、世态习俗、典章制度、皇帝仪仗、衣冠文物、历史人物（包括词人周邦彦②）、语言习惯等均与历史的实际情况颇为相符；某些情节虽未见于史料,但其传奇色彩的基调和英雄的爱国业绩等都是史料提供的。不过,小说又不拘于历史真实,而是常常"因文生事",即顺着笔性去写、削高补低都由我,注重历史真实与艺术真实的有机融合,如对李师师的命运、刘锜及马扩等的行动的描写,都是作者在历史事件的基础上,充分发挥了想象力、纵横笔墨的结果,"第一次伐辽时马扩作为谕降使去辽是有记载的,但记载中没有讲起他是否见到辽国的国王和皇后,作者根据'马扩既出使辽国,当然就有可能见到国王和皇后'这一合理的推想,写出了如今我们见到的一节精彩文字。又如兰沟甸大战也是有历史据据（'据据'应为'根据'或'依据'——引者注）的,战争失败时正好马扩回来,但马扩紧接着一单身陷阵则是出于想象和虚构,只是这种虚构从事实出发完全是有可能的"③,马扩对宋徽宗由忠诚而且信任到怀疑甚至不信任的过程也写得颇

---

① 吴秀明：《一部很难组织的"教授小说"——略论长篇历史小说〈金瓯缺〉》,《小说评论》,第37—38页,1985年第4期。

② "宋朝以来就流传着有关周邦彦和李师师的不经之谈,说周是李的情人,是宋徽宗的情敌。但作者在介绍周邦彦时则云：'到得宣和年间,这位闻名全国的词人年纪已经超越六十开外';这实是以年龄为据有意无意地为周、李辟谣。"（阎毅千：《历史小说必须忠于历史真实——读历史小说〈金瓯缺〉》,《上海师范大学学报（哲学社会科学版）》,第60页,1982年第1期。）

③ 阎毅千：《历史小说必须忠于历史真实——读历史小说〈金瓯缺〉》,《上海师范大学学报（哲学社会科学版）》,第61页,1982年第1期。

合逻辑,能令人感到真实可信;在正面描写历史上确曾发生过的战争时,注重描写战争场面,所"勾画出军事斗争生活的诸种形态,声情之毕肖,形神之逼真,几乎使人误以为作者曾亲历过冷兵器时代的战争生涯。环绕着两次伐辽之役和两次东京保卫战这些中心事件,小说展开了对古代军旅生活与战争活动的多层次艺术描绘,诸如行军、演习、野战、攻城、防御等军事行动方式,军营特有的生活秩序与传统作风,军人的性格特征与战争心态等等,在小说中几乎都有绘影绘形的表现。"①

（七）结尾深沉、意味深长。

小说的结尾,刘锜、马扩等在历尽沧桑之后重逢于岳阳楼,在黯淡月色中泛舟洞庭湖,把酒酹月,对空明志。他们这种看似旷达潇洒的行为背后,实际上隐含了对世事的深深失望和因个体价值难以实现而导致的悲郁之情,情调低沉、黯淡而又带有几分"出世"的飘逸;与李师师借琵琶声相逢,则与白居易《琵琶行》所写的"同是天涯沦落人"类似,有着言说不尽的梦幻感与文化韵味。

五

小说也存在着一些不足之处,具体地说:

（一）叙事呆板。

小说常常是粗线条地讲述人物想什么、做什么,叙述显得很"笨拙";同时,对话多不生动,不能体现出说话者的心理活动,甚至不能体现出说话者的身份;小说越往后越像是在用讲史代替讲故事。

（二）"半部杰作"现象明显。

小说前两册中主线清晰、节奏稳健,但在第三、四册中,马扩淡出但又没有其他角色承担叙事线索的功能;同时,情节不再围绕人物,甚至不依据时间顺序而展开,而是围绕"史论"的主次论点展开,或过多地穿插了一些生活风俗化的画面,情节由此失去了应有的紧凑性、节奏感;小说在用大量笔墨详尽地完成了对两次东京保卫战的描写后,以简短篇幅的尾声草草完成了全书的结尾,显得过于"戛然而止"。

---

① 韩瑞亭:《〈金瓯缺〉艺术创造成就初谭》,《文学评论》,第 34 页,1992 年第 1 期。

（三）有"硬伤"。

如宋朝是没有烟草的——烟草是明末从国外传来的,但在小说中,刘七爹竟抽上了烟袋。

（四）"某些章节还有不够紧凑之嫌;有的人物的个性尚欠鲜明;个别人物临战时的心理描写似有失真之处。"①

（五）人物形象有理想化之嫌。

如作为一个风尘女子,李师师由民谣"打破筒,泼了菜,便是人间好世界"所引发的议论:"依咱看来,上自蔡京、童贯,下至开封府、祥符县,连带那些胥吏押司、豪权爪牙,都是一鼻孔出气,一张嘴说话。滔滔天下,哪有不破的筒？哪有不烂的菜？咱怕打破了一个筒,泼去了一碗菜,人间未必就有一个好世界!"②"仿佛她已明确意识到连根铲除封建制度之必要似的,这就未免把她当作'时代精神的单纯号筒'了"③。

又如,马扩这一人物形象也"使人感到'完美'有余而个性不足"④。

不过,小说尽管有这些不足之处,但总的来说仍不失为一部优秀之作——堪称一部"真正具有大气魄、大模样、大手笔的鸿篇巨制"⑤。

---

① 风子:《本刊编辑部举行历史小说〈金瓯缺〉座谈会》,《上海师范大学学报(哲学社会科学版)》,第66页,1981年第2期。

② 《金瓯缺》第一卷第八章,但在长江文艺出版社2009年版的《金瓯缺》中已经被删掉。

③ 董乃斌:《中华民族的一曲悲壮颂歌——评长篇历史小说〈金瓯缺〉(一、二)》,《文学评论》,第15页,1922年第2期。

④ 徐缉熙:《历史与诗的结合——简评长篇历史小说〈金瓯缺〉》,《上海师范大学学报(哲学社会科学版)》,第66页,1982年第1期。

⑤ 韩瑞亭:《〈金瓯缺〉艺术创造成就初谭》,《文学评论》,第29页,1992年第1期。

第四章
第四届茅盾文学奖获奖作品(1989—1994)

第一节 《白鹿原》

一

陈忠实的《白鹿原》最初发表于《当代》1992年第6期和1993年第1期上,由人民文学出版社于1993年出版单行本,1997年以"修订本"获第四届茅盾文学奖[①],其内容梗概为:

白嘉轩自16岁娶头房夫人起,六娶六丧。在把父亲的坟迁至有白鹿的化身出现之地后,他进山娶回吴仙草,带回来罂粟种子,并靠种罂粟而人财两旺了起来。之后,他与鹿子霖一起主持修复祠堂,开办学堂。辛亥革命后,鹿子霖任滋水县新政府白鹿原第一保障所乡约;朱先生制定了《乡约》,白嘉轩率先遵守,偷摸、赌博、打架之类的事在白鹿村从此几近绝迹。鹿子霖传达县府命令,要按土地亩数和人头收税。白嘉轩对此不满,组织农民到县城交农具以示抗议。中医堂的冷先生感到白、鹿两家因交农具事件而出现了矛盾,便把大女儿许给鹿子霖的老大鹿兆鹏,把二女儿许给白嘉轩的老二白孝武以调和其矛盾。鹿黑娃在渭北郭举人家干活时,与郭举人的二房女人田小娥发生了恋情;田小娥被休后,鹿黑娃又从田家将她携回白鹿村,但父亲鹿三不承认他俩的关系,身为族长

---

① 朱栋霖、朱晓进、龙泉明主编:《中国现代文学史》,第291页,北京大学出版社2007年版。

的白嘉轩也不准田小娥进祠堂,他俩便在村东头一孔破窑洞里安家。在白孝文、白孝武兄弟俩完成学业后,白嘉轩让白孝武经营中药材收购店铺,白孝文则留在家中,拟在将来统领家事和继任族长。随后,白孝文和鹿兆鹏各由其父作主完婚,但鹿兆鹏没有遵从父愿——抗婚进城。第二年春,鹿兆鹏回白鹿镇任第一所新学校校长,其间,鼓动鹿黑娃烧了军阀士兵征集的粮食。在白鹿书院的生员们去投考新式学校后,朱先生先改任县立高级师范校长,后进白鹿书院主持编撰县志。在县城念书的白嘉轩的女儿白灵和鹿子霖的二儿子鹿兆海一起参加抗击军阀的守城斗争,并在斗争中产生了爱情。鹿兆鹏负责县农运工作,鼓动鹿黑娃在白鹿原掀起一股"一切权力归农会"的风潮。在"四·一二"事变发生后,鹿兆海、白灵分别加入国民党和共产党,两人的感情出现了裂痕;鹿兆鹏进山,鹿黑娃出逃并先后做国军习旅长的警卫和土匪的"二拇指";反动势力惩治农协会的骨干。田小娥为鹿黑娃获"赦免"而求鹿子霖,鹿子霖乘机"爬灰",并嫁祸于狗蛋,白嘉轩按《乡约》严惩了狗蛋和田小娥。田小娥为报仇而受鹿子霖的唆使勾引了白孝文,鹿黑娃为替田小娥报仇而率部抢劫了白嘉轩和鹿子霖两家、打折了白嘉轩的腰杆、杀死了鹿子霖的父亲鹿泰恒。白嘉轩在得知白孝文与田小娥苟且之事后,严惩了他俩,并与白孝文断绝了父子关系。在随后的饥荒中,白孝文把两亩水地和三间门房卖给了鹿子霖,并将所得与田小娥一起挥霍一空;妻子饿死。在走投无路之际,白孝文被鹿子霖推荐进保安大队。鹿三恨田小娥既祸害了自己的儿子又祸害了东家的儿子,便将她杀死。白灵因做地下工作而与鹿兆鹏假扮夫妻,日久之后弄假成真。白孝文升任营长,并获了白嘉轩的原谅。在教育部陶部长到省里给学生训话时,白灵组织学生大闹会场,结果遭通缉,鹿兆海将她送出城。到根据地生下孩子后,白灵在肃反运动中遭迫害而死,鹿兆海则在率部与红军作战时战死。在日本投降后,鹿子霖因受鹿兆鹏的牵连而被捕入狱。鹿黑娃在白孝文的劝说下率众向县保安团投降,并任新成立的炮营营长。朱先生在将《滋水县志》编成并印毕后去世。1949年5月20日,鹿兆鹏回到滋水县策动起义。白孝文、鹿黑娃因领导起义有功,分别任县长和副县长。半年后,鹿黑娃被当作反革命分子枪决,陪"法场"的鹿子霖被吓成痴呆,白嘉轩则因鹿黑娃的遭冤枉而气瞎了一只眼睛。入冬后,在寒潮第一次侵袭白鹿原的夜里,鹿子霖离开了人世。

二

小说中的重要人物主要有白嘉轩、鹿子霖、朱先生、田小娥等。

(一) 白嘉轩

白嘉轩是 20 世纪上半叶中国新、旧时代交替之际的一个农民,白鹿村白家的家长和白、鹿两姓的族长;其"身上负载了这个民族最优秀的精神,也负载了封建文明的全部糟粕和必须打破、消失的东西。"① 从"优秀"的方面来看,他大致具有如下性格特点:

其一,严厉、正直、公正、无私。他一生坚信并恪守"耕读传家"与"学为好人"的信条,严加管教孩子,如强令幼子进山背粮以让其懂得"啥叫粮食",一得知长子新婚贪色便及时遏制;认为"人行事不在旁人知道不知道,而在自家知道不知道;自家做下好事刻在自家心里,做下瞎事也刻在自家心里,都抹不掉"②;为了强化村民的宗法意识及对道德伦理的情感与信念,他主持重修祠堂,认可并"颁布"朱先生拟定的《乡约》;之后,他不仅以身作则、带头遵守《乡约》,而且敦促白鹿村所有的人遵守《乡约》;违反者,则无论是家人还是族人,他都一律严惩不贷,如白孝文和狗蛋犯淫乱罪,他便对之施以"刺刷"之刑,而且在"刺刷"白孝文时较"刺刷"狗蛋还要狠过几成;即使众人下跪求情,老母白赵氏怒叱、老婆白吴氏哭谏、两个儿媳一齐求情,也不饶恕;白兴儿等赌徒或烟鬼犯戒一律遭开水烫手之罚,或者被当众羞辱;鹿黑娃和田小娥私自结合,便不被准许入祠堂。他也由此而成为白鹿村上的执法者和伦理道德方面最具权威的监督者。

其二,质朴、厚道、仁义、善良。他一生敬恭桑梓、服田力穑,恪守以农耕为本的传统;以"仁义"修身养性,并多有义举,如善待长工鹿三,并像对待自己的孩子一样对待其子鹿黑娃;让鹿黑娃与自己的孩子一起进学堂,严格管束鹿黑娃——不准鹿黑娃、田小娥进祠堂祭拜祖宗在某种程度上也是出于对鹿黑娃的管束;周济李家寡妇;帮烟鬼把老婆和孩子找回,并提议用祠堂官地的存粮周济他们;当白灵私自退婚时,他带着数倍于彩礼的麦子和棉花至王家致歉,并向族

---

① 陈忠实、张英:《白鹿原上看风景——关于当前长篇小说创作和〈白鹿原〉》,《作家》,第 42 页,1997 年第 3 期。

② 《陈忠实小说自选集·长篇小说卷》,第 533 页,华夏出版社 1996 年版。

人道歉:"我给本族白鹿两姓的人丢脸了"①;积极倡办义学以让下一代能够系统地接受儒家思想的教育;为自己处心积虑地弄到白鹿显灵之地的事情抱恨终天。

其三,心胸开阔、不计前嫌。鹿黑娃指使手下打断了他的腰杆,他不追究,后还以德报怨,亲自迎接鹿黑娃回家祭祖;鹿黑娃蒙冤,他为之四处求情;在知道鹿子霖指使田小娥引诱白孝文堕落的真相、目睹鹿子霖拆他家的房、清楚鹿子霖一心想整倒他等事情之后,当鹿子霖在因受"共匪"儿子的牵连而身陷囹圄时,他仍然一方面安慰前来求助的鹿贺氏,一方面让白孝武到县上去设法搭救鹿子霖;白孝文作奸犯科,他不姑息养奸,但在白孝文悔过自新、重新做人后,他又宽宥并接受了白孝文;白灵悔婚让他丢尽脸,但在得知她为革命烈士时,他又从心里为之自豪,并流下了泪。

其四,从善如流、富有牺牲精神。虽然罂粟给他带来了极大的经济效益,但在朱先生假县长的指示前去查禁烟苗时,他虽心有不甘,但还是犁毁了烟苗。为了村民的利益,他组织农民到县城交农具罢工以抗议县上的苛捐杂税;在鹿三等首领被捕时,他投案自首以承担责任;在天旱时,他为乡民祈福;他严格执行乡规民约,却导致自家遭抢劫和自己的腰杆被打断,但他对此无怨无悔。

从"糟粕"的方面来看,他大致具有如下性格特点:

其一,保守、迷信。他极力维系稳定的乡村自然经济的生活方式,提倡"耕读传家",鄙视弃农经商的皮匠二姐夫一家,对鹿子霖家用石灰铺地避瘟疫的行为嗤之以鼻,相信扮马角祈天求雨、法师驱鬼除邪、阴阳先生看风水等迷信活动,相信显灵的白鹿能够给自己带来好运并处心积虑地弄到白鹿显灵之地。

其二,专横。他不允许鹿黑娃、田小娥进祠堂祭拜祖宗之事虽说在某种程度上是出于对鹿黑娃的管束,但在本质上则是专横;而包办儿女的婚姻一事更是其专横的典型表现。

其三,冷酷。他曾坦言:"要想在咱原上活人,心上就得插得住刀!"②虽然视白灵为掌上明珠,但在她解除他为之订下的婚约、走上叛逆之路后,他毅然决然地与她断绝了父女关系,直到她在被冤死时也不肯原谅她;白孝文违反乡约,他

---

① 《陈忠实小说自选集·长篇小说卷》,第379页,华夏出版社1996年版。
② 《陈忠实小说自选集·长篇小说卷》,第299页,华夏出版社1996年版。

"刺刷"白孝文,并与之断绝了父子关系;在与白孝文分家后,对其生与死不闻不问,无动于衷,甚至在白孝文断炊求救时也断然拒绝,从而导致了大儿媳饿死;在白孝文和白灵反叛家庭并离家出走后,他便拒绝他们回家,甚至妻子在临终前想见他们一面他也不答应;在鹿三杀死田小娥后,他一边对鹿三说:"你不该杀黑娃媳妇"①,一边又说:"后悔是坚决不能后悔。这号人死一个死十个也不值得后悔,只不过不该由你动手"②。

其四,残忍。白兴儿等赌博,他强令人们用刺枣树枝抽打他们,并强令他们把手伸进烧滚的开水来让他们"长记性";给抽大烟败了家产的烟鬼灌大粪;谋杀与田小娥偷奸未成的"狗蛋";在田小娥冤死后,指使人将据说是她化身的蝴蝶统统抓住,用火将之烧死后压在龙潭墙下,造塔镇压她的冤魂。

其五,虚伪、卑劣、奸狡。他巧取豪夺鹿子霖的宝地,在穷困之际不惜引种鸦片,利用鹿黑娃的弟弟兔娃的单纯来替自己的儿子白孝义续后;事后,他一方面带着礼品亲自到冷先生处名为感谢、实为封口,另一方面拨给鹿兔娃二亩"利"字地,将其打发出了白家,以掩盖事实真相;他制造闹"交农"事件也并非纯粹是出于义愤,而是带有对鹿子霖的私愤。

优劣并存的性格特点,使白嘉轩最终成了一个成功者——家境殷实,儿孙满堂;自己备受尊崇、发号施令、威震一方;孩子各有成就,大儿子更是荣登县长宝座,女儿被授予革命烈士的称号。同时,也使他最终成了一个失败者,一个悲剧色彩浓重的人——他不仅六娶六亡,爱女出走并含冤屈死、遭匪断腰、儿子叛逆、丧母亡妻、失去了身心相依的姐夫朱先生和亲如手足的长工鹿三,而且眼睁睁地看着儿子白孝文把早已脱胎换骨、由土匪变成了仁义之人的鹿黑娃枪毙了;至此,他坚守了一辈子的"仁义"最终被儿子抛弃了!而"作为一个封建性人物,虽然到了反封建的历史时代,他身上的许多东西仍呈现出充分的精神价值,而这些有价值的东西却要为时代所革除,这些有价值的东西就显出浓厚的悲剧性。"③可以说,他一生的升沉荣辱变化影射了中华民族精神价值的嬗变,同时也颇为深刻地诠释了中华民族在繁芜杂乱的时代中的悲剧根源;他那曲折而复杂

---

① 《陈忠实小说自选集·长篇小说卷》,第 334 页,华夏出版社 1996 年版。
② 《陈忠实小说自选集·长篇小说卷》,第 335 页,华夏出版社 1996 年版。
③ 陈涌语,转引自徐晓萍:《一个多重化性格的悲剧人物——〈白鹿原〉中白嘉轩形象探析》,《文教资料》,第 13 页,2008 年第 1 期。

的性格发展史,展现了民族文化的精髓与糟粕以及它们的相生相克状态,寄托着作者对民族文化的讴歌和反思以及对民族文化价值取向的深沉思考与探索。而作为一个文学形象,"白嘉轩就是几千年中国宗法封建文化所造就的一个人格的典型",是"陈忠实贡献于中国和世界的中国家族文化的最后一位族长,也是最后一个男子汉。在他身上包容了伟大的中国文化传统全部的价值——既有正面,也有负面。"①

（二）鹿子霖

与白嘉轩一样,鹿子霖也是 20 世纪上半叶中国新、旧时代交替之际的一个农民,白鹿村鹿家的家长和白鹿仓第一保障所乡约。他不忠不孝、不慈不仁、无德无能——他吃的是"皇粮",但教养出来的儿子鹿兆鹏却反叛政府;自己在外惹祸,累及老父(正是因为他和总乡约田福贤在戏楼上惩治田小娥等农协骨干,他的父亲鹿太桓才遭鹿黑娃杀害)。阴鸷——鹿家祖辈为了改变与生俱来的低白家一等的地位,卧薪尝胆、苦心持家,终于攒下一份可以炫耀于世的产业家财,但到鹿子霖这一辈时,鹿家仍然无望出人头地,"祖宗昔日忍辱含垢的韧性与毅力在鹿子霖这里变相化为凌驾弱人之上的恣肆欺虐;产业家财的优越感则蜕变为维护权力欲望的奸作('作'似应为'诈'——引者注)狡黠"②,如在勾引田小娥被光棍狗蛋发现后,他嫁祸于狗蛋,从而导致狗蛋和田小娥一起受"刺刷"之刑;为了打击白嘉轩及白家,他指使田小娥勾引白孝文,让白孝文受"刺刷"之苦,也让白家丢尽了脸;在白孝文受"刺刷"时,他策划三四个人向族长跪谏,表面上是救白孝文,实则是看白家的笑话。违背人伦、丧尽天良、淫荡——不仅在外拈花惹草,而且连自己的大儿媳和侄媳妇也不放过,并直接导致了大儿媳的发疯,同时也可以说间接导致了侄媳妇的死。孱弱、胆小——在岳维山、田福贤和鹿黑娃即将被处死时,他被民兵押到台下去陪斗;当听到一个又一个人跳上台子控诉岳维山、田福贤和鹿黑娃的罪恶,台下一阵高过一阵的要求处死那三人的口号声时,他被吓得双腿发软并几次差点跌跪下去,并屙了一裤裆屎。不过,他也并非一无是处,如重亲情——二儿子英年早逝,自己又因受大儿子的连

---

① 李星语,转引自何西来:《文章千古事——关于〈白鹿原〉评论的评论》,《中国文学研究》,第 42 页,2000 年第 3 期。

② 刘绍信:《"民族秘史"的展示——〈白鹿原〉解读》,《北方论丛》,第 96 页,1998 年第 1 期。

累而坐牢,于是,心灰意冷、万念俱灰;但当二媳妇带着孙子突然而至时,他高兴得老泪纵横,并重新"积极进取"起来,找田福贤谋职。开朗豁达——他在因受大儿子的连累而被关进牢房后,"吃完以后,就仰躺在床板上,高高跷起一条腿,心里想:修下监狱就是装人哩喀!能享福也能受罪,能人前也能人后,能站起来也能圪蹴得下,才活得坦然,要不就只有碰死到墙上一条路可行了。"①心慈——在田小娥受"刺刷"后,他当天晚上就去看护她,伏在她脸上哭,给她留下一把银元让她去看伤。随和——平时常与人开玩笑,人们容易与他相处。

不过,总的来说,"鹿子霖绝对算得上一个传统意义上的坏人"②,其"身上体现出的……腐朽堕落的人格特征,显然代表着中国文化传统中的劣质因素"③;也是一个悲剧色彩颇强的人物——他的两个儿子一个音讯全无、一个战死疆场;他自己不仅老来无所依,而且还要抚养一个幼小的孙儿,不得不为生活打拼;同时,他不仅所效力的政府垮台了,还要被新政府游斗,并最后因被吓成痴傻而死。不过,他的悲剧色彩并不比他的对手白嘉轩更强:其一,两个儿子都非常优秀——在白灵的心目中,"鹿兆鹏是一件已经成型的家具而鹿兆海还是一节刚刚砍伐的原木,鹿兆鹏已经是一把锋利的斧头而鹿兆海尚是一圪塔铁坯"④,比起白家的或钻营或平庸的儿子来说,他们都要棒得多。其二,两个儿子均给他留下一个孙子,而且大儿子所留下的那个孙子还是出自白灵,后来还成了一个作家。其三,他最后因被吓得痴傻而死固然可悲,但因痴傻而对任何事情都不知不觉,因而再苦再悲对他已毫无意义;而白嘉轩则要在因自己巧取豪夺宝地之事而饱受良心的谴责中抱"愧"终天。

(三) 朱先生

朱先生是 20 世纪上半叶中国新、旧时代交替之际的一个知识分子。他是关中学派的布衣大儒——举人出身,但拒不出仕;本性纯朴,崇尚农家自然——"他一身布衣,青衫青裤青袍黑鞋布袜,皆出自贤妻的双手,棉花自种自纺自织

---

① 《陈忠实小说自选集·长篇小说卷》,第 536 页,华夏出版社 1996 年版。
② 王真:《中国社会转型中的悲剧性及其意义——从〈白鹿原〉的人物形象说起》,《绥化学院学报》,第 103 页,2010 年第 2 期。
③ 刘绍信:《"民族秘史"的展示——〈白鹿原〉解读》,《北方论丛》,第 96 页,1998 年第 1 期。
④ 《陈忠实小说自选集·长篇小说卷》,第 191 页,华夏出版社 1996 年版。

自裁自缝,从头到脚不见一根洋线一缕丝绸。"①但清高儒雅、博学多闻、洞明世事、声名远播,以至于被远至杭州的人请去讲学。他是一位"圣人"——白鹿原上的人物,无论是君子还是小人甚至土匪鹿黑娃,无论在外面是得意过还是失意过、是做过好事还是做过坏事,只要一进入白鹿书院面对他,就有受洗礼而心地澄净的感觉。他是一位"异人"——他能从白嘉轩画下的笨拙的图画看出传说中的白鹿的身影;会相面:他在相过白灵的面后告诉她:"你的左方有个黑洞。你得时时提防,不要踩到黑洞里去。跷过黑洞,你就一路春风了。"②能预知围攻西安的刘军长的攻城结局——"见雪即见开交"③;会解梦:能从朱白氏和白嘉轩的梦测知白灵的被害;料事如神:能测知农民走失的牛的去向,能料知身后数十年的"文化大革命"的发生。他是一个"完人"——他有学问、有本领但不图名利,献身于教育或潜心修县志;为人正直、善良、爱国;不仅有典型的儒家学者的儒雅,而且还有为国家、民族、民众而大义灭亲、舍身忘记或舍生忘死的英雄气概,如为了使西安市民百姓免遭涂炭、使古城免遭毁灭而只身面见清廷巡抚方升,当着军阀刘军长的面谴责其手下的暴行,中断县志编纂工作而投身于赈济灾荒的工作,在听到鹿兆海与日寇作战以身殉国的传闻之后与编纂县志的八位同仁联合发表《抗战宣言》并决心投笔从戎,为禁烟亲自动手犁毁妻弟的罂粟地。同时,他也是封建礼教的维护者,如鄙视田小娥;当传言田小娥冤魂作祟、白嘉轩要把她的尸骨从窑洞里挖出来烧成灰末儿,撂到滋水河里去时,他助纣为虐般地说:"把那灰末不要抛撒,当心弄脏了河海。把她的灰末装到瓷缸里封严封死,就埋在她的窑里,再给上面造一座塔。叫她永远不得出世。"④为人处世秉承儒家的"中庸之道",甚至当鹿兆鹏请他算一卦、预卜一下国共两党将来的结局时,他也模棱两可地说:"卖荞面的和卖饸饹的谁能赢了谁呢? 二者源出一物咯……我观'三民主义'和'共产主义'大同小异,一家主张'天下为公',一家倡扬'天下为共',既然两家都以救国扶民为宗旨,合起来不就是'天下为公共'吗? 为啥合不到一块反倒弄得自杀相戕杀? 公字和共字之争不过是想独立字典,卖

---

① 《陈忠实小说自选集·长篇小说卷》,第 19 页,华夏出版社 1996 年版。
② 《陈忠实小说自选集·长篇小说卷》,第 377 页,华夏出版社 1996 年版。
③ 《陈忠实小说自选集·长篇小说卷》,第 173 页,华夏出版社 1996 年版。
④ 《陈忠实小说自选集·长篇小说卷》,第 439 页,华夏出版社 1996 年版。

荞面和卖饸饹的争斗也无非是为独占集市！既如此,我就不大注重'结局'了"①。

总的来看,朱先生"是一个理想的人物,他代表了中国的传统文化的血脉。他是中国士人的一个代表"②。

（四）田小娥

田小娥是20世纪上半叶中国新、旧时代交替之际的一个农村女子。她在生前死后均不幸——她在年少之时便被父亲送给郭举人做延年益寿的工具、与鹿黑娃偷情而被郭举人休弃、被鹿黑娃带回家却被族长拒绝进祠堂、为救鹿黑娃和报仇而先后被鹿子霖胁迫、被鹿三怒杀、在瘟疫爆发后尸骨被压在镇妖塔下。从表面上来看,她很淫荡——郭举人、鹿黑娃、鹿子霖、白孝文等谁要她她就跟谁,其悲剧正是其淫荡所致;但实际上并非如此——她勾引鹿黑娃,是因为郭举人仅仅让她"泡枣"、把她作为延年益寿的工具,因而既没有享受到男欢女爱的乐趣,又没有从自己的男人那里得到体贴关心,于是倍感寂寞、愁苦和侮辱,便以此反抗;她与黑娃的结合是出于爱,合乎人性;她与鹿子霖苟且,并不是自愿,更不是主动,而且最初的动机是为了救鹿黑娃;她勾搭白孝文,一是为鹿子霖所胁迫,二是为了报复白氏父子对她的暴虐。从表面上来看,她是一颗灾星,无论是谁,碰之则不幸——鹿黑娃碰上她,先是被老板辞退,后是被家族排斥,再后是成为疯狂的农运分子,最后是被迫逃亡并落草为寇;白孝文碰上她,从族长之储备点变成饿殍;白狗蛋碰上她,从一个光棍变成了死在水缸根下的僵尸;鹿子霖碰上她,脸面丢尽、名誉扫地。但实际上也并非如此——正如她的魂灵借鹿三之口所说:"我到白鹿村惹了谁了？我没偷掏旁人一朵棉花,没偷扯旁人一把麦秸柴禾,我没骂过一个长辈人,没搡戳过一个娃娃,白鹿村为啥容不得我住下？我不好,我不干净,说到底我是个婊子。可黑娃不嫌弃我,我跟黑娃过日月。村子里住不成,我跟黑娃搬到村外烂窑里住。族长不准俺进祠堂,俺也就不敢去了,咋么着还不容让俺呢？大呀,俺进你屋你不认,俺出你屋没拿一把米也没分一根蒿子棒棒儿,你咋么着还要拿梭镖刃子捅俺一刀？大呀,你好

---

① 《陈忠实小说自选集·长篇小说卷》,第306页,华夏出版社1996年版。
② 王真:《中国社会转型中的悲剧性及其意义——从〈白鹿原〉的人物形象说起》,《绥化学院学报》,第101页,2010年第2期。

狠心"①。她有情有义——鹿黑娃对她真心,她便真心相报:为他而接受鹿子霖蹂躏;白孝文对她真心,她也真心相报:为报答他,她报复地尿了唆使她勾引他而使之蒙羞受罪的鹿子霖一脸。她单纯善良——她之所以上了鹿子霖的圈套,实际上就是因为她太单纯善良了;"惩罚孝文的那天后晌,小娥听到村巷里头的锣声和吆喝声,浑身抽筋头皮发麻双腿绵软,在窑洞里坐不住了。她达到了报复的目的却享受不到报复的快活……一次又一次地在心里呻吟着:我这是真正地害了一回人啦"②;为了求鹿子霖救鹿黑娃,她不惜以身体作为交换条件。她富有反抗精神——白氏父子惩罚了她,她便接受鹿子霖的唆使而勾引白孝文,结果把白嘉轩气得倒在破窑门口,并让白孝文受到了族规的惩罚;为报复鹿子霖而尿了他一脸;在死后化作厉鬼带给整个白鹿原一场大瘟疫,并附魂于鹿三借其口控诉那股置她于死地的恶势力。当然,她自身也是有问题的,如自甘堕落——如果说,她与鹿子霖的关系最初是出于搭救鹿黑娃的需要,属于被迫的,但后来则是出于寻找新的依靠,也就是说,她是自觉自愿的而不是被迫的了。

总的来看,田小娥是小说中最亮丽但也是悲剧色彩最为浓重的人物,是整个封建势力的牺牲品。

三

小说通过其内容及所塑造的人物形象,尤其是白嘉轩、鹿子霖、朱先生、田小娥等,所表达的主旨大致有以下几点:

(一)"展现了'白鹿原'这个民间宗法制社会的存在与变迁,提示其扬善又造恶的双重本质以及其必然没落的历史趋势。"③

在小说中,族长、《乡约》、祠堂等共同构成了白鹿原上宗法制社会的存在形式。其中,族长为最高行政长官,是宗族功能的人格化体现;《乡约》为其乡土法典;祠堂是宗族的象征和族人处理重大事情的主要活动场所。在以族长、乡绅和长老(后来还包括"总乡约"、"乡约")共同管理之下,在《乡约》的制约下,白鹿村村民以祠堂为基地,共同面对非常年代的艰辛,如共同抵御"白狼"等灾祸,延

---

① 《陈忠实小说自选集·长篇小说卷》,第432页,华夏出版社1996年版。
② 《陈忠实小说自选集·长篇小说卷》,第281页,华夏出版社1996年版。
③ 张景忠,李金秒:《试论〈白鹿原〉中的民间宗法制》,《延边大学学报(社会科学版)》,第79页,2010年第5期。

续着宗族和民族的脉系;追求"仁义"、以和为贵,如白嘉轩和鹿子霖在为李家寡妇的六分地起争执时,不是诉诸官府,而是在内部寻求解决并最终获得圆满的解决,从而维持了混乱中的短暂和谐;独善其身与兼济天下双管齐下——朱先生虽为一介贫民,但心系天下,如犁毁了妻弟的罂粟田,为白鹿原制定《乡约》,退方升的20万清军,使人民免遭涂炭,任赈济灾民副总监,毅然决定投笔从戎;白嘉轩虽然主张"修身齐家",在竭力维护宗法制度存在、家族利益的同时,又始终与现实政治势力保持一定的距离,如拒绝田福贤、岳维山、鹿子霖多次让他出任乡约的请求,未曾参加过共产党领导的革命活动,却为了反对按人按亩收取印章税,带头组织"鸡毛传帖",制造"交农"事件,掀起了民国后白鹿原上的第一次政治浪潮;在农协运动失败后,田福贤回乡报复,他为保民不息下跪求情——"这种描绘与以往小说中将族权与统治阶级刻画为沆瀣一气的孪生兄弟不同"①。但宗法制又压抑和摧残人性,如泯灭了白赵氏、仙草、小翠和鹿冷氏等女性的个性,用罚跪、罚款、罚粮以及鞭抽板打等野蛮、原始的方式惩戒触犯《乡约》的白兴儿、狗蛋儿、田小娥、白孝文,甚至杀害田小娥。正因为如此,所以,在辛亥革命、新的文化思潮和文化建设(如兴办新学)等重大事件及黑娃、田小娥、白孝文等反叛人物同时冲击宗法制时,"国家"与宗族之间便逸出了"家国同构"的传统框架,宗法制也最终不可避免地走向了没落②;"小说不厌其烦地来写白嘉轩多次娶妻的经历,其意不仅在于以此来说明中国传统社会和家庭对传宗接代的极为重视,而且也渲染了白嘉轩旺盛的生命力和性能力,从而彰显了封建伦理道德的虚伪性,也使白嘉轩处于一种言行悖反的尴尬境地"③,以白嘉轩为中心的宗法制度也随之陷入了尴尬境地。

(二)揭示了中华民族的"秘史"及其发展动力的多源性。

小说以巴尔扎克的名言"小说被认为是一个民族的秘史"为题记,"陈忠实以其揭秘的手段,打开了隐含在悲怆国史、畸型性史背后的久抑与尘封的民生

---

① 刘绍信:《"民族秘史"的展示——〈白鹿原〉解读》,《北方论丛》,第95页,1998年第1期。
② 参见张景忠、李金秒:《试论〈白鹿原〉中的民间宗法制》,《延边大学学报(社会科学版)》,第79页,2010年第5期。
③ 李晓卫:《史诗品格与文化底蕴——〈创业史〉和〈白鹿原〉的一种比较》,《甘肃社会科学》,第139页,2009年第2期。

权的失落史、纷争史"①——"白鹿原做为清末民初解放前夕中国历史的见证,可以视为民族历史发展的一个缩影。以政治文化角度看,其社会结构有以田福贤、岳维山为代表的国民党反动势力,有以鹿兆鹏、白灵为代表的共产党革命力量,有以鹿兆谦(黑娃)、大姆指为代表的农民土匪武装。以民间文化角度看,有以白嘉轩、鹿子霖为代表的宗法家族团体,有以朱先生为代表的白鹿原的精神领袖。阶级矛盾、家族纷争、利欲情欲的角逐,相互融汇交织,构成白鹿原半个多世纪的'民族秘史'"②。小说"叙写的历史从清代末年开始,反映了中国近代历史上几乎所有的重大事件。辛亥革命、五四运动、北伐战争、抗日战争、解放战争,以及'文化大革命'、批儒运动等等。当我们重新站在今天的角度来观看这百年的沧桑时,就会发现原来白鹿原上的一切在不经意中已经由低级社会形态走向高级社会形态,由封建专制走向自由民主。白鹿原的历史成了关中近现代历史演进的一面镜子。在打倒皇帝的初期,白嘉轩剪了自己的辫子,放了白灵的绑脚;在大革命时期,黑娃参加了农协,兆鹏与白灵参加了反围城斗争;在蒋介石反叛革命之时,白灵毅然参加了共产党;在日寇侵占时期,朱先生等宣传抗日,兆海在内战中丧生,兆鹏与白灵清剿叛徒;在解放战争时期,兆鹏策动起义,解放了滋水县。这一切都不容否定地显出了一个新政权诞生过程中可能遭遇到的各种曲折,也正是这种曲折和困难,才显示出了历史前行的脚步是不会停止,一直向前的。"③而白鹿原的近现代史实际上就是中国近现代史的"具体而微"化。

历史的发展既有阶级斗争方面的原因——以黑娃、田小娥、白兴儿等为代表的农民阶级与白嘉轩、鹿子霖等为代表的地主阶级之间的斗争,又有人性、历史的冲突和自然的变迁等方面的原因——以耕读传家作为立身之本的白家与推重"忍受—报复"的"勾践"精神的鹿家各自将对方视为自己的精神对立面;清王朝的封建势力、代表帝国主义势力的军阀、国民党、日本鬼子、共产党等历史势力相互冲突,干旱少雨等自然灾害对人的生存环境及生存所造成的负面影

---

① 冯肖华:《秦地小说民生权的深度叙事——〈白鹿原〉、〈高兴〉之史线透视》,《文艺理论与批评》,第125页,2009年第5期。
② 刘绍信:《"民族秘史"的展示——〈白鹿原〉解读》,《北方论丛》,第95页,1998年第1期。
③ 叶澜涛:《试论〈白鹿原〉中关于历史发展动力的多源性认识》,《乐山师范学院学报》,第47页,2009年第4期。

响。这些都是推动关中也是推动整个中华民族历史发展的动力。

（三）反思并宣扬了中国传统文化。

"《白鹿原》是中国当代文学对中国历史、文化最为完整最为坚实的重构"[①]，"《白鹿原》的思想意蕴要用最简括的话来说，就是正面观照中华文化精神和这种文化培养的人格，进而探究民族的文化命运和历史命运"[②]——小说展现了民族文化的精髓与糟粕以及它们相生相克的状态，反思了民族文化及其价值取向，如有关白嘉轩曲折而复杂的性格发展史及性格的复杂性的描写；"着力宣扬的是中国传统文化，正如小说中到处弥漫的儒家思想、生命玄学、神秘力量、因果轮回，其中最重要的是儒家思想的弘扬，各位仁人将'达则兼济天下，穷则独善其身'的千古训诫演绎得淋漓尽致。白嘉轩在'仁义'的白鹿原上兴办学堂、修祠堂、体恤长工、积极有为。圣人朱先生除罂粟、赈灾民、修县志、规定乡约，教书育人，神机妙算，尤其是抗战时期的大义凛然无不令人肃然起敬。"[③]

（四）揭示了在古老大地上中华民族生存繁衍的艰难与蜕变新生的凝重。

在小说中，人们不是生活在兵荒马乱之中就是生活在天灾人祸之中，一生苦苦追求，但到头来只是徒劳而已，很少有人有善终：白嘉轩在自我谴责的良心煎熬和强烈的失落感中苦度时日，鹿子霖及其儿媳疯死，田小娥被杀死，鹿黑娃被枪毙，白灵被活埋，鹿兆海、鹿兆鹏先后战死，朱先生郁闷而死。

四

从艺术表现的角度来看，小说主要具有如下特点：

（一）地域文化特色强烈。

首先，有关白鹿的传说便是一种文化，因而古原以白鹿为名、小说以白鹿原为名也就带有明显的地域文化的性质了。

其次，作为地域文化的载体或象征，白鹿原所包含的不只是白鹿意象这一点，而且也是包含了生于斯、长于斯的人们在其全部活动中所形成的传统、习

---

① 孙蕾：《试论〈白鹿原〉中作家主观思想的渗透》，《牡丹江师范学院学报（哲学社会科学版）》，第 21 页，2009 年第 1 期。
② 孙蕾：《试论〈白鹿原〉中作家主观思想的渗透》，《牡丹江师范学院学报（哲学社会科学版）》，第 24 页，2009 年第 1 期。
③ 田新星：《新历史主义视角下的〈白鹿原〉》，《北方文学（下半月）》，第 138 页，2011 年第 3 期。

俗、心理、生存方式和思维方式等。

第三,白鹿原地处周秦故地的腹部,这一带地方是华夏辉煌的农耕文明的主要发祥地和摇篮,同时,也是这一文明在其发展的鼎盛期的中心。这一带地处北国,水深土厚,属大陆型气候,雨量并不丰沛,生产条件相对艰苦,因而自古以来民风淳厚、尚实,这一点在文学上也表现得非常明显,如《诗经》中的秦风、豳风对此均有表现。

第四,小说中的主要人物或重要人物——白嘉轩、朱先生、鹿三、鹿黑娃、冷先生、田小娥,都带有地域文化色彩,如朱先生,一是有文化人的身份,是白嘉轩以至鹿黑娃等人物的精神导师,在人们心目中扮演着真正的教父角色;二是作者明确提出了他作为关学传人的学者素养和知识背景①。

(二)"视角"独特。

"陈忠实及其《白鹿原》与以往那些被誉为史诗性的作家和作品的最大不同就在于超越了时代和阶级的局限,从更为广阔的社会背景上来多角度地描写丰富多彩的生活内容"②,且注重按照生活的本来面目如实地加以描写——小说"虽然仍有政治的视角,但却不再拘泥于原先的政治框架和僵化观念,而且超越了事件发生当时的狭隘的党派意识。更重要的是作家有了更为开阔的大文化的视野,在这样的视野之下,许多过去被有意无意地忽略了的东西,充实到艺术的画卷中来了,许多过去根本不可能看出的那些深隐的,乃至多少显得神秘的层面、因素和意义,终于开掘出来了"③,"如鹿子霖祖先的勺勺客身份,白嘉轩的族长身份,以及田小娥的'祸水'身份;'关中大儒'朱先生则是儒家文化精神的代言人,有兼济天下和独善其身的双重性格;治病救人的冷先生则表现出道家的文化风采,他对国家意识形态很'冷',对日常世俗生活却非常热心,不仅乐于为人排忧解难,充当中间人,而且看重生命,医道高明"④均被"发掘"了出来;在辛亥革命废除帝制后农民们无所适从的心理状况,军阀混战对农村造成的危害

---

① 参见何西来:《关于〈白鹿原〉及其评论——评〈白鹿原〉评论集》,《小说评论》200 年第 5 期。
② 李晓卫:《史诗品格与文化底蕴——〈创业史〉和〈白鹿原〉的一种比较》,《甘肃社会科学》,第 135 页,2009 年第 2 期。
③ 何西来:《文章千古事——关于〈白鹿原〉评论的评论》,《中国文学研究》,第 41 页,2000 年第 3 期。
④ 任现品:《政治呼应与文化揭秘的对照互证——对〈创业史〉〈白鹿原〉的一种比较》,《烟台大学学报(哲学社会科学版)》,第 59 页,2010 年第 4 期。

及其所导致的"交农"事件的发生,共产党的活动及在白鹿原上所领导的"风搅雪"的农民运动,抗日战争对村民们的影响,解放战争的洪流对相关人物和事件的影响和推动,白鹿原上特定的民风民俗、生产劳作以及农民受传统文化影响而表现出来的伦理道德和思想观念等都得到了如实的描写,不少情节和人物还有原型[①],从而从更为深厚的历史文化根源上挖掘出了人物的思想和行为的深层根源,真实而生动地描绘了白鹿村及其村民们乃至整个中国农民半个世纪里的生存状态。

(三)采用了"细腻温婉、深刻独到的典型化创作方法"。

"《白鹿原》的写作中,作者对人物的塑造坚持的是一种细腻温婉、深刻独到的典型化创作方法。在人物的刻画中,他以活生生的现实生活为基础,在对历史的深刻思考中,从人物的文化心理和生活境遇出发,刻画人物的精神气质、性格特点,从人性深处揭示人物在其生存中精神世界的矛盾冲突,人物写得活灵活现,让人感同身受,如见其人。特别是,作者从对人物的文化心理的把握出发展开对人物无意识世界的描写,精微细腻,而且对人物在无意识世界展开的情理冲突心理的发展变化及其形成的内在动因和发展变化的节奏等的描写,更是十分的精彩。如作品中对田小娥、大姐、鹿三等众多人物心理的描写等,作者都是刻画得入情入理,而且对其情理发展的节奏的掌握,火候十分精到,从一个个人物的命运中揭示出我们民族心灵深处的集体无意识。总之,作者刻画人物,于性灵中见沉重,在对人物至性至灵的性情化描写中写出人的生存悲剧,从而达到对历史、文化和现实的精神反思及文化反思的审美意义。"[②]

(四)线索主次分明,情节开合有度,故事叙述逻辑严密。

"作者在故事的叙事中,以传统文化为基本叙述语境,以白家('家'应为'嘉'——引者注)轩等代表的白鹿村的百姓生活为主线,以黑娃、鹿兆鹏等代表的社会革命活动为副线,形成主次分明、互相映照、时分时合的故事结构。在这一主次不同的文化世界形成的反讽性式的叙事语境中,在乡村社会的传统文化

---

① 详见李兆虹:《述说历史,还原生活——〈白鹿原〉对中国现代社会的全面解读》《长沙理工大学学报(社会科学版)》,2000年第3期)和《〈白鹿原〉对现代革命历史的叙述、重建与超越》(西南大学·中国优秀硕士学位论文全文数据库)等。

② 赵录旺:《文化叙事的风格化与多样化——〈白鹿原〉与〈敦煌·六千大地或者更远〉的一种比较性研究》,《甘肃高师学报》,第7页,2009年第6期。

和新文化的价值意义的对立与冲突中,作者展开人物的生活故事和生存命运的叙事,情节开合有度、故事叙述逻辑严密,在故事的讲述中追求历史真实和生活真实,进而从文化心理入手深入人物的精神世界,因而叙事中故事的发生情理细密,既符合生活的逻辑,也符合情感逻辑。因此,《白鹿原》的叙事是典型的现实主义的史诗,是作者对现实中的人灵魂之中所发生故事的细致入微的讲述,这一讲述既是审美性的情感表现,也是反思性的思想阐释。因而其故事的讲述不是简单的表层叙事,而是深层的心理现实的艺术再现。"①

(五)浪漫主义色彩浓郁。

小说的浪漫主义色彩首先表现为其许多带有神秘色彩的描写。例如,关于白鹿、白狼、异兆、梦境、鬼魂、数字、朱先生料事如神等的描写,特别是关于白鹿的描写——在死了六任妻子后,白嘉轩在大雪覆盖的田野发现了"粉白色的蘑菇似的叶片……嫩乎乎的同样粉白的秆儿……那秆儿上缀着五片大小不一的叶片"②,在朱先生告知那是白鹿的精魂后,白嘉轩"脑子里已经奔跃着一只活泼的白色神鹿了":"一只雪白的神鹿,柔若无骨,欢欢蹦蹦,舞之蹈之,从南山飘逸而出,在开阔的原野上恣意嬉戏。所过之处,万木繁荣,禾苗茁壮,五谷丰登,六畜兴旺,疫疠廓清,毒虫灭绝,万家乐康"③。这些都使小说蒙上了一层神秘的色彩。其次表现在人物的塑造上。作者的意图主要不是塑造典型环境里的典型人物,而是通过人物来审视整个民族的精神和心理结构。在小说中,人物的命运是纵线,千回百转;而社会历史的演进是横面,愈拓愈宽;传统文化的兴衰则是精神主体,大厦将倾;于是,人、社会历史、文化精神三者之间相互激荡、相互作用,共同拓展了小说的时空,并借此去探索民族生存发展的文化隐秘。

(六)句式多姿多彩,语言鲜活传神而又内蕴丰富。

小说语言鲜活传神,特别是长句铺叙。如小说对朱先生临终前送县志又一次游览滋水故地的描写:"滋水县境的秦岭是真正的山,挺拔陡峭巍然耸立是山中的伟丈夫;滋水县辖的白鹿原是典型的原,平实敦厚,坦荡如砥,是大丈夫是胸襟;滋水县的滋水川道刚柔相济,是自信自尊的女子。川山依旧,而世事已经

---

① 赵录旺:《文化叙事的风格化与多样化——〈白鹿原〉与〈敦煌·六千大地或者更远〉的一种比较性研究》,《甘肃高师学报》,第 7 页,2009 年第 6 期。
② 《陈忠实小说自选集·长篇小说卷》,第 17 页,华夏出版社 1996 年版。
③ 《陈忠实小说自选集·长篇小说卷》,第 26 页,华夏出版社 1996 年版。

陌生,既不像他慷慨陈词、扫荡满川满原罂粟的世态,也不似他铁心柔肠赈济饥荒的年月了。荒芜的田畴、凋敝的村舍、死灰似的脸色,鲜明地预示着:如果不是白鹿原走到了毁灭的尽头,那就是主宰原上生灵的王朝将陷入死辙末路。"①又如小说对旱灾之后的白鹿原的描写:"从原顶到坡根的河川,整个原坡自上而下从东到西摆列着一条条沟壑和一座座崾梁,每条又大又深的沟壑统进几条十几条小沟,大沟和小沟之间被分割出一座或十几座崾梁,看去如同一具剥撕了皮肉的人体骨骼,血液当然早已流尽枯竭了。一座座崾梁千姿百态奇形怪状,有的像展翅翱翔的苍鹰,有的像平滑的鸽子;有的像昂首疾驰的野马,有的像静卧倒嚼的老牛;有的酷似巍巍独立的雄狮,有的恰如一只匍伏着疥蛙……它们其实更像是嵌镶在原坡表层的一副副动物的标本,只有皮毛只具形态而失丢了生命活力。崾梁上隐约可见田堰层叠的庄稼地。沟壑里有一株株一丛丛不成气候的灌木,点缀出一抹绿色,渲染着一缕珍贵的生机。这儿那儿坐落着一个个很小的村庄,稠密的树木的绿盖无一例外地成为村庄的标志。"②

小说擅长连续设譬:"鹰鹞在空中瞅中地面小鸡箭一般飞扑下来的时候,称为出爪,狼在黑暗里跃向行人时称作出牙,作为保安队员的白孝文在从裤兜里掏出手枪射击鹿兆鹏时便自称为出手!出爪出牙和出手不过是一字之差,其结局却是相同的,就是把久久寻找的猎物一下子抓到爪心,或咬进嘴里,或撕碎吸了噬了,就撂进枯井里去。"③"火焰像瞬息万变的群山,时而千仞齐发,时而独峰突起;火焰像威严的森林,时而呼啸怒吼,时而缠绵呢喃;火焰像恣意狂舞着的万千猕猴万千精灵。"④

小说选用长句、博喻、排比。如鹿黑娃等十人在受训之后回到白鹿原时,鹿兆鹏鼓动他们道:"你们十弟兄是十架风葫芦是十杆火铳,是十把唢呐喇叭,是十张鼓十面锣,到白鹿原 98 个村子吹起来敲起来,去煽风去点火,掀起轰轰烈烈翻天覆地的乡村革命运动,迎接北伐军胜利北上。国民革命就要成功了!"⑤后来有人退出,鹿黑娃找到人就损就骂:"你是个熊包,你是个软蛋!你是蜡枪,

---

① 《陈忠实小说自选集·长篇小说卷》,第 583 页,华夏出版社 1996 年版。
② 《陈忠实小说自选集·长篇小说卷》,第 383 页,华夏出版社 1996 年版。
③ 《陈忠实小说自选集·长篇小说卷》,第 396 页,华夏出版社 1996 年版。
④ 《陈忠实小说自选集·长篇小说卷》,第 163 页,华夏出版社 1996 年版。
⑤ 《陈忠实小说自选集·长篇小说卷》,第 194 页,华夏出版社 1996 年版。

你是白铁矛子见碰就折了!仨月的受训白学了革命道理,不要钱的肉菜蒸馍白咥了!你不讲义气不守信用,结盟发誓跟喝凉水一样。"① 这类语言在全书中随处可见。

迭用长句、排比、博喻及连续设譬等,使得文章气盛理畅,再加上意象鲜活,通俗传神,从而使语言具有很强的感染力。

(七)人物众多且个性鲜明。

小说塑造了为数众多的人物形象,如白嘉轩、鹿子霖、鹿黑娃、田小娥、朱先生、白孝文、鹿兆鹏、鹿兆海、白灵、鹿三、白孝武、冷先生、田福贤、岳维山、白赵氏、白吴氏、二姐儿。总的来看,这些人物均个性鲜明、形象生动,其中,除白嘉轩、鹿子霖、朱先生、田小娥等外,尤为值得关注的还有仙草、朱白氏、鹿高氏等"暂时做稳了奴隶"的贤妻良母,白嘉轩的前六位妻子、鹿冷氏、小翠、白牡丹、黑牡丹(也包括田小娥)等"想做奴隶而不得"的女性以及白灵这一挣脱奴隶之锁、追求自由的女性②。

五

小说也存在着一些不足之处,具体地说:

(一)田小娥"死"得过早。

田小娥是小说中的一个"枢纽"性人物——鹿黑娃、白嘉轩、鹿子霖、白孝文、鹿三、朱先生等重要人物或主人公均与之有密切的联系,她的过早死去对小说的情节和结构均带来了负面影响,如小说在她死后的情节不如之前的展开得舒缓充分,结构则不如之前的紧凑匀称。

(二)白嘉轩、朱先生、田小娥等过于理想化,概念化倾向较为明显。

虽然总的来说,白嘉轩、朱先生、田小娥等均性格复杂、个性鲜明,颇具典型性,但其性格和个性又有点像不是出自人物自身而是出自作者的;而且白嘉轩骨子里的"卑劣"之处,如巧夺鹿子霖的宝地,在穷困之际不惜引种鸦片——他听从朱先生建议响应政府的号召终止种鸦片虽然可以看作是其从善如流的表

---

① 《陈忠实小说自选集·长篇小说卷》,第194页,华夏出版社1996年版。
② 参见赵录旺:《文化叙事的风格化与多样化——〈白鹿原〉与〈敦煌·六千大地或者更远〉》,《甘肃高师学报》,第7页,2009年第6期。

现,但也不能排除是他在自己通过种植鸦片发家致富后不愿让别人也通过种植鸦片发家致富的一种诡计;这与其严厉、正直、公正、无私、厚道等性格"水火不容"。朱先生尽善尽美——他那处罚田小娥的主张如果从正统的封建观念来看是天经地义的,全知全能——像大儒一样博学、广智、礼贤下士、明理、好义,像江湖术士一样精通打卦问卜,像诸葛亮一样神机妙算,甚至能预知自己的死期及身后几十年发生的事情。总之,有点"多智而近妖","似乎形象丰满,人格完善,而实际上非儒非道,更不似理学之承传者。他是观念的箭垛,只不过表现得相对更隐秘一些罢了……朱先生及其种种传奇'义举'只是给惯常听故事的中国广大读者带来了骛新猎奇的感觉,并不能留下多少深刻的思考。这一人物更高地悬浮于白鹿原上空,与文本处于游离状态,只是作者所运用的一个苍白的观念符号而已"①,"作家是要把他塑造成关中文化的灵魂载体,然而,却最终使他'非人'而不可信"②。"在田小娥这一人物形象上同样体现出作者对人物的误置及作者思想上的局限性和矛盾性。本来田小娥极有可能成为全书中最有光彩最成功的人物形象,使得这一形象成为传统宗法文化的或正或反的例证。然而这一人物形象的效果是混乱和模糊的"③——小说最后有把田小娥写成了"白鹿原上最淫荡的一个女人"④之嫌。

(三)"惊世骇俗"的"性描写"过多。

小说有一系列"性描写",如田小娥与鹿黑娃、田小娥与鹿子霖、田小娥与白孝文等做爱场面的描写,可谓"惊世骇俗"。虽然"性描写在《白鹿原》的文化考量和艺术构架中,处于一个非常重要的地位,显得格外突出。其重要性至少不在诗史效果的探求之下"⑤,"性,在这里已不仅仅是感官刺激的手段,同时它是驱动小说'秘史'情节发展的主要缘由;鹿兆谦出走、鹿子霖乱伦、白孝文沉沦、鹿三老汉血刃田小娥,无一不是由'性'的推动而发展,白鹿原陷入了巨大的性的

---

① 谭玉喜、杨洁:《"故事性"下的缺失——评〈白鹿原〉的人物误置》,《乐山师范学院学报》,第24页,2004年第1期。
② 李骏虎:《由陈忠实〈白鹿原〉的白璧微瑕说开去》,《名作欣赏》,第131页,2009年第19期。
③ 谭玉喜、杨洁:《"故事性"下的缺失——评〈白鹿原〉的人物误置》,《乐山师范学院学报》,第24页,2004年第1期。
④ 《陈忠实小说自选集·长篇小说卷》,第327页,华夏出版社1996年版。
⑤ 何西来:《文章千古事——关于〈白鹿原〉评论的评论》,《中国文学研究》,第47页,2000年第3期。

情结之中,性成了一个伟大的神话,逃出劫数的人在白鹿原已屈指可数了"①;虽然陈忠实宣称:"第一,据我所知,古今中外大家比较喜欢的文学作品,都未回避爱和性的问题","第二,《白鹿原》这部书所涉及到的那段历史中,爱和性的问题恰好是国人精神世界与心理世界的纽带,从'五四'开始,爱的心态与性的心态已经是非常重要的因素","第三,解放以来一段时期,较左的文艺政策把爱尤其是性行为视作禁区,新时期开始后,即有先驱者打破坚冰。"坦陈自己在内心为"写性"设定了三项原则——"第一是不回避,因为性的问题不容作者回避","第二是撕开写,大胆撕开禁区的黑幕是第一要害","第三是不做诱饵,即把握分寸,不要把性写成激起读者兴趣的诱饵";但"不做诱饵"这点在主观客观上都很难做到,"在写的过程中,多写两句性也是可能的。"②而且就文本来看,小说不只是"多写两句""性",而是多写了"许多句""性",从而既影响了情节的展开、人物的塑造,又影响了读者的阅读注意力。其中,有些甚至还成了附赘悬疣——"小娥在戏台下用手去抓白孝文的阳具,实乏心理动因。(孙绍振《孙绍振如是说〈白鹿原〉彻底失败》)因为,诱惑白孝文与黑娃生死、情欲匮乏干系甚微,又使她在容纳鹿子霖之后多了一层对不住黑娃的犯罪感。而日后觉醒,尿了鹿子霖一脸尿水也就显得如空穴来风。因为她毕竟不是为性而生存的女性。朱先生死去,儿媳发现公公的'本钱''那样粗那样长',似也是可有可无之笔。"③

(四)"作家本身的哲学思想广度狭窄,由此造成在此偏狭的大背景下,塑造的白、鹿两家年轻一代人物在思想和行动上的矛盾性,这些有追求但道路不同的年轻人的形象,比起他们的父辈白嘉轩、鹿子霖的有血有肉有精神来说,显得苍白、漂移……白灵改'国'为'共'和兆海改'共'为'国'……明显缺乏正面铺陈,不具备说服力。鹿兆海的改变过程没有叙述,白灵的改变也过于仓促和简单……人物在进行意识形态的对话或者说交锋时,只会围绕农会的'铡刀'和国民政府的'填井'来绕圈子,扩展不开,也深入不下去……《白鹿原》后半部明显不如前半部有味道、更厚重……人物在谈及'国'与'共'的时候,明显被强加上了20世纪90年代的烙印。"④

---

① 孟繁华:《〈白鹿原〉:隐秘岁月的消闲之旅》,《文艺争鸣》,第67页,1993年第6期。
② 王朔等著:《十作家批判·二》,第259—260页,北京理工大学2004年版。
③ 刘绍信:《"民族秘史"的展示——〈白鹿原〉解读》,《北方论丛》,第97页,1998年第1期。
④ 李骏虎:《由陈忠实〈白鹿原〉的白璧微瑕说开去》,《名作欣赏》,第130—131页,2009年第19期。

（五）小说描写黑娃在最后对传统的回归，所要表现的似乎是"宗法观念的教化力量，浸染人性的作用使阶级意识相形见绌"①，但这实际上又破坏了黑娃这一人物形象的完整性——"人物与故事并未形成有机的构成，古典式的写实和神话式的象征之间也存在着拼凑的无奈"②。

（六）作者"对于革命生活明显地隔膜，对于鹿兆海和白灵的刻画难免有单调之嫌，缺少足够的感性支撑。"③

（七）枝蔓过多。

小说游离主线的情节不少，如有关"历史"、"异事"以及性的描写等，这些对小说情节的营构、主题的表达是有负面影响的。

不过，小说尽管有这些不足之处，但总的来说仍然堪称"20 世纪 90 年代中国长篇小说创作的重要收获之一，能够反映那一时期小说艺术所达到的最高水平"④，甚至可被称为"扛鼎之作"⑤，"主要着眼于中国……一个历史时期社会复杂的矛盾冲突，而且很能够做到'如实描写，并无讳饰'的文学作品，《白鹿原》即使不是第一部，也是其中突出的一部"⑥，是"在 1989 至 1994 年间，被公认为最厚重也是最负盛名的作品"⑦。

---

① 刘绍信：《"民族秘史"的展示——〈白鹿原〉解读》，《北方论丛》，第 96 页，1998 年第 1 期。
② 张颐武：《〈白鹿原〉断裂的挣扎》，《文艺争鸣》，第 62 页，1993 年 6 期。
③ 谭玉喜、杨洁：《"故事性"下的缺失——评〈白鹿原〉的人物误置》，《乐山师范学院学报》，第 25 页，2004 年第 1 期。
④ 何西来：《文章千古事——关于〈白鹿原〉评论的评论》，《中国文学研究》，第 40 页，2000 年第 3 期。
⑤ 朱寨语，转引自何西来：《文章千古事——关于〈白鹿原〉评论的评论》，《中国文学研究》，第 41 页，2000 年第 3 期。
⑥ 陈涌：《关于陈忠实的创作》，《文学评论》，第 13 页，1998 年第 3 期。
⑦ 胡平：《我所经历的第四届茅盾文学奖》，《小说评论》，第 6 页，1998 年第 1 期。

第二节 《战争和人》

一

王火的《月落乌啼霜满天》、《山在虚无缥缈间》、《枫叶荻花秋瑟瑟》最初分别于 1987 年、1989 年、1992 年由人民文学出版社出版,后来在 1993 年由人民文学出版社以《战争和人》为总名出版,其内容梗概为:

童霜威于上海南洋公学毕业后入日本东京帝国大学学法律,在"九一八"事变后在上海做教授,再后任南京国民政府司法行政部秘书长、中央公务员惩戒委员会委员兼秘书长,家住潇湘路一号,邻居叶秋萍主管特务工作,另一邻居管仲辉为何应钦的亲信;前妻柳苇和他生有儿子童家霆,在与他离婚后加入共产党,后被国民党枪杀于南京雨花台;弟弟童军威在军校就读。在西安事变平息后,叶秋萍因支持蒋介石而获升迁,管仲辉称病不出,监察会委员谢元嵩告诉童霜威其中央公务员惩戒委员会委员一职将被撤,建议他借正处理着的吴江县县长江怀南违法渎职案捞些好处,他接受谢元嵩的建议,应江怀南之邀,到苏州游玩;在游至枫桥时,他想到柳苇最喜欢的《枫桥夜泊》一诗,并回想起她的美丽、贤惠、优雅以及两人曾经的生活。从苏州返回后,童霜威因秉公处理上海地方法院院长褚之班,遭褚等仇恨和中伤,被迫辞职;1937 年夏天,他为复职而奔走,并见汪精卫,但最终只得了一个徒有虚名而无实权的"地区代表"的职务。在"八一三"事变发生后,童霜威带着童家霆至安徽南陵县江怀南家避难,随后,续弦方丽清和丫鬟金娣也追去;途中,方丽清和江怀南关系暧昧。在避难一段时间后,童霜威赴武汉,途中,结识中央社记者张洪池;至武汉后,再次见汪精卫以谋职,但无果而终,加上战事吃紧,童霜威便举家迁往香港;途中,方丽清命金娣为自己遮挡炸弹,致金娣被炸死。1937 年 12 月,南京已经陷入战火。童军威在南京保卫战中牺牲;童霜威的司机尹二被国民党军队抓夫,后在江边遭日寇射击时中弹掉入江中,尹母在去难民营的途中被炸死;童霜威的厨娘庄嫂为免遭敌人污辱而自挖右眼,并被日寇砍了两刀;花匠兼门房刘三保在杀了两个日寇后遇害。在香港,童霜威通过张洪池认识了富商季尚铭,并应季尚铭之邀赴猴脑宴;在猴脑宴上,化名为何之蓝的日本陆军和知少将若杉隐晦地要求童霜威与日本人合作,童霜威对此颇为反感。在香港客居一段时间后,童霜威到"孤岛"上海居住,并结识了金娣的妹妹银娣。因"孤岛"形势险恶,童霜威想去陪都重庆,但方丽清不让他走而想要他当汉奸,江怀南、谢元嵩及汉奸特务头子李士群也劝他附逆,但均遭其拒绝。童家霆则在从事抗日宣传的过程中与同学欧阳素心产生了情感——欧阳素心后因父为汉奸、母为日本人的身世以及童家霆的无奈而离开了他;还与曾沦落风尘的大舅妈"小翠红"产生了母子般的情感,通过舅父柳忠华结识了母亲生前的好朋友杨秋水。在与汪伪闹翻后,童霜威被七十六号特工组织抓走,先囚禁于寒山寺,后转至南京软禁;其间,方丽清、汪精卫、谢元嵩、丁默村、江怀南、李士群等威逼利诱,迫其附逆,但他仍一概拒绝。1941年,童霜威在故意跌下楼梯受伤后,在日本医生冈田的帮助下,到上海的方家居住,并拒绝已附逆的管仲辉的附逆诱劝,之后,装病以图逃离敌占区。在几经周折后,童霜威父子逃至南京,辗转芜湖、巢县大安集、河南、陕西、四川至重庆。童霜威因在政治上没有裙带关系,没捞到一官半职,只能靠原上海"闻人"、"大亨"①杜月笙的帮助拿一些钱,在爱国将领冯玉祥那里找到一些安慰,便接受冯村的建议,带着童家霆离开重庆到江津,与方丽清离婚。童家霆就读于国立中学读高三,并因和同学们一起反对有政治背景的邵化在学校搞专制统治而遭陷害,被抓进监狱;在获释后被勒令退学。在1943年8月后,童霜威父子搬回重庆。童家霆入"民声新闻专科学校"学习,并在学校结识了燕寅儿——其父燕翘为同盟会员、中央委员,其姐燕珊珊为记者。童霜威写成《历代刑法论》,遇时为中央委员的老相识乐锦涛,得知其妻妹卢婉秋因丈夫殉国而心灰意冷,并进缙云寺诵佛学经;并遵乐锦涛之嘱劝卢婉秋振作,但未果。冯村因思想激进而被中统抓走。童霜威和燕翘一起奔走营救,未成后,燕珊珊提出找中央大员毕鼎山的妻子、蒋介石身边的红人陈玛荔帮忙。童家霆与燕寅儿互生情愫。童霜威接受复兴大学之聘,任其客座教授;李宗仁拜访他,希望他去汉中担任秘书长一职,但遭到拒绝。在费尽周折后,冯村被救出,但患上了重病;临终前,交代童家霆以"枫叶荻花秋瑟瑟"为暗号去见柳忠华,并交给他一件东西。1944年夏,在

---

① 《战争和人》(二)第645页,人民文学出版社1996年版。

陈玛荔的帮助下,童家霆到桂林前线采访,在回重庆后,发表揭露国民党真相的文章《桂林来去》。童霜威出席民主集会,发表激进演说。1945年,童家霆和燕寅儿创办《明镜台》刊物。日本投降后,毛泽东、周恩来等到重庆与国民党谈判。童霜威在冯玉祥的家里见到他们并与之交谈。在燕珊珊的帮助下,童家霆和燕寅儿以《明镜台》主编和社长的名义秘密采访了周恩来。童霜威应旧交程涛声之邀,至"特园"参加座谈会并发言,随后加入"三民主义同志联合会"。因柳忠华拟在南京办报需办公场所,童家霆便和他一起去南京,在陈玛荔的帮助下收回房子。之后,童家霆独自一人到上海见银娣,希望得到有关欧阳素心的消息,但一无所获;在失落之际进一家画店,见到了欧阳素心的画《山在虚无缥缈间》并决定买下;随后,在就职于中统的同学曹心慈的帮助下,得知欧阳素心在上海虹桥精神病院,便随即去探视。燕珊珊代表党组织与童家霆谈话,并转交了一封燕寅儿写给他的"无字"信;童家霆把自己的兴奋和怅惘告诉了柳忠华,但心潮难平,以至于梦牵魂绕。

二

小说中重要的人物主要有童霜威、童家霆、方丽清等。

(一) 童霜威

童霜威为一法学家、官僚。他出身于小康之家——其父亲是一个有儒学功底的秀才,也是一个长期悬壶济民的医生;他本人则在青年时代就投身于孙中山领导的革命之中,并在1913年参加"第二次革命",之后,亡命日本;从日本学成归国后,先后做律师、教授、编辑、国民政府司法行政部秘书长、中央公务员惩戒委员会委员兼秘书长等。他结过两次婚,前妻柳苇是共产党人,两人因政见不合而离异;续弦方丽清出身于富商之家,两人因情趣不同而格格不入,甚至彼此厌恶。他在南京做官时,家庭殷实——私家洋房和轿车、西洋参茶、绸缎皮袍、专职秘书和司机、门房、厨娘、丫头等一应俱全;"流寓南陵江家奉为上宾;寄居孤岛方家亦为贵婿;甚至被囚于苏州寺庙、南京旧居和上海医院时也有'冷面人'照顾生活。"① 早年,其父亲童南山教导他"言谈要谨慎,遇事要三思,爱国莫

---

① 邹琦新:《历史地描写具体人性的一个典范——王火的〈战争和人〉新论》,《邵阳学院学报(社会科学版)》,第113页,2008年1期。

为人后,趋利莫在人先。"①"他自幼熟读孔孟,早些年又研究过宋儒之学"②,深知"成仁取义,是做人之道"③,于是,从政后,谨守孔孟之道:在政治上搞"中庸"——"对蒋介石是既拥护也反对……对那种不抵抗主义和对日本的卑躬屈膝以及对英美的逢迎谄媚,都感到从心里发出厌恶……害怕共产党那种极端的左的做法,觉得那不符合国情……但对用屠杀的血腥办法来剿灭共产党,他又从心里反感。他认为自己不是国民党中的右派,也不是左派,是国民党中的中派"④;反对剿共和血腥屠杀,但又噤若寒蝉;在西安事变发生后,所想的是"我宁可脚踩两条船……两方面,我都不得罪,我都挂个号!"⑤在西安事变平息后,赞同国共合作,但对共产党又敬而远之。在为人处世方面颇为谨慎、稳重甚至圆滑——到江津目睹那里的黑暗后,虽对国民党当局不满,但仅仅是远离官场,而不稍作反抗;虽主张抗日,但在抗战前期又消极逃避,从南陵到武汉再到香港、上海,一逃再逃、一避再避;"对日本帝国主义的侵略,他反感透顶,恨不得能抗一抗!但一想到战争的恐怖,就不免气短,心里矛盾"⑥,希望能和平解决中日问题;"既对贪赃枉法深恶痛绝,又收受了江怀南巧无痕迹的贿赂"⑦。在生活做派上恪守"己所不欲,勿施于人"这一儒家准则,洁身自好、乐而不淫——不强人所难,也不以邻为壑;虽然在看到别人贪赃枉法、发财致富时也会产生"一种狐狸没吃到葡萄说葡萄酸的复杂心理"⑧,但"历来有个想法:有个清廉的名声,有利于自己的宦途飞黄腾达。但这个目的达不到,心中就不能不有怨尤。见人贪污,他也眼红,但心中总想:违法乱纪的事可干不得,损了名誉太不值得!"⑨平时总以文人雅士自居,"不象许多中枢要人一样喜欢女色。烟酒只是稍沾一点。要讲嗜好,倒是读读诗词,种种花草,游山玩水,比较喜欢。"⑩葆有民族气节和爱国心、追求进步——每当面临节操问题时,他便以有关屈原、苏武、岳飞、陆游、

---

① 《战争和人》(一)第 69 页,人民文学出版社 1996 年版。
② 《战争和人》(一)第 178 页,人民文学出版社 1996 年版。
③ 《战争和人》(二)第 174 页,人民文学出版社 1996 年版。
④ 《战争和人》(一)第 70 页,人民文学出版社 1996 年版。
⑤ 《战争和人》(一)第 34 页,人民文学出版社 1996 年版。
⑥ 《战争和人》(一)第 211 页,人民文学出版社 1996 年版。
⑦ 谢永旺:《别开生面——评〈战争和人〉》,《当代》,第 215 页,1993 年第 1 期。
⑧ 《战争和人》(一)第 20 页,人民文学出版社 1996 年版。
⑨ 《战争和人》(一)第 21 页,人民文学出版社 1996 年版。
⑩ 《战争和人》(一)第 156 页,人民文学出版社 1996 年版。

辛弃疾等的诗词自警自励,如在得知谢元嵩背着他替他在汪伪中央委员会名单上签名后,他立即奋笔疾书文天祥的《正气歌》,并寄给远在重庆的于右任;在"猴脑宴"上,日本特务要他充当"和平"诱降的牵线人,他拒不相从;面对汪派的李士群、江怀南等,蒋派的叶秋萍、张洪池等,在蒋汪之间翻云覆雨的谢元嵩、管仲辉等,以及方丽清的威逼利诱、软硬兼施,方丽清娘家人冷嘲热讽等,他毫不苟且妥协,并以自残的"苦肉计"寻求自由,为能前往大前方而不惜装成痴呆症病人;他自己饱经人生曲折,并经历了儿子童家霆被关进监狱、使尽浑身解数救自己昔日的学生和现在的秘书冯村及童家霆的恋人欧阳素心而未果等事情,接受了毛泽东、周恩来、柳忠华等的影响,之后,加入到为祖国的民主、统一而斗争的行列,如加入"三民主义同志联合会",在"特园"参加了"民联"的第一次全体大会,并在会上作了积极的发言;参加了反内战联合会并做了发言。不过,他也相当自私、冷酷、无情——柳苇在身陷囹圄、血洒刑场时,他虽身居国府要津,但未曾稍稍伸手相助,甚至在柳苇遇难后,收尸安葬之事也避而不管;内弟柳忠华被捕入狱,他开始时未曾进行积极有效的营救;柳忠华因思念姐姐的遗孤童家霆而登门拜访,他却避之不及,并冷漠少言地将他打发走。

总的来看,童霜威可谓性格复杂、个性鲜明,是抗战期间国民党中间派政治力量的代表;"童霜威性格的曲折发展历程,揭示了民族演变中的一个复杂过程:人性在战争中得到升华,战争与民族文化精神的交汇,为中华民族铸造了一代新人。"[①]"童霜威对国民党及其政府的认识和态度,由自命清高、实则依附的中间偏右派,到心存幻想、藕断丝连的中间派,直至分道扬镳、勇敢斗争的左派的转变过程……是当时大批正直的国民党人作出的历史选择,不但在政治上极具代表性,而且在艺术上极具典型性"[②],真实地反映了民主革命思想及实践对正直的旧式知识分子的积极影响。

作为一个文学形象,童霜威具有独特的意义和价值:

其一,童霜威是中国现当代小说史上最早出现的国民党中间派高级官员形象,具有"开先河"的性质;

---

① 吴野:《美和真的结合,诗和史的汇聚——〈战争和人〉管窥》,《当代文坛》,第9页,1992年6期。
② 邹琦新:《历史地描写具体人性的一个典范——王火的〈战争和人〉新论》,《邵阳学院学报(社会科学版)》,第115页,2008年1期。

其二,童霜威"是一个信守民族气节的爱国者……是一个由国民党的高级官吏向一个革命的民主派转变的典型"[1]——他虽身处国民党阵营,但基本上能洁身自好,而且能不屈服于外来强敌的淫威;他是现实生活中这类人物的代表,他的转变过程也是现实生活中这类人物转变过程的代表;

其三,童霜威"是当代文学画廊中一个前所未见的、真实而丰满的人物典型"[2]——在当代文学发展史上,此前从未出现过由国民党的高级官吏向一个革命的民主派转变的人物形象,而且对此人物形象,小说又是把它放在中国整个民主革命的进程中、放在国共日伪各种政治势力的角逐中、放在家庭及社会诸方面的矛盾中刻画的,且刻画了其性格的方方面面,从而使其显得血肉丰满,令人信服。

(二) 童家霆

童家霆是童霜威之子;在少年时受到生母柳苇、舅舅柳忠华和父亲的秘书冯村的影响,追求进步。他富有文采——既喜欢"雨后春笋满林闹,淋雨一夜一尺高"[3]之类旧体诗句,又喜欢"女神呦!/你去,去寻那与我的振动数相同的人;/你去,去寻那与我的燃烧点相同的人/……把他们的智光点燃吧"[4]之类的新体诗句,还喜欢外国诗,如雪莱的诗;在高中时发表长达11万字的如实记录河南大灾荒的文章《间关万里》,后将其他作品发表在自己和同学燕寅儿合办的《明镜台》上。爱憎分明——关心父亲、思念母亲、厌恶后母、崇敬老师、看重老班长的友情、钟爱情人,而且均形诸言行。孝顺——父亲被特务劫走,他忧心如焚;在父亲被软禁于南京潇湘路故居时,他朝夕服侍;在父亲从楼梯上跌下摔伤脑子回到上海后,他不顾后母娘家的冷嘲热讽而精心照料。正直、善良、富有同情心——虽然他与燕寅儿合写的《黄金存款舞弊案之谜》一文的内容牵扯到自己所主持的《明镜台》的投资人杜月笙和褚之班等,但他也置之不理;在前往香港的途中,方丽清命丫头金娣为自己遮挡炸弹,金娣被炸死,之后,金娣的妹妹银娣和母亲到方家索赔,结果被方家轰出,他则从家里拿钱欲送给她们;大舅妈"小翠红"被其丈夫方雨荪害死,他为此悲伤不已;对国统区官场的腐朽充满愤

---

[1] 谢永旺:《别开生面——评〈战争和人〉》,《当代》,第217页,1993年第1期。
[2] 谢永旺:《别开生面——评〈战争和人〉》,《当代》,第215页,1993年第1期。
[3] 《战争和人》(三)第67页,人民文学出版社1996年版。
[4] 《战争和人》(三)第109页,人民文学出版社1996年版。

慨,对百姓的悲惨处境则充满同情。积极进取、追求进步、勇敢无畏——在江津国立中学读书时,校长邵化对学校实行专横统治,他和同学们奋起反抗;在与蓝教官对抗时,同学窦平被打伤了,他勇敢地站出来为窦平打抱不平;在民声新闻专科学校学习时,他与燕寅儿一起关心国家时局,呼吁热血青年都关注抗日形势;为救冯村而四处奔走。

总的来看,童家霆是一个由思想和斗争方式都不太成熟、注重个人感情的高中生成长起来的思想成熟、能独立思考、将国家的和平大业和国家的光明前途放在首位、办事讲策略、忧国忧民的热血青年,是出身于达官贵人之家、虽能随着时代的发展而前进但又并不激进的青年的代表,"这个人物的成长反映了历史的进步。"①同时,童家霆也是中国当代文学史上的一个崭新的人物形象——它与此前的知识青年形象,无论是《红旗谱》中的运涛、江涛,还是《青春之歌》中的林道静、余永泽、江华、卢嘉川以及《三家巷》中的陈文雄、陈文婷等都迥然不同:既不像江华、卢嘉川那么激进,又不像余永泽、陈文雄、陈文婷"落后";虽像林道静那样随着时代的发展而前进,但其步子没有林道静迈得那么大;因此,它实为一个崭新类型的知识分子形象。

(三) 方丽清

方丽清为童霜威的续弦。她虽然"个儿高高的,长得丰满,皮肤白白的"②,"外形长得象'电影皇后'胡蝶那么漂亮"③,"却庸俗、狭隘,无知无识,一点也不可爱"④——"尹二背后叫方丽清'双十牌牙刷',意思是说她'一毛不拔',吝啬。庄嫂背后叫她'狐狸精',这是因为方丽清的名字谐音像'狐狸精'。刘三保背后叫她'铁公鸡',那也是觉得她'一毛不拔'"⑤;一从上海回家,就搞得全家不得安宁,如烹吃童家霆饲养的鸽子,对金娣"不是骂就是劈脸一个嘴巴子,不是揪头发就是掐大腿"⑥。贪婪——她虽然家境富足,但只关心钞票,甚至出于自身利益而劝童霜威附逆。无情无义、自私——她对童霜威的兄弟童军威和儿子童家

---

① 王火:《关于〈战争和人〉答书城杂志记者问》,《书城》,第 6 页,1995 年 2 期。
② 《战争和人》(一)第 106 页,人民文学出版社 1996 年版。
③ 《战争和人》(一)第 105 页,人民文学出版社 1996 年版。
④ 《战争和人》(一)第 132 页,人民文学出版社 1996 年版。
⑤ 《战争和人》(一)第 106 页,人民文学出版社 1996 年版。
⑥ 《战争和人》(一)第 319 页,人民文学出版社 1996 年版。

霆均漠不关心甚至冷若冰霜、视同路人:"既嫌童军威长得不讨欢喜,又嫌童军威食量大饭吃得多,更嫌童军威并不是童霜威的同天地亲兄弟"①;在前往香港的路上遭遇空袭,她让金娣挡在自己身上,结果,金娣被炸死;在抗战开始后,一家漂泊流离,她没有产生丝毫的国仇家恨,而想到的只是自己过的日子苦;在经济上对童霜威"严防死守"。不守妇道——她竟然与已沦为汉奸的自己丈夫昔日的学生江怀南勾搭成奸。

总的来看,方丽清是一个出生于富商之家并深染商贾固有的恶习且不知悔改的恶妇。作为一个文学形象,方丽清除了以其鲜明的个性而颇具"文学"价值外,还具有文学史意义——在中国现当代文学史上,她是继张爱玲《金锁记》中的曹七巧,路翎《财主底儿女们》中的金素痕之后另一类恶妇形象。

三

小说通过其内容及所塑造的一系列人物,尤其是童霜威、童家霆、方丽清等所表达的主旨大致有以下几点:

(一)再现了"八年抗战的艰难复杂的历史进程"。

小说从西安事变写到抗战胜利后全面内战爆发前夕,既写到了国统区、国民党的正面战场、沦陷区、"孤岛"、香港,又写到了解放区、共产党的统一战线,塑造了国民党军、政、警、特,商贾市民、教师、男女青年学生,汪伪汉奸,共产党地下工作者等方方面面的人物形象,"如实写出中国共产党对抗战的领导作用,国民党在抗战全过程中的表现,日寇的残暴,战争风云变幻下的社会生活,各式各样的人在这场战争中的演出……闪射民族的凛然正气,鞭挞日寇和汉奸卖国贼的卑鄙无耻",再现了"八年抗战的艰难复杂的历史进程"②。

(二)使人看到"苦难中国过去的一段长长的悲惨历史",揭示了民族的"希望、信念、理想、爱国主义和民族精神、历史必由之路"③。

童霜威在抗日战争时期,辗转于香港、"孤岛"、沦陷区和国统区,足迹遍布南京、安徽南陵、武汉、香港、上海、河南、成都、重庆、江津等地,耳闻、目睹、身感

---

① 《战争和人》(一)第143页,人民文学出版社1996年版。
② 王火:《关于〈战争和人〉答读者问》,《当代文坛》,第51页,1995年6期。
③ 《战争和人》(三)第795页,人民文学出版社1996年版。

了山河破碎、政治黑暗腐败、人民生活的水深火热、日寇的入侵导致国家四分五裂、各种政治势力各自为政。在吴江县县长江怀南违法渎职案发后,监察会委员谢元嵩请身为国民政府司法行政部秘书长、中央公务员惩戒委员会委员兼秘书长的童霜威吃饭并送上重礼以说情,江怀南向童霜威许诺和他共办农场,童霜威答应对江怀南的案件从宽处理,并在随后接受了江怀南的邀请,到苏州游玩;童霜威的内弟方立荪在战争中贩毒,大发黑心财;在陪都重庆,正直的人遭排斥,像童霜威那种人也会由于在政治上没有裙带关系而捞不到一官半职;像邵化那种有政治背景的人在学校搞专制统治,为所欲为;前线则是中央指挥失当,战区长官任人唯亲,嫡系部队被抽调走,将士浴血奋战却得不到好的装备也拿不到应得的军饷。人民不仅要饱受日寇入侵的横暴蹂躏,而且还遭天灾,像河南人民同时遭"水"、"旱"、"蝗"、"汤"之灾,无以为生;像童霜威那种官僚也遭抓被囚,生命随时不保,或只能靠杜月笙的帮助拿一些钱聊以为生;像金娣被炸死。童霜威在经过了"炼狱"般的磨练之后觉悟起来,走上了自新和反抗之路,投身于民主斗争的行列;童霜威的前妻舍生取义,童霜威的秘书、弟弟、内弟、儿子等都投身到民族解放的事业之中,有的还牺牲了生命。总之,小说"通过主人公的人生历程,穿插着当时社会的各类人物,安排了一个个历史事件,从而达到对那段历史的宏观表现","展示出20世纪中国社会各类人生在道路选择上的艰难程度"[①],揭示了民族的"希望、信念、理想、爱国主义和民族精神、历史必由之路"。

(三)"从历史引起对人生的思考,又从人生去发现历史"[②]。

小说"所写的主人公及其一家的生活遭遇,许多都是作家本人及他爱人两家亲人的生活经历和见闻",同时,作者在准备创作的过程中收集了上千万字的资料,"大多曾经旧地重游,作过认真的勘察和访问"[③],"史"的特色明显。小说"没有正面写两军冲杀、硝烟弥漫的战地场景,却很机巧地从侧面穿插以一些独特的情节,描写出了侵略者的凶残,国民党军队上层腐败,下级官兵爱国抗日视

---

① 邓经武等:《全球一体化语境中本土文学的自我确认——〈战争和人〉得失谈》,《西南民族学院学报·哲学社会科学版》,第19页,2002年12期。
② 《战争和人》(二)第700页,人民文学出版社1996年版。
③ 覃虹:《历史的激情和诗心的燃烧——论王火〈战争和人〉的史诗性特色》,《理论与当代》,第39页,1998年2期。

死如归的民族牺牲精神。如在南京陷落时,身为军委会办公厅副主任并负有督导守卫之责的管仲辉临战逃脱,而青年军官童军威血战到最后一个人,宁愿孤身与敌人拼战殉国,而耻于死里逃生。童府的女佣尹二嫂因抗拒日兵奸污而弄瞎自己的右眼。司机尹二为报国仇家恨,以拉黄包车之便,一次又一次杀死夜间外出寻欢作乐的日本兵。湘桂大溃退中,蒋介石早早把嫡系部队撤走,让一支战斗力差、弹药不足、给养告罄的地方军守卫,日军未到即溃散弃城而逃;营长吕大鹏在保卫武汉外围作战中负伤,目睹后方医院伤兵们的饥寒凄惨境况,义愤填膺,主动请求重返前线,终于以身殉国"①,"蒋介石嫡系将领汤恩伯盘据下的中原大地,一面是国民党大小军政官员肆意搜刮民财,娶妻纳妾,花天酒地;一面是饥民四处逃亡,饿死者横尸荒野"②,同时也探讨了战争与人、战争与和平、美与丑、善与恶、崇高与卑劣、生与死、爱与恨、是与非以及"'国民党这样的庞然大物当年是怎么会腐烂垮台的?民主党派与民主人士在统一战线政策下如何产生的?共产党当年是怎样深得民心而国民党又是怎样大失民心的?'"③等诸多问题,表达了"作家对特定时代的精神要求,特定的社会性的思潮、心理、精神状态所构成的社会人文景观的真知与亲感"④;从而"从历史引起对人生的思考,又从人生去发现历史"。

四

从艺术表现的角度来看,小说主要具有如下特点:

(一)人物形象众多而又个性鲜明。

除以上论及的童霜威、童家霆、方丽清等外,小说还塑造了其他为数众多的人物形象,其中,有些是虚构人物,如童霜威、管仲辉、叶秋萍、江怀南、张洪池、季尚铭、谢元嵩、童军威、尹二、庄嫂、金娣、刘三保、卢婉秋等,有些则是历史上的真实人物,如汪精卫、蒋介石、于右任等。从成分来看,人物可谓形形色色——从官僚、政客、特务、流氓、军人到普通民众,一应俱全。对于这些人物,小说往往善于抓住其语言、神态、动作的特征予以刻画,因而即使是着墨不多、对带动情节

---

① 江晓天:《气势恢宏璀璨夺目——读〈战争和人〉琐谈》,《理论与创作》,第 29 页,1993 年 5 期。
② 江晓天:《气势恢宏璀璨夺目——读〈战争和人〉琐谈》,《理论与创作》,第 30 页,1993 年 5 期。
③ 王火:《〈战争和人〉三部曲创作手记》,《文学评论》,第 34 页,1993 年 3 期。
④ 吴野:《史诗式的宏大画卷——〈月落乌啼霜满天〉初读印象》,《当代文坛》1987 年 6 期。

的进展关系不大的人物,也活灵活现、声色俱现、个性鲜明,如"矮胖秃顶皮肤光溜溜的谢元嵩,长着两只蛤蟆眼和一张蛤蟆嘴,笑起来给人一种挺老实憨厚的印象"①,短短的几句话,就把谢元嵩的音容笑貌就一股脑儿地写了出来,让人能如见其人、如闻其声;而"根据作品人物的地位、身份和教养,在其对话、书信描写中精心选择一些文雅词语,确实有助于人物特定性格的表现,江怀南信件的词语古雅,冯村书信的文气与准确,都酷肖其人,这都与如方丽清兄妹的浅显直白(商人体)书信用语遣词,互相映衬而相得益彰。作品人物的多数对话语言安排,也很符合特定人物的教养、身份"②。从而凸现了人物各自的个性。

(二)史诗性特征鲜明。

小说从空间上来看,涵盖了南京、南陵、武汉、香港、上海、河南、成都、重庆、江津等为数众多的地区,实际上为除东北沦陷区、华北解放区之外的大半个中国,地域相当广阔;从时间上来看,涵盖了从西安事变到抗战胜利后全面内战爆发前夕的整个抗战时期;从所描写的对象来看,涵盖了西安事变、西安事变之后国民党内部蒋派和汪派的旧梦新怨、卢沟桥事变、庐山讲话、"八一三"事变、南京大屠杀、平型关大捷、台儿庄激战、广州的陷落、武汉的失守、河南大灾荒、湘桂溃败、重庆谈判、共产党的多次声明和国民党的重要会议以及国际舆论的动向等重大历史事件,而且许多事件实有所据,颇具全景性地展现了抗战时期风云变幻、波澜壮阔的历史画卷,熔历史小说、政治小说、社会小说、家庭小说于一炉,内容深沉凝重,史诗性特征鲜明。

(三)结构宏大而又严谨。

小说共三部,每部又分多卷,如《月落乌啼霜满天》分为八卷;各部之间既彼此独立、自成一体,又紧密联系;卷与卷前后连贯、一气呵成,即使是有的内容前后似欠衔接,那也只是表象,如小说整体上是以童霜威父子的行踪为线索行文的,可《月落乌啼霜满天》的第六卷《啊!血雨腥风南京城》并没有描写童霜威一家,而是描写南京沦陷后军人和百姓的悲惨命运,歌颂为国捐躯的战士和顽强抵抗的普通劳动人民;因而看起来好像游离于整体结构,"但从作品所着力刻画

---

① 《战争和人》(一)第53页,人民文学出版社1996年版。
② 邓经武等:《全球一体化语境中本土文学的自我确认——〈战争和人〉得失谈》,《西南民族学院学报·哲学社会科学版》,第17页,2002年12期。

的童霜威内心世界的复杂状况和他灵魂深处诸种矛盾的斗争、转化看来,这一卷同前后各卷却有着内在的联系。童霜威不是生活在历史之外。战争,无论对他还是对别人说来,都是具体的、实在的。它所包含的忠与奸的斗争,血与火的洗礼,英勇的战斗,壮烈的牺牲,尽管他并未一一身历亲临,却必然在他的心灵上刻下深深的印痕,激起复杂的反应。何况事件发生在南京,那是他所隶属的国民政府的首都,也是他的家园之所在,他的兄弟,他的家人,他的亲朋故旧都陷在这场惨绝人寰的大屠杀中。南京大屠杀,使童霜威内心蓄积已久的矛盾得以加速发展,使他更为有意识地在战争的历史背景上,去重新认识自己,认识他生存于其中的世界。有了这一卷,全书的气势才提得起来,童霜威内心世界的种种变化,才获得了深刻的历史动因"①,从而结构显得既宏大又严谨。

(四)诗情画意,"散发着中国古典的美学风韵"。

作者在创作该部小说之初的预想是:"这应当是一部中国人写给中国人读的小说。有当代意蕴却能散发着中国古典的美学风韵。应当有阳春白雪的高品位,却绝不排斥一般读者的阅读"②,是一部有"中国味儿、中国生活、中国民族精神的长篇"③,小说也确实达到了当初的写作预想,具体地说:

其一,小说的主人公童霜威本身就是一个深受中国古典文、史、诗、书、画传统影响的文人,散发着"古色古香",诗意色彩浓郁。

其二,小说引用了大量的古典或旧体诗词,如标题"月落乌啼霜满天"引自张继的《枫桥夜泊》,"山在虚无缥缈间"引自白居易的《长恨歌》,"枫叶荻花秋瑟瑟"引自白居易的《琵琶行》——"这标题的诗句在各部小说中大体上有两大作用:一是把这句诗作为本部小说情节的一个点或一条线,一是以这句诗的意境勾勒出主人公身处时代环境的总体历史氛围。"④童霜威每当犹豫伤感时,总是借诗派遣忧思,如在"双十二"的消息传到后,他在玄武门的城墙上借吟王安石的《桂枝香·金陵怀古》以表示对国民党内贪污腐败的不满,在重游寒山寺时,借清代胡会恩的送春词——"画㡛苍苔陌上踪,一春心事怨吴侬;晓风欲倩游丝

---

① 吴野:《史诗式的宏大画卷——〈月落乌啼霜满天〉初读印象》,《当代文坛》,第50页,1987年6期。
② 王火:《〈战争和人〉三部曲创作手记》,《文学评论》,第33页,1993年3期。
③ 王火:《〈战争和人〉三部曲创作手记》,《文学评论》,第38页,1993年3期。
④ 冯宪光:《史和诗的一体化——评王火长篇小说〈战争和人〉》,《当代文坛》,第11页,1992年6期。

绽,愁杀寒山寺里钟"①以表达对已故前妻的思念;在被软禁在寒山寺时,吟诵元末诗人倪瓒的诗句:"秋风兰蕙化为茅,南国凄凉气已消。只有所南心不改,泪泉和墨写《离骚》"②;柳苇的形象是通过她生前的一张照片上留下自题诗——"一陂春水绕花身,花影妖娆各占春;纵被东风吹作雪,绝胜南陌碾作尘"③活现出来的;从而大大地增添了小说诗意。

其三,景物描写富有诗意。"小说的景物描写也是诗意盎然的,写下的景物几乎都是用人物的主观视角去感受、观察的结果,颇有情景交融的意趣。"④如对南京景物的描写:"荒烟衰草,一登古城墙,天已暮色四合。冷月升起。银光下,湖上和四下里淡淡的白雾氤氲浮动,到处仿佛都蒙上了清凉的水气。南京城北,此时已经清静下来。远处近处电线杆上都亮着昏黄的金莲似的灯泡。夜,幽深、萧条。看看朦胧中的湖光山影和冬日的枯树荒草,看六朝时留下的古意盎然的城堞,再看看从十六日起戒严的南京城,童霜威沐着冷风,心事浩茫,也说不出为什么会有凄凉心情。那玄武湖畔台城上的垂柳和烟景,是清代公认的'金陵十八景'中著名的一景,叫作'北湖烟柳',亦即唐诗中写的'无情最是台城柳,依旧烟笼十里堤'。此刻,夜色茫茫,从台城上眺望岸堤,叶片落尽的垂柳,朦朦胧胧,烟气更盛,使人有一种置身幻境的意味。"⑤在这里,比喻等修辞手法的运用,古典诗词和典故的运用,不仅很好地烘托了人物心理,而且营造出了一种浓郁的抒情氛围,诗意盎然。又如对缙云寺夜晚景物的描写,"夜晚有月亮。月亮像天上一盏孤独的路灯。可以想见,清爽的月色洒进了林丛、飘洒在苍郁的山峦间有多么美丽。寺院里的树影又映在纸窗上了,同在寒山寺的情况相仿,月色无声地溶解着人生的苦乐"⑥——这段描写简直就是诗。此类描写在小说中触目皆是;另外,小说中"有大量的对雨的描写,甜蜜之雨,忧伤之雨,矛盾之雨,光明之雨,多样的雨景已经和小说中的人物融为一体,打上了情感的烙印,

---

① 《战争和人》(一)第 181 页,人民文学出版社 1996 年版。
② 《战争和人》(二)第 237 页,人民文学出版社 1996 年版。
③ 《战争和人》(一)第 688 页,人民文学出版社 1996 年版。
④ 冯宪光:《史和诗的一体化——评王火长篇小说〈战争和人〉》,《当代文坛》,第 12 页,1992 年 6 期。
⑤ 《战争和人》(一)第 20 页,人民文学出版社 1996 年版。
⑥ 《战争和人》(三)第 240 页,人民文学出版社 1996 年版。

表现了主人公的喜怒哀乐、悲欢离合和社会的动荡离乱、变幻无常"①,增添了小说的诗意。

其四,对人物的描写充满感情。如对柳苇,小说这样写道:"她纯洁得象一片雪花,象一泓清泉,一片芳草,是气质美和形象美的统一,和谐、秀丽,在俯仰顾盼、一笑一动之间,都似乎洋溢着芬芳、素雅、清新的气息。她会吹箫,月夜时,一支余音袅袅的洞箫能使他有一种如闻仙乐置身仙境的感觉"②,这些连同那一双明亮、倔强的大眼睛,使其成为纯洁、执著、刚毅的美和崇高的化身,充满诗意色彩。其他如对欧阳素心、卢婉秋的有关描写也有与此类似之处。

其五,虚实相生地描写人和事。小说"重点写了蒋管区兼沦陷区,也通过人物重点虚写了解放区和游击区,并实写了共产党人在蒋管区、沦陷区的活动和牺牲"③;"对童霜威的原配夫人柳苇就作了总体的虚写,在作者叙述时期内她早已不在人世,她存活在童霜威的回忆和童家霆的怀念之中。往事如烟,这种回忆和怀念是片断的,但是由于对她的忆念往往都是在童氏父子面临重要人生抉择时发生的,所以,他('他'应为'她'——引者注)就成了一个重要角色。又由于读者在作品中几乎找不到柳苇一个完整的故事,她也只能活跃在读者的想象之中。这一切,都能激活读者的想象,在读者的心目中,她是纯洁、执著、刚毅的美和崇高的化身。由于虚写了柳苇,就在国统区的乌烟瘴气的历史氛围中,多了几分明亮和温馨。小说的诗意尽在无言之余韵,读者不难从中意会个中滋味。"④

其六,塑造了形形色色情感饱满的女性形象。小说中的女性人物有名有姓的有二三十人,其中,饱蕴着感情的也有十多个,如为挽救国家民族危亡而奔走呼号、为人民事业而义无反顾、英勇献身的秋瑾式英雄柳苇、杨秋水,在白色恐怖、特务横行的险恶环境里机智巧妙地同敌人进行斗争、捍卫真理、撒播火种的革命者和爱国青年燕珊珊、燕寅儿、银娣,在日寇铁蹄践踏和反动邪恶势力摧残下痛苦呻吟着的善良无辜的弱女子欧阳素心、卢婉秋、"小翠红"、金娣、庄嫂,醉

---

① 邓英:《穿越历史的烟雨——解析长篇小说〈战争和人〉中的雨及其意义》,《四川教育学院学报》,第61页,2006年9期。
② 《战争和人》(一)第97页,人民文学出版社1996年版。
③ 王火:《关于〈战争和人〉答读者问》,《当代文坛》,第51页,1995年6期。
④ 胡良桂:《史与诗的统一——从〈战争和人〉与〈长城万里图〉谈起》,《云梦学刊》,第50页,1998年2期。

生梦死的势利小人方丽清、手眼通天、翻云覆雨而内心空虚的陈玛荔。在对这些人物的具体刻画上,小说"往往设置情景交融、清新淡雅的生活环境,渲染浓烈的诗意氛围,并善于运用古典诗词的意境、琴棋书画的神韵,烘托作品的文化韵味和人物在特定情境下的感情、心理,从而使人物形象的整体生命具有一种诗意的象征。应当说,正是这些格调高雅、风采各异的女性形象的塑造,给整个作品增添了浓郁的诗情画意"①,从小说来看,"女性形象塑造或许并不是最主要、最突出的成就,然而却是相当有特色的,它不仅是整个作品宏大艺术结构的和谐的有机构成部分,而且为作品冷峻凝重的历史内容增添了激情、诗意和美的艺术光彩。"②

其七,"中国味儿"浓郁。"小说大量生动的生活场景和风俗画面的描写,六朝烟水与金陵形胜、吴江小镇风情和苏州名胜、寒山寺、枫桥、拙政园、草堂、缙云山的风景等及其地理名物的解说,都在渲染着一种'中国生活'具体状貌,以力图体现出一种'中国味儿'。"③

(五)心理描写细腻。

小说的心理描写细腻,如对童霜威、童家霆、江怀南、方丽清等一系列人物均有细腻的心理描写,其中,对童霜威有关心理的描写尤其如此:

童霜威是一个饱读诗书、深受中西文明熏陶同时又身处复杂环境的人,不由得时时谨慎、处处小心,甚至处事圆滑以求明哲保身,于是,往往看起来心如止水而实际上则是心潮澎湃。小说在刻画这一人物时,颇注重描写其心理——小说主要采取白描的手法,写得丰富、细致、深入、有层次,非常细腻,如有关童霜威处事圆滑的描写:在西安事变发生时对蒋派与汪派两边兼顾,对是否接受江怀南的贿赂、留在南京与之共存亡、前去抗战中心武汉为国出力、去英租界香港隐姓埋名等心理的描写。又如,描写他在避居香港时的有关内容:在香港,他因受到季尚铭的邀请而游子一般漂泊无着落的心感到一种温煦的抚慰;一方面,季家的美丽花园、豪华陈设引起他一阵若明若暗的艳羡;另一方面,一发觉季尚铭的谈话之中隐含着亲日倾向,他便立马警觉起来;本不想多去季家,但接

---

① 陈朝红:《格调高雅诗意浓郁——论〈战争和人〉中的女性形象》,《小说评论》,第34页,1994年1期。
② 陈朝红:《格调高雅诗意浓郁——论〈战争和人〉中的女性形象》,《小说评论》,第31页,1994年1期。
③ 邓经武等:《全球一体化语境中本土文学的自我确认——〈战争和人〉得失谈》,《西南民族学院学报·哲学社会科学版》,第17页,2002年12期。

到邀请后又身不由己地去赴约;在季家见到摆好的文房四宝便欣然提笔写下草书屏条,再去见自己所写的屏条精裱悬挂在客厅醒目处时暗自涌起几分愉悦,但随后又有几分后悔,自责不够检点;在"猴脑宴"上,一方面是席面上宾主觥筹交错、亲热有加,另一方面是他本能的反感:对"醉美人"猴脑、妖艳女人香味、席间以政事大局作为谈资及吹捧日军武器精良、贬损台儿庄胜利、"联日,防共"等论调、可疑的"缅甸珠宝商何之蓝"等的反感,以至于最后离席。

(六)线索清晰。

小说主要采用了欧洲古典流浪汉小说的手法,让主人公童霜威、童家霆父子"从这个到那个,从这里到那里"①,形成结构线;在行文时,往往是由一个人物引出另一个人物,再通过回忆来叙写现实,但又都紧紧围绕主人公童霜威这个中心人物展开,以各色人物的众生相来反映社会百态,线索十分清晰。

五

小说也存在着一些不足之处,具体地说:

(一)"雅化的过分"。

像"来回蹀躞很久","头发银白,头顶大部牛山濯濯","侑酒陪客","一种徒呼负负的感伤","阃令森严","蹀蹀地向自己房里走去","蹀蹀迈步","上来迓迎","心情凄凉杌陧","杌陧的时局","大局蜩螗","工事窳败","午间跏趺入睡","疰夏","瓣伙着"等生僻、僵死的文言词句,虽然体现了小说"雅化"的艺术追求,却限制了读者的理解并阻碍了读者对小说的欣赏;古典诗词和古典文化内容的使用,确实能起到画龙点睛、烘托气氛的效果,但每处、每时如此,便落入传统小说"有诗为证"的老套。

(二)小说力图"全景"地描写抗战历史,但实际上并不够"全景"。

如中国战场拖住了近百万日本关东军和预备队,使之不敢北犯苏联,牵制了百万以上的侵华日军,使之不能南调太平洋战场,从而在整个战略上有力地配合和支援了盟军在西线和太平洋作战,对世界反法西斯战争的胜利作出了重大贡献;台儿庄血战,十万川军抗战及饶国华、李家钰等高级将领为国喋血,戴传贤、杜聿明等中国军人在中(滇)缅战场的对日作战,张自忠为国捐躯等重大

---

① 王火:《〈战争和人〉三部曲创作手记》,《文学评论》,第33页,1993年3期。

历史事件实际上均没有必要的正面涉笔。①

（三）繁冗芜杂，有拖沓重复之嫌。

小说日记式记录了主人公日复一日的生活起居，把主人公每到一处的环境、情势、社会矛盾、人际关系及风俗习尚写得太足太透，甚至用大量笔墨回叙前边的经历见闻，从而整体给人的感觉是挤得太满，没有给人留下想象和联想的空间；人物议论政治局势过多，在布局上缺少变化。②

（四）概念化、脸谱化的倾向时有所见。

如叶秋萍、县稽查所长鲁冬寒、小特务韦锋、女特务叶吉卿、日伪特务头目丁默村、日本特务、中央社记者特务张洪池等反面人物均是让人一眼就能看出的坏人。③

（五）"童家霆真正介入全书的生活矛盾太晚了，在前二卷，甚至第三卷的开始，他始终是个孩子，只有简单的爱憎，围绕着他的欧阳素心、燕寅儿、陈玛荔、燕珊珊、曹心慈等也只好因他的成熟太晚而出场太晚。在前二卷近一百万言中，主要是围绕着童霜威的政客们的表演，如谢元嵩、叶秋萍、管仲辉、张洪池、毕鼎山、江怀南、诸之班们上窜（'窜'应为'蹿'——引者注）下跳，活跃异常，未免使作品的总格调显得老气横秋，假若童家霆的年龄再大些，成熟再早些，让他和他的同辈们早点出场，全书的气氛、密度、丰满感必会大增。现在的前二卷，线索未免太单一了，可一言以蔽之曰：童霜威的大逃亡"④。

（六）小说虽然总的来说，情节紧凑、结构严谨，但也有内容欠衔接之处。

如小说在写方丽清杀了童家霆养的鸽子吃后，童家霆发火回到自己房间，童军威也去安慰他，但接着就没有任何下文了。又如，欧阳素心名字的初次出现与欧阳素心本人的出现相距过远，让人觉得接不上似的。

不过，尽管有这些缺点，但总的来说，小说还是可以称作一部成功之作；从中国当代文学发展史的角度来看，有几点颇为引人注目：

---

① 参见邓经武等：《全球一体化语境中本土文学的自我确认——〈战争和人〉得失谈》，《西南民族学院学报·哲学社会科学版》，第19页，2002年12月。

② 参见谢永旺：《别开生面——评〈战争和人〉》，《当代》，第215页，1993年第1期。

③ 参见邓经武等：《全球一体化语境中本土文学的自我确认——〈战争和人〉得失谈》，《西南民族学院学报·哲学社会科学版》，第18—21页，2002年12月。

④ 雷达：《小说见闻录——〈战争和人〉随感录》，《小说评论》，第19页，1994年3期。

其一，小说突破了当代革命战争题材长篇小说的模式，在中国现当代小说史上第一次把一个国民党政府的高级官员作为第一主人公来刻画，"为中国新文学和中国文学画廊增添了前所少见的人物形象，在时代的社会认识意义上，在人生哲学的审美意义上，都有相应的价值和独到的特色。"①

其二，小说"虽然内涵深广，落笔五色杂陈，但却始终保持了一个特有的聚焦点，那便是深厚悠远的民族文化精神与抗日战争这个特殊时期的风云突变相结合，终于熔炼、浇铸出了一个历史上从来不曾有过，今后也不会再有的，集民族特色与时代精神于一身的爱国民主人士这样一个社会阶层"②。

其三，小说描绘了"一幅令人触目惊心，百感交集的人性百变图。卖国求荣，风度翩翩，巧舌如簧的汪精卫，在南京大屠杀中血染沙场的童军威，毁容自戕、誓不受辱的尹嫂，固守四行仓库，使人心为之振奋的谢团长和八百壮士，左右逢源的不倒翁谢元嵩，郁郁不得志的于右任、冯玉祥，阴沉的叶秋萍，卑劣的张洪池，被黑暗吞噬了的欧阳素心，好心的日本医学博士冈田，诚挚干练而终死于特务之手的冯村，手眼通天而内心空虚的陈玛荔，乃至俗不可耐的方丽清，苦命的小翠红……他们以复杂的方式交缠组合在一起，使《战争和人》成了名副其实的战争时期中国社会人性的百变图象。"③

其四，小说"写出那一时代的'神气'"——"它的许多人物许多场面进入了神似的境界"④，从而让人感到真实而绝无胡编乱造、虚假拼凑之感。

正因为如此，《战争和人》出版后，反响确实比较强烈。1992年8月，中共四川省委宣传部和四川省作协及《当代文坛》杂志社在成都召开了研讨会，9月，人民文学出版社在北京召开了研讨会……著名作家评论家如萧乾、陈荒煤、邓友梅、马识途、江晓天、张炯、蔡葵、谢永旺、雷达、殷白、胡德培、吴野、滕云、陈辽、宋遂良、冯宪光、戴翔、陈朝红、游仲文等都写了评论……全国报刊如《人民日报》《光明日报》《文艺报》《新闻出版报》《文学报》《作家报》《当代》《读书》《人物》《小说评论》《文学评论》《当代作家评论》《红岩》等已发表评论、专访、报道等一百五十余篇（次）。《文艺报》发了一个评论专页，《作品与争鸣》发了专

---

① 殷白语，转引自王火：《关于〈战争和人〉答读者问》，《当代文坛》，第52页，1995年6期。
② 吴野：《美和真的结合，诗和史的汇聚——〈战争和人〉管窥》，《当代文坛》，第7页，1992年6期。
③ 吴野：《美和真的结合，诗和史的汇聚——〈战争和人〉管窥》，《当代文坛》，第9页，1992年6期。
④ 雷达：《小说见闻录——〈战争和人〉随感录》，《小说评论》，第15页，1995年6期。

辑,《当代文坛》发了特辑,《文学故事报》改写了《战争和人》的部分章节连载,《新华文摘》转载了《作品与争鸣》上的文章。四川文艺出版社出版了36万字的《王火〈战争和人〉论集》一书。三部曲中的第一部《月落乌啼霜满天》获首届郭沫若文学奖,第二部《山在虚无缥缈间》被选入《世界反法西斯文学书系》作为一卷出版。天津社科出版社的《中国当代文学专题史》作了专题评述。四川人民广播电台从1994年5月连播……峨眉电影制片厂已将小说改编为30集电视连续剧。1994年12月人民文学出版社评十年优秀图书奖时,《战争和人》获'人民文学奖'"①,而且最终还获第四届茅盾文学奖。

---

① 王火:《关于〈战争和人〉答书城杂志记者问》,《书城》,第5页,1995年2期。

第三节 《白门柳》

一

刘斯奋的《白门柳》包括《夕阳芳草》《秋露危城》《鸡鸣风雨》等三部,其中,《夕阳芳草》与《秋露危城》由中国文联出版公司分别于 1984 年、1989 年出版,《鸡鸣风雨》与前两部一起由中国青年出版社于 1998 年出版,其内容梗概为:

明内阁首辅周延儒写信给罢官在家的东林党后期领袖钱谦益,要求他运用自己的影响力制止东林党人和复社成员攻击阉党余孽阮大铖及在政治上继续与周延儒为难。钱谦益为了复出,决定冒险一试,便派同族兄弟钱养先等找复社扬州地区的社长郑元勋,让他在即将举行的虎丘大会上为阮大铖开脱;同时,派内弟陈在竹到松江一带散布复社吴应箕、陈贞慧等对复社内旧几社的杜麟征、夏允彝、陈子龙等不满的言论,以分化瓦解复社。为了让父亲冒起宗能辞去总兵左良玉的监军一职以调离襄阳、保全性命,复社四公子中的冒襄四处奔走。郑元勋出于自保,在虎丘大会上说出了钱谦益的阴谋,冒襄及复社四公子中的另一位方以智公布了一封有关钱谦益的阴谋的信,复社成员、钱谦益族孙兼学生钱曾也在无意中说破钱谦益的阴谋。结果,钱谦益声名扫地,拟过一种田园生活,但宠妾柳如是不以为然,并鼓动钱谦益重新谋划复出之事。复社成员黄宗羲在进京赶考时,发现京城里局势混乱,便决意上书朝廷,但遭到周延儒的冷遇。秦淮名妓、柳如是的手帕姐妹董小宛因欲赎身嫁与冒襄而欠债,债主因此将其绑架试图敲诈看似家产雄厚的冒襄,钱谦益设计解救了董小宛。与此同时,长城失守,清军前锋进抵蓟州。

崇祯十七年三月,黄宗羲的弟弟黄宗会被录取为"选贡生",之后,兄弟俩上省城杭州拜谒被罢职的东林党老人、明前都察院左都御史刘宗周。与此同时,崇祯皇帝在北京自缢而死。次年四月底,马士英拥立的福王朱由崧进入南京,决定次年改年号为"弘光"。马士英虽拥立有功但又没有入阁,于是,联系其他力量给朝廷施压,南京兵部尚书史可法为避免激化矛盾而决定把自己的位子让给马士英,之后,到江北区督战。马士英向弘光举荐阉党余孽阮大铖。湖广巡按黄澍向弘光举马士英的十条可斩之罪,马士英被迫退出朝廷,但不久后又通过收买内监、让其在弘光面前为自己美言的方式而复出。钱谦益依靠柳如是的手帕姐妹惠香的夫君——吏科的李沾被起用。因马士英举荐阮大铖,复社内众多社友反对与之和衷共济。弘光为平衡东林派与马士英等的势力,同意让东林派人士徐石麒做礼部尚书。朝廷颁布文告,让以前考试中曾登副榜的人去留都以备量才授职,于是,冒襄带董小宛前往南京。中秋节后的第二天,冒襄与董小宛在前往秦淮河游船赏月时,遇复社的顾杲、余怀、沈士柱借戏抒怀,声讨马士英、阮大铖;在黄宗羲提议上演谩骂阮大铖等的戏曲时,侯方域表示反对。在马士英等打击东林派大臣和复社成员的过程中,黄宗羲、陈贞慧、顾杲三人被捕。狱中,黄宗羲在重新思考君与臣的关系问题时,产生新的思想。扬州被清军攻陷并遭屠城,史可法殉国。清军攻至南京,弘光出逃,黄宗羲、陈贞慧、顾杲趁乱逃出监狱,并决定先各自回家,然后再与敌人周旋到底。在钱谦益决定降清后,柳如是在为钱谦益收拾好所要的银两后投水自尽以示反对;在被救起后,她又逼钱谦益发誓只要有机会就效忠明朝。

在清军入关后,黄宗羲组织壮丁每天操练以防万一;在得知前明官员孙嘉绩、熊汝霖在余姚县城举旗反清后,黄宗羲后带着黄宗会等前往加盟。闽地唐王朱聿键在黄道周、郑芝龙等的拥戴下称帝,改元隆武,举义抗清。鲁王朱以海在绍兴府城召开了御前会议,决定夹击杭州以鼓舞士气、巩固地盘。孙嘉绩奉命参战,黄宗羲被孙嘉绩举荐为兵部职方司主事兼余姚军监军。清军在攻占江阴城后屠城三日。钱谦益在献城降清后,被迫北上觐见顺治皇帝;柳如是拒绝与之同行,并借机搬到城南的善和坊;她原先的情人郑生通过惠香与她幽会。钱谦益在北上后因遵剃头令而为时人所不齿,深感痛苦,便主动要求修纂《明史》,以为故国尽一份力。鲁王传下谕旨,决定十一月一日在与杭州隔江相望的萧山县举行大阅兵,以激励士气。黄宗羲因明朝残存政权的腐败至极而怀疑自己的所作所为。钱谦益因深感压抑而生归隐之心,并最终通过降清的明旧臣龚鼎孳等获得了清正黄旗都统、一等公谭泰的帮助而如愿以偿。在回家得知柳如是与郑生的丑闻后,钱谦益虽气愤但最终又原谅了她。为感谢余怀对冒家的接济,冒起宗要董小宛唱曲儿为余怀饯行;事后,冒襄对董小宛的此举不满,但董小宛则认为冒襄之所以对自己不满是因为没再把自己当成歌妓而是当妻子看待了,并为此大为感动。冒襄见黄宗羲以及说书艺人柳敬亭等为反清复明而奔走,大为感动,随即便加入到反清复明的行列。在鲁王政权西征失败后,黄宗羲带着愿意跟随自己的士兵上了四明山。

二

小说中的重要人物主要有钱谦益、柳如是、黄宗羲等。

(一) 钱谦益

钱谦益为东林党后期领袖,先后任明礼部右侍郎、南明礼部尚书、清礼部右侍郎管秘书院事、《明史》副总裁等职。他才华横溢——能诗、会曲、善字,如能随口吟诗,所写的戏曲在当时的社会竞相传唱,所题的山庄八景道尽了山庄胜境;艺术鉴赏力高,如在瞿式耜家欣赏《芙蓉锦鸡图》时,能见人所未见。老谋深算——在福王继位后忽传太子到南京时,他没有像复社的那帮士子一样把事估计得太高,而是料定即使真是太子到了,也无法改变现状,便利用那机会"软化"马、阮二人以求自保;在解救董小宛时,直切对方要害,先唬住两个头目,然后再制服其他小混混。利欲熏心——在去官后为了能复出,他不惜冒身败名裂之险而答应为阉党余孽阮大铖开脱罪责。意志薄弱、首鼠两端——他在遭遇不顺时便生归隐之心,而一旦摆脱消极之心后,"所表现出来的巨大热情和过人精力,使手下的人都为之惊讶"①;当官员弹劾马士英要他作证时,他推说一无所知;为阻止福王登基,提出"七不可立"之说,可在福王登基后,又讨好阮大铖等以讨好福王;清军兵临城下便投降,可在投降后又心有不甘。自私、无情——为了不得罪田国丈,不念及柳如是与董小宛的姐妹之情,将被柳如是藏在家中的董小宛赶走。势利——上任时,当学生冯班以一贯的作风给他敬酒时,他"踌躇了一下,勉强接过酒杯,凑在唇边沾了沾,随即一声不响地交到许隽手里。"②到任后,不愿见候揖士子,但听说他们不会空手而至时,态度便变了。虚伪、阴险、卑鄙、不忠不义——他表面上爱国、爱复社、品端行正,但为了一己之私利,先是背叛自己的同党,耍阴谋诡计,制造复社的内部矛盾,利用郑元勋想当盟主的欲望让其代自己为阮大铖开脱,让爱妾陪阮大铖喝酒,后是背叛自己的民族;上任离家

---

① 《白门柳·夕阳芳草》,第 131 页,人民文学出版社 2004 年版。
② 《白门柳·秋露危城》,第 292 页,人民文学出版社 2004 年版。

前,他得意洋洋地问儿子自己能重立朝班的原因,当儿子一语道破他是靠花钱打通了关节的秘密后,他随即变得庄重起来,觍颜狡辩是因为自己做人与学问好;为阻止福王登基,他不惜捏造事实、罗织罪名,提出"七不可立"之说,但最初又不直接提出,而是先试探东林派重臣吕大器,在确知其与自己观点一致后才提出;他在不能为当局所重用时,便希望国家快点灭亡。利欲熏心、贪得无厌——天启元年在浙江主持乡试时,他与举子内外串通,纳贿舞弊,被革去礼部右侍郎之职;在复出后,为了资金"回笼",他竟公开卖官鬻爵。荒淫无耻——他年逾花甲,不顾盛泽、常熟两地乡绅们的大哗,置原配陈氏于不顾,娶青楼女子柳如是;在见到柳如是的手帕姐妹惠香时,趁着柳如是走开的功夫与之调情;在柳如是生病时与潘道姑调情。不过,他良知未泯,时或也仗义、宽宏和坦诚——他救董小宛于危难;深感自己降清罪孽深重,便主动要求修纂《明史》以为故国尽一份力;认为自己降清比柳如是红杏出墙要更为罪大恶极;在南归后投身于反清复明的斗争之中。

  总的来说,钱谦益既是一个大学者、大地主、大官僚,又是一个"又奸又滑"的"伪君子"[①],是晚明文人中人格品性复杂但偏于低下一类的代表。从现当代文学发展史的角度来看,作为一个知识分子形象,它既不属狂人、孔乙己之列,又不属四铭、鲁四老爷之列,也不属涓生、觉慧、林道静之列;可谓"前无古人",因此,具有独特的意义和价值。

  (二)柳如是

  柳如是为明末盛泽名妓,钱谦益之宠妾。她在12岁那年被卖到吴江县一个退职内阁大学士家去当婢女,不久后遭男主人蹂躏,继而成为其玩物;两年之后,受其他姬妾嫉妒,差点被谗害致死;在主人把她卖到盛泽的归家院给一个叫徐拂的名妓做养女后,她正式开始卖笑生涯。她美丽——她是"一个25岁的标致女人,因为长得娇小玲珑,看上去还要年轻一点——一头又黑又亮、缎子似的丰厚柔软的长发,椭圆形的、异常白净细嫩的脸蛋……微微张开的鼻翼和紧闭的小巧的嘴唇,又使她有一种果决的、桀骜不驯的神情。"[②]才华出众——她能诗善画、能歌善舞、能棋善琴、擅长书法,甚至能一针见血地指出阮大铖得意之作

[①] 《白门柳·秋露危城》,第123页,人民文学出版社2004年版。
[②] 《白门柳·夕阳芳草》,第7页,人民文学出版社2004年版。

的不足。有远见卓识、有策略、有手腕——她明白像她那样的人走红只是昙花一现,于是,在红极之时便在客人中物色"对象",谋划以后的生活,并能在无数客人中准确地选择钱谦益;在进钱府后,她收买仆人,利用钱谦益的儿子钱孙爱的无知和愚昧,制服朱姨太和陈夫人,把持家里的财政大权,把钱家混乱的财务管理得井井有条;她深知自己所要的只有靠钱谦益才能得到,便积极为其复出筹划奔走,如在钱谦益与周延儒进行政治交易时,她一方面积极撺掇钱谦益在复社虎丘大会上耍阴谋,另一方面建议钱谦益不直接出面,以防万一有变;她通过惠香为钱谦益打通关节,不仅保住了他的性命,而且还让他升官至二品。有理想、有抱负、进取心强——她不甘心于做一个家庭妇女而一心要做"相国夫人";钱谦益在虎丘大会上的阴谋未逞后意志消沉,她便讽谏他,提醒他不要忘了当初的青云之志。识大体、顾大局——她本欲把与自己争宠的朱姨太赶出钱府,但考虑到那样做会影响到钱谦益的声誉,便决定暂时放弃该想法;为了钱谦益的复出,她违背心愿地按钱谦益的意图陪阮大铖。敢作敢为——她女扮男妆、方巾儒服,亲访"半野堂",自嫁钱谦益;在与郑生再续前缘之事败露后,对钱谦益坦陈道:"老娘全都承认,我守不住空房,趁你不在,偷了汉子!负了你的情,丢了你的脸!就是这样!你爱怎么办,就怎么办好了!"①有情有义——董小宛遭追捕,她便将她带回家;董小宛被债主绑架,她出手相助;董小宛被钱谦益赶走,她落下了伤心和同情的泪水;对惠香友好相待。有气节——她在强颜欢笑地陪阮大铖后,挖苦钱谦益道:"今儿个,也多亏了相公,才让妾亲眼瞧见,相公带挈妾当的这个尚书夫人,到底是多么光彩的一回事!"②当钱谦益与南明大臣们筹划向清兵献城投诚时,她投水自尽以报国,在被救起后又逼钱谦益发誓,只要有机会就效忠明朝;钱谦益在降清后整天对满人毕恭毕敬、奴颜婢膝,她对他充满鄙夷;钱谦益进京觐见皇帝,她觉得那是耻辱而拒绝与之同行,独自住进东院。自尊心和报复心都极强——在进入钱府后,对正室陈夫人,她从不请安磕头,不像其他姬妾婢仆那样称之为"老夫人",而只是称其为"姐姐",当陈夫人为朱姨太求情时,她认为那是成心让自己难堪、出丑,便抢白陈夫人,当钱孙爱为

---

① 《白门柳·鸡鸣风雨》,第483页,人民文学出版社2004年版。
② 《白门柳·秋露危城》,第491页,人民文学出版社2004年版。

朱姨太求情时,她故意"歪着头儿,高高地挺起胸脯,并且风骚地摇摆着腰肢"①,用自己轻佻的行为把陈夫人吓得目瞪口呆、浑身发抖,"她尝到了一种报复的、恶意的快感"②。

总的来说,柳如是堪称一位旷世奇女——不只是个"女元龙"还是个"女诸葛",不是王熙凤但胜似王熙凤;既是一个风尘女子,又是一个贤惠的妻子——既是丈夫生活上的伴侣,又是其仕途上的助手。从现当代文学发展史的角度来看,作为一个女性形象,它像钱谦益一样,也具有"前无古人"的意义和价值——不属子君、莎菲、林道静之列,不属祥林嫂、鸣凤之列,不属吴妈、三仙姑之列,不属曹七巧之列,不属金素痕之列,更不属水生嫂、胡玉音之列。

(三)黄宗羲

黄宗羲为明末一诸生,东林党人黄尊素之子,复社成员,明鲁王政权职方郎中兼监察御史。他谨奉孝悌之道——在要远出门的时候,总要先安顿好母亲等;"平日里兄弟们为了某件小事意见相左,甚至大起争执的情形也时有发生"③,他深知"'这样过不下去,那么就分开好了,是的,干脆分家!'"④但为了不使母亲伤心,他又一直忍着没提出分家;在父亲去世之后,他一直照顾弟弟,为了弟弟的学业到处借钱,为弟弟谋职位而奔走,甚至去找自己不愿意找的钱谦益,以至于连弟弟都感到吃惊;在得知弟弟高中后,他"顾不上春天的村路泥泞不堪,管自用双手撩起直裰的下摆,一脚浅一脚深地朝村东的方向走去"⑤,心中所想的是"亡父当年建树的功名和家业,终于有了重振的希望;母亲那颗饱经忧患的心,也终于稍稍得到安慰"⑥。爱憎分明、立场坚定、嫉恶如仇——与阮大铖等奸佞势不两立,与复社同仁一起起草了《留都防乱公揭》,抨击阮大铖等;在误听旧几社之人欲替阮大铖开脱罪名时,义愤填膺,并欲与之算账;为了让钱谦益出面制止替阮大铖翻案之事的发生,他不惜卖掉自己费尽周折所得的《潜虚衍义》以筹见钱谦益的礼物费,但在得知钱谦益为阮大铖开脱的阴谋后,不念先父

---

① 《白门柳·夕阳芳草》,第 270 页,人民文学出版社 2004 年版。
② 《白门柳·夕阳芳草》,第 270 页,人民文学出版社 2004 年版。
③ 《白门柳·秋露危城》,第 5 页,人民文学出版社 2004 年版。
④ 《白门柳·秋露危城》,第 5 页,人民文学出版社 2004 年版。
⑤ 《白门柳·秋露危城》,第 2 页,人民文学出版社 2004 年版。
⑥ 《白门柳·秋露危城》,第 2 页,人民文学出版社 2004 年版。

与之的交情和对自己的恩情,几乎与之断交;拒绝周延儒为拉拢他而给他的官职;在得知好友方以智曾在北京降贼后,便追上门去教训;被关进监狱也不向阮大铖等屈服。耿介、正直、固执而且时带偏激——"他平生最不能容忍的,就是委屈从俗,毫无骨气,为着达到某些目的,便不惜与邪恶同流合污。"①当时科举考试盛行走后门,但他"进京,就只带了三十两银子,住了四个月,一份礼没送"②;当弟弟黄宗会提出花钱打通关节以博取功名时,他严厉呵斥,并训诫道:"公行贿赂、贪赃枉法不是没有,可是像我们这样的人,又岂能随波逐流,任其摆布?须知我辈不出仕则已,若然出仕,便当以振衰起溺为己任,以更新弊政为职志"③;当自己费尽周折弄到手的《潜虚衍义》遭徐青君的随从损坏时,他不顾对方人多势众,坚持向对方索赔,并一改平常的温文沉静,露出要拼命的样子,但当侯方域等企图靠《潜虚衍义》来讹诈徐青君一百两银子时,他又坚决反对,而只要求对方原价赔偿即可;他虽与周镳颇有交情,但周镳为人固执,总为维护自己复社元老的地位而排斥复社其他新兴领袖人物,他便据理力争、总不让步;陈贞慧等欲与马士英等和解,他则坚决主张革除马士英的官职;即使是对自己尊重的东林派重臣刘宗周也毫不避讳、直言劝谏;直击时弊,如面对端午节的龙舟赛直言道:"屈原忠心为国,遭小人谗害,屡遭斥逐而矢志不渝!他忧伤宗国沦亡,悲愤自沉,欲以一死以励后人……不期今日,却反成了醉生梦死之辈寻欢作乐的题目,真是可恨可叹!"④当徐石麟拿着记录他大胆言行的手折,提醒他要注意自己的言行时,他固执倔强地坚持说为了社稷苍生所言无罪;明知鲁王朝政权腐败、黑暗,但还是把复明之大任寄托于鲁王朝政权;在鲁王政权西征失败后继续从事复明的事业。见义勇为——当看到公差横行欺压铺户时,他主动为铺户说情;为铺主马小舍被牙行恶势力欺压至疯而痛心疾首;他不顾个人安危而与牙行正面斗争;在见官军对百姓施暴时,他不怕殃及自身,大胆阻止;当清军入关后,他积极组织村中的人进行训练、防御,后又投身于反清复明的运动之中。讲义气——为报钱谦益的知遇之恩,他不惜与那些自以为是地非议钱谦益的人抗争;在发现可能有刺客要暗杀刘宗周时,他暗中积极布置防范,整夜陪伴

---

① 《白门柳·秋露危城》,第9页,人民文学出版社2004年版。
② 《白门柳·秋露危城》,第9页,人民文学出版社2004年版。
③ 《白门柳·秋露危城》,第9页,人民文学出版社2004年版。
④ 《白门柳·夕阳芳草》,第314页,人民文学出版社2004年版。

刘宗周;在去教训方以智时,他发现他被一大批方巾道袍的儒生和绅士围攻,便前去为之解围。头脑清醒、思想开明、超前——他具有民本思想,一反封建传统的"重农抑商"思想,提出"工商皆本";对西方的新事物充满好奇,如在和朋友一起去教堂时,他很渴望去接触和学习那些未知的事物和思想;讨厌死板的八股,希望把所学的知识运用到实践中,主张经世致用;能清醒地认识到,在他所处的当时,"救亡图存的唯一出路,就在于彻底革新朝政"①;具有民主思想,如他认为:"天下之治乱,不在一姓之兴亡,而在万民之忧乐……天地之大,兆人万姓,岂能为一人一姓所独私?"②瞻前顾后、意志不够坚强——他虽然愿意不惜性命地保护刘宗周,但又担心自己死后,妻妾、孩子的生活、命运等可能会有问题;在与书童黄安在街上寻找住处时,见着书坊,他总是派黄安出马,自己则躲在其他店铺前一边假装买东西,一边等候回话。

总的来看,黄宗羲是一个正人君子和有勇有谋的知识分子,与钱谦益有着明显甚至本质的不同,属鲁迅所期许和称赞的中国的脊梁式的人物之列。作为一个知识分子形象,它属后来熊召政《张居正》中的张居正之类,颇能感奋人心,也颇具艺术感染力。

三

小说通过其内容及所塑造的一系列人物,尤其是钱谦益、柳如是、黄宗羲等所表达的主旨大致有以下几点:

(一)揭露了明朝后期政治的腐朽、官场的黑暗。

小说以东林党人、复社成员与阉党余孽之间以及东林党人、复社成员各自之间的斗争为线索,描写了党派之争——内阁首辅周延儒及阉党余孽阮大铖与东林党人及复社成员、东林党后期领袖与东林党人及复社成员、东林党人相互、复社成员相互等之间,矛盾重重、争斗不已;揭露了明朝后期政治的腐朽、官场的黑暗——钱谦益为了复出而派人到京城四处活动;周延儒用与钱谦益做交易的方式换取对方的支持;国丈强占民女;士子要博取功名就得花钱打通关节;钱谦益在主持乡试时,与举子内外串通、纳贿舞弊;从而揭示了明朝灭亡的原因,

---

① 《白门柳·秋露危城》,第 185 页,人民文学出版社 2004 年版。
② 《白门柳·秋露危城》,第 532 页,人民文学出版社 2004 年版。

形象地说明了腐朽的政府是没有办法带领国人取得幸福的,党派之争的结果要么是两败俱伤,要么是唇亡齿寒,最终除了给自己带来痛苦外,还会加速国家的灭亡。

(二)揭露了南明王朝的掌权者勾心斗角、争权夺利、不思进取、不关心国事、偏安享受的丑恶嘴脸,歌颂了复社成员的爱国热情和行为。

崇祯皇帝自缢,留都南京先是为另立新君而展开斗争——吕大器、雷縯祚等东林派官员欲立潞王朱常涝为君,江北四镇欲拥立福王朱由崧。拥立潞王有悖于"亲疏伦序",但钱谦益最终想出了"以贤破亲"的主意,主张通过罗织罪名、制造流言来搞垮对手。吕大器等被迫采用钱谦益的计策,提出了福王的"七不可立"。户部尚书高弘图提出了立桂王朱常瀛。南京兵部尚书史可法作为当时的最高军事长官最终决定立桂王为新君,并告知庐凤总督马士英,马士英表示同意。阮大铖欲立福王,且在未获马士英支持之后仍欲拼死拥戴福王。周镳、黄宗羲、顾杲等请求史可法主持公道,并提出要左良玉出兵东下,但被史可法否定。福王被立后,沉迷于享乐,朝政由马士英、阮大铖等把持,史可法等忠良被迫离开朝廷。郑元勋、周镳、雷縯祚、吴应箕、黄宗羲、陈贞慧、顾杲为国家奔走呼号,或死于战乱——郑元勋在处理总兵高杰的游骑被民军袭杀事件时因误会被害,或被权奸迫害致死——周镳和雷演祚遭马士英和阮大铖迫害死于狱中;或含冤受屈遭牢狱之灾——马士英等为打击东林大臣和复社成员而将黄宗羲、陈贞慧、顾杲抓进监狱。

(三)揭示了钱谦益等降清人员的苟且偷生和矛盾纷乱的内心世界,歌颂了黄宗羲等抗清人员的爱国和知其不可为而为之的精神和行为。

钱谦益在献城投降后,还得遵剃头令剃发,既时时刻刻感到如坐针毡、芒刺在背,又因背叛自己的民族而为世人不齿,并由此而惶惶不可终日;为了缓解内心的痛苦,他便主动要求修纂《明史》,以为故国尽一份力。龚鼎孳等明朝旧臣虽降清,但又不甘心被落后且野蛮的"鞑子"所统治;孙之獬自愿削发改衣、认贼作父,官位升迁很快,龚鼎孳、许作梅等便心生嫉妒,合伙算计他;龚鼎孳、陈名夏、余怀等后来又产生了参加江南反清复明的义军的想法。黄宗羲虽深知抗清部队主帅畏首畏尾,士兵越来越少,且军饷匮乏,心中甚是愤懑;深感大明败亡已成定局,并因明朝残存政权腐败至极而怀疑自己的所作所为;但还是在家乡组织壮丁每天操练以防万一,在得知前明臣孙嘉绩、熊汝霖在余姚县城树起"反清"大旗后,便带着黄宗会和书童黄安前往加盟,后又担任兵部职方司主事兼余姚军监军,主张从国家大义的角度上疏鲁王,将马、阮二人论罪处死;孙嘉绩在率部西征时生病,黄宗羲代作主帅率部渡江作战;西征失败,又带着愿意跟随自己的士兵上了四明山;不过,他也"明知道一人之天下的君主专制制度有着极大的弊端,在质疑南明王朝时,在断然否定了一姓之天下后却又感到了茫然。历史将去往何处? 已有的政统倒塌了之后应建立怎样的新世界? 他不甚明了。尽管他带着冷峻的理性思考批判君主专制,但他却不知道该怎样实践自己的思考。"[①]其他知识分子也"不甘后人",如沈士柱为诈开城门以让凌君甫率领的几百义军进城而被杀;又如,冒襄见黄宗羲、柳敬亭等为反清复明而舍身奔走,大为感动,并毅然地加入到反清复明的行列。

(四) 揭示了明末文人的生存困境及其内在原因。

小说"主要通过描绘明末清初的士大夫群体无论选择何种人生道路皆进退维谷、无论依凭何种人生价值依据皆难以获得灵魂安顿的历史命运,揭示了在封建王朝解体那'天崩地裂'的时代,知识分子无法在封建的变乱时世、政治制度和文化体系的范畴内部获得理想的人生价值的群落生态"[②]——钱谦益、冒襄以及复社、东林党其他人员等拥有知识,不愿像普通"愚民"一样甘于被统治,但又没有有力的权势和经济力量作为支撑,于是,就得承受多方面的压力,身心备受煎熬:钱谦益先是因向阮、马奸党妥协而受到其他文人的鄙夷,后是因参与策划拥潞排福的计划而受到南明王朝的排挤,再后是因降清而遭世人的唾骂;冒襄在带着家眷逃到浙江海宁一带的途中,身历了贫寒、困顿、饥饿、耻辱、痛苦、惊惧以及清兵和南明官兵的骚扰等;小说"还通过秦淮女性的映衬,贬斥了名士们品质的诸多伪劣之处和心态的颓废堕落趋势"[③],"从历史人物精神状态的层面,展示出文化人畸变、文化体系被种种力量冲击而没落的必然趋势"[④];从而揭示了明末文人的生存困境及其内在原因。

---

① 陈林侠:《知识分子的群体形象与个案——以黄宗羲为核心评长篇历史小说〈白门柳〉》,《名作欣赏》,第 42 页,2005 年第 2 期。
② 刘起林:《论〈白门柳〉的文化批判意识》,《长沙电力学院学报(社会科学版)》,第 97 页,2001 年第 1 期。
③ 刘起林:《论〈白门柳〉的文化批判意识》,《长沙电力学院学报(社会科学版)》,第 97 页,2001 年第 1 期。
④ 刘起林:《论〈白门柳〉的文化批判意识》,《长沙电力学院学报(社会科学版)》,第 98 页,2001 年第 1 期。

（五）揭示了我国 17 世纪早期民主思想产生的社会历史根源。

作者曾经明确地说："就十七世纪中叶的那一场使中国社会付出了惨重代价的巨变而论，如果说，也曾产生过某种质的意义上的历史进步的话，那么……是在'士'这一阶层中，催生出了以黄宗羲、顾炎武、王夫之为代表的我国早期的民主思想。这种思想，不仅在当时是一种划时代的飞跃，而且是对封建制度的无情的系统批判"①。小说"全面深刻地展示出在一个社会黑暗动荡的历史生存空间内传统知识分子所表演的一幕幕人生悲剧和丑剧，从而痛切地揭示出专制政治文化占统治地位的封建文化所导致的士阶层思想混乱失序、价值选择进退维谷、生命力虚掷和萎缩的生存状态，以及这种生存状态对整个封建文化或正或反、或直接或间接、或自觉或无意的冲击与突破。在他们深层的最隐蔽处，才有民主意识作为心灵感触、思想火花、各种行为选择失效后可能的未来契机等，出现于黄宗羲等思维最敏感活跃之际的精神世界"②；江南商业、手工业的发达，商品经济的昌盛，如第一部第二章所描写的南京街面上的情况；西洋文明的传入及其影响，如小说第一卷第八章写方以智和黄宗羲在赴京途中摆弄西洋千里镜及有关"文明教化"的思考，第十一章写洋教士汤若望对西洋文化的介绍；现实生活的残酷，如黄宗羲在苏州亲眼目睹京里国舅派去办货的人对铺户强行摊派和威逼，在与方以智在进京途中所亲眼看到的大量吊死于榆树林中的饥民，方以智给他述说的"易子而食、攫人而食"的惨绝人寰的事情等，也都是催生黄宗羲的民主主义思想的条件和其得以孕育的土壤。

（六）揭示了中国传统文化的内在矛盾③。

中国传统文化一向是重义轻利、重名轻实、重君子轻小人、重男人轻女人、重温顺贤淑女子轻放荡桀骜的女子，但是，小说中的那些士大夫多逆此而行，且凡如此者多有好报，反之则命运多舛——在崇祯的三个儿子不知去向的情况下，按照传统礼制，应该以"立君以亲"的原则在最接近的旁系皇族中挑选继承人，但东林党人却从利的角度出发，主张"立君以贤"。在北京的方以智佯装归顺清后，历经辛苦逃回江南，却遭到了士人们的围攻与唾骂以及奸党的迫害，最

---

① 《白门柳·鸡鸣风雨》，第 550 页，人民文学出版社 2004 年版。
② 刘起林：《论〈白门柳〉的文化批判意识》，《长沙电力学院学报（社会科学版）》，第 98 页，2001 年第 1 期。
③ 参见牛玉秋：《〈白门柳〉与中国文化的内在矛盾》，《小说评论》，1999 年第 2 期。

后为躲避灾祸而出家;而龚鼎孳在反复无常的纷变中随波逐流,既保住了性命,又保住了官职。钱谦益身为东林领袖,为了复出,竟勾结朝中权贵,在复社内部挑拨离间,为给阮大铖翻案煞费苦心。相对于马士英、阮大铖等,东林党人一般被认作君子,可东林党人不仅在与马、阮的斗争中把派别私利置于国家、民族利益之上,而且在派别内部也明争暗斗,周镳还教唆弟子对陈贞慧兴革朝政的行动采取不合作态度。钱谦益、冒襄等男人无论是人品还是才干,均不如柳如是、董小宛等女人,而且那些与此相反的人都活得比较潇洒,如放荡桀骜的柳如是活得潇潇洒洒、风光无限,温顺贤淑的董小宛却活得委委屈屈、窝窝囊囊。由此,揭示了中国传统文化的内在矛盾——这实际上也是对中国传统文化的一种解构。

四

从艺术表现的角度来看,小说主要具有如下特点:

(一)篇幅浩大、内容丰富而又线索清晰、结构宏阔而又精致严谨。

小说由《夕阳芳草》、《秋露危城》、《鸡鸣风雨》三个部分组成,长达130万字;以"钱氏家乱"开场;主要线索一是钱谦益与柳如是及冒襄与董小宛的爱情,二是复社成员与阉党余孽之间以及复社成员之间的斗争,三是汉族与满族及汉族统治阶层与农民起义军之间的斗争。线索虽然纷繁,但有条不紊——复社成员党人与阉党余孽的斗争赫然贯穿始终,情节次第展开而又完整,结构井然:第一部共十二章,其内容主要为复社成员等因阮大铖企图翻案而引起的纷争,揭示了明朝后期政治的腐朽、官场的黑暗。第二部共十二章,其内容主要为南明王朝各派势力之间的斗争及南明王朝为清所灭,揭露了南明王朝的掌权者不思进取、不关心国事、偏安享受和争权夺利的丑恶嘴脸,歌颂了复社成员的爱国热情和行为,第一部开始的各条主线在这一部里相交。第三部共十一章和一个尾声,其内容主要为明朝残余势力在南明王朝覆灭后,退守浙东地区,继续坚持抗清及其最终灭亡的过程,揭露了钱谦益等降清人员的苟且偷生和矛盾纷乱的内心世界,歌颂了黄宗羲等抗清人员的爱国和知其不可为而为之的精神和行为;第二部里交织在一起的各条主线在这一部里向各个方向发展——三部"各有中心事件和时间段落,每一部都是一个相对独立的艺术世界"①;可谓篇幅浩大、内容丰富而又线索清晰、结构宏阔而又精致严谨。

（二）题材、叙述方式新颖独特。

当代历史小说或主要叙写农民起义,如姚雪垠的《李自成》;或主要叙写宋、金、辽之间的民族斗争,如徐兴业的《金瓯缺》;或主要叙写坚持战斗的人民英雄,如凌力的《星星草》;或主要叙写帝王或王侯将相,如二月河的"帝王系列"、凌力的《少年天子》、熊召政的《张居正》。而《白门柳》则主要叙写一批社会转型期的知识分子;同时,注重将惊天动地的"大历史"转换为"小历史",在"小历史"中又表现"大历史",即在对"稗史"的叙述中再现历史的真实风貌。在叙事时,小说注重将叙述的重心放在人物的心态上,而不是故事情节的发展上,即由人物的情绪来主导情节的发展,如在叙写以黄宗羲等为代表的早期民主主义思想的诞生时,重点不是其过程而是黄宗羲等孕育这一思想时的处境和心态。小说题材、叙述方式的新颖独特由此可见一斑。

（三）重史实而又不拘泥于史实。

小说注重"写实"——所描写的基本上是明末的历史实事实情,而且"遵循严格的考证,大至主要的历史事件,小至人物的性格言行,都力求书必有据。就连一些具体情节,也是在确实于史无稽,而艺术处理上又十分需要的情况下,才凭借虚构的手段"②;小说中的人物上百,而且大多数在历史上都实有其人,如钱谦益、柳如是、黄宗羲、冒襄、董小宛、周延儒、吴应箕、陈贞慧、杜麟征、夏允彝、陈子龙、柳敬亭、左玉良、冒起宗、周钟、周镳、徐石麟、黄宗会、刘宗周、郑元勋、顾杲、龚鼎孳、马士英、阮大铖、洪承畴等;诸多重要事件也是实有其事,如复社成员与阉党余孽之间的斗争、复社成员之间的斗争、史可法抗清等;甚至一些细节也"有案可稽",如钱谦益为巴结阮大铖以达到自己被重用的目的,设家宴款待阮大铖,甚至特意安排柳如是陪酒以图用柳如是的美色迷住对方,《南明野史》便有记载;有关福王在进入南京时仪仗的规模、用具、队形、行进的方式、气氛等、南京乡试的考场风习、史可法阅兵大校场的威武氛围、钱塘江上两军对垒厮杀的胜败场景与气势、君臣早朝的情形、阁臣办公的状态、值宿场所的布局、各

---

① 李从云:《〈白门柳〉的结构及意义》,《德州学院学报》,第1页,2008年第5期。
② 《白门柳·鸡鸣风雨》,第552页,人民文学出版社2004年版。

式职官的责任、屋宇器皿、秦淮河上来回穿梭的不同船只、秦淮名妓的门庭饭局、苏州一带十分盛行的打官司的风气等的描绘也是经得起历史推敲的。但对一些具体情节,在确实于史无稽而艺术处理上又十分需要的情况下,便虚构,如有关柳如是和钱谦益"私生活"的描写即如此:"'你偷看人家,你坏,我不嘛!'柳如是扔下笔,像个小姑娘似的噘着唇儿,扭着身子。……'哼,我要,我要——对了,我要拔你一根胡子!'"①其他如柳麻子去左良玉军中下书的情节、不少人物的来往信札、第一卷第十章里士子们在给董小宛捧场时写的诗等均如此。

(四)文化意味浓烈。

其一,小说的总标题《白门柳》及各部标题均采自中国古典名作或与之相关:如虽然作者自言小说的总标题"白门柳"源自于南京的别称②,但该标题也能使人联想起李白的诗句"何许最关人,乌啼白门柳"和清初词人龚鼎孳的词集名"白门柳"等;第一部的标题"夕阳芳草"引自辛弃疾的《生查子·题京口群治尘表亭》和屈原的《离骚》,第二部的标题"秋露危城"引自李贺的诗《雁门太守行》和《易·否·九五爻辞》;第三部的标题"鸡鸣风雨"引自《诗经·郑风·风雨》,"作者将古代诗词章句的意象抽出,借助这些意象高度凝练的文化内涵,提炼出与各卷基本情节意绪相对的意境内核,进而再作艺术整合,最后达到'引诗'和小说情绪节奏的默契。例如,《夕阳芳草》写的正是明王朝摇摇欲坠、国势颓危、日薄西山之时;《秋露危城》则述说建虏入塞,明王朝分崩离析而偏安江南之际;《鸡鸣风雨》更是对应于国破家亡、民族、危亡、文化灭裂的当口。"③

其二,小说叙写的主要对象为一批文人及其与文化有关的活动,如结社,吟诗,论辩,参加科举考试等。

其三,正文嵌用了大量的典籍篇名或名篇或章句,如在叙写人物读书活动的过程中,嵌用古籍篇名——钱谦益所看或所藏的为宋版《倚松老人集》、元刻大字本《韩诗外传》,黄宗羲所欣赏的为宋版《潜虚衍义》,黄宗会所读的为《明文定》,方以智所喜欢的为《离骚》,陈贞慧、冒襄和吴应箕所吟诵的为《闲情赋》。

其四,小说开篇的"引子"文化内蕴丰厚——"如果说《白门柳》叙写的是众

---

① 《白门柳·夕阳芳草》,第35页,人民文学出版社2004年版。
② 参见刘斯奋:《〈白门柳〉的追求及其他》,《文学评论》,第25页,1994年第6期。
③ 傅修海:《物语精魂——长篇小说〈白门柳〉赏读随笔》,《阅读与写作》,第7页,2011年第2期。

士子名妓的心灵史,那么书名和开卷的'引诗'就是明清易代的文化史。而开篇的'引子'则是一株幽谷老梅花的思想史"①。

其五,小说中有关历史风俗的描绘洋溢着浓郁的文化色彩。

(五) 人物个性鲜明。

小说中人物上百,其身份繁杂——既有帝王将相,又有清流名士,还有青楼女子及普通百姓;个性各异——不仅不同类别的人其个性各不相同,就是同类人其个性也各不相同,如复社四公子,虽然四人都是才情出众的才子文人,但陈贞慧工于心计、老谋深算、干练入时,冒襄风流倜傥、软弱多情、落落寡合,方以智豁达大度、注重实践(如乐于实验)、灵活机敏、善于变通(如虽参加过八股考试,在朝廷做官但丝毫没有八股呆子们的酸腐之气,有基本原则但不摆朝廷命官的架子)、思想开明(如认识到救国必须发展实业,从科技上入手才能有经济的进步,好学新事物,独立创新),侯方域能言善辩、锋芒毕露、高傲刻薄……又如同为"秦淮八艳",柳如是风流潇洒、心机多变、有政治野心、企图通过钱谦益青云直上以向社会索取自己所需要的一切,董小宛性格温顺、感情专一、只希望通过冒襄而做一个良家妇女以求得社会对自己权利的承认……其他人物,如史可法、刘宗周、郑元勋、余怀、侯朝宗、柳敬亭、张岱、黄宗会、钱孙爱、陈在竹、顾眉、李十娘、吕大器、阮大铖、马士英、龚鼎孳、洪承畴等,各自的个性也相当鲜明。

(六) 内容集中。

小说虽然人物繁多,但贯穿全书始终的核心人物只有五位——钱谦益、柳如是、冒襄、董小宛、黄宗羲。钱谦益是东林党领袖,冒襄和黄宗羲都是复社代表人物,这三人分别属于"士"这一阶层的三种不同类型,各有其代表性;柳如是和董小宛则分属"名妓"这一特殊社会群体中性格各别、追求各异的女性;虽说是鸿篇巨作,但"其实就写了三年时间的事情——明朝覆亡前夕的崇祯十五年三月到当年的十二月(《夕阳芳草》);李自成农民军攻入北京之后,南明弘光政权在南京建立及其崩溃的崇祯十七年四月到次年的五月(《秋露危城》);以及同年六月到次年的五月,南明鲁王政权在浙东建立到全线溃败。"②这三年中,正值明清两个朝代更迭的当口,阶级矛盾、民族矛盾和统治集团内部矛盾都空前激

---

① 傅修海:《物语精魂——长篇小说〈白门柳〉赏读随笔》,《阅读与写作》,第 8 页,2011 年第 2 期。
② 《白门柳·鸡鸣风雨》,第 551 页,人民文学出版社 2004 年版。

化,再加上新旧观念的对立和激荡、不同文化的冲突与融合等;这些交织成一幅色彩斑斓、惊心动魄的图景。

(七)按照历史唯物主义的观点塑造人物。

小说不是从先入为主的观点出发去塑造人物,而是从特定的历史条件、从人物的文化修养和所处的社会地位及相互之间的关系出发去塑造人,即在塑造人物时紧紧扣住时代特征——明朝末年,国家动荡不安,内部是以李自成为首的农民起义军攻陷北京,外部则是清兵的入关和南下;在崇祯自缢后,混乱中仓促建立的南明政权也从苟安中走向灭亡……在这样的时代背景下,阶级矛盾、民族矛盾、各个集团内部的矛盾空前激化;从而避免了主观地拔高或贬抑人物而出现像《三国演义》"欲显刘备之长厚而似伪,状诸葛之多智而近妖"那样的毛病,使所塑造的人物个性鲜明、内涵丰富,如钱谦益是历史上有名的"贰臣",多数人认为他为贪生怕死、毫无气节之人;但小说对这一人物的处理并没有简单化的——在小说中,"他一方面深受儒家思想浸淫,是一位文化层次很高的封建官僚,另一方面又长期生活在商品经济相对发达的江南地区,是一个受到市民意识潜移默化的大地主。这两种价值取向不同的观念,使他的心灵深处经常交织着'义'与'利'的激烈冲突,并且强有力地制约着他的思想和行为。因此,当道义之念占上风时,他会在早期甘冒杀身之祸而同阉党势力对抗,成为东林派的中坚分子;会充当复社的后台而受到士林的拥戴;还会在江南拥立新君时,挺身而出奔走策划;甚至在本书结束时,毅然重归复明运动的营垒。而当利欲之念占上风时,他又会置当时的社会道德规范于不顾,公然迎娶柳如是;会为了达成起用复官的政治交易,阴谋为阉党余孽阮大铖翻案;会为了保住乌纱帽,向政敌马士英等摇尾乞怜;还会为了身家性命,无耻地积极参与向清兵献城投降。"①因而很难用"正面人物"或"反面人物"这种概念冠之。又如黄宗羲,他虽然很"完美",但也有不"完美"之处——暴躁、与复社同仁力图变革但屡试不爽、仇恨起义军的"细作"。

(八)语言多姿多彩。

小说注重运用不同的语言或语言形式描写不同的对象,如人物对话、奏章文书一般采用简明的文言,而叙述部分全部使用现代口语;用"裤子裆里阮"称

---

① 刘斯奋:《〈白门柳〉的追述及其他》,《文学评论》,第 27 页,1994 年第 6 期。

呼阮大铖,用东林党人的对联、儿歌讥贬阮大铖;用打了胜仗的将士们所唱的歌——"弗见了情人心里酸!用心模拟一般般。闭了眼睛望空亲个嘴,接连叫句俏心肝!"①——描写连年征战给下层民众造成的心灵伤害;黄宗羲在得知弟弟考中后唱"只见那流水外,两三家,遮新绿,洒残花。一阵阵柳绵儿,春思满天涯。俺独立斜阳之下。猛销魂,小桥西去路儿斜"②以表现其高兴的心理;用铺张的语言描写柳如是的生活环境,烘托出其性格特征;同时,不仅有朴实流畅和清丽典雅的叙述、形象生动的描写,还有精辟的议论,如"岂不闻大丈夫处世,论是非,不论利害;论顺逆,不论成败;论万世,不论一生。一死本不难,惟须死得其所,死得其时……"③"在政治场中角逐,利害的取舍,较之道义的恪守往往更为重要。"④此外,还不时引用古典诗词或文献的经典语句,语言可谓多姿多彩。

（九）运用了蒙太奇的手法。

小说将"钱谦益与柳如是、冒襄与董小宛、黄宗羲三组……主要人物的故事相互穿插,在一组人物故事发展最吃紧的时候,忽然中断叙述,而讲述起另一组人物的故事……传统历史小说叙述人本来具有说书人的味道,但经作者这么一改造,叙述人不仅有效地将故事的来龙去脉贯穿起来,将故事的背景、历史知识、典籍掌故说给读者听,而且传统的'花开两朵,各表一枝'也富有意味地变成了两朵花同时表述,单向型的时间性向着并置型的空间性转换,古典的叙述方式质变为现代性的叙事策略。蒙太奇手法的运用,一方面大大增强了作品的表达内容,使之出现1+1＞2的结果;同时使用蒙太奇手法也有利于作者的高位叙述:作者站在高于作品的位置,统观全局,进行有利于自己作品主题表达的组接方式。这种方式可以冷冷地截断一个故事的自由流向,使作者不动声色地去诉说另外的故事。"⑤

五

小说也存在着一些不足之处,具体地说:

---

① 《白门柳·鸡鸣风雨》,第279页,人民文学出版社2004年版。
② 《白门柳·秋露危城》,第7页,人民文学出版社2004年版。
③ 《白门柳·秋露危城》,第19页,人民文学出版社2004年版。
④ 《白门柳·秋露危城》,第210页,人民文学出版社2004年版。
⑤ 吴秀明、陈林侠:《历史重构与作家的现代文化立场——评长篇历史小说〈白门柳〉》,《广东社会科学》,第132页,1999年第3期。

（一）部分情节不够完整。

如与柳如是偷情的郑生，其"背景"、身份、最后的命运结果等都缺乏必要的交待。

（二）内容略显庞杂。

（三）有些笔墨较为板滞。

如对东林、复社名士和秦淮名妓的关系，没有充分地展开描写，历史真实性未被充分展示，可读性也受到一定的影响。

（四）黄宗羲的性格特征稍嫌单纯化和单向度。

（五）对复社的重要成员顾炎武缺乏必要的正面刻画。

（六）对冒襄虽花了不少笔墨，但其主导性格特征并未被凸显。

（七）"对朝堂政治人物的描写……笔调略显干涩和缺少韵味，人物性格心理的揭示也在一定程度上给人以'隔'的艺术感觉，尤其是对于作者在情感和理性上均持否定性态度的政治人物，描写中有时还显示出一种夸张、漫画化的倾向……对秦淮烟花女子由个人欲望所导致的人格的扭曲、精神的萎缩和心理的畸形化状态……缺乏有力的批判……第一卷结构紧凑，但思路显得拘谨，第二卷则矛盾错综复杂，线索纵横交织，思维之'网'撒得太宽而略显芜杂和外在化"[①]。

不过，小说尽管有这些不足之处，但总的来说仍是一部"经得起一读再读"的"凤毛麟角"[②]之作，或曰"是一部相当成功的历史小说巨著"[③]和"百科全书式的史诗画卷"[④]。

---

① 刘起林：《论〈白门柳〉的文化批判意识》，《长沙电力学院学报（社会科学版）》，第100页，2001年第1期。
② 敏泽：《诗之与史——〈白门柳〉三题》，《文学评论》，第88页，1999年第2期。
③ 张炯：《读〈白门柳〉》，《学术研究》，第76页，1998年第11期。
④ 张炯：《读〈白门柳〉》，《学术研究》，第78页，1998年第11期。

第四节 《骚动之秋》

一

刘玉民的《骚动之秋》完成于1989年,由人民文学出版社于1990年首次出版,其内容梗概为:

岳鹏程在小时候被时为国家干部的父亲岳锐安排在农村老家照料爷爷;在爷爷去世之后,他去参军。参军前,岳鹏程与徐淑贞确立了恋爱关系;在参军后,在即将升任连长之际,村里有人给他所在的部队写信,称他与"右倾机会主义分子"的父亲"关系极不正常",他便随即复员回老家。随后,岳鹏程与徐淑贞不顾徐淑贞的母亲徐夏子婶的竭力反对而结婚。为了养家糊口,岳鹏程到玲珑山矿井打工,并取得了斐然的成绩。镇委书记出于笼络人才的目的,命岳鹏程回大桑园村接替老革命——岳锐的恩人和从前的战友肖云嫂任党支部书记。上任后,岳鹏程先是做木材生意,为大桑园村的发展打下了初步的基础;后是办机械厂、汽车大修厂、灯具厂、园艺场等企业,使大桑园村的经济获得了飞跃性的发展。但由于在工作上过于"大刀阔斧"、"雷厉风行"和工作成绩过于显著,岳鹏程引起了不少人的嫉恨,结果,遭人陷害以至被隔离审查;但后又因市报记者程越所撰写的长篇通讯《这里升起一颗明星》而结束隔离审查,再后,又因大受市委书记的青睐而变得飞扬跋扈——霸占女职工彭秋玲,对肖云嫂不敬,打压自己所反感、蔑视甚至厌恶的儿子岳赢官。在徐淑贞撞见岳鹏程对彭秋玲的不轨行为后,岳鹏程和徐淑贞的婚姻随之出现了危机。为了缓和与徐淑贞的矛盾,岳鹏程搬到崂山的休养院暂住,并在那里启动了开发月牙岛的计划,但由于太劳民伤财,此计划最终流产。在离休回到家乡后,岳锐发现岳鹏程因与彭秋玲的暧昧关系而产生的家庭矛盾以及岳鹏程对肖云嫂的不敬行为,并试图教育岳鹏程、使他改邪归正,但父子最终不欢而散。岳赢官在与岳鹏程决裂后事业有成,但在实施开发李龙山的"二龙戏珠"计划时,遭到了岳鹏程出自征服心理的再次打压,不过,又在恋人小玉的帮助下顶住了岳鹏程的打压,并最终取得了胜利。在遭岳嬴官抗击的同时,岳鹏程也遭到了彭秋玲的反叛——彭秋玲因未婚夫贺子磊受到岳鹏程的威压而与贺子磊结伴离开大桑园。在此双重打击之下,岳鹏程心力交瘁、卧床不起,徐淑贞则出于20年的夫妻之情而捐弃前嫌,恢复了对岳鹏程的感情。

二

小说中重要的人物主要有岳鹏程、岳嬴官、彭秋玲、徐淑贞等。

(一) 岳鹏程

岳鹏程是一个农民改革家和企业家,一个基层党组织的负责人。他有头脑——刚当上大桑园村的党总支部书记,他就清晰地认识到大桑园村必须以经济建设为中心,否则,自己在大桑园村不可能树立威信,且大桑园村也不可能安定团结,于是,独出心裁地打出"学大寨特别支队"的旗号赚钱。有手腕——他能"化用"既定的政治规范换取实际利益;在开始做木材生意遇到对方不恪守合同时,他先硬后软、软硬兼施、恩威并举,义气和欺骗参用,最后,达到了目的,圆满而归。有魄力——他不但开办了木材厂、机械厂、汽车大修厂、灯具厂、园艺场等企业,而且还雄心勃勃地计划开发月牙岛,试图把大桑园的经济推上一个新台阶。有能力——在当上大桑园村的党总支部书记后,他带领大桑园村人脱贫致富过上了好日子,并成为当地乡镇的排头兵。关心民众疾苦——在知道有人遭灾后,他忧心如焚,在严厉批评相关负责人失职的同时,亲自督责他们立即着手解决问题。讲义气——他见彭秋玲受欺负,便拔刀相助。

同时,岳鹏程又是一个称霸一方的土皇帝。他专横跋扈——在大桑园村,他基本上是为所欲为,独断一切事情,如想上什么项目就上什么项目、想招用谁就招用谁、想任用谁就任用谁、想惩处谁就惩处谁、单方面地终止与果园承包人石衡保有关果园的承包合同、随意打骂人。心胸狭隘——因为与石姓家族有过节,他便想方设法报复,如不仅单方面终止了与石衡保有关果园承包的合同,而且还罪及其子石小朋。薄情寡义——肖云嫂本是他干娘,且对他的父亲有救命之恩,可当他以为她向县委告了他的状后,他不仅断然断绝了与她的情谊,还变本加厉地恶待她;结发之妻徐淑贞不仅贤惠美丽,而且对他有知遇之恩、与他共过患难、在他被隔离审查面临牢狱之灾时挺身而出,可他在见到年轻貌美的彭秋玲后,便移情别恋;为了使儿子臣服,他不择手段、心狠手辣。不过,他也有优柔寡断的一面,如在彭秋玲与徐淑贞之间首鼠两端、举棋不定等。

总的来看,岳鹏程实际上是改革开放初期一代农民企业家的代表,折射出了那个时代的某些本质特征——他的优点和缺点既是个人的,又是他那一代农民企业家共有的;它们的形成,与当时的时代直接相关——那是一个百废待兴、需要开拓进取精神的时代,于是,他的手腕、魄力、能力等便有了用武之地,同时,他的专横也有存在的空间,他的薄情寡义并没有遭到十目所视、十手所指,甚至最终还被其岳母在相当的程度上接受了。

(二)岳嬴官

岳嬴官是一个农民企业家。一方面,他秉承了其父岳鹏程的一些优良品性——他虽然才二十出头,却像他父亲一样有魄力:他有超人的智慧,协助父亲在关东用虾米换取木材,办木工厂;当小桑园饮料厂濒临破产,成了一个谁都不敢接手的"烫手山芋"时,他未多加犹豫就接手承包下来,并创出了品牌产品龙泉饮料;尽管开发李龙山的"二龙戏珠"工程浩大,实施起来困难重重,但他不仅未打退堂鼓,反而还大张旗鼓地规划设计、组织实施。有手腕——面对岳鹏程出于征服心理的"打卡压",他兵来将挡水来土掩,最后不仅冲出重围,还把岳鹏程气了个半死。有能力——在他的带领下,小桑园仅仅在几年之内就发生了翻天覆地的变化:经济腾飞,家给民足。另一方面,他又摒弃了岳鹏程的一些恶劣品性:他不仅不像岳鹏程那样专横,反而还从善如流,如在饮料厂产品遇到恶性竞争时,听从"参谋"苏立群的建议,以降价销售的方式击败了对手。心胸开阔——身为父亲的岳鹏程不仁不义,致使他在筹办龙山水泥厂的过程中备受波折,但在龙山水泥厂的筹建成功时,他捐弃前嫌,友好地邀请岳鹏程参加奠基仪式。有情有义——对母亲敬爱有加;虽对彭秋玲一往情深,但又对小玉从无异心;对肖云嫂一片崇敬和孝敬,并为之养老送终。是非分明——他跟父亲一起"下海经商"、办工厂、崇拜并追随父亲,可在发现自己与父亲在经营理念上有巨大的差异,特别是在发现自己所爱的彭秋玲竟与父亲关系暧昧后,他一反故态,毅然决然地与父亲决裂。

总的来看,岳嬴官是改革开放时期新一代农民企业家的代表;他的"二龙戏珠"计划的成功和岳鹏程开发月牙岛计划的失败,显示了新一代农民企业家超越了其前辈的强大生命力和发展潜力,预示着中国农村改革深化的必然性。

(三) 彭秋玲

彭秋玲是一青年女工。她是一个被损害者、被侮辱者——她出生在一个很不幸的家庭,母亲长得漂亮,但14岁就被送进了尼姑庵,直到40岁才还俗;之后,和一个痴不痴傻不傻、邋邋遢遢的让活人瞧不起的老光棍——彭彪子结合。她由于长得漂亮,且一点都不像彭彪子,于是,不怀好意的人便造谣说她不是彭彪子的种,而是她妈妈与其相好的和尚的种;因此,她自小便遭受白眼和歧视。她本是出于感激之心和无奈之情才委身于岳鹏程的,但这又使其沦为一个"第三者";本是岳鹏程胁迫、引诱、纠缠、霸占了她,可岳鹏程的老婆却认为是她夺走了自己的爱,因而拿她出气,并羞辱她。

她坚韧顽强、自尊自重,是一个自强不息者。母亲在屈辱中去世后,她用稚嫩的肩膀扛起了家庭的大梁——照料痴呆的父亲,抚养稚弱的弟弟。在参加工作后,她以热情端庄的风度、脆亮动听的口齿、得天独厚的容貌风采以及勤勤恳恳、兢兢业业的工作态度,取得了骄人的成绩;虽然被迫沦为岳鹏程的情人,但又不甘于成为岳鹏程的情人,并勇敢地投怀于一个落魄工程师的怀抱;在发现自己所爱的贺子磊人身自由受到限制、人格遭到侮辱时,她毅然决然地力主他辞职,并与他一起远走他方另谋职业;在遭到岳鹏程的老婆的无端指责时,她奋起还击,迫使其屈服。

她恩怨分明,是一个深明大义者。岳鹏程在她生活困窘时帮助了她,她知恩图报,甚至不惜以身相许;但在遇到了自己生命的另一半——贺子磊时,她又直截了当地向岳鹏程提出要与他断绝情人关系;当岳鹏程成为她追求幸福生活的障碍时,她毅然决然地抛弃了岳鹏程。尽管她知道岳赢官深爱她、她也深爱着岳赢官,但因自己已委身于岳鹏程,她便没有接受岳赢官的爱。

她是一个"第三者",但又不是一个一般的"第三者"——她是由于一系列阴差阳错、机缘巧合才成为"第三者"的,与世人心目中通常的"第三者"不同:她不是一个狐狸精,不是一个不要脸的人;不但没有通常"第三者"的妖媚与恶毒,反而还能引起他人的同情与可怜,从而大大颠覆了传统的"第三者"形象。

作为一个文学形象,可以说,彭秋玲是中国文学史上梁红玉、李香君类人物的"传人"。

(四) 徐淑贞

徐淑贞是岳鹏程的结发妻子,岳赢官的母亲。她有主见、执著——她在年轻的时候看中了岳鹏程后便义无反顾地走向他,虽然母亲因自己的父亲和两个姐姐被贫困夺去生命而不希望她嫁给"大丧院"(大桑园),并坚决反对她与岳鹏程结婚,但她不改初衷,以死相逼,坚决地与岳鹏程结婚。在岳鹏程受诬陷被隔离审查时,她深信岳鹏程无罪,大无畏地与审查组斗争,即使遭受殴打也在所不惜。贤惠——结婚后,她与岳鹏程同风雨共患难;在岳鹏程为生活和事业奋斗得伤痕累累、疲惫不堪时,她用一双柔弱的手为他擎起了一片天空,夫妻俩一心一意、通力合作,最后,不仅把一个一穷二白的家建设成了一个小康之家,而且还带领整个大桑园村的父老乡亲一起过上了小康生活;她孝敬公公,即使在与岳鹏程斗争时也没怠慢公公;她孝顺母亲,虽然母亲当年绝情绝意地与她断绝往来,但在母亲病倒无钱就医、无人照料时,她不计前嫌,无微不至地照料母亲;扶持弟弟,弟弟无才无能,正是因为她才有了安身立命之处;精心料理家庭,岳鹏程夜以继日地忙于公事,家里的事基本上由她一手操办,一儿一女基本上由她一手抚养长大;在儿子干事业时,她揪心地关注,尽己所能地出手帮助;在儿子与丈夫发生矛盾时,她苦心调解,让他们始终维系着父子之情。坚贞——当发现岳鹏程有外遇后,她不苟且、不让步,即使母亲和弟弟劝慰她,希望她忍一下算了,她也未作丝毫妥协。有情有义——虽然岳鹏程对她不忠,她也恨透了岳鹏程对她的背叛,并对他毫不妥协;但在得知他卧病在床时,她又留恋二十多年的夫妻情分、前往照料。

总的来看,徐淑贞是一个集中国妇女传统美德于一身的现代女子,属于贤妻良母型;作为一个文学形象,可以说,她是水深嫂在当代文学中的"传人"。

三

小说通过其内容及所塑造的一系列人物,尤其是岳鹏程、岳嬴官、彭秋玲、徐淑贞等所表达的主旨大致有以下几点:

(一)再现了大桑园、小桑园三代领导带领村民奔小康的艰难历程。

大桑园、小桑园老一代的革命者肖云嫂严守党纪国法,时时处处从全局出发,在满足了集体利益的前提下,才满足本村的小利益,结果,她虽辛辛苦苦但最终也没能带领村民过上小康生活。改革开放初期涌现出来的改革家岳鹏程摒弃了肖云嫂的做法——他打破常规地发展经济,结果,让大多数村民过上了小康生活;但他本人却结怨不少、没有解决的矛盾也很多,而且随着他越来越刚愎自用以及错误地决定开发月牙岛,怨恨和矛盾激增,以至于使他郁闷成疾并卧病不起。在改革开放深化过程中涌现出来的改革家岳赢官选择了一条新的改革发展之路:既坚决地大力发展经济,又遵纪守法、民主决策,结果,像岳鹏程一样使村民走上了小康生活之路,但又没有像岳鹏程那样陷于困境。

(二)反映了在经济大潮的冲击下,农村面貌和人际关系所发生的巨大变化。

在岳鹏程、岳赢官父子俩的先后带领下,大桑园、小桑园的改革次第展开,面貌日新月异——大桑园、小桑园人不再仅仅是"种地",而且还办乡镇企业,村民收入日增,生活条件日渐改善。随着经济结构和经济成分发生变化,人际关系也发生了巨大的变化——岳锐与岳鹏程本为父子,关系也一向不错,可在岳锐发现岳鹏程因与彭秋玲的暧昧关系而产生的家庭矛盾以及对肖云嫂的不敬行为后,岳锐试图教育岳鹏程,岳鹏程则公然反抗,两人由此交恶。肖云嫂是岳锐的战友、岳鹏程的干娘和大桑园的前任书记,与岳家可谓关系甚笃,可是,岳鹏程在以地方性的违法方式"改革""成功"后,个人主义恶性膨胀,居功自傲,加上对肖云嫂的恶意误解,于是,对肖云嫂颇为不敬,两人关系也由此甚为不佳。岳鹏程与岳赢官最初父子同心,致力于改革,但最终由于观念的差异而行为做派大异,甚至彼此几近仇敌。岳鹏程与徐淑贞原本是患难夫妻,可岳鹏程在发达后,移情别恋,生活腐化,为人狡诈,于是,两人反目成仇。因岳鹏程有恩于彭秋玲,彭秋玲便对岳鹏程投桃报李,两人由此而彼此倾心,但岳鹏程专横霸道,致使两人最后不欢而散。其他人物之间的关系,如徐夏子婵与徐淑贞母女、彭秋玲与贺子磊等之间的关系也发生了不同的变化。

(三)展示了在中国改革开放初期以岳鹏程和岳赢官为代表的两类农民企业家的真实面影。

岳鹏程属于中国改革开放初期那种封建意识很强的企业家,这类企业家往往有较深的阅历、有胆有识、雷厉风行,但专横跋扈、爱用持家的方式来管理所主持的企业,虽然也有可能会管理好一个企业,取得较大的经济效益,但很难善始善终——常常会因为自身的缺点,如盲目决策、独断专行等使企业元气大伤或一蹶不振甚至破产;他们最爱打的旗子是改革,但他们最爱干的事情是反改革,如岳鹏程随意终止与石衡保的有关果园承包的合同、随意整治"异己分子"等均与改革背道而驰。岳赢官属于中国改革开放时期那种有现代意识的企业家,这类企业家往往既有胆有识、雷厉风行,又能集思广益、群策群力,因而不仅能使企业兴隆,而且还能使企业获得可持续发展。

(四)揭示了人性的复杂性。

岳鹏程既诚心诚意地想把村里的经济搞上去、让村民得到一些实惠,又对村民们缺少真诚之爱,甚至还迫害石衡保、逼死其妻、使其年幼的独子沦为乞儿;既爱妻子又爱情人,而且都爱得很真诚;在另有他欢后,内心不无自责;既爱儿子,又忌恨儿子,甚至不择手段地挤对、打击儿子;时正时邪,善恶交织于一身。彭秋玲爱岳鹏程、爱岳赢官、爱贺子磊,而且都爱得很真诚、所有的爱也很"合情合理"。岳锐和肖云嫂对岳鹏程都真诚慈爱,但对他的出格行为又不苟且认同。小说通过这些描写,揭示了人性的复杂性。

(五)预示了中国农村改革虽困难重重、举步维艰,但深化的趋势将不可逆转——"从岳鹏程的小家庭便能看出农村改革初期人们物质世界的变革激荡与精神世界的蜕变涌动"[1],中国改革必将在以岳赢官为代表的新一代改革家的推动下迈上一个又一个新的台阶。

四

从艺术表现的角度来看,小说主要具有如下特点:

(一)语言通俗易懂、生活气息浓烈。

小说文字简易,并不时插用方言俚语、歇后语和俗语,如"妈拉个巴子的"[2]、"驴屎抗不了棒棰,好汉打不过死囚"[3]、"出水才见两腿泥!歌唱的再好也不过是嗓门里的玩艺儿!姜是老的辣还是嫩的辣,骑驴看唱本嘛"[4]、"金壳篓银壳篓,不如自家的草壳篓;金有价银有价,人心人情没有价"[5]等——口语化色彩颇为明显;个性化色彩强,如岳鹏程说话时总是专横跋扈、不容置喙、满口脏话,话语霸气十足,而彭秋玲在说话时大多彬彬有礼、温柔委婉,话语内蕴秀气。这些使得小说语言通俗易懂、生活气息浓烈,能使人产生如临其境、如见其人、如闻

---

[1] 吕豪爽:《坚守中的新变——由〈骚动之秋〉读解〈过龙兵〉》,《山东文学》,第 53 页,2005 年第 8 期。
[2] 《骚动之秋》,第 1 页,人民文学出版社 1998 年版。
[3] 《骚动之秋》,第 31 页,人民文学出版社 1998 年版。
[4] 《骚动之秋》,第 49 页,人民文学出版社 1998 年版。
[5] 《骚动之秋》,第 169 页,人民文学出版社 1998 年版。

其声的感觉。

(二)人物描写准确到位、生动形象。

小说无论是对人物的外貌描写,还是心理描写;无论是语言描写还是行为描写,都准确到位、生动形象。如对岳嬴官的外貌,小说中是这样描写的:"青年式浓发在额前飘着,显得随意极了。脸盘是宽圆型的,却不胖;几撮从未刮过的黑而柔弱的胡须,翘在紧闭的唇边",这些描写很准确到位、生动形象,读者读到这儿,会产生此人如在眼前的感觉。又如,小说对徐淑贞在知道岳鹏程背叛自己后的心理和行为的描写——她回忆起过去自己在与岳鹏程结合的过程中所付出的代价,两人结合后经历的种种艰难险阻,摔砸卧室里的东西;对岳嬴官在得知彭秋玲与岳鹏程的暧昧关系的心理和行为的描写——他恨身为父亲的岳鹏程,恨得几乎要疯狂,他把房间里所有跟岳鹏程有关的东西,全部摔毁、撕坏、打碎;对岳鹏程语言和心理的描写,如岳鹏程这样对部下说:"你们听外边上一喊,浑身就哆嗦了是不是?没他妈出息!在家里咱们这么说,到外边,堂堂正正发展乡镇企业、搞活经济。神仙他也别想挑出毛病来!"①他在听了镇长蔡黑子好大喜功的言论后,这样想:"又是一个看出殡不怕丧大的手。你能跟人家香港的大亨比?不用说像深圳湾和香蜜湖度假村那种,需要上千万、上亿外汇,人家大鼻子不瞎眼不会向咱这儿投那么大本儿;就是人家投,建起来,光是维修费、管理费、折旧费,也得把我大桑园那笔家业踢蹬干净。挣钱?等老百姓都饿成青鱼干再说吧!"②这些描写把岳鹏程的神情和心理写得活灵活现、淋漓尽致。

(三)叙事手法多样。

小说采用了顺叙、倒叙和插叙多种叙述手法,使语言避免了平铺直叙,并使情节波澜起伏、结构紧凑,如第二章就运用了插叙——插叙了徐淑贞不顾一切地与岳鹏程结婚以及徐夏子婶从讨厌岳鹏程到接受岳鹏程的过程,通过这些插叙,写明了岳鹏程与妻子、岳母之间的情感纠葛,为下文中徐淑贞因岳鹏程出轨而作出一些过激的行为埋下了伏笔,从而使情节波澜起伏。此外,小说往往在叙述一个大故事时插叙多个小故事,每个小故事看似关系不太密切,但又不能删掉,而串在一起则使小说结构相当严谨、紧凑。

---

① 《骚动之秋》,第93页,人民文学出版社1998年版。
② 《骚动之秋》,第29页,人民文学出版社1998年版。

（四）人物典型。

小说主要人物在性别、年龄、经历、思想等方面各不相同，性格特征也迥异，如肖云嫂为女性老革命，思想纯正、行为谨慎沉稳，岳鹏程是改革开放初期的企业家和改革家，思想较老一辈开放，有胆量却又专横，性格中有很强的冒险性和封建性成分；岳嬴官是比岳鹏程要年青一代的企业家和改革家，头脑灵活，易于接受新事物；徐淑贞是一个贤妻良母型的女子，但又并不封建、保守。这些人物具有很强的代表性，堪称典型。

（五）注重运用修辞方法。

如小说在描写黄昏的海滨景色时运用了比喻，从而使海滨景色被生动、形象地描绘了出来。

五

小说也存在着一些不足之处，具体地说：

（一）倒叙和插叙运用得过多，使小说显得有点乱。

（二）有关李龙爷的古老而又神奇的传说部分篇幅过大，使小说略显枝蔓。

（三）有些人物性格特征的形成缺乏必要的"过程"，影响了人物的真实性。

（四）作品为农村改革的"宏大题材"，但其冲突却"仅在传统的道德评价、伦理关系上展开"[①]。

不过，小说尽管有这些不足之处，但总的来说仍不失为一部优秀之作，堪称"农村题材改革文学的代表性成果"[②]。

---

① 徐其超等：《聚焦茅盾文学奖》，第94页，作家出版社2005年版。
② 吕豪爽：《坚守中的新变——由〈骚动之秋〉读解〈过龙兵〉》，《山东文学》，第54页，2005年第8期。

第五章
第五届茅盾文学奖获奖作品(1995—1998)

第一节 《尘埃落定》

一

阿来的《尘埃落定》最初刊登于《小说选刊·增刊》1997年第2辑上、由人民文学出版社于1998年出版,其内容梗概为:

一个下雪的早晨,"我"和索郎泽郎等一群小奴隶去玩,"我"的眼睛因被雪光刺伤而失明,门巴喇嘛费了很大的劲才将"我"的眼睛治好。桑吉卓玛是"我"的侍女,也是"我"的玩伴和性伙伴。"我"家边界上的一个头人率领手下投奔了汪波土司,在向汪波土司讨要头人及其手下无效后,"我"家便到中华民国四川省军政府去告状,并请来了特派员黄初民。黄初民为"我"家带来了先进的武器和训练军队的技术。"我"家在有了先进武器和被正规训练过的军队后,取得了对汪波土司的胜利。黄特派员在离开"我"家时让"我"家种植罂粟,并说好了罂粟的价格以及收购的时间等问题。在罂粟生长的季节里,"我"父亲看中了查查头人的老婆央宗,随后指使查查头人的管家多吉次仁将查查头人杀死,再后又杀了多吉次仁。多吉次仁的老婆点燃了自家的寨子,自己也跳入火中,两个儿子则逃出"我"家的领地以图伺机为其父母复仇。"我"家因种植罂粟而成为当地最富的土司,周边的土司除汪波土司外都曾到"我"家求种子,但均未如愿,于是,"我"家便成了他们的敌人。汪波土司虽未曾到"我"家求种子,但接二连三地派人偷"我"家的种子。为保卫罂粟的独家种植权,"我"家发动了好几次战争并取得了每一次战争的胜利。在黄特派员失势后,姜团长代表中央政府管理土司地区,允许所有的土司种罂粟,罂粟价格随之暴跌。"我"父亲在听取了"我"的意见后,把"我"家全部的田地改种粮食,并派"我"哥哥负责在"我"家辖地的南北边境上各修建了一座仓库。当"我"家的粮食粮仓装不胜装时,其他土司的领地上却饿殍遍野。"我"父亲为了考验"我"和"我"哥哥,决定让"我"俩分别到南北边境上去看守粮仓。"我"在带着管家等一行人到达北方边境上的粮仓后,利用粮食获取了茸贡土司的女儿塔娜,离间了茸贡土司和拉雪巴土司,并从中渔利。"我"在听从早年流亡印度后又进入民国政府的叔叔的建议,把粮仓变成了一个市场。土司们用药材、皮毛、好马等交换"我"家的粮食。"我"派人把药材、皮毛等运到汉人的地盘上卖掉,再买回来更多的粮食;这样,"我"便获得了巨额利润。与此同时,"我"哥哥在南方同汪波土司打仗,并因孤军深入敌人的领地而大败。"我"应父母之召回家,面对"我"的巨额财富、美丽的妻子和臣民的拥戴,为了防止"我"和"我"哥哥因争夺土司之位而自相残杀,"我"父亲决定逊位给"我"哥哥。为此,"我"和"我"哥哥产生了矛盾。"我"妻子与"我"哥哥偷情,"我"情绪极度地低落;此时,多吉次仁的一个儿子前来报仇,并杀死了"我"哥哥。之后,"我"父亲继续做土司;"我"母亲为了"我"的安全而让"我"回"我"的"领地",书记官翁波意西随"我"同往。不久后,黄特派员投奔"我",在其帮助下,"我"在自己的"领地"设立市场、制定税制、修建店铺,经营商店、钱庄、酒馆、客店和妓院等,挣了大量的银元,并向"我"叔叔提供银元以支持他抗日。"我"把周边所有的土司都请到"我"的"领地"上来参加"土司们最后的节日"。"我"帮男土司们找在"我"的"领地"上做买卖的汉族妓女,结果,他们都染上梅毒。后来,红色汉人与白色汉人作战,与白色汉人沆瀣一气的土司们全被红色汉人消灭。为了能看"我"母亲最后一眼,"我"回到"我"父母身边。红色汉人的炮弹不断向"我"家寨子飞来,"我"母亲自杀,"我"父亲被炸死,"我"被红色汉人俘虏,最后,"我"在与"我"妻子度过一个幸福的夜晚后,被多吉次仁的大儿子杀死。

二

小说的主人公是"我"——麦其土司的二儿子。总体看来,"我"面目模糊,但"我"的经历、情绪和痛苦的感觉等又清晰可见,特征鲜明。具体地说:"我"一

方面很"傻":

"我"的"傻"首先表现在举止上。"我"在出生一个月后不会笑,在两个月时,任何人都不能使"我"的双眼对任何呼唤作出任何反应;为了证实怀着仇恨的人不能打痛自己,"我"到处求别人打;在吃饭时,桑吉卓玛悄悄地告诉"我","我"父亲和母亲前一晚睡在一起,"我把一大块肉吞下去,张开嘴嘀嘀地笑了。"① 在行刑人杀人以后,全家人都有所忌讳,只有"我"像往常一样,大吃大喝;在巡游途中,"我"违反常规,执拗地要在春天围猎。

其次表现在语言上。"我"说话用词不当或语无伦次或文不对题——"我"的眼睛因被雪光刺伤而看不见东西,"我"却说:"我的眼睛不在了!"② 叔叔问"我"喜不喜欢有个叔叔,"我"却回答:"我不喜欢姐姐。"③ 叔叔说"我""和好多人很不相同","我"再次说:"我不喜欢她。"④ 说话、问问题幼稚——当"我"父亲问"我""爱是什么"时,"我"回答道:"就是骨头里满是泡泡。"⑤ "我"看到父亲的床十分"幽深"便问:"里面没有妖怪吗?"⑥ 当叔叔问"我"会不会扔掉他所送的礼物时,"我"答道:"我不知道,他们都说我是个傻子。"⑦ 当叔叔让"我"对"我"姐姐说"谢谢夫人"时,"我"问:"夫人是英国话里姐姐的意思吗?"⑧……

第三表现在思维上。"我"的思维常常与众不同,如"我"在看行刑人处死战俘时没有看到升天的灵魂,便十分不解:"我抬头看看天上,没有看见升天的灵魂。都说人有灵魂,而我为什么没有看见呢?"⑨ 翁波意西在第一次来到"我"家时,言行举止十分傲慢,"我"却一点也不以为意。"我"认为"我"姐姐嫁给了英国爵爷,就不是"我"姐姐了,而是太太、夫人了……

另一方面,"我"又很"睿智":

"我"以一种超越时代的思维方式观察世界,穿越贪婪、愚蠢、欲望、诡计和

---

① 《尘埃落定》,第 101 页,人民文学出版社 1998 年版。
② 《尘埃落定》,第 11 页,人民文学出版社 1998 年版。
③ 《尘埃落定》,第 172 页,人民文学出版社 1998 年版。
④ 《尘埃落定》,第 175 页,人民文学出版社 1998 年版。
⑤ 《尘埃落定》,第 216 页,人民文学出版社 1998 年版。
⑥ 《尘埃落定》,第 56 页,人民文学出版社 1998 年版。
⑦ 《尘埃落定》,第 121 页,人民文学出版社 1998 年版。
⑧ 《尘埃落定》,第 121 页,人民文学出版社 1998 年版。
⑨ 《尘埃落定》,第 30 页,人民文学出版社 1998 年版。

历史,直逼事物最本质的一面,非常睿智——能"用他的灵智洞察身边的每一个人,发生在身边的每一件事:土司家庭内部、土司与头人、土司与土司之间及土司与家奴、百姓之间围绕权力争夺的一系列事件"①。其具体表现一是有很强的预感、预知能力:"我"能预感到汪波土司派人偷"我"家的罂粟种子、饥饿会引发战争、"我"哥哥在南方溃败和被仇人杀死、"我"家族命运衰颓等,能预知自己不会有儿子、土司制度即将消亡、索郎泽郎将为"我"而死、"我"自己的死亡等。

二是有很强的感知、洞察能力。事情即使很隐秘,"我"也能感知到:能感知到父亲与查查头人的妻子在罂粟地里幽会、妻子与"我"哥哥在一起乱搞;能感知到父亲的"痛苦"和内心活动:在想到别的土司可能会不用乞讨的方式弄到"我"家的种子时,"他感到一阵几乎是绝望的痛楚,仿佛看到珍贵种子四散开去,在别人的土地上开出了无边无际的花朵"②;翁波意西被关进牢里,"我"感觉到他想看书,"我"父亲派人去询问,结果确如"我"所料;在"罂粟战争"爆发时,"我"在山上,却知道山下的官寨里已经出事了——央宗的孩子一生下来就是死的;拉雪巴土司和茸贡土司为抢粮食而进行的战斗还没有发生,"我"便感知到了:"这时,一道闪电划过,我突然看到了什么,突然看到了我说不出来的什么。就对父亲大叫。告诉他,马上就有什么大事情发生了。"③战斗前夕,"我""冲出屋门,大声喊:'开始了,开始了!'"④能看出事物表面现象后面的真相:济嘎活佛在得知"我"家将有大型典礼后,匆忙赶到"我"家;母亲问"我":"去开门吗?""我"感知到济嘎活佛真正想要的是"我"家的"布施",便说:"叫他们等一等吧。想讨我家的银子可不能那么着急。"⑤能看出英国传教士查尔斯在离开"我"家领土之前用自己的毛驴换了翁波意西的骡子,是因为毛驴驮不动从山上采下的许多石头才和他换的;能看出父亲"为了一个小小的反叛的寨子到内地的省政府请愿,引种鸦片,叫自己的士兵接受新式的操练,为一个女人杀掉忠于自己的头人,让僧人像女人们一样互相争宠斗气"⑥的原因是"寂寞";能看出父母关系不好的时

---

① 蒙银菊:《〈尘埃落定〉象征功能试析》,《南宁师范高等专科学校学报》,第31页,2003年第2期。
② 《尘埃落定》,第117页,人民文学出版社1998年版。
③ 《尘埃落定》,第217页,人民文学出版社1998年版。
④ 《尘埃落定》,第226页,人民文学出版社1998年版。
⑤ 《尘埃落定》,第20页,人民文学出版社1998年版。
⑥ 《尘埃落定》,第67页,人民文学出版社1998年版。

候,双方对彼此特别礼貌,好的时候,便肯斗嘴;汪波土司派人去"我"家的领土上偷罂粟种子,偷罂粟种子的人在被抓以后要求自己被砍下的头能被捎给汪波土司,以表明他的忠心,"我"哥哥爽快地答应了其要求,"我"则看出了里面隐藏的阴谋——当"我"带着人在"我"家和汪波土司领土接壤的地方巡游时,"我"看到三棵罂粟;但"我"没有把罂粟扯掉了事,而是叫人往下挖掘,结果,挖出了三颗耳朵里长出罂粟的人头,并认为"这些人被抓之前就把种子装到了耳朵里面。汪波土司从牺牲者的头颅里得到了罂粟种子!"①

三是有很强的判断能力、决策能力和行为能力。"我"能断定罂粟种子不可能长久地为"我"家所独有,因为风也会把它们吹到别的土司的领地上去,而且"那么小的种子,就是飞鸟翅膀也会带几粒到邻居土地上去"②;明白"麦子有着比枪炮还大的威力"③,"历史上任何一个土司都不是靠战争来取得最终的地位"④,知晓土司的真正地位——"土司就是土司,土司又不能成为国王"⑤,要能真正保全,就得既不能太弱小又不能太强大;清楚地看到历史发展的方向——"要不了多久,土司就会没有了。"⑥能不为事情的表象所迷惑而作出正确的决策——在罂粟遍地开花、鸦片价格暴跌时,"我"家的"聪明人"们都力主继续种罂粟,"我"却力排众议,主张种粮食;当粮仓储存了足够的粮食后,毅然决然地免除百姓一年的贡赋;"我"哥哥在南方边境试图利用武力开疆拓土、掠夺财富时,"我"却在北方边境按兵不动、以不变应万变;在其他土司加固堡垒时,"我"却拆掉自己负责看守的堡垒似的仓库的城墙,建立了市场,开银号,设税务官;别人固守财富,"我"却捐巨资抗日;"我"哥哥为做土司绞尽脑汁蠢蠢欲动,"我"却对做土司之事充耳不闻、若无其事,但最终不期而然地成了土司的继承人。

除以上两个方面的特征外,"我"还有其他一些特征:

其一,独立不群。

无论是对旧事物的消亡还是对新事物的产生,"我"始终处变不惊,以自己

---

① 《尘埃落定》,第129页,人民文学出版社1998年版。
② 《尘埃落定》,第104页,人民文学出版社1998年版。
③ 《尘埃落定》,第192页,人民文学出版社1998年版。
④ 《尘埃落定》,第167页,人民文学出版社1998年版。
⑤ 《尘埃落定》,第166页,人民文学出版社1998年版。
⑥ 《尘埃落定》,第349页,人民文学出版社1998年版。

的生活方式生活着——既不想影响别人,也不想受别人影响,即使仇人要杀"我"的亲人,"我"也听之任之、不加过问。

其二,善良而又平易近人。

"我"虽贵为土司少爷,但善良而又平易近人——"我"和家奴的孩子们玩游戏;当他们受到不公平待遇时,"我"为之伤心地掉泪;虽然手下的人都很不入眼——"管家是跛子,师爷是个胡子焦黄的老头,两个小厮可能是跟我太久的缘故吧,一大一小两张脸对着什么东西都只有一种表情,尔依脸上的表情是羞涩,索郎泽郎的表情是凶狠"①,但"我"对他们都很好;侍女和厨娘的领班桑吉卓玛后来"发胖了","我"也对她很好。

其三,情感细腻。

"我"听桑吉卓玛唱情歌,觉得这首歌不是为自己而唱,歌中的"少年"不是自己,心中产生了难以名状的痛楚;"我"还因为桑吉卓玛记得银匠曲扎的名字而心中隐隐作痛;当桑吉卓玛请求"我"同意让她嫁给银匠曲扎时,"我"的心上又是隐隐一痛。桑吉卓玛在嫁给银匠曲扎以后,变成了厨娘,看着她身着麻布、低声下气的样子,"我"心中十分难过。"我"在放走茸贡土司的女儿塔娜后,心里变得空空荡荡。"我"为塔娜是为了得到"我"家的帮助才来到自己身边而感到伤悲。"我"在得知叔叔去世的消息后,"望着他的照片,眼睛里一热,泪水便啪哒啪哒流出来……连肠子都发烫了"②,并整整一个冬天都沉浸在失去叔叔的悲伤里,"迎风流泪,黯然神伤"③。

其四,有情有义。

桑吉卓玛是"我"的一个侍女,也是"我"的第一个女人。她在"我"身边时,"我"对她恩爱有加;她离开"我"时,"我"尽力对她提供帮助;在她走后,"我"不时想起她,后又把她带在身边,给她相当好的待遇……茸贡土司的女儿塔娜是"我"主动选择的女人,但"我"与她的结合并非是两厢情愿——她并不真心爱"我",所以一再出轨;而"我"却真心爱她,所以,尽管她屡次背叛"我",但"我"还是每次都原谅了她,并与她相好到生命的结束之际。"我"哥哥虽然伤害过"我",

---

① 《尘埃落定》,第330页,人民文学出版社1998年版。
② 《尘埃落定》,第340页,人民文学出版社1998年版。
③ 《尘埃落定》,第341页,人民文学出版社1998年版。

但在他弥留之际,"我"还是精心照顾他;在他死后,"我"为他流下了真诚的眼泪……

其五,冷酷。

"我"也并不总平易近人,如对拉雪巴、茸贡之类贪婪的土司、心地不够淳朴的奶妈等,"我"不是捉弄就是厌恶,有时甚至还很冷酷;用可怕的办法打击那些伤害"我"的尊严的人——桑吉卓玛是"我"13岁时的"性爱"老师,但在发现她爱上银匠后,"我"就让她唱歌,直到她唱出了屈辱的泪水为止。后来,桑吉卓玛在草原温泉误以为"我""旧情复燃",在泉水中为"我""尽情开放",而"我"却只是戏弄她,于是,她有史以来第一次骂了"我";对一个胆敢以"爱情"的模式和幻想说不爱"我"的女子,我对她施以轮奸的打击……

"我"这些独特性格的形成有多方面的原因,如汉藏的混合血统、"鞭子"的声音的"陶冶"、母亲的"教诲"……但更与地域文化的影响有关——故事发生的地方处于汉藏交界处,这里受汉文化影响比较大。不一样的地理与文化对个人来说,往往意味着一种新的精神启示与引领。在"我"所处的那个两种文化强烈撞击的地方,像"我"这样有着两种文化心理的人其内心往往是矛盾复杂的,这种矛盾是智慧的象征,但普通人却认为这是"傻"的表现。

"我"这一形象颇有现实意义——"我"作为傻子有傻子的哲学,这种哲学其实就是一种避祸全身之法。因为傻,"我"便没有成为"我"哥哥防备的对象、犯了错误也没人会追究、想干什么就干什么、没有过早地被仇杀——这对身处纷争之世而又想远祸全身的人来说,无疑是具有训诫意义的。"我"每天早上必问的——"我是谁?""我在哪里?"这实际上是对心灵的一种审视、一种反思,具有很强的象征意义——这正如陈思和所说:"当一个民族走在一面是旧的传统价值观念分崩离析,一面又百废待兴的道路时,人们一定会认真反思一下自身,提出我们是谁,我们从哪里来,到哪里去,唯有用现代观念重新观照历史的人,才能对自身获得真正的理解,而非简单的复古倒退。"[①]

三

小说通过其内容及所塑造的一系列人物,尤其是"我"所表达的主旨大致有

[①] 陈思和:《当代文学中的文化寻根意识》,《文学评论》,第26页,1986年第6期。

以下几点：

（一）揭示了麦其土司内外的一系列矛盾。

在麦其土司内部，"我"父亲和叔叔为土司之位而争斗，"我"叔叔在争斗失败后被迫流亡印度；"我"哥哥因嫉妒"我"和为土司的继承权等而与"我"结仇；"我"妻子塔娜先因"我"不争取土司的继承权而怨恨"我"，后因"我"做不了土司而背叛"我"；麦其土司因不愿意放弃权柄而与两个儿子间发生的矛盾；"我"母亲先因为替"我"争取土司的继承权而与"我"父亲和哥哥明争暗斗；但在"我"哥哥死后，"我"母亲为了不失去土司太太的身份而不再那么积极地为我争继承权，从而"我"对"我"母亲心怀不满；麦其土司因欲望驱使而唆使查查头人的管家杀了查查头人，然后又杀其管家以灭口；多吉次仁的两个儿子为报父仇而一直伺机刺杀麦其土司父子，未遂之后逃出麦其土司的辖地；麦其土司的行刑人一家代土司制定"法律"而世世代代承受着人们的仇恨；因为麦其土司，嘎济活佛与巴门喇嘛互相争宠成了仇家（嘎济活佛因为将麦其土司的弟弟推举为土司继承人，没有支持麦其土司，麦其土司在继位后，重用巴门喇嘛，从此，嘎济活佛饱受冷遇）；"我"家边界上的一个头人率领手下背叛"我"家而投奔汪波土司……

在麦其土司外部，麦其土司先因边界上的一个头人率领手下投奔汪波土司而与汪波土司大动干戈，后因垄断罂粟的种植权而与其他土司结仇，再后因粮食而与其他土司结仇；茸贡土司为权力而与女儿塔娜及女婿"我"明争暗斗；茸贡土司、拉雪巴土司等之间为了从麦其土司那里获得利益或更大的利益而不惜争战；麦其土司辖地北边土司们的臣民不堪饥饿而投奔麦其土司；中华民国四川省军政府不怀好意地覆雨翻云，如先是派黄特派员支持"我"家发动对汪波土司的战争，后是派姜团长开放罂粟的种植权，让土司们"恶性竞争"，并于最后各败俱伤；红色汉人和白色汉人彼此争斗并殃及土司及其臣民……

（二）揭示了权力对人性的戕害。

作者曾说，他写《尘埃落定》的意图是想揭示权力是如何产生，有何作用，怎样影响人的命运的，从而透视它的"普世性"①。总的来看，小说很好地实现了作者的这一意图，尤其是很好地揭示了权力是"怎样影响人的命运的"即权力对人性的戕害：麦其土司为了权力先是逼走弟弟，后是对儿子了无父子之情；因为自

---

① 参见阿来：《文学表达的民间资源》，《民族文学研究》，第10页，2000年第3期。

己是土司,在自己的辖地拥有生杀予夺的权力,便为了霸占头人的太太而谋害头人,割掉不俯首帖耳的新教派的传布者翁波意西的舌头。麦其土司二太太本为一汉族妓女,可一旦成为土司太太,便作威作福,如命家丁们用皮鞭狠狠地抽打陪"我"去捕捉并烧烤野画眉的小家奴、命令管家活埋女麻风病人;为了保住其土司太太的位子,命令家丁队长通过多吉次仁干掉麦其土司的新欢央宗;虽然做梦都盼望"我"能当上土司,可当"我"的同父异母的哥哥死了、"我"有了当土司的机会时,她却因"害怕我的妻子成为麦其土司太太……她还有好些年头要活,她已经做惯了土司太太"①而态度变得暧昧起来。"我"妻子塔娜见"我"做土司无望,便背叛"我",先后投入麦其土司的合法继承人——"我"哥哥和汪波土司的怀抱之中;茸贡土司在得知"我"这个女婿做土司无望后,害怕"我"们回去夺她的土司位子,便派人送信来让"我"和她的女儿不必忙着回去看她……总之,为了权力,可以不顾父子、母女、兄弟、夫妻之情;有了权力,可以丧失人性、为所欲为。

(三)揭示了麦其土司家盛极而衰亡的全过程及土司制度灭亡的必然性。

麦其土司本是康巴高原上18家土司中的普通一家,从中华民国四川省军政府请来特派员黄初民后,在其帮助下,先战胜了敢于与自己对抗的汪波土司,后又接受黄初民的建议,种植罂粟,并在一段时间内垄断了罂粟的种植权,由此暴富;再后,其大儿子在其辖地的南方和汪波土司争斗,其二儿子在北方建立了新型市镇并通过粮食征服了拉雪巴土司、茸贡女土司等;麦其土司从而盛极一时,成为了18家土司之霸。然而,由于贪婪——对财富、女人、权力的贪得无厌,如麦其土司为了女色和财富而杀死忠于自己的头人,并与头人之妻央宗在野外放肆淫乐;其长子则在地窖麦地罂粟丛沟渠边不分场合地纵欲,觊觎土司宝座并迫使麦其土司决定逊位;其次子从13岁开始就与侍女桑吉卓玛淫乐,睡过丰腴的"大女人"和小小的"小女人"之后,又趁人之危地逼娶绝色女子塔娜……由于残暴——麦其土司任意将自由人降为奴隶;把敢于说几句话的人,勒紧脖子、割掉舌头,而且割一次不够,还割第二次;其长子凶狠好战,其次子纵容仆从轮奸忤逆的"陪夜女"……由于人与生俱来的恶性——茸贡土司母女淫荡无耻、汪波土司弱肉强食、拉雪巴土司愚蠢猥琐、行刑人尔依父子麻木冷漠、黄

---

① 《尘埃落定》,第321页,人民文学出版社1998年版。

初民特派员狡诈冷酷、18家土司放纵荒淫……由于臣民的愚昧——桑吉卓玛是"我"的贴身侍女,心甘情愿把肉体献给"我",接受"我"的捉弄,稍不留神就得挨土司太太的打骂,但她不仅无怨无悔,反而心甘情愿地认命;"我"的亲信索郎泽郎为了帮"我"追回随人出奔的妻子,先不惜失去一只手,后又不惜失去头;麦其土司靠罂粟发了财,奴隶比主子还高兴……由于农奴制的封闭、守旧以及为农奴制服务的宗教的虚伪性与欺骗性——门巴喇嘛与济嘎活佛,为了赢得麦其土司的信任,拨云弄雨、造谣生事、彼此攻讦;由于鸦片带来的商业经济对农业经济的瓦解——在麦其土司辖地北边的新型市镇,人们不再是靠农耕而是靠做买卖为生,从而打破了当地千百年来一直相沿的自给自足的自然经济状态;由于从汉地来的实为妓院的戏班给来参加"土司们最后的节日"而无所事事的土司们带来的梅毒既引起土司领域的混乱,又使土司们"开始从用来传宗接代,也用来使自己快乐的那个地方开始腐烂了"①——"这意味土司们的'根'没了,再也无法传宗接代,绝了后"②;最后,外来势力摧枯拉朽——先是白色汉人进驻,后是红色汉人为追剿白色汉人和消灭落后的农奴制而对敢于负隅顽抗的土司集团进行摧枯拉朽般的打击;于是,麦其土司及土司制度最终还是没有逃出灭亡的命运,化为了尘埃。

(四)唱响了一曲"藏族封建土司制度走向溃败毁灭的独特而又凄婉美丽的挽歌"③。

《当代》杂志在转载《尘埃落定》的《编者按》中称它是"藏族封建土司制度走向溃败毁灭的独特而又凄婉美丽的挽歌",确实如此——"我"家虽然靠中华民国四川省军政府的支持和种罂粟而成为18家土司中最富裕最强大的土司,"我"虽然在北方边境苦心经营,建立了一个可以不断赚取大量钱财的市场,并赢得了前来参加聚会的土司们的钦佩、拥戴,"我"虽然在内心深处期盼道:"上天啊,如果灵魂真有轮回,叫我下一生再回到这个地方,我爱这个美丽的地方!神灵啊,我的灵魂终于挣脱了流血的躯体,飞升起来了,直到阳光一晃,灵魂也

---

① 《尘埃落定》,第381页,人民文学出版社1998年版。
② 李伟华:《沉重的文化变迁——读阿来的〈尘埃落定〉》,《佳木斯大学社会科学学报》,第65页,2004年第4期。
③ 转引自余向军:《超常、越界与反讽——论〈尘埃落定〉对叙事可靠性的消解》,《广西社会科学》,第84页,2004年第5期。

飘散,一片白光,就什么都没有了"①;但是,"我"家、土司制度及土司制度的执政者及其家人最终都如过眼烟云,永不再现。同时,小说的叙事语调从总体上来看是美丽凄婉的,如小说的开头写道:"那是个下雪的早晨,我躺在床上,听见一群野画眉在窗子外边声声叫唤。"②这一下子奠定了小说美丽凄婉的基调。之后,小说所描写的内容,即使是描写暴力,语调也是如此,如"这时,老尔依走到行刑柱背后,用一根带子勒住了受刑人的脖子。翁波意西一挺身子,鼓圆了双眼,舌头从嘴里吐出来。小尔依出手之快一点也不亚于他的父亲兼师傅。刀光一闪,那舌头像一只受惊的老鼠从受刑人的嘴巴和行刑人的手之间跳出来,看那样子,它是想往天上去的,可它蹿上去一点点,还没有到头顶那么高,就往下掉了。看来,凡是血肉的东西都难于灵魂一样地高扬。那段舌头往下掉了。人们才听到翁波意西在叫唤。舌头落在地上,沾满了尘土,失去了它的灵动和鲜红的色泽。"③直至小说的结尾,语调仍然如此,如"上天啊,如果灵魂真有轮回,叫我下一生再回到这个地方,我爱这个美丽的地方!"也就是说,无论是从内容来说,还是从形式来说,小说都堪称一曲"藏族封建土司制度走向溃败毁灭的独特而又凄婉美丽的挽歌"。

(五)表达了作者的有关"人"的思考。

作者曾说:藏族人的生活"并不是另类人生";又说:"欢乐与悲伤,幸福与痛苦,获得与失落,所有这些需要,从它们让感情承载的重荷来看,生活在此处与别处,生活在此时与彼时,并没有什么太大的区别……因为故事里面的角色与我们大家有同样的名字:人。"④也就是说,作者创作该小说在很大程度上是为了表达自己对人的思考,而且该小说也确实很好地表达了作者对人的思考——从小说的描写来看,"人是尘埃,人生是尘埃,战争是尘埃,情欲是尘埃,财富是尘埃,而历史进程的每一个环节,也同样是尘埃。像尘埃那样升腾、飞扬、散落,始于大地而终于大地,寂静之后便又响起新的旋律。"⑤"阿来在小说中表达的问题

---

① 《尘埃落定》,第407页,人民文学出版社1998年版。
② 《尘埃落定》,第1页,人民文学出版社1998年版。
③ 《尘埃落定》,第150页,人民文学出版社1998年版。
④ 阿来:《落不定的尘埃》,《小说选刊·增刊》(1997年第2辑),转引自周政保:《"落不定的尘埃"暂且落定——〈尘埃落定〉的意象化叙述方式》,《当代作家评论》,第30页,1998年第4期。
⑤ 周政保:《"落不定的尘埃"暂且落定——〈尘埃落定〉的意象化叙述方式》,《当代作家评论》,第31页,1998年第4期。

是关于尊严的话题,是关于人的尊严的问题。但阿来把评论家们视为'大愚大智'的、忽略其残酷一面的'傻子',实际上放在一个极为隐秘的位置,通过傻子对人的操纵,对'爱他、尊重他'等等必须围绕他而生存的人们的'尊严'的戏弄、打击和剥夺的描述,表达出'人的灵性失落'的迷惘,人性的遗忘就变成了对于'尊严'的遗忘。如傻子二少爷每天早晨醒来后'我是谁?'、'我这是在那里'的疑问,对时间快与慢的追问就有一定荒诞的隐喻。遗忘尊严的人、遗忘尊严的人群固然令人忧虑,遗忘民族,遗忘家国,遗忘或者干脆从来就没有真正拥有过信仰尊严的人,那样的忧虑,似乎才是作家创作心理中最根本的忧虑。"①

四

从艺术表现的角度来看,小说主要具有如下特点:

(一)叙事"视角独特,有丰厚的藏族文化意蕴。清淡的一层魔幻色彩增强了艺术表现开合的力度"②。

小说以麦其土司家的傻瓜儿子"我"的叙述视角行文——"傻子是作者在'社会'和'文明'形态过渡时期定点拍摄似的视点"③,"以傻子为线索牵扯的人物群像,他们溅起的'尘埃',他们'尘埃'中扭曲或被扭曲的人性,被肆意践踏的人的'尊严'的起伏荣辱,成了小说自然渗透出来的东西"④,情节不是逻辑能解释的,"我"的思维以及亦傻亦智的行为让人觉得怪异但又愿意"盲从"叙述者的描述;以马尔克斯似幻非幻、似魔非魔的"魔幻现实主义"的笔触,"象游龙一般穿透历史结合部、社会阶段结合部、民族结合部(藏、羌、回、汉,阿坝州的主要民族),穿透中国西部藏族支系的结合部、尤其穿透四川西北部梭磨河流域安多藏族之嘉绒藏族一支的历史,直抵了'尘埃落定'所有故事的内部"⑤,"设制了大量的情爱、梦境、巫术、神话等细节。如麦其土司与仇人妻子的性爱行为、傻子对女人的体验与爱情的追求以及承受妻子不忠的痛苦,虽有模仿痕迹却能给读者

---

① 李康云、王开志:《阿来其人及〈尘埃落定〉》,《乐山师范学院学报》,第 45 页,2001 年第 2 期。
② 转引自李康云、王开志:《阿来其人及〈尘埃落定〉》,《乐山师范学院学报》,第 44 页,2001 年第 2 期。
③ 潇潇、张立驰:《〈尘埃落定〉的多元互动文化观解读》,《合肥学院学报(社会科学版)》,第 79 页,2009 年第 3 期。
④ 李康云、王开志:《阿来其人及〈尘埃落定〉》,《乐山师范学院学报》,第 45 页,2001 年第 2 期。
⑤ 李康云、王开志:《阿来其人及〈尘埃落定〉》,《乐山师范学院学报》,第 45 页,2001 年第 2 期。

以清新的异质感。神巫门喇嘛奇异的医术和巫术更令人咋舌。神秘的占卜、咒语、预测竟能呼风唤雨改变天气状况以利作战,制胜对手确保麦其家的利益。"①从而形成了独特的叙述视角和浓重的魔幻色彩。

(二)大量地运用了象征。

首先,小说的标题是一种象征:"尘埃落定"是对小说内容、主旨的一种诗化表述。一方面,"尘埃"是一种象征——"尘埃"究竟确指什么,很难说清楚,它实际上是一种象征,象征着很多东西:"人是尘埃,人生是尘埃,战争、情欲、财富是尘埃,历史进程的每一个环节同样是尘埃。无论尘埃怎样升腾、飞扬、散落,终是始于大地而又回归于大地"②,象征着"民族、部落、家族、父子、兄弟、朋友、情人、权利、贪欲、情欲、道义、人性、尊严、践踏、蔑视、仰视、奴性、商人、市场、妓院、白色汉人、红色汉人、消失的城帮('帮'应为'邦'——引者注)、消殒的生命、割掉的舌头、丢失的马群、收割的罂粟、鞭梢的花瓣、鸟雀的粪便、碎裂的语言,以及随处可见的'尘埃'升降"③。另一方面,当年阿来写到这样一个场景——土司的城堡在早晨的阳光下被大炮轰塌了,土司的傻儿子站在一个山坡上看到灰尘飞起来、再落下去,等到尘埃落定的时候原来的城堡已不复存在了。写到这儿,35岁、年轻力壮的他在情感上的消耗很大,几乎到了衰竭的地步,很想解脱出来,正好他也看到了结局,一个颓废时代的结局,一群荒唐人的结局,于是就用"尘埃落定"锁定了书名。同时,小说在结束时写到老土司死了、土司太太自杀了、"我"哥哥被仇人杀了、傻子死了、土司们消亡了,似乎一切都结束了、最后一粒也尘埃落定了,新的世界即将诞生。

其次,小说充满了象征。小说"借阿坝这一汉藏文化纽带的特殊地域来象征在不同文化的相互冲击下,先进的必然代替落后的,文明的必然扫除愚昧的这一历史的必然性。"④"我"象征着生活在汉藏文化交融区的藏人迷失了自己的藏文化根,但又得不到汉文化的认同,因而失去了坚定的信仰和明确的方向;"我""所走过的'既傻又不傻'的生命历程,是种历史过程中'人'的象征,而作为

---

① 李莉:《傻子,民族灵魂的透析——论〈尘埃落定〉的民族心性》,《阿坝师范高等专科学校学报》,第44页,2002年第1期。
② 蒙银菊:《〈尘埃落定〉象征功能试析》,《南宁师范高等专科学校学报》,第31页,2003年第2期。
③ 李康云、王开志:《阿来其人及〈尘埃落定〉》,《乐山师范学院学报》,第44页,2001年第2期。
④ 蒙银菊:《〈尘埃落定〉象征功能试析》,《南宁高等师范专科学校学报》,第30页,2003年第2期。

具体的人的描写,他又生动地传达着历史本身,是社会历史本体的象征。"[1]"我"的"茫然无知,象征着现实社会里诸番难以逆料的时事变幻与未来世界中众多不可知变数的客观存在……在汪波土司的地界里,长在骷髅里的罂粟不但肥硕粗壮而且盛开的花朵还惊人地艳丽……暗示给读者的象征意义是:在土司政权的陈旧腐朽体制下,人们的思想观念不仅落后愚昧,而且只能思想出带有毒素的专制、压迫、残忍、冷酷等人类必须唾弃的生命杂质"[2],"我"创建的边境集市象征着未来的开放社会;"大地的摇晃"象征着那种看似坚不可摧的土司制度即将走向末路;"我"家的那张照片也充满着象征意义——"照相术进到我们的地方可真是时候,好像是专门要为我们的末路留下清晰的画图……照片上的父亲一副不死不活的样子"[3],"父亲一副不死不活"的表情象征着他和"我"家的命运;"心房上的花"[4]则象征着人类贪婪欲望的本性。

(三)比喻精妙而又众多。

小说全篇布满了精妙的比喻。如"侍候我的人来迟半步,我只一伸腿,绸缎被子就像水一样流淌到地板上。"[5]"闪烁的光锥子一样刺痛了心房,我放声大哭。"[6]"天井里却响起了皮鞭飞舞的声音。这声音有点像鹰在空中掠过。"[7]"罪过的姑娘呀,水一样流到我怀里了。"[8]"撒种的女人们的手高高扬起,飘飘洒洒的种子落进土里,悦耳的沙沙声就像春雨的声音。"[9]"聪明人就像是山上那些永远担惊受怕的旱獭,吃饱了不好好安安生生地在太阳下睡觉,偏偏这里打一个洞,那里屙一泡屎,要给猎人无数障眼的疑团。可到头来总是徒劳枉然。"[10]"但一想到自己不过是一个傻子,那想法就像是泉水上的泡沫一样无声无息地破裂

---

[1] 蒙银菊:《〈尘埃落定〉象征功能试析》,《南宁高等师范专科学校学报》,第31页,2003年第2期。
[2] 曹为、杨华:《比较文化视野中的〈莫普拉〉与〈尘埃落定〉新解》,《安徽教育学院学报》,第80页,2006年第4期。
[3] 阿来:《尘埃落定》,第26页,人民文学出版社1998年版。
[4] 阿来:《尘埃落定》,第35页,人民文学出版社1998年版。
[5] 阿来:《尘埃落定》,第4页,人民文学出版社1998年版。
[6] 阿来:《尘埃落定》,第5页,人民文学出版社1998年版。
[7] 阿来:《尘埃落定》,第11页,人民文学出版社1998年版。
[8] 阿来:《尘埃落定》,第16页,人民文学出版社1998年版。
[9] 阿来:《尘埃落定》,第41页,人民文学出版社1998年版。
[10] 阿来:《尘埃落定》,第52页,人民文学出版社1998年版。

了。"①(罂粟的乳浆)"一点一滴,悄无声息在天地间积聚,无言地在风中哭泣。"②"这个山谷形似海螺,河里的流水声仿佛众生吟咏佛号。"③"刀光一闪,那舌头象一只受惊的老鼠从受刑人的嘴巴和行刑人的手之间跳出来,看那样子,它是想往天上去的,可它只蹿上去一点点,还没有到头顶那么高,就往下掉了"④"她的美又像刚刚出膛的滚烫的子弹把我狠狠地打中了,从皮肤到血管,从眼睛到心房,都被这女人的美弄伤了。"⑤"太阳当顶了,影子像个小偷一样蜷在脚前,不肯把身子舒展一点。"⑥"这张比月亮还要孤独的脸又一次从墙角探出来,这次,我看到了孤独下面的仇恨。"⑦"喇嘛们诵经的声音嗡嗡地响着,像是从头顶淌过的一条幽暗河流。"⑧"这天半夜,我起来时,天上的银河,像条正在苏醒的巨龙,慢慢转动着身子。"⑨"我好像听到濒死的人一声绝望的叫喊,好像看到一个人的灵魂像一面旗帜,像那件紫色衣服一样,在严冬半夜的冷风里展开了。"⑩……

（四）语言简洁、传神、"轻巧而富有魅力"、"充满灵动的诗意"⑪,具有强烈的"召唤性",并有不少充满哲理。

"与其说《尘埃落定》是一部小说,还不如把它看作是一首长诗"⑫,小说中充满诗意的语句俯拾皆是——"水从高处的盆子里倾泻出去,跌落在楼下石板地上,分崩离析的声音会使她的身子忍不住痉挛一下。水从四楼上倾倒下去,确实有点粉身碎骨的味道,有点惊心动魄。"⑬"是的,宽广的空间给人时间也无边无际的感觉。是的,这一切都远不那么真实,远远看去,真像浮动在梦境里的景象……空气中充满了水的芬芳,远处的雪山,近处被夜露打湿的山林和庄稼,都

---

① 阿来:《尘埃落定》,第 68 页,人民文学出版社 1998 年版。
② 阿来:《尘埃落定》,第 74 页,人民文学出版社 1998 年版。
③ 阿来:《尘埃落定》,第 90 页,人民文学出版社 1998 年版。
④ 阿来:《尘埃落定》,第 150 页,人民文学出版社 1998 年版。
⑤ 阿来:《尘埃落定》,第 248 页,人民文学出版社 1998 年版。
⑥ 阿来:《尘埃落定》,第 278 页,人民文学出版社 1998 年版。
⑦ 阿来:《尘埃落定》,第 292 页,人民文学出版社 1998 年版。
⑧ 阿来:《尘埃落定》,第 303 页,人民文学出版社 1998 年版。
⑨ 阿来:《尘埃落定》,第 307 页,人民文学出版社 1998 年版。
⑩ 阿来:《尘埃落定》,第 308 页,人民文学出版社 1998 年版。
⑪ 李康云、王开志:《阿来其人及〈尘埃落定〉》,《乐山师范学院学报》,第 44 页,2001 年第 2 期。
⑫ 周政保:《"落不定的尘埃"暂且落定——〈尘埃落定〉的意象化叙述方式》,《当代作家评论》,第 31 页,1998 年第 4 期。
⑬ 阿来:《尘埃落定》,第 2 页,人民文学出版社 1998 年版。

在朝阳下闪闪发光,都显得生气勃勃,无比清新。"①"风吹在河上,河是温暖的。风把水花从温暖的母体里刮起来,水花立即就变得冰凉了。水就是这样一天天变凉的。直到有一天晚上,它们飞起来时还是一滴水,落下去就是一粒冰,那就是冬天来到了。"②"血滴在地板上,是好大一汪,我在床上变冷时,血也慢慢地在地上变成了黑夜的颜色。"③……

小说也有不少语言富有哲理,如,"一个傻子,往往不爱不恨,因而只看到基本事实。这样一来,容易受伤的心灵也因此处于一个相对安全的位置。"④"为什么宗教没有教会我们爱,而教会了我们恨?"⑤"我突然明白,就是以一个傻子的眼光来看,这个世界也不是完美无缺的。这个世界上的任何东西都是这样,你不要它,它就好好地在那里,保持着它的完整,它的纯粹,一旦到了手中,你就会发现,自己没有全部得到。"⑥"这个世界上就是有奇迹出现,也从来不是百姓的奇迹。这种疯狂就像跟女人睡觉一样,高潮的到来,也就是结束。激动,高昂,狂奔,最后,瘫在那里,像叫雨水打湿的一团泥巴。"⑦"其实,他的话大多都是说给自己听的。准备让位的土司说给不想让位的土司听。有时候,一个人的心会分成两半,一半要这样,另一半要那样。一个人的脑子里也会响起两种声音。"⑧"命运不能解释。"⑨"凡是有东西腐烂的地方都会有新的东西生长。"⑩

(五)心理描写细腻。

小说以第一人称行文,不仅写出了"我"的所见所闻,而且还细腻地写出了"我"的所感,如"我"对父母、哥哥、妻子、仆从等的感觉,"我"在"我"家属地上巡游时对"我"家土地的辽阔和作为一个统治者的优越感觉,"我"父亲对"我"和"我"哥哥的爱和对权力的眷恋等;不仅细腻地描写了"我"的感受,而且还细腻地描写了其他人的心理活动,如"我"父亲的心理活动——"热乎乎的女人肉体

---

① 阿来:《尘埃落定》,第143页,人民文学出版社1998年版。
② 阿来:《尘埃落定》,第293页,人民文学出版社1998年版。
③ 阿来:《尘埃落定》,第407页,人民文学出版社1998年版。
④ 阿来:《尘埃落定》,第49页,人民文学出版社1998年版。
⑤ 阿来:《尘埃落定》,第148页,人民文学出版社1998年版。
⑥ 阿来:《尘埃落定》,第213页,人民文学出版社1998年版。
⑦ 阿来:《尘埃落定》,第277页,人民文学出版社1998年版。
⑧ 阿来:《尘埃落定》,第286页,人民文学出版社1998年版。
⑨ 阿来:《尘埃落定》,第359页,人民文学出版社1998年版。
⑩ 阿来:《尘埃落定》,第381页,人民文学出版社1998年版。

使土司的情绪安定了。他嘴上说要举行一场多么隆重的婚礼,心里却禁不住想,查查头人的全部家产都是自己仓里的了。查查是所有头人里最忠诚的一个……他就是不该有这么漂亮的老婆,同时,也不该拥有那么多的银子,叫土司见了晚上睡不着觉。要是自动地把这一切主动叫土司分享一点,也不至于到今天这个地步了。想到这些,父亲禁不住为人性中难得满足的贪欲叹了口气。"①

（六）地方色彩和民族色彩浓郁。

小说中的故事发生在远离中原文化的四川西北部阿坝藏区,那里,土地辽阔,自然风光优美迷人——白雪皑皑,丰收时节满山遍野的黄色,石头和黏土建筑……民众质朴而又愚昧,民风淳朴而又原始……从而散发出浓郁的地方色彩和民族色彩。

（七）风格凄婉迷茫。

小说语言轻柔朦胧,语调悠扬;具体内容实际上是一曲土司制度的挽歌;主人公"我"总处在懵懵懂懂而又多愁善感的状态之中……从而呈现出凄婉迷茫的风格。

五

小说也存在着一些不足之处,具体地说:

（一）"我"是"我"父母在酒后的产物,这种情况下孕育的胎儿很容易有问题,这是经过科学研究证明过的;而且从"我"出生后最初的表现来看,如"我"出生一个月了不哭、二个月了眼睛无神,对任何事物都没有反映;当"我"父亲命"我"笑时,"我一裂嘴,一汪涎水从嘴角掉了下来"②,"我"有恋乳癖……"我"的确是一个心智尚处于童蒙状态的傻子,智力有问题,加上我既没受过多少教育（"藏文有三十个字母,他大概可以认上三个五个"③）,又没见过多少世面,因此,"我"的"睿智"实际上缺乏必要的"逻辑"基础,很难令人信服——小有"睿智"是可能的,但也很难像"我"那样"睿智"。

（二）"'傻子'主题和叙事视角既可以与作家的创作倾向、创作追求、创作风

---

① 阿来:《尘埃落定》,第58页,人民文学出版社1998年版。
② 阿来:《尘埃落定》,第5页,人民文学出版社1998年版。
③ 阿来:《尘埃落定》,第152页,人民文学出版社1998年版。

格相契合,也会导致创作的随意性……小说中人物形象的塑造和叙事视角的转换存在着较为严重的缺陷……作品的叙述者,即主人公的视角是不可靠的,他的叙述有些破碎、零乱,人物形象显得虚假;在某种程度上,作者的创作给人的印象是随意的,他并没有遵循'傻子'的行为和心理的真实逻辑来塑造人物,而是随意地转换视角,说些'傻子'无法想象的话,有些言行甚至前后矛盾。也就是说,作者没有按照'傻子'的思维逻辑再现傻子意识流动的具体性和原初性"[1],这在一定程度上"消解"了小说的内容,对小说的被接受和传播是有负面影响的。

(三)人物形象黯淡,缺乏必要的美感。

小说中的人物,如无论是"我",还是麦其土司、土司太太、旦真贡布、桑吉卓玛、翁波意西、嘎济活佛、巴门喇嘛,均缺乏美感;塔娜虽然美丽但又淫荡——因而实际上也缺乏美感;而且,"在《尘埃落定》中几乎找不到心智正常、道德品质被叙述者所肯定的女子"[2],"几乎所有的女性都处于……一种'不成熟状态'而沦落为丧失主体性的客体……她们的人格低下、没有尊严、没有独立人格,将男人和权力视为自己命运的救主,自甘于被男人玩弄、蹂躏……在她们身上,要么表现出强烈的变态的动物式的肉欲(如桑吉卓玛、央宗),要么表现出对金钱的超常狂热(如姐姐),要么流露出狂热的权力欲(傻子的母亲)"[3]。

(四)性描写过多,"充斥文本的是女性对'土司'家族的男人的'阳具'的钦羡"[4]。

小说开篇就描写了侍女桑吉卓玛对"我"的"阳具"崇拜,后又描写了马夫之女塔娜在看着"我"的背影时就"爱"上了"我";而头人的女人央宗则更是在自己的男人刚死去,就与麦其土司在罂粟花盛开的野地里颠鸾倒凤……同时,在作品中,"关于女性的描写集中在女性身体的三个部位:乳房、屁股、性器……涉

---

[1] 刘满华:《"傻子"的界限——评〈尘埃落定〉》,《扬州大学学报(人文社会科学版)》,第 59 页,2007 年第 1 期。

[2] 马淑贞:《被压抑的"女体"与男权话语的狂欢——〈尘埃落定〉中的女性形象简析》,《成都大学学报(社会科学版)》,第 49 页,2011 年第 4 期。

[3] 马淑贞:《被压抑的"女体"与男权话语的狂欢——〈尘埃落定〉中的女性形象简析》,《成都大学学报(社会科学版)》,第 46—47 页,2011 年第 4 期。

[4] 马淑贞:《被压抑的"女体"与男权话语的狂欢——〈尘埃落定〉中的女性形象简析》,《成都大学学报(社会科学版)》,第 46 页,2011 年第 4 期。

女性外形的具体描写几乎都是描写乳房……随着阅读进程的推进,读者就被铺天盖地的乳房重重掩埋,几乎窒息……对女性屁股的描写在文章中也有很多,而且在写屁股的时候,也带着强烈的'欲望化'色彩,不是突出屁股的丰满与肥大"①,总之,小说有"将女性符码化为一个个的'性符号'"②之嫌。

(五)语言虽然有传神、"轻巧而富有魅力"、"充满灵动的诗意"、充满哲理等优点,但也有啰嗦、飘忽、凌乱、破碎、不必要的"病句"等缺点,如"土司太太说:'是鬼吗?我看,个把个你们没有镇住的怨鬼还是有的。'"③"塔娜也笑了,说:'漂亮是看得见的,就像世界上有了聪明人,被别人看成傻子的人看不到前途一样。'"④——土司太太和塔娜是正常人,她们所说不应该这样的"不通"。

不过,小说尽管有这些不足之处,但总的来说仍不失为一部相当优秀的作品。

---

① 马淑贞:《被压抑的"女体"与男权话语的狂欢——〈尘埃落定〉中的女性形象简析》,《成都大学学报(社会科学版)》,第48页,2011年第4期。
② 马淑贞:《被压抑的"女体"与男权话语的狂欢——〈尘埃落定〉中的女性形象简析》,《成都大学学报(社会科学版)》,第48页,2011年第4期。
③ 阿来:《尘埃落定》,第17页,人民文学出版社1998年版。
④ 阿来:《尘埃落定》,第271页,人民文学出版社1998年版。

第二节 《长恨歌》

一

王安忆的《长恨歌》最初连载于《钟山》1995年第2—4期上、1996年由作家出版社出版,其内容梗概为:

王琦瑶是典型的上海弄堂的女儿。在读中学时,同学吴佩珍和她要好,甚至崇拜她,便带她去片厂玩,于是,她结识了片厂的一位导演。那位导演让她试镜,但她试镜没成功。由此,她迁怒并疏远了吴佩珍。出于补偿的心理,导演让自己搞摄影的朋友程先生给王琦瑶拍照,在拍照的过程中,程先生喜欢上了她。程先生给王琦瑶所拍的照片以"沪上淑媛"为题登在《上海生活》的封二上,王琦瑶由此成了半个名人。同学蒋丽莉主动与她交好,并让她住进自己的家中参选"上海小姐"。随后,蒋丽莉一家和程先生一起为王琦瑶的参选四处奔走;在此过程中,蒋丽莉爱上了程先生。王琦瑶获"上海小姐"第三名,并获"三小姐"之称。之后,王琦瑶背着蒋丽莉与程先生约会,蒋丽莉在知道此事后与王琦瑶关系破裂。王琦瑶决定离开蒋家,并在离开蒋家的那天,收到了一家百货楼请她出席开张剪彩的请柬。在出席剪彩时,王琦瑶结识了军政界的大人物李主任;一个多月后,她又成了李主任的情妇,并住进爱丽丝公寓。在知道此事后,吴佩珍去看王琦瑶,告诉她自己已经结婚,并邀请她随自己一起去香港,但为她拒绝。在淮海战役拉开帷幕时,李主任坐飞机从北平至上海;途中,飞机坠毁,李主任罹难。之后,王琦瑶去邬桥外婆家,并在那里遇上了因迷恋上海而迷恋她的阿二。阿二勾起了王琦瑶对上海的眷念,王琦瑶便回上海,并独自住进平安里。在学习护士课程后,王琦瑶挂牌帮人打针,并在此过程中,结识了严师母及其表舅的儿子康明逊以及康明逊的男性朋友萨沙。在四人聚会打牌的过程中,王琦瑶和康明逊产生了感情,并怀上了康明逊的孩子。康明逊因家人和亲友反对而不能娶王琦瑶,而王琦瑶又爱康明逊,两人便将尚未出生的孩子"嫁祸"于萨沙。萨沙出面陪王琦瑶去堕胎,但王琦瑶因害怕而放弃。随后,萨沙和康明逊都消失了,而由深爱着王琦瑶而没有结婚的程先生去照顾她。与此同时,程先生遇到了虽已结婚但仍深爱着他的蒋丽莉。在王琦瑶生下女儿薇薇后,康明逊又出现了;但王琦瑶对他十分冷淡。后来,程先生离开了王琦瑶,临走前托蒋丽莉照顾王琦瑶;康明逊也随着薇薇逐渐长大而再度消失了。1965年蒋丽莉因患肝癌而死。1966年,"文化大革命"爆发后,程先生因不堪忍受特务之嫌而自杀。薇薇长大后与王琦瑶感情疏远,而薇薇的朋友张永红却跟王琦瑶情趣相投。张永红走马灯似地换男朋友,且在每次开始结交男朋友时都拉上薇薇,于是,薇薇被张永红的一个叫小林的男朋友看上了,两人在结婚后一起移居美国。之后,王琦瑶与张永红及其男朋友长脚以及一个时年26岁的中学体育教师老克腊经常聚会。老克腊从王琦瑶身上看到了几十年前上海的光景,并爱屋及乌般地爱上了王琦瑶。王琦瑶起先只把老克腊当成一个孩子看,但后来还是在他的强求下与之同居,并离不开他了;于是,当老克腊要离开她时,她便用当年李主任留给她的金条作为交换,要他再陪她几年,但为老克腊拒绝。长脚因知道王琦瑶有一段说不清的秘史而断定她手中有黄金,为了弥补自己生意上的亏空而偷她的金条;在被她发现后,他杀死她以灭口。

二

小说的主人公是王琦瑶。她出生于弄堂,"美丽而不妖艳,情态优美却不高不可攀,矜持却又亲切,造作而又不浮夸,不高尚但也决不低俗,现实却又讲究情调,有欲望但欲望又不太高,安静而不狂热,懂得欣赏而不流俗"[①]。表面上来看,王琦瑶一生相当风光——在读中学时,她平常身着阴丹士林蓝旗袍,身影袅袅,漆黑的额发掩着一双会说话的眼睛,有着家常养眼的好看,很容易让见到她的人"想到婚姻,生活,家庭这类概念"[②],于是,当上了上海"三小姐"、迷住了程先生并让他付出了一生的爱;在19岁时,她被李主任金屋藏娇;在李主任罹难后,她又邂逅并迷住了少年阿二;在25岁时,她邂逅纨绔子弟康明逊并怀上了他的孩子;在晚年,她又迷住了老克腊。但在实际上,她一生相当黯淡无光;她

[①] 许峰:《〈长恨歌〉中王琦瑶人物形象及价值分析》,《牡丹江师范学院学报(哲学社会科学版)》,第22页,2010年第1期。

[②] 王安忆:《长恨歌》,第59页,南海出版公司2003年版。

缺乏爱情——她有爱她的人但没有和她一起"回家"的人,她心中不乏男人但心却始终没固定在一个男人的身上,那些本该给她带来幸福的男人最终给她带来的几乎都是不幸,如李主任留给了她金条但她却因那金条丧命,程先生给了她一生的爱但也给了她一生的遗憾,康明逊给了她灵与肉相结合的爱和孩子但又遗弃了她们母女俩,老克腊给了她身子也占有了她的身子但最终离弃了她。缺乏友情——她有朋友但没有长久相交的朋友,如因自己试镜的失败而与吴佩珍相离,因与程先生约会而与蒋丽莉生嫌隙,与严师母、张永红、萨沙、长脚顶多只是为玩乐而聚,而且死于长脚之手。缺乏亲情——她在小时候父母在其生活中仿佛若有若无、可有可无,"中学毕业后不上大学,父母对她的前途、未来没有任何建议或意见;王琦瑶参加选美,她的父母没有反对或赞同;她搬到女朋友蒋丽莉家去住,父母不阻拦……所有人都认为王琦瑶做李主任的情妇这种只追求暂时的浮华、不计长久人生的做法是错误的……王琦瑶的父母……却并不阻拦劝说,似乎女儿一生的幸福与自己无关,王琦瑶像一个孤儿,什么事情都自己作主,对与错都由自己承担"[①];在有女儿薇薇后,她"对薇薇没有理想、未来、人生观、价值观的教育,不要求她好好念书,也不要求她好好工作。她没有年老时依靠女儿的想法,对女儿的婚姻并不是太热心,对女儿的出国也不是太高兴,她不会把女儿有个好未来和自己会有个好晚年联系起来。"[②]与女儿之间不仅没有通常的相依为命的母女所有的那种亲密情感,反而还明争暗斗、相互嫉妒——女儿在刚长到能穿她的衣服的时候,就开始和她争衣服穿;当别人夸她比女儿漂亮时,女儿心生嫉妒,觉得自己的漂亮被她剥夺了,她则看着女儿挥霍青春时既羡慕又妒嫉;女儿要去美国,"王琦瑶心里犹豫要不要给她一块金条,但最终想到薇薇靠的是小林……于是打消了念头"[③]。不过,她也不乏母爱——她尽管与女儿的关系不怎么融洽,但还是为女儿牵肠挂肚,如在女儿与张永红交朋友时,她担心患有肺结核的张永红会将病传染给女儿,便制止女儿与张永红往来;当女儿与小林交往时,小林因要高考备考而没常去找她女儿,她便担心小林变

---

① 冯晓品:《论王琦瑶生命中角色的缺失——王安忆〈长恨歌〉解读》,《山东省农业管理干部学院学报》,第137页,2010年第3期。

② 冯晓品:《论王琦瑶生命中角色的缺失——王安忆〈长恨歌〉解读》,《山东省农业管理干部学院学报》,第142页,2010年第3期。

③ 王安忆:《长恨歌》,第287页,南海出版公司2003年版。

心,也害怕张永红会抢小林,并专门向张永红说明女儿与小林之间的关系;在小林高考过后她与小林、女儿一起去杭州玩时,她故意早出去散步,让女儿和小林单独在一起;当女儿要结婚了,她为女儿买了两三箱嫁妆,并把一个老式戒指给了女儿,真心希望女儿幸福。她追求生活享受,但又只是一种市民式的追求——追求的只是衣着、饮食、用具、玩乐等。

在性格方面,王琦瑶具有多面性:追新求异、赶时髦——她热衷于当电影明星、做封面女郎、选美等能让人一夜成名之事,在片厂导演以"应当懂得女性解放的道理……竞选上海小姐不过是达官贵人玩弄女性"①为由劝她放弃选美时,她执意参加,并不无讽刺地辩解道:"竞选'上海小姐'恰巧是女性解放的标志,是给女性社会地位,要说达官贵人玩弄女性,就更不通了,因为也有大亨的女儿参加竞选,难道她们还亏待自己的女儿不成?"②精明——她时时处处事事小心设防,努力保护好自己,但也不伤害别人,如在与吴佩珍相处时,她让自己处于有利的位置;在拍照片时,她不作态、含蓄而沉着;在因照片登载于《上海生活》的封面而出名后,她一如常态,不骄、不躁地忽略流言,不抢先也不落后,"中游"地做人;对参选上海小姐,她不大认真,"有点是为自己做一层防卫的壳,壳里藏的是自尊心。"③因为这样,即使失败了,也不至于难堪;导演请吃饭,她点了"糟鸭掌"和"扬州干丝",既不特别贵也不特别便宜,既没让导演难堪也没让他破费;在请严师母时,她做的菜既不掉自己的面子,又没有一点要盖过严师母的意思;请女儿及其男友吃饭,女儿点颇贵的"牛尾汤",她则将"牛尾汤"换成"洋葱汤",并说:"牛尾汤"须用法国专门饲养的牛作材料,而上海没有那样的牛,因而汤不正宗,不如点"洋葱汤"地道些;在与严师母出游时,她的衣着是选择收敛的花色,浅灰的颜色,以免过于隆重而显得像是要和严师母比较似的;与程先生、康明逊、老克腊等交往时,她与他们虚与委蛇,演好自己的角色;对任何人都有所保留,即使对女儿也不例外,如至死也未向女儿提手中的金条半个字。精细——她参选"上海小姐"缝制衣服时,"鸡蛋里挑骨头,一个针脚不许错"④,晚

---

① 王安忆:《长恨歌》,第52页,南海出版公司2003年版。
② 王安忆:《长恨歌》,第52页,南海出版公司2003年版。
③ 王安忆:《长恨歌》,第52页,南海出版公司2003年版。
④ 王安忆:《长恨歌》,第55页,南海出版公司2003年版。

年"对一件衣裙的剪裁缝制,细致入微到一个裥,一个针脚"①;在与朋友们围炉聚餐时,她精心烹炒家常菜,对"每一个菜都像知道他们的心思,很熨帖,很细致,平淡中见真情"②,苦心翻新点心花样。乖觉可人——在与李主任相处时,"王琦瑶从不追问李主任从哪来,又到哪去,政局和公务是她不懂也没兴趣的。李主任的私事,她又不便过问,过问也是没趣"③;在发现自己真地爱上了康明逊时,她"为他做什么都肯"。善良——她为自己冷待吴佩珍而愧疚,同情蒋丽莉的命运;女儿总惹她生气,甚至觊觎她的钱财,她也原谅了她;她对女儿的同学张永红关爱备至、对小圈子里所有的人都只有付出而没有索取;她站在康明逊角度看待他的不负责任;她虽将肚子里孩子嫁祸于萨沙,但只是为了掩人耳目,而且为此内心里充满不安。坚韧——在李主任暴死后,她没有一蹶不振;康明逊抛弃了她母女,但她还是活了下来,并把女儿抚养成人。欲令智昏——李主任为了占有她,送她戒指、爱丽丝公寓、金条等奢侈品,她概不拒绝,甚至翘首以盼、迫不及待,如当李主任随口说他已派人去租一套公寓给她住时,她便问,"什么时候能住过去呢?"甚至希望"明天"就住进去;在住进平安里后,她虽然表面上心如止水,但内心从未安静过,于是,明知康家不会接受她但还是与康明逊苟且,并怀上他的孩子,明知老克腊对她的爱不切实际,但还是接受,以至于不肯罢手。随遇而安,得过且过,随波逐流——她认为"凡事不可强求,自有定数的天理"④,于是,凡事"跟着感觉走",如竞选上海小姐,她只是"顺水推舟,水到渠成"⑤;"对待婚姻,她顺其自然,决不为成家而成家。对待男人与性,她也无多少道德禁忌,以自己生活和感受的舒适、惬意为基准"⑥;既能享受当选上海小姐时的风光、入住爱丽丝公寓的奢华,又能安于风光不再、奢华消逝后平安里的清贫生活。软弱——她任由李主任、康明逊、萨沙、老克腊渔猎。狭隘、小气——她在蛰居平安里时,虽然清贫,但仍与严师母比装扮;在与严师母等打牌时,她"十

---

① 王安忆:《长恨歌》,第251页,南海出版公司2003年版。
② 王安忆:《长恨歌》,第148—149页,南海出版公司2003年版。
③ 王安忆:《长恨歌》,第102页,南海出版公司2003年版。
④ 王安忆:《长恨歌》,第48页,南海出版公司2003年版。
⑤ 王安忆:《长恨歌》,第52页,南海出版公司2003年版。
⑥ 谢维强:《寻觅与重现长篇小说〈长恨歌〉对"海派文化"的诠释》,《武汉工程职业技术学院学报》,第56页,2003年第1期。

分心都用上了,眼睛只看在牌上,每一次出牌都掂量过的"①。薄情寡义——在攀上李主任之后,她不仅不再接程先生的电话,而且让他吃闭门羹;在搬进爱丽丝公寓后,她几乎终止了与以往一切朋友的交往。

总的来看,"王琦瑶是上海女人的代表,是都市里芸芸众生中的一个"②。

除王琦瑶外,小说所塑造的其他人物也多颇具个性和内涵,如程先生情感专注、重友情、有君子风范,李主任独断、专横、霸道,康明逊有心计、优柔寡断、及时行乐、游戏人生、好幻想、懦弱、不负责任、坦率,蒋丽莉热情、单纯、对人真诚、善良、执著、敢爱敢恨,老克腊少言寡语、怀旧、罗曼蒂克等。

三

小说通过其内容及王琦瑶等人物所表达的主旨大致有以下几点:

(一)再现了上海从 20 世纪 40 年代到 80 年代的发展变迁。

王安忆曾明言:"王琦瑶的形象就是我心目中的上海"③,"要写上海,最好的代表是女性,不管有多么大的委屈。上海也给了她们好舞台,让她们伸展身手……要说上海的故事也有英雄,她们才是。"④《长恨歌》"是一部非常非常写实的东西,在那里面我写了一个女人的命运,但事实上这个女人只不过是这个城市的代言人,我要写的其实是一个城市的故事……我是在直接写城市的故事,但这个女人是这个城市的影子。"⑤事实上也确如作者所说:小说实际上从 1946 年王琦瑶去片厂那一天写起,直至写到 1986 年王琦瑶被长脚掐死的那一天。开始时的那个年代,女孩向往成为影星、淑媛、美人,向往住高级公寓和花园洋房,爱好唱歌、跳舞;女人放肆地梳妆打扮,"无怨无艾地把时代精神披挂在身上,可说是这城市的宣言一样的"⑥,爱攀比、争风头,人老心不老;舞会、时装、香水、派

---

① 王安忆:《长恨歌》,第 144 页,南海出版公司 2003 年版。
② 马超:《都市里的民间形态——王安忆〈长恨歌〉漫议》,《天水师范学院学报》,第 40 页,2001 年第 1 期。
③ 王安忆,王雪瑛:《形象与思想——关于近期长篇小说创作的对话》,《重建象牙塔》,第 207 页,上海远东出版社 1997 年 9 月版。
④ 王安忆:《上海的女性》,《中文自修》,第 6 页,2004 年第 Z1 期。
⑤ 齐红,林舟:《王安忆访谈》,《作家》,第 66—67 页,1995 年第 10 期。
⑥ 王安忆:《长恨歌》,第 18 页,南海出版公司 2003 年版。

对随处都有;结束时的那个年代,城市在变旧,一度逝去的"世界似乎回来了"①——女孩、女人重复了她们先辈的向往和追求,舞会、时装、香水、派对重兴,衣服重新成为"女人的文凭,并且这文凭比那文凭更重要"②,年轻人跳舞的场面"就像从三十年前照搬过来的,只是蒙了三十年的灰垢,有些暗淡了"③。不过,"薇薇眼里的上海,在王琦瑶看来,已经是走样的……薇薇他们的时代,照王琦瑶看来,旧和乱已在其次,重要的是变粗鲁了"④;中间则在政权交迭、"反右"、三年自然灾害、"文化大革命"、粉碎"四人帮"等重大历史事件的背景上和1949年、1957年、1966年、1976年重要年份的提示下,写了王琦瑶在20世纪50年代至70年代中后期靠给人打针维生以及与阿二、严师母、康明逊、萨沙、张永红、老克腊、长脚的交往,与蒋丽莉、程先生等重叙友情,生养薇薇等事情,从而使人物的生活与时代及城市的重大变革紧密相连。而就王琦瑶来看,"她早年的辉煌、中年的落寞与晚年的二度青春与上海这座城市在二十世纪盛衰荣枯的历程恰好构成了奇妙的同步,成了上海命运的活生生的隐喻。"⑤由此,小说再现了上海从20世纪40年代到80年代的发展变迁。

（二）揭示了上海人的人生态度。

王琦瑶在年轻时选择能给自己提供生活保障的李主任;在成年后,躲在城市的一角,踏踏实实地过日子——营造出一个与世无争的小天地,埋头于自己的柴米生计,与朋友打麻将、围炉夜话;做事总往小里做,对政治不感兴趣——"对自己都谈不上什么看法,何况是对国家,对政权"⑥,在时代洪流面前,她恬退隐忍,没有叛逆,没有追求,随遇而安、随波逐流……这所显现的是一种务实的人生态度;而在作者的心目中,王琦瑶又是上海的"代言人"、"影子",王琦瑶的"故事"实际上就是上海的"故事",因此,王琦瑶的这种人生态度实际上也就是上海人的人生态度。

（三）揭示了上海市民阶层中的女性乃至中国女性的生存方式、生命形态

---

① 王安忆:《长恨歌》,第262页,南海出版公司2003年版。
② 王安忆:《长恨歌》,第282页,南海出版公司2003年版。
③ 王安忆:《长恨歌》,第264页,南海出版公司2003年版。
④ 王安忆:《长恨歌》,第242—243页,南海出版公司2003年版。
⑤ 宋来莹:《论王安忆〈长恨歌〉的主题内涵》,《山东教育学院学报》,第10页,2009年第3期。
⑥ 王安忆:《长恨歌》,第199页,南海出版公司2003年版。

及其原因。

1. 女人总爱把"找男人"与"找依靠"等同起来。

程先生虽然全心全意地爱王琦瑶,给了她一生的许诺,但没给她任何具体可感的东西让她抓在手中;而李主任则能"将人的命运拿过去,一一给予不同的负责"①,能给她提供爱丽丝公寓,能给她一只装着金条的西班牙雕花的桃花心木盒。于是,在面对李主任和程先生时,王琦瑶便选择前者,而且在最初向李主任献身时,"她觉得这一刻谁都不如李主任有权利,交给谁也不如交给李主任理所当然。"②由此可见,王琦瑶在找男人时实际上是在找依靠,而且直到20世纪80年代,其观点仍然如此——薇薇在赴美陪读小林时,"王琦瑶心里犹豫要不要给她一块金条,但最终想到薇薇靠的是小林",张永红更是"将婚嫁当作人生的第二次投胎"③;王琦瑶和张永红的观点、言行等实际上是千百年来中国女子在选择男人时的惯常做法,也就是说,虽然时代变了,但中国女子的婚姻观没有变。

2. 红颜薄命是女人的宿命。

王琦瑶"长得忒好"④,很容易让见到她的人"想到婚姻,生活,家庭这类概念"。她从16岁开始直至去世,先后被程先生、李主任、阿二、康明逊、老克腊等爱过,但最后又因爱而死——她在以秘藏多年的金条求老克腊再陪陪她时,老克腊惊慌而逃,她房门的钥匙随之从老克腊之手落入长脚之手,随后,长脚深夜潜入她屋里行窃,被她发现,他杀之以灭口;她由此演绎了一个红颜薄命的故事。"然而'红颜薄命'的归宿并不仅仅只属于旧式的女性……蒋丽莉(新上海第一批被称为同志的革命女性)英年早逝终身婚姻不幸的悲剧命运,似乎给王琦瑶的命运做了假定性的补充,告诉读者投奔革命介入主流又如何,女人的命是苦是甜总也逃不出个'定数'……王安忆正利用典故之便大胆地借前人的笔墨书写自己的蓝图,深刻地传达小说的主旨:在以男权为中心的社会环境里,一

---

① 王安忆:《长恨歌》,第81页,南海出版公司2003年版。
② 王安忆:《长恨歌》,第84页,南海出版公司2003年版。
③ 王安忆:《长恨歌》,第286页,南海出版公司2003年版。
④ 王安忆:《长恨歌》,第117页,南海出版公司2003年版。

曲女性'长恨'的悲歌仍以无限美丽而又无限凄婉的神情传唱不绝。"①

千百年来,中国女子之所以总喜欢把自己的青春和美貌看作商品,总希望能找到一个识货的买家,总爱把"找男人"与"找依靠"等同起来,总有人充当红颜薄命故事的主角,主要原因之一便是男权思想的影响——千百年来,中国一直是男性控制着整个社会,男权思想几乎是整个民族的一种集体无意识,以至于男性被世人理所当然地视为"大老爷"、"男子汉"、"强者"、"女性的保护者";在这种社会环境中,女性便自然而然地丧失了主体性,难以独立生存,于是,不得不寻求一个能够给自己提供保障的人做依靠,自愿成为男性的附庸,甘于为奴并引以为乐,以至于像王琦瑶在苦等李主任的时候,连赌气也不敢,因为在她看来,"赌气这种小孩子家家的事,怎么能拿来去对李主任呢?和李主任赌气,输的一定是自己。"②李主任也深知如此,便只考虑自己的享受,只顾寻找自己心灵的慰藉,却丝毫没有考虑过王琦瑶的前途和命运;而一个女人愈是专注于依附一个男人,愈是自愿成为一个男人的附庸,愈是甘于为奴,其悲剧便愈带有宿命性,于是,红颜薄命在所难免,王琦瑶跻身于薄命的红颜之列也便自然而然了。

上海市民阶层中的女性乃至中国女性的生存方式与生命形态的形成,除男权思想的影响外,还有其他一些原因,如历史文化的影响、人性的扭曲等——王琦瑶所受的上海历史文化的影响、为了满足物欲而甘做权贵的"金丝鸟"等便是这些方面的具体表现。

(四)揭示了人生的悲剧性。

小说所表现的正像哈代在《德伯家的苔丝》中所说的那样,在人世上,"呼唤人的和被呼唤的,很少能互相答应;恋爱的人和恋爱的时机,也不容易凑巧相合"③;正像张爱玲在《半生缘》中所表现的那样,男女之缘往往只是"半生缘":王琦瑶爱李主任,但李主任却只把她当作外室而已,而且只陪她"走"了一程便撒手而去;爱康明逊,但在她最需要他的时候,他却离她而去;爱老克腊,甚至用连对女儿也未曾言及的金条作为交换,求他再陪自己几年,但他却置之不理、断然离去。程先生爱王琦瑶,对她恩重如山,而且付出了一生的情感,但她对他即使

---

① 黄嫣:《一样的红颜薄命,不一样的悲剧色彩——评王安忆的〈长恨歌〉》,《宁波工程学院学报》,第 64 页,2006 年第 3 期。

② 王安忆:《长恨歌》,第 81 页,南海出版公司 2003 年版。

③ 哈代:《德伯家的苔丝》,第 60 页,人民文学出版社于 1957 年版。

是在感恩戴德愿意以身相许时,也没有以"心"相许。蒋丽莉爱程先生,而且在成为一位共产党员、当上纱厂的干部、与纱厂的军代表结婚生子直至患肝癌临死时,仍然爱着他,可他却不爱她。人与人彼此隔膜、只讲功利而缺乏真情——王琦瑶一生亲情、爱情、友情缺失,其身边的人,虽然彼此之间不乏乐事,但也绝对只是不知根知底、隔山打牛的作为,绝对是各怀功利,如"表哥邀请吴佩珍去片厂玩是为了炫耀;吴佩珍叫上王琦瑶是为了拉拢;王琦瑶与蒋丽莉交好,是冲着对她家排场的好奇;而蒋丽莉却是因了王琦瑶'沪上淑媛'的名气;严家师母找王琦瑶做朋友,是阔太太在平安里鹤立鸡群中寂寞的需要;王琦瑶与女儿的朋友张永红达成默契,是追求衣饰潮流中一时的意气相投"[1];薇薇在结婚后一次回娘家时之所以洗王琦瑶泡在盆里的两件衣服,是为了向王琦瑶要钱。但人的追求与其所得往往相悖——"王琦瑶总是奋力地寻找着男人的坚强和保护,到头来却发现她选择的男人总是无法承担这样的责任,总是他们先被打倒、被击败。李主任仓促间把命都搭上了,康明逊在无奈之中逃之夭夭,程先生连自己的命运都承担不起,最后只剩下王琦瑶在风雨飘摇的孤苦境地中继续这漫长的生命之旅……李主任虽圆了她的繁华梦,却给了她等待的细琐的磨难,闲置的青春、自由,更重要的是改变了她一生的道路……康明逊……给了她一份不能负责任的欢爱,让她独自养大女儿……老克腊最后也抛弃了她,从她身上找到点知音的长脚也因财杀死了她。"[2]程先生苦苦追求王琦瑶,但终是好梦未圆。蒋丽莉出生于资产阶级之家,物质富有而精神空虚,倾尽一生地爱恋程先生但不得所爱;追求革命,积极要求入党,半年写一份汇报,为自己的信仰进行着脱胎换骨的改造,但至死也未实现加入共产党的愿望。人的生死实际上是命中注定的——王琦瑶虽然每走一步都是深思熟虑过的,看上去都是自主抉择的,但其结局实际上是她早在40年前的片厂就看过的那样:"一个女人横陈床上,头顶上也是一盏电灯,摇曳不停,在三面墙壁上投下水波般的光影。她这才明白,这床上的女人就是她自己,死于他杀。"[3]

---

[1] 周繁花:《〈长恨歌〉:不仅仅是红颜薄命——王安忆小说〈长恨歌〉的悲剧意识》,《湖南科技学院学报》,第119页,2005年第4期。
[2] 白晓华:《论王安忆小说〈长恨歌〉中王琦瑶的悲剧命运》,《小说评论》,第140—142页,2010年第5期。
[3] 王安忆:《长恨歌》,第339页,南海出版公司2003年版。

四

小说在艺术表现上的特色主要有以下几点：

（一）"以写实精神，经营一最虚无的人生情境。"①

作者曾坦言："许多年前，我在一张小报上看到一个故事，写一个当年的上海小姐被今天的一个年轻人杀了"②，"曾经听说一件事情，这个事件特别震撼我，说一个上海小姐在七十年代中期被一个上海小流氓杀了。使我感到特别奇怪的是，他们怎样结识的。他们结识的道路是非常漫长的。"③《长恨歌》的创作便是源于这些见闻，由此可见，小说是写实的——作者也曾说："我以前不少作品的写作带有强烈的情绪，但《长恨歌》的写作是一次冷静的操作：风格写实，人物和情节经过严密推理，笔触很细腻。"④同时，小说"把上海的景致写到了细处，把上海儿女的心思写到了根底，把上海这座城市的风情写到了骨子里，这一切都是最真实的，也是最根本的。从闺阁到平安里，就是'王琦瑶'们的一生。"⑤但《长恨歌》又完全是作者虚构出来的——"作者对40年代旧上海的渲染，是以怀旧的意识凭着作家的敏感和想象呈现出来的。"⑥陈村曾指出，小说的故事都是"想当然的"，作者也坦承第一卷的一切都是想当然的⑦，"作品中的人物特别是王琦瑶是隐含了作者的一段心史的，虽然前者所过的生活很有可能仅仅是后者欲望的、想象的、发历史之幽情的生活，也就是创作者并没有在现实中经历过的生活，但是，有谁能够否认在这种想象性的人生图画中丝毫没有寄托创作主体的钦慕之情呢？"⑧

---

① 王德威：《海派作家又见传人》，《读书》，第42页，1996年第6期。
② 王安忆：《重建象牙塔》，第206页，上海远东出版社1997年版。
③ 王安忆：《王安忆说》，第82页，湖南文艺出版社2003年版。
④ 徐春萍：《我眼中的历史是日常的——与王安忆谈〈长恨歌〉》，《文学报》，2000年10月26日。
⑤ 梁宁：《尘埃在阳光下有歌有舞——对王安忆〈长恨歌〉的另一种解释》，《江苏工业学院学报（社会科学版）》，第39页，2002年第1期。
⑥ 毛文涛：《王安忆〈长恨歌〉中王琦瑶形象分析》，《沈阳工程学院学报（社会科学版）》，第99页，2009年第1期。
⑦ 参见支运波：《故事、生活、心灵世界：众声喧哗遮蔽的真实——谈王安忆〈长恨歌〉之主旨》，《传奇.传记文学选刊（理论研究）》，第7页，2010年第1期。
⑧ 袁盛勇：《论〈长恨歌〉审美表现的成就与缺陷》，《绥化师专学报》，第74页，2003年第1期。

(二)采用了"女性化"的叙述。

在这里,所谓"女性化"的叙述即以女性为叙述的视角,有意忽略外部世界与政治历史,采用絮絮叨叨的语言叙述一些琐屑之事,叙述节奏缓慢,叙述时渗透着叙述者心理化的时空感受。《长恨歌》所采用的即"女性化"的叙述——小说所写的可以说是一个美丽、善良、柔弱的女性在以男权为中心的社会环境里,始终得不到真正的爱情乃至被毁灭的悲剧[①];有意与国家历史、男人世界拉开了距离,所叙述的主要是一些女性生活和家庭经验,如过日子、过节日、聚会、讲排场之类的事情,注重凸显私人性和日常性色彩,如王琦瑶的"繁华不是花团锦簇铺张华美的繁华,是让人感受平民气息的小规模的繁华,是谁都可以拥有的追求,有了这样的盼头,日子才不过得心浮气躁"[②];以作者作为一个女性特有的想象力与细微的观察力以及絮絮叨叨的语言,写出了历史的细枝末节;对一些直接影响小说成败的事,"比如王琦瑶参加选美以及她与几个男人情感的沉浮等,也是以一种平静的抒情的语气娓娓道来的"[③],"即使是紧张的情节也被叙述者处理得从容不迫,作品中的每一个角落都回旋着独特的女性经验,同时与波澜壮阔的主流历史进行了疏离"[④]。总之,小说"以散文的笔调,以'做旧'的色彩,完成了一次女性历史生命的钩沉……我们过去所熟悉和司空见惯的一种历史方式皆被用王安忆式的叙事、王安忆式的幽情、王安忆式的将感觉诉诸于理念而叙述重写了。这里无关乎革命,无关乎战争,无关乎政治与经济,而只是宿命,是流年,是女人情爱与心的流程。这里无关乎他人,而只是王安忆心中对历史的感觉,悠长、细腻、婉转、一唱三叹、蜿蜒独行于历史与现实之间"[⑤];"以一个女人的风云流散的情感生活全方位准确地同时又是完全个人化地把握住了大上海的另一面——纯粹的民间生活形态以及由此形成的民间文化理想、民间价

---

① 张炯语,转引自马超:《都市里的民间形态——王安忆〈长恨歌〉漫议》,《天水师范学院学报》,第40页,2001年第1期。
② 徐珊:《城市悲剧:超越卑微的梦想——浅谈王安忆的〈长恨歌〉》,《阅读与写作》,第16页,2001年第6期。
③ 王彩蓉:《〈长恨歌〉的叙事学分析》,《重庆三峡学院学报》,第33页,2004年第6期。
④ 魏鑫:《回头下望人寰处,不见长安见尘雾——论〈长恨歌〉中潜在的女性意识》,《当代小说》,第56页,2009年第5期。
⑤ 徐坤:《双调夜行船——九十年代的女性写作》,第108页,山西教育出版社1999年版。

值观"①。

（三）语言平淡、细腻、舒缓、柔美，具有浓郁的缠绵、伤怀的情感韵味；注重遣词造句。

小说以平淡、细腻、舒缓、柔美的语言描写了王琦瑶的故事——不论是描写王琦瑶当选上海三小姐那一轰轰烈烈的事情，还是描写王琦瑶那沉重的结局，其语言均如此；同时，小说在描写上海的弄堂、流言、闺阁和鸽子等人物生活的场景时，其语言亦如此；从而使得小说语言又具有浓郁的缠绵、伤怀的情感韵味。小说在展开具体的描写时，笔触像女人编织毛衣的针脚一样，针脚缜密、一丝不苟；同时，也像古典油画的画笔一样，细密得似乎有点让人烦，可一旦看进去了，就觉得它们又是必需的，少了它们，故事的意蕴或"味道"就少了许多。小说还注重遣词造句，有意识地将小说语言和日常语言区别开来，追求语言的陌生化效果，如"上海的弄堂是性感的，有一种肌肤之亲似的，它有着触手的凉和暖，是可感可知的，有一些私心"②；"绣花绷上的针脚，书页上的字，都是细细密密，一行复一行，写的都是心事"③，"一阵鸽哨，清冽地掠过，裂帛似的，是这沉沉欲睡的天地间的一个清醒"④"她们追随潮流是照本宣科，不发表个人见解，也不追究所以然，全盘信托的"⑤；"她开始依着导演的交代在脸上做准备，却不知该如何娇羞，如何妩媚，如何有憧憬又有担忧……红盖头揭起来时，她脸上只是木着，连她天生就有的那妩媚也木住了"⑥；"王琦瑶没听他说完就转身走了，留下他在身后朗诵"⑦；"她不数日子，却数墙上的光影，多少次从这面墙移到那面墙。她想：'光阴'这个词其实该是'光影'啊……她等李主任是寂寞，又是填寂寞，寂寞套寂寞的，真是里里外外的寂寞"⑧；这些语句，或因对常规常识的偏离而给人造成理解与感受上的陌生感，或将一些人们习以为常的语言化为一种具有新的

---

① 马超：《都市里的民间形态——王安忆〈长恨歌〉漫议》，《天水师范学院学报》，第41页，2001年第1期。
② 王安忆：《长恨歌》，第5页，南海出版公司2003年版。
③ 王安忆：《长恨歌》，第12页，南海出版公司2003年版。
④ 王安忆：《长恨歌》，第17页，南海出版公司2003年版。
⑤ 王安忆：《长恨歌》，第19页，南海出版公司2003年版。
⑥ 王安忆：《长恨歌》，第30页，南海出版公司2003年版。
⑦ 王安忆：《长恨歌》，第52页，南海出版公司2003年版。
⑧ 王安忆：《长恨歌》，第102—103页，南海出版公司2003年版。

意义、新的生命力的语言,或将一些人们司空见惯的语法规则化为一种具有新的形态、新的审美价值的语法规则,从而使小说语言和日常语言区别开来,成为一种内蕴极强的艺术性语言。

(四)擅长刻画人物心理,尤其擅长刻画女性心理。

小说不论是在描写王琦瑶与吴佩珍、蒋丽莉的关系时,还是在描写王琦瑶与严师母、张永红以及薇薇的关系时,都注重描写她们之间的心理较量与摩擦:吴佩珍、蒋丽莉都是王琦瑶学生时代的朋友,和王琦瑶相比,她们共同的特点一是长得丑,二是单方面地忠诚于王琦瑶,三是不如王琦瑶精明,于是,都对王琦瑶有依赖和"感激"心理,王琦瑶则对她们有同情心理;在交往中,王琦瑶不必向她们掏心,而她们则需向王琦瑶掏心,而且还需奉献出社会关系、家庭实力为王琦瑶挤进繁华世界服务——吴佩珍把王琦瑶引进电影片厂,使得她获得了一次试镜机会;蒋丽莉帮助王琦瑶参加选美直至成功。严师母、张永红都是王琦瑶成人时代的朋友,她们与王琦瑶共同的特点是美丽;同时,她们与王琦瑶虽也会交流一些女人关于衣着生活的经验和情调,但双方在暗地里都会铆足劲给对方来个出奇制胜,让对方甘拜下风。薇薇由于无法达到母亲对美丽的期望,便干脆叛逆和自暴自弃,故意和她对着干;通过这些描写,小说写出了人物心理变化的过程,即人物的一些感情和心理是怎样转变成另外一些感情和心理的,展示了人物心理流动形态的多样性与内在联系,进而展示了人物的思想性格的演变过程——这实际上就是车尔尼雪夫斯基在评价托尔斯泰的心理描写技巧时所说的"心灵辩证法"。

(五)注重铺垫和渲染。

小说在描写某一段情节时,往往要用大段的文笔来描写与情节相关的景物和事物,等气氛渲染足了,情节才缓缓展开。如在描写邬桥时,先总写——"邬桥这地方,是专门供作避乱的"[1]。然后写邬桥的颜色——"这类小镇,全是图画中的水墨画,只两种颜色,一是白,无色之色;一是黑,万色之总"[2]。再后写邬桥的桥——"它有佛里面彼岸和引渡的意思"[3]。邬桥的生活,"任凭流水三千,世道

---

[1] 王安忆:《长恨歌》,第113页,南海出版公司2003年版。
[2] 王安忆:《长恨歌》,第113页,南海出版公司2003年版。
[3] 王安忆:《长恨歌》,第114页,南海出版公司2003年版。

变化,它自岿然不动,几乎是人和岁月的真理"①。再再后写邬桥的水——"水道却是为人作引导的……水道则是无望里的出路,宿命里的一个眼前道理,是平易近人。"②从这些描写来看,邬桥是一个安宁、寂静的地方,与繁华的上海成了鲜明的对比;是一个在闹市中沉浮、心怀创伤的人的疗养胜地,为下文写王琦瑶到邬桥做了一个铺垫和暗示。这类铺垫和渲染几乎贯穿小说始终,为小说情节的展开、人物性格的塑造提供了有力的支撑。

(六)结构独特。

小说并不一开头就直接进入主题,而是不惜笔墨地描写上海的风土人情,从而为全篇奠定了基调;接下来描写王琦瑶的生活。制片厂的灯光穿插全文的始终——它是王琦瑶故事的开始,也是王琦瑶悲剧的结束。全篇由一个个故事连缀而成,各故事既相对独立又相互联系,从而使小说囫囵一体;小说分三大部分,每部分"都包括四章,每一章包括数量不等的小节,总共有 44 节,每一节都有一个标题。这些标题,例如'弄堂'、'流言'、'鸽子'、'上海小姐'、'下午茶'、'围炉夜话'、'薇薇的时代'、'碧落黄泉'都是和主题直接相关的。贯穿这些章节的是一个女人和这座城市相互牵连和缠绕,直至两者无法分离,甚至辨识不清的地步。"③"每个部分都像一个悲剧一样加以精确地安排,并且都以灾难性的死亡而告终:第一部是以那位政界人物的突然罹难身亡而告终;第二部最后两节的标题'昔人已乘黄鹤去'、'此处空余黄鹤楼'就是死亡的明证,王琦瑶最为要好的朋友正在一个接一个地乘风而去;第三部即以王琦瑶'碧落黄泉'而结束。"④

五

《长恨歌》也存在着一些不足之处,具体地说:

(一)过于虚构。

作者曾坦言:"第一卷其实是我写得比较不好的,因为它一切都是想当然的。一个有姿色的女孩子当然会梦想成为电影明星,她成不了电影明星却开了

---

① 王安忆:《长恨歌》,第 114 页,南海出版公司 2003 年版。
② 王安忆:《长恨歌》,第 115 页,南海出版公司 2003 年版。
③ 翁云晓:《王安忆与上海怀旧——〈长恨歌〉中对上海的追忆性寻找》,《景德镇高专学报》,第 53 页,2007 年第 1 期。
④ 袁盛勇:《论〈长恨歌〉审美表现的成就与缺陷》,《绥化师专学报》,第 73 页,2003 年第 1 期。

眼界,当然会有非分之想,于是当然会参加选美,参加选美她当然略有胜出,上海小姐当然会被人保('保'应为'包'——引者注)养,包养的人当然会出事故,把她抛下——这一切都在想当然之中,没有在意料之外、情理之中的东西。"①

(二)小说的整个故事以及组成小说的各个故事在相当程度上只是作者再现上海从20世纪40年代到80年代发展变迁的例证——作者把自己所见过和所能想象的所有上海女人的特征,一股脑儿地敷到小说中的人物尤其是主人公王琦瑶身上,从而使小说中"所有的人都被抽离了性格,全成了所谓的'扁形人物'。他们只是作者用来指称某一类型的符号,被作者呼来唤去地向读者示范着:看,这就是上海。"②

(三)似"张爱玲"而不及"张爱玲"。

尽管作者似乎不太认可张爱玲或者不喜欢别人称她为张爱玲的传人或把她俩相提并论,以至于在"张爱玲与现代中国文学"的国际研讨会上说,"张爱玲小说里的人,真是很俗气的,傅雷曾批评其'恶俗',并不言过。她对世俗生活的爱好,为这苍茫的人生观作了注脚,并使世俗气在虚无的照耀下变得艺术了。从世俗的细致描绘,直接跳入一个苍茫的结论到底简单了。"③但《长恨歌》只是"把张爱玲没有全面写出的上海风情给予了全面集中的描述,这种描述是全方位地展开,淋漓尽致地铺张,连一个边边角角都没有放过……在《长恨歌》里,我们见到了太多熟悉的作家身影。分不清是王安忆写他们还是他们替王安忆写……张爱玲式的对上海市民生活的津津乐道;张爱玲式的对比喻联想的热衷和奇妙;张爱玲式的对女性心理阴柔中又有强悍的描述……《长恨歌》几乎可以说是张爱玲小说的总和。一样的故事背景,一样的心展经历,一样的性格扭曲,就连女主人公同对女儿的嫉恨也是原汁原味的。字里行间,到处可见张爱玲笔下的人物在做旧地重游,让人屡屡产生似曾相识的观感"④;从主题的角度来看,《长恨歌》实际上是张爱玲的《半生缘》和《倾城之恋》的翻版——世间的男女难逃"半生缘"的命运是《半生缘》的翻版,女人"找男人"是"找依靠"是《倾城之恋》

---

① 王安忆:《与作家王安忆面对面》,《渤海大学学报》,第39—40页,2007年第6期。
② 翁云晓:《王安忆与上海怀旧——〈长恨歌〉中对上海的追忆性寻找》,《景德镇高专学报》,第54页,2007年第1期。
③ 转引自苍狼等:《与魔鬼下棋——五作家批判书》,第116页,中国工人出版社2004年版。
④ 于青:《〈长恨歌〉异说》,《出版广角》,第21页,1996年第5期。

的翻版;从人物形象的角度来看,小说中"面目清晰"的男人均为"小男人",这与张爱玲小说中的男人"如出一辙",王琦瑶与《金锁记》中的曹七巧一样看重金钱、一样对女儿有变态心理,李主任与《色戒》中"吴"有神似之处;从意象营构、细节描写等角度来看,与张爱玲的《连环套》、《倾城之恋》、《红玫瑰和白玫瑰》等有"一种不可思议的惊人巧合"①;"张爱玲不善于或者力避将家庭题材或爱情题材做'泛社会化'或'泛政治化'的书写,在这一点上……《长恨歌》受到了张爱玲的影响。另外,专注于性爱过程中人的虚荣、愚蠢、孤独、懦弱、寡情、猜忌和多变,以及人性中善与恶的暧昧模糊,这才是张爱玲的真正关注的'叙事焦点'……张爱玲的叙事阴影依然笼罩着《长恨歌》。在《长恨歌》中,同样见不到爱情的自我牺牲和非理性冲动,或者说,即使有,也在瞬间化为乌有。王琦瑶的性履历,不论是与李主任,还是与康明逊或老克腊,王琦瑶与性伙伴的关系通常处于地下状态。这种地下状态的性爱关系,在太多日常性生活的叙述中消磨去潜在的诗意成分,只剩下王琦瑶分担几个男性情感投机分子的怯弱与虚幻的叙事。"②"《长恨歌》的技巧不是王安忆的,语言也不是王安忆的,偷得倒是从从容容,用得也还熟能生巧。四十年代是张爱玲的年代,是悲剧的,宿命的年代。但是上海依旧没有摆脱浮光掠影似的文明……女人兀自翻印着王琦瑶,好像王安忆翻印着张爱玲"③;在其他诸多方面,如对旧上海的摩登女性、花香和脂粉气的描写等方面,《长恨歌》也未脱张爱玲的"窠臼"。但《长恨歌》缺乏张爱玲笔下旧上海的其他内容,如银行里辛勤的女职员、公寓里干干净净的苏州姨娘、电车里打瞌睡的胖头胖脑的商人等。因此,总的来说,《长恨歌》似张爱玲的小说而不及张爱玲的小说。

(四)结尾的盗窃凶杀案与小说的整体氛围不协调。

总的来说,小说风格轻柔、朦胧、飘逸,所显现的是一种柔美,但让主人公王琦瑶死于长脚之手,这从情节的发展来看,显得突兀;从风格来看,也显得生硬。

(五)"作家对王琦瑶们的生活态度没有作起码的价值评判就极尽同情之能事,这同情不是同情王琦瑶在上海市民文化观念和殖民地文化的引诱下选择

---

① 参见张冀:《论〈长恨歌〉的叙事策略与海派承传》,《文学评论》,2010年第6期。
② 徐岱宗:《反浪漫的怀旧恋语——长篇小说〈长恨歌〉的一种解读》,《小说评论》,第83页,2001年第2期。
③ 袁筱一:《长恨哪堪歌——读王安忆〈长恨歌〉》,《出版广角》,第33页,1997年第3期。

了错误的人生道路,不是同情王琦瑶的无知与局限才导致了人生的悲剧,而是在处处替王琦瑶们抱不平,作家似乎比谁都懂得怜香惜玉……王琦瑶的生活'真是太可怕了',一间没有光亮的屋子,'只有窗帘和压抑','只有游戏和肉欲',可就是这样的可怕的生活,王琦瑶却过得有滋有味,王安忆也写得有滋有味,毫无批判与否定的态度……王琦瑶令人同情之处正在于她过着可怕的生活却不自知,而王安忆却没有批判,只有玩味。"①"作者在对民间生存形式的认同上缺乏一种批判意识,在对人物命运的抒写上缺乏一种更为宽广的人文关怀,在描写上缺乏一种更能激发人们审美想像的美学空间的开拓。"②

（六）王琦瑶性格矛盾。

王琦瑶既爱赶时髦、追时尚、出风头,又随遇而安、得过且过;既钟情又多情;既为贞女又为荡妇,如既追求做封面女郎、上海小姐,又甘当"金丝鸟";珍藏金条,一方面是因为金条贵重,另一方面也是李主任的那份情的贵重,而且一辈子也确实非常看重李主任的情义,可无论是遇到康明逊、萨沙,还是遇到老克腊,她都会情不自禁,不能把持自己。

（七）没有写出人物性格的发展变化。

小说中的人物,无论是王琦瑶,还是程先生、李主任、萨沙、康明逊、老克腊等,都是定型化的。

（八）整体人物形象黯淡。

整部小说没有一个亮色的人物,很容易使读者感到压抑。

（九）情节不够连贯。

"薇薇和王琦瑶的冲突来得不明,去得也不明。老克腊的出现虽有作者的在前的精心设计,终究也像地里冒出来的,不知怎么才会'藤缠树'地抱了的,真有好莱坞那种恋父恋母情节电影的味道了。"③

（十）存在着"矮化"男人的趋向。

如前所述,小说中"面目清晰"的男人均为"小男人",缺乏阳刚之气,同时,"'那些有权势的人物——诸如蒋丽丽('蒋丽丽'应为'蒋莉丽'——引者注)的

---

① 郑文晖:《王琦瑶身后的文化说明了什么》,《文艺争鸣》,第46—47页,2004年第6期。
② 袁盛勇:《论〈长恨歌〉审美表现的成就与缺陷》,《绥化师专学报》,第71页,2003年第1期。
③ 袁筱一:《长恨哪堪歌——读王安忆〈长恨歌〉》,《出版广角》,第34页,1997年第3期。

父亲、李主任或严家师母的丈夫——都仅是一些不太清晰的背影,他们在那个雄性世界里的纵横征战只能影影绰绰的投射到这个女性视域中。'同样,无论是程先生、萨沙、康明逊还是老克腊,虽然最后都从与王琦瑶的纠葛中解脱出来,但都没有'全身而退',程先生失去了生命,萨沙回到了俄罗斯,康明逊和老克腊也没有完全摆脱掉心中的阴影。"①而事实上在以男性为中心的社会,男人实际上并非如此"矮小"。

(十一)笔调单调。

小说通篇都是絮絮叨叨、娓娓道来的,因而容易让读者在阅读的过程中产生审美疲劳。

不过,总的来说,小说尽管有这些不足之处,但仍不失为一部优秀之作,不仅为一些学术大腕赞赏不已,如王德威认为:"《长恨歌》才应算是好看动人的小说"②,或被人称为"王安忆的颠('颠'应为'巅'——引者注)峰之作"、"中国当代最优秀的长篇小说"③,而且作者也坦承:"《长恨歌》的写作在我创作生涯里达到了某种极致的状态。"④在出版后,不仅相继获得国内外多项文学大奖——2000年,获茅盾文学奖;2001年,获得马来西亚《星洲日报》主办的首届"花踪世界华文文学奖"。而且也是学界关注的热点——迄今为止,仅各类学术期刊发表的学术论文就在五百篇以上。此外,小说还曾被改编为话剧、电影、电视剧,在社会上产生了广泛的影响。

---

① 魏鑫:《回头下望人寰处,不见长安见尘雾——论〈长恨歌〉中潜在的女性意识》,《当代小说》,第55页,2009年第5期。

② 王德威:《想像中国的方法:历史·小说·叙事》,第255页,生活·读书·新知三联书店1998年版。

③ 参见梁松清:《王安忆的〈长恨歌〉:中国古典诗文传统的当代演绎》,第1页,暨南大学硕士学位论文,2006年。

④ 徐春萍:《我眼中的历史是日常的——与王安忆谈〈长恨歌〉》,《文学报》,2000年10月26日。

第三节 《抉择》

一

张平的《抉择》最初刊载于《啄木鸟》1997年第2—4期上、由群众出版社于1997年8月出版,其内容梗概为:

一天凌晨四点,在接到厅局级集团公司——中阳纺织集团公司(中纺)总经理郭中姚有关三四千职工"要闹事"的电话后,华北某省会市长李高成立即赶往现场,与职工代表进行对话。代表们提出了上百个问题,列出了中纺领导的21条罪状。随后,中纺领导又向李高成做了与工人的意见针锋相对的汇报。对此,李高成不置可否;在回家后,妻子吴爱珍主动地劝他置身于"中纺事件"之外。第二天,中纺工人代表又到李高成的办公室向他驳斥了中纺领导前一天向他所做的汇报;在临走时,留下了一份由一万多名工人签名的要求查处公司领导的请愿书和一份中纺下属的"新潮"有限公司近几年的账目清单。接着,李高成将中纺总经理郭中姚和党委书记陈永明叫到自己办公室,再次质询中纺的情况,但得到的回答是模棱两可的。随后,市委常委专门就中纺的问题召开会议。会后,李高成从市委书记杨诚处得知:省委常务副书记严阵的内弟、市东城区工商局副局长钞万山担任着中纺旗下的"新潮"公司分公司特高特运输总公司的董事长,李高成内兄的儿子吴宝柱担任着"新潮"公司分公司、市最大的娱乐城青苹果娱乐城的总经理。李高成随即进行调查,结果,事情确如杨诚所说;同时,他还得知妻子也参与了青苹果娱乐城的事情。但李高成随即被严阵叫到家里恩威并施地"开导"了一番。在回家时,李高成在家门口与到访的中纺工人交谈,并收下了工人们所写的一份材料。在工人们离开后,李高成一进家门,已在他家中等候多时的以钞万山为首的中纺第三产业领导就向他汇报了特高特的运营情况,并以其妻是特高特的董事之一为由"分给"他们30万的"利润"。不知情的李高成怒火中烧,并与妻子大吵一场。几天后,在对中纺工人们访贫问苦的过程中,李高成发现他们生活极端困窘;在去昌隆纺织厂探望于公于私都对他有恩的女工夏玉莲时,他被两个保安打晕并被拖到办公楼里见总经理钞万山。同时,他也见到了在场的妻子,随即因气成病。在住进医院后,李高成在医院里劝妻子改邪归正,结果,妻子与之彻底决裂;同时,因在医院门口接待数千名工人,李高成遭到严阵在电话上批评,两人也实际上由此而决裂了。之后,在杨诚的帮助下,李高成妥善地处理了其妻所收受的30万巨款,并作出了最后的抉择:不惜一切与腐败分子斗争到底。李高成在出院后,其妻离家出走;腐败分子则一面篡改有关30万元的录音以诬陷他受贿,一面诱使其回到"圈子";严阵利用手中职权,批示同意中纺"破产",下令终止公安、工商等部门的查处行动并立案审查有关30万元的事情。在工人和省委书记万永年的支持下,李高成最终洗清了被诬陷的罪名,腐败分子也受到了应有的惩罚。不久后,中纺恢复生产。

二

小说的主人公是李高成——华北某省会城市市长。他脚踏实地——他是新中国第一批纺织学校毕业的中专生,在分配到大型纺织企业后,从技术员、车间副主任、车间主任一直干到总工程师、副厂长;之后,调任大型企业中阳纺织厂厂党委书记兼生产厂长,成为当时省里最年轻的正厅级干部;再后,升任省会城市副市长、市长。严于律己、勤政为民——在中纺时,他在全省大中型企业中率先制定了领导成员上下班不坐车的规定,自己每天骑自行车往返40里路上下班,中午同工人一块吃食堂,晚上下班回到家总是超过十点;在任市长后,他因文山会海而远离人民,敏锐性与警惕性也随之减弱,其妻子等借他之名违法乱纪而他却毫不知情,为此,他自责不已;在社会上,一方面是权贵们极度地奢靡享受、暴利盘剥,如钱有势者在青苹果娱乐城半个夜晚就消费掉两万元,中纺领导都住在超豪华的小楼里、过着"美舒雅"的生活等,另一方面则是工人们拿不到工资、买不起彩电和冰箱等家电、住不上最基本的房子、买不起治病的药、供不起孩子上学;为此,他夜不能寐、心如刀绞。有能力、有魄力——在分管工业的那几年,他大刀阔斧、旗帜鲜明地引进外资,深化改革,使二十多个裹足不前的国有大中型企业轻装上阵、大胆开拓;他还主持了不少大型建设,如市内二环和三环路的兴建、市中心大街的拓宽、六座市内立交桥的动工、50公里过境高速公路的建设等。清正廉洁——他从来没有收过别人一分钱;在得知妻子参与腐败后,他义愤填膺。原则性强、立场坚定——他恪守"我宁可以我自己为代价,宁可让我自己粉身碎骨,也决不会放弃我的立场!我宁可毁了我自己,也决不会让你们毁了我们的党!毁了我们的改革!毁了我们老百姓的前程"①的信条,在面临着是维护曾有恩于己的严阵、与自己相濡以沫的妻子、自己亲手提拔的中纺领导班子等腐败集体的利益还是维护党、国家和人民的利益的选择时,他果敢地选择了后者;即使遭到严阵的打压和腐败集团的栽赃陷害,他也毫不放弃自己的原则和立场。善于反省自己——他能随时随地地对自己的思想、行为进行反省,如在听了老总工张华彬的发言后,他这样反省道:"自从当市长以来,自己整天都干了些什么?除了开会还是开会,除了文件还是文件。迎来送往、官样文章,成天泡在上边,想下都下不来。就算下去了,也总是被一大群领导干部们包围着。听听汇报、看看介绍,让人领着到几个指定好的地方走马观花般地转一转、遛一遛,然后吃吃喝喝,吹吹拍拍,一切就算完事大吉。真正思考问题、发现问题、观察问题、解决问题的时间又在哪里?真的还不如一个普通的老百姓、一个普通的知识分子对国家的一些问题思考得多,关注得多。文山会海淹没了思维,酒池肉林埋葬了自我,位置越高,抬轿子的人就越多。真个是吃饭有人陪,路上有人追,睡觉有人等,办公有人催,哪还有时间运思和谋虑。"②在看到了青苹果娱乐城的腐朽现象后,他这样反省道:"如果这是在欺骗的话,你就是骗子的后台。如果这是在犯罪的话,你就是罪犯的帮凶!你说你根本不知道这回事,那则更是你的失职。谁都会认为你所说的这些都是骗人的谎话、鬼话!"③有情有义——他爱妻子、疼孩子:在面临危险时,所思、所想、所忧的首先是妻子和孩子,决心即使粉身碎骨也要为孩子树立一个好榜样;对有恩于己的严阵知恩图报,以至于在很长时间里对严阵都言听计从;对曾给自己的孩子喂过奶、真诚地对待自己一家的夏玉莲报以备至的关怀;在意识到自己假想中的竞争对手杨诚对自己的真诚关爱后,以诚相报。不过,他也并非十全十美,如他一度为郭中姚等旧友所蒙蔽,虽与妻子朝夕相处但对其腐败行为一无所察、误解杨诚等。

---

① 张平:《抉择》,第 453 页,人民文学出版社 2004 年版。
② 张平:《抉择》,第 33 页,人民文学出版社 2004 年版。
③ 张平:《抉择》,第 168 页,人民文学出版社 2004 年版。

总的来说,李高成是中国千千万万优秀共产党人的代表,是一个可敬、可爱、崇高而又平凡的共产党的高级干部。

三

小说通过其内容及所塑造的李高成所表达的主旨大致有以下几点:

(一)揭示了社会上的腐败及其严重性和根源。

在小说中,省、市及企业里都有人大搞腐败,如省委常务副书记仅借提拔李高成为副市长一事就吞掉了中纺的 40 万人民币,并一直把中纺作为榨取的对象,把它掏空后又企图以让它破产的方式销毁罪证、掩盖自己的罪恶;市长的爱妻、城区检察院副检察长兼反贪局局长挪用公款经营青苹果娱乐城;省委常务副书记的妻弟、城区工商局副局长挪用公款经营运输公司;中纺领导班子的所有成员均大肆挥霍和侵吞国有资产、腐化堕落,而且还相互勾结、不遗余力地打压正气;由此可见,社会上的腐败是多么严重!与此同时,小说还揭示了腐败的根源:

其一,腐败分子的蜕化变质。在小说中,腐败分子已经蜕化变质了,即完全丧失了共产主义理想、共产党人的党性原则和对社会主义的信念——在他们看来,"需要权的时候我有权,需要钱的时候我有钱!这才叫真正的不倒翁,人无远虑,必有近忧,这才是正儿八经的高瞻远瞩!"①"我们其实都是在演戏,表面上看,我们都还在忙忙碌碌,信心十足,而内心里所有的人都在做着准备……所有的人都在等,都在等着那一天的到来。"②"假如有朝一日出了大的变故,甚至于就像前苏联和东欧那样,当政的领导干部的权力、地位、名誉、身份一下子全都没了!一切的一切就都同以前完全不一样了!但如果在那时你身后还藏着一大把钱,还有着一个雄健的实体,还有着一批不断地给你带来滚滚财源的工厂和企业,那你还有什么可怕的呢?"③思想境界如此的人,要想不腐败也难!

其二,官僚主义作祟。上级官员往往是"除了开会还是开会,除了文件还是文件。迎来送往、官样文章,成天泡在上边,想下都下不来。就算下去了,也总

---

① 张平:《抉择》,第 192 页,人民文学出版社 2004 年版。
② 张平:《抉择》,第 450 页,人民文学出版社 2004 年版。
③ 张平:《抉择》,第 191—192 页,人民文学出版社 2004 年版。

是被一大群领导干部们包围着。听听汇报、看看介绍,让人领着到几个指定好的地方走马观花般地转一转、遛一遛,然后吃吃喝喝,吹吹拍拍,一切就算完事大吉。"①下级官员则推波助澜——在他们看来,"只要能哄得领导高兴了,于是一切事情就都好办了。正是:领导高兴,心想事成……一切都给你服务侍弄得周周到到,你想到的给你想到了,你没想到的也给你想到了。时时处处,方方面面,每一件事,每一句话,都能使你舒舒服服、高高兴兴,都能让你心满意足、无忧无虑。政绩有了,威风也有了,荣耀有了,享受也有了"②。如此上级下级,不腐败才怪!

其三,管理体制的问题。小说借李高成与严阵的谈话揭示了腐败的管理体制方面的原因:

> 我们指定了企业家、总经理,又由我们提出了政企分开,权利下放,这几乎等于是,当我们把国有产权、国家资产以及国有企业的掌握权全都交给了他们的时候,同时也告诉了他们可以不受任何制约和监督,想怎么干就可以怎么干。于是,在他们拥有了如此重大,如此事关国家命运、事关改革前途的权力时,却没有任何人、任何权力、任何机构,能够监督和制约了他们!甚至连我们自己都没了这个权力!是我们给了他们这个权力,是我们让出了这个权力,最终又让我们丧失了这个权力。从而使这些所谓的企业家、总经理变成了一个特殊的权力阶层,成了一个处在管理和约束、政治和权力的真空,却又掌握国家生死存亡命脉的贵族阶级!想想这是多么可怕的事情,又是一个多么可怕的前景!事实上也确实如此,这些由我们选定的经理和企业家们,处在这种没有监督和制约的环境里,一旦蜕化变质、腐化堕落,那种违法乱纪的行为是多么的骇人听闻、触目惊心!在厂长经理负责制的招牌下,他们可以任意解雇和处置工人,而工人们却只能听之任之、忍气吞声,不仅对他们的违法行为无可奈何,而且对公司正常的开支和运转情况一无所知!他们还能使得党组织和其他组织变成绣花枕头,形同虚设。郭中姚说得再清楚不过了,什么党委书记、纪检书记、工会主席,全都安排的是自己人!其实他已经整个把他自己变成了一个大家长!

---

① 张平:《抉择》,第33页,人民文学出版社2004年版。
② 张平:《抉择》,第407页,人民文学出版社2004年版。

一句话,是我们给予了他们这种绝对的权力,也正是在这种绝对的权力下,才导致了这种绝对的腐败!①

其四,政治体制即人治制度的问题。所谓人治就是由个人或少数人决定大多数事情或大多数人的命运。在小说中,无论是李高成被提拔重用还是李高成提拔重用郭中姚等腐败分子,实际上基本上都是由"上级"或者说是由个别人做主决定的,也就是说,把"全部赌注压在一个领导人的道德水准和能力上。但这样的赌注十有八九是要赌输的"②,因为无论哪个"上级"都毕竟是人而不是神,很难没有问题,如无论是严阵还是李高成,在提拔重用人时,表面上是根据对象的德能勤绩,但实际上是根据自己的好恶;严阵不仅丧失了共产主义理想和共产党人的党性原则,而且还丧失了一个人应有的是非准则和良心;李高成虽然很相信自己的眼力及判断力,但实际上连一个人的贤愚都分不清。由此可见,人治制度实际上也是腐败的根源之一。

(二)揭示了反腐败斗争的必要性和艰难性。

李高成的上级、老部下和亲信、妻子、侄子等,都是腐败分子,而且都在其身边;他们要么是亲手提拔李高成的人要么是亲近李高成的人——他们本身就是领导,甚至身处反腐败的位置,打着光明正大的旗子干着罪恶的勾当,如严阵。由此可见,腐败分子成了城狐社鼠,开展反腐败斗争多么必要,也必将会非常艰难!

(三)揭示了国有企业的改革和反腐倡廉之间的联系。

小说从国有大型企业中阳纺织集团公司全体职工的遭遇和坚持正义的行动写起,在一个十分广阔的社会背景下,在正面描写贪官污吏们贪污腐败的同时,也触及国有企业的改革,揭示了国有企业的改革和反腐倡廉之间的联系:国有企业生存困境的出现,虽有其客观原因,但决不是工厂或工厂改革的问题——小说借老总工张华彬之口指出:"同我们的情况一样的大型纺织厂有很多很多,像陕西、像山西、像吉林、像山东,人家的那些大型纺织企业为什么都能越搞越活,越搞越好?而偏是我们这样一个身在产棉区的纺织企业,却每况愈

---

① 张平:《抉择》,第465—466页,人民文学出版社2004年版。
② 陈晓明:《极端境遇与"新人民性"——论张平小说的艺术与思想特征》,《南方文坛》,第54页,2004年第6期。

下、越来越差,以至停工停产,欠债近六个亿!"①而是腐败的问题——腐败分子借改革之机或之名搞腐败,如小说中的腐败分子借搞第三产业之名办特高特运输公司和青苹果娱乐城,一方面大搞经济腐败——侵吞国有资产购置"美舒雅"超豪华住宅区的住房,一方面大搞生活作风腐败——时常光顾能享受一条龙服务、半个夜晚就能消费两万元的青苹果娱乐城,因此,国有企业在改革的同时,也应该切实加强反腐倡廉的机制建设、加大反腐倡廉的力度,否则,改革不可能成功,或者即使成功了其成果最终也会付诸东流。

(四)反思了中国的政治文化。

小说渗透着对中国政治文化的反思,其中有两处反思得相当集中而又深刻,其一是借李高成在面对曾经提拔自己、强硬蛮横的严阵和面临抉择时所产生的想法进行反思:"一个省委常务副书记……当他接待一个比他年龄还大、跟他级别差了多少的省会市的市长时,甚至连话都不容他说完……仅仅就因为自己曾是在他手里提拔的吗?严格地说,这是组织对他的提拔,并不是个人对他的提拔。但为什么组织原则和组织意愿常常会以个人的形式体现出来?而某些个人也常常会毫无忌讳地把自己凌驾于组织之上,把个人的意愿以组织的形式体现出来?以至于动不动就会当着许多人的面一点儿也不难为情地说:谁谁谁是我提拔的,某某某也是我提拔的,谁谁谁是我提拔的,怎么敢不听我的!提拔干部是组织的需要,并不是你个人的需要,因组织的需要而考核和提拔干部,你干的就是这份工作,凭什么对被提拔的人指手画脚、颐指气使,甚至终生以恩公自居!话可以这么说,理也是这么个理,但在实际生活中,你敢这样议论,你敢这样表示吗?如果你敢这样,别说你的提拔马上就会遇到问题,而且你的为人、你的品质、你的形象也一样会受到损害。即便是在一般人中间,你也一样会被人看不起。连提拔你的人你都反对,那你还能算个什么东西!忘恩负义、恩将仇报,几乎就等于是六亲不认、毫无人性,这样的人连人都不是!"②其二是借李高成对政治"圈子"的思考进行反思:"即使在生活中存在着这种'圈子',那么聚拢在这个'圈子'里的人也同样得有一个不能随意超越的界限。一旦你超越了这个界限,不管你所处的是怎样一个'圈子',也绝不会有什么人敢冒天

---

① 张平:《抉择》,第35页,人民文学出版社2004年版。
② 张平:《抉择》,第202—203页,人民文学出版社2004年版。

下之大不韪来遮蔽你、掩盖你！'圈子'里的人甚至于为了维护这个'圈子'，会毫不留情地把你从这个圈子里一脚踢出来，以至于会比'圈子'之外的人更狠，更烈，更甚，更无情！避之而惟恐不及，又何来庇护之心！其实也没有别的，一个没有私心的人，是不会走进某个'圈子'里的。大凡'圈子'里的人，可以说都有居心叵测之目的，有不可告人之龌龊，因此像这样的一个'圈子'，它所具有的性质也就决定了它必然是一个极其自私的'圈子'，同时也只能是个极为残酷的'圈子'。除了给你一种阴暗的心理之外，它什么也给不了你！"①

（五）讴歌了以李高成等为代表的一批优秀的共产党人和人民群众。

作者曾明确地说："我写《抉择》，最初的指导思想是不希望改革出现问题。95、96年（即1995、1996年——引者注）那会儿，整个社会对改革的那种怀疑、误解，实际上是由腐败造成的……腐败的蔓延，造成对于弱势群体的那种误导——似乎是改革带来腐败……必须改革，这个改革又必须是积极的、健康的、稳步地继续下去的，而且，这种改革必须由我们党的健康力量——真正的改革力量，不是那种借着改革的名义、大捞一把的人去领导。"②小说也的确贯穿了这一指导思想——小说在揭露生活中黑暗面与腐败现象的同时，也歌颂了以李高成等为代表的一批优秀的共产党人和人民群众：李高成在腐败分子所设置的大网中，在面临着人民的利益、党的利益与个人利益，人民、集体、国家利益的不可侵犯与亲情、恩情、友情的难以割舍，大义灭亲与包庇违法的妻子，服务社会与保全家庭，捍卫司法尊严与回报知遇之恩等抉择时，勇敢地选择了前者，从而作出了正确的抉择；万永年本着对党负责与对李高成负责的心态，信任李高成，并支持其反腐败行为；杨诚在李高成心灵历程发展变化的诸多关键时刻，给予他充分的信任和支持；中纺成千上万的职工为了捍卫几十年为之流血流汗的工厂，执著地向上级揭露控诉腐败分子的腐败行为，"建国后第一任党总支书记丁晋存，原老总工程师张华彬，老厂长高明亮（'高明亮'应该是'原明亮'——引者注）等，虽早已离开工作岗位，但仍心系工厂，情挂工人，忧患国家；高级技工胡辉中，老劳模范秀枝，老纺织女工夏玉莲等，虽身处逆境，连自家的生活都难以

---

① 张平：《抉择》，第473页，人民文学出版社2004年版。
② 《我写〈抉择〉——访作家张平》，《人民论坛》，第57—58页，2000年第9期。

维持,仍体谅国家的困难,时时想着别人的安危,维持着党和国家的形象。"①最后,夏玉莲在身患癌症时还以跳楼相威胁,阻止工人集体上访以保护李高成,并要求与省委万书记对话,请求省委保护李高成。正是由于有了这些可歌可泣的共产党人和人民群众,改革才虽然困难重重甚至险象环生,但还是不断向前推进;祖国才越变越美好、越变越让人充满信心;由此,小说深刻地表现了时代不可阻挡的前进步伐,抒写了广大人民对祖国命运和改革前途的关怀、焦虑、热望与期冀。

四

从艺术表现的角度来看,小说主要具有如下特点:

(一)巧设悬念。

悬念,"用英国戏剧理论家威廉·阿契尔的话说,就是'预示出一种十分吸引人的事态,却不把它预叙出来'。具体地说,悬念就是突出不同寻常的情境并延缓揭露底细,使其呈明显的悬而未决的状态。"②《抉择》大量地运用了悬念——在运用悬念时,往往将悬念融汇于人物命运和事态发展中,颇为巧妙。如中纺的干群关系怎么会那么紧张?李高成精心选定的中纺领导班子怎么会那么快就集体腐败了?中纺领导班子怎么会那么大胆?是否有上面的人做其后台?严阵为什么能对李高成调查中纺的工作步骤了如指掌,总在他行动之前就已经制定了制约他的措施?在这之中,吴爱珍是否充当什么角色?这些问题都是在李高成的际遇命运与性格发展中出现的悬念,能充分地吊起读者的阅读期待心理,增强小说的可读性。

(二)情节曲折紧张。

"张平是写故事的好手。读他的小说,人们往往感到一股驱动力推着你一口气读下去……这和张平善于写情节有很大的关系……他的风格是:开门见

---

① 刘定恒:《一部弘扬时代主旋律的力作——评张平的长篇小说〈抉择〉》,《文艺理论与批评》,第 42 页,1998 年第 2 期。

② 张婷婷:《张平小说创作探析——兼论"问题小说"视阈中的张平与赵树理》,第 30 页,山西大学硕士学位论文,2006 年。

山,奇峰迭起,九曲回肠,大开大阖,在紧锣密鼓中把故事推向高潮。"①《抉择》也大抵如此:在展开情节时,小说运用了"发现"和"突变"的手法——以工人聚集抗议开端,接着,李高成要调查,妻子警告;市常委会正在研究中纺之事时,严阵把电话打到会上,这实际上即为不是警告的"警告";李高成决定派出调查组,妻子却替他收下特高特送来的30万元红利;李高成在执意了解中纺背后的"内幕"时,严阵再次打电话"警告"他,他妻子在代他收下30万元红利时的录音带被篡改,造成他受贿的假象,他进而遭到"受贿"的诬告。同时,李高成亲自派出的调查组,"因为'圈子意识',因为判断李高成与严阵、郭中姚是一个圈子的人,而作出了一个掩饰罪恶、保护腐败的调查报告"②,而且处理中纺的最后权力掌握在严阵手里;在李高成仍没有退缩之意时,在严阵的操纵下,中纺要宣布破产;最后,夏玉莲以跳楼相威胁,请求省委保护李高成。情节的每一次发展对于李高成来说都是一个"发现",而对于情节本身来说又是一个"突变",一次又一次的突变,把故事导向了惊心动魄的结局,小说由此显得曲折紧张、引人入胜,给人一种身临其境的感觉。

(三)写实性强。

小说所写的人和事基本上都能在现实生活中找到"原型",有些,如李高成在探访夏玉莲时的耳闻目睹,很容易让人联想到现实生活;同时,"就是作品中各种人物内心世界的披露,都毫无虚假、做作之态。比如对省委常务副书记严阵的描写,他常常居高临下,以长者的身份说话,不可一世、专横拔扈,好像你们的一切都是他给的,你们的命运就掌握在他手里。他要你生你就生,他要你死你就死。他的口气、他的语调、他的用词以及他的一切行为方式,都让人感到是如此的熟悉,又如此的陌生。但上述描写完全是他这个人物可能也必然的表现方式,非常真实可信。又如中阳纺织集团公司经理郭中姚,在李高成到他的豪华住宅夜访时,一边喝酒一边吐露的那些心情,看起来好似酒后胡言,荒谬之极。然而此时更是他真情实感的自然流露,毫无矫揉造做之嫌。由此,一个对党对国家完全丧失了信心,自甘堕落的领导干部的心灵,被揭示得入木三分,让

---

① 张婷婷:《张平小说创作探析——兼论"问题小说"视阈中的张平与赵树理》,第29页,山西大学硕士学位论文,2006年。

② 张丹丹:《谁在记录我们的时代?——评张平新作〈抉择〉》,《东南学术》,第117页,1998年第4期。

人感到可恶可憎,从而激起人们的抗争。"①

(四)抒情色彩浓郁。

小说虽以写实为主,但又穿插了大量的人物内心独白、心理分析或大段议论,特别是社会评论和社会批判,带有强烈的主观意识或感情色彩,如李高成在私访腐败分子的工厂挨打并发现妻子竟与腐败分子沆瀣一气时,自我审视道:"你是不是真的感到将要失去她?或者,你已经感到了必须要失去她?或者,你已经觉得你们之间已经有了一种无法逾越的东西,你们只能越离越远,已经无法再联结在一起了?至少已经无法像以前那样再联结在一起了?"②又如,在得知妻子收受了钞万山等所送的30万后,李高成怒斥道:"我真不明白,你们要这么多钱究竟要干什么!想想过去,看看现在,比比老百姓,我们还有什么不满足的!你好好到农村去走走,好好到工厂去走走,你吃的什么,穿的什么,住的什么,又坐的什么!老百姓又吃的什么,穿的什么,住的什么!别说你对不起老百姓了,你对得起自己,对得起自己的孩子,对得起自己的良心吗!有朝一日,当你面对着老百姓必须作出回答时,你能说你们今天所做的这一切都只是为了这几个钱吗!你当初的理想,当初的志向,当初的热情,当初的宣誓,也都只是为了这几个钱吗!你知道不知道,你现在所做的这一切,不仅会毁了我们这个国家,毁了我们的改革,毁了你全家的幸福和前程!这里头也包括你自己!由于你的罪恶和贪婪,将千秋万代地被人民踩在脚下!将会被永生永世地钉在历史的耻辱柱上!世世代代的老百姓都不会放过你"③。再如,李高成在面对下岗工人时辛酸悲痛的心理活动及对腐败分子的怒斥、万永年在逮捕腐败分子之前的长篇讲话等,都饱含情感;小说的情节则在强烈的激情推动下一步步地展开,小说也由此呈现出浓郁的抒情色彩。

(五)思辨色彩强。

小说充满了疑问句和反问句,叙事中始终伴随着对所叙之事的追问。如李高成在看到公私营企业的鲜明对比后,发出了一系列追问:"既然包袱太沉,何以又会生出这么多更大更沉的'寄生物'来?负担太重,那么眼前这些所谓的分

---

① 刘定恒:《一部弘扬时代主旋律的力作——评张平的长篇小说〈抉择〉》,《文艺理论与批评》,第42页,1998年第2期。

② 张平:《抉择》,第304页,人民文学出版社2004年版。

③ 张平:《抉择》,第516—517页,人民文学出版社2004年版。

厂又是谁在负担着？摊子太大,怎么在这摊子之外又能多出这么多新摊子？管得太死,又怎么会乱成这样？权力太小,如何会干出这么多胆大包天的事端来？转产太慢,那么眼前这一个个活蹦乱跳的分厂又怎么干得这么欢实？观念太落后,思想太僵化,市场意识太薄弱,那么仍然还是这些人,为什么在那儿干就死气沉沉,一到了这儿立刻就鹰扬虎视？技改能力太次,但眼前的这些'黑厂'的技术水平只怕还远远不及老厂的一半,为何却一个要死,一个能活？"①此类的文字,在小说中触目即是。同时,小说还有大量的理性分析的文字。这样,作者以"对社会现实生活的独特感受和把握,将自己饱满的激情灌注到具体生活事件和人物的描写之中,呈现出强烈而鲜明的思辨的理性色彩。"②

（六）矛盾众多而又主次分明。

在小说中,矛盾众多——既有以李高成为代表的反腐败势力与以中纺领导集团为代表的腐败势力的矛盾,又有广大工人与以中纺领导集团为代表的腐败势力的矛盾,还有李高成与严阵的矛盾、李高成与妻子的矛盾、李高成和杨诚的矛盾等。但是,矛盾又主次分明,其中,以李高成为代表的反腐败势力与以中纺领导集团为代表的腐败势力的矛盾为主要矛盾且贯穿始终,其他矛盾与此矛盾交叉展开,从而极大地扩展了小说的容量,涵盖了深广的社会内容,触及了社会中存在的一些问题,如干部问题、法制问题、民主问题、友情与爱情问题等。

（七）注重在矛盾冲突中塑造人物。

如对李高成,小说把他放在现实的利与义、肉与灵、情与法的矛盾冲突中,一方面凸现了他坚持原则、有坚定的党性、清正廉洁、刚直不阿、正义凛然的共产党人的优秀品质,另一方面突出了他的有情有义,如在发现妻子竟与腐败分子沉瀣一气时,他对即将失去多年患难与共的妻子在充满愤恨之情的同时也满怀留恋,对女工夏玉莲始终满怀感激之情；在妻子离家出走后,面对儿女的质问,他愧疚不堪。同时,他还一度为郭中姚等旧友所蒙蔽,虽与妻子朝夕相处但对其腐败行为却一无所察,误解杨诚。从而使李高成这一形象避免了平面化和概念化而具有真实性。

---

① 张平:《抉择》,第288页,人民文学出版社2004年版。
② 刘定恒:《一部弘扬时代主旋律的力作——评张平的长篇小说〈抉择〉》,《文艺理论与批评》,第42页,1998年第2期。

(八) 注重描写人物的心理。

在刻画人物形象时,小说结合具体事情,或直接描写了人物的各种心理,如直接描写李高成对妻子、孩子、家庭的钟爱,不愿对严阵恩将仇报,对杨诚的揣测与戒备,对中纺领导集体腐败的将信将疑,面临着失去威信、地位及自尊后的空虚感,对自己去留问题的思虑;或通过独白描写人物的各种心理,如在发现妻子与腐败分子沆瀣一气时,李高成的独白;在得知在青苹果娱乐城半个夜晚就可以消费两万元后,李高成独白道:"在农村差不多可以娶一房媳妇,可以买到几十头牛,可以买到十亩地整整一年的收成!可以让一百个失学儿童再重新走进课堂!在中纺可以让二百个工人领到一个月的生活费!"①或直接剖析其心理,如有关对腐败分子为自己留后路的心理的剖析。"《抉择》如果……没有这样的心理描写,绝不会在众多的反腐小说中脱颖而出,成为震撼人心的警世之作!"②

(九) 注重运用对比的手法。

小说大量地运用了对比的手法——一方面是职工生活的艰苦,如职工们有的人连彩电、冰箱都买不起,有的人仍然住在20世纪50年代的小平房里,有的人生病了连药也买不起,有的人孩子连学也上不起等;另一方面则是腐败分子住在超豪华的小楼里或在娱乐场所花天酒地。一方面是李高成的光明磊落,另一方面是腐败分子的猥琐狡诈。一方面是职工代表的善良朴实,另一方面则是中纺领导班子成员的贪得无厌。一方面是几乎一无所有的老工人们在艰难中义无反顾地维护中纺,维护他们过去的好厂长、现在的好市长;另一方面是腐败集体,为了不败露而耍尽阴谋诡计,从而使李高成摒弃了一切幻想。对比手法的采用,或凸现了主旨,或彰显了所描写的对象,给读者留下更为鲜明的印象,加强了作品的可读性。

(十) 场面描写精彩。

小说善于描写惊心动魄的场面,那些"场面描写既扣人心弦,又周密细致,有的还富有传奇色彩。像李高成夜闯青苹果娱乐城,走访女工夏玉莲劳动的昌

---

① 张平:《抉择》,第176页,人民文学出版社2004年版。
② 齐峰:《正义·道德·良知——从〈抉择〉看张平的创作思想》,《山西师大学报(社会科学版)》,第69页,2001年第3期。

隆服装纺织厂的惨遭毒打,代表市政府慰问中纺职工贫困户,省市电视台记者前往医院看望病重的李高成,以及老工人夏玉莲阻止中纺职工集体上访等场面,都描写得极为动人,既让人触目惊心,又让人动情落泪。在这些场面描写中往往形成一种鲜明的对比,美与丑、善与恶、崇高与卑下、伟大与渺小,在对比中更显得泾渭分明,更有强烈的说服力。"①

(十一)语言朴实自然。

小说通篇没有生僻的词语,没有拗口的长句,如无论是李高成与中纺工人们的谈话,还是给省委的工作汇报,都与我们日常的口语一致,且不时带有"哇"、"呀"等语气词;其他语言,如叙述、描写、议论等也与我们日常的口语一致,从而语言通俗易懂、言简意赅、流畅自然。

五

小说也存在着一些不足之处,具体地说:

(一)"语言缺乏推敲,人物语言雷同,文字时有拖沓臃肿。大贪小贪语言类似,即使是身份、地位、关系悬殊很大的,如严阵、郭中姚、吴爱珍与李高成谈话常感类同……在细节上,若仔细推敲,也有疏漏。如……李高成妻吴爱珍索贿受贿,他们般('般'应为'搬'——引者注)家的开支,院子中的珍贵花木,他们儿女读书的巨大开支,李母去世前后的收贿数额……次数多,数目大,李高成竟丝毫不觉,也不大合逻辑。"②

(二)存在一些"法律"常识性问题。

如涉案人员不是市长的老关系,就是市长的亲人,按照司法原则,李高成应该回避,但他不仅没有回避,反而越俎代庖、跑前跑后;他的这些举措是不合法的。

(三)写人民保卫李高成以检验省委的反腐败是真是假的情节,有画蛇添足之嫌。

(四)人物基本上都是"单纯"性、单向度的,即从出场到退场,性格始终如

---

① 刘定恒:《一部弘扬时代主旋律的力作——评张平的长篇小说〈抉择〉》,《文艺理论与批评》,第43页,1998年第2期。
② 曹铁娟:《风景这边独好——张平作品剖析》,《昆明师范高等专科学校学报》,第37页,2000年第2期。

一、固定,性格不够丰富,人物刻画的历史意识不强。

(五)"青天"意识直露而又强烈,有宣扬"青天"之嫌,如将大团圆的结局归于万永年等领导的大力支持,李高成的"清白"太过牵强等;而"一个政治清明的现代化中国,不是靠几个'青天'造就的。这种'青天情结'对中国的现代化政治是有害的。"[①]

不过,小说尽管有这些不足之处,但总的来说仍不失为一部优秀之作——"具有强烈冲击读者心灵的思想和艺术力量,其启示意义,尤其发人深省"[②],因而"一经问世便在读者中引起强烈的轰动……被近百家报刊转载、上百家电台连播、改编成多种艺术形式;获得第五届茅盾文学奖之前,已经在好几项全国性评奖中榜上有名"[③],张德祥则称之为"一部难得的现实主义作品"[④]。

[①] 《我写〈抉择〉——访作家张平》,《人民论坛》,第59页,2000年第9期。

[②] 第五届茅盾文学奖评委会的评语,转引自杨品:《做公众的代言人——从赵树理到张平》,《太原师范学院学报(社会科学版)》,第78页,2003年第1期。

[③] 杨品:《做公众的代言人——从赵树理到张平》,《太原师范学院学报(社会科学版)》,第78页,2003年第1期。

[④] 张德祥:《揭示社会关系的深层存在——评长篇小说〈抉择〉》,《抉择》,第547页,群众出版社1997年版。

第四节 《茶人三部曲》

一

王旭烽的《茶人三部曲》包括《南方有嘉木》、《不夜之侯》、《筑草为城》三部，最初由浙江文艺出版社于1998年出齐。其中，《南方有嘉木》曾获全国"五个一工程奖"，《南方有嘉木》、《不夜之侯》获第五届茅盾文学奖，其内容梗概为：

在杭州忘忧茶庄的杭九斋与林藕初正举行婚礼之时，太平天国将领李秀成卫队的亲兵吴茶清在躲避清兵的追赶时闯进洞房，并为林藕初等所救。几年后，吴茶清到杭家做管家。林藕初因杭九斋对她没有感情，便与吴茶清偷情，生下儿子杭天醉。杭天醉在少年时收下了比他大十岁的撮着为亲信，并与隆兴茶馆的跑堂吴升同时喜欢上表演杂耍的女孩红衫儿；在长大后与好友赵寄客一道救下遭养父虐待的红衫儿，并将她改名为小茶。杭天醉在与上海丝绸商沈拂影庶出的女儿沈绿爱结婚后收小茶为妾，第二年，小茶生下儿子嘉和，沈绿爱生下儿子嘉平；后来，小茶又生下龙凤胎嘉乔与嘉草。多年后，赵寄客在日本参加革命活动时结识了沈绿村、回国后对其妹妹沈绿爱一见钟情。杭天醉在发现沈绿爱对赵寄客的爱慕后深感烦闷，吴升便借机诱之以鸦片；之后，杭天醉、小茶染上烟瘾，吴升收杭嘉乔为干儿子。赵寄客在浙南请杭天醉去看一种新茶，沈绿爱带着两个孩子赴约，两人私合。之后，沈绿爱产下女儿杭寄草。与此同时，小茶上吊自杀，并在所留下的遗书中写明：房子由杭嘉乔所有、杭嘉乔由吴升抚养、祖母绿戒指由杭嘉草所有。在五四运动爆发后，杭嘉平与杭嘉和在杭州参加激进活动。杭嘉和与在运动中结识的方西泠结婚，两人生有儿女杭忆和杭盼。杭嘉平在周游世界时在日本与杭天醉于辛亥革命前所救的日本茶人羽田之女叶子结婚，两人生有儿子杭汉。在杭嘉平带手下、共产党地下党员林生回家时，杭嘉草与林生私定终身。吴升因把小茶之死归罪于杭家而给杭嘉乔灌输仇恨思想。"四一二"政变期间，林生遇害。杭天醉在筹钱营救林生时将忘忧茶楼卖给吴升，并在给杭嘉草生下的女儿取名"忘忧"后吐血而死。

民国十八年，国民党浙沪特派员沈绿村到杭家拜访时，因当年对林生见死不救而遭沈绿爱和杭嘉草殴打。1937年，杭寄草在空袭警报声中寻找走失的林忘忧时为杭州警备司令部中尉参谋、中共地下党员罗力所救，随后，罗力爱上杭寄草。杭忆与杭汉在投身于革命时与女革命者那楚卿结识。在1937年日寇即将侵占杭州时，杭嘉和带着杭嘉草、叶子等躲进灵隐寺避难，赵寄客陪沈绿爱留在杭家大院，杭嘉草在寻找林忘忧时被日寇射杀。汉奸杭嘉乔与吴升的儿子吴有带着日本军事特务——赵寄客在日本时与艺妓所生的儿子小堀一郎闯进杭家大院；在日寇带走赵寄客后，沈绿爱吞金自杀，杭嘉和为不让敌人享用自家的房子而放火烧之。日寇命令杭州全城的人去西湖堤栽樱树，方西泠在带着杭盼栽樱树时，杭盼因身体虚弱而为小堀一郎所怜惜。杭寄草带着孤儿们辗转去金华，途中，在天目山的小寺院里救下了已沦为孤儿的方西泠与后夫李飞黄所生之子李越。杭汉受那楚卿之令于清明节将汉奸沈绿村骗至溪边杀掉。因未能成功地阻止奸商王五权等伙同日本人拆除孔庙，赵寄客撞墙而死，小堀一郎迁怒于吴有而将他杀死。因杭嘉平另与画家黄娜结婚，杭嘉和便与叶子结合。杭忆与那楚卿在杭嘉湖平原一带参加游击战；在此期间，两人生有儿子杭得茶；杭忆后来牺牲了。杭寄草在把林忘忧和李越交给天目山的老和尚后去中缅边境寻找罗力；途中，遇到了马克思主义者杨真和布朗族人小邦崴，小邦崴爱上了杭寄草。罗力和杭寄草结婚并生有儿子布朗。杭汉与黄娜之女黄蕉风结婚并生有儿子得放与女儿迎霜。小堀一郎逼迫杭嘉和与他在吴升的茶馆下棋，杭嘉和为保周围看客的性命而故意输棋剁掉一小指。在日本投降后，小堀一郎投西湖自尽。

新中国成立后，杭嘉和因断指事件而成为民族英雄，并因杭忆被追认为烈士而免遭批斗。方越改姓杭；罗布朗改姓杭，并被小邦崴带到云南。罗力因联络员在解放战争中丧生而无法证明身份，被打成右派，后被判刑15年。黄娜在"文化大革命"前回英国，留在中国的杭嘉平则一再遭批斗。撮着之子小撮着做主把孙女翁采茶嫁给罗布朗，但翁采茶和罗布朗因思想感情不合而未能结合。杨真在任外交官后不久被下放到江南大学教书，再后又被下放到湖州顾清山下劳改；其妻子与之离婚并改嫁，其女儿白夜从北方分配到湖州；白夜的男友、吴升的侄孙吴坤被分配到江南大学。吴坤暂居留于在江南大学教历史的杭得茶的宿舍。白夜在与吴坤领取结婚证后爱上了杭得茶；吴坤当上学校造反派头目。杭汉在支援非洲回国后即被当作牛鬼蛇神关进牛棚。杭寄草被自己一手创办的鸡毛掸子厂员工批斗,房子被人霸占,与罗布朗住到乡下教书的杭盼家。杭嘉平被杭得放带着学生抄家并被打伤,不久后即去世。杭得荼借口帮吴坤找回妻子,去湖州救下遭批斗的白夜。黄蕉风不堪折磨投井自尽。杭得放和同学女友谢爱光为逃避迫害而不慎双双坠入悬崖。白夜在生下吴坤的女儿夜生后去世。吴坤为自保而不认夜生,夜生便由杭得荼收养;随后,杭得荼被罗织罪名,并被发配到海岛普陀山的一家拆船厂服苦役,杭盼带着杭夜生去陪他。杨真在被吴坤监禁时逃走失踪。叶子因接二连三的打击生病而死。杭方越因母亲在美国和生父是汉奸而被打成右派,后与一农村女子结婚,并生下儿子窑窑,窑窑后被交给在天目山看林的林忘忧看护。吴坤借恋人赵争争的父亲之势高升,但又与贫下中农代表翁采茶有染。翁采茶与青年军官李平水结婚,但李平水在发现翁采茶的不轨行为后又与之离婚。"九一三"事变发生后,赵争争的父亲垮台,赵争争发疯;吴坤为保全自己而与翁采茶结婚,后又在看望杭夜生后自杀,翁采茶随后为之殉情。"文化大革命"结束后,杭得荼回到江南大学当教授。杭汉和杭迎霜都成了茶学专家,杭迎霜与李平水结合。杭方越和杭窑成为瓷器专家,杭窑与杭夜生结婚。国际茶文化研讨会在杭州举行时,已近失明的杭嘉和坐在轮椅上由家人推着走过茶叶博物馆。

二

小说中重要的人物主要有林藕初、杭天醉、杭嘉和、杭嘉平、杭得荼等。

(一) 林藕初

林藕初是小地主林秀才的女儿,忘忧茶庄的第一代传人杭九斋的妻子。她有胆有识、泼辣干练——父亲决定把她嫁给烟鬼杭九斋,她尽管不情愿,但也知道父亲与杭九斋的父亲有约:杭九斋若不抽大烟,茶庄钥匙就归他挂,杭九斋若还抽大烟,钥匙就归她挂;于是,她最终听从了父亲的决定;由此可见,她还没进杭家的门便有了在杭家"当家作主"之心;吴茶清因被清兵追赶而逃入她的洞房,对此,在场的所有人无不既惊慌失措又胆战心惊,而她则二话不说,拖起吴茶清就往洞房里走,从而最终把吴茶清救下;当杭九斋沉湎于寻花问柳抽大烟时,她主动地要吴茶清给她一个孩子。豁达——丈夫本应是家里顶梁柱,但实际上却是一个窝囊废;她本希望儿子杭天醉像吴茶清一样出类拔萃,但杭天醉只是在外表上像吴茶清,而在品性和能力上差不多就是杭九斋的"克隆";本希望吴茶清对杭天醉能有所管教,而吴茶清对杭天醉更多的却是放任自流;不愿意看到杭天醉过早地夺取吴茶清在茶庄的地位,但杭天醉和吴茶清的做法都与她的愿望背道而行;可以说,对于她而言,可谓是"不如意事常八九",但她却听之任之,并不"知其不可而为之";到老年时,她更是不再锋芒毕露,并变成了一个慈祥的奶奶,闲度余生。精明——她对两个儿媳心如明镜:知道正房沈绿爱虽然美丽,但因太强势而留不住杭天醉的心,所以,在得知杭天醉在外面养小妾之后,她不反对;她虽然有胆有识、精明能干,但还是知道自己终究不如男人,所以,在新婚之际便想留住具有男子汉气概的吴茶清以作依靠。自欺欺人——自从生了杭天醉,她就一直在做一个麻痹自己的梦:一方面明知儿子不是杭家的种,另一面又极力骗自己说,如果没有自己,杭家怎能延续,因而极害怕别人否认儿子是杭家的种。

总的来看,林藕初虽名为忘忧茶庄的第一代传人杭九斋的妻子,但实际上是忘忧茶庄的第一代传人;与其说是一个女人,不如说是一个女强人。

(二)杭天醉

杭天醉是忘忧茶庄的第二代传人,为杭九斋的妻子林藕初与管家吴茶清所生。他一方面体内流着生父吴茶清的血,另一方面受着"合法"父亲杭九斋的濡染,因而身上交织着由这两位父亲的"遗传"所致的颓唐与奋发的矛盾,即"集革命性、反抗性与动摇性、妥协性为一身"①。具体地说,他怪僻——在幼年时对话不投机者沉默寡言,对情趣相投者夸夸其谈;与赵寄客结为兄弟;在十岁时收比他大十岁的撮着为亲信;放着"龙井西施"不爱,却偏偏爱一个卖艺女子;对祖传产业毫无兴趣,但对茶馆、烟馆、妓院及绘画、品茗、听戏等却兴趣盎然。懦弱——他惧怕妻子以至于不敢和她正常同房。爱心血来潮、做事总半途而废——他在青年时欲去日本求学但未践行;有志于家业、懂茶道,但又总是纸上谈兵;加入同盟会,积极投身于革命,但稍不顺心便退出革命,甚至以抽鸦片来麻醉自己,并"抽"尽了杭家在茶行的股份;在戒烟后辟"花木深房"参禅,遇到麻烦事便去喝茶以躲避。心直口快、胸无城府——他往往心里想什么嘴上就说什么。豁达超脱——他像杭九斋一样对家业不加过问,也像杭九斋一样对妻子红

---

① 刘志艳:《"茶人三部曲"的史诗品质》,《陕西师范大学继续教育学报》,第147页,2006年第S1期。

杏出墙听之任之,还在临终前把伴随了自己大半生的曼生壶送给了妻子,原谅、宽恕她与朋友对自己的背叛,用一只青花釉里红牡丹缠枝纹盖碗茶盏为杭九斋曾经喜欢过的重病缠身的烟花女子小莲沏茶。有学问、有才气——他对茶史学、茶器古董、饮茶民俗学都很有见解,还曾考入求是学院,并在那里学习;常在茶楼里高谈阔论,气宇轩昂。有激情、也有抱负——他曾投身于革命。多情——他爱朋友、爱妻子,如明知他们背叛自己也不追究他们;爱小妾,为了她,家也不要;爱儿子,如关心奔波在外的杭嘉平;爱女儿,如因爱杭嘉草以至于为救女婿林生而忍痛卖掉忘忧茶楼,心疼小女儿寄草并尽力给她一个快乐的童年;最终"爱"得茫然若失,不得已向佛门逃遁。善良——在他看来,人是不分等级的,所以对谁都很亲近友好,于是,红衫儿被打,他便温柔体贴地给她松子吃,哄她开心;小莲落魄不堪,他便给她沏茶,送给她贵重的茶壶;吴升对他心怀敌意,但他却把吴升带到名楼吃饭;吴升诱使他抽大烟,败了家业,带走了他的孩子,他也不恨吴升,而只是看不惯他小人得志的张狂和对小孩子的不正确教育。有民族正义感——他虽然与羽田在茶道上是知音,且互为挚友,但在民族观念上绝不妥协,甚至不惜与之决裂。

总的来看,杭天醉是一个"零余者"——一个在生活中始终没有找到自己合适位置的人,"他在这个世界里所过的不长不短的一生,就如一场眼花缭乱的大梦。"①

(三) 杭嘉和

杭嘉和是忘忧茶庄的第三代传人之一,为杭天醉与小茶所生,但在沈绿爱身边长大。他为人低调但勇敢、刚正、果决,就像浸泡在杯中的茶叶,虽吐露着茶汁但毫不"张扬"——早年便顺应五四潮流,与杭嘉平一起鼓动人们罢工,领导学生反对旧制度;在抗战时期为与日本人以及汉奸对抗,一把火将自己祖传的有五进大院子的"忘忧楼府"烧掉;在日本人的眼皮底下偷偷转移并保护文物;暗地里寻找、搜集茶叶以帮助杭嘉平完成用茶换枪支的工作。坚韧、执著、不屈不挠——他不屈服于小堀一郎的淫威而与之下棋;罗力奔赴战场,他谆谆叮嘱道:"活不下去的时候,你什么也不要想,你就想一想那些山里的野茶。你知道野茶是怎么活的?一点点的土,一点点的水,要吃没吃,要喝没喝,根一头

---

① 《茶人三部曲·南方有嘉木》,第 538 页,人民文学出版社 2004 年版。

扎在薄土里,那一点营养,让它活不下去又死不了。做人做茶,做到这个份上,都是可怜啊。可是它不死,他把根长长地在地底下延伸,一直伸到它找到活路的时候。听明白了吗?"① 不管杭家发生什么事,如妹妹杭寄草夫妻被批斗、妻子再嫁、侄孙坠崖而死等,他都能勇敢地面对。善良、平和、宽容、豁达——对悔恨的方西泠,他原谅她所做的一切,给她希望;他本爱叶子,但因知道杭嘉平爱叶子,便克制自己的情感,与方西泠结婚;在杭嘉平与叶子结婚后,他能以平和之心待之,既不埋怨杭嘉平,也不埋怨叶子;在与叶子结婚后,当杭嘉平生命垂危时,他留下了一个月的工资让叶子照顾杭嘉平,并想方设法不让他们感到尴尬;在与人下棋时,无论对手水平如何都下和棋。责任心强、能忍辱负重而又淡泊——他注重从文化人格层面上以茶品来修炼自己的人品,不只关注自身世界的完美;虽然有强烈的爱国情感,但因身为杭家的长子,有守护大家庭的责任,便勇敢地负起了这一责任,以至于为此而没有投身于革命;沈绿爱坚持要挖防空洞,导致扒儿张进入杭家偷了家中的藏品,他怕沈绿爱知道后难过,便隐而不宣;为了使同胞免遭不测,他甘愿失去一个手指头;在"文化大革命"时用断指的手、衰弱的心,以一种怡然恬淡的精神,撑起破碎凌乱的家,并始终保持优雅从容的心,欣赏并疼爱着那些生活中不为人知的自然,使杭家人因有对家的牵挂与等待而未失去活下去的勇气;在茶博馆建成后,他被许多人拍照但最终又未被报道,对此,他平和如初、不著色相,如茶一样清淡。真诚——在得知自己在浙江第一师范学校就读时的同学陈揖怀被女学生用茶炊砸死后,他悲痛得瘫坐在地上。

  总的来看,杭嘉和虽然秉承了其父亲杭天醉的洒脱和冷静,也像杭天醉一样具有革命性和动摇性,但又不像杭天醉那样动摇性强于革命性、往往自寻烦恼而不能自拔;他是一个集道家的超脱和儒家的道德观于一身的诗意人生的体现者,对杭家产生了深深的影响,如杭汉多年来钻研茶树的栽培与改良、杭方越从制作茶具开始而最终醉心于古代陶瓷技艺的研究与开发、林忘忧在天目山中做一个守林人、杭得茶在从美的角度切入历史的同时也从美的角度切入茶叶等无不受其影响。杭嘉和性格的形成,一方面是茶人品性的自然延续,另一方面是生活的磨练所致。

---

  ① 《茶人三部曲·不夜之侯》,第76页,人民文学出版社2004年版。

（四）杭嘉平

杭嘉平是忘忧茶庄的第三代传人之一，为杭天醉与沈绿爱所生。他虽在沈绿爱身边长大，但跟着赵寄客学习，因而受赵寄客的影响很深——他像赵寄客一样具有英雄主义精神，像赵寄客一样具有救国救民情怀，如从学生时代起就投身于革命、抗战时期用收购来的茶叶换子弹支持抗战等。活泼、外向——他从小好动，对耍刀弄枪兴趣浓厚；在少年时说话激昂慷慨、滔滔不绝，但做事欠考虑；在学校组织各种各样的活动，是学校里的风云人物，在欲去北京实现理想未遂后到国外游历；回国后虽沉稳了些，但还是毛手毛脚；一生中辗转于南洋、杭州、北京、重庆，从事各种社会活动。极端——对与茶有关的事一概充耳不闻，因为在他看来，那与其信仰风马牛不相及。激进——在转入浙江第一师范学校后，终日所琢磨的是怎么样向劳苦大众靠拢，并救他们于水火之中；在自办的小报《忘忧》上所宣传的也是一些时髦、激进的思潮，如社会达尔文主义、工团主义、国家主义、社会主义、无政府主义等。天真、好冲动——杭嘉和虽然也与他一样具有救国救民情怀，但为了杭家几十口的生活而不得不留在家中，而他却认为杭嘉和自私，凭着感觉与叶子结合，后来又凭着感觉与黄娜再婚；"当他知道妹妹是抱着一条玉泉的大鱼血窟窿一般埋在这里、而自己美丽的母亲竟然是和一口大缸葬在一起的时候，他一时就丧失理智了。一开始他拿起一把菜刀就要往吴山圆洞门冲，他听说杭嘉乔还住在那里。无论他的大哥、他的儿子，还是乔装成他妻子的楚卿来劝拉都没有用。"①不过，在"文化大革命"期间被杭得放带着学生抄家、吃了不少苦后，不再好冲动、血气方刚，但不久后就去世了。

总的来看，杭嘉平好像一辈子也没成熟过，始终没有走出其兄长杭嘉和的荫蔽。

（五）杭得茶

杭得茶是忘忧茶庄的第五代传人之一，杭忆与那楚卿的儿子，杭嘉和的孙子。他从小失去父母，依靠爷爷杭嘉和成长，因而受杭嘉和的影响很大，但身上也潜藏着父亲的性格因子，所以其性格具有"复合性"。具体地说，他低调、淡泊——虽然有父母是革命烈士这一把保护伞，从小受家人与政府的特殊荫蔽，过着"养尊处优"的生活，但没有因此而放任自流、不思进取，也没有因此而汲汲

---

① 《茶人三部曲·不夜之侯》，第338页，人民文学出版社2004年版。

于功名,而是潜心于学问,即使是在"文化大革命"中,当身边的人热衷于沽名钓誉、追名逐利时,他也仍然如此,而且所治的是地方史中的食货、文艺、农家、杂艺类,属冷门,基本上是无利可图;他的书房——"花木深房"其实就是他的这一性格的表征。无私——在1958年大炼钢铁时,年少的他便把奶奶厨房里的锅碗瓢盆都交了出去,带人去拆他家忘忧茶庄的镂花铸铁门,把乒乓球桌一般大小的茶桌也无私地搬了出去;在大学毕业留校任教后,吴坤来信求其帮忙找工作,他便爽快地答应;吴坤到杭州没有房子,他就让出自己宿舍房间的一半。宽容、大度——吴坤一到学校就发表了几篇在学术圈子里很有影响的文章,其中不少观点出自于他,他不仅不计较,反而还为自己的观点能被他人所用而高兴。善良、光明磊落、勇敢、富有牺牲精神——在得知白夜不爱吴坤却要和吴坤结婚时,他既同情吴坤,深为吴坤"爱"而不得而惋惜,又十分同情白夜,深为白夜"爱"的牺牲而惋惜;当杨真从吴坤负责的上天竺逃走后,他对吴坤没有落井下石,而是坚持实事求是的原则,有效地保护了吴坤;为保护白夜和杨真,他被迫接近权力、与吴坤决裂,但即使卷入政治,也没有失去自己纯洁的心,不像吴坤那样手段卑劣、玩弄政治;当白夜与吴坤的孩子出生后,为了白夜,他不惜背黑锅、牺牲政治生命而"认领"那孩子,后来即使服苦役也要抚养那孩子;在杭迎霜因印发《总理遗言》而面临危险时,他为了保护杭迎霜而被翁采茶送上了囚车。虽然低调、淡泊,但又很执著,如虽然在25岁以前,对女性缺乏兴趣,连恋爱也没有谈过一次,可一旦爱上白夜,便对之生死相恋,爱屋及乌地爱她的儿女。

总的来看,杭得荼是中华民族优良品性的传承者,是一个纯正的知识分子;如果说杭嘉和是杭家第三代人中最为完美的人物,那么,杭得荼是杭家第五代人中最为完美的人物。

三

小说通过其内容及所塑造的一系列人物,尤其是林藕初、杭天醉、杭嘉和、杭嘉平、杭得荼等所表达的主旨大致有以下几点:

(一)描写了杭州杭氏茶叶世家几代人的命运沉浮,展现了杭氏几代茶人的生存抗争与情爱追求,揭示了被历史的巨浪裹挟而无处躲藏的茶人们坎坷多艰的人生历程和独特的精神世界。

小说以外国鸦片大举进入中国、中国茶道衰微为历史背景,以义和团战士吴茶清为躲避清兵的追捕而闯进茶叶世家杭氏家族的大门为起始,描写了杭州杭氏茶叶世家七代人——杭九斋的父亲,杭九斋,杭天醉,杭嘉和、杭嘉平,杭忆、杭汉、杭布朗、杭方越、杭忘忧等,杭得茶、杭得放、杭迎霜、夜生等,尤其是从杭九斋到杭得荼等五代人的命运沉浮,展现了杭氏茶人的生存抗争与情爱追求:

  因祖先杭世骏狂傲犯上而被赐死,杭氏家族便在从事茶叶生意时谨小慎微,力图以品茗忘忧的方式远祸全身、自然发展;到太平天国时,杭九斋的父亲那一代,更是只图保全或维持家业或延缓、延迟家业的衰败;可是,杭九斋还是吸鸦片几乎吸光了家产,并死于妓女的床上。杭天醉继承杭九斋的性情,加上社会风暴的冲击、小人的算计等,于是,最终不但没振兴茶庄,反而像杭九斋一样,染上大烟,看破红尘,落魄寂寞。杭天醉的儿子杭嘉和、杭嘉平和杭嘉乔在大革命和抗日战争期间,选择了不同的人生道路——杭嘉和在做过一阵热血青年后继承了家业,杭嘉平则成了浪迹天涯的职业革命家,杭嘉乔被吴升教唆为阴鸷的小人,并在抗战中沦落为汉奸。杭嘉和艰难维持的茶庄,在抗战中被自己一把火烧毁,再次终结了茶人的事业。杭嘉和、杭嘉平等的子辈杭汉、杭忆、杭布朗、杭方越、杭忘忧等和孙辈杭得茶、杭得放、杭迎霜等虽人生轨迹各异,但命运仍与茶密切相关——杭汉、杭得放、杭得茶等虽然新中国成立后的历次政治运动中饱经磨难,但也没有与茶绝缘,杭汉、杭迎霜甚至还最终成了茶学专家;罗力在"文化大革命"中虽身处逆境,但仍潜心钻研茶叶密植法并获成功。如果说,"杭家男人的命运中所承担的是家庭、爱情,以致民族、国家的责任和气节;那么杭家的女儿们则把自己的生命寄托于狂热的爱情中,她们坚守着自己内心那份魂之所系的情感"①,甚至为之所"累"——林藕初大胆地与管家吴茶清偷情并生子,并因之导致杭九斋的更加沉沦甚至是死;沈绿爱大胆地追求并主动献身于自己所倾心的赵寄客,在杭天醉死后又与之同居,并最后因之自杀;杭嘉草先是疯狂般地追求所爱之人,后又因爱人之死而疯狂;杭寄草在爱人罗力走上战场后,孤身一人从杭州到重庆、昆明、缅甸,直至见到他为止,但后来与儿子罗布朗一起受到了罗力的牵连。总的来看,杭氏茶人总是"为历史的风浪所

---

① 张艳:《茶与人的同构——论〈茶人三部曲〉中的人生哲学》,《宜宾学院学报》,第 37 页,2009 年第 10 期。

激活又为历史的波浪所伤害"①;"总是自觉不自觉地被裹挟进浩浩的时代洪流",成了"时代生活的晴雨表"②;"总是在矛盾痛苦中不停的挣扎,想飞飞不起来,想挣脱挣脱不开,想放下又放不下……家族命运就像一根无形的线始终牵连着他们想飞翔的翅膀。他们深深明白自己的境遇,但一切对于他们来说都是无能为力的。'忘忧'只能作为他们的理想;作为'忘忧君'的茶叶,只能是他们精神最后赖以栖息的家园。而在现世中,他们除了沉沦,唯一能做的就是以执著、坚韧的人生态度勇敢地面对苦涩的人生。"③

(二) 把茶的盛衰与茶人家族的命运遭际及民族、国家的兴衰融合在一起,将茶文化与民族的精神、民族的性格和文化品格接通,从"茶"的角度再现了中国从同治三年(1864 年)太平天国撤出杭州到 1998 年杭州中国茶叶博物馆中的国际和平馆揭幕的一百多年间的历史风貌。

长期以来,中国是茶叶种植和出口大国,茶业兴旺。但自鸦片输入中国开始,中国茶业便受冲击;而随着清王朝的衰败、外国列强强加给中国的不平等条约的签订,中国大量的茶叶被作为赔偿品赔给外国,加上中国民族矛盾和阶级矛盾激化,太平天国起义、义和团运动、百日维新、辛亥革命、五四运动、北伐战争、国共反目、抗日战争等大事件接连出现,中国茶业日趋式微。新中国成立后,中国茶业本应获得新生、再度繁荣,可政治运动接连不断,百业凋零,茶业也在所难免;直至改革开放年代的到来,中国茶业才重现生机。而杭氏几代茶人,则见证和参与了中国茶业和民族、国家兴衰的进程,而且个人及整个家族的命运都与之"绑定"在一起——"杭家人,政治上尽管各有取舍,但茶叶却如同一根红线将他们紧紧地维系在一起"④,几乎所有的人都与茶有着难解难分的关系,而"茶庄兴衰和百年来华茶的兴衰紧密相联,华茶的兴衰又与百年中华的强弱息息相关。"⑤由此,小说既写了中国茶文化近代以来的衰落与希望,又写了茶人为振兴国家茶文化而遭遇的悲欢离合,同时或直接或间接、或详或略地描写了

---

① 刘志艳:《"茶人三部曲"的史诗品质》,《陕西师范大学继续教育学报》,第 147 页,2006 年第 S1 期。
② 葛红兵、周羽:《论王旭烽〈茶人三部曲〉》,《小说评论》,第 84 页,2000 年第 5 期。
③ 张艳:《茶与人的同构——论〈茶人三部曲〉中的人生哲学》,《宜宾学院学报》,第 37 页,2009 年第 10 期。
④ 葛红兵、周羽:《论王旭烽〈茶人三部曲〉》,《小说评论》,第 84 页,2000 年第 5 期。
⑤ 刘志艳:《"茶人三部曲"的史诗品质》,《陕西师范大学继续教育学报》,第 146 页,2006 年第 S1 期。

太平天国起义、义和团运动、百日维新、辛亥革命、五四运动、北伐战争、国共反目、抗日战争、"文化大革命"、改革开放等重要历史事件,再现了中国最近一百多年间的历史风貌。

(三)歌颂了中华民族通过茶人在忧患深重的人生道路上所体现出来的忍辱负重、坚韧不拔等精神。

杭家人虽然大多生性柔弱平和,而且可谓多灾多难——或因家主身染恶习而家道日趋衰败,或因国难家仇而家破人亡,但到底还是挺了过来,而且茶事业和茶文化最后都在他们手里被发扬光大了——杭得茶到江南大学当文化史教授,杭汉和杭迎霜都成了茶学专家。何以如此?显然,与他们那种被茶文化熏陶出来的既清俊平和、宁静致远又柔韧坚毅的性格不无关系——杭嘉和谆谆叮嘱即将奔赴战场的罗力道:"活不下去的时候,你什么也不要想,你就想一想那些山里的野茶。你知道野茶是怎么活的?一点点的土,一点点的水,要吃没吃,要喝没喝,根一头扎在薄土里,那一点营养,让它活不下去又死不了。做人做茶,做到这个分上,都是可怜啊。可是它不死,他把根长长地在地底下延伸,一直伸到它找到活路的时候。听明白了吗?"这实际上也是杭家人的生活态度,而且杭家人就是以这种生活态度生活的,如杭九斋和杭天醉都生性懦弱、身染恶习而又不能自拔、连老婆也看不住、同时也为老婆所瞧不起,林藕初和沈绿爱都是夫弱子幼且内忧外患交织于一身,杭嘉和饱经忧患、创巨痛深;可他们都毅然决然地"活着",如杭九斋、杭天醉甚至在知道老婆给自己戴绿帽子后仍然与老婆及"情敌"相处或相交,杭嘉和"用他自己整个的身心支撑起了他的那个摇摇欲坠的杭氏家族的生存与延续,让这个茶叶世家经历了国民战争、抗日战争和'文化大革命'的'血腥洗礼'……当活着比死亡更困难的时候,他选择了活着;当坚守一片土地比飞翔在天空更困难的时候,他选择了坚守土地。"①——杭氏茶人柔韧坚毅之性格由此可见一斑。"茶道与家道的兴衰系于国运,而国运的兴衰更在于人们在沉厚的文化底蕴支撑下艰苦卓绝的奋斗"②——杭氏茶人的柔韧坚毅实为中华民族忍辱负重、坚韧不拔等精神的体现,小说所描写的杭

---

① 杨素娜:《苦涩、执著、平和与爱——〈茶人三部曲〉的一种读法》,《西南民族大学学报(人文社科版)》,第 37 页,2003 年第 12 期。

② 袁平:《茶文化小说的经典读本——王旭烽"茶人三部曲"的文化解读》,《宜宾学院学报》,第 37 页,2010 年第 10 期。

家几代茶人艰难困苦的命运和艰苦卓绝的奋斗则实为对这种精神的歌颂。

<h2 style="text-align:center">四</h2>

从艺术表现的角度来看,小说主要具有如下特点:

(一)篇幅宏大、结构严谨。

小说包括《南方有嘉木》、《不夜之侯》、《筑草为城》三部,120万字,内容所涵盖的时间长达一百多年,堪称鸿篇巨著;虽然内容所涵盖的时间如此之长,但又没有采用编年史的写法,而是选取了中国历史几个重要的转折期,即第一卷——辛亥革命和北伐战争,第二卷——抗日战争,第三卷——"文化大革命",分别叙写杭家人在这些时期里发生的事情;既一脉贯通,又重点突出,结构颇为严谨。

(二)人物众多而又个性鲜明、内蕴丰富。

小说"出场"的人物大致有六十多个,其中,既有杭九斋、杭天醉、杭嘉和等或习性相沿或血脉相承的茶庄传人,又有林藕初、沈绿爱、杭嘉草等在杭氏家族中强有力地生存着、承受着女性在那个时代特有的精神痛苦但又睿智、激情和义勇的女性;既有赵寄客、杭嘉平、杭汉等江湖侠士、革命漂泊者、血性男儿,又有沈绿村、李飞黄、杭嘉乔、小堀一郎、吴坤等蟊贼、历史丑类;既有对杭家忠诚的老仆人撮着,又有智慧、刚毅且使人心生敬畏的老茶人吴茶清。这些人物均个性鲜明、栩栩如生——即使是反面人物也如此,如吴升既狡诈、阴毒,又慈爱、有良知、有操守、有正义感;而杭天醉则更是堪称典型——杭天醉那种在特定历史契机中所喷发出的激情、浪漫和勇气以及他在陷入茶庄、家庭的负累之中时所表现出的无所作为的迷离景况,他那"不是我想这样活,是'这样活'找上了我的门"①的无奈嗟叹,他那表面的洒脱恬淡和灵魂里的创痕隐痛,他在巨大的历史风暴袭来时气节上的凛然、言行上的激烈与革命退潮期中的沉沦、自戕,这些矛盾交缠的性格发展曲线,都被作者的显幽烛隐之笔纤毫毕现地和盘托出,使这个集民族资产者与茶人于一身的人物,成了扪之可触、呼之欲出的纸上生灵。杭嘉和也堪称一个典型。

---

① 《茶人三部曲·南方有嘉木》,第229页,人民文学出版社2004年版。

(三) 人物非英雄化。

小说中的人物绝大多数不是站在历史最前面、被人们所广为传颂的英雄,而是一些被历史潮头摔打、裹挟的带着天然的软弱性的茶人,他们动摇、迷茫、哀伤但又沉着、睿智,看似柔弱平庸但实则内敛,包含着中国儒家文化的精髓——隐忍之道、大智若愚,都有为国难所造成的种种伤痕和对平静生活的向往;他们在被革命的风涛波及、溃染的时候,其身旁和身后也奔腾着一股呼啸前行的历史巨流,就像茶在遇到水时便悠然自得、肆无忌惮地展开,你贴着我、我靠着你,小小的一把茶变成了硕大的一团,形成一股坚韧的力量;他们的命运曲线,或远或近、或疏或密地织入了历史运行的主线之中;但总的来说,他们是内敛的,他们的生活情趣是冲淡清雅的。

(四) 多方面地刻画人物。

小说或从人物灵魂的深层多角度地刻画人物,如对杭天醉的刻画即如此;或将人物与环境(社会、家庭等诸多复杂关系交织而成的环境)紧密联系起来刻画人物,如对杭嘉乔即如此;或注重从人物的文化气质、生活习尚、个性特征等方面刻画人物,如对翁采茶即如此;或通过人物言行来刻画人物,如通过写杭嘉和在与小堀一郎游山、对弈时的举措表现其不卑不亢、金刚怒目的性格特点,通过写杭寄草在战乱期间千里寻夫的壮举表现其泼辣、大方、直率、勇敢的性格特点,而赵寄客与小堀一郎在太庙对峙时的对话,则话里有话、弦外有音,细腻逼真地展示了各自的心理;或运用对比、烘托的方法来刻画人物,如将杭九斋与吴茶清、杭天醉与赵寄客、杭嘉和与杭天醉、杭嘉和与杭嘉平、杭忆与杭汉、杭得茶与杭得放等进行对比、烘托式的描写,使各自的性格特点凸显;或运用比兴、象征、借物(人)喻理或抒情的方法刻画人物,如杭嘉和,聪慧、平和、宁静、敏感、爱美、含蓄、隐忍、勇敢、坚韧、执著、宽容、豁达、淡泊,这实际上是一个茶的特性具象化成的人物形象——可以说,在小说中,杭嘉和与茶是一而二、二而一的,在其身上,"既突出地体现了中国茶人精神和中国传统文化的全部内涵,也是作者理想的化身,作者在他身上寄托了自己的生活感受、情感态度和价值追求"[①];同时,"茶的内敛、历史悠久、生命力旺盛的特点很多地方与中华民族的优秀品质

---

① 费团结:《〈茶人三部曲〉的艺术策略》,《塔里木大学学报》,第 22 页,2005 年第 3 期。

相关"①,也就是说,茶与中华民族在很多方面也是一而二、二而一的。

(五)情节曲折、连贯、完整。

小说的主要情节为一个杭氏茶叶世家几代人的兴衰存亡、悲欢离合。而这一情节又与太平天国起义、义和团运动、百日维新、辛亥革命、五四运动、北伐战争、国共反目、抗日战争等重大历史事件等紧密相连联系,因而呈现出大开大合、波澜起伏的状态,于是生动、曲折。此外,小说还营构了诸多巧合的情节,如杭九斋、杭天醉父子两代人婚礼同遭骚扰,林藕初、沈绿爱两个身世不同的女子却在同一个家庭里遇到了两个性情做派基本相同的男子,而且还都遇到了一个自己倾心相爱的男子;杭嘉草遇林生、杭寄草遇罗力、杭家人遇与杭家密切相关的赵寄客在日本时与艺妓所生的儿子小堀一郎等,这些巧合更是加强了情节的生动性和曲折性。小说叙写了杭氏茶人一代接一代、"前赴后继"地从事茶业,并延至"当下","尽管它没有一个主干故事,而是由许多人物的故事构成,但每个人物故事的发展脉络都是清晰的,顺时或急或缓推进,偶有中断,下次提及时又加以补充、接续,给人以有条不紊的感觉","三部曲除正文外,还有许多序和尾声,如果说'序'多介绍茶文化的相关知识,为正文故事进行铺垫,那么'尾声'则主要为后来故事的发展提示方向。尤其是'总尾声',分别交代了各人的最终结果,可以说是一个欢欢喜喜大团圆的结局。"②从而情节连贯、完整。

(六)文化色彩浓郁。

小说涉笔于茶文化的地方相当多,且知识含量大,如在中国茶文化历史上占有重要地位的王褒的《僮约》、有"茶圣"之称的唐朝陆羽的《茶经》,小说均涉笔墨;又如对九种极品茶叶,小说有详细的介绍;让茶具"曼生壶"贯穿小说始终。同时,通过忘忧茶庄的兴衰,小说从一个特定的角度再现了近代茶叶贸易的历史——从生产销售一条龙的经营模式到新中国成立后的公私合营,茶叶贸易的历史脉络分明。总之,小说语言、语态、语境、语感、语味都和茶文化联系在一起,茶史、茶道、茶理、茶艺等文化知识渗透于字里行间,从而呈现出浓郁的文化色彩。

---

① 王旭烽语,转引自王海铝:《论王旭烽〈茶人三部曲〉的叙事张力》,《当代文坛》,第32页,2003年第6期。

② 费团结:《〈茶人三部曲〉的艺术策略》,《塔里木大学学报》,第22页,2005年第3期。

(七)注重写"实"。

小说在塑造人物和事件时,没有脱离开真实的历史去构建一个虚无而浓缩的时间、空间,而是切实地基于真实的历史事件,像太平天国运动、百日维新、义和团运动、五四运动、辛亥革命、抗日战争及筧桥空战、"文化大革命"等都是发生在中国近代、现代、当代史上的真实事件,小说中的人物和事件便是活动或发生于其间的。同时,小说中的人物还与真实的历史人物直接"打交道",如赵寄客与孙中山、秋瑾关系密切,吴觉农对杭嘉平和杭汉很赏识;作者对历史事件或人物的"把握"是理性的,渗透着自己深刻的思考,但又没有把这种思考上升到"史诗"般的高度,而只是侧重于这些事件对一个普通人、对一个行业的影响,从而写出历史巨变下的众生百态。

(八)语言通俗易懂而又别具风味。

总地来说,小说的语言主要以现代汉语语汇为基础,简洁含蓄、朴素自然、通俗易懂,但还有两点颇为醒目:其一,有意识地使用了三种类型语言,即成语、诗词,吴越方言,欧化的长句子,从而在整体上具有浓郁的文化色彩和地域色彩;其二,"犀利",具有很强的"穿透性",即能深深地渗透开掘到人物心灵的深处,如小堀一郎到孔庙里去见赵寄客,赵寄客跟他的对话(第二部第二十一章)即如此。

五

小说也存在着一些不足之处,具体地说:

(一)大量的有关茶文化的知识虽然从整体上增强了小说的文化色彩,但又影响了小说的可读性,像杭九斋有关"烹净具武阳买茶"的来历和"伟大的盛唐"的文字(第一部第三章),羽田向杭天醉介绍本国的茶道、茶史的文字(第一部第十八章)等,就显得篇幅太长、专业知识过多,很难让人卒读。[①]

(二)整体水平不均匀。

小说的第一部疏密有致、张驰得当,结构比较匀称,第二部比第一部更具艺术性,但第三部写杭家在"文化大革命"期间的变化时,茶人的百年历史和命运

[①] 参见费团结:《〈茶人三部曲〉:"缺点"的克服与文体的自觉》,《陕西师范大学学报(哲学社会科学版)》,第166—167页,2006年第S1期。

变迁被生硬地拉扯在一起，内容显得冗塞，有拼凑之嫌，不如前两部，不能与之形成一个整体；同时，三部小说的语言风格不太统一：第一、二部的语言精美有韵味，而第三部的语言则粗糙，缺乏足够的韵味并失去了清俊的风格。①

（三）相对于浓郁的文化色彩来说，其思想内涵、历史哲理则显得"强度"不够，未能更深地切入社会历史而带来更多的自觉追求，比如，对杭嘉和，小说可以给这一人物设置更重要的有历史意义的情节和有历史内涵的思想内容。

（四）人物过多，枝蔓过繁，笔力有所分散。

不过，小说尽管有这些不足之处，但总的来说仍不失为一部优秀之作，甚至被顾骧称为长篇小说中的"精品"②，葛红兵等则称之为"一部具有史诗气韵的出色长篇"③。

---

① 参见袁平：《茶文化小说的经典读本——王旭烽"茶人三部曲"的文化解读》，《宜宾学院学报》，第38页，2010年第10期。

② 顾骧：《关于茶与江南的一次对话——"茶人三部曲"在京研讨会纪要》，《南方文坛》，第59页，2000年第3期。

③ 葛红兵、周羽：《论王旭烽〈茶人三部曲〉》，《小说评论》，第84页，2000年第5期。

第六章
第六届茅盾文学奖获奖作品(1999—2002)

第一节 《无字》

一

张洁的《无字》最初由上海文艺出版社于1998年出版第一部,之后,作者将其修改了数万字,与第二、三部一起由北京十月文艺出版社于2002年出版,其内容梗概为:

女作家吴为的外祖母叫墨荷,外祖父叫叶志清,母亲本名为秀春,后改名为莲子。叶莲子先与表哥的同学史峤相恋;在史峤失踪后,遇史峤的莫逆胡秉寰;在胡秉寰失踪后,为了避免给一个吃喝嫖赌诸毒俱全的军人当填房,她在1935年随调防的父亲至咸宁时主动地与在蒲圻驻防的顾秋水结婚,不久后生下吴为。顾秋水在读初中时因打架而被开除后投东北军;1932年,因在热河保卫战中救下了包天剑将军而得其提拔,1937年,随包天剑脱离东北军。包天剑到太原见周恩来时,周恩来当即决定成立第十八集团军第一游击纵队,任命包天剑为司令、顾秋水为参谋长。随后,包天剑带着顾秋水到武汉筹集人员、银两和武器;再后,辗转到达延安,进入中国人民抗日军政大学学习。一年多后,包天剑在东北军骑兵军长何国柱的劝说下去了重庆,不久后又带着顾秋水离开重庆去了香港,在1949年之后病故。在顾秋水随包天剑走后,叶莲子带着吴为到天津包天剑的老家做女佣;1940年,又带着吴为去香港找顾秋水。在香港沦陷之后,叶莲子母女俩随顾秋水及其姘妇阿苏逃出香港；在 1944 年到达陕西后，顾秋水把叶莲子母女俩交给了宝鸡"工合"的陆先生；之后，随包天剑的姑表弟邹可仁去华北参加"地下抗日"。1952 年，顾秋水与叶莲子离婚。三年饥荒期间，吴为在大学毕业后被分配到叶莲子所在的小城工作，后为调回北京而嫁给自己根本不爱的韩木林，与之生下禅月，后又有私生女枫丹。在"文化大革命"期间，吴为被韩木林陷害进五七干校，遇尚未"解放"的副部长胡秉宸——胡秉寰的弟弟。胡秉宸在临近大学毕业时，与同学胥德章辗转到南京，后到延安进陕北公学第一期高级班就读；在 1940 年 10 月前后，他通过大学同学田放查清了国民党军统机关设在重庆的电台的位置、技术装备等情况；在上海解放前夕，以银行高级职员的身份领导地下武装，在执行任务时与表姐绿云一夜销魂；在上海解放后，被派去接管某个单位；在 1949 年后，与白帆结婚并生下芙蓉。在胡秉宸、吴为都离开五七干校回北京后，胡秉宸多次向吴为示爱，但在得到吴为的"回应"后，又与白帆联手写信"教育"吴为。为改变处境，吴为开始写作。一年后，胡秉宸在报纸上看到吴为的小说后，主动与之联系。与此同时，部党组"副部级"干部佟大雷也对吴为穷追不舍，并把她调到自己的麾下。在吴为的小说获奖后，胡秉宸与她陷入爱河。虽然白帆的儿子杨白泉找上门去恐吓吴为一家，叶莲子也苦苦劝阻，甚至拉着禅月一同给吴为下跪、打吴为的耳光，但吴为仍然与胡秉宸热恋不止。与此同时，白帆扬言要将胡秉宸决定离婚的事诉诸组织，并打了他六个耳光，致使他心肌大面积梗死；白帆还成立了一个由 38 位夫人组成的"白胡婚姻保卫团"，并得吴为单位的党委书记"延安一枝花"、胡秉宸的上级和对手"那位"、佟大雷、胥德章夫妇、律师等的帮助。胡秉宸在明白仕途发展无望后，决定与白帆离婚，并在芙蓉的帮助下如愿以偿；但刚与吴为结婚便又觉得对不起白帆，于是迁怒于吴为，甚至在家里当着吴为的面与杜亚莉调情，以此来泄愤；平时则有意无意地欺负叶莲子；直至闹着与吴为离婚。在禅月上大学后，叶莲子不想让自己成为吴为的负担，便在生病被送进医院抢救时，拔掉身上所有赖以支持生命的管子而死。胡秉宸在与吴为离婚前，写了一部讨论社会发展的书稿；出于自身安全的考虑，他要吴为替他输入电脑并把它带到国外，用她的洋女婿——禅月的丈夫的名义发表。在与吴为离婚而与白帆复婚后，胡秉宸不时地到吴为的住处去与之幽会。叶莲子忌日那天，胡秉宸再去吴为的住处时，吴为看着他，觉得好像看见了顾秋水，随即神志不清；最后，也像叶莲子一样，在医院拔掉身上赖以支持生命的所有管子而死;吴为死前,销毁了所有与文字有关的东西。胡秉宸则在与白帆的一次争吵中,死于心脏破裂;在他死后,白帆、芙蓉及其他人都不愿意收留他的骨灰。

二

小说中重要的人物主要有吴为、胡秉宸、叶莲子、顾秋水、墨荷等。

（一）吴为

吴为是一位作家。在她出生后不久,父亲就抛下她和她母亲,随东北军旧部去抗日;在两岁左右时,母亲在包家二太太身边当佣人,母亲擦楼梯,她也跟着擦,母亲到"工合"上班,她便蹲在"工合"的墙外等母亲;在十岁时,因向同学们误传信息而遭老师毒打;新中国成立后上大学;在结婚后,因有私生子而备受丈夫的折磨,周围的人也全都欺负她,骂她是破鞋,向她扔东西;在"文化大革命"期间,被批斗和扔破鞋、被丈夫贴大字报;到乡下后,虽比别人都努力地工作,努力地学习《毛泽东语录》,但周围的人还是看不起她、羞辱她,她的鉴定被歪曲,没有人愿意与她交往,没有人愿意关心她,深怕因和她呆在一起而使自己受连累;在回北京后,备受周围包括情人兼丈夫在内的人百般诋毁和打击,最后发疯而死。可以说,她是由苦难铸成的。她坚强、坚韧、倔强——她从小随母亲居无定所,四处逃难,在逃难的过程中不仅没有得到父亲任何形式的关爱,反而得到了即使倾尽一生也无法忘记的伤害,但从不叫苦;在成人后,虽然只想要属于自己的爱情和婚姻,但最初的努力和付出却仅仅是以她有一个私生女而结束;后来,在全身心地与胡秉宸爱恋时,又遭到了一系列伤害,尤其是在"白胡婚姻保卫战"中,单位、社会舆论、法院、白帆、胥德章夫妇、佟大雷、"延安一枝花"等或指责她或给她施压,给她造成了莫大的伤害,她最终获得的也只是"一种可以交出生命,却无法交出完整的心的爱"①,但她始终都是直面;当顾秋水的最后一任妻子通过叶莲子替顾秋水求情,让她带着禅月去看望他时,她断然拒绝。独立自主意识强、执著得近于偏执——她对人格、对女性的境遇以及两性关系有自己

---

① 《无字》第一部,第121页,北京十月文艺出版社2002年版。

的观点,"一生都在追寻着一种属于自己的爱情和婚姻,一种崇拜式的爱情"①,为了爱情,不惜在婚后红杏出墙,虽然胡秉宸对她百般羞辱折磨,但她仅仅因为对他心仪就百般迁就他,甚至在知道了他是一个对表姐、女秘书、保姆、情人等"来者不拒,一个也不放过"的轻浮之徒后仍然对他一如既往,并且在自己因不堪折磨而决定与他离婚之后,还给他写信道:"我感谢此生有这样一次豁了命的爱恋,我从没这样爱过,从没有一个人像你这样让我动情,以至把我一生的两情相悦之情都在这一次燃烧光了。至今想起我们那时的恋情,仍然心动不已。"②在与他离婚后,仍然接受其"约会",满足其欲求;因曾为秦少游的两句词彻底缴械而对"房子问题、组织问题,都可以得到及时的解决"③无动于衷,刻板地认为"为了爱情上床是风流,为了交换上床是下流"④;因曾遭父亲的遗弃而恨父亲,以至于把包括胡秉宸在内的所有人对她的伤害统统归罪于父亲。善良、宽容——韩木林对她绝情绝义,甚至把她陷害进五七干校,但在离婚时,她对他既往不咎,与他好聚好散;在她成为白帆与胡秉宸之间的第三者时,白帆对她撒野动粗,她从白帆的角度着想,理解并原谅白帆,而后来在白帆成为她与胡秉宸之间的第三者时,她却"并没有像白帆当年整治她那样对白帆以牙还牙,制造社会丑闻,发动一次又一次全方位围剿。"⑤率真、坦诚得近于幼稚——她总把男人的职业和他们本人混为一谈,把干过革命、到过革命根据地的那种人,当作革命者,仅仅因胡秉宸能吟秦少游的"郴江幸自绕郴山,为谁流下潇湘去",就把他视为梦中情人,虽备遭胡秉宸的侮慢,但又因一张约见的小纸条而"束手就缚";母亲和女儿在家生活拮据,她置之不理,却用稿费维持着胡秉宸的高档消费、听任胡秉宸召唤;在生下私生女后对丈夫如实相告,把自己与胡秉宸的关系轻易地告诉自己并不十分了解的佟大雷及胥德章夫妇等。懦弱——"吴为其实是个非常懦弱平庸的人,既不具备人杰的大德,也不具备宵小的大恶。"⑥如在包家时,少爷包立不让她吃饭,她就只瘪着嘴垂头而立;当女儿禅月遭邻居无端指责时,

---

① 邢海霞:《爱情悲剧中的一抹温情——评张洁长篇小说〈无字〉》,《科技信息》,第 537 页,2010 年第 3 期。
② 《无字》第一部,第 89 页,北京十月文艺出版社 2002 年版。
③ 《无字》第三部,第 128 页,北京十月文艺出版社 2002 年版。
④ 《无字》第二部,第 264 页,北京十月文艺出版社 2002 年版。
⑤ 《无字》第一部,第 11 页,北京十月文艺出版社 2002 年版。
⑥ 《无字》第三部,第 18 页,北京十月文艺出版社 2002 年版。

她不但不据理力争,反而当着邻居的面违心地教训禅月以息事宁人。

总的来看,吴为是一个地道的新式女子——她接受过高等教育,个性张扬、积极进取,完全走出了其外祖母的性格阴影,性格与其母亲也迥然不同,从个人事业的成功、社会价值的实现来看,也比其外祖母和母亲都要成功得多,"但在两性关系中,她依然没有得到男性对其独立人格的尊重,没有得到平等、真挚、和谐的爱情。在丈夫的眼里,她仍是处于奴隶地位,是欲望的化身"①;虽然一生都在追寻理想的爱情,但结果是一场空;一生都在努力摆脱与母亲一样的悲剧命运,但最终还是步了母亲的后尘,甚至结果比母亲更为悲惨——她最后是怀着对世界的仇恨离开世界的;在她的身上,"浸透着张洁对真挚爱情难以自制的热切,也释放着张洁对现实、对理想破灭的疯狂的情绪。"②

(二)叶莲子

叶莲子是一位教师。她温顺、隐忍甚至懦弱——由于母亲墨荷在世时老是回娘家,因而她在小时候所获的母爱寥寥无几;在六岁时母亲去世,之后,她更是失去了母爱;她亲眼目睹了母亲被烧为灰烬的过程,应获的母爱也随之化为灰烬;在母亲去世后,她接替母亲做叶家的奴隶或佣人:喂猪、喂鸡、拣庄稼、拣柴、刷碗,干活回来,常常是前胸贴后背、筋疲力尽;平常除叔叔婶婶、堂兄弟们吃剩的稀饭外,家里人从没给过她一顿干饭,甚至在母亲的丧宴上,奶奶也只给了她一个用白菜叶子包着豆腐和豆面丸子的小包,她也只敢躲在墙角里吃;遭父亲的责骂和继母的白眼,她只是畏首畏尾;在包家做女佣遇海河决口,危险迫在眉睫,她也没敢让包家人带上她和女儿;顾秋水当着她的面和阿苏做爱,她只是紧紧捂着自己的耳朵;在做教师时,对名为借钱实为抢钱的校工只能每月定期"上交";女儿惨遭赵老师毒打,她只是默默地自责;在求职时被大狗咬伤了,她既不还击也不向主人索赔,而是好声好气地称赞恶犬。坚韧——在顾秋水追随包天剑而抛下她们母女后,她常常去当铺当掉值钱一点的东西,一大早就抱着吴为跑到很远的后海广化寺的舍粥棚排队打粥,到包天剑二太太家后,不但包揽了打杂女佣的活计,而且还常常遭到其他佣人的挤对;在费尽周折到香港找到顾秋水后受尽侮辱;对这一切,她从不灰心丧气,而是勇敢地面对;同

---

① 周晔:《爱到无字——张洁真爱理想的建构与解构》,《文学评论》,第 65 页,2000 年第 6 期。
② 周晔:《爱到无字——张洁真爱理想的建构与解构》,《文学评论》,第 65 页,2000 年第 6 期。

时,在被丈夫遗弃后,靠着一点私塾的底子努力自学而成为一名优秀教师,后来又支撑起一个三代之家。充满母爱、责任心强——她对吴为母女俩一片"母爱"且始终未改:吴为从小到大到老,都是由她像老母鸡护卫小鸡一样地护着的;在包家少爷包立对吴为大打出手时,她一把将吴为护在怀里,让包立的拳头落在自己身上;为了给吴为买件大衣,她背着吴为去卖血;在包家的司机董贵家周济她馒头时,她就把馒头举在吴为鼻尖前,让她吸吸馒头的甜香,再好好地啃几口;最后,考虑到"既然不能救吴为,又怎能忍心让水深火热的吴为继续背着自己?如果没有她,吴为肩上的担子,就会从双份变做一份,那不就是对吴为的解放?"①便拔掉了赖以支持生命的管子;她用柔弱而又坚强的肩膀为禅月撑起一片安全的天空,如在吴为离开北京到五七干校后,她带着禅月过日子;当禅月受到众人的欺负时,她用越来越弯的腰给禅月以依靠;禅月受伤了,她不顾自己一身的病痛,带着禅月挤公交车去远郊看病;为了禅月能够好好休息,她去求楼上的孩子小声一点儿,招致一阵臭骂;为了禅月不在大院里受欺负,她每天带着禅月躲到公园里;为了保证禅月每天有个水果,她走遍小摊寻找"处理"的水果;她本来早该疯掉,但是她没有,"因为她肩上负有责任。一个有责任感的女人是不会疯的"②。勇敢、果断——史峤在涮肉馆握住她的手,询问和他在一起是否感到高兴,按照她腼腆的性格来说,她应该沉默不语,或旁敲侧击;但她却直言"高兴";在史峤失踪后,她便到他所在的大学去找他;为了避免给一个吃喝嫖赌诸毒俱全的军人当填房的危险,她主动地让父亲将自己嫁给顾秋水。要面子——父亲偷了银行的钱跑了,她就像是自己偷了一样,无地自容;在嘴馋想吃大白菜时,本可以捡些白菜帮子,可她的自尊心在她脚腕子后面直愣愣地戳着,让她的腿打不了弯儿;在与董贵门对门地住着时,为了不让董嫂看见她面临着揭不开锅的局面,她就插上门;在禅月过生日时,她自己不去买蛋糕,而是替吴为选出最好的衣服,熨得平平整整,让吴为换上去买。思想守旧——她认为女人对丈夫应该终身追随,而且无论遭到丈夫怎样的恶待,都应该无怨无悔,从一而终。重感情——二姑一家心地善良,并接受了墨荷的梦托而照顾她,如隔些天就把她接回家吃顿饱饭,她便对二姑父一家一直感念在心,以至于在多年之后,二姑

---

① 《无字》第三部,第 392 页,北京十月文艺出版社 2002 年版。
② 《无字》第一部,第 94 页,北京十月文艺出版社 2002 年版。

父因被划为地主上吊自杀,使她失去了报答他的机会,为此,她感到愧疚不已;尽管顾秋水对她无情无义,但她在离婚协议上签字之前一直都对他一片冰心。有追求——她美丽端庄,希望能找一个自己心仪的人,因而在自己的意中人史峤走后烦闷不已,后又自主地选择了顾秋水。

总的来看,叶莲子是一个半新不旧或亦旧亦新的女性——她在时代潮流的影响下,积极地追求个性解放和人格独立,但又追求得十分片面、有限,因而最终也并未获得完全的、真正的个性解放和人格独立,"她在被动的情况下取得了社会身份,却没有建立起女性独立的自我意识"①。

(三)顾秋水

顾秋水是一位军人。他虚伪、无情无义——送叶莲子一块"样子货"手表作结婚礼物;在离开叶莲子母女俩随包天剑出走时,他在走出家门后便再也没有回过头,在走出胡同后立刻把她们母女从脑子里抹得干干净净;在四年后,叶莲子带着吴为远涉万水千山到香港找到他,见面时,他对她兜头问道:"你怎么来了?"②在把她们带到香港山上一栋摇摇欲坠的小楼后,他便对她们的衣食住行一概不闻不问。阴险、卑劣、狠毒、下流无耻、没有人格——在香港,他之所以对叶莲子母女的衣食住行一概不闻不问,除了无情无义外,还"想用这个办法把叶莲子逼走"③;在日本空袭的夜晚他和阿苏赤身裸体"在响彻香港上空的日本枪炮伴奏下,于床上演出一场具有佛拉明戈风的性域之舞。"④当叶莲子和吴为与他同居一室时,在晚上,"顾秋水和阿苏在窗下那张床上操练得天昏地暗,从那里传来的动静也让人惊恐万分"⑤,经常对叶莲子和吴为拳打脚踢;为了让叶莲子在离婚协议书上签字,他不惜歇斯底里地号啕大哭。善于阿谀奉承——在香港时,为了拍邹可仁的马屁,"对邹可仁那些附庸风雅的诗作,顾秋水从来不是拿来就肯定,而是沉吟良久,反复吟诵,然后指出三分不足七分成绩。他真是没有枉赴一趟延安,至少对这个日后无限发扬光大的'三七开'心领神会。于是邹可仁就觉得那七分成绩真是成绩,以为自己果然满腹诗才,至少在考虑留不留

---

① 周晔:《爱到无字——张洁真爱理想的建构与解构》,《文学评论》,第 65 页,2000 年第 6 期。
② 《无字》第二部,第 221 页,北京十月文艺出版社 2002 年版。
③ 《无字》第二部,第 295 页,北京十月文艺出版社 2002 年版。
④ 《无字》第二部,第 310 页,北京十月文艺出版社 2002 年版。
⑤ 《无字》第二部,第 316 页,北京十月文艺出版社 2002 年版。

用顾秋水的时候,又为他增加一个百分点。"①目光短浅——最初,他在决定跟从包天剑时,根本没考虑自己的前程、经济保障和对妻女的责任,因此,在包天剑把他抛弃在香港时,他除了买了把斧子直奔包天剑的住处欲与之同归于尽外,毫无他法可设;虽然去过延安,品尝过政治斗争的厉害,但在1949年后还是爱夸夸其谈、乱指点江山,结果,在1957年的反右派运动中被划成右派。不过,他也有一定的政治眼光,如当包天剑意欲接受何国柱的极力劝说到重庆去投靠蒋介石时,他反对,其理由:"第一,何柱国煽惑这件事是为了向蒋介石邀功请赏,好像是他把你从共产党那里拉回来的。西安事变时候他就背叛少帅投靠了蒋介石,现在又用你来请功。第二,蒋介石最不讲信用,何应钦的担保更靠不住。第三,你去重庆即便没危险可也没前途,现在你是一个本钱也不趁的人了,蒋介石怎么能重用你?"②并认为还是应该去延安,实在不行再走,即使到香港或到欧洲游历,也不能去重庆。包天剑在执意到重庆后,为蒋介石只给了一个军委少将高参的闲职而丧气,顾秋水则一针见血地指出:"说来说去蒋介石还算大度,没有杀你就是好的了,还计较什么升降? 也许他有意留个后路,老太爷不是还在天津日伪区?"③此外,顾秋水也有能干、勇敢之处,如在热河保卫战中救下包天剑将军,在跟随包天剑时能帮他干练地处理一些事情。

总的来看,顾秋水是一个地地道道的兵痞、流氓、恶棍。

(四) 胡秉宸

胡秉宸是国家某部副部长。他出生于一个富康之家,从小学习"宋明理学",深受"太上立德,次为立功,再次立言"思想的影响;在读大学时,因向全校学生发布了错误信息而被迫退学,同时,决定参加共产党的军队;"俊朗又不失英雄气概,懂得品味而又不失纨绔,大雅大俗、有形有款"④,要"五百年才能出一个"⑤,确有可圈可点之处,如讲义气、不失机智——在战友胥德章和常梅结婚时,由于史峤的错误决定而导致一个重要的地下联络点被毁,他冒险去救面临危险的胥德章,并以寻找"失物"的方式来转移敌人的视线和引起胥德章的注意

---

① 《无字》第二部,第285页,北京十月文艺出版社2002年版。
② 《无字》第二部,第167页,北京十月文艺出版社2002年版。
③ 《无字》第二部,第170页,北京十月文艺出版社2002年版。
④ 《无字》第一部,第284页,北京十月文艺出版社2002年版。
⑤ 《无字》第一部,第284页,北京十月文艺出版社2002年版。

让其得以逃离;成功地取回包天剑暂存在咸阳的武器;利用同学获取绝密情报等。但是,他的可恶之处也不少:荒淫无耻——在学生时代常常偷看春宫画;在延安时,遇上四川美女便起异心;对白帆、四川籍革命女青年、吴为、杜亚莉见一个爱一个,甚至当着吴为的面与杜亚莉调情;虽然在重庆一次查看军统设在嘉陵江南岸的一个重要侦测台时,堂弟胡秉安帮他侥幸逃过一劫,但他日后为了满足情欲还是"坚挺、长驱直入胡秉安的未婚妻——表姐绿云那块未开垦的处女地"①;"虽然一夫一妻制让他在法律上不能同时拥有两个妻子,但在实际生活中,他却游刃于两个妻子中间。"在与"吴为离婚后,却不止一次郑重其事地对吴为说:'凡是我曾经拥有的一切,任何男人都不能碰。'然后贼兮兮地笑着补充道,'特别那个关键部位,更是重中之重。'"②虚伪、自私、卑劣——在田放被划成右派时,作为田放解放后的直接领导,他本可营救田放,但考虑到自己和田放是老同学、老朋友,自己如果出面营救的话,别人难免生疑而对自己不利,便放弃了营救;每当对一个女人产生兴趣时,他不会表现出主动,而是想方设法让女人主动;他与白帆虽表现出一副"模范夫妻"的样子,但实际上对之毫无爱情,一面把她出轨的事写信报告给中央某领导,一面在她面前装好人;从未真心想把杨白泉当儿子,可是当杨白泉有成就时,他却又口口声声"我的儿子!"在干校耳闻吴为有"偷人"的恶名后,为了拈花惹草、白吃豆腐而以领导的身份与之搭讪;吴为在其诱导下给他写信示爱,但为了撇清与她的关系,他竟与白帆一道联手写信"教育"她;在吴为发表小说后,他觉得她奇货可居,便主动地与她往来,并以偷占她为人生的一大快事;他与白帆离婚的真正原因实际上是为了逃离白帆,让自己从灾难般的日子里解脱,但为了不担当骂名和失去社会地位及世人的尊重,便把吴为拉进去作为自己的替罪羊,可又对吴为说自己与白帆离婚只是为了娶她;因心灵空虚而把吴为叫到自己所住的医院,但当不期而至的白帆对吴为大打出手时,他却连一句话也不替吴为说;他在官运亨通时,便以拈花惹草的心态与吴为往来;在得知组织上让他离休时,便表示爱吴为;在得知离休铁定时,便与白帆打官司离婚以便能与吴为结婚;当发现自己在与吴为结婚后脱离了以前那个群体、昔日的光辉已然不在时,便又想抛弃她、回到从前的生活状

---

① 《无字》第二部,第 142 页,北京十月文艺出版社 2002 年版。
② 《无字》第二部,第 226 页,北京十月文艺出版社 2002 年版。

态,并想尽一切办法折磨她,以迫使她主动提出离婚,让人觉得是她抛弃了年老的他,以博得世人对他的同情;在决定和吴为离婚前,还物尽其用地让她将自己的一部"巨著"用电脑打出来,拟让她用其洋女婿的名义出版,以避免查到他自己的头上,而且在吴为交给她打印好的书稿软盘时,他戴上手套接软盘、更换文件名;执意与吴为做爱,而在做爱时又戴上双重避孕套躲避吴为的输卵管结核细菌。无情无义——在与吴为结婚时,他没有给她提供任何东西;可在结婚后,他却"反倒向吴为算起账来"①;当吴为因爱情"疲劳"而只愿与他同居时,他数落吴为耽误了他,白让他等那么久;明知吴为受了芙蓉的气,但视而不见;吴为病了,好像与他完全无关,甚至不肯让自己的司机送发烧的吴为去火车站;在与吴为离婚后,不到一个月就与白帆复婚;在聚会时,"胡秉宸带着默许的微笑,听任战友们轻蔑吴为,一次又一次为浪子回头举杯。"②懦弱——当白帆欲以诉诸组织的手段威胁他以阻止他与自己离婚时,他立马露出一脸谄媚的讨好的笑,还任由白帆打耳光,并因此心脏病发作。

总的来看,胡秉宸名为正人君子实为采花贼,是一个阴险狡诈的小人。

(五)墨荷

墨荷是一个家庭妇女。她在为人处事上恬退隐忍、克己从人、逆来顺受——父亲是"本世纪初石灰窑子里的业余猎人兼地主,很奇怪地迷恋知识"③,在长大后,由父亲做主嫁给了自己并不爱的叶志清;在叶家,她喂猪、喂鸡,做一大家人的饭,刷一大家人的碗,还得缝一大家人的衣服、袜子、鞋,与叶家的长工没有两样,而叶家一家人还要变着法儿地折磨她:小姑姐对她发号施令;婆婆抽一袋烟,她得装一袋、点一袋,有时婆婆在睡了一觉醒来后接着抽,她也得接着服侍;丈夫虽然逛窑子,但还是让她每年有一个不能成活的孩子,并让她像奴仆般地服侍他;对这一切,她采取的多是忍让,甚至认为一个女人在一旦嫁人有丈夫后便是丈夫的"篮筐",丈夫怎么"投篮"都是理所当然的,激烈的反抗也只是回娘家而已,而从来没有耍手段或使性子。多情——她上山采榛子,"采一颗,愣一愣,想一想……双眼朦胧、两颊羞红地想象着一个意中的男人。而那男人

---

① 《无字》第三部,第 334 页,北京十月文艺出版社 2002 年版。
② 《无字》第三部,第 417 页,北京十月文艺出版社 2002 年版。
③ 《无字》第一部,第 108 页,北京十月文艺出版社 2002 年版。

是如何地中意,她又是说不清楚的。"①在回到家后,一颗颗地挑、一颗颗地选,在将最饱满的榛子剥好后留给她幻想中的男人吃,而自己却舍不得吃一颗;有时即使是叶志清吃光了所有的榛子,她也不觉得是叶志清吃了。清高、要面子——每次回娘家,她都不让丈夫进娘家门,她觉得对丈夫和婆家,娘家人知道的越少越好,自己在婆家的处境、受虐等对娘家人从来不提只字。

总的来说,墨荷是一个完全旧式的女性,虽葆有一方美丽的精神世界但又备受人驱遣欺凌,她的命运相当真实地再现了中国旧女性的悲惨遭遇。

三

小说通过其内容及所塑造的一系列人物,尤其是吴为、胡秉宸、叶莲子、顾秋水、墨荷等所表达的主旨大致有以下几点:

(一)再现了20世纪中国社会大动荡、大变革中各色人等与世浮沉、坎坷艰辛的人生,从而展现出了一个时代的社会风貌。

小说重点描写了叶莲子和吴为母女俩尤其是吴为的情感历程及其悲剧性的结局,但又没有局限于此——"如果说母亲叶莲子的苦难始终与战乱相关,那么,吴为的际遇却是典型的情爱与政治的交战。"②小说从东北军时代一直写到改革开放时代,内容的时间跨度长达近一个世纪;涉笔所及的人物上至国家领导或柱梁,如蒋介石、毛泽东、周恩来、张学良等,下至乱世黎民,如阿苏、叶莲子等;事件则上至民族斗争、党国军国大事,如"九一八"事变、西安事变、重庆谈判、解放战争及新中国成立后的历次政治运动直到"文化大革命"、改革开放等,下至黎民百姓的家长里短,如同事勾心斗角、夫妻矛盾、家庭纷争等;同时,"从东北写到北平,写到陕西的塬上乡村,到徐州的前线,到香港的棚户贫民区,到广西桂林的小巷子,再写到解放后的首都北京"③;从而在广阔的背景下,再现了20世纪繁复的社会风貌。

(二)揭示了人性和人生隐秘的真实面。

在小说中,"真正摧毁了那场持续几十年的惊天地泣鬼神的爱情的只是纯

---

① 《无字》第一部,第120页,北京十月文艺出版社2002年版。
② 王虹艳:《女性历史、母亲情结与爱情拯救——〈无字〉》,《艺术广角》,第20页,2005年第6期。
③ 李阳春、周巧红:《恢弘绚丽的命运交响乐——论〈无字〉的叙事艺术》,《中国文学研究》,第88页,2006年第2期。

粹的个人——个人的不完满的人性。完美主义的幻想与奢望,已注定了那场恋爱的夭亡……吴为人生的悲剧性不是因遭遇了某一个人,如胡秉宸或韩木林,而是遭遇了她自己的悲剧性的性格……政治上的阻挠、动乱的年代都有可能事过境迁,而潜隐在连回忆都无法企及的宿命里的性格却是吴为们所不能逆转的"①,吴为在决定与胡秉宸离婚后仍然给他写信说:"我感谢此生有这样一次豁了命的爱恋,我从没这样爱过,从没有一个人像你这样让我动情,以至把我一生的两情相悦之情都在这一次燃烧光了。至今想起我们那时的恋情,仍然心动不已。"吴为的这一做法及所表白的感情,从人物性格的角度来看,为执著或偏执;从人的角度来看,是人性的使然;同时,也是"在对'不能忘记的爱'有了更深更真的体验之后,张洁又超越了对男女感情的表层探讨,进入了人性与人生的深层次思考"②,"由爱情表层深入到伦理的、心理的、人性的境界"③。而对弱者,如吴为,其周围的人群及整个社会基本上是无缘由地将之往绝路上逼;男人们对女人总有一份绝对的清醒,他们永远是需时则取、废时则弃,没有半丝的犹豫,如胡秉宸对他渔猎到手的女人,尤其是吴为,即如此。这些更凸显了人性和人生的阴暗面及其阴险可怖。

(三)揭示出了爱情、婚姻的虚幻性和不可调和性。

墨荷、叶莲子、吴为、禅月一族四代都向往或追求理想的爱情和婚姻,但最终都以失败告终:墨荷没主动地追求爱情,任凭父亲想当然地把她嫁给叶志清,在出嫁之后,一方面奴隶一样地生活,甚至甘心情愿做丈夫的性奴——在她看来,"一个女人,尤其是那个时代的女人,一旦作为人家的篮筐,有什么权利拒绝人家的投篮?"④另一方面,在上山采榛子时,她"采一颗,愣一愣,想一想……双眼朦胧、两颊羞红地想象着一个意中的男人";一生从未享受过婚姻所带来的乐趣或幸福,在因难产而死后还遭烧尸之虐。叶莲子为了摆脱给一个吃喝嫖赌诸毒俱全的军人当填房的命运,主动地嫁给自己选定的顾秋水,离婚之前,对丈夫始终忠贞不二;"虽然她已做了多年的一家之主",但又真心地认为"一家之主非

---

① 王虹艳:《女性历史、母亲情结与爱情拯救——〈无字〉》,《艺术广角》,第 20 页,2005 年第 6 期。
② 汪丽景:《爱与恨的女性悲歌——读张洁的〈无字〉》,《黄山学院学报》,第 149 页,2007 年第 4 期。
③ 张学敏:《"无字"抒写的意义——评张洁的长篇小说〈无字〉》,《天水师范学院学报》,第 75 页,2007 年第 6 期。
④ 《无字》第一部,第 102 页,北京十月文艺出版社 2002 年版。

男人莫属"①;而一生中唯一的丈夫顾秋水除在刚结婚的一两年中曾给过她一些共处人生的经验之外,给予她的只是抛弃和虐待。吴为主动、执著甚至偏执地追求爱情,可最终因为所嫁并非所爱之人而发疯而死。禅月虽然最终获得了爱情,拥有了一个和谐的家庭,叶家女人的命运到她那儿彻底地翻了个个儿,但又是在异国他乡;而且在小说中,她只是一个虚幻的影子,她的爱情、婚姻生活并没有真正地"出场",也就是说,她只不过是一个寄托作者理想的人物而已,"是作者一厢情愿地对两性和谐'乌托邦'式的寄托"②;同时,她那所谓的"爱情"、"和谐的家"也是大可怀疑的,因为从母亲、外婆的苦难阴影中成长起来的她对男人和爱情本是不相信的,认为"世界上就没有什么真正伟大的爱,那是'天方夜谭'、是幻想,人活着多半是互相利用。'有人要享乐,就需要别人痛苦,什么道德、良心、诚实、谦虚都是假的,是互相争夺的手段'。这是存在主义,可是不无道理。"③"爱情是什么? 是每个人一生中必不可免要出的那场麻疹"④;也就是说,在小说中,无论是被动地、还是半被动地或主动地追求理想爱情的人,最终都没得到理想的婚姻——"《无字》告诉人们一个简单的道理,爱情是一种幻象,而生活则是具体又琐碎的,甚至不是两个人的事,它是多人经营的结果。只有过于天真烂漫的人才会把婚姻想象成世外桃源与田园牧歌。家庭纠葛和社会习俗同样会产生巨大的力量,在它们面前,爱情脆弱的就如同冰面一样不堪一击。期望越多,失望也越多,越是理想主义者也就越难于跨过现实中的沟壑。"⑤爱情与婚姻往往是行驶在两条永远也不会交叉的轨道上的两辆车!

(四) 探讨了中国女性追求解放的全过程。

小说所描写的墨荷、叶莲子、吴为、禅月为中国四个完全不同的女子——如前所述,墨荷是一个完全旧式的女子,叶莲子是一个半新不旧或亦旧亦新的女子,吴为是一个地道的新式女子;而禅月则"属于那种要掌握自己命运的现代女性,她目睹了外祖母叶莲子、母亲吴为为情所累的一生,不再把情感视为生命的

---

① 张洁:《无字》,上海文艺出版社 1998 年版;转引自周晔:《爱到无字——张洁真爱理想的建构与解构》,《文学评论》,第 65 页,2000 年第 6 期。

② 刘红艳:《女性主义视角下〈钟形罩〉和〈无字〉中的癫狂女性形象研究》,第 32 页,四川师范大学硕士学位论文,2010 年 5 月。

③ 《无字》第一部,第 269 页,北京十月文艺出版社 2002 年版。

④ 《无字》第二部,第 89 页,北京十月文艺出版社 2002 年版。

⑤ 汪丽景:《爱与恨的女性悲歌——读张洁的〈无字〉》,《黄山学院学报》,第 149 页,2007 年第 4 期。

最重要部分"①,自信满满地对外祖母和母亲说:"姥姥,妈妈,瞧瞧你们爱的都是什么人? 咱们家的这个咒,到我这儿非翻过来不可!"②并最终在异国他乡实现了宏愿。她们"分别象征了女性从沉默的奴隶,到寻求自我解放,树立独立人格,建立自尊、自立、自强、自主、自我保护的意识的全过程,可谓是一部浓缩的女性史,一部女性为自己浮出历史地表而撰写的'无字'的历史"③,"《无字》有很强的个人总结意味,既是对有血脉关系的四代女性的个人婚恋行为的总结,也是对一个世纪的中国妇女在婚姻中命运的总结。"④

(五)歌颂了母爱。

在小说中,"叙述者始终站在一个全知的宏大视角统摄人物的命运,而在情感指向上她是认同于母亲的"⑤——叶莲子在小时候,父亲叶志清要么在外学做买卖,要么逛窑子,她能够见到的只是母亲墨荷,能得到的只是母爱——"墨荷是个非常明智、聪明绝顶的母亲,世上很少有女人如她这般挚爱自己的子女。"虽然在她的记忆里,能感受母爱的时刻只是在与母亲一起回姥姥家的时候,因为平时在自己的家里,整天劳作的母亲没有时间充分地表达母爱,但毕竟还是有某个时刻能感受到一点母爱,而不是像父爱那样因为父亲总在自己的生活中"缺席"而缺席。吴为尚在襁褓中的时候,父亲顾秋水就把她及其母亲叶莲子交给了一个天下大乱的年代,而且使她们的心灵受到了无法痊愈的伤害,这样,吴为和叶莲子别无选择地相依为命,在颠沛流离中生活;但无论生计如何艰难,叶莲子都呵护着吴为,吴为则以叶莲子的爱作为终生的精神依托;吴为后来的绝望发疯,从根本上来说不是因为胡秉宸对她的背叛,而是因为叶莲子的自杀。禅月幼年生活在父母韩木林和吴为的无休无止的争吵中,稍长便随吴为一起被韩木林遗弃;虽然在其生活和生命历程中,小姥姥叶莲子也起了十分关键的作用,但是,对于她而言,吴为和叶莲子实际上是一而二二而一的——"禅月不怕韩木林打架,她只怕温暖的小姥姥永远这么小、这么老,闭着眼睛躺在地上

---

① 汪丽景:《爱与恨的女性悲歌——读张洁的〈无字〉》,《黄山学院学报》,第149页,2007年第4期。
② 《无字》第一部,第219页,北京十月文艺出版社2002年版。
③ 周晔:《爱到无字——张洁真爱理想的建构与解构》,《文学评论》,第65页,2000年第6期。
④ 周志雄:《解读〈无字〉的意义与叙事立场》,《名作欣赏》,第56页,2004年第3期。
⑤ 王虹艳:《女性历史、母亲情结与爱情拯救——〈无字〉》,《艺术广角》,第19页,2005年第6期。

起不来了"①。墨荷、叶莲子、吴为、禅月"代代相续的母女之间有着难以割舍的情缘,那就是母系族亲之间血浓于水的亲情,这种种的亲情慰藉着母女两人的心灵,不仅仅是支撑着母亲还有他们的女儿,让她们有勇气和信心面对眼前的世界和社会。"②由此,小说歌颂了神圣伟大的母爱。

四

从艺术表现的角度来看,小说主要具有如下特点:

（一）采用了意识流的手法。

小说采用了意识流的手法:小说所叙述的大致是墨荷与叶志清、叶莲子与顾秋水、吴为与胡秉宸、禅月与其丈夫四代四对人的故事,其中,以吴为与胡秉宸及相关人物的故事为主,基本情节在第一部中已经交代清楚了,第二部、第三部与第一部之间并没有构成情节上的延续,而只是局部的回忆和交代,是对第一部的补写和深化。不过,叙事没按时间顺序、没受空间分割,而是"从吴为发疯了写起,截取了一个故事的高潮点,然后采取回溯的方式,交待吴为发疯的前因后果。小说在叙述上采取了一种类似电影蒙太奇剪接的方式自由跳跃,让视点跳跃在不同的人和事之间"③,倒叙、预叙、插叙、补叙等交互使用,"将不同时间、不同地点发生的事件列入同一'画面'"④,从而把三个不同时段里有着血缘联系的女人汇集到一起,让她们的历史交错盘结,使她们的际遇相互映衬,形成比较,凸现了她们柔弱而坚强、不愿与人纷争却处处遭受排挤、对爱情抱有幻想却又被感情伤害等"相同点"以及她们因境遇不同而性格、结局又各有所别等"不同点",如墨荷优雅清高、叶莲子坚韧痴执、吴为胆小谨慎但敢于为爱情"豪赌"。意识流手法的采用,使得小说线索繁复、意象纷繁、情节精妙跌宕、人物复杂逼真、结构宏大伟阔,好似一部雄浑的交响乐,一个回旋又一个回旋,撞击着人们的心灵,能给人留下无尽的思索。

---

① 《无字》第三部,第34页,北京十月文艺出版社2002年版。
② 邢海霞:《爱情悲剧中的一抹温情——评张洁长篇小说〈无字〉》,《科技信息》,第538页,2010年第3期。
③ 周志雄:《〈无字〉的性别视角解读》,《济南大学学报(社会科学版)》,第32页,2010年第5期。
④ 李阳春、周巧红:《恢弘绚丽的命运交响乐——论〈无字〉的叙事艺术》,《中国文学研究》,第89页,2006年第2期。

（二）多方面地刻画人物形象，使人物形象个性鲜明、栩栩如生。

小说塑造了吴为、叶莲子、顾秋水、胡秉宸、墨荷、枫丹、韩木林、白帆、胥德章、芙蓉、禅月、茹凤、包天剑、佟大雷、杜亚莉等为数众多的人物形象。在塑造人物形象时，小说一是注重描写人物的语言、动作、神态、心理等，如对胡秉宸，小说描写他在几番勾引吴为并收到吴为的"回应"后，为了保持自己的"清白"，在把吴为写给他的信交给白帆后又对白帆说："你想，我怎能和这种偷人养私生子的女人如何如何？即便和女人鬼混，也轮不到这种女人！"①通过这几句话，小说把胡秉宸的虚伪和无耻刻画得活灵活现；又如，吴为在佟大雷告诉她胡秉宸住院后，小说这样写道："'他住在哪个医院？'她扑向佟大雷，抓住他的手腕，厉声问道。"②这几句话，既有语言描写，又有动作描写，把吴为对胡秉宸的关切心理也刻画得活灵活现。二是注重将人物放在各种境遇中进行描写，彰显人物性格，如对吴为，通过对她与禅月、叶莲子的关系的描写，写出了她的重亲情；通过对她与韩木林的关系的描写，写出了她的坦诚与善良；通过对她与芙蓉之间的关系的描写，写出了她的宽容、贤淑；通过对她在五七干校时的遭遇的描写，写出了她的坚强；通过对她在叶莲子去世时的痛苦心情的描写，写出了她的孝顺；又如对胡秉宸，小说写他在官运亨通时，便以拈花惹草的心态与吴为往来；在得知组织上让他离休时，便表示爱吴为；在得知离休铁定时，便与白帆打官司离婚以便能与吴为结婚；当发现自己在与吴为结婚后脱离了以前那个群体、昔日的光辉已然不在时，便又想抛弃她、回到从前的生活状态。"作者就尽情地揭露、讽刺和调侃他的卑劣、自私、残忍和虚伪品性与表现。但作者没有像以往那样，把男性作为女性的对立面，仅仅停留于对其卑劣品质的控诉和揭批上，而是一方面追溯导致其性格、心理变化的深刻社会历史原因，认为其品性并非天性如此。如以意识流手法追溯了胡秉宸年轻时由于张扬、刻薄和桀骜不驯屡受教训、打击；地下工作时期的历练；国共合作期间因侃侃而谈而成'批判对象'；'文革'期间因冲动被定性为'反党、反社会主义'等。正是这一次次的历史教训，使得其个性品质及日后的为人处世发生了根本性裂变"③。多方面地刻画人物形象，使

---

① 《无字》第三部，第 95 页，北京十月文艺出版社 2002 年版。
② 《无字》第三部，第 190 页，北京十月文艺出版社 2002 年版。
③ 陈娇华：《浑厚驳杂和深刻反思的女性意识——从女性主义视角解读〈无字〉》，《苏州科技学院学报（社会科学版）》，第 82 页，2006 年第 1 期。

人物形象个性鲜明、栩栩如生。

（三）人物语言个性化、叙述语言流畅、描写语言优美、议论性语言富有哲理。

小说中的人物基本上是一人一腔，富有个性化。如"你还要脸，你还怕人知道！"①"不行，非找组织不可。"②像这种泼辣、刁钻的语言不需人细想就能让人觉得是出自白帆那种泼妇之口。又如，吴为找到胡秉宸家，在被胡秉宸和白帆当众羞辱时，一边夺门而逃一边哽咽道："请……不要……请……"③这样的语言将吴为懦弱、好欺负的性格特点逼真地表现了出来。

小说洋洋洒洒八十多万字，叙述者像是一位历经沧桑的老者在娓娓讲述若干人一生的悲喜故事，语言流畅而富有节奏感、音乐性强，如第二部在叙述叶莲子和顾秋水的故事时，把他们融入那个动荡战乱的年代，文字蜿蜒起伏而又顺畅连贯；同时，不少语句的重复出现，让人在读到后面的章节时恍惚又在读已经读过了的章节似的，但又并不怎么让人感到啰嗦累赘。

小说有许多充满抒情诗意的描写，如"吴为与胡秉宸初次于茫茫雪地里邂逅的情景、吴为疯狂前的重访故人旧地、墨荷沉浸在满山色彩斑斓榛子中的情爱幻境、叶莲子与史峤那不了了之的恋情及吴为与胡秉宸那轰轰烈烈的爱情事件，等等。"④

小说在行文的过程中穿插着议论，其中不少富含哲理，如："娘家是每个无能、嫁作他人妇的女人唯一退身之地；虽不能从根本上解决她们的难题，总能给她们一个缓冲的机会，让她们和困难暂时拉开距离，稍事喘息。"⑤"这一条黑暗的隧道，就是过去通向未来的唯一渠道？过去从哪里开始？未来又从哪里算起？……何为未来？何又为过去？……她为什么非要从这里穿过？……她那时就悟到，人生的每一阶段、每一转折，不过就是面对抽签无法回避的踌躇和选择，而所谓人生，也不过就是按着签上的谶语，一步一步地走下去。"⑥"女人嘛，

---

① 《无字》第三部，第187页，北京十月文艺出版社2002年版。
② 《无字》第三部，第187页，北京十月文艺出版社2002年版。
③ 《无字》第三部，第96页，北京十月文艺出版社2002年版。
④ 陈娇华：《浑厚驳杂和深刻反思的女性意识——从女性主义视角解读〈无字〉》，《苏州科技学院学报（社会科学版）》，第84页，2006年第1期。
⑤ 《无字》第一部，第116页，北京十月文艺出版社2002年版。
⑥ 《无字》第一部，第168页，北京十月文艺出版社2002年版。

好比与燕尾服一同配置的那副手套,虽说不可或缺,还不是说脱就脱,说戴上就戴上!"①"男人只有在床上的时候才疼爱女人,也就是说,他们是为了自己才疼爱女人,一旦下了床就翻脸不认人。"②"不论谁,都是第一次也是最后一次做人,难免身不由己地做错什么,可却没有挽回错误的机会了。"③

(四)情节曲折复杂、故事性强。

小说虽然线索较多,但其中主要的有两条:一是吴为与胡秉宸、白帆三人的复杂关系以及吴为在离婚后进入精神病院,二是墨荷、叶莲子、吴为一家三代女人在爱情、婚姻上的惨败和她们的悲惨命运以及最终改变了家族传递性悲惨命运的第四代人——禅月的胜利,两条线索交织并行;每一条线索的每一环节,如吴为与韩木林的结婚、离婚,与胡秉宸的相逢、相识、相交、结合、相离等,都扣人心弦,从而使小说情节曲折复杂、故事性强。

(五)结构巧妙。

小说洋洋洒洒八十多万字,但又不是像通常的小说那样结构行文——小说很像一个既非线性又非板块的后现代多面体穹顶结构的体育场馆,连接各多面体、起支撑作用的是"心理线索",即作者是用心理的线索把那些隔世的碎片缀成一个文学整体,在风雨人生中、在世态炎凉里体味人世的沧桑、人性的无常;读者在读了小说的开头和结局掩卷玩味时,便会觉得这首尾的呼应不是作者刻意的安排,而是前世今生的注定。

五

小说也存在着一些不足之处,具体地说:

(一)第三部的文字有些疲沓,似乎仅是主人公吴为剖白自己的血书而已。

(二)"纪实"色彩过强。

(三)因"意识流"化而使情节显得有些凌乱。

(四)虽然重复性的段落相互呼应起到了反复的修辞效果,但"重复性段落过多,一、二部在对后来发生的事进行预述时,与三部中的一些段落,完全雷

---

① 《无字》第二部,第 134 页,北京十月文艺出版社 2002 年版。
② 《无字》第二部,第 357 页,北京十月文艺出版社 2002 年版。
③ 《无字》第二部,第 371 页,北京十月文艺出版社 2002 年版。

同"①。

（五）"丑化和夸大了性爱。作者用一定量的笔墨描写了年近七十的胡秉宸与两个女人的性爱，胡秉宸对女人要的只是性和刺激，在白帆不能满足他的性需求时，拈花惹草对吴为等女性挑逗、不轨，强烈地把性欲当作满足感情的目的和手段，夸大了性爱的价值和功用。小说中还用了一些口头俚语表达了对性爱的蔑视和不齿，反映了对性爱的过分曲解和贬低。吴为的外祖母……对性爱有着独到的认识：女人'一旦作为人家的篮筐，有什么权利拒绝人家的投篮？至于投篮准确，是个技术性的问题，与恩爱无关'"②。

（六）把偏执之情当情爱。

如"吴为对胡秉宸的执迷不悟、誓死不悔的爱正体现了这一点。"③

（七）矮化、丑化男性的倾向明显。

在小说中，"男性几乎都卑劣、猥琐、虚伪和自私。不论是吹牛、逛窑子，把墨荷当作性工具和奴仆的叶志清；还是抛弃妻女、另寻新欢，当着妻女的面撕下为人最后一丝尊严的顾秋水；抑或是折磨欺骗、游离于白帆和吴为两位女性之间的胡秉宸，他们无一例外都是非常自私、卑劣和不负责任的男性。尤其是胡不仅在婚姻内部折磨和伤害过两位女性，而且还把他在政治风浪中惯用的伎俩运用到两性关系中：为达成与白帆的离婚，竟给中央领导同志打报告，历数白帆种种历史败德污行；为取媚讨好吴为，不惜污蔑诽谤白帆，虚构事实；最后为达到与吴为离婚的目的又大肆造谣诬陷颠倒是非等等"④，"当吴为拒绝她不再爱的胡秉宸'做爱'要求时，胡秉宸恼恨地说：'白帆从来不敢对我这个样子。'她问：'那你为什么跟她离婚？'胡说'因为她不让我操了'。可见，张洁把一个女人不再爱的男人贬抑为结婚就是找一个能叫'操'的女人的淫秽低俗之徒"⑤，甚至将这样的文字用来刻画男性："他（即顾秋水——引者注）赤身裸体，从床上一跃而起，一把拉起睡梦中的叶莲子，劈头盖脸就打。他两胯间那个刚才还昂扬挺立

---

① 王虹艳：《女性历史、母亲情结与爱情拯救——〈无字〉》，《艺术广角》，第21页，2005年第6期。
② 孙永红、印秀芬：《〈无字〉中所反映的爱情偏差》，《白城师范学院学报》，第48页，2003年第3期。
③ 孙永红、印秀芬：《〈无字〉中所反映的爱情偏差》，《白城师范学院学报》，第48页，2003年第3期。
④ 陈娇华：《浑厚驳杂和深刻反思的女性意识——从女性主义视角解读〈无字〉》，《苏州科技学院学报（社会科学版）》，第81页，2006年第1期。
⑤ 张建伟：《〈无字〉：男神镜像的创生与颠覆》，第26页，首都师范大学硕士学位论文，2008年5月。

现在却因暴怒而疲软,说红不红,说紫不紫的鸡巴,也随着他的跳来跳去,拳打脚踢,滴溜当啷,荡来荡去。"①"不管到了哪儿,男人鸡巴上的待遇应该是一律平等的……就算我是一个老军阀,我的鸡巴可不是老军阀,它凭什么不该享受操女人的平等待遇?"②"床上的操作不全是爱,男人在完全不爱一个女人的情况下,也可以操作得惊天地、泣鬼神"③。总之,小说"写尽了对男人的憎恨……揭示的男人本质上只有三个字:'性、虚荣'。女人到了对男人的仇恨无法排解的地步"④,在小说中,"张洁极端地把对异性的看法发挥到顶点、极致,对男人不留任何情面的嘲弄、揶揄和批判,简直把男人打入十八层地狱。我们分明从中读到一种尖锐与刻骨的偏执,感受到一种固执与极端的女性立场……过多强调了男女之间的对抗与隔膜,忽视了男性本身也是受害者的事实。张洁的确存在着嘲讽贬损男人的文字,太偏激,太冤枉了男人……张洁表现出了对中国男人整体的失望"⑤,是"一个凭藉着小说的虚构权来泻私愤的文本"⑥。

不过,小说尽管有这些不足之处,但总的来说仍不失为一部非常优秀的作品——"即使你再挑上一车两车毛病,你无法否认这部书的不凡与独特,这部书的力量、这部书的值得一读的价值。它像火一样地灼烫,像冰一样地冷麻,像刀一样地尖刻,像蛇一样地纠缠。它孤注一掷,落地有声。它使你读了它就忍不住掺和进去,哪怕变成一根搅屎棍去搅和。它是一部用生命书写的,通体透明、惊世骇俗、傻气四溢的书。是一具按也按不住,补也补不齐,捂也捂不严,磨也磨不圆的精灵。置放在那里它又蹦又闹又哭又叫,你拿它没有办法。"⑦堪称"张洁多年思想和艺术积累的一次能量总爆发,也是她以纯粹的文学方式对自己人生的反省,忏悔和还债"⑧。

---

① 《无字》第二部,第 319 页,北京十月文艺出版社 2002 年版。
② 《无字》第二部,第 162—163 页,北京十月文艺出版社 2002 年版。
③ 《无字》第三部,第 132 页,北京十月文艺出版社 2002 年版。
④ 汪丽景:《爱与恨的女性悲歌——读张洁的〈无字〉》,《黄山学院学报》,第 149—150 页,2007 年第 4 期。
⑤ 张建伟:《〈无字〉:男神镜像的创生与颠覆》,第 47—53 页,首都师范大学硕士学位论文,2008 年 5 月。
⑥ 徐岱:《边缘叙事——20 世纪中国女性小说个案批评》,转引自孙祖娟:《人性的拷问与灵魂的鞭笞——再论〈无字〉,兼与徐岱先生商榷》,《荆州师范学院学报(社会科学版)》,第 64 页,2003 年第 6 期。
⑦ 王蒙:《极限写作与无边的现实主义》,《读书》,第 54 页,2002 年第 6 期。
⑧ 杨少波:《文学离我们有多远》,《人民日报》,2005 年 5 月 14 日。

第二节 《张居正》

一

熊召政的《张居正》的第一卷《木兰歌》由长江文艺出版社于 1999 年首次出版,后三卷《水龙吟》、《金缕曲》、《火凤凰》由长江文艺出版社于 2000 年至 2002 年间相继首次出版,其内容梗概为:

隆庆六年闰二月十二日,内阁首辅高拱与分管兵部的次辅张居正朝见皇帝朱载垕。之后,高拱同意让张居正力荐的殷正茂接替自己的门人李延任两广总督,并指示户部在给殷正茂在造军费预算时比过去多加 20 万两银子。李延在离任时担心自己贪赃枉法之事泄露,便给高拱写信,告知他自己用其大管家高福的名字为他买了五千亩上等田地,拟在他致仕后相送;同时,送了殷正茂 20 万两银子。张居正料到高拱可能会从殷正茂处找自己的茬,便派湖南按察使、密友李义河向殷正茂明言要加以提防。张居正力荐的应天府尹张佳胤将安庆兵变的始作俑者、高拱的门人查志隆抓进监狱,高拱认为此事与张居正有关。司礼监秉笔太监兼东厂掌印冯保派管家徐爵到江南采买佛骨念珠,南京工部主事胡自皋花三万两银子为徐爵买了一串"菩提达摩佛珠",冯保把该佛珠送给李贵妃,用于为朱载垕祈福。李延在卸任归家路过衡山时,高拱的好友、江湖人士邵方为绝高拱的后患而将他勒死。负责接待到衡山为朱载垕祈福的京城太监章公公一行的李义河封锁现场,从李延行李中搜出两张寄名高福的五千亩田契,随即又用八百里加急送至张居正。在朱载垕殡天后,隆庆六年六月十日,年仅十岁的朱翊钧登基,改第二年为万历元年。冯保因曾背着朱载垕按照李贵妃的旨意把与朱载垕纵欢的波斯美女奴儿花花弄死而深得李贵妃信任,李贵妃便在朱翊钧登基的当日,让朱翊钧下旨,令冯保任司礼监掌印太监,并继续兼掌东厂。六科廊三位言官在高拱的唆使下弹劾冯保,李贵妃认为这是高拱等联合起来欺负她们母子,于是,第二天,即六月十六日,便让传旨太监宣旨,令张居正为内阁首辅,高拱削职回原籍。张居正在高拱离京的路上为之饯行,但在饯行的宴席上遭到了高拱的指责。此时,由邵方献给高拱的玉娘赶去为高拱献《木兰歌》,并欲随高拱回乡,但被高拱以恶言相拒;随后,玉娘以撞柱来明志。张居正在向高拱出示李延为其购地的契约和高拱所重用的接受过李延贿赂的上百位官员的名单表后离去。

张居正在出任首辅时,国库空虚、无银发俸,便进行改革,用胡椒苏木折俸,从而引起了各方面的不满——锦衣卫北镇抚司主管粮秣的官员章大郎甚至仗着自己的舅舅邱得用是李太后跟前的大红人滋事,并与发俸的户部观政金学曾发生争执、打死储济仓大使王菘,户部尚书王国光也在混乱中被打伤。张居正命巡城御史王篆将章大郎逮捕。高拱派人向欲扳倒张居正的礼部左侍郎王希烈与吏部左侍郎魏学曾传信,提醒他们防止张居正利用李延之事暗算他们。冯保在给朱翊钧读折时提醒李太后高拱势力仍未消灭,并在受胡自皋的贿赂之后向张居正举荐他接颜元清任两淮盐运使,张居正为拉拢冯保而向王国光推荐了胡自皋。王篆将沦落风尘但拒绝卖身的玉娘送至积香阁见张居正;在得知高拱并非是张居正用计排挤的,且在张居正为她治好眼疾后,玉娘对张居正尽释前嫌,并对之产生爱意。礼部仪制司主事童立本因王希烈在令他反对加封李太后慈圣尊号之后,又告诉他他会因此事得罪张居正而被裁撤;加上自己因无权而遭商人冷眼,苏木胡椒无法卖出,无以度日,于是自杀。张居正夜访吏部尚书杨博,向他表示了自己京察的决心,并出示了在他担任兵部尚书时李延贪墨之劣迹的罪证。张居正在从金学曾处得知童立本自杀的真相后,立即派金学曾去礼部查账。在公祭童立本时,王希烈本想借机猛烈地打击张居正,但冯保指使东厂特务暗中放火,当场烧死二十多名官员。王希烈在从火中逃脱后自思已无翻牌之日,便悬梁自尽;魏学曾为救人也身受重伤。张居正在从冯保的管家徐爵处得知大火的真相后不禁瞠目结舌。

在从内廷掌管的杭州织造局掌印太监孙隆处得知工部认为杭州织造局制龙袍的要价过高、不肯下达移文后,冯保对工部尚书朱衡心生暗恨,便挑拨李太后与他的关系,还使阴招整他。朱衡深感受辱而向张居正递交辞呈。张居正在从杭州知府莫文隆处得知杭州织造局借制龙袍侵吞国家财产并弄得织户民怨沸腾之事后,授意莫文隆上奏,并与李义河商定让朱衡的门生状告内官监掌印、冯保的干儿子吴和以替朱衡出一口气。在冯保向张居正问自保之计时,张居正出主意杀吴和,东厂便派人将吴和毒死。由于荆州税收毫无起色,张居正便派金学曾到荆州担任巡税御史。金学曾到任后咨询了曾在税关干过的远安知县李顺,李顺认为查清商人的账和解决好荆州府知府赵谦的问题是关键。一个自称与武清伯和驸马都尉关系密切,而实际上很可能是李太后的生父李伟或皇上身边的宠贵的"高先生"令赵谦杀掉金学曾;为与金学曾"和睦相处",赵谦将此事告知金学曾,但随后即被人毒死。蓟辽总督王崇古为讨好武清伯而将20万守边战士的冬衣交由武清伯承办,武清伯转交邵方办。邵方找玉娘求张居正写信给两淮盐运使胡自皋,让他弄些盐引。张居正明知玉娘是为邵方所使,但还是给自己所提拔的漕运总督王篆写了封推荐函。邵方借王篆之威向胡自皋索要盐引,并与胡自皋勾结以牟取暴利,代武清伯承办劣质棉军衣。蓟镇总兵戚继光的在古北口的19个将士因穿了由王崇古督办、邵方代武清伯承办的劣质棉军衣而冻死,随后,邵方被正法,胡自皋被流放。万历五年春天,张居正在从山东巡抚杨本庵处得知山东两大豪强——衍圣公孔尚贤(孔子六十四代孙)和阳武侯薛汴作威作福、偷税漏税之事后,决定在全国清田。与此同时,张居正的父亲张文明去世,按惯例,张居正应回家丁忧三年,但若如此,万历新政便会未兴即艾;冯保建议夺情,朱翊钧采纳了冯保的建议,并令不积极服从的吏部尚书张瀚致仕,严惩编修吴中行、检讨赵用贤、刑部员外郎艾穆、刑部主事沈思孝等反对者。

万历六年二月十九日,朱翊钧大婚。之后,张居正获假三个月回老家葬父。三月十一日,张居正从北京启程;三月十七日,北直隶真定府知府钱普带着属下的官员到庆都县与真定县交界处迎接张居正。进驿站后,张居正接见了敢于为民请命的井陉县令韩里奇,并宣布提拔他为工部员外郎,辅助杨本庵在山东清丈土地。同时,钱普为张居正订制了一乘32人抬大轿。在过境河南时,张居正登门看望高拱。四月九日,张居正到达荆州。在张文明的墓地孝棚里,张居正接见了湖广的巡抚、巡按、学政等;并私下接见学政金学曾,令他整治私学。张居正启程回京后,金学曾与湖广巡抚陈瑞逮捕曾与张居正一同参加京城会试的何心隐,并查封了其讲学基地——洪山书院,后又让人将之毙于狱中。张居正让朱翊钧下旨封掉全国75座书院,并替朱翊钧草拟《劝学箴》。李太后在撞见朱翊钧模拟春宫图上的姿势与宫女苟且后,欲废朱翊钧,但被张居正劝阻;不过,张居正又要求朱翊钧下罪己诏,并登到邸报上。万历九年冬,张居正获戚继光所赠的两波斯美女。在万历十年后,张居正因风寒而搬进积香阁休养。因自知自己将不久于人世,张居正便在冯保到访求问将来的人事安排时,举荐了吏部左侍郎余有丁,而冯保因收受已致仕的南京礼部尚书潘晟的三万两银子和三张古瑟的贿赂而推荐潘晟;张居正出于人情的考虑,认可了冯保的推荐;在与冯保谈及大名、真定两个知府渎职、阿谀之事时,张居正情绪大为激动,并因此而死。朱翊钧按张居正的建议,令内阁拟旨,定余有丁、潘晟为内阁大学士。张居正生前所提拔的阁臣张四维指使手下上奏弹劾潘晟,之后,朱翊钧收回成命。冯保对此大为不满,并决定除掉与张四维勾结的朱翊钧的贴身内侍张鲸,张鲸则劝朱翊钧除去冯保。朱翊钧下旨将冯保驱逐出京并抄家,之后又下旨抄张居正的家。最后,被圈禁在净军营的冯保悬梁自尽,张居正在生前的一切封赏和所主持的新政均被废。在张居正的周年祭日那天,玉娘和金学曾两人不约而同地到达荆州,在张居正的坟前相遇。玉娘在为张居正唱完一曲《火凤凰》后饮鸩自杀。

二

小说中重要的人物主要有张居正、冯保、李贵妃(李太后)等。

(一) 张居正

张居正是万历年间的首辅。他幼年即饱读诗书,后中进士;曾先后担任过翰林院庶吉士和编修、国子监司业、分管兵部的内阁次辅等职。他工于心计,善于韬光养晦和玩弄权术——在隆庆年间任次辅时,他尽管有自己的政治主见,但因高拱是首辅,便总是忍而不发,并对高拱明言:"你是首辅,凡事还是你说了算。"① 高拱在见印有春宫图的碗筷时顿觉十分恶心,他则毫不在意;当高拱问他为什么还吃得下去时,他说:"皇上吃得下,我们作大臣的,焉有吃不下之理。"② 高拱同意他的建议,让殷正茂担任两广总督,并多给殷正茂 20 万两银子的军费,他一下子便看出了其居心不良,并派人提醒殷正茂要提高警惕;他自己则小心行事,并以请病假的方式来躲避高拱,静观高拱与冯保争斗,最后利用冯保、李贵妃之力取代高拱而当上首辅;在出任首辅时,国库空虚、财源枯竭、大臣枯权、吏治腐败,他便用胡椒和苏木代饷银以缓解一时之急,提出京察以整顿吏

---

① 《张居正》第一卷,第 3 页,四川文艺出版社 2008 年版。
② 《张居正》第一卷,第 16 页,四川文艺出版社 2008 年版。

治;为了获得冯保的支持,他对其所提的要求,只要不损害大局,便尽量满足,如接受冯保的建议,让因贪污被查处又想靠行贿爬起来的胡自皋任两淮盐运使,在遭户部尚书王国光反对时坦言道:"汝观,我且问你,如果用一个贪官,就可以惩治千百个贪官,这个贪官你用还是不用?"①朱衡因在做龙袍一事上拒绝与冯保合作而挨整,他设计惩处了冯保的干儿子吴和,从而既为朱衡讨回了公道,又保全了冯保,还达到了排挤走朱衡的目的;一方面在皇上绕过内阁下达吕调阳入阁的谕旨和冯保的恩威并用的双重压力下,答应筹措皇上经筵所需的 15 万两银子的费用,另一方面利用李太后笃信黄道吉日的心理,串通测字先生,推迟经筵日期,斥退总管太监邱得用;李伟所在承办 20 万士兵的棉衣时以次充好,他不直接处罚李伟而严惩具体的操办者邵方,这样,一方面铲除了自己政敌高拱的爪牙,另一方面杀鸡给猴看,提醒李伟以后不要胡作非为,从而妥善地处理好了自己与太后、皇上的关系。知人善用——在用人时,他打破了当时的官场惯例,唯才是用,如重用殷正茂、潘季驯、王篆、王国光、王之诰、梁梦龙、戚继光、李成梁、金学曾、韩里奇等,不用清流以及像海瑞那样的廉吏。严于律己、清正廉洁、秉公办事——虽然"平常要好的仕官朋友送点礼金杂物来,客气一番,半推半就,还是收下了"②,在回家葬父的途中接受过钱普赠送的一顶 32 人抬大轿和两名侍女,晚年接受过戚继光赠送的两位波斯美女和一箱产自日本的极品海狗肾,但"若是一些想说情升官的人走他的门道儿,十有八九会碰上一鼻子灰……官做到这个位置,必要的排场还是要的。在这么一个两难的境况下……常常捉襟见肘"③,以至于一次在清明节老家祭奠祖坟时只拿得出两百两银子,被抄家时虽被抄得现银 11 万两,黄金三千余两,但整个家财不及冯保的二十分之一;荆州知府赵谦尽管是他一手提拔上来的,但在赵谦被金学曾查出有问题时,他还是让金学曾依法办事;在得知父亲接受了赵谦所送的一千二百亩良田后,他将此事汇报给皇上和太后;拆毁荆州知府赵谦为奉承他而在荆州建的牌坊;冯保的侄子违法乱纪,他予以重责;孔子的后裔衍圣公违法,他严惩不贷;在得知管家游七娶一位官员的妹妹做姨太太之事后勃然大怒,以至于将其腿打断;

---

① 《张居正》第二卷,第 148 页,四川文艺出版社 2008 年版。
② 《张居正》第一卷,第 53 页,四川文艺出版社 2008 年版。
③ 《张居正》第一卷,第 53 页,四川文艺出版社 2008 年版。

尽管邵方是其红颜知己的恩人、何心隐是其朋友,但当他们妨碍他推行新政时,他便毫不留情地除掉他们;不为被杖的五臣讲情;在查清辽东大捷不实后,他连自己的支持者所受皇上的赏赐也尽数追缴,还自请罚俸。不畏强权、赤胆忠心、鞠躬尽瘁——见隆庆皇帝听信妖道之言、行虚妄之举,他冒死而谏;遇王九思假圣旨作恶,他挺身而出,甚至不惜得罪皇上;他虽深知孟子所说的"为政不难,不得罪于巨室"的道理,但在担任首辅的十年期间,得罪的几乎全都是王公大臣,皇上犯了错误,也要写罪己诏并要刊登在邸报上;在决定治官场的贪、散、懈"三蠹"时,他针对杨博的提醒——"叔大啊,老夫再提醒你一句,你如果一意孤行坚持这样去做,无异是同整个官场作对,其后果你设想过没有?"①坦然道:"为天下的长治久安,为富国强兵的实现,仆将以至诚至公之心,励精图治推行改革,纵刀山火海,仆置之度外,虽万死而不辞!"②当王国光提醒他其清田决定会导致他与天下所有的缙绅大户为敌时,他说:"为朝廷、为天下苍生计,我张居正早就作好了毁家殉国的准备。虽陷阱满路,众箭攒体,又有何惧?"③在生命垂危之际,他让人把他抬到平台面见万历皇帝,劝万历皇帝切不可轻率把带头闹事的叫化子抓起来严惩,要万历皇帝安抚灾民和惩办逼赋的地方官,最后,因大名、真定两个知府的渎职行为气愤而死。果敢、严厉、意志坚强——在学生因何心隐事件而滋事后,他奏请让朱翊钧下旨封掉全国75座书院;万历二年冬天,鉴于各地奸盗猬起,剽劫府库戕害百姓的案件屡有发生,他请得圣旨实行严厉的冬决,并规定每省冬决不得少于十人,同时,还从刑部派员到各地监督处决一些罪大恶极的罪犯,当刑部官员艾穆被派到陕西监督冬决时只监斩两人,他便认为艾穆是固守清流习气,一肚子妇人之仁;在夺情时遭致敌友同仇敌忾般的讨伐,他不为所动;他让朱翊钧下旨封全国书院时,遭致士林内外敌友的一致反对,但他毫不屈服。心胸开阔、坦荡、宽容——高拱因被解职而迁怒于他,他却在高拱被遣回老家时,在路上设宴为之饯行,还奉还其罪证;在回家葬父的途中专门去看望在家赋闲的高拱时,高拱出言不时带刺,他置若罔闻;何心隐在其父的葬礼上冲撞他后,荆州知府吴熙下令抓捕何心隐,他却下令放人;在与高拱的权力之争

---

① 《张居正》第二卷,第139页,四川文艺出版社2008年版。
② 《张居正》第二卷,第139页,四川文艺出版社2008年版。
③ 《张居正》第三卷,第366页,四川文艺出版社2008年版。

白热化时,他虽握有可以置之于死地的证据,却置之不用。有情、有欲、有义——他对孩子既严厉又慈祥,如一面要求儿子们勤奋读书以博取功名利禄,一面在闲余之际教小儿子允修玩空钟;虽然信奉儒家的伦理道德,但在年轻貌美的李太后面前也心旌摇荡;念念不忘红颜知己玉娘;牵挂总角之交初幼嘉;为了品尝密云龙茶的真味,他费尽心思,从玉泉山取回泉水,并让游七做了一个竹笼过滤泉水;馈赠即将回家守制的循吏金学曾。

总的来看,张居正既是一个特立独行、磊落奇伟的改革政治家,一个"铁血宰相",又是一个七情六欲俱备、活生生的普通人。

(二) 冯保

冯保是隆庆、万历年间的一名太监,朱翊钧的"大伴",曾先后任司礼监秉笔太监兼东厂掌印、司礼监掌印太监兼东厂提督。他工于心机、有手腕——在高拱阻挠他出任司礼监掌印太监时,他知道只有靠与李贵妃、张居正结盟才能排除高拱的阻挠,便想方设法讨好他们,如遵李贵妃之旨干净利落地处死奴儿花花;将张居正所关心的信息如数奉上,并为之出谋划策,并最终利用李贵妃、张居正之力取代孟冲任司礼监掌印太监,把高拱从首辅职位上赶走;朱翊钧顽皮,他在出于责任想管而又不好管时,便报告李太后,让李太后管束;在遭遇高拱与六科给事中弹劾时,他尽现可怜之态以获得新皇帝和李贵妃的同情和支持;一方面在李太后面前为张居正美言,让李太后对张居正信任有加,从而使内阁与内廷减少摩擦,自己好从中渔利;另一方面处处提防张居正,以至于在看到张居正用风葫芦赢得朱翊钧的欢心和李太后的欣赏之后,满腹醋意。善于阿谀奉承——向朱载垕呈献淫具以讨其欢心,找张九郎进宫给两位太后表演口技以迎合她们,借书法作品称赞朱翊钧。有私心而无野心——虽不讨朱载垕喜欢,但仍然对之忠心耿耿,并为其纵情声色的行为忧心忡忡;对朱翊钧,他既关爱又督促,不时提醒他身为皇帝的威仪,希望他能成就帝业。忠于职守——保质保量地完成皇上、太后交代的事情,把内宫管理得井井有条。善良——平常待手下人极好,替他们排忧解难,对他们大手施舍;在骤遭变故时,嘱咐管家张大受对府中仆役"多安排一些银两散给他们,让他们各自谋生去"①。富有才气——工书法,懂乐理,善抚琴,精通作曲填词。贪婪——他大肆索要和收受财物,如胡

---

① 《张居正》第四卷,第438页,四川文艺出版社2008年版。

自皋、潘晟为获官职而向他行贿,他便恬然受之;最后,所积白银竟有二百多万两,黄金十几万两。

总的来看,冯保是一个亦正亦邪但正多于邪的太监,也是一位罕见的不坏的权监。

(三)李贵妃(李太后)

李贵妃本名李彩凤,朱载垕的贵妃、朱翊钧的生母,父亲为泥瓦匠。在朱载垕为裕王时,她被选进裕王府当宫女;在朱翊钧继位后,她被尊为慈圣皇太后。她乖巧伶俐——"她不是那种妖艳的美人,但楚楚风韵,眼波生动,一颦一笑,顾盼生姿。一看上去就知道是一个既有魅力又有主见的女人。"[1]因此,朱载垕一接触她就再也离不开她了:她陪朱载垕唠嗑子便让他满心喜悦,与朱载垕云雨便让他醉心销魂。有主见、有手腕、果敢——朱载垕纵情酒色,不理朝政,她想尽办法劝阻;在阻止不成时,便釜底抽薪,与冯保密谋处死奴儿花花;在朱载垕命在旦夕时,她镇静自若地召集内阁大臣进殿宣旨;她深知高拱为不可依靠之人,便一掌权就用计撤换了其爪牙孟冲,随后再撤换掉他;为使朱翊钧成为一个好皇帝,她管教极严,甚至在朱翊钧顽皮时不惜予以体罚;在发现朱翊钧的荒淫行为后,她萌生了另立小儿子为皇帝之心,直到张居正代朱翊钧写下罪己诏后才予以原谅;父亲做了作奸犯科之事,她送泥刀以警醒他不要忘本;坚决支持张居正所致力的改革,让朱翊钧严厉处理反对夺情的大臣,严厉地处理假传圣旨的吴和。温婉和善——她虽然在得到朱载垕的宠爱后为陈皇后所嫉妒和提防,但从不计较,并且无论是在人前还是在人后,从不说陈皇后一句坏话;在朱翊钧被立为太子后,她并不因此而得意忘形,而依然与陈皇后保持良好的姐妹关系;在朱载垕登基后,她年复一年日复一日地带着太子去向陈皇后请安;坚持诵《心经》,诚心向佛,被人称为"观音再世"。冷静、理智——她虽然完全折服于张居正的才干,深信他的忠心,但又不时对张居正旁敲侧击,恩威并施,以让他俯首听命。

总的看来,李贵妃既是一位贤妻良母,又是一位贤明的女政治家。

---

[1] 《张居正》第一卷,第9页,四川文艺出版社2008年版。

三

小说的内容及主要人物,尤其是张居正、冯保、李贵妃(李太后)等所显示的主旨大致有以下几点:

(一)描写了万历新政的艰难历程及张居正高超的政治智慧和谋略。

万历新政开始的前夕,高拱任首辅,张居正任次辅,社会政治形势极其恶劣,如皇帝荒淫昏庸,高拱广植党羽、专横跋扈,广西匪患猖獗,国库亏空,吏治腐败,权臣宦官之间明争暗斗,并且各自的门生朋党、故旧侠客也参与其中。对此,张居正虽看在眼里急在心里,但因自己不在首辅之位,权力有限,便只能干急而已。但作为一个身怀大志、以天下为己任、甘愿为社稷鞠躬尽瘁死而后已的人,张居正又不愿安于干急而已,于是,借机利用李贵妃、陈皇后、冯保等之力取代高拱。在就任首辅后,张居正便着手万历新政的准备工作——上两宫皇太后的尊号以稳定皇室,治理整顿十八衙门,建议皇上京察并获允代为起草《戒谕群臣疏》,但这些事情,尤其是京察,使他几乎是得罪了所有的京官,于是,京官们奋起反对,如章大郎打死储济仓大使王崧,王希烈、魏学曾等滋事,直至在公祭童立本时,冯保指使特务纵火"烧死官员五人,围观及住户民众24人,烧毁民房187间,踩伤烧伤的人数以百计"[①],王希烈畏罪自杀,京官们的反对才告一段落,张居正才基本控制住局势、完成万历新政的准备工作。在万历新政开始之后,张居正一面大力理顺财路,充实国库——施行各种开源节流的措施和手段,如改革税政,将十大税关脱离地方而由户部直管;查堵织造局在织造龙袍时的漏洞,大幅削减额度;稽查子粒田,并对之征税;治理驿递制度,杜绝其浪费性开支;严查贪污税款的荆州知府赵谦;在全国清查田地追缴大量私田的逃税;一面大力整肃吏治——用"考功法"来考核和任用官员,用严厉的"冬决"来肃清匪患、整饬社会秩序,借边塞将士冬衣偷工减料之事惩治和震慑皇亲国戚;同时,还整肃学政,如裁汰生员、整饬讲学、查禁全国私立书院,从而从意识形态上加强对国民的控制。这些举措虽然大大地有利于国家和民众——它们使得"原来穷得连官员俸银都发不出的国库盈实了,皇帝扫扫箱角就可以每月办一次大型灯会;边防在张居正重用的李成粱('粱'应为'梁'——引者注)和戚继光等将领

---

① 《张居正》第二卷,第381页,四川文艺出版社2008年版。

的整顿下巩固了,不断有外族前来通好;阶级关系有所缓和,百姓的生活得到改善,一时四海升平,百业兴旺。"①但又大大地有害于皇亲国戚、勋臣贵族、豪势大户、官吏士林,甚至有害于张居正的政友及张居正一手辅佐起来的皇帝,因而实施起来均遭遇到巨大的阻力——"上任之初的胡椒苏木折俸事件,他面对着捉襟见肘、无力回天的国库空虚现状和牵涉广泛的京官集团;棉衣事件里,他面对的是以李伟、李高为代表的权贵巨室和卫护国家安全的北疆将士;夺情事件,他面对的则是清流舆论、个人人伦品格和整个处于关键时刻的改革事业。此外,诸如裁汰冗官、整饬吏治、整顿驿递、子粒田征税、清丈田亩、实施税收'一条鞭'等等治国大事之中,张居正无不面对着诸多不可避免的矛盾与冲突。甚至连是否重新重用海瑞这样一个清流名臣,也牵涉到'用循吏'还是'用清流'这样深广的思想和功利背景。可以说,他的几乎每一决断,都必然地要触及某些物质或精神利益集团。张居正只能在种种复杂尖锐的矛盾和压力中进行判断运筹、取舍,然后把握时机作出其实很难完满实现的抉择。"②张居正本人更是因此而遭到诽谤攻击,甚至众叛亲离,如他在父丧时的夺情被污为贪恋禄位,并遭到士林的群起反对;昔日推心置腹的好友何心隐与之反目成仇;武昌发生了实际上针对他的学潮;他的红颜知己离他而去;门生兼政友刘台甚至上奏长达数千言的《劾张居正疏》;最后,在为万历新政的殚思竭虑之中死去——万历新政则随着他的死去而被废止。

在致力于万历新政的过程中,张居正表现出了高超的政治智慧和谋略,如想方设法地处理好与李太后和朱翊钧的关系——对李太后基本上是有求必应、买风葫芦取悦尚在童稚之龄的朱翊钧,从而获取皇权的支持;在不损害大局的情况下,向内相冯保妥协以争取他的支持,从而一改历朝历代尤其是明代常常出现的宫府对立的情形;打破了当时的官场惯例,不用清流用循吏;在改革进程中的每一步都总是迂回部署等。

(二)再现了张居正的人生悲剧,揭示了其产生的原因。

张居正不仅在致力于万历新政的过程中遭遇到了重重阻力,备受诽谤与攻

---

① 吴秀明、杨鼎:《〈张居正〉:权力"铁三角"下变法悲剧与作家的诗性叙事》,《中山大学学报》,第 28 页,2006 年第 3 期。

② 刘起林:《传统底蕴与现代智慧交融的"规范之作"——论〈张居正〉的历史深度与审美优势》,《湖南社会科学》,第 162 页,2008 年第 6 期。

许,而且几乎在尸骨未寒之际就爵号被剥夺、诰赠被收回、家被抄、坟被毁、家人或蒙冤而死或被发配充军、他所信任或提拔或重用的大臣被尽数替换、与他有关系的人全都遭到彻底清算、万历新政的全部举措尽被废止。这些对于以社稷天下为己任、勤政为国为民的张居正来说,不可谓不是悲剧! 总的来看,这一悲剧的主要原因大致有以下几点:

  1. 专制制度和人治制度作祟。在张居正病逝时,万历新政基本上是正按部就班地全面展开,万历新政的积极效果已全面显现,无论是统治者还是老百姓,从心底里,他们实际上是认可和拥护万历新政的;如果万历皇帝不是唯我独尊、恣意妄为,或者稍稍关注一下社稷天下的安危、老百姓的福祉,或者官民们也像万历皇帝一样拥有足够的人格尊严和主体性,或者有法律制度保障一些于国于民有利的国策的实施,那么,作为万历新政的主持者,张居正的人生悲剧就可能不会发生了——由此,小说写出了"这场变法的深刻的文化悲剧和个体在历史巨人面前的无奈和渺小。"①

  2. 万历新政本身的问题。"张居正的变法也毕竟只是在扩大内阁权力、与冯保等宦官勾结的专制集权政策的基础上展开的。他的整饬吏治、整顿税收等措施,不但不能从根本上改变明王朝松弛慵懒的政治体制,相反因损及贪官庸吏、皇亲国戚们的利益而招致他们的阻挠反对乃至最终清算。另外,张居正压制言路、取缔书院的文化专制政策也加剧了专制和思想禁锢。"②在万历新政实施的过程中,"张居正不敢碰的皇权和皇室利益,与他的变法图强是一个尖锐的矛盾,当万历皇帝幼小需要依重他的时候,矛盾的尖锐不致('致'应为'至'——引者注)于到白热化的程度。随着岁月的增长,对张居正特别依重的万历皇帝变得刚愎自用,两人一起议论朝政决断大事时,万历皇帝尽管有时候心里不服,表面上却言听计从。这不能不说为张居正的命运潜藏了深沉的危机。"③

  3. "张居正的功绩,说明中国'士'阶层在政治舞台上的独特作用;而他的悲

---

  ① 吴秀明、杨鼎:《〈张居正〉:权力"铁三角"下变法悲剧与作家的诗性叙事》,《中山大学学报》,第28页,2006年第3期。
  ② 闫俊懂:《论熊召政长篇历史小说〈张居正〉的艺术成就》,第17页,中国优秀硕士学位论文全文数据库。
  ③ 闫俊懂:《论熊召政长篇历史小说〈张居正〉的艺术成就》,第28页,中国优秀硕士学位论文全文数据库。

剧,又深刻揭示了极权统治的寡恩与残忍"①——万历皇帝一边尽情享受着张居正及其所主持的万历新政带来的好处,一边抄了张居正的家,甚至差点对他掘墓鞭尸。

4. 张居正自身的问题。张居正与李太后、冯保长期联手钳制万历皇帝,与李太后关系的暧昧,这些不能不激起万历皇帝的愤恨;"当小皇帝一天天长大成人,生理与心理都有新的需求,身兼数种身份的(首辅、老师、父亲)张居正却没有很好的理会,他有点居功自傲。他替皇帝写的《罪己诏》没有顾及到一个正常人的自尊心,使皇帝心生厌恶乃至憎恨;他管束皇帝也是一味的从严而少了温和与慈爱,只要求皇帝节约勤俭,即使国库充盈后也严格限止他消费享受,这也导致了小皇帝心生逆反情绪。在任用官员方面,一是感情用事,如重用张四维来平衡他与王崇古的感情;二是提拔献媚拍马之辈,如对钱普、陈瑞之流的提拔就是投桃报李;三是赏罚不当,如在清田中立下大功的宋仪望、杨本庵,因得罪首辅而得不到奖励。在对待清流之辈的态度上,他认识偏侠('偏侠'似应为'褊狭'——引者注),要么弃之不用,要么将其边缘化,对于异己者甚至施以重型('型'应为'刑'——引者注),伤下了天仕林('伤下了天仕林'应为'伤了天下仕林'——引者注)的心。"②而不用像海瑞那样的廉吏又伤了不少民众的心;也就是说,一方面,万历新政与包括皇帝在内的强权阶层的利益相忤;另一方面,张居正在致力于万历新政时又得罪了士林阶层。而"在中国的历史上,凡是皇帝不喜欢的人,读书人一定喜欢;凡是读书人不喜欢的人,皇帝一定喜欢。惟独张居正,一手打击皇权,一手惩办清流,结果皇帝和读书人都不喜欢他。所以,张居正死后才如此的悲惨,如此的寂寞。"③"张居正的根本错误在于自信过度,不能谦虚谨慎,不肯对事实作必要的让步"④,"在反对别人腐败的同时,自己即也在腐败"⑤,如行贿、受贿,纵情声色以至于滥用春药和戚继光所送的胡姬纵欢,排斥直臣循吏,任用钱普、陈瑞等阿谀奉承之徒。"在对待阁臣上,张居正采取

---

① 熊召政:《文学的自觉与作家的责任——〈张居正〉创作谈》,《湖北大学学报(哲学社会科学版)》,第40页,2008年第5期。
② 严运桂:《论长篇小说〈张居正〉的对话元素》,《小说评论》,第62页,2009年第5期。
③ 熊召政:《我与〈张居正〉》,《图书情报论坛》,第78页,2008年第1期。
④ 黄仁宇:《万历十五年》,第60页,中华书局,1982年版。
⑤ 王春瑜:《如何评价〈张居正〉》,《学术界》,第150页,2004年第1期。

软硬兼施又拉又打的方法及('及'似应为'来'——引者注)羁縻人心,让跟着他的人既有盼头又有怕处。如此一来,身边的阁臣纵然满腹经纶,却也只能唯唯诺诺。在为情和为政上,金学曾说'首辅痛恨贪官滑吏不假,但对于那些给他使绊子打横炮的人,他整起来也绝不留情。'"①他"疏于防身"或"不屑于"防身——他虽然明知自己日后会遭"溲溺垢秽"、"破家沉族"、"众镞攒体"②之灾,却不加任何设防。此外,"中国的政治生活,历来是粗暴且僵硬的,缺乏灵动的生气与恒久的激情。张居正渴望把灵气与激情引入政坛"③;当这些问题积聚在一起时,其悲剧的发生便注定了。

(三)揭示了"两千多年来中国历代皇权统治或者国务活动家的基本特征",批判了专制制度和人治制度。

熊召政曾说:"要想弄清两千多年来中国历代皇权统治或者国务活动家的基本特征,应该着重关注两个系列的人物,一是从秦始皇到光绪的皇帝系列,二是从李斯到翁同龢的宰相(或相当于宰相)系列。"④实际上,熊召政在这里所说的"基本特征",无论是从"皇帝系列"的人物来看,还是从"宰相(或相当于宰相)系列"的人物来看,都可以说是遵从专制制度和人治制度。正因为如此,隆庆用自己的老师高拱做首辅,万历(当然也包括其母)用自己的老师张居正做首辅;高拱在任首辅后,借助于手中的权力大肆剪除异己,扶植自己的亲信党羽,朝野内外各衙门中一半官员都是他的同年、同门、门生和同乡,张居正在任首辅后的做法与高拱相差无几——在上任之初,他向门生遥授机宜,扶植自己的力量,"他把所有的文官摆在他个人的严格监视之下,并且凭个人的标准加以升迁或贬黜"⑤,如他借李延贪墨之事逼迫杨博支持他自己京察等。高拱和张居正所不同的只不过是前者主要是从个人利益的角度出发的,后者则主要是从社稷天下利益的角度出发的;各级官员在用人做事上,也基本上与皇帝、首辅相差无几。

---

① 闫俊懂:《论熊召政长篇历史小说〈张居正〉的艺术成就》,第29页,中国优秀硕士学位论文全文数据库。
② 《张居正》第四卷,第464页,四川文艺出版社2008年版。
③ 熊召政:《文学的自觉与作家的责任——〈张居正〉创作谈》,《湖北大学学报(哲学社会科学版)》,第40页,2008年第5期。
④ 熊召政:《文学的自觉与作家的责任——〈张居正〉创作谈》,《湖北大学学报(哲学社会科学版)》,第39页,2008年第5期。
⑤ 黄仁宇:《万历十五年》,第238页,中华书局,1982年版。

专制制度和人治制度最终的结果是影响社稷天下的安定、阻碍社会的发展——"一个人生前身后荣辱的巨大悬殊,一个国家的兴衰,在人治政体中皆取决于一人的好恶与自我利害的权衡,皇权比天高,没有制度制衡,更没衡量真理与谬误的标准"①;无论是隆庆用高拱做首辅还是万历用张居正做首辅,从根本上来说,都是为了更便于自己的享乐;无论是高拱还是张居正,他们首先考虑的总是皇帝的享乐——高拱说:"我们作大臣的,第一件美德就是要忠君,爱皇上所爱,恨皇上所恨"②,"天子并无私事"③;张居正在国库空无文银连官员薪俸都无法解决的情况下也得解决万历母子的一些无关紧要的费用,"张居正本以'铁面'示人,然而铁面却不能直面皇权,他什么都可以碰,唯一不能碰的是皇权;他什么都可以改,唯一不能更改的是皇室的利益"④,"明中叶后,皇权不仅无限增大,而且皇帝被大大神化,不管你手中握有多么大的权力,那不过是执行皇权而已,即使如王振、刘瑾那样的位极人臣者、所谓'站的皇帝'"⑤,也不过如此。正因为这样,万历皇帝最终虽然尽情享受着张居正及其所主持的万历新政带来的好处,但还是因愤恨张居正曾经对自己的管束和觊觎张居正的家产等,抄了张居正的家,废止了万历新政,明代的所谓中兴最终便昙花一现了。

(四) 再现了明代中、后期的社会风貌。

小说描写了明代中、后期的政治、经济、军事、文化、各地的风土人情等方方面面,如万历新政之前直至初期,政治方面:皇帝荒淫昏庸,首辅任人唯亲、广树党羽,朝廷官员拉帮结派、结党营私,地方官吏贪赃枉法、行贿受贿,广西僮民造反,奸盗猬起,剽劫府库戕害百姓的案件屡有发生……经济方面:国库空虚到连政府官员的薪俸都无银支付,老百姓无以聊生,甚至得卖儿鬻女……军事方面:南有僮民造反,北有强敌虎视眈眈……文化方面:私学书院遍布,学派繁多,思想活跃……万历新政之后,政治渐趋清明,经济渐趋繁荣,四境安宁,思想控制渐紧……各地的风土人情,如北京棋盘街的市井风情,紫禁城内声势浩大的鳌

---

① 严运桂:《论长篇小说〈张居正〉的对话元素》,《小说评论》,第63页,2009年第5期。
② 《张居正》第一卷,第183页,四川文艺出版社2008年版。
③ 《张居正》第一卷,第160页,四川文艺出版社2008年版。
④ 闫俊懂:《论熊召政长篇历史小说〈张居正〉的艺术成就》,第28页,中国优秀硕士学位论文全文数据库。
⑤ 王春瑜:《如何评价〈张居正〉》,《学术界》,第149页,2004年第1期。

山灯会,大隆福寺内的非凡气势,南京秦淮河畔的灯红酒绿,扬州巨贾豪华的私邸酒楼,荆州、武昌等繁华都市,南岳衡山、东岳泰山等名胜,广西边鄙的风俗习惯、日常状貌、节庆盛况,祈福法会、讲解佛经、丧葬的礼仪、斗蟋蟀等宗教文化、丧葬文化和各种历朝历代沿袭下来的生活习气,"山走路,石头长个儿,男人变女人"①等鬼异之事,儿童玩风葫芦、幻术种瓜、口戏表演、扶乩、抽签等民间事象;从而再现了明代中、后期的社会风貌。

四

从艺术表现的角度来看,小说主要具有如下特点:

(一) 集采了中国传统小说的优长。

1. "采用了传统的章回体小说形式"②。小说以回标章,各回小标题对仗工整,简明扼要地标明了其主要内容;各回的内容大致自成一体,成为一个小的单元;相关的章回则构成一个较大的单元。

2. "采用了宋元话本或拟话本所形成的文白相间的叙述语言"③。叙述语言、普通民众使用的语言一般为白话,诗词曲赋、典章制度、公文等多使用文言,文人之间使用的语言不少也为文言。

3. "采用了传统文学常用的外聚焦的视点描写"④。在展开故事时,小说采用了第三人称的全知全能视角,使用了顺叙、倒叙、插叙等多种叙述手法,叙述、描写有详有略、详略恰当,如童立本和章大郎都因胡椒苏木折俸之事而死,但因为童立本之死与小说后面的情节及王希烈等人物相关,便详写,而章大郎之死则不然,便略写。

4. 注意营构矛盾冲突和设置悬念。如"附保逐拱","京察"及胡椒苏木折俸引起的风波,实行子粒田征税招致贵戚的痛恨和反对,"夺情"风波,武昌学潮,查处贪污税款的荆州知府赵谦,诛杀设书院、蛊惑人心的何心隐,清丈田亩、实施税收"一条鞭","曲流馆事件"、张居正被抄家等,一个接着一个。其中,"附保逐拱"表面上来看是一个关于高拱的问题,但实际上是一个牵涉到隆庆、万历两

---

① 《张居正》第二卷,第2页,四川文艺出版社2008年版。
② 沈光明:《〈张居正〉脞谈》,《长江大学学报》,第55页,2004年第2期。
③ 沈光明:《〈张居正〉脞谈》,《长江大学学报》,第55页,2004年第2期。
④ 沈光明:《〈张居正〉脞谈》,《长江大学学报》,第56页,2004年第2期。

朝交替之际朝廷上下多重恩怨矛盾、各种权势的问题,小说通过这一事件,将阁权与皇权、内阁与司礼监、阁臣与阁臣之间的矛盾扭结在一起,一方面淋漓尽致地表现了张居正在政治漩涡和各种错综复杂的关系中所表现出的性格和命运,另一方面涉笔于吏、绅、民、僧、道、侠、妓各个阶层,营构了一个广阔深邃的历史背景,使题材本身所蕴含的复杂内容得到了更有深度和广度的展示。

5. 情节曲折生动。在展开情节时,小说或在一回之中,突然终止所叙之事而叙他事,未尽之事则在其他章节中再娓娓道来;或在一回之末戛然而止,留待下回分解;或先将事情的结局道出,而其发生的缘由及发展的经过在后来的相关事情的叙述中补叙出来。

(二) 历史的"真实性"与文学的"诗性"有机统一。

熊召政认为:"所谓历史的真实,简单地说,有三个方面:(1) 典章制度的真实;(2) 风俗民情的真实;(3) 文化的真实。前两个真实是形而下的,比较容易做到,第三个真实是形而上的,最难做到。前两个是形似,第三个是神似。形神兼备,才可算是历史小说的上乘之作。"[①]并"自评"小说道:"我准确地描写了万历年间统治阶级的政治斗争与官场龃龉以及市井百态"[②]。从文本来看,小说基本上做到了他所说的"历史的真实",其"自评"也毫不虚妄——"不但作品中大的历史脉络与史实相符,而且所涉人物上至李贵妃、高拱、冯保及文武百官、文人墨客,下至管家徐爵、游七、小太监孙海、客用,乃至传奇人物邵大侠,多有历史出处可考。不仅这些关乎大局的基本史实,诸多细节性史料也为作者吸纳进小说当中。如小太子对父亲穆宗皇帝独自一人骑马的担忧而赢得其喜爱,李贵妃在每日清晨携太子向皇后请安,万历皇帝在年幼时被母亲处罚长跪,邵大侠与徐阶、高拱接洽复职之事,夺情事件中张居正三日未到内阁当值,翰林院官员穿红袍恭贺次辅按序升迁,艾穆赴陕西督察'冬决'时只处斩两名囚犯,受到张居正的责难,等等,也多有史料依据可查……所涉官制、科举、礼仪、称谓、钱币、舆

---

① 熊召政:《文学的自觉与作家的责任——〈张居正〉创作谈》,《湖北大学学报(哲学社会科学版)》,第40页,2008年第5期。

② 周百义、熊召政:《历史的改革与改革的历史——周百义与熊召政聊〈张居正〉》,《学习月刊》,第48页,2001年第7期。

地、风俗、时尚、服饰、器物、宗教状况、文学艺术诸多方面都追求真实准确"[①];"作者始终准确地把握着历史给定的人物关系,一切想象和虚构都是严格在这种人物关系中展开的"[②],"朝廷规章、赋税制度、职官制度沿革官僚机构的运作机制、宫廷生活的礼仪乃至于时人穿衣戴帽的讲究,事无巨细,绝大多数都是史有明文记载的。在叙述过程中,为了照顾今天的读者,作者还不时细心地就一些典章制度或或(应去掉一个'或'——引者注)礼仪作一番关于其来龙去脉的娓娓介绍。如第一卷《木兰歌·第二十一回》中在叙述高拱与六科给事中'会楫',商讨扳倒冯保的大计,当中就对所谓'六科给事中'这一明代官僚体系的特殊组成部作了详细介绍……在《水龙吟》和《金缕曲》中详细介绍了万历皇帝开'经筵'的方方面面,从提出开'经筵'开始,作者不避烦琐地细说'经筵'的来历、其仪式意义、为什么又叫做'吃经筵',还有'经筵'之上皇帝和大小臣僚的坐立方位等等。这些内容,不仅大大增加了作品的容量和可读性,更重要的是复活了晚明时期的政治、文化图景,为各类人物在历史时空中的行动提供了一个坚实可靠的背景。"[③]同时,在设置人物时,小说设置了玉娘这一颇具浪漫色彩的人物;在展开情节时,如描写高拱与张居正的斗智斗勇等,小说既做到了以史为据,又遵照了小说虚构和想象的创作规律,"做到既忠于历史,更要像小说"[④];善于运用"闲笔"调节叙述节奏和更好地刻画人物形象,善于设置传奇性情节,如邵方帮高拱重返内阁,何心隐能参透张居正的心机,"文本还呈现了一些贴近当下读者的俗趣的元素。如男女情爱性爱,侠客慷慨豪气,野士自由讲学,官场施智斗勇,商人唯利是图,宗教之风流行等,虽然不怎么高雅,但也使读者享受了'狂欢'与'游戏'的乐趣。"[⑤]使用了不少诗、词、歌、赋、曲等以及禅语、方言、俚语、民歌、民谣等,从而使小说文本既弥漫着一种典雅古朴的气韵,又晓畅通达,洋溢着浓郁的诗情,小说也由此而达到了历史的"真实性"与文学作品的"诗性"的有机统一。

[①] 邵滢:《历史小说创作中的史实精神和当代意识——评熊召政〈张居正〉系列》,《创作评谭》,第19—20页,2003年第5期。

[②] 贺绍俊:《还原历史中的文学——读熊召政的长篇历史小说〈张居正〉》,《山花》,第109页,2003年第12期。

[③] 邓经武、肖彦:《评政治小说〈张居正〉》,《西南民族大学学报(人文社科版)》,第67页,2006年第1期。

[④] 何镇邦:《〈张居正〉与历史小说创作》,《南方文坛》,第52页,2003年第6期。

[⑤] 严运桂:《论长篇小说〈张居正〉的对话元素》,《小说评论》,第63页,2009年第5期。

（三）人物众多而又个性鲜明。

小说洋洋洒洒一百四五十万字，人物多达百余位，帝王、后妃、宦官、官僚、巨商、江湖侠客、在野狂士、贩夫走卒等各类人物，应有尽有，而且大多数个性鲜明——除张居正、冯保、李贵妃等外，其他如隆庆皇帝迷溺声色、惰怠苟安但又能信任高瞻远瞩、器度恢宏的大臣；万历皇帝在小时候天真聪明、贪玩固执，成人后刚愎自用、阴鸷；高拱躁急于外而深于内，城府很深而又高傲、独断、跋扈；朱衡孤傲、正直；王国光干练、敦厚；金学曾忧国、忧民、不畏权贵；李伟既贪婪又悭吝、自私、猥琐；吕调阳隐忍、退让、绵里藏针；王篆忠于职守、唯命是从；戚继光忠诚、无畏、有勇、有谋；何心隐满腹经纶、张狂自由；张四维阳奉阴违、薄情寡义、善变；李延、赵谦贪得无厌；钱普吹牛拍马、八面玲珑；夏婆泼辣、凶悍、有恃无恐；玉娘聪慧、冰清玉洁、刚烈、重情重义；邵方正邪不辨、豪爽侠义；李铁嘴机智灵活、神秘莫测；郝一标财大气粗、见利忘义、唯利是图；游七胆小怕事、唯唯诺诺；毕愣子骄狂轻敌、一言九鼎……也正因为如此，这些人物几乎一出现便令人过目难忘。

（四）多方面地刻画人物。

1. 注重通过细节描写来刻画人物。

小说注重通过细节描写来刻画人物，如《木兰歌》的开篇写高拱的大胡子被一阵迎面吹来的寒风吹得零零乱乱；而张居正的长须因用了胡夹而没有被风吹乱，通过这一细节，小说写出了高拱性格急躁、张居正性格稳重的一面。《木兰歌》第二十二回中写张居正喝茶——写他对选茶、炒茶、取水、熬茶等的每一步骤都极为认真，由此，写出了张居正细腻与缜密的一面；同时，这些生动具体的细节，还以伸手可触、充耳可闻的生活质感和充盈的血肉填充历史留下的空白，审美地、形象地再现了历史生活。

2. 注重通过个性化的描写来刻画人物。

小说虽然人物众多，但基本上一人一腔，很好地凸现了人物的性格特点，如为讨好李太后，冯保对住持一如师父说："一如师父，今儿可是昭宁寺千载难逢的喜事，一下子来了两个观音，那尊藤胎海潮观音，已经永久留在寺中，还有母仪天下的李太后，本就是观音转世"[①]；在训斥吴和时说："这，这个屁……你如此

---

① 《张居正》第二卷，第 177 页，四川文艺出版社 2008 年版。

孟浪,等于是站在大街上向人表白,你吴和在内官监坐了把金交椅。你是生怕别人不知道你贪了大把的银子么?老夫这一辈子夹着尾巴做人,放屁都怕打出米屑子来。你倒好,踩着银子当路走。"①这些语言很好地凸显了其善于逢迎、见人说人话见鬼说鬼话的特点。

(五)"灵活而深入地运用了呼应的结构手法"。

"小说灵活而深入地运用了呼应的结构手法,较大的呼应结构有:第一部高拱为首辅的失意,与后三部张居正执政的得意相呼应;多位民间艺人相继登场的前后呼应;李皇后感激与信任张居正,与后来坚定地支持张居正相呼应。较小的呼应结构更多:王真人取宠于隆庆皇帝,与后来受酷刑而亡相呼应;允修乐于风葫芦,与小皇帝嬉戏风葫芦相呼应;君臣之间多重问对的呼应;奸臣贪官与民间师爷的前后复杂交往的呼应,等等,这些呼应结构有的贯串小说始终,有的渗透到小说的细枝末节,也有的在部分章回中显出巨大的叙事力量,主导着情节的发展进程。呼应结构……的大量运用,从叙事下可以产生三个直接的效果:其一,促成了总体布局的有序性与条理性……其二,强化了细节与宏观之间的内在契合度……其三,呵护了小说的中心情节和关键人物。"②

(六)虎头豹尾,避免长篇小说常见"半部杰作"现象。

中外优秀长篇小说往往是"半部杰作",即如果是多卷本小说,那么,不是残缺不全,就是开头的部分艺术性和艺术价值都较高,甚至堪称经典,而后来的部分则艺术性和艺术价值都较差,甚至越往后越差;如果是单卷本,则往往在开头部分甚佳,可往后则走下坡路,以至于虎头蛇尾。而《张居正》则未蹈此辙——小说第三、四卷精彩之处迭出,如廷杖五臣、回乡葬父等情节既具有真实性,又具有艺术魅力:不为被杖的五臣讲情,显现张居正铁面宰相的严厉本色;欣然坐32抬大轿,显现了张居正春风得意的八面威风;张居正指使人暗中杀害何心隐、因错奖杀降而自请罚俸、为皇上代写罪己诏、接受戚继光奉献美女、在病重期间关心民瘼、与冯保周旋等情节也写得颇为精彩,把张居正在执政后期的某些精神短长写得活灵活现,使其成了有血有肉、活生生的人物,较之前的描写精彩得多,意味和美感也多得多。

---

① 《张居正》第三卷,第29页,四川文艺出版社2008年版。
② 沈光明:《〈张居正〉的模式化与超越性》,《小说评论》,第58页,2009年第5期。

（七）悲剧色彩浓重。

小说中的重要人物无论是张居正，还是高拱、冯保、李贵妃、朱载垕、朱翊钧、邵方、何心隐、玉娘、金学曾等，无一不以悲剧收场，从而使小说弥漫着浓重的悲剧色彩。

五

小说也存在着一些不足之处，具体地说：

（一）语言脱离时代和称谓不当。

如"古哲有言，饮食男女，人之大欲。无情未必真豪杰，这一点，正是我与高阁老的不同之处。"①"古人言，相逢一笑泯恩仇。金大人，你我能否尽弃前嫌，重归于好呢？"②"凤盘先生，你总不能一阔脸就变吧！"③在这些语言中，"无情未必真豪杰"为鲁迅诗作《答客诮》中之句，"相逢一笑泯恩仇"为鲁迅诗作《题三义塔》之句，"一阔脸就变"为鲁迅诗作《赠邬其山》之句，而明人是不可能会说鲁迅说过的话的。

有些称谓不当的问题，如"内阁首辅张居正就圣谕问墨一事的恭答，结尾具'张居正伏拜'……姓名前要加一个'臣'字。内阁次辅张四维就'增加度牒之事'回禀时，在张居正面前自称'下臣'，不对……张四维在张居正面前，宜以'下官'或'卑职'自称。刑部尚书王之诰问张居正：'家严高寿多少？'……'家严'应改作'令尊'……张居正在父亲死后告语湖广的巡台、按台、学台'三台长官'……话语中的'家父'不如用'先父'来得准确。冯保去看望临终前的张居正，一下轿就急匆匆地问张居正的大儿子张敬修：'令堂大人现在如何？'……'令堂'也应改为'令尊'。"④；"却不能对白发高堂侍汤用药略尽人子之情"⑤中的"高堂"也用得不对。

---

① 《张居正》第二卷，第200页，四川文艺出版社2008年版。
② 《张居正》第三卷，第240页，四川文艺出版社2008年版。
③ 《张居正》第四卷，第360页，四川文艺出版社2008年版。
④ 高低：《阑入〈张居正〉的鲁迅诗句》，《四川文学》，第57页，2006年第6期。
⑤ 《张居正》第四卷，第57页，四川文艺出版社2008年版。

(二) 小说对张居正"成于'狂'也失于'狂'的悲剧因素还深入开掘得不够，文本中过多闲笔也多少有些消解了小说的史诗性品格。"①

虽然总的来说，《张居正》称得上是详略得当，但《水龙吟》"在详写和略写的安排上却有失轻重。胡椒苏木折俸引发的风波写得过于铺排详尽，这只是张居正处置危难的背景，他本人并不是其中主角。而那些对刻画张居正人物性格及治国才能至关重要的事件，诸如治理整顿十八衙门，尽数更换不称职的部院大臣；进行京察，提拔或降黜三品以上官员，在京城树立起远胜于高拱的威权；通过拟票间接地控制朝纲政局等却写得有些不足。"②《火凤凰》的"整个节奏明显松散下来，头绪繁多，各种人物不断地上场下场，难以将视线全部聚焦到张居正身上……一些应该浓墨重写，对读者做详细交代的地方，却用笔不足，像张居正与皇帝之间的关系……张居正和皇上之间多年相依相存的情感，以及被世人所称道的圣君贤相的鱼水情深，何以转目之间变成了不共戴天之仇，几乎到了要掘墓鞭尸的地步，甚至连有利于社稷江山的万历新政的改革也要全部推翻。书中提到的几点，比如张居正代拟'罪己诏'，使皇帝心生怨隙而报复；对母亲李太后、张居正和冯保铁三角钳制的痛恨；还有对母亲与张居正关系的嫉妒，但这些理由都未能充分展开……这一卷在写法上有些急促，上场的人物太多，牵涉的问题和事件也太多，许多事匆匆带过。又因忙于给众多的人物退场逐一地做交代，如李太后、冯保、玉娘、高拱、金学曾等主要人物，还有张居正所重用的官员，以及门生家人等等，所以叙事显得过于直接和粗糙。"③小说未能充分挖掘张居正悲剧人生所具有的"撼人心旌的冲击力"④。

(三) "作品整体审美基调给人以前后不统一之感，即前三卷及第四卷前半部分与其后半部的情感基调不一致，后半部分突然转向的悲剧审美情调，缺乏相应的过渡。张居正的悲剧似乎仅是由于朱翊钧的贪财及性格乖庚造成，这就

---

① 蔚蓝：《历史空间中的审美发现与理性阐释——论熊召政的长篇系列小说〈张居正〉》，《江汉大学学报（人文科学版）》，第43页，2003年第5期。
② 蔚蓝：《历史空间中的审美发现与理性阐释——论熊召政的长篇系列小说〈张居正〉》，《江汉大学学报（人文科学版）》，第45页，2003年第5期。
③ 蔚蓝：《历史空间中的审美发现与理性阐释——论熊召政的长篇系列小说〈张居正〉》，《江汉大学学报（人文科学版）》，第46页，2003年第5期。
④ 蔚蓝：《历史空间中的审美发现与理性阐释——论熊召政的长篇系列小说〈张居正〉》，《江汉大学学报（人文科学版）》，第47页，2003年第5期。

削弱了悲剧审美的深刻内涵。同时,由于作者叙事立场过于倾向张居正及其新政,也导致其对悲剧原因的剖析、审视力度的不够。过于强调外在客观原因,缺乏对张居正本人及新政本身(如推行过程中的某些失误、执行者的败绩劣行等)的超越性批判与审视……作品呈现得更多的是他的德功政绩与事业功勋,而他的琐碎家庭生活与丰富情感世界则很少触及,玉娘的虚构似乎体现了他'柔情丈夫'的一面,但是细读作品,可以发现她其实体现的是他繁忙后的消遣及文人式的娱情……呈现在作品中的张居正形象,没有丝毫私欲杂念,一切思想情感都牵系在王朝的兴盛繁荣和百姓的安居乐业上面。他所有的隐忍奉迎、绝情杀伐及忧虑焦灼皆来源于此。显然,这是一个缺乏灵魂张力与深度的人物形象,其所显示出的人性内涵相当有限。"①

(四)"集采了中国传统小说的优长",一方面使小说在艺术上获得了极大的成功,另一方面"无疑会使人产生一种阅读疲倦。因为,《张居正》作为一部历史小说,从审美形式来讲,较之其他历史小说并没有突破。这不仅与新时期以来出现的一系列长篇历史小说相比没有什么显著的区别,甚至和《三国》《水浒》乃至于《说岳全传》相比,也有似曾相识之感。这种审美形式的趋同性正说明了这一小说形式的模式化倾向。而任何模式化的存在,都不可能产生一种审美新鲜感,也激发不了读者的阅读兴趣。而当读者整天面对一个早已熟悉的面孔时,一种审美疲倦感就会随之而来。"②小说"主要采用外在于历史人物事件的全知叙述视角,不论叙事、写景,还是刻画人物性格都是以叙述者外视角进行,几乎没有运用人物内视角。这就导致其难以穿越历史生活表象,深入到历史内里,发掘其复杂深奥的人性内涵。如《火凤凰》第七回……对张居正回乡祭父,面对父亲梓棺一段的书写,本来张居正离乡二十年没有见到父亲,如今父子相见却已天人相隔,张居正此时内心涌起的感情、慨叹应当相当复杂、深沉,这本是刻画与表现人物内在情感与灵魂世界的最佳时机,但是作者仅以'咫尺之间,生死茫茫,怀想这么多年虽然成就了移山倒海的伟业,却不能对白发高堂侍汤用药略尽人子之情,如今抚棺一恸,怎能不泪雨滂沱!'……概述带过,缺乏对张

---

① 陈娇华:《从章回体制采用角度透视〈张居正〉的审美遗憾》,《贵州社会科学》,第17页,2007年第4期。
② 沈光明:《〈张居正〉胜谈》,《长江大学学报》,第56页,2004年第2期。

居正作为独特个体的思想情感、生命体验及人生感慨等的深层发掘。"①

（五）玉娘并非白璧无瑕。

尽管玉娘这一人物形象"所传达出的作者之审美理想和诗意追求,却是和中国传统文人意趣相承接。"②但玉娘这一形象的设置及形象本身不无可挑剔之处——为了衬托高拱的重权欲轻情欲、张居正怜香惜玉的风雅情怀、邵方的大气侠义甚至有点神秘、李太后母仪天下的尊贵等,"玉娘有时候讨好卖乖,有时候清纯可人,有时候怒目金刚,有时候低眉顺眼,结果,玉娘有些尴尬了,她形象的多面性缺乏内在逻辑,她像一个重要的道具,虽然被导演精心安排着,但仍然失去了生气与活力。"③同时,这种"衬托"本身也是有问题的,如小说如果是为了表现张居正性格的复杂性、多样性,那么,写他接受戚继光所献的胡姬即可,而没有必要设置玉娘这一人物。

（六）有些描写存在着色情化的倾向。

小说虽然在描写大多数男女关系时,如在描写张居正与李太后、民间女子玉娘之间的关系时,虽然没有像同时期或前后出现的某些作品,有意迎合一些人的低俗趣味,恣意恣情地宣泄情感,或铺张描写性,但也不尽然——在写人叙事中常夹杂一些荤诗、荤话、荤故事,甚至存在着色情化描写的倾向,如第三卷《金缕曲》第七回《为淫乐恶太监毙命,辩部疏小皇上问师》写太监吴和与宫女赵金凤玩"对食儿"的过程即如此。

（七）第十回《王真人逞凶酿血案,张阁老拍案捕钦差》中的"方立德"与"方正德"之间的"关系"交待不清。

（八）由于"作者对明代史料钻研、理解还不够到位"④,小说也存在着与史实错位的地方,如对"芜湖兵变"的叙写即如此。

不过,小说尽管有这些不足之处,但总的来说仍不失为一部相当优秀的作品,具有多方面的意义和价值:首先,"《张居正》的现实意义在于'改革没有回头路'"⑤,所塑造的张居正这一人物形象,"它的原型虽然是历史人物,但它的精魂

---

① 陈娇华:《从章回体制采用角度透视〈张居正〉的审美遗憾》,《贵州社会科学》,第19页,2007年第4期。
② 孙祖娟:《玉娘——理想人格的塑造》,《长江大学学报》,第47页,2004年第2期。
③ 严运桂:《由玉娘看〈张居正〉的偏误》,《文学自由谈》,第111页,2010年第1期。
④ 王春瑜:《如何评价〈张居正〉》,《学术界》,第151页,2004年第1期。
⑤ 《熊召政谈〈张居正〉:他人写"骨",我写"血肉"》,http:xlcb20090315.blog.sohu.com/134833754.html。

却烙有现实性的印痕,有着时代的启示意义。"①同样,小说所描写的万历新政也"有着时代的启示意义"。其次,章回体的成功采用,无论是对中国文学来说,还是对中国文化来说,都是具有积极意义的——它至少延续了章回体这一小说体例的传递。第三,小说"以具有典型文化意蕴的'铁三角'权力关系(权力的源泉及其公权代表与私权代表)为叙事框架,演绎了一场转型期变法的艰难历程及其不可避免的悲剧命运,展现了中国文化烂熟期的复杂人性。"②第四,"把张居正这个历史人物先从历史中剥离开来看,于是放大了他个人的作为,然后再还原到历史中去考量,所以塑造出一个活生生的历史的张居正。"③小说"并不勉强将他推入现实的框子里,影射现实。"④也许正因为如此,小说出版后深受好评——先后获得了多种文学奖,如"湖北省政府图书奖"和"屈原文艺创作奖",并最后获茅盾文学奖,许多名家发表赞评,甚至"被评论界看作是近二十年来不可多得的一部'以心灵吟唱历史,以史笔重构文化',具有史诗规模和史诗价值的优秀的历史小说佳构"⑤,"是一部稳健丰满、别具韵味的作品。"⑥

---

① 曾镇南:《封建社会改革政治家的典型形象——读长篇小说〈张居正〉》,《中国图书评论》,第59页,2004年第3期。
② 吴秀明、杨鼎:《〈张居正〉:权力"铁三角"下变法悲剧与作家的诗性叙事》,《中山大学学报》,第27页,2006年第3期。
③ 贺绍俊:《还原历史中的文学——读熊召政的长篇历史小说〈张居正〉》,《山花》,第111页,2003年第12期。
④ 金庸:《我读〈张居正〉》,《中华读书报》,2003年7月11日。
⑤ 何镇邦:《〈张居正〉与历史小说创作》,《南方文坛》,第50页,2003年第6期。
⑥ 吴秀明、杨鼎:《〈张居正〉:权力"铁三角"下变法悲剧与作家的诗性叙事》,《中山大学学报》,第32页,2006年第3期。

第三节 《历史的天空》

一

徐贵祥的《历史的天空》最初由人民文学出版社于 2000 年出版,其内容梗概为:

在抗日时期,蓝桥埠富绅朱二爷的小伙计——也是其养子梁大牙——与小家碧玉韩秋云在举行婚礼之际,因梁大牙浑身流氓气,韩秋云以死拒婚,但还没来得及死,日寇便来了。梁大牙和韩秋云以及同村青年朱一刀、陈墨涵在逃脱日寇的追杀后,准备投军抗日。梁大牙一心想投凹凸山北能吃军饷的国民党军队,陈墨涵则因受自己的老师——中学国文先生、中共地下工作者王兰田的影响而执意投山南的八路军;朱一刀随梁大牙而行,韩秋云与陈墨涵同往。途中,梁大牙和朱一刀误入八路军地盘,并在身兼八路军凹凸山游击支队司令员、政治委员和凹凸山特委书记三职的杨庭辉的动员及八路军游击支队年青而又漂亮的政治部宣传部长东方闻音的吸引下,参加了八路军。陈墨涵和韩秋云在三岔渡口遇上国民党团长刘汉英所率的第二四六团后,分别加入了该团 79 大队和女子服务队。因作战英勇,梁大牙很快就先后升任游击支队小队长、中队长,在陈埠县大队成立后又升任大队长;在升任大队长的过程中,因提出了派东方闻音与之"并肩战斗"等一些出格要求而令杨庭辉感到非常棘手,特委副书记兼支队副政委江古碑和八路军游击支队政治部主任张普景则欲置之于死地。对江、张的意向,八路军游击支队副司令员兼参谋长窦玉泉则既不表示赞成,也不表示反对。在经过痛苦的思想斗争后,杨庭辉答应了梁大牙所提出的要求。在此前后,八路军以原游击支队为基干力量,成立了凹凸山军分区,即江淮军区一分区,仍由杨庭辉担任司令员兼政委。在走马上任大队长后,梁大牙率部下化装成客商,潜入凹凸山的风月之地——斜河街的逍遥楼处死了汉奸"特勤队"的十几人;派人秘密进入洛安州,对日伪人员大开杀戒,所到之处均留下"八路军陈埠县大队长梁大牙"的字样;经常派中队长朱一刀、曲歪嘴等袭扰周边日伪据点,捉杀零星人员;从而闹得日伪军终日惶惶不安。梁大牙居功自傲,伤害了陈埠县县委书记兼县大队政委李文彬。在戎马倥偬之中,梁大牙给曲歪嘴和朱一刀分别改名为曲向乾和朱预道,他与东方闻音的关系也发生了微妙的变化。不久后,杨庭辉前往西北学习,窦玉泉和张普景分别代理凹凸山军分区司令员和政委之职,原先实际主持政治工作的副政委王兰田被削弱了权力。随后,主持特委工作的江古碑从中央带回有关"纯洁运动"的精神,整顿干部队伍。梁大牙因秘密开展王兰田布置的策反伪军的工作,遭不明真相的张普景怀疑,江古碑、李文彬、窦玉泉等趁机以通敌罪将梁大牙等逮捕。江古碑伙同李文彬欲处决梁大牙,对此,张普景因无梁大牙通敌的证据而坚决反对;于是,梁大牙幸免一死,但惨遭迫害。杨庭辉从西北回部队后,释放了梁大牙等。在杨庭辉调任江淮军区司令员后,梁大牙接任凹凸山分区司令员,并按东方闻音的建议,将名字由梁大牙改为梁必达。是年秋天,日军山野大佐调集近二千日军和四千余"皇协军"进攻凹凸山北麓。在八路军凹凸山分区驻地梅岭,国共两军召开联合作战会议,梁必达和刘汉英共同主持会议。会后,李文彬回陈埠县;途中,在转道前往崔家集幽会情人——老房东的女儿崔二月时被日伪抓走,随即成为叛徒。解放战争爆发后,梁必达升任江淮军区野战军第八纵队第二旅旅长。与此同时,在国民党军队中,陈墨涵任由79大队演变而来的79团团长。陈墨涵率部起义并获成功,策应其起义的包括东方闻音在内的三百名共军官兵阵亡。解放军大军过江之后,八纵整编为某某野战军第某某军,杨庭辉和王兰田分任军长和政委,二旅整编为该军二师,梁必达和张普景分任师长和政委。抗美援朝战争结束后,原兵团司令员杨庭辉调到北京总部工作,50年代末受某某某路线的影响,为某某某鸣冤叫屈,被下放到南方某三线工厂,后在那里自杀;二师的班子十几年基本上没变动。20世纪60年代初期至中期,陈墨涵在第二次进入南京军事学院高级班深造后,升任K军参谋长,窦玉泉升任K军后勤副军长,张普景升任K军政治部主任。"文化大革命"初期,梁必达升任K军军长兼军党委书记,朱预道升任K军副军长;在原军政委王兰田调到军区工作后,张普景升任K军第一副政委,主持K军的政治工作。"文化大革命"爆发后,已转业的江古碑成为造反派头目,拿当年的"李文彬之事"找梁必达的碴,张普景为保梁必达而遭迫害,最后发疯而死,窦玉泉在搪塞江古碑、保全自己的前提下尽力帮助张普景,朱预道在江古碑的警告与上层领导的"劝告"下出卖了梁必达。不久后,梁必达和陈墨涵被下放到某农场改造。"文化大革命"结束后,梁必达、陈墨涵等重新走上工作岗位,江古碑被逮捕,朱预道受到了组织上的处罚。20 世纪 80 年代末,D 军区司令员离休,梁必达继任为司令员,但不久后又考虑到自己对现代化战争的一无所知和年老力衰,打算辞职。

二

小说中的重要人物主要有梁大牙(梁必达)、陈墨涵、张普景等。

(一)梁大牙(梁必达)

梁大牙早年是蓝桥埠富绅朱二爷的小伙计和养子,"没正形,好起来像个大侠,坏起来像个强盗"[1],在日寇入侵无家可归之际投军抗日,后为八路军、解放军的高级将领。他粗犷、粗野、勇敢、喜怒均形于色而又重情重义——早年在蓝桥埠时,他"时常慷慨解点小囊,穷光蛋狐朋狗友倒是交了不少"[2];在参加八路军后,抢夺手下士兵的新鞋,顶撞甚至捆绑顶头上司,在打胜仗后让战士用担架抬着行军,追撵调戏地方女干部,私自带队闯进敌占区为干爹拜寿,为了难兄难弟朱一刀、曲歪嘴等而不惜要放弃"官职",在面对日寇时"抡着大刀片子往上冲"[3];在为韩秋云拒婚后,当她遇险时仍拔刀相助;毫不掩饰自己对东方闻音的喜爱和对李文彬、江古碑的反感;在东方闻音牺牲后痛不欲生,久久不能释怀。头脑灵活、机智果敢——他在参加八路军后屡出奇招、屡历奇险并克敌制胜,如在晏公庙阻击战、反秋季攻势等战斗中,根据不同的情况迅速果断地作出相应的决策,从而保证了战斗的胜利。有心计、粗中有细、刚中有柔——他利用组织急需用人的情势迫使组织让东方闻音与自己并肩战斗——担任县大队副政治委员,随后,通过自己的豪爽直率、聪明机智、虚心好学等"感化"并征服了她。自尊自重、自强不息、心胸开阔——在为韩秋云拒婚后,他虽很伤心,但没有强人所难,并在与她分手之际许诺以后愿意随时提供帮助;在参加八路军后第一次与日寇作战时,他所想的是要用实际行动证明自己"就是当今世上的岳飞文天祥"[4];江古碑等两次欲置他于死地,但他在当上司令员而大权在握后对他们不

---

[1] 《历史的天空》,第 20 页,人民文学出版社 2005 年版。
[2] 《历史的天空》,第 4 页,人民文学出版社 2005 年版。
[3] 《历史的天空》,第 31 页,人民文学出版社 2005 年版。
[4] 《历史的天空》,第 64 页,人民文学出版社 2005 年版。

计前嫌、宽大为怀;张普景总与他唱对台戏,但他不仅不记仇反而还对之愈加尊敬;因东方闻音之死而对陈墨涵恨之人骨,但最终还是与之握手言和;不过,他也有心胸褊狭的一面,如对陈墨涵不信任、不公平对待,在工作中霸道专权,在荣誉面前患得患失,在与李文彬等江淮派的明争暗斗中耍手腕等。思想开放、能与时俱进——他虽然参加革命的动机不纯,但最终成长为一个革命者;虽然最初文化水平不高,在升任凹凸山军分区司令员后,还为自己没有文化难过得蒙头大睡,但在经过不懈的努力后最终成为一个颇有文化的人;在参加八路军的初期,作战爱逞匹夫之勇,但随后便认识到作战仅凭匹夫之勇是不行的,于是,在战斗中不断地总结经验、吸取教训,并最终变得有勇有谋;在当上 D 军司令员后,认识到自己对现代化战争的一无所知和年老力衰,不能胜任工作,便打算辞职。

总的来看,梁大牙是中国共产党军队中在抗战时期、解放战争时期成长起来的为数众多的工农出身的中高级将领的代表;从当代文学发展史的角度来看,作为一个文学形象,它具有独特的意义和价值:既不属《保卫延安》中的陈兴允和《红日》中的沈振新、梁波等之列,又不属《小镇上的将军》中的将军、《将军吟》中的彭其、《第二个太阳》中的秦震、《浴血罗霄》中的郭楚松等之列;比起陈兴允等来,其内涵要丰富得多、文学性也要强得多——它是被放在一个相当长的历史时期和为数众多的历史事件中刻画的,性格特征被刻画的相当充分、具体、全面,所承载的历史意蕴丰富厚重,从而具有极强的艺术魅力。

(二)陈墨涵

陈墨涵早年是蓝桥埠陈举人家里的三少爷,在日寇入侵无家可归之际投军抗日,后任国民党军队的团长,再后为解放军的高级将领。他书生气十足、义勇——在洛安州读国立中学时,他因与老师王兰田一道开展抗日宣传而被当局关押;在遇刘汉英所率的国民党军队险遭枪毙时,他不卑不亢,甚至指责刘汉英滥杀无辜、愧对国人;在加入刘汉英手下的 79 大队后,开始因固执个性而总与大队长石云彪步调不一致;在成为石云彪的参谋后,仍不时坚持己见,甚至经常与石云彪唇枪舌剑。坦诚、富有正义感、重然诺、讲义气——在加入 79 大队后,他开始总觉得自己明珠暗投并对此耿耿于怀,几次与同乡同伴韩秋云密谋要去找八路军,但在得知 79 大队及其将领石云彪、莫干山等光荣的过去后,又心甘情愿地留下;在石云彪牺牲后,刘汉英为拉拢他而意欲让他任由 79 大队演变而来的79团余部的一号首长时,他觉得对不起在任的上司莫干山,拒绝就任;在向王兰田许诺要加盟八路军后便付诸行动,并于最后率部投奔王兰田所在的解放军;在与梁大牙成为战友后,虽与之屡有摩擦,但在"文化大革命"中拒绝与江古碑一道批斗梁大牙,并为此付出了到农场改造的代价。倔强、顽强、坚韧——他在参加国民党军队后不服输,忍受一切严训,在被摔倒在地上一百次后依然站起来;在答应追随王兰田后不达目的不罢休。有谋略、心胸开阔、能忍辱负重——在79团在晏公庙即将遭受敌人围剿、军心低落时,他向石云彪献计,在获准后指挥一个排佯作败退,撕开一个缺口,以攻助守;在日寇发动第七次扫荡时,他主张在812高地布置重军,事实证明这是明智的;在石云彪牺牲后,他为完成其未竟之业,委曲求全,同刘汉英等虚与委蛇,但又固守思想的独立,保持人格的清白;在东方闻音牺牲后,他从大局出发,对梁大牙丧心病狂的责骂听之任之、毫无怨言。

总的来看,陈墨涵是中国共产党军队中在解放战争时期来自国民党军队的富家出身的将领的代表。从当代文学发展史的角度来看,它具有"开创性"——此前,当代文学作品中还没有出现过此类的军人形象。

(三)张普景

张普景是八路军和解放军中的政治工作者;幼年时,父亲在领导武汉铁路工人大罢工时牺牲;长大后继承父亲的遗志投身于革命;最后,发疯后死在不断地追求革命的幻觉中。他思想纯正、信仰坚定,但又有点不切实际——在参加革命后,他坚信共产主义,一直把革命的信仰和理想放在最高的位置上,甚至在环境非常恶劣的抗战时期,坚持要给干部们上政治课、宣讲《共产党宣言》,要让干部们明白革命的性质、纲领和目标。赤胆忠心、光明磊落,但又有点"愚忠"、盲从——对党所发动的政治运动,除"文化大革命"外,他总是积极参加,如对川陕肃反、苏区整党整风、"纯洁运动"、"三反五反"、反军事教条主义、"反右"等无不如此;因不满杨庭辉而写了一份名为《凹凸山的革命将向何处》的材料,但在上交之前主动地送给杨庭辉看;在"纯洁运动"中,江古碑和李文彬欲杀掉梁大牙,他在感觉到李文彬和江古碑有暗算梁大牙之嫌时,坚持要以事实为依据,坚决反对在证据搞清楚之前处死梁大牙;在李文彬被俘并叛变后,以"正宗的布尔什维克"自居的"江淮派"威信扫地,"江淮派"的窦玉泉变得唯刚当上司令员的梁大牙马首是瞻,而他虽也属"江淮派"但不卑不亢,甚至怀疑窦玉泉、梁大牙等在营救李文彬问题上做了不可告人的事情,并写了《李文彬被俘的几个疑点》。刚正不阿、原则性强,但不能灵活地看待和解决问题——他毫不隐晦地不容忍革命队伍和革命过程中的"不完美",甚至对那些不符合其理念、虽不完美但仍有其存在合理性的事情也不容忍:梁大牙参加革命的动机不纯,且曾有过投奔国民党的念头,他便对之不信任;不仅当面指责梁大牙强行与士兵"换鞋",视此举为军阀作风,而且很不客气地向杨庭辉提出要加强组织的力量,对问题不能迁就,甚至还赞成江古碑处决梁大牙的提议;在抗战时期,一见到梁大牙的"问题"便与之展开坚决的斗争;在抗战结束后,一直与梁大牙做搭档,但对梁大牙的"问题"毫不迁就姑息,甚至对梁大牙因孩子取名而伤害妻子之类的事情也不迁就。做事有板有眼、实事求是——他虽然怀疑许多坏事都是梁大牙干的,像一把子弹上了膛的枪一样随时地"瞄准"梁大牙一样地盯着梁大牙,但总找不到充足的证据。善良——他虽对梁大牙打通两家的院子让梁家孩子到他家蹭饭吃有气,但在认识到梁家孩子的可怜后,又听之任之。讲义气、能为朋友两肋插刀——在"文化大革命"中,为了保护梁大牙,他遭江古碑迫害至疯,最后死在幻觉中。

总的来看,张普景是一个纯正得有着较强的教条主义倾向的革命者、一个红得让人感到不适的"红辣椒"似的革命者、一个一生都在寻找正确路线、坚持正确路线但始终不得即迷失在"历史的天空"的革命者。作为一个文学形象,它在中国当代文学发展史上占有重要的一席之地——它类似于《红岩》中许云峰、江姐之类的人物形象,但又不像它们那样"单纯"、"圣洁"、"光明"、"高大",因而比之更具文学性和艺术魅力。

三

小说通过其内容及所塑造的一系列人物,尤其是梁大牙(梁必达)、陈墨涵、张普景等所表达的主旨大致有以下几点:

(一)再现了中国自 20 世纪 30 年代开始的近半个世纪复杂多变而又跌宕起伏的历史以及一个革命家和革命集体的成长过程。

小说情节始于抗战时期,终于在"文化大革命"结束后的四个现代化建设开始之际,时间跨度长达近半个世纪,内容涵盖了该段时期里的一些主要的历史事件,如抗战、根据地建设、统一战线政策、川陕肃反、苏区整党整风、"纯洁运动"、解放战争、"三反五反"、抗美援朝、反军事教条主义、"反右"、"文化大革命"、改革开放等,展现了中华民族在该段时间艰难、沉重的步履和蜿蜒曲折的发展轨迹;抗战是整个中华民族的联合作战,而不仅仅是某一政治集团或政治力量的孤军奋战,国共两党之间不仅有矛盾斗争,而且也有团结合作:"国共双方共同除掉叛徒李文彬、共同对付山野大佐的阴谋、共同抗击日军的大扫荡"①,共同把守着凹凸山;共产党队伍里有杨廷辉、梁大牙式的英雄,国民党队伍里也有陈默涵、石云彪式的英雄;在抗战时期,不仅国共两党之间有矛盾斗争,而且两党各自内部也有矛盾斗争——中共内部在根据地建设、统一战线政策、川陕肃反、苏区整党整风、"纯洁运动"等问题上都存在着相当尖锐的矛盾斗争,国民党内部也存在着刘汉英和石云彪各自所代表的派系水火不容的矛盾斗争。同时,小说通过对梁大牙等一系列人物的刻画,展示了一个革命家和革命集体的成长过程——一个人是否是革命者,并不是由其动机和起点决定的,革命者有可能来自反革命的阵营,反革命者也有可能出自革命的阵营;一个革命集体不可能是铁板一块,也不可能一下子成熟起来;而且,无论是一个人还是一个组织,其成长过程都不是一帆风顺的:梁大牙最初只是一个毫无革命思想觉悟、粗野、浑身充满痞气和匪气、只知任性蛮干的流亡青年,对革命的认识模糊不清,参加革命的动机不纯,而且身上始终葆有痞气,如抢占张普景的党委书记一职,给自己的孩子取名不是梁大耳朵就是东方红,强行给张普景的女儿取名张原则,在张普景不同意的情况下打通了两家的院子,让自己的孩子到张普景家蹭饭吃,在家里挂着一张自己高大而张普景矮小且仰着头望着他的合影。相对来说,杨廷辉、窦玉泉等虽然无论在什么时候,总是属于上层,但都出身下层,并没有高尚而伟大的革命思想,即使有也并非十分纯粹;革命劲十足而且始终葆有革命本色的张普景,并非就是"纯粹的布尔什维克",也有误感、误判、误做的时候;一心投奔共产党(八路军)的陈默涵在费尽周折之后才实现自己最初的愿望;李文彬虽然是一个老资格的革命者,但最终却成了革命的叛徒;共产党虽然领导全国各族人民消灭了国内的反动势力、赶走了外来侵略者、建立了新中国,但也发动了导致整个中华民族内乱的"文化大革命"。

---

① 张文诺:《军事文学的新丰碑——论〈历史的天空〉在军事文学领域的开拓》,《社会科学论坛(学术研究卷)》,第158页,2007年第10期(下)。

(二)揭示了战争、权力、政治与人格的关系。

小说"写对政治与权力的深层反思,写形形色色的精神人格"①:梁大牙本是一个地痞,但在革命战争的洗礼以及革命队伍内外各种力量合力的作用下,成长为一名智勇双全、政治觉悟高、斗争艺术强的革命战士;朱一刀本是梁大牙的生死之交,可在"文化大革命"中却为了保住位子、保住权力而出卖梁大牙,从而丧失了人格;江古碑、李文彬、窦玉泉等和梁大牙本是革命战友,可为了一己之私欲,竟然欲置梁大牙于死地,江古碑甚至耿耿于怀了一辈子;张普景和梁大牙本无私怨,但为了所在队伍的"纯洁",也欲置梁大牙于死地,而在发现梁大牙不是一个革命的异己分子后,又因梁大牙而付出了生命的代价;石云彪、莫干山等从根本上来说,是忠于国民党的,却死于国民党内部的政治倾轧之中。由此可见,战争、权力、政治既是社会发展和人格养成的破坏力量,又是其推动力量;一个人的人格养成固然与其人性等内因直接相关,但也与战争、权力、政治等外因密切相关。

(三)展示了人性的丰富复杂性及历史的偶然性。

人性实际上是一个"黑洞",里面既藏着"善",又藏着"恶",而并不是"哲人"们所说的"人之初性本善"或"人之初性本恶",小说通过一系列人物对此予以了揭示:梁大牙时而显得无赖,时而刚正不阿,在他的灵魂世界里,"深不可测,波谲云诡……他的智慧和他的神秘同样是除他本人以外的任何人也休想探究的"②;与梁大牙在教养、性格等诸多方面迥异的东方闻音最终却爱上了他;被梁大牙时时称作"白匪"的陈默涵却在"文化大革命"中与他相互扶持,一起走过了人生中最为艰难的岁月;在危机重重的战争年代始终和梁大牙患难与共的朱一刀却在和平年代且是在梁大牙最需要帮助的时刻出卖了他;总爱与梁大牙唱对台戏的张普景最终又坚决地保护他;慷慨激昂,有"热情",有"干劲",满腹革命理论,一看见梁大牙就想摸枪的"正宗的布尔什维克"李文彬最终却成了革命的叛徒;曾以"正宗的布尔什维克"自居、坚决贯彻中央有关"纯洁运动"的精神的江古碑实际上是一个心胸狭窄、公报私仇、品质卑劣的革命的投机分子。

---

① 李迎丰:《历史天空与当下语境——徐贵祥小说〈历史的天空〉中的"新历史"话语》,《解放军艺术学院学报》,第35页,2006年第1期。

② 《历史的天空》,第612页,人民文学出版社2005年版。

人性的丰富复杂性决定了人的行为的丰富复杂性,于是,由人的活动所建构的历史便波谲云诡了——既有规律性,又有偶然性:梁大牙之所以要参军只是因为日寇占领了其家乡,他本拟投国民党军队却误入八路军的辖地,本没打算留在八路军却因为漂亮的东方闻音而最终留下,而在留下之后,所"遭遇"的却是独具慧眼的杨庭辉,固守信仰、忠于职责而又嫉恶如仇的张普景,宵小之徒江古碑,具有侠骨柔肠的东方闻音等的"合力";陈默涵误投国民党军队,并因为石云彪和莫干山及所在部队光荣的过去而留在国民党军队;两人的行为和遭际均具有偶然性。两人各自周围的一系列人物的行为也具有偶然性,如杨庭辉力排众议、冒险任用梁大牙,当江古碑等在纯洁运动中正要秘密处决梁大牙时,杨廷辉回部队掌权了;国民党军队用人的惯例是任人唯亲,可石云彪却任人唯贤,陈默涵并非刘汉英的嫡系,可刘汉英为了能控制异己力量而不得不拉拢陈默涵,于是,陈默涵脱颖而出。这些带偶然性的事情在很大程度上决定了国共两党的历史,大量的这类带偶然性的事情则决定了中华民族现代史的形成。

四

从艺术表现的角度来看,小说主要具有如下特点:

(一)注重描写人。

1. 淡化战争场面的描写而强化对人的描写。

小说承续了中国当代文学早期革命战争题材长篇小说对宏大叙事规模的追求和"再现史实"的叙述方式,以还原"战争历史"的态度,按时间顺序叙述史实、刻画人物,但在叙事时几乎没有正面地描写敌我之间惨烈、残酷的战争场面,而"多是以回顾的方式来间接描写战事。梁大牙和日军的肉搏战是由韩秋云的梦引出的,梁大牙和四个日本兵拼刺刀是为了突出梁大牙的作战勇敢,忠勇非常,这是梁大牙在八路军内部立足的基础,是获得杨庭辉信任的根本。逍遥楼牛刀小试主要是表现梁大牙的灵活多变,作战无轨无矩"①;对人物人格较量、思想交锋的展示较多,注重实现对个体人性的现象还原和用灵动的笔触表现生命存在的本真——"无论成功还是失败,都是伴随着人的阴谋、权欲、死亡、

---

① 张文诺:《军事文学的新丰碑——论〈历史的天空〉在军事文学领域的开拓》,《社会科学论坛(学术研究卷)》,第158页,2007年第10期(下)。

流血、牺牲、痛苦"①,梁大牙、朱一刀、江古碑、李文彬、莫干山、高秋江、韩秋云、东方闻音等七情六欲旺盛,杨庭辉、梁大牙、张普景、窦玉泉、朱一刀以及刘汉英等,其人性中的"崇高与卑微、光明与阴暗、积极与消极"②势均力敌,"梁大牙是一个英雄,但这个人物所打动人的不是他的杀敌无数,也不是他过人的战略战术,而是他身上的那种平民化、人情化、人性化的味道"③,"而以'最纯洁的正宗的布尔什维克'自称的李文彬和江古碑,却因了自己低下的人格,做出让人不齿的事情。李文彬在敌人的淫威面前叛变了革命,成了敌人的走狗,用战友的生命让自己卑微的灵魂与躯体苟延残喘。江古碑因了自己的卑鄙,利用自己手中的权利狠狠地报复着,让曾经同在一个战壕里的战友们在残酷地折磨之下鲜血淋漓,甚至付出生命的代价。低下而卑劣的人格让他们在特殊时期尽情释放着内心的丑恶,他们肮脏的灵魂纤毫毕现,从而真正成了民族的败类"④。

2. 注重从日常性、现实性的角度描写人物。

小说一方面继承了革命战争题材小说常用的英雄传奇叙事,巧设悬念,并由此及彼,环环相扣,一波三折;注重对革命英雄传奇经历的刻画,甚至有类似于《林海雪原》中的杨子荣单枪匹马打入土匪内部斗智斗勇和《铁道游击队》中的刘洪飞车夺取敌人军用物资神出鬼没的情节,如梁大牙装扮成商人住进逍遥楼歼灭汉奸"特勤队",把拉开引线的手榴弹绑在日军的狼狗身上炸死众多日军;另一方面又没有革命战争题材小说常有的或简单地给人物形象贴上阶级、党派的标签,或廉价地给主人公冠以完美的英雄称号的倾向;弱化文学的政治色彩,摒弃了阶级、党派甚至简单的好人与坏人的习惯性眼光,紧扣社会历史环境,把人的独特个性与社会共性有机地统一在一起,充分考虑人物日常性、现实性的一面,抓住战争和政治中各种关系的激烈碰撞和微妙变化来塑造人物形象;从而不仅表现了人的社会属性,而且还观照了人的生命意识、生命本能等自然属性,揭示了人性的完整内涵,把革命战争题材小说中常见的模式化人物还原为真实的、具有丰富性和多面性的人物,实现了对复杂多变的历史的审美

---

① 李洁:《论〈历史的天空〉不确定性的智慧》,《飞天》,第 20 页,2009 年第 4 期。
② 何莲芳:《雅俗共赏亦正亦奇——长篇小说〈历史的天空〉散论》,《乌鲁木齐成人教育学院学报》,第 36 页,2006 年第 1 期。
③ 李洁:《论〈历史的天空〉不确定性的智慧》,《飞天》,第 19 页,2009 年第 4 期。
④ 韩云:《人格决定作为——读〈历史的天空〉》,《新语文学习(高中版)》,第 61 页,2008 年第 3 期。

创造。

3. 强化人物的情感特点,演绎悲壮的爱情故事。

小说在描写错综复杂的矛盾同时也细腻地描写了爱情,让人物的爱情史成为其人格发展和故事情节发展的一条重要辅线。

虽说英雄人物一般都是铁骨铮铮、智勇双全的,但也不排除会有温柔细腻的情感,可当代文学早期革命战争题材小说,因受"左"的意识形态的影响,很少正面描写英雄人物柔情似水的一面,爱情更是成了其一个不敢"涉足"的禁区。"爱情关系在军事题材的红色小说中是一个不断被'延迟'的人际关系","爱情的力量,在红色小说中也从未上升为左右军事格局的叙事动力。"① 间或出现一点个人情感和爱情的描写,便招致批评或批判,如《红日》在描写战斗生活时穿插描写了黎青与沈振新、华静与梁波的爱情,表现了革命者将个人幸福与革命胜利联系在一起、爱情是革命战争中的一种鼓舞力量的"历史真实",却招致批评,冯牧甚至认为"这正如同在一曲雄伟动听的交响乐之中,突然杂入了几声刺耳的不和谐音,使人不禁感到一丝不快和遗憾"②,以致作者被迫删减小说中的爱情描写,使得1978年版本中有关华静与梁波恋爱的描写令读者不能接受。而在《历史的天空》中,有关梁大牙与东方闻音、高秋江与莫干山爱情的描写是其内容的重要组成部分,而且将爱情置于能把梁大牙由一个流氓无产者改造为一个革命者的高度——在梁大牙误入了八路军地盘后,杨庭辉苦口婆心地动员他参加八路军,他尚犹豫,可一见出现在门口的年轻漂亮的东方闻音,脑子便一热,脱口道:"也好,这个八路咱就先当着试试"③。为了娶东方闻音,他在近乎蛮横霸道的追求中,不断地摒弃自身的种种恶习、改正自身的种种缺点,拜东方闻音为师苦学文化,因她的无邪而无畏,因她的纯净而纯朴,因她的美丽而美好。显然,梁大牙之所以能成长为一名优秀的指挥员,除了他本人的天赋、斗争生活的锻炼和战友们的帮助外,爱情的作用也是一个相当重要的因素。

(二)叙述语言朴实、简洁、明快、流畅而又有张有弛、亦庄亦谐,人物语言个性化,景物描写语言优美。

---

① 余岱宗:《被规训的激情》,第74页,上海三联书店2004年版。
② 冯牧:《革命的战歌,英雄的颂歌》,文艺报,1958年7月21日。
③ 《历史的天空》,第30页,人民文学出版社2005年版。

小说叙述语言一反经典战争文学作品的拘谨、生硬等而相当口语化,朴实、简洁、明快、流畅而又有张有弛,亦庄亦谐,从整体上来看,蕴蓄着一种磅礴大气、新鲜而富于感染力的格调。人物语言个性化,如梁大牙对东方闻音所说的话:"你这个同志也稀奇,我说要娶你做娘子,那是喜事么。你不乐意就说不乐意,凭啥说咱欺负你?"①张普景对杨庭辉所说的话:"有问题就迁就,那我们的组织还有什么力量可言?老杨我实话跟你讲,我发现我们的队伍纪律很松弛,梁大牙是个典型的例子,这些人不改造好,对革命是有害的。"②杨庭辉对张普景所说的话:"老张你别忘了,国民党叫我们是土八路,我们就是土八路。《共产党宣言》要讲,要长期讲,要永远讲。但是,还有一些小道理也要讲,讲了就管用。"③韩秋云对梁大牙所说的话:"梁大牙,你救我也是枉然,我嫁给东洋鬼子也不嫁给你。"④景物描写语言优美,如"此时已近黄昏,西方的天穹隐隐约约地显现了落日的昏黄轮廓,无风的坡地上覆盖着皑皑白雪,像一页凝滞的湖面。冷淡的阳光随意地落下来,使这块雪后的山坡益发显得空旷寂寥"⑤。

(三)情节富有传奇性,双线交织,结构精巧。

在日寇扫荡蓝桥埠时,梁大牙等四个青年逃出了蓝桥埠,并准备投奔部队抗日,可命运却给他们开了一个大大的玩笑——要投奔八路军的却碰上了国民党军队,要投奔国民党军队的却闯进了八路军的地盘;在石云彪战死后刘汉英让陈墨涵接任其职,曾与梁大牙同生共死的朱一刀却在"文化大革命"中出卖了他,一直与梁大牙针锋相对的张普景却在"文化大革命"中为保护梁大牙而受难;这些情节颇富有传奇性。梁大牙等四个青年的命运构成了小说的两条线索:单数章讲述身处国民党军队的青年的命运,双数章讲述身处共产党军队的青年的生活,几组人物如李文彬与江古碑、韩秋云、东方闻音和高秋江,石云彪与张普景,窦玉泉与文泽远,杨庭辉与刘汉英等,或正面相应,或正反相对,共同构成小说中的众生相,簇拥着主人公在虚构而又真实的世界里生活着;从而使得小说虽头绪繁多但又不紊乱,虽内容庞大但又不臃肿,结构精巧。

---

① 《历史的天空》,第152页,人民文学出版社2005年版。
② 《历史的天空》,第34页,人民文学出版社2005年版。
③ 《历史的天空》,第34页,人民文学出版社2005年版。
④ 《历史的天空》,第11页,人民文学出版社2005年版。
⑤ 《历史的天空》,第135页,人民文学出版社2005年版。

(四)笔致含蓄、蕴藉。

小说长达近50万字,塑造了三十来个人物,但对人物,如对主人公梁大牙,不用固定的笔调去描写,而是让他顺着其思想性格,充满无限可能性地发展——"一会儿像土匪,一会儿又像农民;一会儿像真正的英雄,一会儿又像政客"①,这种写作中的"不确定",使小说中的每一个人物都有一个独特的灵魂世界;同时,在行文时,慎笔游走,不着余墨,如在"写梁必达与东方闻音行将灵肉相合之时,或者说在写莫干山与高秋江真正的灵肉相合时,作家也没有依赖那种自然的描写。他把这种具体的人物行为写成了超然物外的抒情诗,让你感受美,但绝不是人的本能的生理感觉。作家的这种'顾左右而言它'的审美手段,使作品实现了艺术的间离效果——什么都写到了,但什么细节也没提供"②,从而给人物留下了发展的多种可能,也给潜在的读者留下了无限遐想的空间。

五

小说也存在着一些不足之处,具体地说:

(一)开头部分韩秋云骂人的语言显然与其作为一个读过书的黄花闺女的身份不"协调"。

(二)情节上故弄玄虚、不连贯的地方不少,后半部分的情节展开得不够充分。

(三)在一定程度上存在着概念化倾向。

不过,这些缺点对整部小说"无伤大雅",总的来说,小说堪称一部成功之作;从中国当代文学发展史的角度来看,有几点尤为难能可贵:

其一,"它以其对革命斗争史的独特展示颠覆了以往革命历史题材小说的经典叙事模式,革新了我们的历史记忆和传统英雄观。"③

此前的革命历史题材文学作品往往把革命者的革命动机"阶级化"——因

---

① 王久辛:《波诡云谲望天空——读徐贵祥长篇新作〈历史的天空〉》,《解放军艺术学院学报》,第85页,2000年第4期。

② 王久辛:《波诡云谲望天空——读徐贵祥长篇新作〈历史的天空〉》,《解放军艺术学院学报》,第85页,2000年第4期。

③ 王海涛:《历史的另类书写——评徐贵祥的长篇小说〈历史的天空〉》,《名作欣赏》,第94页,2007年第12期。

遭受阶级剥削和压迫而参加革命,把革命"圣化"和"神化"——组织异常完美甚至是十全十美、无比强大,人物"高大全",把革命的对象"妖魔化"——"反革命"组织一无是处,"反革命"分子多为十恶不赦之徒或草包饭桶,把革命过程和结果"理想化"——革命的过程是一个改造人的过程,即把坏人改造成好人、把凡人改造成英雄的过程,革命的结果是在共产党(在作品中,通常具体化为政委或"党代表",如《铁道游击队》中的李正、《洪湖赤卫队》中的韩英、《杜鹃山》中的柯湘、《林海雪原》中的少剑波)的领导下,革命战士(在作品中,通常具体化为军事指挥员或主要"军事"人物,如《铁道游击队》中的刘洪、《洪湖赤卫队》中的刘闯、《杜鹃山》中的雷刚、《林海雪原》中的杨子荣)成长为"圣人"或"神人"(英雄自身的局限被克服,成为一个高大全的人物),敌人被战胜或消灭,共产党及其军队也变得更加强大。

但在《历史的天空》中,梁大牙、朱一刀等参加革命则一是出自本能的求生意识、民族意识和反抗意识,二是阴差阳错或原欲的作用;共产党内部矛盾重重、斗争你死我活、有时甚至暗无天日;共产党的力量相当有限,如"张普景为人正直,讲求原则,无论是战争年代还是和平年代都曾试图发挥他对梁大牙的政治方向引领和革命信仰教化作用,却机械教条,行事僵化刻板,处处落于梁大牙的下风,甚至连改院门、比照片上站位的高低这样的生活琐事也次次落败;他根本碰不到队伍的军事指挥权,更遑论为队伍指明政治方向。东方闻音实际上是与梁大牙一同在战争环境中逐渐成长起来的革命青年。她既无系统的革命理论和成熟的革命'训诫'能力,也无处理应付复杂的政治斗争的头脑与谋略。当得知自己将赴陈埠县大队任梁大牙的政委时,她惶恐不安、不知所措;当梁大牙在'纯洁运动'中身陷囹圄、生命危在旦夕时,她除了流泪别无他法;她不能左右梁大牙任何一次军事行动,也不能丝毫影响陈埠县、凹凸山的复杂政治军事格局,她唯一做主的一次军事行动(接应率部策反的陈墨涵)却导致了她的牺牲"①;八路军的实力最初是远远不及国军的;梁大牙痞气终生未改,而且最终是梁大牙改变了东方闻音而并非相反——"如今回过头来看,东方闻音甚至觉得,她哪里是来'监督和改造'梁大牙的啊,而差不多是她接受了梁大牙的熏陶和改

---

① 秦敬:《试论"新革命历史小说"叙事模式的转换——以〈历史的天空〉为例》,《电影文学》,第 101 页,2008 年第 3 期。

造。她习惯了梁大牙的风格,认可了梁大牙的品德,甚至从梁大牙的身上感悟出真正的战斗者的精神"①,梁大牙的缺点也被革命队伍宽容、认可和接纳了;而国军虽内部也有问题,但颇有战斗力,在抗战时期还是抗击日寇的主力,陈默涵、石云彪、莫干山、高秋江等都是才俊之士,其身上优缺点的比例比梁大牙、张普景、窦玉泉、朱一刀等身上的都要大,在"英雄气"上,梁大牙、张普景、窦玉泉、朱一刀等更是无人可与石云彪相比——在阻击战中,由于刘汉英用兵不公,79团受到敌军的重兵包围,石云彪明知战之必亡,部下也跪谏撤离,但他不仅没有放弃阵地,反而还平静地从口袋里扯出一团丝绸,系在身边的小树上,对部下说:"这一仗打完,假使还能找到我的尸首,就把我埋在这里吧。"②那在风中飘扬的丝绸上赫然写着:"国军上校石云彪在此战死。"③就是刘汉英,虽然专断、残忍、阴险毒辣,但也英武果决、深谋远虑、良心犹存、苦撑危局,对国民党忠诚,既打共产党,又打姚葫芦(土匪),对日寇也不甘示弱,是一个铁骨铮铮的男子汉。虽然最后刘汉英战死,陈默涵向共产党投诚,但他们的人格魅力和所体现的组织曾有的"英气"仍然令人敬佩;这种"叙事"使文学从政治中解放出来,成为真正的文学。

其二,改变了当代现代战争或军旅题材小说重战争场面的描写而轻人物描写的惯常写法。

此前的当代现代战争或军旅题材小说往往重战争场面的描写而轻人物描写,如《保卫延安》、《铁道游击队》、《林海雪原》、《红日》等用大量的笔墨和篇幅去详尽地描写惨烈、残酷的战争场面以表现人民军队或英雄人物艰苦卓绝的战争环境、英勇顽强的战斗作风、高超的军事指挥才能和突出敌人的凶狠狡诈;而《历史的天空》则如前所述,淡化战争场面的描写而强化对人的描写,这便改变了此前同类小说的惯常写法,有利于这类小说克服重视英雄的英雄性而忽视其人性的倾向和实现"人"的回归。

其三,"第一次用文学的形式集中展示了战争年代党的高层内部的激烈斗

---

① 《历史的天空》,第269页,人民文学出版社2005年版。
② 《历史的天空》,第261页,人民文学出版社2005年版。
③ 《历史的天空》,第261页,人民文学出版社2005年版。

争"①,"揭露了我军的种种体制弊端,并能触及人物的内心灵魂,其尖锐、深刻程度,为以往军事文学所少见。"②

小说"通过战争描写反映了较为广阔的社会生活,反映了敌我之间、同盟者之间以及我军内部各种复杂的矛盾"③,且"充分表现了党内斗争的白热化、残酷性、复杂性以及两面性"④,"从战争年代极'左'路线的清党一直写到'文革'时期的起落沉浮"⑤,实际上是"将一部以抗日战争为故事主体的小说,设计为'抗战背景'之下及之后的'内战'故事"⑥:"杨庭辉、王兰田与张普景、江古碑、李文彬、窦玉泉属江淮派与凸凹派之间的矛盾,是党内路线之争在凸凹山的具体表现……杨庭辉、王兰田与张普景是工作作风之争……杨庭辉、王兰田与李文彬、江古碑的矛盾属于权力之争……张普景与梁大牙的矛盾既('既'应该'即'——引者注)是江淮派与凸凹派之间的矛盾的反映,其中主要是工作作风上的矛盾……江古碑与梁大牙的矛盾有'情敌'因素,也有工作作风上的矛盾,也是江古碑和杨庭辉、王兰田矛盾的具体表现。李文彬与梁大牙……最主要是争夺权利的矛盾,其中也隐约包含了知识分子与农民的矛盾……这些矛盾的中心是争夺权力,此消彼长揭示了我军内部矛盾的复杂和残酷,以致几乎有人为此掉了脑袋。这种表现我党的内部斗争不同于以往同类作品中所反映的矛盾,改变了过去我军内部铁板一块、绝对团结、而没有任何矛盾的理想化现实,给人以历史的原生态的真实感。"⑦

---

① 何莲芳:《雅俗共赏亦正亦奇——长篇小说〈历史的天空〉散论》,《乌鲁木齐成人教育学院学报》,第33页,2006年第1期。

② 张文诺:《军事文学的新丰碑——论〈历史的天空〉在军事文学领域的开拓》,《社会科学论坛(学术研究卷)》,第158页,2007年第10期(下)。

③ 张文诺:《军事文学的新丰碑——论〈历史的天空〉在军事文学领域的开拓》,《社会科学论坛(学术研究卷)》,第158页,2007年第10期(下)。

④ 何莲芳:《雅俗共赏亦正亦奇——长篇小说〈历史的天空〉散论》,《乌鲁木齐成人教育学院学报》,第33页,2006年第1期。

⑤ 梁晶晶:《浅析〈历史的天空〉——军旅小说新时期的审美创新》,《新世纪论丛》,第148页,2006年第1期。

⑥ 李迎丰:《历史天空与当下语境——徐贵祥小说〈历史的天空〉中的"新历史"话语》,《解放军艺术学院学报》,第32页,2006年第1期。

⑦ 张文诺:《军事文学的新丰碑——论〈历史的天空〉在军事文学领域的开拓》,《社会科学论坛(学术研究卷)》,第158页,2007年第10期(下)。

第四节 《英雄时代》

柳建伟的《英雄时代》为其系列长篇小说《时代三部曲》中的第三部,最初由人民文学出版社于 2001 年出版,其内容梗概为:

陆震天是老革命家、也是邓小平的得力助手。在他 85 岁生日来临之际,其子女为他的生日庆典之事各怀心思:已成为亿万富翁的小儿子陆承伟为改变他对自己的看法,准备送他一套六百万元的豪宅;女儿陆小艺从满足自己及陆家的虚荣心的角度出发极力主张为他举办隆重的生日庆典;养子兼女婿史天雄基于巩固江山的考虑建议只为他举办一个家庭式的生日庆典。其故乡陆川县县委书记田青廉、县长秦思民名为把陆川国有企业从困境中解救出来实为捞政绩而奔陆府祝寿。在陆震天、史天雄对陆川的问题一筹莫展之际,陆承伟将之包揽下来。史天雄深感电子工业部人浮于事、工作冗杂,而部署大型企业红太阳电子集团更需要自己,便主动请求离开副司长的岗位到位于西南省会西平的红太阳工作,但因其特殊的家庭背景和红太阳糟糕的经济状况,部领导不愿使其前途受挫而未批准其请求,随后将他派到同样位于西平的每年能向国家上缴二十亿元利税的企业——天宇集团任正局级特派员。由于天宇集团的总裁王传志的阻挠,史天雄未能上任。但史天雄在上任的过程中得知自己昔日心仪的金月兰在经营都得利超市,并发现了其经营方式的特殊意义和发展前景,再加上他对妻子陆小艺及陆家总支配自己非常反感,于是,决定辞职去加盟都得利。出于惺惺相惜和兄弟之情的考虑,陆承伟劝史天雄加盟自己的事业,但为史天雄拒绝。陆承伟深感自尊心受到伤害,便带着女友顾双凤和助手齐怀仲去西平搞金融,决心与史天雄一争高低。陆小艺在得知史天雄去西平帮身为单亲母亲的金月兰后,妒火中烧,便利用陆家在西平的影响,给史天雄在西平的工作制造困难。但在陆震天昔日的老部下、时下的西平市长燕平凉的帮助下,史天雄最终克服了困难。陆小艺恼羞成怒,便与演员钱林同居。此时,陆承伟已收购了陆川的企业,成立陆川实业公司,并借国家向西部和老区倾斜的政策和陆家在政界的影响,积极运作该公司的上市;同时,也向自己公司未来的买主王传志抛出了橄榄枝——送给王传志一份昂贵的生日礼物。偶然之中,陆承伟遇到了极像自己初恋对象——袁慧——的梅红雨,并顿生追求之念。陆小艺在采取了一些逼史天雄"回归"的措施未果后,强令他回家。陆承伟不愿失去史天雄这个姐夫而试图用性补偿的方式拢住他,结果适得其反,并由此对史天雄由敬生恨;史天雄最终与陆小艺离婚。陆川实业的股票在上市后的最初一段时间一直处于低迷状态,为此,陆承伟便把主要精力放在陆川实业股票的炒作上。为借外资背景来提高陆川实业的股价,陆承伟不惜牺牲前女友顾双凤以换取日资企业三友集团的合作。由此,顾双凤对陆承伟由爱转恨。陆承伟则因受良心的折磨而大病一场。之后,他又认为唯有得到梅红雨才能慰藉自己的心灵,便围追堵截式地追求梅红雨。王传志在收取陆承伟的一千二百万港元的佣金后,做主让天宇收购陆川实业的全部股票,结果使天宇蒙受高达数亿元的经济损失。红太阳集团因搞全员推销而资不抵债。陆震天的侄子、红太阳集团的总裁兼党委书记陆承业试图请史天雄去辅佐自己,但遭到拒绝。梅红雨在被陆承伟逼得走投无路之际,被史天雄聘为都得利的技术部经理,于是,对史天雄由感激而生爱情;陆承伟则对史天雄产生了"夺妻之恨",并随即进行报复——他利用金月兰的前夫刁明生大伤都得利的元气,逼史天雄开除梅红雨、决定控股都得利。梅红雨最终被迫对陆承伟束手就范,都得利也最终为陆承伟所掌控。红太阳集团为保住国有资产而试图提出破产方案,不料导致工人上街游行和陆承业自杀。鉴于陆承业未得善终和天宇集团因收购陆川实业而陷入困境,王传志决定辞职。电子信息部党组决定合并天宇和红太阳,并接受陆震天的推荐,让史天雄出任总裁兼党委书记,同时,决定调查天宇收购陆川实业的过程。陆承伟深感自己并没有得到梅红雨的心,便决定终止与她的婚约,而与前女友顾双凤破镜重圆;同时,放弃了对都得利的控股权。金月兰决定与史天雄、陆承伟捐弃前嫌,接管都得利。

二

小说中重要的人物主要有史天雄、陆承伟、陆小艺、陆震天、王传志等。

(一)史天雄

史天雄是一位政府官员。总的来看,他具有"高大全"的特点:理想高远、信念坚定——在他看来,"生命诚可贵,爱情价更高,若为理想故,二者皆可抛"①,为探索中国市场经济的真正内涵而不惜舍弃一切。忧患意识强烈——为杜勒斯的预言而忧心忡忡。有强烈的责任感和正义感——他抱着黄继光堵枪眼、董存瑞炸碉堡的心态到天宇就职,对情同手足的陆承伟不姑息迁就。自主意识强烈——他不为形势所迫而做造反派,不为权势和情感所牵而与陆小艺勉强在一起。意志坚强、百折不挠——面对六大国有商场与陆承伟合力制造的麻烦和员工的误解、红颜知己的猜疑,他仍毫不气馁也毫不畏惧。但是,他虽理想高远,却连自主经营超市的理想也不能实现;虽有很强的忧患意识,却"阻挡不了千千万万的陈白露这样吟唱太阳:太阳出来了,太阳不属于我们,我们该睡觉了"②;虽品行端正、有强烈的自主意识,却众叛亲离;虽意志坚强,但最终还是接受了陆承伟做自己上司的现实;其辞官"下海"之举不具真实性——现实生活中辞职"下海"的高官基本没有,即使有,也不会是出于巩固政权的目的。由此可见,"高大全"只是其表象,没有筋骨、没有力量才是其本质,也就是说,作为一个人物形象,史天雄带有很强的"虚幻性"、"虚假性"。不过,如果从一个人物化的组织形象来看,史天雄又是真实的——其特点实际上是中国共产党的特点,其所作所为实际上是中国共产党的所作所为,其给人的感觉实际上就是中国共产党给人的感觉,也就是说,他与中国共产党为一体两面,即一种另类人物形象——从这一方面来看,他不仅没有"虚幻性"、"虚假性",相反,还逼近本真,堪称典型。

(二) 陆承伟

陆承伟是一位"金融资本家",为主流社会的边缘人物:从政治上来看,他属于"高干子弟",从经济上来看,他为资本家,显然属于主流社会;但其所作所为又与主流社会相悖——他虽然具有相当丰富、扎实的经济知识,但又没有将之用于国家的文化建设和经济建设,而仅用于聚敛财富;有敏锐的经济眼光——他能看准投资方向和国家现行经济生活的症结所在以及找到解决经济问题的途径,但没有将之用于化解社会经济风险或促进社会经济发展上,而是只用于投机;他虽然属共产党改革开放政策的最大受益者——在共产党让一部分人先富起来的决策出台后,他"用不足二十年时间,由不名一文的穷留学生""变成一

---

① 《英雄时代》,第108页,人民文学出版社2001年版。
② 《英雄时代》,第313页,人民文学出版社2001年版。

个亿万富翁"①,但所做的却尽是挖国家的墙脚甚至有可能导致现有政权坍塌的事;有魄力——他能大胆投资于自己所看准的项目,而且投资愈来愈大,以至于后来千万元以下的投资不再过问,纯利润不足百分之五十的项目不做,但其投资行为又往往带着相当浓厚的赌博性;有手腕——他能让下至黎民百姓上至高级政府官员以及纨绔子弟、诗人、学者、企业总裁、跨国公司的要员等都服务于自己,但高妙之中又不乏卑劣、冷酷、歹毒——他在耍手腕时连自己的父亲、姐姐、姐夫、情人也不放过;看似有情有义但实际上无情无义——他在将女友扶上马后还要送一程,对异姓兄弟兼姐夫敬爱有加,但在为了自己的利益时又不惜牺牲对方;看似一个纯情主义者——他从青少年到中年、从中国到美国一直对袁慧爱心不改,并爱屋及乌地爱上了与袁慧长相极相像的袁慧的姨侄女梅红雨;但实际上又生活腐化,堪称一个典型的肉欲主义者——从美国的妓女到银屏明星乔妮,他一个都不放过,完全认同美国的性解放观,还以之开导他人。不过,他也不是反主流社会——他多次表白自己爱现政权;虽是为了使自己或自己的家族人员避免在现政权出现危机时流落街头而敛财,但在客观上又延缓或减弱了国有资产流入一些与现政权的掌权人不相干的人之手的进程,从而在客观上加固了现政权基础;所作所为在主观上是为了挣钱,但在客观上又推动了社会的发展,如让一个赤贫县的 90 万人在两年之内脱贫致富;此外,还为一个遭遇车祸却又无可奈何的修理工讨回了公道、让一个平常连药也吃不起的下岗女工住高干病房。显然,陆承伟是一个正邪交织、好坏难定的人物形象,因而也是一个像哈姆莱特一样难以阐说穷尽的人物形象。他实为社会转型期一个新兴阶层的真实写照——在改革开放开始后,有的下海经商的高干子弟便是像陆承伟那样"红道、黄道、白道、黑道"道道都有人,"不是保护伞、代言人,就是走狗、打手"②,像陆承伟那样靠国家机器暴富起来成为新型资本家,当然,也像陆承伟那样坏事做了许多好事也做了不少;他们实际上是一群另类官僚买办资本家,而陆承伟则是其代表。

(三) 陆小艺

陆小艺是一位"现代公主",主流社会的"中间"人物——介于"中坚"与"边

---

① 《英雄时代》,第 21 页,人民文学出版社 2001 年版。
② 《英雄时代》,第 553 页,人民文学出版社 2001 年版。

缘"之间的人物:她虽然热衷于政治,但又没有直接走上政治舞台;虽然没有直接走上政治舞台,但又以血肉之躯参与政治。这种对政治的怪异情结使她最终沦为一个怪异的女人——另类"女权主义者":其一,权的彻悟者:她深知"在中国,没有政治支撑的钱,只能是废纸"[1],深知史天雄"离开官场""将一无所有"[2],深知只有"在政治上能够出将入相的男人"[3]才是陆家未来的保障。其二,权的极端崇拜者:她可以和母亲顶嘴,可以指责哥哥、呵斥弟弟,可以和丈夫大动干戈,但对父亲却是言听计从。为何如此?从根本上来看是因为其父亲虽退到二线三线了,但仍能左右一名省部级官员的行政决策、升降沉浮;虽然坐在家里,但其声音仍可传到中南海的红墙之内;她相信权能解决一切问题,以至于对自己情感方面的事也求诸权。其三,权的狂热追求者:对史天雄,她从15岁时就处心积虑,后又围追堵截且穷追不舍。为什么?从根本上来说,是因为在她心目中,史天雄是一位前途无量的官员。其四,权令智昏者:从对权的认识和态度来看,她绝对是一个清醒者、聪明人;从对丈夫的威逼利诱、围追堵截来看,她又绝对是一个糊涂蛋、愚蠢者。何以至此?权令智昏——由于在她心目中,丈夫是物化了的权而不是人,所以,她不假思索、不择手段地抓,而从未考虑那么做是否得当。

总的来看,陆小艺是一个为政治所异化人的女人,一个现代版的"太平公主"。

(四) 陆震天

陆震天是一位职业革命家。一方面,他脑子清醒,眼光深邃犀利,看问题高瞻远瞩,说话高屋建瓴,连"圣徒级"的史天雄也不得不佩服他"目光真敏锐"[4],连从不愿阿谀奉承人的燕平凉也"感叹老首长思路清晰、眼光独到"[5],能知人善任,敢作敢为。正直——虽然他的部下、家人在客观上沾他的光不少,但他从来没有主观或主动为他们谋福利,如在他看来江丰年是有省长之才的,但他并没有为之谋取省长之职;燕平凉虽然做省长的呼声很高,而且他也非常赏识燕平

---

[1] 《英雄时代》,第68页,人民文学出版社2001年版。
[2] 《英雄时代》,第109页,人民文学出版社2001年版。
[3] 《英雄时代》,第559页,人民文学出版社2001年版。
[4] 《英雄时代》,第414页,人民文学出版社2001年版。
[5] 《英雄时代》,第417页,人民文学出版社2001年版。

凉,但他也没有为之谋取省长之职;史天雄与其女儿陆小艺离婚了,但他不仅不记恨,反而还力荐史天雄任要职;老部下邹子奇一片善意地带气功大师给他治病,他却因认为那是反科学的行为而怒叱;陆承伟虽然是他的亲生儿子,但他不仅不主观或主动为之谋福利,而且暗中派人调查其所作所为,一旦耳闻其有不轨行为,便严加训斥。有情有义——部下史重光托孤于他,他毫不犹豫,并切实地负起抚养其子的责任;在得知自己由于听信传言而误解了前妻后,他悔恨交加;在前妻的精神恋人和生活伴侣溘然长逝后,他又令儿子陆承志带着全家以儿孙的身份去奔丧并厚葬之。另一方面,他无情无义——他对前妻,不仅弃之如敝屣,而且从其身边强行带走儿子且长达数十年不允许儿子去见她;对部下史重光,在其最需要他帮助的时候,他因为自私而对其要求置之不理,从而导致了史重光夫妇的自杀。专横——无论在什么场合,凡有他在场,他便是中心,如在故地重游时,无论是市长还是省长、省委书记都只能当听众;在家里,不论是妻子还是孩子也只能做听众,大事小事均得由他定夺或不得忤其意,如他过生日,他不发话,连妻子也不敢擅自作主通知在外面的儿子陆承伟回家;有他在家,孩子们不得抽烟,甚至不得大声说话。虚伪——他从表面上来看一身正气、堪称社会楷模,但实际上并非如此:他将女秘书据为己有,这至少有假公济私或"吃窝边草"之嫌;所娶之新妇比他小二十多岁,这至少有"老牛吃嫩草"之嫌。好教训人——他在说话时总带"训诫"味、"命令"味,如对部下如此说道:"百姓对政权的信任度,已经降低了很多。三年自然灾害时期,生活比现在要困难得多,中央决定减少三千万城市人口,一声令下,近千万个家庭都从城市迁到农村。一个破产方案,引出这么大个事件,值得我们深思"[①];对妻子说:"你不会好好说句话?看报你就看报,说家务你就说家务","你管那么多干什么。六十几的人了,还有多少精力顾人家、问人家?你把你那些名誉职务都辞了"[②];对女儿如此说道:"你也不像话。天雄没打电话回来,肯定有不可抗拒的原因。他一进门,你就埋怨。你是他妻子,也没听你问问他晚饭吃了没有"[③];对儿子如此说道:"承伟,你知道这是多大的工程?陆川的情况你了解吗?一个男人,可不能有信

---

① 《英雄时代》,第625页,人民文学出版社2001年版。
② 《英雄时代》,第59页,人民文学出版社2001年版。
③ 《英雄时代》,第60页,人民文学出版社2001年版。

口雌黄的坏毛病,要一诺千金"①,"你是中国人,耸那个肩干什么?你他娘的可真是胆大包天!"②对女婿如此说道:"既然你要开辟这个战场,我的要求是四个字:只许成功!失败了,一要挨板子,二要赔偿给组织造成的损失"③。

总的来看,陆震天是一个不能简单地以"正面人物"或"反面人物"言之的人物,是一个意蕴丰富的人物形象。

(五) 王传志

王传志是一位企业家。他有能力——他本是"一个从北京八大胡同贫民窟走出来的穷孩子"④,依靠自己的努力,在 15 年的时间里把"山沟里一个只有三千来万固定资产的小电子管厂"⑤变成了一个每年能上缴二十亿元利税的大企业。有手腕——他在三十多岁时就掌管一个企业,而且在长达十五六年的时间里一直无人能撼动其地位;能排除上级主管部门的人事干扰而又不动声色,且上级主管部门对其举措虽心知肚明但又不敢对他轻举妄动;能让下属众望所归,如领导班子的五位成员中,除觊觎其位置的党委书记外,其他三位都能与之保持高度一致,其职工则把能与他见上一面或聊上一句当作一种荣耀。清正廉洁——他把在生病住院期间被动性收受的礼金全部转入单位的工会特困基金里,礼品和补养品全部送给幼儿园;平时收到的礼品一律交到单位的礼品陈列室;在他那时代,一个"三年一届村支书,一万元;副支书,八千;村支委三千。计划生育专干,干一年要两千"⑥、谋取一个市场管理员的职位要花三万元⑦、"转业干部想谋个好位置,不出三五万血,也办不到"⑧,可他虽然掌管着一个每年上缴二十亿元利税的国有大型企业和上市公司,但全部家私只有二百万左右⑨;尽管世风日下,道德日渐沦丧,但他在 50 岁之前,除妻子之外,没和任何女人发生过性关系,也不知道"女人跟女人不一样"⑩。政治头脑清醒——在五十大寿来临

---

① 《英雄时代》,第 31 页,人民文学出版社 2001 年版。
② 《英雄时代》,第 611 页,人民文学出版社 2001 年版。
③ 《英雄时代》,第 116 页,人民文学出版社 2001 年版。
④ 《英雄时代》,第 217 页,人民文学出版社 2001 年版。
⑤ 《英雄时代》,第 101 页,人民文学出版社 2001 年版。
⑥ 《英雄时代》,第 33 页,人民文学出版社 2001 年版。
⑦ 参见《英雄时代》,第 329 页,人民文学出版社 2001 年版。
⑧ 《英雄时代》,第 41 页,人民文学出版社 2001 年版。
⑨ 《英雄时代》,第 420 页,人民文学出版社 2001 年版。
⑩ 《英雄时代》587 页,人民文学出版社 2001 年版。

之际,尽管内外都极力主张为他举行寿庆,但他能不为所惑,并能断然拒绝。但在50岁的"坎儿"上却变成了一个仅一次受贿就多达一千二百万元港币的巨贪、一个导致企业效益急剧下滑的罪魁祸首、一个妻子的背叛者,因此,总的来看,王传志是一个悲剧色彩浓重的人物。

三

从表面上来看,小说是在通过其内容和所塑造的人物,尤其是史天雄、陆震天等歌颂时代英雄、弘扬时代主旋律——陈建功曾直言道:"茅盾文学奖的评判标准是'弘扬主旋律、提倡多样化'"①,"柳建伟的《英雄时代》毫无疑问是主旋律作品"②;但实为一部"盛世危言"——它全方位、深层次地描写了"盛世"所隐伏着的危机:

(一)政治危机

在小说中,政治危机主要表现为官场腐败,即一是搞特权。退休多年的中央领导在故地重游时"走到哪儿,都是三步一岗,五步一哨"③,当年"毛主席出外巡视,也没有这种排场"④。省委书记喜欢在"有天然猎场、高尔夫球场、温泉、保龄球馆等娱乐消闲场所,网球场、夜总会、游泳池、麻将室这些大众化的设施更是一应俱全"的温泉山庄度周末⑤。二是贪污受贿。副省长与一千八百万的贪污案"有关系"⑥;省会城市常务副市长的经济后盾为私营企业家和大贪污犯;省证券管理办公室主任仅从一家上市公司一次就索贿"四万美金"⑦;国企总裁打四个小时的麻将就净赚八万八千元,收购一个上市公司就渔利一千二百万港币;"省政府处长、副处长家里的孩子有一半已经在国外读中学"⑧;镇党委书记"受贿三百多万"⑨;"街道办事处一般干部,管一条三里长的菜市街,一年的灰色

---

① 《新闻晚报》2005年08月02日第B12版。
② 《中国作协首次回应〈檀香刑〉落选争议》,http:book.sina.com.cn/maodun/news/c/2005-07-26/0943187215.shtml。
③ 柳建伟:《英雄时代》,第678页,人民文学出版社2001年版。
④ 柳建伟:《英雄时代》,第414页,人民文学出版社2001年版。
⑤ 柳建伟:《英雄时代》,第418页,人民文学出版社2001年版。
⑥ 柳建伟:《英雄时代》,第298页,人民文学出版社2001年版。
⑦ 柳建伟:《英雄时代》,第297页,人民文学出版社2001年版。
⑧ 柳建伟:《英雄时代》,第296页,人民文学出版社2001年版。
⑨ 柳建伟:《英雄时代》,第33页,人民文学出版社2001年版。

收入",也能顶一个上校团长二十年的军饷①;银行信贷科长贪污"一千八百多万"②;市场管理员上任半年就能吃上仅四个菜就值三千元的免费"百家饭"③,上任一年就买得起三室一厅的房子④。三是卖官鬻爵。"三年一届村支书,一万元;副支书,八千;村支委三千。计划生育专干,干一年要两千。"⑤谋取一个市场管理员的职位要花三万多元⑥,"转业干部想谋个好位置,不出三五万血,也办不到"⑦。四是"一人得道、鸡犬升天"。陆震天曾是"刘、邓手下的儒将,后来成为中国改革开放总设计师邓小平的忠实追随者和得力助手"⑧,于是,其大儿子做常务副部长,侄子做正司局级总裁,养子兼女婿做副司长,小儿子做亿万富翁,"从陆府出去的人,在副省级以上位置上的,有十二个人"⑨。

除官场腐败外,政治危机还有其他一些表现,如政府机构臃肿、人浮于事——一个电子工业部就有"近九百名""上班"人员,一个副司长整个上午没做一件正事;政府官员不想作为、只求自保或迁升——省长的心思都花在如何登上和坐稳省委书记的宝座上,省会城市市长甘当"维持会长",县委书记和县长都主要为晋升而忙乎,企业总裁不是刚愎自用就是贪权贪财贪色。

(二)道德危机

在小说中,道德沦丧是全方位的:

首先,上层社会成员其身不正。

陆震天将女秘书据为己有。史天雄在年仅15岁时就偷窥女性,这至少不能说是一个好孩子;在新婚后不久就动过见异思迁之念,这至少不能说是一个好丈夫;对从年龄上来说可以做自己孩子的梅红雨有过非分之想,这至少不能说是一个好长辈;再婚之前就和女友发生性关系,这至少不能说是一个好公民。

其次,中层社会成员生活糜烂。

---

① 柳建伟:《英雄时代》,第58页,人民文学出版社2001年版。
② 柳建伟:《英雄时代》,第298页,人民文学出版社2001年版。
③ 柳建伟:《英雄时代》,第458页,人民文学出版社2001年版。
④ 参见柳建伟:《英雄时代》,第569页,人民文学出版社2001年版。
⑤ 柳建伟:《英雄时代》,第33页,人民文学出版社2001年版。
⑥ 参见柳建伟:《英雄时代》,第329页,人民文学出版社2001年版。
⑦ 柳建伟:《英雄时代》,第41页,人民文学出版社2001年版。
⑧ 柳建伟:《英雄时代》,第5页,人民文学出版社2001年版。
⑨ 柳建伟:《英雄时代》,第27页,人民文学出版社2001年版。

陆承伟玩弄过的女性可以组成一个交响乐队；李长柱不仅自己上夜总会玩女人，而且还把坐了十年牢的把兄弟带去享受远胜"一对二的小皇帝，一对四的大皇帝"的"联合国"服务①；陆小艺为满足肉欲先是暗度陈仓、红杏出墙，后是在公众场合与演员调情，再后是与演员苟合，在遭弟弟指责时，竟恬不知耻地说："只准你们男人放火，不许我们女人点灯，什么逻辑？混账逻辑！"②副省长的女儿江才媛走马灯一样地换丈夫、双管齐下地找情人，其儿子江才荣则直接涉足色情服务行当；乔妮为了一辆宝马就出卖身子③；女明星许萍为了六百万而甘愿被人包养三年；男明星钱林像土狼猎食一样追逐女人、吸毒；城关镇党委书记丁显华包养了六个情妇。

第三，下层社会成员寡廉鲜耻。

下岗女工逼女儿傍大款，女儿当众对母亲说要与情人在简陋的房间里做爱；女中学生还没毕业就关注母亲的再婚问题、约见母亲的情敌，或者琢磨将配偶的年龄放宽到五十五岁④，"想在高中找个模样不错的处女，已经很困难了"⑤；男人不仅吃喝嫖赌，而且还骗妻子女儿；文学青年处境稍有起色就淫心荡漾，以至于聚众嫖妓；城市大街上到处都是卖春的场所、深夜里拉皮条人像夜莺一样叫个不停。

（三）精神危机

在社会中"已经很难找到一个对现实十分满意、一句牢骚都没有的幸福的人"⑥，出现了严重的精神危机：

身为上层社会成员，陆震天和史天雄所看到的都是社会出现了前所未见的信仰危机——在前者看来，"我们现在遇上了前所未有的信仰危机。这种危机，在政治局势混乱、社会严重动荡、经济面临崩溃的'文化大革命'中，也不曾出现过"⑦，"城乡储蓄超过六万亿，银行几次降息，储蓄反倒增加了"⑧是百姓对政权

---

① 柳建伟：《英雄时代》，第 298 页，人民文学出版社 2001 年版。
② 柳建伟：《英雄时代》，第 198 页，人民文学出版社 2001 年版。
③ 参见柳建伟：《英雄时代》，第 201 页，人民文学出版社 2001 年版。
④ 参见柳建伟：《英雄时代》，第 352 页，人民文学出版社 2001 年版。
⑤ 柳建伟：《英雄时代》，第 271 页，人民文学出版社 2001 年版。
⑥ 柳建伟：《英雄时代》，第 57 页，人民文学出版社 2001 年版。
⑦ 柳建伟：《英雄时代》，第 416 页，人民文学出版社 2001 年版。
⑧ 柳建伟：《英雄时代》，第 626 页，人民文学出版社 2001 年版。

的信任程度低的表现,"不少人手里有几个护照,几个绿卡。他们做这些,证明他们并不完全信任我们……信仰危机问题仍然很尖锐"①;在后者看来,"一个理想主义时代终结了"②,中国在经历过二十年的改革开放后,未必还会有像当年那样"心甘情愿留在奶头山打阻击……执行额外的任务"③的青年人了,官场人浮于事,"再在官场行走""无法不悲观。"④

身为中层社会成员,陆承伟和陆小艺所想的是随时可能会"变天"——在前者看来,陆家需要准备"应急应变的人民币"⑤;在后者看来,哪家都在"处心积虑想后事"⑥。

在下层社会成员中,成人、孩子都精神消沉——在女工李佩芝的心目中,中国是"十二亿人八亿堵,还有两亿在跳舞,剩下两亿二百五"⑦;在病休女工梅兰的心目中,毛主席、政府、大企业都不可信,只有神可信⑧,自己一直被国家抛弃着,"一次不行,还来第二次、第三次"⑨;孩子们津津乐道的是"一年级的小偷,二年级的贼,三年级的美女没人追,四年级的色狼一大堆,五年级的情书满天飞,六年级的鸳鸯成双对。现在上学真呀真没味,捧着课本打呀打瞌睡,等呀等到放学铃声响,卡通游戏才对我的味"⑩,"太阳当头照,骷髅对我笑。死人说,早早早,你为什么背着炸药包。我去炸学校,老师不知道。一拉弦,我就跑,轰隆一声学校没有了"⑪。

四

从艺术表现的角度来看,小说主要具有如下特点:

---

① 柳建伟:《英雄时代》,第 348 页,人民文学出版社 2001 年版。
② 柳建伟:《英雄时代》,第 92 页,人民文学出版社 2001 年版。
③ 柳建伟:《英雄时代》,第 107 页,人民文学出版社 2001 年版。
④ 柳建伟:《英雄时代》,第 115 页,人民文学出版社 2001 年版。
⑤ 柳建伟:《英雄时代》,第 17 页,人民文学出版社 2001 年版。
⑥ 柳建伟:《英雄时代》,第 190 页,人民文学出版社 2001 年版。
⑦ 柳建伟:《英雄时代》,第 580 页,人民文学出版社 2001 年版。
⑧ 柳建伟:《英雄时代》,第 557 页,人民文学出版社 2001 年版。
⑨ 柳建伟:《英雄时代》,第 131 页,人民文学出版社 2001 年版。
⑩ 柳建伟:《英雄时代》,第 572 页,人民文学出版社 2001 年版。
⑪ 柳建伟:《英雄时代》,第 573 页,人民文学出版社 2001 年版。

(一) 结构宏大而又严谨。

小说以史天雄和陆承伟因人生观不同而产生的矛盾冲突为主线，展开了多种矛盾冲突：史天雄、陆承伟各自与梅红雨、王传志、田清廉、秦思民等之间的矛盾冲突，史天雄与陆小艺、金月兰、李佩芝、刁明生、兰平章等之间的矛盾冲突，金月兰与刁明生、李佩芝、陆小艺等之间的矛盾冲突；从而形成了多条线索；但各条线索都围绕主线而交错向前推进，做到主次分明、条理清晰，在各条线索的展开中穿插描写政府官员、国企总裁、军人、民营企业家、金融家、外资老板、影视明星、教授、工人、律师、大学生、中学生等各类人物，形成了一个庞大而复杂的"网状结构"。第一章借陆震天的生日，把全书主要人物和主要情节线作了初步描写和交代，以后的各章线索交错发展；结尾处写到史天雄出任合并后的天宇集团公司和红太阳电子集团公司的总裁、陆承伟在经历了严重的精神危机之后幡然醒悟，预示了中国社会主义市场经济的形成虽遭遇困难，但在共产党的正确领导之下最终必然能走出困境，在市场经济的大潮中，人民虽会产生思想矛盾甚至迷失自我，但最终必定能克服矛盾、回归自我。

(二) 塑造人物的手法多种多样。

在塑造人物时，小说所采取的手法多种多样：

其一，在广阔的社会背景下，通过错综复杂的人物关系和矛盾冲突来刻画人物性格，如对陆承伟，小说描写他和田清廉、秦思民之间的纠葛表现其善于运筹帷幄、偷梁换柱、瞒天过海、金蝉脱壳，描写他和史天雄之间的纠葛表现其争强好胜而又色厉内荏，描写他和梅红雨之间的纠葛表现其处心积虑、不择手段，描写他和齐怀仲之间的纠葛表现其胆识过人但有时又千虑一失。

其二，将人物放在各种境遇中进行描写，如史天雄，在身处顺境时居安思危——身居组织计划司副司长，地位虽不算显赫但有实权，工作重要而不繁重，但他不仅没有安于现状，反而主动请调到基层，后来甚至辞职下海，以图探求符合中国国情的管理模式和经济发展道路；在身处逆境时刚毅果敢、百折不挠——对陆承伟和六大商场合谋发动的对都得利"点死穴"式的进攻，他一方面统一内部思想，采取果断行动与之进行针锋相对的斗争，另一方面在斗争受挫时及时调整经营规模，但又毫不气馁，如在陆承伟乘人之危、窃取都得利董事长的职务后都得利人心涣散甚至将帅离心时，他敢于面对现实，勇于反省自己、调整心态，与陆承伟合作但不妥协。又如陆承伟，他在决意追取物质财富和女人时踌躇满志、志在必得,并不择手段;在无法使得敌手心悦诚服或赢得所倾心之人的芳心时又惘然若失、意志消沉。

其三,注重描写人物的心理。小说在描写人物心理时,一是在尖锐的矛盾冲突或复杂的场面描写中,结合人物的动作神态,描写人物一刹那的内心活动,常常达到细致入微、生动可感的境地。如有关梅红雨在被金晶晶约见之后的心理描写、陆承伟将顾双凤送给乔本之后的心理描写、陆承伟在"征服"梅红雨后见到其胴体时的心理描写等。二是通过人物语言来刻画其心理,如陆承伟在因性心理障碍而萎顿时对史天雄的坦言,金月兰在遭李佩芝冷遇后对史天雄的坦言等。三是直接描写人物的潜意识、非理性行为、变态心理等,如史天雄与陆承伟潜意识里的袁慧(梅红雨)之争、梅红雨对史天雄"恋父情结"式的心理等。

(三)情节曲折复杂,故事性强,既富有传奇色彩,又有丰富的社会内容。

小说的故事核心是成长于同一个家庭的、没有血缘关系的两兄弟以不同的目的和方式进入私营经济领域、同台竞技而产生的纠葛,两人矛盾冲突的产生从表面上来看是由于价值观念的不同,但从人物心理动机的角度来看则是由于对同一个女人——袁慧的爱;而袁慧的母亲与袁慧的姨母为双胞胎;抗战时期在西平医大读书时,两人同时被从北京到西平避乱的袁氏双胞胎兄弟包养;后来袁慧的母亲被袁慧的父亲带回北京扶正,袁慧的姨母则在西平另嫁他人;史天雄和陆承伟这一异姓兄弟因一个偶然的机会遇上袁慧并同时深深地爱上了她,后又都在西平遇到并同时爱上了在他们看来简直是袁慧的"克隆"的梅红雨(只不过陆承伟是在意识层面上爱梅红雨,而史天雄在无意识层面上爱梅红雨而已)。史天雄二十年前在英模报告团巧遇金月兰,二十年后又在西平再次巧遇金月兰。陆川县长秦思民是史天雄、陆小艺的同学,陆承伟与梅红雨的母亲梅兰曾同时在云南当知青。史天雄在都得利上班时恰巧租了原属于梅红雨的母亲梅兰的房子,且仍与其居住的房子连着,梅红雨在日本厂家遇到麻烦时和在为普通市民张伟民而与肇事司机争斗时均巧遇陆承伟;这些都极富传奇性。

小说矛盾的解决往往出人意料又合情合理:

其一,一方面,史天雄对家和单位都深感失望,另一方面,家人和单位领导又都对他寄予厚望,当矛盾发展到胶着状态时,史天雄突然辞职离家。

其二,张伟民在陆承伟等帮助下将撞伤自己后逃逸的车及其司机逮住时,作为车主的旺家集团的老板李长柱仗着自己有钱有势,不但想推脱责任,反而还带着一辆豪华皇冠、两辆六缸奥迪和六个部下、一个法律顾问闯进交警队找张伟民兴师问罪,可当他看到陆承伟、江才荣和张伟民在一起时立马转换态度,不但一口答应承担张伟民的医疗费,还愿意一次性支付十万元赔偿费、误工费。

其三,在都得利同六大国营商场决战失利后,史天雄急于寻找合作伙伴而又苦苦不得时,陆承伟主动登门表示愿意与之合作,但被史天雄一口回绝;后来好不容易找到合作伙伴旺家集团,可在合作大会召开的那天,合作伙伴却一下子从旺家集团变成了陆承伟。

其四,陆承伟用尽心思,苦苦追求梅红雨,可当梅红雨答应嫁给陆承伟时,陆承伟因发现其胴体与所自己所期待的相距甚远,同时也因良心发现,决定迎娶原先的女友而放弃梅红雨。

……

诸多因素组合在一起,使小说情节曲折,悬念迭起,充满戏剧性;同时,情节、矛盾本身又蕴含着极为丰富的社会内容——在一定程度上折射了中国抗战、共产党建立新中国、"文化大革命"、改革开放等各个时期的社会风貌或某个特定时期社会风貌的各个方面,渗透着颇为浓重的人世沧桑之感。

(四) 语言特色鲜明。

主要具有如下特点:

第一,生动、传神而又内蕴丰富。

小说生动、传神而又内蕴丰富的语言随处可见,如"天要下雨,娘要嫁人,后院真要着火,我有什么办法?我总不能整天拿着灭火器守在家里吧?"[①]"早几年,不贪财,不经常上错床,这太平官能做一辈子。如今呢,危机四伏,离监狱越来越近,一个闪失就进去了"[②],"有人把政治恶心成娼妓……失身一回,失身千百回,都叫婊子"[③],"都是下地狱,九层和十八层,没有什么区别"[④],"顾双凤……把两道冰柱子一样的寒光,射在陆承伟身上"[⑤],"这个刁明生,屁眼里能长出舌

[①] 《英雄时代》,第167页,人民文学出版社2001年版。
[②] 《英雄时代》,第34页,人民文学出版社2001年版。
[③] 《英雄时代》,第236页,人民文学出版社2001年版。
[④] 《英雄时代》,第302页,人民文学出版社2001年版。
[⑤] 《英雄时代》,第398页,人民文学出版社2001年版。

头,能说会道……"①,"陆震天瞪着火苗的眼睛直灼陆承伟"②,"人呀,要么求个做得最好,就是杀猪,也要杀到屠宰一条街的状元;要么求个做得最早,最早染上艾滋病,也是这一行的鼻祖"③,"她就是一块鹅卵石,我也要让它孵出小鸡来"④。

第二,人物语言个性化。

小说人物众多,但基本上是一人一腔、一人一调,符合其身份和地位。

如,陆震天在说话时多带"训诫"味、"命令"味(见上)。

又如,陆承伟身为"奸"商,加之拥有亿万资财,于是,恃"财"傲物——在说话时不是绵里藏针就是嬉笑怒骂或咄咄逼人,如为了使梅红雨改变对史天雄的好看法,陆承伟对梅红雨先不说史天雄怎样恨她,而是捏造事实,说史天雄对她妈妈的死怎样漠不关心,并趁机说"怪不得人说,秦桧还干过三件好事,关公也做过一件坏事"⑤,之后才直接地说史天雄怎样恨她;在窃取都得利董事长职务后的就职大会上,他趾高气扬、说三道四、话不藏锋、滔滔不绝。

此外,史天雄、陆小艺、李佩芝、周小全、梅兰等的语言也颇具个性化。

第三,"学术性"。

小说除直接涉笔了马克思、毛泽东、邓小平、莎士比亚、但丁、普希金、萨特、聂鲁达、鲁迅等名人以及《资本论》、《李尔王》、《雅典的泰门》、《堂吉诃德》、《阿信》、《红楼梦》、《阿Q正传》、《日出》等名著之外,还有明显地学习、借鉴的痕迹:其一,化用或借用经典名著的语言,如"第一届全国优秀企业家,升迁的升迁,离退休的离退休,栽跟头的栽跟头"⑥,"曾经戴过红花的企业家,升的升、退的退、死的死、抓的抓"⑦等实际上是对鲁迅《南腔北调集·〈自选集〉自序》中的"后来《新青年》的团体散掉了,有的高升,有的退隐,有的前进"的化用,"生活……不是什么一低头的温柔"⑧明显是对徐志摩《沙扬娜拉——赠日本女郎》中诗句的化用;陆承伟与史天雄在餐馆的"叙旧"则借用了莎士比亚《雅典的泰门》中的原文。

---

① 《英雄时代》,第580页,人民文学出版社2001年版。
② 《英雄时代》,第611页,人民文学出版社2001年版。
③ 《英雄时代》,第630页,人民文学出版社2001年版。
④ 《英雄时代》,第636页,人民文学出版社2001年版。
⑤ 《英雄时代》,第646页,人民文学出版社2001年版。
⑥ 《英雄时代》,第63页,人民文学出版社2001年版。
⑦ 《英雄时代》,第237页,人民文学出版社2001年版。
⑧ 《英雄时代》,第142页,人民文学出版社2001年版。

（五）场面描写精彩。

小说中有许多精彩的场面描写，如陆承伟在酒店宴请陆川高层一班人以及会见电视剧组人员、李长柱兴师动众地闯入交警大院、小市民周小全送礼及宴请邻居和搬家、都得利门前的退货、陆震天在前妻的坟头见情敌、燕平凉做主考官、天宇开董事会时与会人员的就座、陆承业临终遗言播放时不同人的反应、大杂院里毛小妹等下层人的日常生活；这些场面描写都很生动，它们对刻画人物、渲染气氛、营构情节均起到了必不可少的作用。

（六）注重对中外名著的学习借鉴。

小说有不少学习借鉴中外文学名著之处，如借陆震天的生日引出人物和情节显然是对茅盾的《子夜》借吴老太爷的丧事引出人物和情节的摹写或托尔斯泰的《战争与和平》借一个茶话会点出了小说中的主要人物和中心故事的摹写，有关陆承伟在酒店宴请陆川高层一班人和周小全宴请邻居的场面描写有摹写巴金的《家》中有高老太爷关66岁寿庆场面描写的痕迹，有关大杂院里下层人日常生活的描写有老舍的《骆驼祥子》中有关大杂院里下层人的日常生活描写的影子，周小全与张天翼的《华威先生》里的华威和叶圣陶的《潘先生在难中》里的潘先生"神似"等；对中外名家名著的学习、借鉴，使得小说呈现出浓郁的文化色彩。

（七）采用了大处着眼、小处着手的写法。

小说的情节核实由史天雄提出天宇和红太阳合并的建议始、由史天雄任天宇和红太阳合并之后的总裁终，从题材来看，这无疑是属于重大社会题材的，但小说所写的具体事情则大都是小事情，如陆震天过生日、史天雄辞职搞零售业、陆小艺投资拍电视剧、陆承伟经办陆川实业、与顾双凤反目成仇、穷追梅红雨、设陷阱套王传志，这些事件相互交织、彼此推进，从不同方面、不同角度推动着情节的发展。

五

小说也存在着一些不足之处，具体地说：

（一）人物形象有"失真"之处。

如史天雄、金月兰、毛小妹、王小丽等均有拔高之嫌。

（二）有些情节有巧合之嫌。

如史天雄与秦思民、金月兰、梅红雨等的际逢，陆承伟与梅兰、梅红雨等的际逢等,传奇色彩过强,甚至有巧合之嫌。

(三)语言欠打磨之处时有可见。

如"陆承伟……把棱角分明的、简直可以看成罗丹《思想者》原型来看的脸,整个沐浴在漫过东方的朝霞里"[①],"可给以背叛有产阶级作为革命道路开端的职业政治家的父亲送这样一份生日礼物"[②],"这样的时代已经变成纷沓而至的各类突发性事件和他们紧紧拥抱了"[③]。

(四)"硬伤"不少。

如西平的人口时而为四百多万人[④],时而为一千万人[⑤];说梅红雨是梅丰的外甥女[⑥],把史天雄在"文化大革命"中自杀的父母说成是"烈士"。

不过,小说尽管有这些不足之处,但总的来说仍然堪称一部非常优秀的作品——从中国当代文学发展史的角度来看,小说有几点尤为引人注目:

第一,从文学的角度来看,小说为中国文学画廊增添了史天雄、陆承伟、陆小艺等称得上是典型的人物形象,在艺术表现方面特色多多(见上)。

第二,从非文学的角度来看,小说对中国经济发展模式予以了形象化的探索。

恩格斯曾称赞巴尔扎克的作品"汇集了法国社会的全部历史",从其作品中,"甚至在经济细节方面(如革命以后动产和不动产的重新分配)所学到的东西,也要比当时所有职业的历史学家、经济学家和统计学家那里学到的全部东西还要多"[⑦]。柳建伟曾声称要像巴尔扎克那样做时代的书记官,并且付诸行动,写出了一大批作品,这些作品虽不能说"汇集了中国社会的全部历史",但也在经济细节方面能让人学到不少东西——《英雄时代》即如此:

小说在经济细节方面最有价值的东西是其所蕴涵的中国式的市场经济理论。但对这一理论阐发,小说不是像历史学、经济学和统计学著作那样倚重陈述事实或罗列数据或逻辑演绎,而是倚重对人物的描写,尤其是对陆承伟、史天

---

① 柳建伟:《英雄时代》,第1页,人民文学出版社2001年版。
② 柳建伟:《英雄时代》,第3页,人民文学出版社2001年版。
③ 柳建伟:《英雄时代》,第23页,人民文学出版社2001年版。
④ 参见柳建伟:《英雄时代》,第122页,人民文学出版社2001年版。
⑤ 参见柳建伟:《英雄时代》,第153页,人民文学出版社2001年版。
⑥ 参见柳建伟:《英雄时代》,第440页,人民文学出版社2001年版。
⑦ 恩格斯:《致玛·哈克奈斯的信》,1988年4月初,《马克斯恩格斯选集》第四卷,第463页。

雄与陆承业、王传志等的描写：

陆承伟是一个商人，在经商时完全遵循市场经济理论：先研究"市场行情"——中国国情，其研究的结论一是"政治话语在经济生活中依然起着举足轻重的作用……陆震天三个字蕴藏的巨大能量"①，二是官本位、诸侯思想"于今为烈"，三是崇洋媚外；然后，对症下药——对关注千秋大业的陆震天诱之以千秋大业之事，对有望"更上一层楼"的田青廉、秦思民等诱之以官，对无望"更上一层楼"的王传志诱之以利，借洋人以压国人，让视域内的人都成为自己经济棋盘上的一颗棋子，最后，赚得钵满盆满。

史天雄本是一位官员，因深感自己所在的部门人浮于事、不能大展宏图而辞职办超市，其"事业"虽屡遭挫折，但还是蒸蒸日上，以至于让陆承伟垂涎；虽不齿陆承伟的经济行为，但在经济大海里摸爬滚打后终于认识到应该"学会和陆承伟们处好关系。把陆承伟们当成敌人来看，同样危险"。②

陆承业是红太阳的总裁，曾跻身于全国十大企业家的行列，可由于忽视市场规律而决策失误，使红太阳从一个"企业航母"沦为一个资不抵债的企业，而他本人则因上愧对国家下愧对职工而自杀。

王传志是天宇的总裁，用15年的时间把一个只有三千万元左右固定资产的小电子管厂变成每年能上缴二十亿元利税的大企业。但由于他在天宇内搞"家天下"、把天宇视为自己晋升的筹码和谋私利的资本，结果，使天宇踏上了步履维艰之途。

陆承伟、史天雄与陆承业、王传志对比性的活动和结果形象地表明：中国只能搞市场经济——而且是中国式市场经济，即"陆承伟"和"史天雄""携手合作"③的经济，否则，即使出现经济繁荣的景象，那也只是昙花一现。

艾略特曾说："文学之伟大与否并不全然取决于文学标准，虽然我们必须记住是否成其为文学只能用文学标准加以判定。"④但无论是从文学的角度来看，还是从非文学的角度来看，《英雄时代》都具有独特的价值，堪称一部"大作"，获"茅盾文学奖"实为名至实归。

---

① 柳建伟：《英雄时代》，第65页，人民文学出版社2001年版。
② 柳建伟：《英雄时代》，第671页，人民文学出版社2001年版。
③ 柳建伟：《英雄时代》，第614页，人民文学出版社2001年版。
④ 转引自蓝棣之：《现代文学经典：症候式分析》，第153页，清华大学出版社1998年版。

第五节 《东藏记》

一

宗璞的《东藏记》为其四卷本长篇小说《野葫芦引》中的第二卷,1993 年开笔,写作历时七年,2001 年由人民文学出版社出版,其内容梗概为:

抗战全面爆发后,明仑大学在长沙与另两所著名大学合并办学;1938 年,又与那两所大学一起迁至昆明;历史系教授孟樾一家住在当地一位军界人士的祠堂里。其时,孟樾的二姨姐夫澹台勉也将其电力公司迁至昆明远郊。孟樾的大姨姐夫严亮祖是滇军的一员猛将,曾在台儿庄立过赫赫战功,后因一次战斗失利而在昆明休整。孟樾的大姨姐吕素初在自己 45 岁生日那天,请孟家和澹台家去聚会;席间,严亮祖接到岳父吕清非在北平辞世的讣告。孟樾之妻吕碧初回家后不久即病倒。因敌机轰炸频繁,明仑师生被疏散到乡间。孟家在搬至龙尾村后,与中文系教师钱明经家隔街相望。澹台勉的女儿澹台玹(玹子)为庆祝自己在空袭中未中弹而在冠生园点心店请客,遇到了时为美国驻华使馆官员的老朋友麦保罗。为当教授,钱明经同时游说中文系江昉教授和甲骨文专家白礼文,并获成功。暑假里,孟家次女嵋(孟灵己)在去打针时,结识了流亡的犹太夫妇米先生和米太太。孟家前年从明仑奔赴延安的外甥卫葑被组织派回学校工作,并携妻子凌雪妍同往。1940 年,澹台玹及孟家长女峨(孟离己)等大学毕业。峨的同学仉欣雷对她心仪已久,而峨的偶像却是生物系教授萧子蔚。麦保罗向澹台玹求婚,但澹台玹要等考虑好后再作决定;随后,她到省政府当翻译。孟家在搬到宝台山上后,一天,钱明经正与孟樾谈诗时,刚从英国回国的治古典文学的尤甲仁携妻子姚秋尔到访,物理学教授庄卣辰一家也到访。开学后,白礼文没按时给学生上课,中文系主持工作的江昉大怒,让钱明经接替了他。澹台勉的儿子澹台玮从重庆到昆明上大学。澹台玮在学校里遇到庄卣辰之子庄无因,两人互诉别后之况。嵋的同学殷大士钟情于澹台玮,常借各种理由去找他。在香港沦陷时,财政部长孔祥熙把运送文化人离港的飞机用于运狗,学生愤怒地游行示威。国民党宣传部门一要人去明仑作报告,强调领袖的脑壳是最优秀的,抗战大业、建国宏图都要靠蒋委员长的脑壳,引起学生们的愤怒和嘲讽;学校对此不加干涉,又引起当局的不满;孟樾分析宋朝腐败问题的几篇文章,也被认为是在攻击中央政府,并在随后被两个军官模样的人带走,不过,旋即又被放回。严亮祖在出征之际把女儿严慧书带至孟家相托。凌雪妍生子卫凌难,在身体稍恢复后去小瀑布洗衣时溺水而亡。战局好转后,被疏散到郊外的人陆续返城。开学后不久,为躲避战争,学校提出了再次迁校的计划,教育部则决定征调四年级学生去滇西、滇南战场服务。人们一起谈论时局,谈论到底该不该迁校。数学系教师梁明时含泪说:"我们最好找一个地图上都没有的地方,让敌人找不着"①;校长秦巽衡则"声音呜咽,一字一字地说:'不论发生什么事,我们——我们决不投降!'"②

二

小说中重要的人物主要有孟樾、吕碧初、卫葑、钱明经、白礼文、尤甲仁、姚秋尔、吕香阁等。

(一)孟樾

孟樾是明仑大学历史系教授,是一个贯穿《南渡记》和《东藏记》的人物。

在《南渡记》中,他任明仑大学教务长,为人平和通达,既有学识,又能做行政工作,是那个时代大学里很典型的系主任之类的领导——系主任首先必须是学贯中西的学人,行政工作是第二位的。他有一个温馨的家:夫人知书识礼,两女一子均相当有教养、有灵气;工作的小环境幽雅——书房里是一排排书柜,一张大写字台,一堆堆书稿,小长桌上是几方"墨海",墙上是大字对联,对联的每个字一尺见方,是从泰山经石峪拓下来的:"无人我相,见天地心"③;工作的大环境里"谈笑有鸿儒,往来无白丁"。然而,在国家、民族生死存亡之秋,他并没有"两耳不闻窗外事,一心只读圣贤书",而是把自己的命运同国家、民族的命运紧紧地系在一起——在校务会议决定迁校后,身兼教务长的他,除了教书之外,还

---

① 宗璞:《东藏记》,第333页,人民文学出版社2004年版。
② 宗璞:《东藏记》,第333页,人民文学出版社2004年版。
③ 宗璞:《南渡记》,第9页,人民文学出版社2000年版。

忙着操持其他事情。

在《东藏记》中,他除了葆有在《南渡记》中的为人处世、言行的特点外,"形象特征"更为明确:

首先,他是一个优秀的知识分子——"沉稳坚定,既有传统文化修养,又具民主科学意识"①,勤奋刻苦、专心学业、心性纯正:在明仑大学时刻面临空袭的情况下,他仍然每天很早便去学校图书馆,从不懈怠;当客居之处被炸为废墟时,他首先想到的是自己的书稿。思维敏捷、眼光独到,对学术问题有自己独到的见解,富有自由之思想、独立之精神,如在讲宋史时所表现出的思维和眼光即如此。忧国忧民、关心时事,注重学术研究与实际生活相结合,富有批判精神,如把当时的"南渡"和历史上的"南渡"联系在一起研究、把当时的腐败问题和历朝的腐败问题联系在一起研究;潜心于明史研究,希望能"以史为鉴",吸收历史上亡国的教训。爱岗敬业:身为教师,他"不畏当局的压力,排除流言的干扰,以爱国学者的良知,教书育人"②,即使在躲警报的间隙,也在野外甚至在坟茔中给学生传道、解惑。

其次,他是一个深孚众望的同事——他有学问而又谦逊、温和,秦巽衡、庄卣辰、白文礼、钱明经、尤甲仁等各类同事,大事小事,公事私事,均爱找他商量或探讨,以至于他只要在场便成为中心。

第三,他是一个好丈夫、好父亲——他关心妻子:妻子体弱多病,他总想让她少点干活,并盘算着怎么努力挣更多的钱,能买到好米煮粥给她吃;他关心孩子的学习和生活,循循善诱、和蔼可亲。

第四,他是一个好亲友——无论是对同辈严家、澹台家,还是晚辈卫莛、凌雪妍,他都尽诚尽义;亲友们也把他视为主心骨,一有事,不是找他商量,就是直接相托,如严亮祖身为将军,家有妻妾,但在即将出征之际,却带着孩子到孟家相托。

但他也有不足之处,如有私心——面对土司要他去大理修养的优厚条件,他动过心;软弱——面对"左倾"、"右倾"的压力,他觉得"自己好像走在独木桥

---

① 郑祥安:《为读者奉献优秀的精神食粮——第六届茅盾文学奖得奖作品述评》,《江海纵横》,第39页,2006年2期。
② 郑祥安:《为读者奉献优秀的精神食粮——第六届茅盾文学奖得奖作品述评》,《江海纵横》,第39页,2006年2期。

上,下临波涛,水深难测"①。

总的来看,孟樾是一个承传了中华民族传统美德的知识分子。

(二)吕碧初

吕碧初是一个家庭妇女,孟樾的妻子。像孟樾一样,她也贯穿于《南渡记》和《东藏记》。

在《南渡记》中,她是一位典型的"教授夫人",出自书香门第,为"高级家庭妇女","总理"一家的事务,但有独立的人格,而并不属"红袖添香"之类。

在《东藏记》中,她的贤淑特征更为明显:

对父亲一片虔孝之心——在得知父亲辞世的消息后,她一方面满怀愧疚,自责没有留在父亲身边尽孝,一方面伤心不已,以至于大病一场。

任劳任怨、对丈夫恩爱有加——每每丈夫在下班回家时,她总是温情款款地问候;丈夫工资不高,家庭收入有限,到昆明后,家里有时入不敷出,对此,她从不埋怨;她的身体一天不如一天,似乎随时都有可能会倒下,但仍坚持洗衣做饭、教育孩子,把家务处理得井井有条,为丈夫创造了一个良好的工作环境;在家庭出现"经济危机"之际,她卖掉首饰,甚至与钱明经的妻子郑惠枌、教师李涟的妻子金士珍去街角摆小吃摊。

无微不至地关怀爱护孩子——她病得很沉,在炉子旁咳嗽不停,也不让孩子中断做功课;虽然手头一直拮据,但也一直想方设法带孩子上街吃米线;女儿生病了,她心急如焚。

对姐姐们的手足之情一以贯之——她的两个姐姐的家庭条件都比她的要好得多,但她对她们从不曾有过嫉妒和艳羡,也从不拖累她们;与她们在一起的时候,她的话语总是非常体贴入微。

此外,她还很乐观,如本来是因为战乱逃到昆明,但她却对孩子们说,想不到逃难逃进了花园里——其乐观之性由此可见一斑。

总的来看,吕碧初温柔、贤惠、善良、心胸开阔、乐善好施、坚强、勇敢,集真善美于一身,是一个典型的东方贤淑女子。

(三)卫葑

卫葑是明仑大学物理教师,孟樾的外甥。他积极进取,在大是大非的问题

---

① 宗璞:《东藏记》,第267页,人民文学出版社2004年版。

上头脑清晰——他信仰共产主义,抗战全面爆发后,只身离开北平到延安去,之后,又被组织派回明仑大学工作;对沦为汉奸的岳父凌京尧不宽恕。知识面宽广——在延安,他能胜任多方面的工作。忠于爱情、品行端正——在延安时,面对诸多妙龄女郎的追求,他不为所动,对妻子凌雪妍始终"一片冰心在玉壶"。坚毅——在延安受到不公正的待遇,在昆明过着艰苦的生活,他也没有改变操守,而是保持着一个知识分子的良好品行。有君子之风——他对澹台玹颇有感情;在凌雪妍意外身亡后,澹台玹的身影更是在他眼前无数次地出现,甚至不时想起澹台玹在做伴娘时的姿态,庄卣辰的妻子玳拉也劝他向澹台玹求婚;但是,他又觉得澹台玹应该有更好的归属,于是,最终还是放弃了求婚。不过,他也有软弱的一面,如在延安受到不公正的待遇时,其原有的信念也曾产生过动摇等。

总的来看,卫葑是他那代追求进步的知识分子中相当具有代表性的一位。

(四)钱明经

钱明经是明仑大学中文系教授。他天分很高,具有多方面的才能——既能做学者、诗人,又能做商人:心里对买进卖出的算盘打得很快,迁居乡下后,在城里教书回家时常带些玉器。精明、深谙世故人情——在得知学校有两个教授名额后,他多方活动,既做主持中文系工作的江昉教授的工作,又拜访甲骨文专家白礼文,还不惜忍受白礼文的奚落,直到拿下白礼文为止。生性风流、爱拈花惹草且虚伪——虽有妻子郑惠枌,但仍贪恋外面的花花草草,并用花言巧语来哄骗妻子,在与一个女学生的暧昧关系被妻子发现后,他虽悔恨交加,并信誓旦旦地要痛改前非,但随后又故态复萌甚至变本加厉,如与官太太、女玉石贩子那种女人拉拉扯扯等。

总的来看,钱明经是一位有才华但并没有把才华"集中"用于学问且品性不够纯正的教授。

(五)白礼文

白礼文是明仑大学中文系教授。他堪称奇人——学问渊博,古文字功底深厚、无人能及,但谁也不知道他的学问从何而来;到明仑任教以前,他在一个考古队工作;孟樾等看上了他的才华和学问后,力主学校以不拘一格用人才的方式聘用他。好吃——他的家里挂着火腿,炭火上炖着火腿;有一次到孟家,他

"忽然叫起来:'什么香?你家炖肉了?'耸着鼻子使劲闻,要把那香味吸进去"①,孟家挽留他,他就不客气地"风卷残云般吃了一多半,尽兴而去"②。抽大烟——他在四川老家当公子哥时养成此好,虽做大学教授后因同事反对而在北平时戒了一阵,但到昆明后又故态复萌,甚至为了此好而擅离职守、接受土司的邀请。好骂人——他骂人不分时间、地点、对象、听众、观众,甚至课堂也成了他骂人的阵地、蒋介石也成了他骂的对象。放荡不羁、生活"潦草"——平时总衣冠不整,敞间传来一阵响声,很像警报,他"趿拉着鞋"往外走;拜访孟樾,他"趿拉着鞋,手里拿着一把蒲扇,不知做什么用"③,在电影院前,他仍旧衣衫不整,"趿拉着鞋"。

总的来看,白礼文可以说是"竹林七贤"的传人。

(六)尤甲仁、姚秋尔夫妇

尤甲仁为明仑大学中文系教授、姚秋尔为中学英文教师,两人身材不高,尤甲仁"面色微黄,用旧小说的形容词可谓面如金纸,穿一件灰色大褂,很潇洒的样子。那太太面色微黑,举止优雅,穿藏青色旗袍,料子很讲究。"④姚秋尔"面色微黑,举止优雅,穿藏青色旗袍,料子很讲究。"⑤他们住在"刻薄巷一号",一见孟樾、吕碧初,两人便满脸堆笑,满口老师、师母;"两人说话都有些口音,细听是天津味,两三句话便加一个英文字,发音特别清楚,似有些咬牙切齿,不时互相说几句英文"⑥,显得学贯中西。爱互相吹捧——刚见孟樾、吕碧初等,姚秋尔就说:"甲仁在英国说英文,英国人听不出是外国人,有一次演讲,人山人海,窗子都挤破了。"⑦尤甲仁则说:"内人的文章登在《泰晤士报》上,火车上都有人拿着看。"⑧生性刻薄,以讥刺人为乐事,表面清高实则虚伪、自私——他们茶余饭后常对身边人事说长道短、大做文章,诸如美国教授夏正思在年轻时的恋情、明仑大学生物系教授萧子蔚的独身,都是他们的热门话题,并设法将之宣扬出去,而不管别人是否受到伤害;孟樾因挑战国民党当局的独裁统治,被特务抓去,遭受

---

① 宗璞:《东藏记》,第175页,人民文学出版社2004年版。
② 宗璞:《东藏记》,第175页,人民文学出版社2004年版。
③ 宗璞:《东藏记》,第175页,人民文学出版社2004年版。
④ 宗璞:《东藏记》,第169页,人民文学出版社2004年版。
⑤ 宗璞:《东藏记》,第169页,人民文学出版社2004年版。
⑥ 宗璞:《东藏记》,第169页,人民文学出版社2004年版。
⑦ 宗璞:《东藏记》,第169页,人民文学出版社2004年版。
⑧ 宗璞:《东藏记》,第169页,人民文学出版社2004年版。

到生命威胁,他们却在一边清高地说风凉话;在绿袖咖啡馆与吕香阁闲聊,在得知时为明仑大学教师的共产党交通员李宇明曾护送过凌雪妍一事后,他们添油加醋地编出凌雪妍和李宇明的感情纠葛,使凌雪妍大受伤害;对钱明经和郑惠枌的家庭危机,他们时不时地予以讽刺;即便在峨的同学、未婚夫仉欣雷死后,看到孟家在报纸上登出他与峨的订婚启事,依旧拿一个故事来讽刺;可对当时的黑暗统治却从不抗争,对现实的苦难和罪恶也从不"发言";周围的人并不喜欢他,平常可谈话的人也仅是一个同样不受到人喜爱的吕香阁而已。学识渊博但无主见——虽然知道的东西多,死记并能背诵的东西也不少,著作等身,但无自己的东西,如在钱明经就《诗品》中"清奇"一节向他请教以试其学问时,钱明经还没把话说完,他便将原文一字不落地背诵出来,当再被问及一疑难问题时,他举出几家不同的看法,讲述得很清楚,但就是没有自己的见解;讲课没有重点,学生听了,有人赞叹,有人茫然。

总的来看,尤甲仁、姚秋尔夫妇属学界那种夸夸其谈、自以为是之人。

(七)吕香阁

吕香阁是一个农村女子,吕清非家的远亲,在经历母病、负债之后被吕清非家雇佣;在日军占领北平后,为了避战乱,她随凌雪妍、李宇明离开北平。她好逸恶劳——她"不懂凌小姐——卫太太怎么能吃这样的苦。"[①]在去延安的中转站——一个小村子里,她以报酬为由,不让凌雪妍帮村里的王家做饭带孩子。唯利是图、见利忘义——她在中转站见村里的王一外表英俊,便与之外出做些小买卖;后来在遇到几个学生到后方去时,撇下王一而跟着那几个学生走到桂林;在两个学生遇难后遇到一位个旧的锡商,随后便做了他的外室;锡商在一次出门后数月不回,她便将房中能拿的东西拿了个干净,只身来到昆明,先在小店里做些杂活,后向严家要了一笔钱开绿袖咖啡馆。有心计、有手腕、会来事——"她本来生得俏丽,办事快当,且有手腕,当时外国人渐多,她应付起来,像是熟人一样。客人知她从北平辗转来到此地,都很同情。又有几个祖姑的招牌,咖啡馆在众多的小店中,倒还兴旺"[②];"她除了开咖啡馆,还利用各种关系,帮助转卖滇缅路上走私来的物品,那在人们眼中已经是很自然的事了。也曾几次帮着

---

① 宗璞:《东藏记》,第 245 页,人民文学出版社 2004 年版。
② 宗璞:《东藏记》,第 185 页,人民文学出版社 2004 年版。

转手鸦片烟,但她遮蔽得很巧妙"①;她深知自己的前途"是嫁一个好人家,若和中国的正经人家论婚嫁,她的过去是一个大障碍。她现在有好几个美国男朋友。美国人观念不同,他们不追究过去,只着眼现在。保罗近来和她渐熟,也被列做外围,香阁觉得他条件、品貌都好,人又天真,是那种可以落网的。"②阴险狠毒——为满足私欲,她勾引严亮祖、离间麦保罗与澹台玹。

总的来说,吕香阁是一个集假丑恶于一身的女人。

三

小说通过其内容及所塑造的一系列人物,尤其是孟樾、吕碧初、卫葑、钱明经、白礼文、尤甲仁和姚秋尔夫妇、吕香阁等所表达的主旨大致有以下几点:

(一)"写出了亡国之痛、流离之苦、漂泊之难、生存之艰"③。

抗战全面爆发后,山河破碎、生灵涂炭,不仅像吕香阁那样的下层平民不得不四处漂泊,不择手段地谋生,而且像明仑大学那样的著名高等学府也不得不"背井离乡",从北平南迁长沙,从长沙南迁昆明,从昆明迁到乡下;当明仑师生及教师家属在历经数次劫难后到达四季如春的昆明时,等候他们的却是战争中的饥饿、恐惧和伤亡:

衣食不保,吃米线对于他们来说也是一种奢侈的享受;为了应对家庭的入不敷出,"教授夫人"不得不卖首饰、到街角摆小吃摊;师生在频繁的空袭中工作或学习,时刻面临着生命危险;老人在故地去世,子女不能去奔丧;孩子生病,就医也成为难事;因为现实的影响,有情人不能成眷属,如萧子蔚与郑惠杋,成眷属者不能白头到老,如卫葑夫妇、钱明经夫妻、李涟夫妻等;死亡随时"光临",如仉欣雷在携未婚妻去拜望双亲时,在路上因躲闪军车落崖而亡,凌雪妍在生子之后在小瀑布洗衣服时因突然的晕眩溺水而亡。

(二)"写出了国难当头下中国知识分子的多色调的人格图景"④。

虽然国难当头、生活颠沛流离,但绝大多数知识分子威武不屈,能坚守中国传统知识分子高尚的人格操守、纯洁的精神境界等:孟樾沉稳坚定、勤奋刻苦、

---

① 宗璞:《东藏记》,第122页,人民文学出版社2004年版。
② 宗璞:《东藏记》,第247页,人民文学出版社2004年版。
③ 雷达:《宗璞〈东藏记〉的文化韵味》,《宗璞文学创作评论集》,第281页,人民文学出版社2003年版。
④ 雷达:《宗璞〈东藏记〉的文化韵味》,《宗璞文学创作评论集》,第281页,人民文学出版社2003年版。

专心学业、忧国忧民、关心时事,卫萏积极进取、品行端正,庄卣辰超脱而沉着、视科学研究为生命,萧子蔚优雅而潇洒,江昉豪放而旷达……无论处境怎样恶劣,他们都坚持做人的原则,保持自尊,关爱他人,守职敬业;不过,也有学有专长但又贪图享乐的白礼文,生性风流、爱拈花惹草且虚伪的钱明经,虽博学多闻但又生性刻薄、爱互相吹捧、以讥刺人为乐事、迂腐庸俗的尤甲仁、姚秋尔夫妇等;不过,无论是前者还是后者,都没做什么有违民族国家大义之类的事;"尽管他们性情不同,但他们都关注民族存亡,在流离漂泊中依然坚守着一个读书人的职责,体现了中华民族生生不息的坚强生机"①,显现了"中华民族的文化与精神在炮火硝烟中延续传承,爱国知识分子的操守、气节、情怀在民族灾难的磨淬中凸现"②以及"残酷的战争环境中的温婉的人情"③。

(三)写出了"一代在战火中成长的祖国的孩子们的坚贞的灵魂已经挺立起来"④。

"小说笔墨投入最多的是孩子们和年轻人的世界,展开了一个个关于青春的美丽,成长的困惑,纯真的友谊,朦胧的爱情等等的生活故事,这些日常小事又无一不远远近近地牵连着抗日这一特定的时代氛围。李之芹的因病痛惨死,凌雪妍的偶然坠塘溺水,把哀痛长久地留在伙伴们的心底。峨的古怪、矫情和她出人意料向萧子蔚示爱的行动让人感到突兀、神秘。善解人意、聪明多思的嵋,对美好生活的向往和对接踵而至的灾难的震惊、困惑与忧伤,使这个文学少女的内心世界显得特别丰富。玹子由高傲任性、从不关注他人的公主变成了降心静气、勇于担当的侠女。澹台玮则开始了由纯真少年向有志青年过渡的青春期"⑤。

---

① 郑祥安:《为读者奉献优秀的精神食粮——第六届茅盾文学奖得奖作品述评》,《江海纵横》,第39页,2006年2期。

② 曾镇南:《描绘生活长河的宏伟画卷——第六届茅盾文学奖获奖作品巡礼》,《当代文坛》,第23页,2005年4期。

③ 毛克强:《茅盾文学奖,新世纪的文学坐标?——第六届茅盾文学奖获奖作品述评》,《西南民族大学学报》(人文社科版),第124页,2006年2期。

④ 曾镇南:《描绘生活长河的宏伟画卷——第六届茅盾文学奖获奖作品巡礼》,《当代文坛》,第23页,2005年4期。

⑤ 曾镇南:《描绘生活长河的宏伟画卷——第六届茅盾文学奖获奖作品巡礼》,《当代文坛》,第23页,2005年4期。

（四）写出了中华民族的大无畏精神和不可战胜。

尽管失去了故土，被迫一再南迁，旅途艰辛、危机四伏，而且在南迁到云贵高原后，也频遭敌机轰炸，生命财产时刻面临着危险，但是，明仑大学的师生及教职工家属都宠辱不惊、临危不惧、历难不悲、宁死不屈；他们的生活在动荡中有条不紊地继续着，乡间生活虽然贫困，但也宁静温馨；邻里之间友爱相处。绝大多数教师一如既往地工作，但又心系着祖国的安危——孟樾等冒着生命危险坚守教学岗位；庄卣辰在被炸倒的土墙压住半截身子后，手里仍然紧紧抱着光谱仪的光栅；卫葑在心爱的妻子凌雪妍死于激流、留下襁褓之中的孩子后，不是消沉，而是毅然决然地奔赴延安。学生们认认真真地学习，愉快而又勇敢地生活——同学在轰炸中牺牲了，活着的便掩埋好死者的尸体，接着毅然走上战场；女生们玩月夜偷老乡的胡豆的恶作剧。教授夫人们也"不甘后人"——吕碧初像一棵大树一样遮蔽着战争的硝烟，像一只母鸡护子一样保护着子女，用柔弱的身子为丈夫营造温馨的生活和工作环境，支撑着他的事业，给周围的人们以关爱和生活的勇气；凌雪妍的千里寻夫，在艰苦的环境里坚持生下孩子；在学校面临着再次迁校与否时，校长的决定是：无论搬走还是留下，无论发生什么事情，我们决不投降——中华民族的大无畏精神和不可战胜由此赫然显现。

（五）表达了作者对儒家文化的景仰和对物质主义或商贾主义的批判。

贪图享乐的白礼文、追求物欲与肉欲的钱明经、课余赚外快过舒适生活的尤甲仁等知识分子都是一些没有很好地承传儒家文化的人，平民女子吕香阁则更是一个"没有仁义礼智信、匮乏五伦的人……使王家不睦，对王家媳妇无恻隐之心，不仁；勾引严军长、麦保罗，挑拨情侣之间的关系，无羞恶之心，不义；接过凌雪妍一百五十元钱，无辞让之心，无礼；发战争财，漠视救国，无是非之心，不智；扯谎骗走雪妍，达到与王一出走的目的，不信。"①对这些人，作者或冷嘲热讽，如对白礼文和钱明经；或挖苦，如对尤甲仁；或鄙视厌恶，如对吕香阁——作者对儒家文化的景仰和对物质主义或商贾主义的批判也溢于言表。

四

从艺术表现的角度来看，小说主要具有如下特点：

---

① 柴平：《论〈东藏记〉的误区》，《当代文坛》，第 21 页，2004 年 3 期。

（一）语言清丽、典雅。

1. 写景、写人的语言清丽、典雅。

（1）写景的语言。如"这是一种不可名状的蓝,只要有一小块这样的颜色,就足以令人赞叹不已了。而天空是无边无际的,好像九天之外,也是这样蓝着。蓝得丰富,蓝得慷慨,蓝得澄澈而光亮,蓝得让人每抬头看一眼,都要惊呼:哦!有这样蓝的天!蓝天上聚散着白云,云的形状变化多端。聚得厚重时如羊脂玉,边缘似刀切斧砍般分明;散开去就轻淡如纱,显得很飘然。阳光透过云朵,衬得天空格外的蓝,阳光格外灿烂。用一朵朵来做数量词,对昆明的云是再恰当不过了。在郊外开阔处,大朵的云,环绕天边。如一朵朵巨大的花苞,一个个欲升未升的氢气球。不久化作大片纱幔,把天和地连在一起。天空中的云变化更是奇妙。这一处如山峰,层峦叠嶂,厚薄相接处似有溪流落下,那一处如树丛,老干傍着新枝。这一朵如花盆中鲜花怒放,那一朵如小船,正待扬帆起航。它们聚散无定,以小朵姿态出现总是疏密有致、潇洒自如,以大朵姿态出现则如堆绵,如积雪,很有气势。有时云不成朵,扯薄了,撕碎了,如同一幅抽象画。有时又几乎如木如石,建造起几座七宝楼台,转眼便又坍塌了。至于如羊如狗,如衣如巾,变化多端,乃是常事。云的变化,随天地而存,苍狗之叹,也随人而长在。"① 又如"下葬那天,晴空万里,太阳光没遮拦地照下来,烤着大地,烤着河水。似乎要把河水烤干,惩罚它的暴虐。河水上一片白光,闪亮着,奔腾着,发出呜咽的声音。"②

（2）写人的语言。如"他(指严亮祖)身材敦实,和颖书很像,豹头环眼,络腮胡子,有点猛张飞的意思。"③ 又如"荷珠自幼为一户彝族人家收养,其实是汉人。她的穿着颇为古怪,彝不彝、汉不汉,今不今、古不古,或可说是汉彝合璧、古今兼融。"④

2. 小说的引文,如北平孟家方壶门口的对联"守独务同,别微见显;辞高居下,知易就难。"⑤ 昆明大观楼五百字长联,峨在寺庙中求得的签文"强求不可得,

---

① 宗璞:《东藏记》,第 1 页,人民文学出版社 2004 年版。
② 宗璞:《东藏记》,第 282 页,人民文学出版社 2004 年版。
③ 宗璞:《东藏记》,第 20 页,人民文学出版社 2004 年版。
④ 宗璞:《东藏记》,第 21 页,人民文学出版社 2004 年版。
⑤ 宗璞:《东藏记》,第 62 页,人民文学出版社 2004 年版。

何必用强求！随缘且随分，自然不可谋。"①此外，对《诗品》、李商隐、陆游等诗作的引用，也增添了小说的典雅之色。

（二）风格含蓄蕴藉、藏而不露。

首先，小说的"故事在风和日丽、草木竞繁的昆明展开，血腥与残酷作为背景遮蔽着平和的生活。然硝烟与炸弹、死亡与断壁残垣始终不能抹去作者的温情，明伦（'伦'在小说中为'仑'——引者注）大学的师生在昆明的逃难生活，就这样被作者满怀深情细细地叙来。大恨大仇、大悲大恸，全在作者婉转的描写、冷静的叙述中，从字里行间洇染出来。"②

其次，小说"以宁静写硝烟，虽然有敌机的轰炸，但逃难师生们的生活在动荡中有条不紊的继续着，乡间贫困的生活，倒也宁静温馨。这其实是一个苦难多舛的民族的定性和沉厚，这是一个压不跨（'跨'应为'垮'——引者注）的民族，一个坚韧不拔的民族。以温情写残酷，主人公吕碧初一家，始终充满温情和人情味。正是这种温情在残酷的环境中支撑着孟弗之的事业和孩子们的成长，也影响着周围人们的生活，给予人们以关爱和生活的勇气。以浅笑写悲壮，作品描写的环境是严酷的，也有牺牲和流血，但始终是以微笑面对死亡，以乐观的态度笑对悲惨的战争场面。同学在轰炸中牺牲了，更多的大学生掩埋好死者的尸体，毅然走上战场。卫葑心爱的妻子凌雪妍死于激流中，留下襁褓中的孩子，但他没有消极和悲伤，而是决然奔赴延安。"③

第三，小说的"人文内涵和艺术品格非常内在，不是那种外贴上去的'文化相'，而是骨子里的东西，是作者人格、学养、才情、气质、心灵的外化。大有'石韫玉而山晖，水怀珠而川媚'的气象。"④在描写知识分子时，写出了他们特有的气韵风神。

第四，"散文化"和"几乎没有悬念的写法"。"它的优势在于氛围足、诗意浓。在某种意义上，氛围和情调是置于人物之上的，看小说写昆明的吃、住，还

---

① 宗璞：《东藏记》，第143页，人民文学出版社2004年版。
② 袁平：《描写战争硝烟的婉约文本——评宗璞的〈东藏记〉》，《时代文学（理论学术版）》，第18页，2007年第7期。
③ 袁平：《描写战争硝烟的婉约文本——评宗璞的〈东藏记〉》，《时代文学（理论学术版）》，第19页，2007年第7期。
④ 雷达：《宗璞〈东藏记〉的文化韵味》，《宗璞文学创作评论集》，第280页，人民文学出版社2003年版。

有腊梅林和云彩,真是妙极,没有不为之动容的。"①

（三）人物形象个性鲜明。

"小说中的人物形象或温情、或儒雅、或郁积、或豪壮、或饶舌、或自负,个性是十分鲜明的"②,女性人物形象的个性尤为鲜明,如吕碧初温柔、贤惠、善良、心胸开阔、乐善好施、坚强、勇敢;吕素初心如止水、一心向佛、与世无争;凌雪妍坚贞、温柔、峨孤僻、古怪、清冷;嵋美丽、机灵、温和而又坚韧;慧书老实呆板;玹子活泼开朗;荷珠虽表面粗俗、养蛊弄鬼,但也能明大理、顾大体;郑惠枌爱搬弄是非、弃贫趋富;姚秋尔尖酸刻薄、饶舌长嘴、自我欣赏。

（四）行文手法多样灵活。

小说时空多变,线条纷繁,结构有中国古代章回体小说的余韵;刻画人物心灵,有直接描写,如通过嵋、凌雪妍的内心独白对其心理的描写,也有间接描写,如通过写景来写人的心理,运用了多种人称的手法,如小说总体上是以第三人称行文的,但也有一些内容,如《卫凌难之歌》是以第一人称描写的。

五

小说也存在着一些不足之处,具体地说:

（一）情节缺乏必要的戏剧性,不"很抓人"③。

（二）时间顺序与人物出场有些紊乱,一个人物的前后次出场往往间隔"距离"过远。

（三）叙事杂芜。

"如关于严亮祖家庭生活的叙写,就小说整个布局来说,它显得游离于所表达的主旨,造成了叙述节奏的拖沓,成为美中的残缺"④。

（四）"缺乏艺术的震撼力……缺乏强度和厚度,也就是说分量轻飘飘……柔弱有余,厚重不足……'红楼'式的婉约、细腻的语言风格和从细处落笔的柔

---

① 雷达:《宗璞〈东藏记〉的文化韵味》,《宗璞文学创作评论集》,第281页,人民文学出版社2003年版。
② 毛克强:《茅盾文学奖,新世纪的文学坐标?——第六届茅盾文学奖获奖作品述评》,《西南民族大学学报》(人文社科版),第123页,2006年2期。
③ 雷达:《宗璞〈东藏记〉的文化韵味》,《宗璞文学创作评论集》,第281页,人民文学出版社2003年版。
④ 王永兵:《飘泊与坚守——论宗璞〈南渡记〉、〈东藏记〉中的知识分子形象》,《理论学刊》,第121页,2004年第3期。

弱纤细的描写笔法……与战争的雄壮恢弘不太吻合。由于笔法的过于纤细,使文本的女性味很浓,作者在描写男性形象时,除了滇军的军长严亮祖有一些阳刚气外,其他男性形象都带着阴柔的气息。一个例子就是把小娃写成了'红楼'式的小男孩,女孩气十足,在阅读中总有别扭的感受。"[1]

(五)有些文字"缺乏必要的'起乘(乘应为承——引者注)转合',总是有点突兀"[2],好像是赘笔。如几处关于尤甲仁夫妇的文字即如此。

不过,小说尽管有这些不足之处,但总的来说仍不失为一部优秀之作——它"兼有着一代知识者的心灵史,历史的写真图和人性的显色谱这三个方面的艺术风貌。""中国古典小说细针密缕的叙事,古典诗文典丽朗润的文采和西方现代小说的结构技巧,被宗璞巧妙地融汇在一起,艺术地传达了小说的生活内容和思想内涵,对读者形成了含蓄而持久的吸引力"[3],"是一部文化含量厚重的长篇佳作"[4]。

---

[1] 袁平:《描写战争硝烟的婉约文本——评宗璞的〈东藏记〉》,《时代文学(理论学术版)》,第19页,2007年第7期。
[2] 余杰:《漫画钱钟书?——我看〈东藏记〉的暗藏机锋》,《粤海风》,第41页,2002年第5期。
[3] 曾镇南:《描绘生活长河的宏伟画卷——第六届茅盾文学奖获奖作品巡礼》,《当代文坛》,第23页,2005年4期。
[4] 杨日红:《第六届茅盾文学奖获奖评语节选》,《现代语文(教学研究版)》,第45页,2005年12期。

第七章
第七届茅盾文学奖获奖作品(2003—2006)

第一节 《秦腔》

一

贾平凹的《秦腔》最初连载于《收获》2005年第1—2期上,由作家出版社于2005年4月出版,其内容梗概为:

清风街原本有两大户:白家和夏家。白家早已衰败、人丁不旺;夏家则老一辈有夏天仁、夏天义、夏天礼、夏天智等四兄弟。夏天智任清风街小学校长长达几十年,其长子夏风为省城的著名作家。夏风与秦腔演员白雪结婚并在清风街举行结婚典礼,清风街中街大清堂药铺的老板——夏风的小学同学赵宏声、疯子张引生、卖豆腐的慢结巴武林、夏天义的三子夏庆满的儿子哑巴、果园承包者刘新生以及清风街的其他许多人都前去帮忙,县剧团也去助兴。在剧团演出时,观众因对演员的表演不满意而起哄,村党支部书记秦安控制不住场面,便派张引生带着剧团演出队长去找老村主任夏天义来压阵。夏天义自土改起任村委会主任,因组织村民去阻修国道而受过处分;几年前,主持七里沟的淤地工程,因没有成效,工程被"下马",便撂挑子,乡政府顺势让治保委员秦安当支书,派在农机站工作的夏天仁的儿子夏君亭回村做主任。由于内部亏空多年、上面的资金不到位、干部领导不力等原因,许多工作无法正常展开,乡长便让秦安当上村主任,夏君亭当支书。秦安和夏君亭决定把果园承包给外来户陈星,承包砖场、经管鱼塘、有"能量"的无赖村民李三疃对此不满。张引生因把白雪当做梦中情人而偷拿她的胸罩,在被逮住后,恼羞成怒地自宫。夏天义的二儿子夏庆玉原在村小学当民办教师,在转正后被调到白毛沟的小学校教书,回家便对老婆恶语相向或拳脚相待,并与武林的老婆黑娥勾搭成奸。为占李三疃的便宜,夏庆玉给他和黑娥的妹妹白娥拉皮条。天大旱,可水库管理站的领导却不同意放水给清风街抗旱,夏天义便带着夏君亭、秦安和张引生一群人去水库交涉,最后,迫使站长开闸放水。为了进一步地发展经济,夏君亭等决定建农贸市场,但建市场就得放弃夏天义在任时的"形象工程"——淤了一半的七里沟,夏天义对此不满,包括秦安在内的不少干部和村民对此也不认同,夏君亭便寻求李三疃的支持,夏天义指使自己在任时任用的电工周俊奇给李三疃的砖场停电,李三疃被迫放弃支持夏君亭。为了削弱夏天义的势力,当秦安等在文化活动站打麻将时,夏君亭让派出所把他们抓走。夏风拟把白雪从剧团调到省城去工作,但白雪因热爱秦腔而不愿离开剧团。夏风出了五服的堂兄弟夏中星在任剧团团长后,率剧团巡回演出,在演出时还顺便展览夏天智绘制的马勺。剧团在巡回演出时,白雪怀孕了。农贸市场在正式开业后生意兴旺,丁霸槽和夏雨的酒楼办得红红火火。在乡政府做饭的书正看着农贸市场一片繁荣,盘算好之后,在 312 国道上盖了一所公厕。秦安在省城被查出患有脑瘤,白雪的侄儿白路在建筑工地摔死。夏君亭要拿七里沟换鱼塘给妇女委员金莲承包,夏天义鼓动李三疃向上面告发此事。李三疃、夏庆玉趁夏君亭带武林到乡上办事之机分别与白娥和黑娥在武林家私会,夏君亭以活动取消为借口,与武林折回清风街,李三疃和夏庆玉被他们抓个正着,李三疃因此只好倒向夏君亭。白娥被迫离开了清风街。夏风为把白雪留在身边而要她去打胎,夏风的父母很气愤,坚决要白雪留在清风街生孩子。经过夏天义长期的努力,他的七里沟项目终于获得了上级领导的审批,并要求夏君亭全力配合,但夏君亭对此事置之不理。张引生发现夏天礼被人打死在河畔。白雪的堂嫂超生被告发。张引生因逗白雪玩而导致她早产,生了一个没有肛门的女孩。夏中星的爹死在了南沟。夏天义无意之中把书正的腿给撞骨折了,书正也因此而要挟夏天义。夏天智患上胃癌。清风街财政收入亏空,派出所出动警察催缴欠费,夏天义在调解时被车撞。白雪与夏风因为长期两地分居,见面又因对秦腔看法不同而吵架,矛盾迅速激化,最后离婚。夏天智在胃癌手术后病情恶化,临死前,嘱家人要把自己的一半家产分给白雪,并与夏风断绝父子关系。当天张引生和哑巴陪同体弱的夏天义到七里沟干活,在发生大面积滑坡时,夏天义被埋,之后,其葬身之地立了一块无字碑!

二

小说中重要的人物主要有夏天义、夏天智、张引生、夏君亭、夏风、白雪等。

(一) 夏天义

夏天义是清风街的老村主任;他先后当过先进工作者、劳模、优秀村干部,甚至一度被誉为清风街的"毛泽东";可以说,从土改、大跃进、"文化大革命"到联产承包,他都是一路凯歌高奏。他忠于共产党,恪守社会主义、集体主义的传统——"夏天义一辈子都是共产党的一杆枪,指到哪儿就打到哪儿。土改时他拿着丈尺分地,公社化他又砸着界石收地,'四清'中他没有倒,'文革'里眼看着不行了不行了却到底他又没了事。国家一改革,还是他再给村民分地,办砖瓦窑,示范种苹果。"[①]正直、无私、为人耿直、一心为民——他虽然早不任村主任了,但由于乡亲们的收入在下滑,而开支又在增加,如要交的提留增加,化肥、农药、地膜和种子涨价,便担心着他们的日子难过;见旱情严重而村干部求水不力,便主动与秦安、夏君亭去水库要水;在发现秦安等与水库管理站站长谈判结果不妙时便挺身而出,逼着站长放水;在儿子建房时,不准儿子多占集体一厘地,强迫儿子把已经建好的墙根推倒往里重扎,不准儿子因私耽误工作;反对村干部要农民集资建设农贸大厦;把以请客吃饭的方式去讨好上级而获取援助的行为痛斥为贪污腐败;正因为如此,他才在从村主任的职位上退下来之后也能让人对他敬畏三分,且拥有大批的拥护者和追随者。勤劳、质朴、好强——他年逾七十仍下地干活;平时除了吸黑卷烟、吃凉粉外,别无所好;宁愿自己亲自种地,宁愿喝满是虫子漂浮于表面的汤,也不吃孩子们的供给。心地善良——在土改时,周俊奇的爹被定为地主成分,挨批斗受不了,周俊奇的娘便去勾引他,为此,他一直恨周俊奇爹娘的卑鄙,但在周俊奇的爹死后,他又大发慈悲,对周俊奇的娘偷粮食装作视而不见,见周俊奇病恹恹的像黄瓜秧子便安排他当电工。热爱土地——斗地主、分土地让他那一代人从死亡线上活了过来,也使他

---

① 《秦腔》,第 25 页,作家出版社 2005 年版。

在脑子里确立了土地珍贵和保护土地的牢固意识:在他看来,农村应以农业为主,而土地又是农业之本和农民的命根子,"土农民,土农民,没土算什么农民?"①"当农民的不务弄土地,离饿死不远啦!"②务农才是农民的正业,因此,在任村主任时,他带领全村乡亲兴修水利,整治农田,筑河堤,改造河湾滩地,在北塬修梯田,大搞农业基本建设;见土地因村民外出打工而荒芜,便不顾家人的反对、不顾七十多岁的高龄而承包过来自己耕种;临死之前,"在吃了一疙瘩干土后竟然觉得干土疙瘩吃起来是那样香,像炒的黄豆,他就从那时喜欢起吃土了。"③为淤七里沟的地,他带着张引生、哑巴及一条名叫"来运"的狗,近乎悲壮地走向七里沟,把自己最后的时光全部投入到那儿,并葬身于那里。

总的来看,夏天义是传统农民和传统农业生产方式的代表者,也是一个悲剧色彩浓重的人物——他总与夏君亭意见相左,并阻挠其决策及决策的实施,如反对夏君亭的用七里沟换鱼塘、建农贸市场等决策及其实施;虽然总得不到人们的理解,并最终都以失败告终,但永不言弃,"这种坚守的悲壮和感人至深的精神在历史新潮头面前显得孤独、尴尬和无奈。这种对抗,既包含了传统与现代的冲突,也包孕了历史变迁和政治变动的深刻影响"④。

(二) 夏天智

夏天智是清风街夏家"天"字辈的老三,小学教师。他德高望重——其同村的赵宏声给他家写的对联"博爱从我好;宜春有此家"⑤可以说是他一生的写照:他做过几十年的小学校长,不仅县政府有他的学生,而且还培养出了夏风这个连县长都愿意套近乎的儿子,家里村里的纠纷,只要他出面没有解决不了的。宽厚善良、悲天悯人、乐善好施,秉承了中华民族扶危济困的传统道德——对狗剩的家,他多有周济,如狗剩缴不起儿子的学费,他慷慨解囊;在狗剩服药自杀后,他满怀悲愤,亲自找乡长理论,为狗剩讨回公道。他谨守中国的孝悌传统,每有好东西就叫上两个哥哥来家里喝一盅;正因为如此,他活着的时候备受家人和乡亲邻里的尊敬,死讯一传出则"哭声从一个院子传到另一个院子,从一条

---

① 《秦腔》,第 95 页,作家出版社 2005 年版。
② 《秦腔》,第 539 页,作家出版社 2005 年版。
③ 《秦腔》,第 552 页,作家出版社 2005 年版。
④ 黄秀生、陆汉军:《〈秦腔〉与〈受活〉创作之比较》,《小说评论》,第 22 页,2009 年增刊第 2 期。
⑤ 《秦腔》,第 52 页,作家出版社 2005 年版。

巷传到另一条巷,再从东街传到了中街和西街"①。酷爱秦腔——在"文化大革命"期间被批斗受折磨想自尽时,他无意中听到秦腔便打消了自尽的念头,随后就对秦腔一往情深,像热爱生命一样地热爱它;从小学校长的职位上退下来之后,一有空就在马勺背上画秦腔脸谱,收藏、展示、出版、出赠秦腔脸谱,收听、哼唱、播放秦腔,成为了他晚年最重要的生活内容,如把儿子夏风的结婚宴会办成了秦腔脸谱展览会,要夏风协助他出版《秦腔脸谱集》,给乡政府干部送签了名的《秦腔脸谱集》,用胡琴拉起旋律激扬的秦腔来迎接孙女的诞生,在夏风与白雪的情感纠纷中,始终如一地支持白雪,在得知夏风已与白雪离婚时,放《辕门斩子》来表达自己的愤怒,在县医院治病时要儿子夏雨回家取收音机来听秦腔,临死前要求播放秦腔,在入殓时要盖脸谱马勺才闭目。迂腐甚至有点愚昧——为了陪商业局长吃熊掌,他穿得规规矩矩,差点热昏、饿昏。

总的来说,"如果说夏天义是'土地之心'的代表的话,他就是乡村'文化之心'的代表。他对秦腔的热爱和夏天义对土地的热爱遥相呼应,表征了中国农民价值观的另外一个方面,即对乡村的文化人格和道德化生存方式的执著"②;如果说夏天义是社会责任的自觉承担者,那么他就是传统文化的强力呐喊者——他的一言一行无不显示着中国传统文化的仁爱、宽厚与博大;如果说夏天义的灵魂和家乡的土地紧紧地拥抱在一起,那么他的灵魂定是在秦腔的苍凉悲壮的旋律中飘然而去。

(三)张引生

张引生是一个疯子。他一方面愚顽痴迷、被别人认为是疯子,另一方面智慧超群、能力超凡——他明白发生的任何事,比夏天智的气度还大,有特异能力,如能和自然界的植物动物对话,驱使飞蛾去跟踪心爱的人,甚至能在龙卷风的中心沿着光滑的四壁往上爬。他在追求爱情时有疯子似的执著——在追求白雪遭到冷遇时,他就想"我要学饭时的苍蝇,你赶了又来,就是要趴在碗沿上,令人讨厌但它勇敢啊!"③愿意为白雪做一切,甚至愿意为她去死;不忍白雪遭李三疤轻慢或调侃而与之打架;听到白雪要和夏风结婚的消息的一刹那,伤心欲

---

① 《秦腔》,第 536 页,作家出版社 2005 年版。
② 张丽军、吴义勤等:《〈秦腔〉:乡土中国的现代性"挽歌"》,《艺术广角》,第 15 页,2009 年第 2 期。
③ 《秦腔》,第 527 页,作家出版社 2005 年版。

绝;因恋白雪遭羞辱而自宫;为能和白雪在一起而跟团演出辛苦奔波;为能见白雪而给夏雷庆的妻子梅花推磨;听赵宏声说,只要拿沾有猫尿和蛇的精斑的小手帕在白雪面前晃一晃,白雪就会跟他走,他便照着做;对白雪真是离不得也见不得,有时一见白雪他就犯疯病,有时白雪离开清风街,他的疯病也发作,为让自己的注意力转移,他整日跟着夏天义在七里沟劳作,想借此来分散对白雪的爱恋;但又觉得自己不应该去打扰她的生活,不应给她造成一丝的困扰,便总很克制。

总的看来,张引生为乡村生活保留了神话意趣,在其疯癫中,作者寄予了自己对土地的宿命感和乡愁。

(四)夏君亭

夏君亭为一村干部——先当村主任,后改成支书。一方面,他有眼光、有雄心、还极具经济头脑——他一上任便意识到"咱这一届班子,总得干些事情,如果仅仅'收粮收款,刮宫流产',维持个摊子,那我夏君亭就不愿意到村部来的。"①意识到光靠以土地来致富越来越难了,光有粮食不一定就能过好日子,意识到粮食价格下跌、化肥、农药、种子等所有农资都涨价,劳动力出外打工,因而再淤更多的地,也不能给农民多少实惠,于是,主张建农贸市场,充分利用农村特有的资源使一部分人先富起来;另一方面,他又好大喜功、作风武断、目光短浅——为了建农贸市场,他先在村两委会上夸夸其谈、纸上谈兵般地描绘农贸市场的未来蓝图,在农贸市场建成后,虽然出现了短暂的繁荣,产生了一定的经济效益,但接着出现了产品积压的局面,也产生了诸多负面的影响,如丁霸槽借机建起酒楼,酒楼招引来了大吃大喝、投机商人、舞女和妓女,导致了当地家庭的不睦,对本已躁动的人心起了推波助澜的作用。一方面,他有手腕、有魄力、有能力,说干就干——为了建农贸市场,他先动员、争取各方面的力量,甚至连像李三踅那种无赖也争取、利用,在不能达到目的时,便铁腕打击反对势力,如让派出所以打击赌博为由把秦安等抓起来以挫他们的锐气,并让秦安从此卧床不起;另一方面,他的手腕、魄力里不乏阴险、狡猾、卑鄙——让派出所以打击赌博为由把秦安等抓起来,但所采取的又是偷偷摸摸的方式;设计捉奸逼迫李三踅倒向他,同时,手腕、能力也有限——在丁霸槽的酒楼被老婆捉奸后耍手腕,但结果欲盖弥彰,在上级政府硬性催交税费而农民又实在贫穷交不了税时,他

---

① 《秦腔》,第 91 页,作家出版社 2005 年版。

不知所措,最终在村民围攻乡政府的"年终风波"中不得不灰溜溜地躲开,欲拿七里沟换鱼塘给金莲承包但最终未能如愿,有时靠媚上欺下来达到目的。一方面,他勤勤恳恳地为乡民谋福利,另一方面,他也沾染了社会上的不良风气,如为了请乡长支持自己的工作而设豪华大宴款待,经受不住诱惑而嫖娼。

总的来看,夏君亭可以说是一个勇于开拓、与时俱进的农村干部,是农村年轻一代农民的杰出代表。

(五)夏风

夏风为一作家。他有"能力"——能在乡政府面前说情解救竹青等,能让县长送礼给他父亲表示慰问,甚至可以帮助夏中星升官,但"能力"有限——对于清风街来说,他只是"零余者",不能够改变清风街的一点现状;他所向往和坚守的城市文明在清风街不能产生一点影响;他既不如夏天义,也不如夏君亭,甚至连昔日同桌大清堂医生赵宏声也不如,如不能像赵宏声那样治病救人,就是写对联,也并不比赵宏声强;他虽然能够帮助父亲出版秦腔面谱的书,但对秦腔艺术家王老师的请求却不得不躲避。有才能但没理想——他最大的理想就是要把妻子白雪调到省城妇联去;身为一个现代知识分子,但缺少一个现代知识分子应有的情怀——虽然总的来说对家里的至亲,他能尽心尽力,但对没有屁眼的女儿,缺少关怀,乃至漠视,没有一丝人道主义精神,对外人更是熟视无睹,无动于衷;虽然在农村长大,农村有他的父老乡亲、妻子女儿,但他对农村并不怎么留恋,因为在他的心中,纯朴的乡村已不复存在,不再有温情脉脉,人们都卑微琐碎地生活着,就像慢结巴的武林,生活永远那么断断续续;在父亲亡故时,他虽也回老家奔丧,但父亲的"头七"一过就返回了省城。

总的来看,夏风的思想有矛盾与冲突,有混沌与模糊,但更多的是困惑与无奈,他是一个从农村走向城市奋斗的成功者,但更是一个失败者——他"在爱情、亲情、家庭、伦理等等方面都堪称'失败者'"①。

(六)白雪

白雪为一秦腔名角。她是清风街最漂亮的姑娘——漂亮得让张引生如醉如痴、魂不守舍,并因为她而自残,漂亮得在她与夏风结婚时让人既羡慕又嫉妒。孝顺——对公公、婆婆毕恭毕敬,是一个有口皆碑的儿媳妇。热爱秦

---

① 张丽军、吴义勤等:《〈秦腔〉:乡土中国的现代性"挽歌"》,《艺术广角》,第15页,2009年第2期。

腔——为了自己所热爱的秦腔事业,她拒绝随丈夫进省城,并因为和丈夫对生活的理解不同、尤其是对秦腔的态度不同而与之离婚;在县剧团解体后,她即使从秦腔名角沦落到为红白喜事赶场子的民间艺人也不放弃秦腔。

总的来看,白雪和秦腔在小说中是合二为一的,"可以说她就是秦腔的人格化,代表着传统文化,也凝结着作家对这种文化的认同"①,她的遭遇实际上即为中国传统文化价值的日趋沦丧的写照。

三

小说通过其内容及所塑造的一系列人物,尤其是夏天义、夏天智、张引生、夏君亭、夏风、白雪等所表达的主旨大致有以下几点:

(一)乡村走向现代化的尴尬。

农村要现代化就得改变传统的生产方式,发展市场经济;作为一位具有现代意识的年轻干部,夏君亭一反其前任和前辈夏天义的价值观念、政治愿望和坚守土地的做法,发展市场经济,如支持村民外出打工、力主建农贸市场、认可和看好发展第三产业、致力于拯清风街于衰败等,但市场经济总是与权利、金钱纠结在一起的——夏君亭张罗建农贸市场所依赖的是商业局长,他能把清风街的土特产卖到高巴县所依赖的是高巴县长夏中星,万宝酒楼的盈利主要立足于乡政府干部的吃喝嫖赌;进城打工的女孩的钱是靠卖身挣到的;建农贸市场给清风街带来了实实在在的物质利益,但又使贫富差距拉大,并最终酿成村民包围乡政府的"年终风波",而且农贸市场好景不长,不久后便陷入了困顿之中;万宝酒楼在引进现代化的消费的时候招致了道德风气的恶化。

(二)农村文化以及人们相处的方式发生了变化。

农村的现代化与市场化既改变了农村的面貌,又改变了农村的文化以及人们相处的方式,如,秦腔凝聚着秦地秦人的生命呐喊和文化魂脉,简直与秦人血肉相连,长期以来,是他们的恋歌——无论是喜庆悲伤,还是节庆聚会,他们都少不了秦腔;可在农村的现代化与市场化的过程中,尽管清风街的人们常常哼唱或聆听秦腔来宣泄与净化感情,尽管夏天智、白雪、王老师等仍然酷爱秦腔,甚至可以说是用自己的生命支撑着秦腔。但秦腔最终还是走向了衰败——夏

---

① 张丽军、吴义勤等:《〈秦腔〉:乡土中国的现代性"挽歌"》,《艺术广角》,第16页,2009年第2期。

天智酷爱秦腔,但儿子夏风不以为然,甚至还因和白雪对秦腔观点的不同而与之离婚;夏天智出版的《秦腔脸谱集》不仅卖不出去,而且即使想送人也很难送出去;县秦腔剧团因得不到政府的支持而土崩瓦解;县秦腔剧团的王老师唱了一辈子《拾玉镯》,为一秦腔名角,可出一张唱碟的愿望最终也不能实现,白雪则从剧团的当家花旦沦落到为红白喜事赶场子的民间艺人,"雄壮苍劲的秦腔在现代社会中逐渐沦为替村民送葬的挽歌"[①];而陈亮演唱的通俗歌曲在清风街大受欢迎,则寓示着作为一种整体性的精神意象的消失和传统文化的解体。过去,人们是日出而作、日入而息、视土如命,父慈子孝、兄弟和睦、邻里友善;但在农村的现代化与市场化开始后,青壮年农民纷纷外出打工、土地撂荒;人与人在相处时"利"字当先,甚至为了蝇头小利出卖身体或灵魂,或翻脸无情,从而改变了人们对农村的习惯想象,动摇了人们的传统信仰和价值观念。

(三)"三农"问题严峻。

作者曾说,"我的创作一直是写农村的,并且是写当前农村的,从'商州系列'到《浮躁》。农村的变化我比较熟悉,但这几年回去发现,变化太大了,按原来的写法已经没办法描绘,农村出现了特别萧条的景况,很凄惨,劳力走光了,剩下的全部是老弱病残。原来我们那个村子,我在的时候很有人气,民风民俗也特别醇厚,现在'气'散了,起码我记忆中的那个故乡的形态在现实中没有了,消亡了。那么离开土地,那和土地联系在一起的生活方式,将无法继续。解放以来,农村的那种基本形态也已经没有了。解放以来所形成的农村题材的写法,也不适合了。"[②]小说实际上是作者这些想法的"具体化"或形象表达——在小说中,一方面,随着国家新的大政方针如"退耕还林"政策的实施、个人和国家基本建设的展开,如个人修建住宅,企业修建厂房,国家修建高速公路、铁路,土地被鲸吞,良田锐减,如仅312国道就毁了40亩耕地和十多亩苹果林;另一方面,随着青壮年农民离开农村到城市去打工或改行,大片良田无人耕种,从而农业生产的基础遭到了破坏。同时,农业生产对气候的依赖性强,风调雨顺和洪涝干旱都直接影响着农民的收成,加上市场具有很大的不确定性,农民即使收成好但如果销售价格不好收入也不一定好;此外,农民还要承受各种不合理的收费

---

① 陈国和:《〈秦腔〉:乡村文化的溃散》,《咸宁学院学报》,第47页,2007年第4期。
② 贾平凹、郜元宝:《关于〈秦腔〉和乡土文学的对谈》,《上海文学》,第58—59页,2005年第7期。

和摊派,如人头费、宅基费、自留地费,农业成本剧增,种子、化肥、水电等非农业成本也在不断地增加,而农民本来"种一亩地收不了多少粮,一斤粮卖不了多少钱"①;因此,农民陷入困顿便在所难免,如武林几个月见不到油花,为两元钱的丢失哇哇大哭;狗剩因交不起乡政府的二百元罚款而喝农药自杀,而且那瓶农药还是赊的;除武林、狗剩等之外,清风街的困难户还有 23 户之多;为了走出困顿,稍有能力的农民便离家进城打工或离土经商,如"东来去了金矿,水生去了金矿,百华和大有去省城捡破烂,武军贩药材,英民都在外边揽了活,德水在州城打工"②,可"农村就靠的是劳力,现在没劳力了,还算是农村?!"③于是,农村荒凉萧索便注定,以至于在夏天智死后,在东街找不够抬棺材的人,而且,不仅"东街死了人抬不到坟里,恐怕中街西街也是这样,西山湾茶坊也是这样"④;农民、农业、农村的危险情形也便同步形成了。

(四) 世风日下。

在"清风街"及其所在的地区,干部勾心斗角、争权夺利、吃喝嫖赌、跑官要官、行贿受贿、粗暴行政——夏君亭为夺支书之职而不惜对秦安使阴招;夏君亭嫖妓;乡长以违背"退耕还林"的政策为由,撤销了在地里撒了点菜种的狗剩每亩地补贴的 50 元苗木费和每年每亩拨发的二百斤粮食二十元钱,并罚款二百元,结果,逼得狗剩喝农药自尽。普通民众薄情寡义、寡廉鲜耻——"在清风街,天天都有致气打架的,常常是父子们翻了脸,兄弟间成了仇人"⑤,夏天义的五个儿子在对待老人的问题上,处处与孝道背道而驰,如为老人的口粮,兄弟间相互扯皮以至大打出手;母亲患白内障,儿子媳妇们不仅不主动为之治疗,而且在母亲言及治疗时大为不满,瞎瞎的媳妇更是口出恶言:"人老了总得有个病,没了病那人不就都不死啦?!"⑥在夏天义死后,儿子媳妇们为该谁出棺材钱、石碑钱而互相推诿、扯皮;为给他迁坟之事,瞎瞎与大嫂淑贞打骂不止;夏天义的儿子儿媳们不仅自己不守孝道,而且对守孝道的白雪和稍有心软的媳妇冷嘲热讽,

---

① 《秦腔》,第 466 页,作家出版社 2005 年版。
② 《秦腔》,第 538—539 页,作家出版社 2005 年版。
③ 《秦腔》,第 539 页,作家出版社 2005 年版。
④ 《秦腔》,第 539 页,作家出版社 2005 年版。
⑤ 《秦腔》,第 138 页,作家出版社 2005 年版。
⑥ 《秦腔》,第 64 页,作家出版社 2005 年版。

其孙辈则不听大人们善意的规劝而为所欲为;在夏天礼的丧礼之中,儿媳梅花的哭泣是因丈夫顶风违纪而被扣在公司,夏风跑来跑去为的是观察丧事的过程以积累写作素材;夏中星在北京的党校培训班学习,父亲死了也不奔丧;听说患病的秦安四五年里都不会死,秦安媳妇却呜呜哭起来,说:"那我就死呀,他还要活那么久,我咋受得了罪呀!"①夏风不念夫妻之情,与白雪说离婚就离婚;夏雷庆夫妇视钱如命、爱占小便宜,并因贪污票款而被公司开除;羊娃在城里打工挣不到钱,公然抢劫,还杀人灭口;进城打工的女孩当妓女,回村后没有丝毫的羞耻感;坚守在农村的夏庆玉与有夫之妇黑娥勾搭成奸,李三踅仗着自己是砖窑老板、有钱有势而霸占白娥,还厚颜无耻地在众人面前狡辩称自己的媳妇生不了娃娃,自己和白娥勾搭成奸是借地种粮;白娥不知羞耻,在成全了李三踅后又勾引张引生,夏雨和金莲的侄女放纵地"恋爱",李上善与金莲偷情,翠翠在爷爷夏天礼的丧葬期间为钱而与陈星做性交易;万宝酒楼提供色情服务,赵宏声甚至给万宝楼送了一副对联予以讽刺:"忆往昔,小米饭南瓜汤,老婆一个孩子一帮;看今朝,白米饭王八汤,孩子一个老婆一帮"②,身为支书夏君亭还"身体力行"。恶性事件频发——清风街抢油、围攻乡政府。人们精神空虚——不少女人终日打牌度日,瞎瞎之类贫困者则终日玩赌成性,瞎瞎媳妇对生活失去了信心,常去南沟庙里烧香拜佛,把对美好生活的愿望寄托在菩萨上。

通过以上这些,"小说表现了作者对传统村社文化的'仁义礼智'的精神的失落和现代商业文明的急功近利行为的茫然"③,由此也可以说,小说"是一曲关于传统文化的挽歌,也是对'现代'的叩问和疑惑。"④

四

从艺术表现的角度来看,小说主要具有如下特点:

(一)巧妙地运用了"秦腔"。

1. 从象征的角度运用"秦腔"。

小说名为《秦腔》,正文中关于秦腔的描写有百十余处。不过,就整个小说

---

① 《秦腔》,第310页,作家出版社2005年版。
② 《秦腔》,第513页,作家出版社2005年版。
③ 邰科祥:《论长篇小说〈秦腔〉在创作上的涨与跌》,《小说评论》,第81页,2005年第4期。
④ 孟繁华:《文化消费时代的镜中之像——2005年的长篇小说》,《小说评论》,第10页,2006年第2期。

来看,小说并非实写戏台上唱的秦腔,也不是写戏曲和艺人的故事——"秦腔"在小说中的象征意味十分明显:可以看作是"秦人之腔",即"陕西声音"之意;那高亢激昂的旋律,代表了那里人们的精神世界;失落的人唱着它度日,对未来抱着希冀的人唱着它迎接希望,就连疯子张引生也时不时地唱秦腔。然而,它却仍然难以逃脱走向衰败的命运——这象征着当代中国一部分人的生存环境以及他们生活、灵魂深处的变化,象征着"清风街"的农民和他们过去的生活形态,也就是说,它的逐渐消亡过程正是"清风街"即中国古老形态的农村消亡的过程。

2. 从结构行文的角度运用"秦腔"。

表面上来看,小说的情节是由张引生这一人物贯串起来的,但真正把所有情节串起来的是秦腔——它贯穿于小说的叙事过程中,引领着故事情节的发生、发展、转折和高潮,联系着人物之间的关系,并且常常伴随着感情激荡起伏、故事情节高潮的出现而出现,如小说开头部分写夏风和白雪在结婚时,县剧团给他们"助兴"时演的是秦腔,围绕着那场看戏,就出现众多的人物与故事;又如小说结尾部分写夏天智去世时,处处有秦腔。

3. 从人物塑造的角度运用"秦腔"。

小说常常用秦腔来描写一些主要人物的性格、命运、气质和精神。夏天智因为秦腔而打消了自尽的念头,并且从此之后,迷恋秦腔,直到生命的终了;白雪因为爱唱秦腔而显得格外美丽,又因为爱唱秦腔而被清风街少有的"省城文化人——夏风"的父亲欣赏与接纳,可以说,她是在秦腔的旋律中与夏风谈恋爱、结婚、诞生新的生命的,又是因为秦腔而与夏风产生隔阂并与之离婚的;秦安实际上是清风街政治势力方面的"秦腔派"代表人物,他与夏天智最为相契,不离不弃,并常常探望他;夏君亭实际上是清风街政治势力方面秦腔的背弃者,所以,在刘新生的一半果园需要再承包出去时,夏君亭想到的第一个人是流落到清风街的外乡人陈星;而陈星的流行曲所吸引的不仅是清风街的年青人,而且还包括秦腔演员。

4. 从视觉的角度运用"秦腔"。

小说在不少地方直接用简谱形式把秦腔的唱段抄录上去,这是秦腔的物化,人们通过阅读能直接感受到秦腔——即使从来没有听过秦腔,但只要稍有简谱知识,也能哼吟出那简谱里的几分悲凉调子来。

（二）注重对隐喻的运用。

小说注重对隐喻的运用——不论是在人物的设置上，还是在情节和人物关系的设置上均如此。如中国人强调仁、义、礼、智、信，小说巧妙地设计了清风街夏家的四个人：夏天仁、夏天义、夏天礼、夏天智，而缺乏"夏天信"，这便是对农村在蜕变的过程中诚信缺失的隐喻。小说在开始时，夏天仁就已经死了。由于"信"的先天缺失，加上可以"杀身"的"仁"也已经死了，这就注定"舍生"成为不可能，于是，夏天义也就不会"义"了，如他早年占人妻（晚年不得善终实际上是其不义的报应）。失去了"信"、"仁"、"义"，礼也注定不会持久——夏天礼私自贩卖银元也就在情理之中了，死于非命也是其必然的下场。仁、义、礼、智的相继离去隐喻着纯朴、厚道的传统文化的衰败。

又如，夏风与白雪，一个是省城里的知名作家，一个是剧团的当家花旦，两人的结合曾让人艳羡，但最终却不得不离婚，这实际上是对现代都市文化和传统乡土文化冲突及其结果的隐喻——夏风所向往的是都市，所欣赏的是现代文艺，所以，他不仅离开故乡，而且还要把白雪带离故乡，不仅自己对秦腔不以为然，而且对白雪对秦腔的热爱也不以为然；而白雪则反之，于是，两人的婚姻悲剧便注定了；而他俩结合而生下的怪胎则隐喻了这两种文明的难以调和。

再如，清风街在大旱之后下了一场大雨，导致村民的房子和院墙倒塌、道路被冲毁、七里沟出现了大面积的塌方，这隐喻了现实当中存在着一种左右一切的力量，乡土世界的变化不可逆转；小说在开篇时写以唱《拾玉镯》出名的女演员王老师年老色衰，备受冷落和奚落，暗喻了秦腔的衰落；"穿插于小说中'秦腔'本身也构成了隐喻——秦腔的溃败，隐喻着传统文化和伦理道德的彻底陷落"①，"小说最后夏天义吃土的细节以及最终死于七里沟地震的情节无疑有着强烈的象征意义，它隐喻了夏天义这代农民与土地割舍不断的情感与命运……夏天智……的死既是身体的死亡，又更是一种'心死'，隐喻的正是乡村文化之死"②。

---

① 沈嘉达：《〈秦腔〉："隐喻"作为一种策略》，《名作欣赏》，第21页，2011年第6期。
② 张丽军、吴义勤等：《〈秦腔〉：乡土中国的现代性"挽歌"》，《艺术广角》，第15页，2009年第2期。

(三)结构行文方式别具一格。

小说"颠覆了故事"①——摈弃了传统的以基本情节支撑全篇的模式,而采用一种"密实的流年式的叙写"②,即是将一些非线型的、生活漫流式的细节连缀成篇,"写的是一堆鸡零狗碎的泼烦日子"③、一些杂杂拉拉的事情和乡村混沌生态中的一个组成部分。行文的过程中,以疯子张引生"我"的口吻叙述故事,在叙述时不动声色——这是"进行了一种阉割式的叙事……把所有的想象和所有的激情,所有的现代性对于文学的想象全部剔除"④,而靠日常生活的内在逻辑来自然链接,原生态地写出了生活的流程,逼真地再现了日常细节背后的生活真相;同时,又依靠"我"作为一个疯子所具有的能与万物感应和幻化的"通灵"特性,用道听途说或所思所想来补充"我"所不知道的故事,于是,"我"可以让家里的老鼠去偷看白雪,可以让七里沟的鸟说话,可以看到人头上的火焰,甚至可以变成蜘蛛去听"两委会";这种叙述,"把作者全知的无所不在的角度和人物的有限视角有机、巧秒地('秒'应为'妙','的'应为'地'——引者注),天衣无缝地结合在一起,超越了第一人称叙述和第三人称叙述的局限,从而创造了一种两者角度相结合的叙事可能性和完美性的范例"⑤,使作者、隐形叙述人、叙述人、小说中的人物几乎四位一体,形成一种独特的叙事体态。同时,小说语句短促而窒闷,叙述密集而舒缓,节奏沉稳,画人状物几近写意,书面语言和方言口语掺杂;通篇几乎由对话构成——"整个生活的团块结构靠对话向前滚动"⑥,"在描写人物对话时,不仅能从个性化的角度写出说了什么,而且还要绘声绘色地写出是怎么说的"⑦,对话里蕴涵了极丰富的戏剧感,每一段对话都是一场好戏,

---

① 张胜友、雷达等:《〈秦腔〉:乡土中国叙事终结的杰出文本——北京〈秦腔〉研讨会发言摘要》,《当代作家评论》,第 38 页,2005 年第 5 期。
② 《秦腔》,第 565 页,作家出版社 2005 年版。
③ 《秦腔》,第 565 页,作家出版社 2005 年版。
④ 陈晓明语,张胜友、雷达等:《〈秦腔〉:乡土中国叙事终结的杰出文本——北京〈秦腔〉研讨会发言摘要》,《当代作家评论》,第 37 页,2005 年第 5 期。
⑤ 张水舟语,张胜友、雷达等:《〈秦腔〉:乡土中国叙事终结的杰出文本——北京〈秦腔〉研讨会发言摘要》,《当代作家评论》,第 39 页,2005 年第 5 期。
⑥ 雷达语,张胜友、雷达等:《〈秦腔〉:乡土中国叙事终结的杰出文本——北京〈秦腔〉研讨会发言摘要》,《当代作家评论》,第 36 页,2005 年第 5 期。
⑦ 王养正、石晓博:《〈秦腔〉——乡土世界的还原与抽象》,《兵团教育学院学报》,第 34 页,2010 年第 6 期。

人物的性格、心态跃然纸上;此外,小说还不时穿插着戏文、秦腔曲谱、民谣、对联,从而显示出某种"互文"的复调效果。

(四)细节描写密集而又精彩。

(1)小说在开始部分写到张引生在得知夏风娶了他所暗恋的白雪后,当场就气得昏死过去;在被救活之后,他把心中的痛苦一股脑儿地发泄在捶布石上,把捶布石打软了也不解气。这一细节描写是故事展开的点睛之笔,它预示着疯子引生对白雪的暗恋将是惊心动魄的。

(2)"夏天义是个大个子,黑乎乎站满了堂屋门框,屋里的灯光从身后往外射,黑脸越发黑得看不清眉眼。"①"中街的街道热气腾腾,热气是生了根往上长的,往东看去看见街拐弯处的东街口牌楼,以及往西看去看见街拐弯处的西街口牌楼和牌楼下的武林,都在热气中晃,像是一点一点在融化。"②"和上善喝茶的是妇女委员金莲,两人都脱了鞋,盘脚坐在石凳上,白果树阴了半院,白花花的太阳从树叶间筛下来,两个人像两只斑点狗。"③这三个细节就像三幅现代派油画一样,它的内容是多意性的,色彩是呈现放射状的。

(3)张引生偷白雪内裤和自宫的细节表现了他对爱情的忠贞和执著。

(4)张引生拿斧子砍痒痒树上的疙瘩,想以此砍掉夏天智的身上的那个肿瘤,这一细节描写逼真地写出了张引生虔诚地希望奇迹出现的心态。

……

(五)人物众多而又个性鲜明。

小说"编织了一个纠连着三十多人有名有姓的巨大的人物网,人物设置从上到下极有层次:最高一层就是天字辈,即夏天仁、夏天义、夏天礼、夏天智四兄弟;下来一代夏君亭(夏天仁的儿子)、庆金、庆玉、庆满、庆堂和瞎瞎(夏天义的五个儿子)、雷庆(夏天礼的儿子)、夏风和夏雨(夏天智的两个儿子);第三代是光利、翠翠他们。"④此外,还有张引生、赵宏声、李三踅、白娥、李上善、武林、夏中星、夏庆玉、夏翠翠、丁霸槽、马大中、哑巴、羊娃、夏瞎瞎、狗剩、白恩杰、张顺、王家老三、张拴狗、顺娃等。其中,除夏天义、夏天智、张引生、夏君亭、夏风、白雪等之

---

① 《秦腔》,第14页,作家出版社2005年版。
② 《秦腔》,第24页,作家出版社2005年版。
③ 《秦腔》,第27页,作家出版社2005年版。
④ 刘月香:《〈秦腔〉:还原家族历史的细节性特质》,《商洛学院学报》,第7页,2008年第6期。

外,其他人也个性鲜明,如赵宏声热心、博学、诙谐,李三疰唯利是图、横行乡里,白娥风骚多情,李上善能说会道,武林说话结结巴巴,夏中星善于偷梁换柱、借势上爬,夏庆玉自私贪恋,夏翠翠放纵享乐、重财轻身,丁霸槽睿智机敏,马大中圆滑世故,哑巴壮实鲁莽,羊娃胆大冒险,瞎瞎懒散、破罐子破摔,狗剩一无所有、苦度时日等。

五

小说也存在着一些不足之处,具体地说:

(一)彻底地突破了以基本情节支撑作品的创作模式,采取的是一种生活漫流式的细节连缀,这种模式在给人以新鲜感的同时也给人以难以卒读之感。

(二)人物众多且人与人的关系复杂,容易让人在阅读时将人物张冠李戴,大量乡村鸡零狗碎的琐事,让人读起来感到厌烦。

(三)细节描写过多。小说虽然细节描写密集而又精彩,但又稍嫌过多——小说可以说就是细节套细节连缀成章的,给人以细节堆砌之感,且不少细节提炼不够,这不但淹没和遮蔽了主题,也严重影响了叙事节奏。

(四)冗长的对话过多挤压掉了小说舒展的空间,内容便显得过于紧促,密不透风;由于缺少叙述和描写的穿插铺垫,事件之间没有必要的过渡,小说的节奏也因此而显得缓慢单一。

(五)叙事视角紊乱。小说所选取的是第一人称即张引生"我"的叙事视角,但又未能恪守这一叙事视角,即所叙写的内容不时超出"我"的所见所闻,从而破坏了其"逻辑自洽……让人觉得虚假、荒唐……例如,对小说中的人物进行直接的心理描写,在第一人称叙述的小说中,是不可能展开的,道理很简单:叙述者对别人的隐秘的心理活动是不知情的。但是,贾平凹却硬是让叙述者做他不可能做的事情:'秦安老婆一肚子委屈坐到厨房台阶上。想:别人家田里都拔过二遍草了,自己忙不到地里去,而市场工地上那么多人热闹着,秦安就这么呆在家里,服侍又服侍得惹气,就可怜了秦安,又恨秦安。'……'赵宏声看着他走了,脑子里琢磨:恶有恶报,善有善报,可怎么总是好人的命不长久而坏人活得精神?突然琢磨通了:坏人没羞耻,干了坏事不受良心谴责,好人是规矩多,遇事爱思虑,思虑过度就成疾了。'"① 同时,张引生的第一人称和作者的第一人称常常在不知不觉中混为一体。此外,小说"还采取一种极为勉强的叙述策略,即将人物彻底'物化'为一个道具。例如,重要的'两委会','我'是没有资格参加的,但是,为了获得知情权,为了让'我'详细地向读者报告开会的情况,为了营造真实的叙述效果,作者竟然让'我'变成一只趴在会议室墙上的蜘蛛……作者为了让'我'叙述白雪娘、白雪的婶婶和金莲的对话,又让'我'变成一只螳螂爬在白雪的肩膀上"②。

（六）小说注重还原农村真实生活的原生态,但有时"还原"得有点过头,以至于有自然主义之嫌,如"家里没面粉了,菊娃从柜里舀出一斗麦子,三升绿豆,水淘了在席上晾,一边晾一边骂……庆玉在院门外打胡基,打着打着就躁了,提了石础子进来说:'你再骂!'菊娃骂:'黑娥我日了你娘,你娘卖×哩你也卖×哩!嘘,嘘! 你吃你娘的×呀!'她扬手赶跑进席上吃麦子的鸡。鸡不走,脱了鞋向鸡掷去,鸡走了,就又骂:'你就恁爱日×,你咋不把×在石头缝里蹭哩,咋不在老鼠窟窿里磨哩?!'庆玉说:'你再骂,你再敢骂!'菊娃喝了一口浆水,又骂一句:'黑娥,你难道×上长着花,你……'庆玉举起了石础,菊娃不骂了……"③"表面上看,这样的描写确实生动地'逼真'地'还原'了日常生活的'原生态',但是,这种徒有形式的'还原'是琐碎的、粗俗的、没有意义的。这是一种我们并不陌生的'还原'。"④

（七）"恋污癖与性景恋"⑤倾向明显,即存在着"无节制地渲染和玩味性地描写令人恶心的物象和场景的癖好和倾向……'喜欢窥探性的情景,而获取性的兴奋'"⑥,如小说描写了不少丑陋古怪的事象——夏风女儿没有屁眼,张引生"掏出裤裆里的东西"⑦并"把玩"和"杀"之,张引生不让武林拾粪砸屎,农民身上的很多不卫生行为,光用手擦鼻涕又到处抹这一不良习惯书中出现的频率极高,张引生跟踪白雪一直跟到地里发现那里只有白雪留下的一泡尿等;这些很难让人产生美感。又如,小说不时描写到"性的情景",如张引生对白雪的性幻

---

① 李建军:《是高峰,还是低谷——评长篇小说〈秦腔〉》,《文艺争鸣》,第 44 页,2005 年第 4 期。
② 李建军:《是高峰,还是低谷——评长篇小说〈秦腔〉》,《文艺争鸣》,第 45 页,2005 年第 4 期。
③ 《秦腔》,第 233 页,作家出版社 2005 年版。
④ 李建军:《是高峰,还是低谷——评长篇小说〈秦腔〉》,《文艺争鸣》,第 42 页,2005 年第 4 期。
⑤ 李建军:《是高峰,还是低谷——评长篇小说〈秦腔〉》,《文艺争鸣》,第 46 页,2005 年第 4 期。
⑥ 李建军:《是高峰,还是低谷——评长篇小说〈秦腔〉》,《文艺争鸣》,第 46 页,2005 年第 4 期。
⑦ 《秦腔》,第 46 页,作家出版社 2005 年版。

想以及一些性幻想性的言行,陈星和翠翠的纵欢。

(八)小说中的女性"形象模糊……没有自己的精神人格……女性都特别像男性,黑娥为了追求自己的爱情,欺负武林,与庆玉联手。还有些女性,感觉天天都是满嘴的脏话,然后教训她们的丈夫和孩子,也没有什么美可言……有部分女性特征的女人,多是那种在农村中比较能引起注意的一些泼妇什么的,这种特征比较表面。另一类像男人的女人,比如抽烟的竹青"①。

(九)作者给小说取名为《秦腔》,小说所描写的"秦腔"和作为一种富有地域色彩的民间艺术形式的"秦腔"都衰落了;同时,在小说文本的后记中,作者动情地回忆故乡及其人和事,并透露了当初创作该小说的动机——"为故乡树起一块碑子"②;此外,小说文本的封底赫然写道:"当代乡村变革的脉象,传统民间文化的挽歌"③。这些都明显地表明,作者是希望小说能被人看作一首挽歌或给人一种挽歌的味道的,小说也的确有一种挽歌的味道,但是,作者的创作意图并未充分实现——"秦腔的消失并未使人产生追忆一种文化的冲动。作者在小说中极力渲染秦腔和清风街的生活之间密不可分的关系,但总让人觉得牵强,似乎作者是有意进行拼贴……清风街的人和事不具备文化性格和文化特征……写清风街时,贾平凹并非站在一个痛悼的立场上。"④也就是说,从作者的角度来说,小说明显地出现了"意图谬误"。

(十)小说存在着"题材内容的重复、叙事理论的老调、叙事(魔幻)手法的雷同和叙事材料的多次复制等诸多问题"⑤。

不过,小说尽管有这些不足之处,但总的来说仍不失为一部优秀之作,堪称"一部书写当代中国农村具有史诗性意义的重要作品"⑥,甚至可以说是一个"乡土中国叙事终结的杰出文本"⑦。

---

① 张丽军、吴义勤等:《〈秦腔〉:乡土中国的现代性"挽歌"》,《艺术广角》,第15—16页,2009年第2期。
② 《秦腔》,第563页,作家出版社2005年版。
③ 参见《秦腔》的封底,作家出版社2005年版。
④ 邵瑞霞:《〈秦腔〉与贾平凹创作的困境》,《长城》,第43页,2010年第6期。
⑤ 商昌宝:《〈秦腔〉走向经典的遗憾——兼谈贾平凹创作困境》,《天津大学学报(社会科学版)》,第186页,2011年第2期。
⑥ 《文学报》2005年3月31日。
⑦ 张胜友、雷达等:《〈秦腔〉:乡土中国叙事终结的杰出文本——北京〈秦腔〉研讨会发言摘要》,《当代作家评论》,第36页,2005年第5期。

第二节 《额尔古纳河右岸》

一

迟子建的《额尔古纳河右岸》最初发表于 2005 年第 6 期的《收获》上,由北京十月文艺出版社于 2005 年出版,其内容梗概为:

"我"是鄂温克族最后一个酋长的女人,母亲叫达玛拉,父亲叫林克,伯父叫尼都,姐姐叫列娜,弟弟叫鲁尼,姑姑叫依芙琳,姑父叫坤得。伯父既是"我"们氏族的萨满[①],又是"我"们乌力楞的族长。额尔古纳河的左岸曾是"我"们的故乡,三百多年前,俄军入侵,"我"们从勒拿河迁移到额尔古纳河右岸。在勒拿河时代,"我"们有 12 个氏族,到额尔古纳河右岸后,只剩六个氏族了。父亲在去阿巴河边的斯特若衣查节——"我"们庆祝丰收的传统节日换健壮的公驯鹿时遇雷电而死。父亲与伯父曾经同时追求过母亲;在父亲死后,伯父再次追求母亲,但两人在结合后不久又因为习俗不容而分开,为此,母亲痛苦得患上了癫狂。伊万是"我"伯祖父的儿子,妻子为俄国人娜杰什卡,生下一儿一女。民国二十一年秋天,俄国安达图卢科夫带来了日本人进山的消息。娜杰什卡害怕日本人,便趁伊万在外出打猎时带着两个孩子跑了。"我"在寻找娜杰什卡的途中遇到了拉吉达并与之相爱;由于"我"得照顾母亲,拉吉达就来到"我"们家族。在"我"们的大儿子维克特三岁时,鲁尼娶了猎人阿来克的女儿妮浩;举行婚礼的那晚,母亲去世了。之后,伯父精神颓废,大家就推选拉吉达做族长。在拉吉达正准备和哈谢到珠尔干去交换食品时,拉吉达的哥哥让汉人许财发送来了一些面粉、食盐和酒。在许财发走后,又来了三个人——日本人吉田、汉人王录、鄂温

[①] 通古斯语称巫师为萨满。萨满教是在原始信仰的基础上逐渐丰富与发达起来的一种民间信仰活动,曾经长期盛行于我国北方各民族。在萨满教信仰者眼里,大自然中的一花一草、一石一木都是有生命和有灵魂的。萨满教通常也泛指自起白令海峡、西迄斯堪的纳维亚拉普兰地区之间整个亚、欧两洲北部乌拉尔—阿尔泰语系各族人民信仰的一种原始宗教;或借指今天世界各地原始社会土著民族信仰的原始宗教,特别是北美爱斯基摩、印第安人和澳大利亚土著人的原始宗教,教徒的信教活动主要是通过萨满的祈祷和跳神舞来解决人与自然的矛盾冲突。

克人路德。伯父跳神治好了吉田腿上的一道刚被树枝划破所留下的血痕,同时也跳死了吉田的战马。吉田认为伯父是神人,要伯父跟着他去为日本人效力。伯父起身离去,随后倒地而死。那晚,"我"生下了安道尔。第二年,在"我"们给驯鹿锯茸时,路德、王录和日本人铃木秀男来让"我"们氏族14岁以上的男人去乌启罗夫的"关东军栖林训练营"——"东大营"集训。在大雪降临、驯鹿失踪了两天时,去集训的男人们回来了。拉吉达在出去寻找失踪的驯鹿时被冻死在马背上。随后,大家推举伊万为族长。民国三十一年,即康德九年,妮浩做了萨满,依芙琳强迫儿子金得与歪嘴姑娘杰芙琳娜结婚,在婚礼之后,金得上吊自杀。玛利亚和哈谢的儿子达西出于同情,违背玛利亚的意愿娶杰芙琳娜为妻。在冬猎开始时,男人们又去集训;在集训地,铃木秀男放出狼狗撕咬坤得,伊万打死了狼狗,但被关进牢房。不过,当晚,伊万逃跑了。随后,大家推举鲁尼任族长。康德十年夏天,"黄病"流行,拉吉达家族最后只剩下拉吉达的弟弟拉吉米,他便来"我"们乌力楞入赘。1945年8月上旬,苏联红军渡过额尔古纳河攻击东大营。瓦罗加是一个氏族的酋长;他在受苏联红军之命率部族人追踪日本逃兵时,遇见"我",不久后便和"我"结婚。在"我"们举行婚礼时,伊万回来了——那年,他从东大营逃走后,遇见了抗日联军小分队,引路将他们带到苏联境内,后又配合苏联红军入中国境内打日本鬼子。瓦罗加把他的部族一分为二,齐亚拉率领一部分,余下的与"我"们家族合并。1946年秋天,"我"生下达吉亚娜,维克特爱上了马粪包的女儿柳莎。1950年,乌启罗夫成立了供销合作社。夏天,拉吉米在乌启罗夫捡回女孩马伊堪。冬天,在军队工作的伊万让许财发给"我"们送来粮食、食盐和酒。1955年春天,维克特和柳莎结婚。第二年春,伊万转业到地方。那年柳莎生下孩子九月。1959年,政府为"我"们在乌启罗夫盖起了几栋木刻楞房。1959年深秋,安道尔与瓦霞结婚,在他们举办婚礼一个月后,玛利亚去世。第二年六月,瓦霞生下了安草儿;八月,在妮浩临产时,三个汉族男人偷了"我"们的驯鹿,其中一个病危,妮浩通过跳神救了他,但跳掉了自己肚中的孩子。1964年夏天,妮浩生下玛克辛姆,两个多月后,安道尔在一次打猎中被维克特误伤而死,后来,瓦霞被一个马贩子带走了。1965年年初,政府为"我"们设立了激流乡,瓦罗加为了达吉亚娜的教育和他氏族的人去了激流乡,但随后又回来了。夏天,达吉亚娜嫁给了索长林。1968年夏天,达吉亚娜生下了依莲娜。那年,造反派怀疑达西和伊万为苏联的特务,伊万气愤至极,咬断了自己的两根手指,达西被造反派打断了一条腿,伊万被救回激流乡后,吐血而死。1969年夏天,坤得被安草儿捉到的一只黑蜘蛛吓死,随后,依芙琳因给玛克辛姆吹气疗疮而死。1972年,达西自杀,杰芙琳娜吃毒蘑为达西殉情。1974年夏天,在放映队给"我"们几个家族放电影后,瓦罗加在送放映员回去时遭熊袭击而死。1976年,维克特在激流乡因酗酒而死。1977年秋天,九月与汉族女售货员林金橘结婚。1978年,达吉亚娜和索长林带着刚出世的索玛回到"我"的身边。安草儿与"我"们邻族的姑娘优莲结婚;第二年,优莲在生下双胞胎帕日格和沙合力后大出血而死。1981年秋天,马伊堪生了私生子西班;在西班两岁时,马伊堪跳崖而死。在依莲娜11岁左右时,"我"教她画画——她后来考上了北京的一所美术学院,毕业后,到呼和浩特的一家报社做美术编辑,在与一个水泥厂工人结婚一年后离婚。索玛放浪,在14岁时就不是处女了。1998年初春,山中发生了大火,妮浩因跳神求雨而死;半年左右后,鲁尼去世。依莲娜花了两年时间创作了一幅描摹妮浩祈雨情景的画,画成后,在去贝尔茨河洗画笔时溺水而死。达吉亚娜因依莲娜的死和索玛的放浪而决定离开自己所在的布苏——一个靠着山的大城镇,又因激流乡太偏僻,交通不便,医疗没有保障,孩子们所受的教育程度不高,将来就业困难,自己民族面临着退化的命运,于是决定建立一个新的鄂温克猎民定居点;但"我"和安草儿却留在了山上。

二

小说中重要的人物主要有"我"、尼都、依芙琳、妮浩等。

(一)"我"

"我"是鄂温克民族最后一个酋长的女人,年届九旬,既见证了鄂温克四代人的爱恨情仇,又见证了鄂温克民族近百年的沧桑。"我"好奇心强、任性——出于对乘坐佳乌("桦皮船")的好奇,在父亲带弟弟去狩猎时,"我"不顾我们民族忌讳带女孩子出猎的习俗,执意跟着去;出于对跳神的好奇,伯父去给别的族生病的驯鹿跳神时"我"要跟着去,伯父不同意,"我"便恶语相咒;成人后,"我"虽然有狭隘的一面,如反感母亲和伯父发展感情和结合,以至于当母亲展示伯父送给她的羽毛裙子时,"我"表现出厌恶的神情,当母亲穿上羽毛裙子时,"我"会违心地说她穿那条裙子不好看;母亲为伯父缝制手套,"我"挑剔那上面的纹样绣得不合理;母亲为伯父缝制烟袋,"我"和弟弟把那上面的打火石偷偷拿走。但

"我"也通情达理——在姑姑把"我"父亲、母亲和伯父在年轻时的情感纠葛讲给"我"听后,"我"理解并原谅了母亲和伯父之间的感情;在母亲送"我"一团火种作为"我"的结婚礼物时,"我"更加理解了她对"我"的情感,后悔当初不该阻止她和伯父之间的感情,并觉得对不起她;在弟弟的婚礼上,当母亲穿着羽毛裙子跳舞时,弟弟觉得那样不太庄重,让"我"劝阻母亲,但"我"没有接受弟弟的意见。善良——"我"善待动物,善待因黄病而孤苦伶仃的拉吉米。达观、坚强——"我"经历了很多不幸,亲眼看着亲人一个一个地离去,但能坦然地面对。

总的看来,"我"历尽沧桑、性格复杂,是鄂温克民族近百年发展变化的见证人和缩影。从现当代文学发展史的角度来看,作为一个文学形象,它可谓"前无古人",因此,具有独特的意义和价值。

(二)尼都

尼都是"我"的额格都阿玛,即伯父,"我"们乌力楞的族长,在痛失爱人之后成萨满。作为一个萨满,他具有了非凡的能力——他通过跳神可以使生病的驯鹿好转,可以让伤口消失,可以让一个人起死回生。无私、有责任感——他虽然跳神很辛苦,但只要人们需要,便绝不推辞。作为族长,他在部落面临着瘟疫、疾病、死亡等威胁时,从容、镇定、竭尽全力;坚定不屈地带领族人抵御外侮。善良、正直——他虽然因"我"父亲与母亲的结合而嫉恨"我"父亲,但仍然喜欢"我"和"我"妹妹列娜,让"我"们在他的希楞柱过夜,讲故事哄"我"们入睡;在列娜走失后,哈谢的父亲老达西说了不恰当的话时,他呵斥老达西;在"我"父亲死后,他追求"我"母亲,但因知道自己追求弟弟遗孀的行为违背氏族习俗,会引起氏族成员的敌意,内心有愧,于是,当姑姑故意在他面前提起"我"父亲时,他像一个做错了事的孩子一样低下头。情感专一——他和"我"父亲同时爱上"我"母亲,但在决定谁娶"我"母亲的比赛中输给了"我"父亲;在"我"父亲死后,他一直追求"我"母亲,被她接纳后又因为氏族的习俗而与她分离;在"我"母亲去世后,他为她主持了葬礼,并借一首葬歌表达了对她的挚爱;不过,他为爱受苦一生,但最终得到的也只是一个烟袋、一副手套和"我"母亲的背影。有情有义——在与"我"父亲比射箭争夺"我"母亲时,故意让着"我"父亲;在"我"父亲死后,他用桦树皮铰了两个物件,一个图形是太阳,另一个是月亮,把它们放在"我"父亲的头部,希望"我"父亲在另一个世界中还拥有光明;虽然那时"我"们的驯鹿为数不多了,他还是让哈谢带来一只驯鹿,把它宰杀了,希望"我"父亲在另一个世界还有驯鹿可以骑乘。有民族正义感——他不畏日本人吉田的淫威,宁死也不为日本军队效力,并最后壮烈地倒下了。

总的看来,尼都可谓个性鲜明、"内涵"厚重,较为充分地体现了鄂温克人的优秀品质,其命运则在一定程度上是鄂温克人命运的象征。从现当代文学发展史的角度来看,作为一个文学形象,它像"我"一样,也具有"前无古人"的意义和价值。

（三）依芙琳

依芙琳是一位鄂温克民族普通妇女。她阅尽沧桑、一生不幸,令人同情——她虽然结婚成家,但既没得到丈夫的爱,又没得到儿子的爱;儿子在她垂暮之年被她逼死,丈夫最终也先她而去。心底阴暗、言语苛刻,喜欢捅人痛处,令人厌恶——她散布堂弟媳娜杰什卡被俄国商人强奸的事;看不惯堂弟伊万每次打猎归来时,娜杰什卡都在营地迎接他并将他紧紧拥在怀中,还说那是妓女做派;每次到额尔古纳河时,她都会冷言冷语地讥讽娜杰什卡,恨不得让娜杰什卡化成一阵风,飘回额尔古纳河左岸;在娜杰什卡因害怕日本人而带着孩子娜拉和吉兰特而逃跑后,面对悲伤的伊万,大家都选择了沉默,但她却大声说"我早就说过,娜杰什卡早晚有一天要带着她的孩子回老家去!"[①]因妮浩没嫁给自己的儿子金得而耿耿于怀,以至于每当妮浩遇到不幸,她便总幸灾乐祸;因嫌恶丈夫坤德而恶意弄掉坤德播在她肚子里的"种子",当拉吉米拜托她给养女马伊堪做衣服时,她把衣服做得没领没袖,像一个大口袋——鄂温克人往往把那些没有活下来的孩子,用白布口袋装着扔到向阳的山坡去。但她也有善良的一面——她之所以待人刻薄是因为自己不幸而他人幸福所导致的心理不平衡;她讨厌娜杰什卡是因为嫉妒娜杰什卡和伊万的相亲相爱,同时,也是因为伊万和娜杰什卡的结合气死了她的伯父;她虽然嫌弃金得,但依然很爱他;她嫌恶坤德,但那是因为坤德曾经移情别恋过;在"我"母亲因列娜迟迟不回而哭时,她噙着眼泪劝慰她;在男人们被招去集训时,她出去为大家打猎;在娜杰什卡走后,她张罗着为伊万再找个女人;在得知玛利亚去世后,她落下了泪水,当晚和第二天都没吃饭;她最后还因给玛克辛姆吹气疗疮而丢掉了性命。此外,她还有民族正义感——当日本人不信萨满、嘲笑萨满甚至威胁整个部落时,她无所畏惧

---

① 迟子建:《额尔古纳河右岸》,第 73 页,北京十月文艺出版社 2008 年版。

地说:"人就一个脑袋,别人不砍的话,它自己最后也得像熟透的果子烂在地上,早掉晚掉有什么?"①当许财发说山外搞土改、斗地主时,"她清了清嗓子,说,搞得好,搞得好! 我们也该跟苏联人和日本人搞这个,他们从我们这里拿走了那么多的东西,得要回来! 地主能斗,他们就斗不得?!"②

总的看来,依芙琳性格复杂、个性鲜明,是一个较为另类的鄂温克人。从现当代文学发展史的角度来看,作为一个文学形象,依芙琳则可以说是张爱玲的小说《金锁记》中的曹七巧、霍达的小说《穆斯林的葬礼》中的梁君璧之类的"变种"。

(四) 妮浩

妮浩是"我"们氏族继尼都之后的萨满。作为一个萨满,她和尼都一样,具有非凡的能力——跳神可以让一个人起死回生,可以让天降雨。宽和、沉静、善良、胸怀旷世大爱,当她的天职在现实中损及她个人的爱时,她义无反顾地选择了"大爱"——她明知自己每跳神救活一个人,自己就要失去一个孩子,但只要有人需要她跳神,她便义无反顾,为此,她失去了果格力、交库托坎、耶尔尼涅斯等三个儿子和一个未出生的孩子,吓跑了女儿贝尔娜,最后,为了求雨,她跳神把自己的性命也丢掉了;但她始终无怨无悔。

总的来看,妮浩实际上是以一个母亲的胸怀,护佑着鄂温克的一个氏族,堪称鄂温克民族的"观世音"。从现当代文学发展史的角度来看,作为一个文学形象,妮浩则可以说是孙犁的小说《荷花淀》中的水生嫂、罗广斌和杨益言等的小说《红岩》中的江姐之类的"传人"。

三

小说通过其内容及所塑造的一系列人物,尤其是"我"、尼都、依芙琳、妮浩等所表达的主旨大致有以下几点:

(一) 展示了鄂温克人的生存状况和特性。

1. 过着世外桃源般的生活。

在下山定居之前,鄂温克人生活在深山老林,与世隔绝,聚族而居,居无定

---

① 迟子建:《额尔古纳河右岸》,第 105 页,北京十月文艺出版社 2008 年版。
② 迟子建:《额尔古纳河右岸》,第 169 页,北京十月文艺出版社 2008 年版。

所,出则进山围猎,入则栖于不能遮挡星光的希楞柱,妇女在生产时要搭建产房——亚塔珠,以肉食为主,兼以驯鹿奶和少量的山果野菜,在额尔古纳河流域游牧、游猎、捕鱼,在迁徙时要在森林里留下含义丰富的路标——树号;集体围猎大动物,有所收获便平均分配;集体参与部落事务,不时遭遇雨、雪、雷、电、旱、严寒、凶兽等危害;其"劳动制度、分配制度、伦理制度,颇带原始生活状态"①,实际上处在原始社会末期、家族公社的解体阶段。

2. 认为万物有灵,信仰萨满教。

"大自然、大森林不仅是鄂温克人赖以生存和生活的主要载体,而且是他们生命的一部分,他们敬畏、仰慕、尊重大自然,又亲近、怜惜、关爱大自然,与自然相互依存你中有我,我中有你。鄂温克人相信,大自然、大森林中的动物与植物充满了灵性和神性,因此,草木会唱歌,驯鹿通人性,森林能思考"②,也正因为如此,"我"才把清晨(上部)的故事讲给雨和火听,正午(中部)的故事讲给桦皮篓里的狍皮袜子、花手帕、小酒壶、鹿骨项链和鹿铃等东西听,黄昏(下部)的故事讲给鹿皮口袋里的鼓槌、桦皮刀鞘、银簪子、手表、桦皮花瓶等东西听;鄂温克人才虔诚地给石头、树木、山岭磕头,与动物和谐相处,把驯鹿尊为神灵,视其为上天的使者,吃山鸡前要先给它举行葬仪、做祭礼,为被捕杀的熊举行风葬仪式,在分食熊肉时要学乌鸦叫,切熊肉的刀不管多锋利都要叫它"刻尔根基"③,也就是"钝刀"的意思,吃剩的熊骨不可乱扔,有时还要在特定的地点把熊骨摆成一定的形状,熊头、心、肝及整个内脏都不能食用而要进行风葬;认为人和动物能互相转化——人犯了罪,上天便把它变成熊,"人们在月圆的日子显形了,从他们的睡姿上,可以看出他们前世是什么,有的是熊托生的,有的是虎,有的是蛇,还有的是兔子"④,列娜大病未死是因为一个幼鹿代她去死了;达观而超然地看待死亡——把死亡看作是生命的另一种存在形式或曰生命方式的转换和替换而不是生命的终结,如把林克遭雷击而死看作是"被雷电带走了"⑤,把安道尔被兄

---

① 王艳荣:《关于民族历史的想象——论〈额尔古纳河右岸〉》,《名作欣赏》,第 72 页,2009 年第 4 期。
② 李科文、易蕾:《对大自然的生命感悟——读迟子建〈额尔古纳河右岸〉》,《安徽文学(下半月)》,第 4 页,2009 年第 1 期。
③ 迟子建:《额尔古纳河右岸》,第 157 页,北京十月文艺出版社 2008 年版。
④ 迟子建:《额尔古纳河右岸》,第 109 页,北京十月文艺出版社 2008 年版。
⑤ 迟子建:《额尔古纳河右岸》,第 56 页,北京十月文艺出版社 2008 年版。

误击而死看作是"去喝天上的水去了"①,把列娜遭冻而死看作是"和天上的小鸟在一起了"②,妮浩把自己孩子的死看作是其他人的生。崇拜火——在搬迁时,"走在最前面的白色公驯鹿驮载的是玛鲁神……其后跟着的驯鹿驮载的就是火种……火中有神……不能往里面吐痰、洒水,不能朝里扔那些不干净的东西"③,"母亲送我的新婚礼物,是一团火"④,"以往我们搬迁的时候,总要带着火种。达吉亚娜他们这次下山,却把火种丢在这里了。没有火的日子,是寒冷和黑暗的,我真为他们难过和担心"⑤。深信萨满能够通过舞蹈和唱神歌与各类神灵沟通,产生神奇的力量,于是,萨满不但是氏族的祭司,而且还是氏族的领导者和文化的传承者,主持着氏族事务;一些重大的活动,如降生礼、治病救人、禳灾去祸、婚礼葬礼等,更是得由萨满主持——尼都萨满通过跳神为列娜禳病,并让一只灰色的驯鹿仔代替列娜去死,通过跳神让吉田腿上的一道刚被树枝划出的血痕立刻消失,并让他的坐骑随之而死;妮浩萨满则通过跳神不仅可以让一个人起死回生,而且可以让天降雨,唱着神歌送走了哈谢、伊万、坤德、依芙琳和瓦罗加。

3. 淳朴、钟情、博爱和富有牺牲精神、骁勇和富有反抗精神。

(1) 淳朴。鄂温克人用靠老宝存放平时富余的东西,如衣物、食品等,这些东西对于靠天吃饭的鄂温克人来说,尤其是在遭受风雪袭击时,尤为重要,可他们对靠老宝居然"从不上锁"⑥,陌生人路过如果有需要,可以随意取用。因为他们信奉"你出门是不会带着自己的家的,外来的人也不会背着自己的锅走的"⑦。

(2) 钟情。林克、尼都、"我"、伊万、鲁尼、依芙琳、金德、小达西等都执著地追求爱情,甚至终生不改不悔。

(3) 博爱和富有牺牲精神。鄂温克人总是一人有难,其他人竭力相助,如在娜杰什卡因害怕日本人而带着两个孩子跑后,哈谢、坤德、鲁尼和"我"等多人帮助寻找。一个人即使十分令人厌恶,也不会被群体遗弃,如瘸腿达西、依芙琳

---

① 迟子建:《额尔古纳河右岸》,第 200 页,北京十月文艺出版社 2008 年版。
② 迟子建:《额尔古纳河右岸》,第 32 页,北京十月文艺出版社 2008 年版。
③ 迟子建:《额尔古纳河右岸》,第 29 页,北京十月文艺出版社 2008 年版。
④ 迟子建:《额尔古纳河右岸》,第 85 页,北京十月文艺出版社 2008 年版。
⑤ 迟子建:《额尔古纳河右岸》,第 5 页,北京十月文艺出版社 2008 年版。
⑥ 迟子建:《额尔古纳河右岸》,第 80 页,北京十月文艺出版社 2008 年版。
⑦ 迟子建:《额尔古纳河右岸》,第 80 页,北京十月文艺出版社 2008 年版。

等。两个萨满更是"勇于牺牲个人身上的'小爱',获得人类的'大爱'"①——尼都虽然不堪跳神之苦,但只要人们有需要,便绝不推辞;妮浩明知自己每作法救一个人,就会失去一个孩子,但始终恪守"我是萨满,怎么能见死不救呢?"②的信条,从不推脱自己作为萨满的责任,而且即使对人品卑劣的马粪包、曾经偷走驯鹿的汉族少年也如此;最后,她为了祈雨扑灭森林大火、保护森林,死在萨满的岗位上。依芙琳虽然是一个道德上应受谴责的人,但能不顾年老体衰地治玛克辛姆脖子上的烂疮,并为此付出了生命的代价。小达西为了维护金得未婚妻子杰夫琳娜的尊严,不惜牺牲自己的幸福而娶她。安道尔深受恶妇瓦霞之苦,可当其父母要帮他解除与瓦霞的婚约时,他却说:"瓦霞高兴了要挠人,她还爱撒谎,我把她放走了,她又会去害别的男人!就像一条狼,我知道它吃人,还要放走它,我就是有罪的!我要留着她,看着她,不让她吃人!"③

（4）骁勇和富有反抗精神。鄂温克人能勇敢地面对猛兽,如为了救马粪包和放映员,瓦罗加英勇地奋战黑熊;"伊万有两次从熊的巨掌下死里逃生……手很有力气,能把鹅卵石攥碎了,能把搭建希楞柱用的松木'咔——'的一声折断,省却了用斧子去砍"④;在东大营的训练场,当日本人放出狼狗撕咬坤得时,"伊万飞奔过去,用右手揪住狼狗的尾巴,把它当成绳索,紧紧攥在手中,然后一圈接着一圈地把狼狗悠了起来。只听狼狗嗷嗷惨叫着,它的尾巴很快就与身体脱离了。这条失去了尾巴的狼狗疯了似的朝伊万猛扑过来,伊万眼疾手快地把它按在自己的裤裆下,伸出脚狠狠地踏它,只三五脚的样子,它就不能动弹了。"⑤伊万在被关进牢房后,"牢房铁门紧锁,窗户竖着铁条,可伊万用他那双打铁的手掰断了铁条,像一只出笼的鸟一样,轻松地逃离了东大营。两个日本士兵带着狼狗去山中追捕伊万,然而连个影子都没寻到。"⑥依芙琳敢于对威胁整个部落生命的日本人说:"人就一个脑袋,别人不砍的话,它自己最后也得像熟透的果子烂在地上,早掉晚掉有什么?"

---

① 胡殷红、迟子建:《人类文明进程的尴尬、悲哀与无奈——与迟子建谈长篇新作〈额尔古纳河右岸〉》,《艺术广角》,第35页,2006年第2期。
② 迟子建:《额尔古纳河右岸》,第135页,北京十月文艺出版社2008年版。
③ 迟子建:《额尔古纳河右岸》,第190页,北京十月文艺出版社2008年版。
④ 迟子建:《额尔古纳河右岸》,第14页,北京十月文艺出版社2008年版。
⑤ 迟子建:《额尔古纳河右岸》,第129页,北京十月文艺出版社2008年版。
⑥ 迟子建:《额尔古纳河右岸》,第129页,北京十月文艺出版社2008年版。

(二) 再现了鄂温克人的百年沧桑。

小说以"我"的家族四代人——"我"的父母辈林克、达玛拉、依芙琳等,"我"及"我"的弟弟鲁尼、弟媳妮浩等,"我"的子辈维克特、达吉亚娜等,"我"的孙辈伊莲娜等——近百年的发展历史为线索,再现了鄂温克人在求生存的过程中艰辛而奇妙的历程以及逐渐被现代社会冲击最后走向消亡的悲剧命运。他们虽然聚族而居、彼此相濡以沫,但是,仍然无法抵御天灾人祸、艰难困苦和层出不穷的烦恼——灾难总是躲不胜躲、防不胜防,如"我",眼睁睁地看着父亲、母亲、伯父、叔父、姑姑、姑父、两个丈夫、弟弟、弟媳、儿子、数个侄子、孙女以及许多熟悉的人一个个离去;尼都为达玛拉而终生未娶,在林克去世后,由于民族习俗的压力依然不能与之结合,两个真心相爱的人在痛苦癫狂中先后离世;依芙琳和坤得虽然终生厮守,但不仅没有爱、没有幸福,还相互折磨;伊万和娜杰什卡彼此相爱且有两个健康可爱的孩子,但最终还是劳燕分飞,而且夫妻父子至死也未能团圆;妮浩和鲁尼虽然相亲相爱,但又一边生养孩子一边失去孩子;"三百多年前,俄军侵入了我们祖先生活的领地,他们挑起战火,抢走了先人们的貂皮和驯鹿,把反抗他们暴行的男人用战刀拦腰砍成两段,对不从他们奸淫的女人给活生生地掐死,宁静的山林就此变得乌烟瘴气,猎物连年减少,祖先们被迫从雅库特州的勒拿河迁徙而来,渡过额尔古纳河,在右岸的森林中开始了新生活。"①"一百多年前,在额尔古纳河的上游发现了金矿。俄国人知道右岸有了金子,常常越过边界来盗采。"②在日寇进山后,鄂温克人被日本人强招到山下集训;1952年,鄂温克人被要求下山定居,实行半牧半农,一个以部落生存为基本特征的民族从此再也没有新的酋长了,"我"便成为最后一位酋长的女人;妮浩死后,其法器除一个神鼓外,其余的(包括神衣、神帽和神裙等)都被捐给了民俗博物馆,鄂温克人的萨满文化从此后继无人;一个有着悠久历史的游牧民族最终彻底解体了。

(三) 揭示出了鄂温克人甚至整个人类历史进程中的尴尬、悲哀和无奈。

在谈及《额尔古纳河右岸》时,作者曾说:"我之所以选择了这个题材,是因为我熟悉这个民族的一切。在我目睹的事实中,我深切地感受到,在全球化的

---

① 迟子建:《额尔古纳河右岸》,第 13 页,北京十月文艺出版社 2008 年版。
② 迟子建:《额尔古纳河右岸》,第 14 页,北京十月文艺出版社 2008 年版。

进程中,某些文化和原始的东西在丧失,一些有味道的东西被人以文明的名义扼杀掉。因此,我特别想把自己的所见所闻所感写下来。在一百年的历史中,我感受到苍凉和悲凉。历史不是断裂的,一百年前的生活,依然还在延续下去,没有割断。虽然它在现实中退缩,但历史和现实并没有严格的分割。正如我在这本书的后记中所说,我讲述的是这支部落在式微的过程,是一首挽歌。"①"一些古老的生活方式需要改变,但我们在付诸行动的时候,一定不要采取连根拔起、生拉硬拽的方式……我其实想借助那片广袤的山林和游猎在山林中的这支以饲养驯鹿为生的部落,写出人类文明进程中所遇到的尴尬、悲哀和无奈。这其实是一个非常严酷的现实问题。当然,其中浸润着我对那片土地挥之不去的深深的依恋之情和对流逝的诗意生活的拾取。"②确如迟子建所说——从生存状况来看,鄂温克人的确急待于开化、启蒙,然而,文明人在开化、启蒙他们的同时,也在摧残着他们,如随意地拳打脚踢他们甚至伤及他们的生命;而给他们以致命摧残的不是侵入他们祖先生活领地的俄军,不是让他们下山去集训的吉田、铃木秀男等日本人,而是那些纯粹出于善意地让他们离开深山老林的人;他们的生存环境得到了开发,但也遭到了破坏,以至于"那片原始森林出现了苍老、退化的迹象。沙尘暴像幽灵一样闪现在新世纪的曙光中。稀疏的林木和锐减的动物"③,"这几年,林木因砍伐过度越来越稀疏,动物也越来越少,山风却越来越大。驯鹿所食的苔藓逐年减少,我们不得不跟着它们频繁的搬迁……我们再也不用在搬迁时留下树号了,山中的路越来越多了。没有路的时候,我们会迷路;路多了的时候,我们也会迷路,因为我们不知道该到哪里去。"④在被开化和受到启蒙的同时,鄂温克人传统的生活方式和习惯甚至民族特性也日渐沦丧,如他们在被日本人强招到山下集训时,不仅被迫与亲人分离,而且丧失了自由迁徙的游牧生活;他们在下山半牧半农时被迫放弃狩猎,其驯鹿则直接进入动物园,由于安草儿弱智,与安草儿留居在山上的"我"只得把动人的故事讲给

---

① 王薇薇、迟子建:《为生命的感受去写作——迟子建访谈录》,《作品》,第 52 页,2007 年第 8 期。
② 胡殿红、迟子建:《人类文明进程的尴尬、悲哀与无奈——与迟子建谈长篇新作〈额尔古纳河右岸〉》,《艺术广角》,第 34—35 页,2006 年第 2 期。
③ 迟子建:《从山峦到海洋:关于〈额尔古纳河右岸〉(随笔)》,《文学界(专辑版)》,第 33 页,2010 年第 1 期。
④ 迟子建:《额尔古纳河右岸》,第 245—248 页,北京十月文艺出版社 2008 年版。

大自然听;而那些下山的人又不能习惯山下的生活,如伊万一度下山参军,但最终因"不习惯大家总是守着桌子在屋子里吃饭,晚上睡觉门窗关得紧紧的,连风声都听不见"①而离开部队回到山上;伊莲娜——"我们这支以放养驯鹿为生的鄂温克部落所出的第一位大学生"②,也是一位画家,在迷恋城市生活的同时又厌恶城市生活,如"她每次回来时都兴冲冲的,说是城市里到处是人流,到处是房屋,到处是车辆,到处是灰尘,实在是无聊。她说回到山上真好,能和驯鹿在一起,晚上睡觉时能看见星星,听到风声,满眼看到的是山峦溪流,花朵飞鸟,实在是太清新了。然而她这样过上不到一个月,又会嫌这里没有酒馆,没有电话,没有电影院,没有书店,她就会酗酒,醉酒后常常冲自己未完成的画发脾气,说它们是垃圾,把画扔进火塘里毁掉"③,在现代都市和原始部族之间始终无法寻找到一种心理平衡,最后,在耗时长达两年创作了一幅妮浩祈雨的画作后,葬身流水;由此可见,"对贴近自然的鄂温克人来说,进步或者城市文明与他们的历史文明没有共识,只能在各自的层面上自说自话。"④可以说,"迟子建创作《额尔古纳河右岸》,并不是仅仅为了向读者展示鄂温克民族近百年的历史,更主要的目的在于,作者试图通过小说来透视人类与自然、现代文明与民族传统之间的矛盾关系。作者理性而深情地呈现着鄂温克民族那古老的神话传说,为民族文化的即将消失而忧伤,同时却又怀着隐约的希望。在幸与不幸,消失与重建之间,作者试图找到一种平衡,来达到历史与文化之间的平衡"⑤,表达了"对尊重生命、敬畏自然、坚持信仰、爱憎分明等等被现代性所遮蔽的人类理想精神的彰扬"⑥。

四

从艺术表现的角度来看,小说主要具有如下特点:

---

① 迟子建:《额尔古纳河右岸》,第 182 页,北京十月文艺出版社 2008 年版。
② 迟子建:《额尔古纳河右岸》,第 233 页,北京十月文艺出版社 2008 年版。
③ 迟子建:《额尔古纳河右岸》,第 237 页,北京十月文艺出版社 2008 年版。
④ 侯长生:《跨越进程的城市之熵——试析〈额尔古纳河右岸〉的城市观念》,《名作欣赏》,第 141 页,2010 年第 10 期。
⑤ 姜珊:《"右岸"的力量——读迟子建的〈额尔古纳河右岸〉的城市观念》,《辽宁广播电视大学学报》,第 54 页,2010 年第 2 期。
⑥ 《〈额尔古纳河右岸〉授奖辞》,《额尔古纳河右岸》封底,北京十月文艺出版社 2008 年版。

（一）悲剧色彩浓重。

整部小说描写了为数众多的"死亡"，"我"的姐姐和妹妹——一个出生后不久就死去了，一个在搬迁时被冻死，林克被雷击而死，达玛拉为情所困忧虑而死，尼都因反抗日寇而死，拉吉达因在冒雪寻找驯鹿时在马背上睡着了而被冻死，金得因抗拒强加给自己的婚姻而死，安道尔被维克特误击而死，伊万因愤怒而死，坤得被黑蜘蛛吓死，依芙琳因给人疗病而死，达西开枪自杀而死，杰芙琳娜因吃毒蘑殉情而死，瓦罗加死于黑熊之掌，维克特因酗酒而死，优莲因难产而死，马伊堪跳崖而死，马粪包因在过量饮酒后见一辆又一辆满载原木的长条卡车时情绪过分激动并滋事被卡车司机打死，妮浩的孩子一个接一个地顶替别人而死，妮浩因跳神耗力过度而死，依莲娜因醉酒溺水而死；众多人物的相继离世，使小说蒙上了浓重的悲剧色彩。

（二）宗教色彩浓重。

小说通篇弥漫着一种神秘的宗教色彩——山神、树神、火神、萨满等"神"充溢着全书；"尼都萨满跳到火里去了，他的鹿皮靴子和狍皮大衣沾了火星，竟然一点都没伤着"①；尼都跳神救活了列娜，同时"一只灰色的驯鹿仔代替列娜去一个黑暗的世界"②；跳神治好了吉田腿上的一道刚被树枝划出的血痕，同时也跳死了吉田的战马。"我"认为"神能让河流干涸，也能让枯水横流；能让山林獐狍遍地，也能让野兽绝迹"③。"母亲看着列娜骑过的驯鹿，大约想起了它的鹿仔曾代替列娜从这个世界消失了，如今列娜从它身上失踪了，一定不是什么好兆头，她不由自主地打了个寒战"④；妮浩跳神能让人起死回生，能让天降雨，每次用自己的神力救活一个人，她便要失去一个亲生骨肉；她在面对生死或者选择生死的时候，承受着巨大的精神压力和困惑，她的抉择与其说是源于母性的伟大不如说是源于冥冥之中神灵的旨意；她的生死观超越了世俗的界限；小说中弥漫着种种神秘的意象和暗示，如妮浩每失去一个孩子总有"预兆"。

（三）民族色彩浓重。

小说描写了鄂温克人以及他们的生活习性、习俗，描写了绿地、河流、山川、

---

① 迟子建：《额尔古纳河右岸》，第 6 页，北京十月文艺出版社 2008 年版。
② 迟子建：《额尔古纳河右岸》，第 7 页，北京十月文艺出版社 2008 年版。
③ 迟子建：《额尔古纳河右岸》，第 100 页，北京十月文艺出版社 2008 年版。
④ 迟子建：《额尔古纳河右岸》，第 31 页，北京十月文艺出版社 2008 年版。

星辰、月亮、阳光、驯鹿、兽皮、白桦树、萨满跳神的舞步、岩画、马蹄声、男女做爱的"风声"等,这些都别具特点,具有鲜明的民族特色;同时,小说使用的不少词汇,如"阿帖"、"波日根"、"额尼"、"阿玛"、"额格都亚耶"、"乌特"、"乌娜吉"、"奥木列"、"乌力楞"、"安达"、"靠老宝"、"伊兰"、"达玛拉"、"林克"、"尼都"、"列娜"、"鲁尼"、"依芙琳"、"伊万"、"哈谢"、"坤德"、"拉吉达"、"妮浩"、"路德"、"杰芙琳"、"金得"、"玛利亚"、"拉吉米"、"瓦罗加"、"马伊堪"、"维克特"、"柳莎"、"安道尔"、"瓦霞"、"达吉亚娜"、"索长林"、"依莲娜"、"玛克辛姆"、"优莲"、"帕日格"、"沙合力"、"西班"等,也具有鲜明的鄂温克民族特色;小说从而具有浓重的"民族色彩"。

(四)叙事方式高妙,结构精巧,风格优雅。

"我是雨和雪的老熟人了,我有90岁了。雨雪看老了我,我也把它们给看老了"①这是小说的开头,也是小说的叙事基调;小说借用这种"'妇女口述史'的叙事方式,让一个九旬的鄂温克老人讲故事。这样的方式使作者本身也具有了主体性('subjectivety'应为'subjectivity'——引者注)的含义,作者不再是站在所谓'客观'的旁观者的角度,有效地避免了自我优越的现代文明那种以居高临下的姿态看待少数部族的偏见"②,不让人觉得鄂温克民族是一个异族人眼中的民族,带有"他者"的印记,从而使小说的叙述给人以真实感。

小说分上部、中部、下部、尾声等四个部分,分别对应着一天中四个时间段——清晨、正午、黄昏、半个月亮(晚上),和人生的四个时段——童年、壮年、暮年、死(更生),以及鄂温克民族历史发展的四个节点——初、盛、衰、消亡(融入民族大家庭);"以模糊时代和精确时间相互交织的笔法触及了诸多鄂温克民族的历史史实……以时间的纵向铺陈为主,以鄂温克人随时搬迁游猎的空间横向流动为辅,把厚重的历史感、历史情怀呈现给读者"③;四个部分可看作是四个乐章,"第一乐章的《清晨》是单纯清新、悠扬浪漫的;第二乐章的《正午》沉静舒缓、端庄雄浑;进入第三乐章的《黄昏》,它是急风暴雨式的,斑驳杂响,如我们正经历着的这个时代,掺杂了一缕缕的不和谐音。而到了第四乐章的《尾声》,它又回到了初始的和谐与安恬,应该是一首满怀憧憬的小夜曲,或者是弥散着钟

---

① 迟子建:《额尔古纳河右岸》,第3页,北京十月文艺出版社2008年版。
② 王璐:《游牧文明的挽歌——〈额尔古纳河右岸〉的文学人类学解读》,《北方民族大学学报(哲学社会科学版)》,第103页,2010年第3期。
③ 田秘:《论〈额尔古纳河右岸〉的叙事特色》,《安徽文学(下半月)》,第67页,2010年第10期。

声的安魂曲。"① 每一部分所写的都是日常起居、生老病死、生活资料、风俗禁忌等,而且笔致淡定、婉约;从而使整个小说虽然看起来有"编年史"的"形态",但更像"'一支苍凉的长歌'……—首抒情诗"②。

(五)注重挖掘人物的人性之美。

小说中的人物,如林克、达玛拉、达西、拉吉达、瓦罗加、哈谢、妮浩等人物身上无不体现了耿直、智慧、善良与温情等人性,"深夜,希楞柱外常有风声传来。冬日的风中往往夹杂着野兽的叫声,而夏日的风中常有猫头鹰的叫声和蛙鸣。希楞柱里也有风声,风声中夹杂着父亲的喘息和母亲的呢喃,这种特别的风声是母亲达玛拉和父亲林克制造的。母亲平素从来不叫父亲的名字,而到了深夜他们弄出了风一样响声的时刻,她总是热切地颤抖地呼唤着,林克,林克……父亲呢,他像头濒临死亡的怪兽,沉重地喘息着,让我以为他们害了重病。然而第二天早晨醒来,他们却面色红润地忙着自己的活计。"③"我"和拉吉达在婚礼举行之后,"晚上……紧紧拥抱在一起……他亲吻着我的一双乳房,称它们一个是他的太阳,一个是他的月亮,它们会给他带来永远的光明……"④"爱情"是"大众情人"——林克、尼都、"我"、伊万、鲁尼无不追求爱情,即使是刻骨的仇恨,折磨自己也折磨他人的刻毒,也是因为刻骨的爱,或因为得不到的刻骨的爱,如依芙琳;正是这些人性之光使得小说通体透亮,使读者在阅读小说时能获得一种人性之美的洗礼。

(六)语言优美,如诗如画。

迟子建的小说在 2003 年获得澳大利亚"悬念句子文学奖"时,所获的评语是"具有诗的韵味",总的来看,《额尔古纳河右岸》也大抵如此——小说中如诗如画的语句触目即是,如"河流开始是笔直的,接着有些微微弯曲,随着弯曲度的加大,水流急了,河也宽了起来。最后到了一个大转弯的地方,堪达罕河就好像刚分娩的女人一样,在它的旁侧溢出一个椭圆的小湖泊"⑤;雷公"咳嗽出一条

---

① 迟子建:《额尔古纳河右岸·跋》,第 260 页,北京十月文艺出版社 2008 年版。
② 汪政:《深情的回望与唯美的书写——评迟子建的〈额尔古纳河右岸〉》,《中华读书报》,2008 年 11 月 5 日。
③ 迟子建:《额尔古纳河右岸》,第 9 页,北京十月文艺出版社 2008 年版。
④ 迟子建:《额尔古纳河右岸》,第 83 页,北京十月文艺出版社 2008 年版。
⑤ 迟子建:《额尔古纳河右岸》,第 37 页,北京十月文艺出版社 2008 年版。

条金蛇似的在天边舞动着的闪电,当它消失的时候,林间回荡着'哇——哇哇——'的声音,雨大得就像丢了魂儿似的,四处飞舞,空中出现的不是丝丝串串的雨帘,而是一条条奔腾而下的河流了。"①"火塘里的火一旦暗淡了,木炭的脸就不是红的了,而是灰的。我看见有两块木炭直立着身子,好像闷着一肚子的故事,等着我猜什么。"②"我想晚霞一定落了,从希楞柱的尖顶上,可以看出天色已经深灰了。不过在晴朗的夏夜,这种深灰持续不了多久,月亮和星星就会把它调和成深蓝色。"③

五

小说也存在着一些不足之处,具体地说:

(一) 存在着矛盾之处。

如"我"和瓦罗加由相见到结婚之间的时间很短,可是,"我"见到他时,他们那个氏族只有二十几人,在婚礼结束后,就有"二十几人"加"十几人"了,也就是说,小说一下子多出了"十几人"。

(二) "人物称谓""不一致"。

如父亲、母亲、伯伯、伯祖父、儿子、女儿、孙子等称谓都标明了对应的鄂温克族语词汇,那么,与之相关的哥哥、弟弟、叔叔、婶婶等称谓也应该标明对应的词汇——可小说中却并未标出。

(三) 人物"光明化"过度。

这尤其表现在拉吉达、瓦罗加、妮浩等人物身上,他们也因而有肤浅、单调之嫌。

(四) 对于历史事件的具体描写过少。

如对中俄贸易、中日战争、三年自然灾害、伐木工人砍伐森林、"文化大革命"、政府建激流乡鼓励鄂温克人下山定居等事件写得有点"潦草",加上"民国二十一年"、"康德十一年"、"一九四五年的八月上旬"、"一九五〇年也就是建国后的第二年"、"一九六五年年初"、"一九六八年"、"一九七二年"、"一九七四年"

---

① 迟子建:《额尔古纳河右岸》,第 54 页,北京十月文艺出版社 2008 年版。
② 迟子建:《额尔古纳河右岸》,第 65 页,北京十月文艺出版社 2008 年版。
③ 迟子建:《额尔古纳河右岸》,第 150 页,北京十月文艺出版社 2008 年版。

等语句的使用,使得小说的有些内容有点像"大事记",若展开了写,小说也许就会厚重一些。

　　不过,小说尽管有这些不足之处,但总的来说仍然堪称"一部风格鲜明、意境深远、思想性和艺术性俱佳的上乘之作。"①

---

　　① 《〈额尔古纳河右岸〉授奖辞》,《额尔古纳河右岸》封底,北京十月文艺出版社2008年版。

第三节 《暗算》

一

麦家的《暗算》最初由世界知识出版社于2003年出版,由《序曲》、《听风者》、《看风者》、《捕风者》四部分构成。

《序曲》写叙事者"我"巧遇特别单位701的两个重要人物的故事。"我"12年前坐飞机去北京为在北京向"大领导"汇报工作的领导捉刀,在飞机上结识两位乡党。后来,两位乡党邀请"我"去他们单位——位于深山之中的701。该单位下设三个业务局:监听局、破译局、行动局。监听局主要负责技术侦听,破译局主要负责密码破译,行动局主要负责搞谍报;在系统内部,把搞侦听的人称为"听风者",把搞密码破译的人称为"看风者",把搞谍报的人称为"捕风者"。两位乡党一位是701的一号首长安院长,另一位是701的资深谍报人员,姓吕,人称"老地瓜",就是老地下的意思。随着"解密日"的到来,他们昔日的机密大白于天下。

《听风者》所写的是一个关于名叫阿炳的瞎子侦听者的故事。

1969年,"我"方负责侦听苏联军方师旅级以上的无线电系统突然静默了52个小时,期间,苏军把那些单位的通讯设备,上下联络的频率、时间、呼号等全都变了,"我"侦听局十多年来积攒的全部侦听资料、经验、手段、技术等顿时化为乌有。为了把失踪的敌台找回来,701在总部的协助下,成立了一支特别行动小组。特别行动小组加上701原有的侦听人员,尽管每天24小时地忙碌,但收效却甚微,于是,701进一步地搜罗优秀侦听员;结果,找到了富有特异侦听功能的瞎子阿炳。阿炳到701后不负众望,找到了所要找的苏军电台,赢得了组织的特别关照和所有人的尊敬。在组织的撮合下,阿炳与护士林小芳结婚。阿炳并无生育能力,且不懂男女之事,却逼着林小芳为他生个孩子;林小芳害怕被阿炳抛弃,便与药房里的一个山东人相好,并怀上孩子。在孩子出生后,阿炳从孩子的啼哭听出不是己出,便在羞愧、愤怒之下触电身亡,林小芳随之在701消失了。

《看风者》包括《有问题的天使》和《陈二湖的影子》两个部分,前者所写的是一个有关破译者黄依依的故事:

黄依依在1946年被国民政府教育部保荐到美国麻省理工学院攻读数理学博士学位,留学期间做过数学家冯·诺依曼的助手。新中国成立后,她回国进入中国科学院数学研究所工作,并到莫斯科呆过半年。她曾两度结婚又两度离婚。因工作的需要,她被调到701。一到701,她便与集训营已有家室的王主任发展成情人的关系;在接受破译乌字一号密码的任务后,她每天不惜翻山越岭、走四五公里路去与王主任幽会。在此事被曝光后,王主任被判劳动教养,而她则因正在进行的工作而免于处理。随后,她不是沉溺于下棋之中,就是在上班时间满山遍野地捉松鼠;但在春节过后住进医院时,她宣布破译了乌字一号高级密码,同时要求组织解决自己的新情人张国庆的问题。张国庆是701的一名监听员,曾因带在身上的机要文件被儿子做成纸飞机玩耍并丢失了一页而受到处分,其老婆带着儿子被组织遣回老家。组织同意了黄依依的要求,并把王主任和张国庆的问题一起解决了。在乌密破译后,黄依依被任命为欧洲处处长。三个月后,她因怀孕而与张国庆结婚,但又因患感冒而吃了孕妇忌服之药,便去做了人工流产。在手术被做完后,她在上厕所时遇上了在她的帮助下被安排在医院工作的张国庆的前妻,被其用厕所的弹簧门撞成颅内出血而死。

后者所写的是一个有关陈二湖的故事:

陈二湖是701的密码破译员,一生功勋显赫。1983年,他在接到破译苏联顶尖高级密码火密的任务后,便与徒弟施国光沉迷于其中,但苦苦不得其解。一天晚上,施国光受他的梦话的启发,找到破译密码的新思路,并最后破了火密。组织把荣誉授予他,但他拒绝独享而要求与施国光共享荣誉,并找领导交涉,可未能如愿。为此,他总觉得有什么把柄落在施国光之手,不断暗示施国光为其保守秘密。在1994年退休后,他无意间成了围棋高手,但不久后又精神失常。王局长估计到他的病因是不能像往常那样工作,便给他恢复了工作,让他破译火密的备用密码炎密——一部废弃的密码。1997年3月,他在因破译了炎密后兴奋过度而心脏病复发,并不治而死。去世前,他给施国光留下遗书嘱其为他保守火密真相的"秘密"。

《捕风者》包括《韦夫的灵魂说》和《尖刀上的步履》两个部分,前者所写的是一个有关越南小伙子韦夫在死后与老吕"合作"蒙骗美国侵略者的故事：

韦夫出生于越南北部一个叫洛山的小镇。越南战争期间,他和姐姐都参了军,但他没有如愿奔赴战场前线,而是和跛子营长阿恩、被炸弹炸掉了下巴的唐老兵和一只杂毛狗一起看管距离河内几公里远的陆军二〇三被服仓库。一次在为陆军179师发放被服后,因满身大汗而冲了冷水澡,一病不起。在医院里,他结识了护士玉,并在和玉相好三天后就死了。随后,其尸体被老吕化装成海军特情处的参谋胡海洋,携带"中国陆军即将从第四防线向美军发起进攻的"①假消息,漂洋过海被美军发现,美军随即纠集第七防区的大批军队调往第四防区。中国军队趁虚而入,大获全胜。

后者所写是一个有关地下工作者林英的故事：

1947年,老吕在南京从事地下工作时的"上线"人物金深水潜伏在国民党的保密局,另一位化名为林英、代号为鸽子的地下工作者也在那年打入国民党保密局。林英与其哥哥杨丰懋假扮为夫妻,他们的寓所成为共产党地下组织秘密的联络地。地下组织成立了红楼小组,并定期召开会议,领导为老A。金深水和林英利用毛人凤和郑介民之间明争暗斗的关系,林英先后成为郑介民和毛人凤的心腹。后来,地下组织在一次开会时,遭到国民党的围剿,老A牺牲了。那时,林英怀孕了,孩子的父亲就是老A。组织为了确保林英顺利开展工作,打算要求她把孩子人流掉。在老A牺牲后,组织任命金深水为代老A,并向他公开了孩子的父亲是老A而不是杨丰懋,金深水便决定留下林英腹中的孩子。林英在生孩子的昏迷之中不停喊老A的名字何宽。结果,暴露了身份,在1949年3月9日遇难,其孩子被金深水从监狱里偷出交由自己的表妹带走抚养。

二

小说中重要的人物主要有阿炳、黄依依、陈二湖、林英等。

（一）阿炳

阿炳没有名字,"喊他阿炳,是因为有个著名的瞎子叫阿炳,就是那个把二胡拉得'跟哭一样'的瞎子,就是那个留下名曲《二泉映月》的瞎子。"②他"生下来

---

① 参见麦家：《暗算》,第223页,世界知识出版社2003年版。

② 麦家：《暗算》,第44页,世界知识出版社2003年版。

就是个傻子,3岁还不会走路,5岁还不会喊妈。5岁那年……发高烧,在床上昏迷了三天三夜,醒来居然会张口说话了,可眼睛却又给烧瞎了,怎么治也治不好。① 成人后,他"既像个孩子,又像个疯子,既可笑,又可怜"②,但有很神奇的听力——他通过听声音,"庄稼地里蝗虫成灾了他知道,半夜三更村子里进了小偷他知道,谁家的媳妇养了野男人他知道,甚至谁家住宅的地基隐秘地下沉他也知道"③,能辨认出孩子的父母是谁,能辨别出狗的性别和年龄,能听出频率在正常转速的五倍之上电波声的内容;能通过辨别发报员发报的特点,比如,一个发报员常把五个"滴"发作六个"滴",而另一位发报员则喜欢把"GB"发成"GP",找到没有固定频率的电台。极度地自信、自尊、敏感以至于偏执、蛮横、脆弱——当一个孩子为了考他的听力而欺骗他时,他很生气,最后竟变得像疯癫了一样,脸变得铁青,浑身抽风似地痉挛不已,直到一个老者像哄小孩一样哄着安慰他,一个妇女一边假作抡起巴掌威胁要掴那孩子的耳光,一边又示意那孩子快向他道歉,直到那孩子也上前去向他道歉之后,他才安静下来。他到701后,在招待所长无意间把狗的性别弄错了而与他的正确判断相忤时,他认为自己受骗被捉弄了,气急败坏地咆哮,直到有人赶紧上前安慰他,并把所长佯骂一通后,才安静下来。后来,他因老婆所生的孩子是个"百爹种",不堪羞辱而自杀。虔孝——他在志愿加入特别单位701的宣誓仪式上向组织所提的两个要求之一就是"如果从此他不能回家(陆家堰),希望组织上妥善解决他母亲的'柴火问题'"④,"他那么想要孩子就是想让他妈妈做个奶奶。"⑤以对其母亲的好坏来评判一个人的好坏,如他依据"我"一次次寄钱给他母亲而断定"我"是好人。他是一个英雄,但又只是一个无名英雄——在十分关键的时刻解决了701乃至国家的燃眉之急,得到了701所有人的尊敬和爱戴,如在701,没有一个人不把他当作首长一样敬重,也没有一个人敢跟他开什么玩笑,凡是他出现的地方,不管在哪里,所有见到他的人都会主动停下来,对他行注目礼,需要的话,给他让道,对他微笑;如果不是因为701工作的秘密性,他早就成了家喻户晓的英雄人物,他

---

① 麦家:《暗算》,第28页,世界知识出版社2003年版。
② 麦家:《暗算》,第28页,世界知识出版社2003年版。
③ 麦家:《暗算》,第29页,世界知识出版社2003年版。
④ 麦家:《暗算》,第43页,世界知识出版社2003年版。
⑤ 麦家:《暗算》,第65页,世界知识出版社2003年版。

神奇而又光辉的事迹将被人们兴奋而又乐此不疲地颂扬。

总的来看,阿炳是一个集天才和傻子、幸与不幸于一身的人。

(二)黄依依

黄依依是701破译局欧洲处处长,也是破译局历史上唯一的女处长。她是广东英德县大源镇人,"两广第一算盘"①的孙女。新中国成立之初,国家人事部、外交部、教育部、中科院等六部院联合发表公开书,欢迎海外爱国人士归国建设新中国。该公开书由周总理签发,上面具体点到了21位人名,其中就有她的名字。她爱国——诚如她自己所说,"我是爱国知识分子,从美国回来报效祖国的教授"②。她是一个数学天才:"从3岁就开始跟爷爷练习珠算,到15岁赴广州读中学时,算速之快已经与年迈的老祖父相差无几。"③能在抽两支烟的时间里,解出一道由一部已经破译的密码设计出来的数学题;能破译乌字一号密码,即一部保险期限至少在十年之上、在当时欧洲少有的高级密码。自主意识强——对破译,她并非无条件,如要求以解决王主任、张国庆的问题为回报。坦诚、直率、热情、执著、勇于担当、善良、有情有义——在组织决定调她去701从事破译密码的工作时,她直言不讳地拒绝;无所顾忌地承认博士"到了晚上,照样要寻欢作乐"④;主动追求奉命去调动她的钱之江;在与王主任的事发后,为王主任的受处分而流泪,主动找组织承担责任;在怀上了张国庆的孩子后找组织直截了当地要求与之结婚,要求组织调回张国庆的老婆。然而,"她是个有问题的天使"⑤——妖冶、任性:平时或者嘴唇涂得红红的,穿着一件黑白细条纹的连衣裙,头发用一块白手绢扎起,在看人时目光热烈而大胆;或者穿一套衬衣裙子,裙子是藏青色的,衬衣是白色的,开口很低,露出胸前一大片白生生的肉,甚至还可以隐隐看到一线乳沟;在说完话后自顾自地哈哈大笑;为找王主任,她"晚上经常去中心,到天亮才回来"⑥;"生性自由,生活浪漫,最害怕纪律约束,最喜欢无拘无束"⑦,不谙人情世故——在上班时间与情人约会、疯狂沉迷于下棋、

---

① 麦家:《暗算》,第84页,世界知识出版社2003年版。
② 麦家:《暗算》,第83页,世界知识出版社2003年版。
③ 麦家:《暗算》,第84页,世界知识出版社2003年版。
④ 麦家:《暗算》,第94页,世界知识出版社2003年版。
⑤ 麦家:《暗算》,第69页,世界知识出版社2003年版。
⑥ 麦家:《暗算》,第110页,世界知识出版社2003年版。
⑦ 麦家:《暗算》,第95页,世界知识出版社2003年版。

满山遍野地找松鼠,别人帮助了她,她并不领情。放浪——在进数学研究所之前先后与一化学家和一电影厂的摄影师结婚、离婚,在进数学研究所之后与之相好的男人可谓"类型繁多";一见钱之江就心旌摇动,并在与之同车前往701时无所顾忌地向他表白爱意;到701后,又很快先后与王主任、张国庆好上了。她不仅"是个有问题的天使",而且还是个成功的失败者——她破获了高级密码,变成了"神",却又因为感情和自己所追求的家庭,稀里糊涂地被情敌弄死。

总的来看,黄依依是一个"爱欲与天才的复合体……是一个身体健康、心智较为健全,能充分实现自我价值的人物形象"①,"一个集泛滥的情欲和高超的破译天赋于一身的风情万种的女人"②。

(三)陈二湖

陈二湖是701破译局的元老级人物,在黄依依之前、之后两次任701欧洲处处长。他性格怪僻——很迷信,从不允许女人进他的破译室,出破译室时,"看见黄依依,跟见了鬼似地马上关了破译室的门"③,"一直迷信人在半夜里是半人半鬼的,既有人的神气又有鬼的精灵,是最容易出灵感的,所以长期养成早睡早起的习惯,一般晚上8点钟就开始睡,到半夜一两点钟起床,先是散一会儿步,然后就开始工作。"④内向,平时除了工作外几乎没任何其他爱好和特长;平时说话少,说话不拐弯、不躲藏、不变通,经常把人和事逼入绝境,让人尴尬为难,如对乌密,他认为短时间破译不了,因此当钱之江和黄依依着手破译时,他说:"你们现在信誓旦旦的样子,老实说,我的感觉就是你们疯了,痴了。是痴人说梦,疯人做傻事,不信走着瞧"⑤。对工作总是十分投入,甚至到了痴迷的程度——"他以常人少有的执着,数十年如一日,一刻不停地使自己处在破译的最佳状态——钨丝最亮的状态,这本身就是一种疯子的冒险。"⑥"把职业当作性命看的,为了破译一部密码,经常把自己弄得苦海无边的。"⑦为了保持头脑清醒而

---

① 王松锋:《浅谈〈暗算〉关于"人生结构"的隐喻建构》,《学理论》,第181页,2010年第22期。
② 王朝军、牛学智:《怎样才能抵达大众的内心——试论麦家长篇小说〈暗算〉》,《名作欣赏》,第110页,2009年第3期。
③ 麦家:《暗算》,第106页,世界知识出版社2003年版。
④ 麦家:《暗算》,第187页,世界知识出版社2003年版。
⑤ 麦家:《暗算》,第108页,世界知识出版社2003年版。
⑥ 麦家:《暗算》,第183页,世界知识出版社2003年版。
⑦ 麦家:《暗算》,第105页,世界知识出版社2003年版。

不吃午饭,为了破译火密而把铺盖卷搬到破译室,吃在那里,住在那里,白天想的全是破译密码之事,晚上所做的梦也是关于破译密码之事。为了破译密码,他忽略家庭、忽略妻子儿女,甚至在妻子弥留之际,也没有完整地陪过她一天;他完全活在密码的世界里,与外部世界格格不入,以至于疯疯傻傻,直到被"返聘",才恢复了正常的精神状态,但随后又因破译密码所带来的巨大兴奋而心脏病复发,死在工作岗位上。淡泊名利——他虽然一生获得的荣誉也许比701所有人加起来还要多,但从不争名夺利,并且主动推辞名利,如在完成破译火密的任务后,当组织决定把荣誉授予他一个人时,他执意要与徒弟分享;在组织把荣誉授予他之后,他又以为窃取了徒弟的功劳而惴惴不安。

总的来看,陈二湖实为一个不计功利和代价的工作狂。

(四) 林英

林英是共产党的一位打入国民党保密局的地下工作者。作为一个地下工作者,她在不同场合的表现,她的内外情感表现等,均迥然不同,如在周末舞会上,一方面,她脸上有一对甜蜜而快活的酒窝,亲切、可爱,看起来无忧无虑、天真烂漫、热烈、戏谑而又放纵;另一方面,脸上内蕴着冷静、深邃、敏感、多疑、忧郁、感伤;总的来看,她神情之中流露出来的是一种高雅的风流,一种凝重的娇态。在红楼小组召开的会议上,她在说话时语调言辞坚定、热烈,显露出一触即发的激情以及大胆、不羁的性格。她在打入敌人的心脏后,巧妙地利用毛人凤和郑介民之间的明争暗斗,先后成为了他们的心腹。她既是一个地下工作者,又是一个妻子、母亲,充满情爱和母性。在革命的关键时刻,她怀孕了。一方面,她要做一个好战士,另一方面,她要做一个好妻子、好母亲,可这二者又不可兼得,于是,本来充满智慧又有胆识的她也变得优柔寡断、无所适从起来,以至于三次去找金深水商谈腹中孩子的取舍之事——在第一次去找金深水时,她"躺倒在沙发上,微眯着眼,满脸疲惫,像个病人"[①];第二次是在组织决定她做人流的时候,她抽泣着,眼泪流在金深水的衣襟上;第三次是在老 A 牺牲后,她毫无顾忌地扑到金深水怀里说:"我要把孩子生下来……呜呜呜……孩子的爸爸牺牲了……呜呜呜……我要把孩子生下来……呜呜呜……"[②]在这个过程中,她

---

① 麦家:《暗算》,第 253 页,世界知识出版社 2003 年版。
② 麦家:《暗算》,第 265 页,世界知识出版社 2003 年版。

作为一个女人所固有的情爱和母性越来越明显地显露出来。最后,她因为情爱和母性,生下了孩子,但也因此而丢掉了性命。

总的来看,林英是一个内心世界丰富多变的女人,是那些像在"尖刀上步履"的地下工作者的代表。

三

小说通过其内容及所塑造的一系列人物,尤其是阿炳、黄依依、陈二湖、林英等所表达的主旨大致有以下几点:

(一)展现了在看不见的战线上一群特殊人的特殊生活,歌颂了那些为民族、国家、人民的安全事业而默默奉献的无名英雄。

701位于深山之中,701里的人怀着"一个真正的军人应该被世上的最后一场战争的最后一颗子弹打死"[1]的信念,"或终日滞留在大山深处,或长年浪迹四方。滞留的如困兽,浪迹的如游侠。游侠也是困兽,因为他们的内心极不自由……他们的工作以'国泰民安'为终极目标,但工作本身具有的保密性,又使他们自身失去了最基本的人身自由,甚至连收发一封信都要经过组织审查,审查合格方可投递或交付本人阅读。他们抛妻别子,埋名隐姓,为国家的安全和人民的利益绞尽脑汁,'暗算'他人、他国,然而最终自己又被粗粝的世俗生活'暗算'了"[2],他们"所从事的职业是世上最神秘也最残酷的"[3],即便彼此是夫妻、父子、母女、兄弟姐妹也不相知,正如安院长所说:"我去世已久的父母不知道,我以前和现在的妻子,还有我三个女儿包括女婿,他们也都不知道,我是特别单位701的人"[4],言及他们的任何的词语都可能出卖他们,一个不合时宜的喷嚏都可能让他们人头落地,然而,在他们看来,死亡并不可怕,因为他们早把生命置之度外。"他们'暗算'的是和国家民族利益相关的异国异军的密码情报,而这些天才的特殊工作者所遭遇的'暗算'付出的却是个人生命的代价。"[5]

---

[1] 麦家:《暗算》,第152页,世界知识出版社2003年版。
[2] 麦家:《〈暗算〉三记》,《作家》,第24页,2009年第1期。
[3] 麦家:《暗算》,第198页,世界知识出版社2003年版。
[4] 麦家:《暗算》,第18页,世界知识出版社2003年版。
[5] 孟繁华:《残酷游戏与悲惨人生——评麦家的长篇小说〈暗算〉》,《上海文学》,第76页,2004年第6期。

（二）揭示了命运的无常。

小说所描述的是一个个与密码相关的故事，但在小说中，极限密码是人生的无常，无论天才抑或英雄，都无法按照固定的逻辑去破译，都是在成功地暗算别人的同时却不能逃脱命运的暗算：阿炳生来没有父亲，与母亲相依为命，穷困潦倒，孤苦伶仃；智力低下，离不开人照顾。但生有一副好耳朵，并凭借这副耳朵，一夜间成了701的大英雄，享受殊荣和尊重，有了妻子、孩子。然而，这副耳朵又导致了他的死亡——命运多么反复无常！黄依依既秀外慧中，聪明、美丽，数学的禀赋极高；又得恰逢天时，巧遇贵人，成为周总理钦点的海归，在26岁时成为中科院数学研究所最年轻的研究员，然而在数学研究所并不得志，甚至连一个平等的面试机会都不能获得；到701后，她凭着自己的智力，一下子由"鸡"变成了"凤凰"，但在人生盛极之时，死亡却不期而至；在其走向死亡的路上，充满了偶然——张国庆的老婆调到医院里工作、她怀孕和误服"孕妇禁用的药物"、医院里厕所门的坏掉、她与张国庆的老婆的狭路相逢，一切环环紧扣，似乎有一只无形的手，在暗暗地操纵着。陈二湖对密码的谜底虔诚地向往、苦苦追求，谜底就在他眼前，却隐遁起来不让他看见，徒弟帮他把握在手中的谜底展现了出来，他却因此而杯弓蛇影般地感到自己侵占徒弟的成果，惶惶不可终日地走向坟茔；他可以战胜标志着人类智力极限的密码，却不能战胜自己心里的魔，将自己的精神置于痛苦中。林英身经百战、谨慎大胆，游刃于敌人机要部门，但最后因为一个本能的反映而命丧黄泉：在生产昏迷时喊出丈夫的名字，从而暴露身份而死。总之，在小说中，"最困扰我们人类的密码还是人自身。这大概是麦家最终要完成的一个主题。人性的善恶，人的情感，人的命运，它们的真实信息多半都以密码的方式在我们耳边回响……人与人之间的交往，其实就是在相互间破解密码。破译人的密码，也就是揭开一个人的真相，有时候真相一旦揭开，也许我们反而失去了生存的勇气。"[1]"世俗生活的貌似平庸、无序，却隐含着真正的残忍和杀性。"[2]

（三）揭示了解密职业对人性的扭曲。

701里的人"是一个特殊人群，他们是人中精灵……他们是社会的，又是非

---

[1] 贺绍俊：《麦家的密码意象和密码思维》，《当代文坛》，第35页，2007年第4期。
[2] 麦家、姜广平：《写作的清醒叙事的智慧》，《西湖》，第98页，2008年第1期。

社会的。他们是人,是奇才,是天才,也是物,是工具,是尘埃……他们的存在,是国家利益、民族存亡的需要,或者是党派、集团利益的需要,个人在这样一个集体中,不管他可以发挥的作用有多大,他与整个集体的关系,就只能是整个运转的机器中的一个镙丝钉,这里容不得个性的存在……一个人是整个机器中的发动机,还是一粒微小的尘埃,都得服从整个机器的利益,服从机器运转的需要"①,结果,个人最终泯灭个性,像陈二湖最后只剩下工作欲——他从701出来后,被扭曲的心灵无法恢复正常,不能过常人的生活,而必须通过下棋来麻痹自己,最后又回到701,靠破译密码来支撑着自己。

(四)揭示了人的性与命运之间的关系。

"在五个相对独立故事的人物中,虽然他们各自的身份和从事的情报领域不同,但无论是搞监听的,还是干破译和间谍工作的,他们的命运几近一致,都死于生命的动力:性"②——阿炳为了让母亲能早日做奶奶而结婚,却是个性无能者,其妻子为了成全其孝心而偷人,结果却导致他自绝于人世;黄依依虽以性为游戏,但也有生儿育女的愿望,并为此愿望而命丧黄泉;陈二湖为破译事业不惜压抑性欲,变得薄情寡欲;林英为爱而性而生育,最后因生育而死;韦夫从没有恋爱过,但在弥留之际尝到了"女人的滋味",并带着性的满足而死。由此,小说揭示了性作为人类的主要本能,实际上也是一只左右人的命运无形之手。

四

从艺术表现的角度来看,小说主要具有如下特点:

(一)结构别具一格。

小说由序曲和五个故事组成,序曲和五个故事可分开来看。在序曲中,叙事者讲述了一次神奇的邂逅以及由此而来的进一步探究,这给读者制造了一种真实感,也水到渠成地把五个发生在不同年代和背景及人物身上的故事串联起来,表现了相同的主题。五个故事虽各自独立,但每个故事在展开之前,其人物已提前出现,如在《瞎子阿炳》里,与后一个故事《有问题的天使》中的主人公黄依依直接相关的钱之江就粉墨登场了;在《有问题的天使》里,后一个故事《陈二

---

① 同温玉:《〈暗算〉:人算与天算》,《小说评论》,第131页,2009年第3期。
② 王鸣剑:《隐秘世界的无常人生——〈暗算〉的独特性》,《当代文坛》,第39页,2007年第4期。

湖的影子》中的主人公陈二湖的身影便闪现过。这样,五个故事便自然地衔接在一起,整部小说也浑然一体了。这是"一种'档案柜'或'抽屉柜'的结构,即分开看,每一部分都是独立的、完整的,可以单独成立,合在一起又是一个整体。这种结构恰恰是小说中那个特别单位701的'结构'。作为一个秘密机构,701的各个科室之间是互为独立、互相封闭的,置身其间,你甚至连隔壁办公室都不能进出。换言之,每个科室都是一个孤岛,一只抽屉,一只档案柜,像密封罐头,虽然近在咫尺,却遥遥相隔。这是保密和安全的需要,以免'一损俱损',一烂百破……这种结构形式就是内容本身,是701这种单位特别性的反映。"①这种相对封闭的线性结构保证了小说中人物行动的纯粹性和关于"暗算"主题演绎的充分性。

(二) 跳出红色经典的窠臼。

从题材的角度来看,小说属红色经典之列——小说"以标识着革命的历史事件为背景。阿炳活动于1969年,黄依依贡献于1962—1963年正是中苏外交彻底恶化时期,韦夫死于1973年越战中,而鸽子的谍战大戏上演于1947年5月至1949年3月9日,陈二湖工作的40年即革命的40年,恰恰是从20世纪40年代末至新时期苏联解体的时间段。"②一般来说,红色经典往往采用传统小说的模式,如《林海雪原》所采用的"五虎上将"模式;所写的是"革命+恋爱";正面人物都是英俊潇洒、气度不凡的,且大多都是善终,即使不幸牺牲,也是惊天地泣鬼神、死得其所。而《暗算》则完全摆脱了传统小说的模式,所写的虽然也是"革命+恋爱",但又没像红色经典那样总是把革命者写成"为了革命而牺牲爱情";整个情节仿佛一个迷宫——密码战、间谍战中穿插着亲情、爱情和爱国之情,超能力者、数学天才、革命志士轮番登场,绝地厮杀,但其背后都隐含了一个神秘莫测、无人知晓的操纵者,充满了悬念和神秘感,如有关找罗三耳、阿炳以及阿炳特异的故事。又如黄依依,她之所以到701,在很大程度上是因为爱上了钱之江,但一到701又似乎是本能地爱上王主任;她本来爱王主任爱得很投入,甚至为了解救他而努力破译乌密,可没等破译乌密又爱上了张国庆;她的这些"爱情转移"使小说的情节显得波诡云谲。

---

① 麦家:《〈暗算〉三记》,《作家》,第25—26页,2009年第1期。
② 王松锋:《浅谈〈暗算〉关于"人生结构"的隐喻建构》,《学理论》,第182页,2010年第22期。

同时,正面人物去"高、大、全"化和喜剧性命运——在小说中,正面人物都是有缺陷的,如"由于心情过度紧张导致的面部肌肉瘫痪,再加上他病眼本身就有的丑陋,阿炳当时的样子确实有些惨不忍睹,可以说要有多邋遢就有多邋遢,要有多落魄就有多落魄,要有多怪异就有多怪异。"①不仅如此,阿炳还偏执、蛮横、脆弱。黄依依妖冶、任性、自由散漫、放浪,她之所以到701工作仅仅是因为她喜欢上了钱之江,之所以在短时期内破译"乌字一号密码"主要是为了搭救情人——"组织和她之间已经演变成了一种利益的交换关系"②。陈二湖生性乖张、与现实世界格格不入;韦夫病弱不堪,自主性不强,连自己参军的动机也说不上来,他为革命做贡献是在毫无意识的"死亡"状态下被动地进行的。林英为了孩子可以置革命事业于不顾。总之,"人物的献身不是我们传统的为国为民的那种大的伦理观念,而是出于对于自我的挑战,对于智力的挑战"③,"他们客观上虽然为国家为民族做出了不朽的贡献,主观上却并没有什么崇高的理想和目标,他们的情感意愿始终是非常世俗化的,根本就无法上升到理想和责任感的层面。"④而且他们均未能"寿终正寝"。

(三)语言口语化,富于哲理或幽默感。

小说的叙事者均为老人,小说的内容即老人的回忆,于是,小说语言"口语化"、语气"老年化"——拖沓冗长,看似游离主题,实则渲染真实感、直奔主题,如"啊……一个女人生孩子是多么正常的事情……好了,现在我可以跟你这么说,地下工作是世界上最残酷而又危险的职业,任何一个举动、一个眼色、一滴眼泪、一个喷嚏,甚至一声梦呓,都可能意想不到地出卖你,使你辛辛苦苦营造多年的一切毁于一旦,毁于一瞬间、一念间。"⑤同时,不少语句富于哲理或幽默感,如"破译密码是听死人的心跳声"⑥,"上帝在造人时似乎总是公平的,聪明的

---

① 麦家:《暗算》,第33页,世界知识出版社2003年版。
② 王朝军、牛学智:《怎样才能抵达大众的内心——试论麦家长篇小说〈暗算〉》,《名作欣赏》,第109页,2009年第3期。
③ 张丽军、房伟、马兵:《主流意识形态与大众文化消费的"合谋"——对〈暗算〉的质疑》,《艺术广角》,第23页,2009年第4期。
④ 王朝军、牛学智:《怎样才能抵达大众的内心——试论麦家长篇小说〈暗算〉》,《名作欣赏》,第109页,2009年第3期。
⑤ 麦家:《暗算》,第273页,世界知识出版社2003年版。
⑥ 麦家:《暗算》,第81页,世界知识出版社2003年版。

人往往缺勤奋,智慧的人往往爱出世,爆发力好的人往往没耐力。"①"世间有两种人最烦人:泼的女人,诌的男人。"②"现实总是喜欢重复,变化的只是一点点时空而已。"③"什么叫幸福,就是你梦想的东西在你意想不到甚至没有意想的时刻出现,那就叫幸福。"④"我相信漂亮在女人身上就像武器在男人手里,总有一天会被他们使用,'恶毒地使用'"⑤,"人生就是这样,阴差阳错的,充满遗憾"⑥,"12年前,我是个30岁还不到的嫩小子,在单位里干着很平常的工作,出门还没有坐飞机的待遇。不过,有一次,我们领导去北京给更大的领导汇报工作。本来,汇报内容是白纸黑字写好的,小领导一路上反复看,用心记,基本上已默记在心,无需我亦步亦趋。可临了,大领导更改了想听汇报的内容,小领导一下慌张起来,于是紧急要求我'飞'去,现场组织资料。我就这样第一次荣幸地登上了飞机。正如诗人说的:凭借着天空的力量,我没用两个小时就到达北京。小领导毕竟是小领导,他还亲自到机场来接我,当然不仅是出于礼仪,主要是想让我'尽快进入情况'。"⑦

(四)对比手法的"高强度"运用。

1. 人物自身的命运对比。小说中的主要人物均生得绚烂而死得的"卑微"。

2. 人物自身的天才与缺陷对比。人的天才与缺陷似乎处于两个极端,不可调和,但小说中人物的天才与缺陷却有机地统一在一起,如瞎子阿炳,听力超常地高但智力也超常地低;黄依依既玩世不恭甚至放浪形骸又严肃认真、说到做到;林英既有一个钢铁战士的坚强意志又有一个弱女子的优柔寡断与柔情。

3. 人物与人物对比。如黄依依与陈二湖都是成功者,但黄依依游戏般地对待工作,陈二湖把工作当作生命;黄依依随心所欲放浪形骸——看上一个男人便追求,不达到目的不罢休;陈二湖则过着清教徒似的生活——连妻子的重病也不闻不问,从701出来后,只得通过下围棋来维系一种与原来的生活相仿

---

① 麦家:《暗算》,第105页,世界知识出版社2003年版。
② 麦家:《暗算》,第126页,世界知识出版社2003年版。
③ 麦家:《暗算》,第210页,世界知识出版社2003年版。
④ 麦家:《暗算》,第231页,世界知识出版社2003年版。
⑤ 麦家:《暗算》,第237页,世界知识出版社2003年版。
⑥ 麦家:《暗算》,第267页,世界知识出版社2003年版。
⑦ 麦家:《暗算》,第4页,世界知识出版社2003年版。

的生活,并且最终还不得不回到701,靠破译密码来延续生命。

对比手法"高强度"的运用,凸显了人物的个性,也凸显了小说人生无常的主题。

(五)叙事方式精妙。

五个故事的叙事者"我"既是小说中的五个人物,又都是历尽沧桑的长者;以他们回忆的口气讲故事,无形之中给人一种沧桑感,与小说所表达的人生命运无常主题相应合。

五

小说也存在着一些不足之处,具体地说:

(一)人物相互之间过于"神似",扁平化、单一化、类型化倾向明显。

在小说中,除"鸽子"外,人物基本上没有内在的冲突,没有成长,在出场时就是一个天才,一些定型的性格,"人物高度类型化,尽管每个人物表现出的偏执不一样。黄依依的偏执是在性上的放纵,阿炳的偏执是对自己孩子的追究"[①],黄依依、陈二湖等的"性格始终站在一个原点上,几乎没有任何变化,更谈不上有什么丰富复杂性了"[②],"黄依依还不是一个有血有肉的女性,她只是一个欲望的符号,可以和任何人上床的花痴。她在火车上向钱院长吐露'爱情'后,就没了下文。她与王主任、张国庆的暧昧关系,也没有任何心理逻辑,完全是荷尔蒙分泌过剩的产物,与我们在餐桌上听到的荤故事并无两样。"[③]陈二湖实为一个工作狂。阿炳、黄依依、陈二湖等均既是天才又是某种意义上的智障者,且都因小事而死。

(二)结构不够严谨。

小说虽然运用了伏笔、回忆、日记等写法,使五个发生在不同年代、背景及人物各不相同的故事串联起来,浑然一体,表现了相同的主题;但线索不明显,

---

① 张丽军、房伟、马兵:《主流意识形态与大众文化消费的"合谋"——对〈暗算〉的质疑》,《艺术广角》,第23页,2009年第4期。

② 王朝军、牛学智:《怎样才能抵达大众的内心——试论麦家长篇小说〈暗算〉》,《名作欣赏》,第110页,2009年第3期。

③ 武新军:《〈暗算〉:茅盾文学奖的突破还是悲哀》,《河南师范大学学报(哲学社会科学版)》,第179页,2009年第3期。

人物形象自身及相互之间又没有发展,连贯性较差,从而使小说看起来又不太像一个长篇,而似乎是五个独立的中篇的连缀。

(三)叙述有时稍显"笨拙"。

小说五个故事的叙事者都是"我",而"我"的身份又在不断地变换——时而是安院长、钱院长,时而是老吕、金深水,让人眼花缭乱。同时,每一个"我"都只是一个"个人",都不具有全知全能的能力,也缺乏转换别人视角的灵活性,因此,其叙述有时稍显"笨拙"。如在《刀尖上的步履》中,人物、背景、惊险、恐怖由于全是"我"来叙述,丧失了悬念和冲击力。又如在《有问题的天使》中,"我"扮演一个老人,以老人的口吻说话,于是,在叙述时掺杂了很多游离主题的话,如"小伙子,你觉得我说的行吗?可我不行了,我累了,明天再说吧"①;如果能灵活地转换叙事方式,小说也许会更加引人入胜。

(四)意蕴单薄。

小说所描写的生活过于纯洁,人物过于单纯,情节虽然跌宕起伏但又一览无余;虽然写的是文化、数学、密码、监听、测听,运用了大量的术语,但仍缺少足够的文化味道;虽然总体语言口语化,且有不少颇具哲理性,但语言浅白、意蕴不足的缺憾较为明显。

(五)重视巧合性、神秘性而忽视了文本的逻辑性、情感性。

"在《暗算》中……作者刻意地在文本中渲染故事的巧合性、神秘性,却相对忽视了文本的逻辑性和情感性。比如,阿炳的故事中,当林小芳跪在安院长面前声泪俱下地解释道,之所以怀上别人的孩子完全是为了阿炳,为了701时,即便是一个铁石心肠的人也会对这个可怜的女人生出稍许怜悯和同情之心的,而安院长却丝毫没有被打动。安院长的这种心理行为,与他之前所表现出来的正直善良的本性是相违背的,根本不符合一般的情感逻辑。在黄依依的故事中,黄依依风流成性、蛮横霸道,仅仅因为能够破译高级密码,人们就异口同声地称她为'天使',根本不去理会她的作风问题。而且钱之江对她的所作所为还听之任之,甚至为虎作伥、助纣为虐,亲手拆散了张国庆的婚姻。当黄依依被张国庆的前妻杀害后,他在'惋惜'之余,还不忘极其刻毒地咒骂张国庆的前妻,恨不得亲手杀了这个'泼妇'。这种明显悖离人之常情的做法,又怎么能够让读者相信

---

① 麦家:《暗算》,第97页,世界知识出版社2003年版。

呢?至于韦夫的故事,破绽就更明显了。美军竟然从一个北越'海军军官'的身上搜到了一张银行催款的欠款单……在1973年的越南战争期间,而且是在实行社会主义制度的北越,银行怎么可能会开展个人贷款业务呢?这简直就是天方夜谭了。"①

（六）历史感薄弱。

"小说写的是与世隔绝的隐秘角落的人和事,和大众生活没有多少联系,是很难写出丰富的社会和历史内涵的……人物形象,大多是缺乏历史感的,都是各种性格元素的抽象组合:阿炳一半是傻子一半是天才,黄依依是'魔鬼附身的天使',鸽子则是由放纵与压抑、高雅与风流、庄重与妖艳等几种不同的性格因素组合起来的……人物的语言也是缺乏历史内涵的。"②

不过,总的来说,小说尽管有这些不足之处,但仍不失为一部优秀之作;同时,从题材的角度来看,它具有开创性:小说是"中国第一部直接描述反间谍部门核心机关701工作的小说"③——小说也因此被称为中国的"新智力小说"、"特情小说"④,作者则因此而获得了一些批评大家的赞誉,如,雷达誉之为中国的"柯南道尔"⑤,陈晓明认为麦家是"学习西方作家博尔赫斯最到位的中国作家,把大众阅读趣味与形而上学写作方式结合得最好的一位作家"⑥。

---

① 王朝军、牛学智:《怎样才能抵达大众的内心——试论麦家长篇小说〈暗算〉》,《名作欣赏》,第111页,2009年第3期。
② 武新军:《〈暗算〉:茅盾文学奖的突破还是悲哀》,《河南师范大学学报(哲学社会科学版)》,第179页,2009年第3期。
③ 王鸣剑:《隐秘世界的无常人生——〈暗算〉的独特性》,《当代文坛》,第38页,2007年第4期。
④ 孟繁华:《残酷游戏与悲惨人生——评麦家的长篇小说〈暗算〉》,《上海文学》,第76页,2004年第6期。
⑤ 雷达:《麦家的意义与相关问题》,《南方文坛》,第92页,2008年第3期。
⑥ 转引自武新军:《〈暗算〉:茅盾文学奖的突破还是悲哀》,《河南师范大学学报(哲学社会科学版)》,第178页,2009年第3期。

第四节 《湖光山色》

一

周大新的《湖光山色》最初由作家出版社于 2006 年出版,其内容梗概为:

丹湖西岸楚王庄的少女楚暖暖在高中毕业后赴北京打工。两年后,在挣得八千多块钱时,她得知母亲病重,便赶回家;在母亲出院后,她留在家中一边做家务一边种家里的责任田;这让村里一些因故没外出打工的小伙子兴奋不已,其中最为兴奋的是詹石梯和旷开田。詹石梯是村主任詹石磴的弟弟,依仗家族的势力追求楚暖暖,但楚暖暖自愿嫁给旷开田,并与之暗结良缘,在婚后又喜得一子。旷开田因误卖假除草剂而被警察带走,楚暖暖为营救旷开田而求助于詹石磴,詹石磴趁机占有了她。在旷开田获释后,村民争相向他索赔因买他的假除草剂而造成的损失,其父因他病情加重而住院。与此同时,楚暖暖巧遇前去丹湖西岸考察楚长城遗址的北京退休研究员谭文博,并为之导游和提供了 11 天的住宿,赚取了 1600 元的劳务费。回北京后,谭文博在报纸上发表了自己在楚王庄的考察所得以及与楚暖暖的合影。之后,天津大学历史系两个研究生、湖南的四个大学生先后去楚王庄考察楚长城遗址,并都找楚暖暖和旷开田做向导。楚暖暖意识到会有更多的游客,便决定盖新房。为获得宅基地,旷开田去找詹石磴,但无功而返,楚暖暖只得硬着头皮去找詹石磴,并再遭凌辱。在三间新房盖起来时,谭文博带着十个学生前去考察楚长城遗址,并将三间新房起名为楚地居。在谭文博走后,楚暖暖和旷开田在原有房子的东西两边各盖三间厢房,使楚地居成为了一个很规整的院子,同时,请青葱嫂、麻老四等帮助接待游客。詹石磴眼红楚暖暖家挣了钱,便一面利用职权向楚暖暖、旷开田索要红利,一面不择手段地破坏楚地居的生意。楚暖暖、旷开田在奔走乡政府、法院之后才得以正常接待游客;后又在谭文博的帮助下成立了南水美景旅游公司。此时,村主任换届选举在即,楚暖暖明白要想不受詹石磴的欺负,只能让旷开田当上村主任,便鼓动他参选,并帮助他胜选。随后,省五洲旅游公司项目开发经理薛传薪与楚暖暖合作建度假屋赏心苑,在竣工之际,楚暖暖带领 40 名男女员工进省城学习服务之道,学成之后高质量地接待客人。在客人越来越多后,薛传薪决定让村民向游客表演想象中的当年楚王在举办仪式后"离别"的节目以丰富旅游内容,并由旷开田在节目中扮演楚王。因旷开田当上村主任及旷家与薛传薪合作事业的发达,詹石磴妒火中烧,便恶意地给旷开田写便条告之自己曾睡过楚暖暖,旷开田不分青红皂白地痛打了楚暖暖一顿,楚暖暖伤心欲绝,便离开旷家到楚地居独居,但在几天后又因婆婆和青葱嫂的好心相劝以及对儿子的牵挂而回到旷家,并仍旧负责赏心苑的工作。一批南方客人要求吃国家保护动物娃娃鱼,楚暖暖不同意,但薛传薪却与旷开田合伙满足了客人的要求;后来,又有客人要女人按摩,楚暖暖十分气愤,甚至和客人吵架,而薛传薪却从省城带来了六个按摩女。楚王庄的民风随之一变,旷开田更是先后与同村的年轻媳妇悠悠及按摩女勾搭成奸,楚暖暖伤心至极,便与旷开田离婚,并在村主任换届之际试图把旷开田搞下台以保护村民的利益,但最终未能如愿。旷开田在连任村主任后强令青葱嫂等拆迁以扩建赏心苑,为保护青葱嫂等的利益,楚暖暖四处奔走状告旷开田,旷开田和薛传薪则先后制造客人"食物中毒"和楚暖暖"聚众赌博"等事件相阻,旷开田还对她大打出手。但楚暖暖不仅没屈服,反而制止了旷开田的罪恶企图——让詹石磴透过玻璃观看其女儿詹润润为了贴补家用和给他看病而卖身。为了替楚暖暖报仇,青葱嫂在假扮男人参与"离别"表演时抱着扮演楚王的旷开田跳入了湖中,旷开田在被救的第二天,和薛传薪一起被警察抓走。来年秋天,楚王庄出现了"楚国一条街",旅游业更加兴旺。

二

小说中重要的人物主要有楚暖暖、旷开田、詹石磴、青葱嫂等。

(一)楚暖暖

楚暖暖是一个农村青年女子。她美丽动人,是一个"'公主'式的乡村姑娘……几乎是楚王庄所有男性青年的共同梦想"①——"暖暖重回到楚王庄干活

---

① 孟繁华:《乡村中国的艰难蜕变——评周大新长篇小说〈湖光山色〉》,《名作欣赏》,第 97 页,2009 年第 3 期。

不仅让开田高兴,村里其他一些因故没能出外打工的小伙子也兴奋起来。"[①]孝顺——她在北京打工时一听说母亲患病便赶回家照料母亲,并用打工所得的钱支付了母亲的医药费;后又因家中的困难和母亲需要照顾而没有再次去北京打工;在"除草剂事件"发生后,她牺牲自己的身子虽说是为了旷开田,但也是为了抱病在身的公公;在逮住旷开田与悠悠偷情后之所以仍然与旷开田维系着婚姻,虽说是为了维护家庭的完整,但也是为了不让公公、婆婆伤心。有主见、果断、聪慧——她认为婚姻的基础是爱情而非门当户对或者是嫁到富贵之家过日子,于是,在相中旷开田后,不屈服于村主任家族权势的威压而拒绝与其弟结婚,不顾家人的反对和世人的歧视而自嫁旷开田;在"除草剂事件"发生后,她独自东奔西走,最后以牺牲自己的身子为代价让旷开田免除了牢狱之灾;在偶遇谭文博时,她不失时机地抓住发财致富的机会;在经营楚地居后,詹石磴阻挠她家拓展游览景点,她便和旷开田去法院告状,寻求法律保护;为了延长游客游玩的时间,她开发出一些新的旅游项目,如组织游客参观始建于唐代的凌岩寺、丹湖中心的迷魂区,秋天,组织游客参观秋收,春天,组织游客欣赏沿湖美景;詹石磴以封山育林为借口封杀她家的生意,她就从后山开辟一条山路;鼓动旷开田竞选村主任并帮助他竞选成功;在与五洲旅游公司合作后,她负责主持接待游客的工作,并卓有成效。自信、要强——在带领员工去省城的大酒店学习时,城里人投给她们以意外、好奇、鄙夷的目光,她所想的是"要是你们的爹娘把你们生在楚王庄,你们就会和俺们一个样!"[②]在发现旷开田背叛了自己后,毅然决然地与他离婚。善良、大度——她不仅总是与人为善,而且对曾经凌辱过自己的詹石磴也慈悲为怀、以德报怨:不让旷开田凌辱詹石磴,挺身而出地救他的女儿,借六千元钱给他的女儿帮他看病;在"除草剂事件"发生后,全村只有青葱嫂没为难她家,麻老四还昧着心压低价购买她们家的牛,可她在致富后,却不忘村里的每一家:让麻老四当导游、帮他建莲子羹店,鼓励九鼎开鱼宴馆,帮着黑豆叔把责任地变成了采摘园,建议占坤叔建茶馆。有正义感——当南方客人要吃国家保护动物娃娃鱼时,她坚决反对;在客人要求色情服务时,她不顾生意会受到影响而拒绝并阻挠;在麻老四与按摩女发生不正当的关系后,她怒气冲冲地

---

① 《湖光山色》,第19页,作家出版社2008年版。

② 《湖光山色》,第223页,作家出版社2008年版。

去找旷开田,要求他立即终止色情服务;在萝萝失身于游客怀孕后,她怒火中烧,并为之讨公道;当旷开田和薛传薪要强拆民房以扩建赏心苑时,她为了维护村民的利益,不依不饶地与他们理论,并因此被旷开田踢成重伤。有现代意识——她看重科技、信息、经商、法律,如试图通过经销凝聚着科技含量除草剂挣钱,在"除草剂事件"之后,在遇到难于解决的问题时,她首先想到的是法律。有情有义、知恩图报——在"除草剂事件"发生时,青葱嫂没为难她,她的事业刚起步便以四百元的高薪雇请青葱嫂干活。总之,楚暖暖秀外慧中,既有传统女性的优秀品质,又有现代女性的襟怀和见识,是中国新时代优秀女性的代表。

不过,楚暖暖偶然也有唯利是图的一面,如觊觎为省钱而在山上支帐篷露宿的游客的钱。同时,她也是一个悲剧色彩浓重的人物——她按照自己的意愿选定了婚姻,但没能按照自己的意愿选定生活;她救出了丈夫,却牺牲了自己的身子;她为丈夫付出了全部感情,最终得到的却是丈夫的背叛;她凭着自己的智慧和努力改变了家境,但最终却失去了家庭;她本希望利用楚王庄的旅游资源使楚王庄摆脱贫困,却给整个村庄带来了像世风日下这样的灾难。其中,来自家庭方面的悲剧性最为强烈——在夫家,她可谓尽心尽力了,可夫家却没谁把她当自己人:不仅丈夫背叛、欺骗、虐待她,而且公公、婆婆对她也有偏心,如她在向公公哭诉旷开田有外遇时,公公的第一反应是责怪她没有证据就轻信人言;旷开田栽赃她聚众赌博,那事很可能是与婆家人串通好的,因为"晚饭后丹根的奶奶来把丹根领走了,说丹根他爹给他买了一身衣裳等着他去试穿"[①];在她被旷开田踢成重伤后,公公、婆婆不仅自己没去探望她,而且也没让她的儿子丹根去探望她。

总的来看,楚暖暖集圣母与悲剧女神于一身,是一个具有人性美、人情美、悲剧美的人物形象。

(二)旷开田

旷开田是一个乡村基层干部——继詹石磴之后任楚王庄的村主任,在小时候是楚暖暖的玩伴,后又成为她的丈夫。在和楚暖暖结婚之前,他是楚王庄的一个愣头愣脑的后生,做事有股狠劲,如干活挑东西,一下子咬牙挑三百来斤;他家的牛啃吃了庄稼,他便把它绑到树上打它一个时辰,直打得牛哀哀乱

---

① 《湖光山色》,第347页,作家出版社2008年版。

叫;在不小心把自己刚买的一个水缸碰碎后,他悔得直抽自己的耳光,直至把自己的嘴角都打出血。在当上村主任之前,他无主见、无大志、无自信、易于满足,是一个吃软饭的主——他虽然心中有"爱",但对如何实现那个"爱"却束手无策;从与楚暖暖恋爱到两人结婚,一切全由楚暖暖做主操办,对楚暖暖言听计从;从楚地居的修建到与五洲旅游公司合作,一切也由楚暖暖一个人操办。在楚暖暖要他去竞选主任时,他闻言后吃了一惊,笑道:"你做梦吧,谁会选我?咱一没权二没势,咱老老实实接待游客赚咱的钱吧。"①而且一想到要和詹石磴争作主任,心里就发慌;在与詹石磴斗争时稍遇挫折,他就叹口气道:"看来咱是斗不过詹石磴的,他当了这么多年的主任,到处都有门路都有熟人。"②小气、狭隘——在生意有起色后,楚暖暖出于报恩而拟以四百的月薪请青葱嫂帮工,他却皱着眉说:"四百的工钱是不是太高?"③楚暖暖想请帮工们吃一顿饭,他却摸着后脑勺吞吞吐吐地说:"都已经给他们开过工钱了,还用再花钱请他们喝酒?"④詹石蹬睡过他的老婆,他便让生命垂危的詹石蹬亲眼看着自己的女儿卖身以报复,并羞辱道:"詹石磴,你当初睡我的女人,你心满意足非常高兴,今天我让你看看别人是咋睡你女儿的,润润不是你的掌上明珠吗,不是你的命根子吗?你现在就看看吧!"⑤在当上村主任之后,他贪得无厌、骄奢淫逸、专横跋扈、无情无义——在当选村主任后,楚暖暖带着他去做衣服,他竟大言不惭地对她说:"还是做成西服吧,现在西服才是官服,你没见电视里那些大官,穿的不都是西服?"⑥学吸烟;黑豆叔因想要块宅基地而求助于他,他虽明知黑豆叔家境贫寒,但仍要黑豆叔破费请客;强制规定盖小学校舍的村民们的捐款数目;用公款买摩托;公然对楚暖暖说:"在楚王庄,我是主任,是最高的官,我就是王!"⑦不仅在外乱搞女人,而且在家把楚暖暖视如敝屣,对之恶语和暴力相加;当楚暖暖反对并阻挠他和薛传薪勾结时,他凶横地对她说:"你要想在楚王庄继续住下来,

---

① 《湖光山色》,第 149 页,作家出版社 2008 年版。
② 《湖光山色》,第 165 页,作家出版社 2008 年版。
③ 《湖光山色》,第 131 页,作家出版社 2008 年版。
④ 《湖光山色》,第 155 页,作家出版社 2008 年版。
⑤ 《湖光山色》,第 338 页,作家出版社 2008 年版。
⑥ 《湖光山色》,第 203 页,作家出版社 2008 年版。
⑦ 《湖光山色》,第 244 页,作家出版社 2008 年版。

想在这个地盘上做事,就不要和我作对!否则,你会后悔的!"①在楚暖暖鼓励九鼎竞争主任失败时,他得意洋洋地说她:"你知道你这回败在啥地方?败在你低估了权和钱扭结到一处所生出的力气。"②主使手下强拆青葱嫂家、九鼎家的房子;在暗算楚暖暖后又将她打成重伤。

总的来看,旷开田是一个时代的落伍者、得志便猖狂的小人和农民中的堕落者。

(三)詹石磴

詹石磴是一个乡村基村干部——楚王庄的村主任,后被旷开田在楚暖暖的帮助下取代。在任村主任时,他有恃无恐,想办的事没有办不成的,谁敢与他作对,"谁就甭想活得安生!"③在利用手中的权力占有了楚暖暖后,还大言不惭:"在楚王庄,凡我想睡的女人,还没有我睡不成的!"④青葱嫂、惠玉等女性都曾受过他的欺负。其最突出而又本质的特征是城府深、心地阴暗、歹毒、阴狠——他本来好色,自见到从城市里回来的楚暖暖那天起,就看上了她,并琢磨着怎样接近她,但又不动声色;当弟弟因求婚未成而在楚暖暖与旷开田结婚的那天带着几个堂兄堂弟前去闹事时,他虽然及时赶到现场制止了事态的发展,但又打定了占有楚暖暖的主意;在"除草剂事件"发生后,楚暖暖带着礼物去求他到派出所救旷开田,他表面答应,但到派出所后却把楚暖暖所送的香烟散给派出所的人,让他们从重处罚旷开田;见楚暖暖两口子赚了钱,觉得自己受到了威胁,他便打定主意要杀杀他们的气势;在村主任换届选举面临着旷开田与楚暖暖的挑战时,他低声下气地向楚暖暖求情;在落选之后,出于报复之心,他将自己与楚暖暖发生关系的事告诉旷开田,从而"点燃"了楚暖暖与旷开田婚变的"导火线";他尽管在行将就木时让人抬着他去看望了被旷开田打伤的楚暖暖,并带去了一包红枣,但那更主要是楚暖暖人格魅力的感召所致,而且只不过是"人之将死其言也哀其行也善"而已,他如果能再做村主任,肯定会依然故我的,甚至还会变本加厉的。卑劣——在没有得到旷开田家的钱财时,他对旷开田说:"根据上边的规定,为了保证丹湖的水质,你们家的楚地居要停止接待游客,以免污染

---

① 《湖光山色》,第 311 页,作家出版社 2008 年版。
② 《湖光山色》,第 314 页,作家出版社 2008 年版。
③ 《湖光山色》,第 66 页,作家出版社 2008 年版。
④ 《湖光山色》,第 115 页,作家出版社 2008 年版。

湖水,另外,后山上的石墙是老辈子就有的东西,你家也无权卖票和领人参观。"①让懒汉詹小耳在丹湖东岸喊:"诸位游客,丹湖西岸不接待游人,特此通知,请妥善安排自己的行程!"②还封路、封山,以此来坏暖暖的生意;可在得到旷开田家的钱财之后,旷开田家所做的一切都合"法"化了。

总的来看,詹石蹬是乡土中国恶势力的化身和代表。

(四)青葱嫂

青葱嫂是一个农村青年女子。她贤惠——在丈夫外出打工受伤后,她一人支撑着全家。重情重义、能为朋友雪中送炭或两肋插刀——在楚暖暖从北京赶回家中照料身患重病的母亲时,她不顾夜深危险骑自行车带着楚暖暖赶往医院,当楚暖暖心有所忌、不愿她为自己涉险时,她却说:我拿把镰刀,真要碰见歹人,我就砍了他!最后,为了替被旷开田打成重伤的楚暖暖报仇,她抱着旷开田跳入湖中欲与之同归于尽。细心——猜想到楚暖暖可能会因赶车赶船而饥肠辘辘,她便给楚暖暖煎夹鸡蛋饼。慷慨大度——在"除草剂事件"发生后人们纷纷向楚暖暖和旷开田索赔时,她却在自家两亩地受损的情况下,对旷开田、楚暖暖说:"俺家那二亩绿豆地的损失,你们就不必再操心赔了。"③在得知楚暖暖为假除草剂的事要去乡上找人时,她拿出三盒黄金叶牌香烟对楚暖暖说:"这是你长林哥上次卖猪时人家奖励的好烟,我没舍得让他吸,今儿个你带上,到乡里见着当官的给人家散散"④。乐观开朗——丈夫在南府一家建筑队打工,不小心从架子上摔下来,把右胳臂摔了个粉碎性骨折,家中的积蓄花完了,过年连花生油也没买,剁的饺子馅也都是素的,楚暖暖见状便为欠她们的赔款一分都没还而向她道歉,她却笑着说:"快别说赔款的事,咱两家眼下是都遇见了鬼,不过鬼拦路是拦不了多久的,说不定过段时间,咱的日子就又好过了;老辈人不是常说嘛,三十年河东三十年河西,保不准以后咱们还会富起来哩。"⑤

总的来看,青葱嫂是一个比楚暖暖更为完美、更具人性美、更理想化的人物——楚暖暖身心均"欲洁未曾洁",如身子遭到过詹石蹬的玷污,对谭文博、对

---

① 《湖光山色》,第156页,作家出版社2008年版。
② 《湖光山色》,第171页,作家出版社2008年版。
③ 《湖光山色》,第79页,作家出版社2008年版。
④ 《湖光山色》,第69页,作家出版社2008年版。
⑤ 《湖光山色》,第99页,作家出版社2008年版。

为省钱而在山上支帐篷露宿的游客也有一点"见利忘义",而她则在内心深处可谓一尘不染!作为一个人物形象,青葱嫂实际上是楚暖暖的补充和完善,在其身上,作者寄托了自己对女性的理想情怀。

除以上几个人物形象外,小说中的其他一些人物,如詹石梯、麻老四、九鼎、谭文博、薛传薪、润润等,也大多个性鲜明,形象生动。

三

小说通过其内容及所塑造的一系列人物,尤其是楚暖暖、旷开田、詹石磴、青葱嫂等所表达的主旨大致有以下几点:

(一)展现了在现代都市文化冲击下乡村社会所发生的巨大变革。

楚王庄本是一个相当闭塞的乡村,但随着市场经济的发展,一方面,一些像楚暖暖那样的青年进城打工,直接感受到了现代都市文化,并为之吸引——"城市里的生活实在精彩,那儿对她的吸引真是太大了,一想到要成年累月地就在这楚王庄和开田在一起过日子,她的心里就有些不甘。也许以后娘的身体彻底恢复之后,自己还是可以再出去打工的。"① 另一方面,随着楚王庄因谭文博对楚长城的发现而出现的旅游前景,省城五洲旅游公司进驻楚王庄,薛传薪代表公司与楚暖暖合作开发度假屋,发展旅游业,这既给楚王庄带来了资金、先进的管理方式、物质文明以及外面世界的信息等,从而使楚王庄人开阔了视野,得到了物质实惠,走出了贫困;又给楚王庄带来了城市的奢侈与腐败以及其他负面的东西,以至于使楚王庄人固有的淳朴、自然、美好的人性也发生了改变——麻老四偷藏私房钱去赏心苑找按摩女,得了脏病;16岁少女萝萝做按摩女挣钱怀孕;在楚暖暖就旷开田与悠悠私通质问旷开田时,旷开田理直气壮地说"如今这种事在城市里多了去了……眼下城里有权的男人,没有几个没情人的!"②"周大新用他自己独有的笔触为我们展现了一个生机勃勃却又危机四伏的乡村社会的缩影。"③

---

① 《湖光山色》,第16页,作家出版社2008年版。
② 《湖光山色》,第284—286页,作家出版社2008年版。
③ 王兆彬:《评周大新的〈湖光山色〉》,《学语文》,第33页,2010年第2期。

(二)提出了农村在现代化的过程中如何处理物质文明与环境保护、物质文明与精神文明的矛盾等问题。

楚王庄在现代都市资本及文化冲击下发生巨大变革的过程实际上是一个现代化的过程,而"'现代'将带着人们希望和不希望的一切如期而至,它像空气一样弥漫四方挥之不去"①——现代化的介入使中国很多像楚王庄一样的乡村富裕起来,但在富裕的过程中,很少能既保存乡村自然生态的完美与和谐,又融汇人文情怀,而更多的则是像楚王庄一样,游客丢下的白色垃圾遍地皆是,本是用作耕种稼穑的良田被毁坏,村民的房子被强拆,珍稀动物被猎杀。不仅自然生态被破坏,而且人文生态也遭破坏,如楚王庄原有的淳朴之风不再,传统的伦理道德日渐丧失,患难夫妻不能同享富裕或随着彼此依赖性的消减而各自"独立",从而导致家庭解体;赏心苑恶意宰客,饭费和服务费加在一起收一餐一万八千八……楚王庄的"湖光山色"随之"褪尽它最后的诗意"②,"这暴露了在经济发展的背后,乡村社会面临着人文素质和精神品格的危机。如何处理物质发展和精神危机的矛盾成为一个值得深思的话题,周大新在《湖光山色》结尾对此作了理想化的处理,让楚王庄的人既享受现代物质文明又保留住原本淳朴、善良的民风,这也许正是乡村社会现代化过程中要追寻的方向"③,从而警示"我们不仅要保持大自然的生态平衡,也要保持精神世界的生态平衡,否则,即使是处在生态良好的自然环境下,人类也不可能获得和谐自由的心境。"④

(三)揭示了权力和金钱的危害性。

詹石磴在任村主任时,俨然是楚王庄的神——他不仅可以任意欺压、勒索他人,而且谁也不可以忤逆他;楚暖暖拒绝嫁给他的弟弟而以出人意料的方式嫁给旷开田,在他看来,"这是反了,是真真要反了,自从他十几年前当上主任以

---

① 孟繁华:《乡村中国的艰难蜕变——评周大新长篇小说〈湖光山色〉》,《名作欣赏》,第 99 页,2009 年第 3 期。
② 孟繁华:《乡村中国的艰难蜕变——评周大新长篇小说〈湖光山色〉》,《名作欣赏》,第 99 页,2009 年第 3 期。
③ 李翠萍:《乡村社会的变与恒——试析周大新的小说〈湖光山色〉》,《理论界》,第 143 页,2011 年第 4 期。
④ 贺绍俊:《接续起乡村写作的乌托邦精神——评周大新的〈湖光山色〉》,《南方文坛》,第 50 页,2006 年第 3 期。

来，从无人敢如此公然和他作对，真是反了天了！"①随后，便利用一切机会打击报复楚暖暖，几乎不想给她以活路。旷开田在脱贫致富、当上村主任之前，无主见、无大志、无自信、易于满足、对楚暖暖言听计从，在脱贫致富、当上村主任之后，贪得无厌、骄奢淫逸、专横跋扈、无情无义，在其身上，相当充分地显现了权力和金钱对人所起的异化作用。楚暖暖原本淳朴，如谭文博初次到访要付楚暖暖报酬时，楚暖暖的回答是"要啥子报酬，你要实在想去，我领你去一趟就是，走点路还能要钱？"②"借个宿，吃顿饭，在我们这儿是不收钱的，谁没有个出门求人的时候？你只要不嫌弃俺们乡下人就行了。"③但沉重的债务负担又使她不得不"精明"起来，于是，在谭文博要付她报酬时，"她把票子捏了一阵，想推辞，又不舍得，迟迟疑疑犹犹豫豫地装进了衣袋。"④在尝到了靠接待游客赚钱的甜头后，她便想着赚更多的钱，并明确地对旷开田说："你想没想过，随着报纸上有关这石墙的文章的增多，以后还会有人来的事？想没想过靠这个老辈子就有可谁也不在意的石头长墙，咱真有可能大赚一笔钱？"⑤在发现有些游客为了省钱而在山上支帐篷露宿时，她便想，"这些人的钱也必须要赚，你既然来到了楚王庄，就得留下点钱来。"⑥在看到让游客摘玉米棒子能赚钱时，她随即想到可以开发一个"种玉米棒子赚钱"的旅游项目。本来，她对"村主任"那个职位没有任何想法，可很快又意识到：詹石蹬之所以能为所欲为，就是因为占据了那个职位，自家要想不受詹石磴欺负，就得让旷开田当上村主任，随即不惜耍手腕来达到此目的。权力和金钱也使其他人，如九鼎、麻老四、黑豆叔等异化了，如他们都想着各种方式赚钱，麻老四自告奋勇要扮演《离别》中的楚王以体验王者至尊的威严，九鼎也曾觊觎"村主任"那个职位。由此可见，权力和金钱对人的戕害具有普遍性，同时，也深入骨髓，达到了"人性"的层面；权力和金钱一旦为素质不高的人所掌控，不论是对掌控者本人而言，还是对他人甚或民族、国家而言都是灾难。

---

① 《湖光山色》，第 60 页，作家出版社 2008 年版。
② 《湖光山色》，第 92 页，作家出版社 2008 年版。
③ 《湖光山色》，第 96 页，作家出版社 2008 年版。
④ 《湖光山色》，第 96 页，作家出版社 2008 年版。
⑤ 《湖光山色》，第 108 页，作家出版社 2008 年版。
⑥ 《湖光山色》，第 143 页，作家出版社 2008 年版。

(四)揭示了中国尤其是在农村反封建斗争和精神启蒙的任务的艰巨性和艰难性以及当下继续反封建和精神启蒙的必要性。

在楚王庄,从楚文王赟到旷开田,中国的历史发展了几千年,但王权意识和人治传统等封建主义的东西并没有得到根本性的改变——旷开田虽然是民众选举出来的村主任,但那种民众选举本身也有问题,如楚暖暖拉选票的方式在一个民主社会就不是合法的,因此,民众选举并不就是真正的民主,也不能实现真正的民主;也不是真正的法制——法制只是其表象而人治才是其本质。旷开田在当选村主任后,对扮演楚王赟,刚开始时,他还推辞,但演出几次后,便乐此不疲、陶醉其中,甚至"下意识地将自己作为楚王庄的'王'了。他不仅溢于言表而且在行为方式上也情不自禁地有了'王'者之气。他对企业的管理、对妻子的情感、对民众的态度以及对情欲的放纵等等,都不加掩饰并越演越烈"[①],如"有一天表演时,麻老四站错了位置,在改正错误的慌乱中又不小心撞了一下开田,照说开田不吭声就能把这个错误掩饰过去,不想他突然将眼一瞪,怒喝了一声:来人,把他给我拿下!众人闻声都惊住了,因为原定的表演内容里根本没有这个拿人的安排,连站在一旁的薛传薪和暖暖也目瞪口呆……随着演出场次的增多,开田是演得越来越自如了。举手,投足,眼神,面色,完全像一个手握生杀大权的楚王了。"[②]导演问他演楚王有什么感受,他想了想说:"就是心里觉着很快活,眼见得那么多的人都簇拥着你,都对你毕恭毕敬,无人敢对你说半个不字,他们都是你的臣民,你可以随意处置他们"[③]。从旷开田身上,我们可以看出,时代虽已变迁,但旧剧可以重演;中国最后一个封建王朝虽然灭亡近一个世纪了,但封建意识在国人的脑子里仍然根深蒂固。

同时,民众蒙昧的精神状况也没有得到根本性的改变——詹石磴在任村主任时,为讨好他,村民在农忙时宁愿放弃自家的活不干而去帮詹石磴家干活,暖暖爹一见詹石磴就诚惶诚恐,明知女儿喜欢旷开田,但还是亲口答应把她许给詹石磴弟弟詹石梯;旷开田在第一次到詹石磴家时,不禁诚惶诚恐;旷开田在任村主任时,黑豆叔为弄块宅基地而任凭其敲诈,青葱嫂和九鼎等被强拆房子

---

① 孟繁华:《乡村中国的艰难蜕变——评周大新长篇小说〈湖光山色〉》,《名作欣赏》,第99页,2009年第3期。
② 《湖光山色》,第244页,作家出版社2008年版。
③ 《湖光山色》,第244页,作家出版社2008年版。

但都不敢反抗；詹石磴在村主任换届选举时怕落选，低三下四地求楚暖暖不让旷开田参与竞选；旷开田要参与竞选村主任，但又怕在落选后遭詹石磴的报复；九鼎要参与竞选村主任，但又担心落选；农民的奴性、胆小怕事由此可见一斑。在"除草剂事件"发生后，旷开田的父亲气得生病住院，旷家可谓祸事连连，但其乡亲邻里，除青葱嫂外，所有的人不是伸手相助，而是争相索债，而且是穷追不舍、苦苦相逼，甚至还有人趁火打劫，如麻老四；无论是詹石磴，还是旷开田，在当上村主任之后都不是把手中的权力用于为村民排忧解难，而是将之私有化与商品化，用作换取别人物质、情感或人格的工具，谁想从他那里获取点什么，即使是合理的，也要付出代价；农民的自私、冷漠、卑劣由此可见一斑。旷家在开始迈向富裕时，不少人都满怀妒意，并以言语相讥；作为村主任，詹石磴对楚暖暖家的致富不是积极鼓励而是嫉妒和敲诈；旷开田为了报复詹石磴对自己妻子的强行占有，让贫病交加、生命垂危的詹石磴眼睁睁地看着自己的女儿被迫卖身，并恶语相加；农民的狭隘由此可见一斑。楚暖暖和旷开田合谋给村民开了一张让每户人家一年的收入增添三到五百块的空头支票，村民便选旷开田做村主任；旷开田在竞选连任村长时，尽管村民知道他比詹石磴更坏，但在得了省城五洲旅游公司的一些小恩小惠后，还是选他做村主任；农民的目光短浅、贪图小利、无责任感等由此可见一斑。为了报复楚暖暖和旷开田的合谋篡位，詹石磴将自己与楚暖暖发生关系的事情以歪曲的方式告诉给旷开田；农民的心地阴暗由此可见一斑。楚暖暖为了救丈夫不是拿起法律武器而是选择自我牺牲；农民的愚昧由此可见一斑。在像楚王庄的这种环境里，无论是谁做村主任，最终都免不了被塑造成詹石蹬或旷开田那样，旷开田取代詹石磴只是换汤不换药；物质上的极大丰足不但不能使人获得精神层次的提升，反而诱使了其人性中的恶的泛滥。

由此可见，从五四开始的反封建斗争和精神启蒙的任务并没有完成，当下继续反封建和精神启蒙仍大有必要，对国民尤其是农民的思想改造是一项长期的任务；"如果不对乡村进行新的思想启蒙，乡村的经济变革与农民精神人格的嬗变都将举步维艰"①，"周大新以他对中国乡村生活的独特理解，既书写了乡村

---

① 曹书文：《乡村变革与思想启蒙的双重变奏——评周大新的〈湖光山色〉》，《河南师范大学学报（哲学社会科学版）》，第172页，2009年第3期。

表层生活的巨大变迁和当代气息,同时也发现了乡村中国深层结构的坚固和蜕变的艰难。"①

（五）揭示了中国女性尤其是农村妇女获得解放的艰难及其主要原因。

楚暖暖可以说集中国古今农村妇女的优长于一身,几乎可以说是新时代的圣母,同时,事业有成,并一直在人生路上奔波着寻找属于自己的幸福,但最终却灾难深重:先遭到来自乡村权势的欺压污辱,后来遭到来自家庭的欺压污辱,再后遭到来自乡村新生恶势力的欺压污辱;最后,虽然给她带来污辱的一切均获恶报,但她自身并未获得幸福——破碎的家庭永远无法再完整,在亲手让自己所选择并扶持的丈夫戴上手铐之时,其心中的悲苦可想而知;每做一件事,必要遭到一次伤害,其结果与其期盼的相差万里;由此可见,中国女性尤其是农村妇女的命运是多么具有悲剧性,中国女性尤其是农村妇女要想获得解放是多么艰难。

中国女性尤其是农村妇女获得解放的艰难的原因固然很多,但男尊女卑的传统观念的影响是主要原因。在小说中,楚暖暖虽然有文化、有思想、有魄力,家里家外一把手,"是乡土中国再生的开拓者"②,但在村主任换届选举时,却让在各方面都远远不如自己的旷开田去竞选,这实际上是其男尊女卑、男主外女主内的观念在作怪——她在鼓动旷开田去竞选时明确地说:"真要当上了主任,咱就再也不用受他詹石磴的气了。再说,这也是让你们老旷家荣耀的事,你们旷家过去有人当过官吗?"③由此可见,男尊女卑、男主外女主内这样的观念已内化为她的无意识了;她愈是积极主动地为开田竞选村长设计、谋划,她的这种无意识便愈是暴露无遗。其他人与楚暖暖观念大抵相同——正是这种潜藏在人们内心深处的男尊女卑的观念,注定了包括像楚暖暖这样优秀的女性的悲剧命运。

四

从艺术表现的角度来看,小说主要具有如下特点:

---

① 孟繁华:《乡村中国的艰难蜕变——评周大新长篇小说〈湖光山色〉》,《名作欣赏》,第 97 页,2009 年第 3 期。

② 陈晓明:《当下乡村的现实——评周大新的〈湖光山色〉》,《时代青年(月读)》,第 29 页,2009 年第 1 期。

③ 《湖光山色》,第 187 页,作家出版社 2008 年版。

（一）结构别致，内容深沉浑厚。

小说用中国文化中的五行串起故事的脉络，同时又将楚王庄有关楚国的传说穿插其间，从而形式和内容、日常性叙事和人生故事、时代的文化形象及其变异、民间性和寓言性的内容交融在一起，写出了农民难于摆脱周而复始、阴阳五行相生相克的循环命运——当旷开田穿戴上楚王赟的衣冠袍服，与同村其他农民一起为游客们表演当年楚王赟举办祭拜大典仪式后"离别"的节目时，楚王赟的阴魂已悄然依附其身，旷开田成为土霸王最终也就不可避免了。

（二）乡土气息浓郁。

小说人物的名字大多很"土"，具有乡土性，如"青葱、黑豆、开田、石磴、禾禾"等。

人物的语言朴实、自然，具有乡土性，如楚暖暖的奶奶是这样叮嘱她的："天黑，你娃子骑车带暖暖可要小心，去聚香街的路都在湖边，你们走路时，不要说惹湖神不高兴的话！记住没？"①

暖暖爹是这么开导她的："暖暖，咱可不能眼界太高，你要记着咱是庄户人家，没有挑三拣四的本钱！乡下姑娘找婆家，无非是看两条，一个是看这家人富不富，富了你以后不会吃苦；再一个就是看男的有没有力气，有力气日后才能把个家撑住。至于其他，都是瞎扯，光知道挑脸相长得好的，长得好就能当饭吃？"②

詹同方是这么骂旷开田的："你个小杂种，为赚那点钱敢把这么多地里的庄稼毁了，还有没有点良心？你叫俺们喝西北风呀！"③

……

从而整个小说显现出浓郁的乡土气息。

（三）多方面地刻画人物心理。

1. 通过人物的语言来刻画其心理。

小说是这样通过描写旷开田的语言来刻画其心理的：

在导演问及他饰演楚文王赟的感觉时，旷开田是这样回答道的："就是心里

---

① 《湖光山色》，第 7 页，作家出版社 2008 年版。
② 《湖光山色》，第 25 页，作家出版社 2008 年版。
③ 《湖光山色》，第 54 页，作家出版社 2008 年版。

觉着很快活,眼见得那么多的人都簇拥着你,都对你毕恭毕敬,无人敢对你说半个不字,他们都是你的臣民,你可以随意处置他们"。由此,其人性深处的阴暗、权力对人性的腐蚀以及他对权力的迷恋便昭然若揭了。

小说是这样通过描写楚暖暖的语言来刻画其心理的:

在楚暖暖自嫁给旷开田那天,她父亲赶到旷家闹了一场后,小说这样写道:"开田转对暖暖说:你去屋里歇着吧,这都是咱预料到的,没啥,自己的爹,骂一句打一下没啥不得了的。暖暖苦笑了一下:这不是我最担心的,我就怕主任家——"①楚暖暖的回答把其深层的恐惧心理刻画了出来,让人深深地感到乡村权势的阴险与恶毒。

2. 通过人物的行动来刻画其心理。

如,旷开田在得知楚暖暖与原村主任詹石磴发生过性关系后,不问任何缘由就将她暴打一顿——这把旷开田内心的男权主义思想淋漓尽致地揭示了出来。

又如,旷开田在詹润润无处借钱为其父亲詹石磴治病,甘愿牺牲自己的爱情、出卖身体时,让中风瘫痪的詹石磴亲眼看着她受人凌辱——这把旷开田阴暗而又强烈的复仇心理淋漓尽致地展现了出来。

3. 直接刻画人物的心理。

小说这样描写了楚暖暖的一些心理:

楚暖暖在第一次见旷开田时的心理:"开田边说边从衣袋里又掏出一块糖递到了暖暖手上……她记住了开田,记住了这个秋天。"②

楚暖暖在因旷开田的混账举措而离开家几天后回家碰到旷开田和悠悠鬼混时的心理:"暖暖……见他脸上的笑容还没消退,心里就又有些难受:自己没在家,他倒是高兴着哩,满脸都是笑纹!"③

最后在幻觉中对旷开田的心理:"那是正向远处走的一队前呼后拥的人,有男有女有仪仗,在队伍中间走着的那个人分明穿戴着楚国君王的服饰,像极了旷开田扮演的那个楚王赟……人影越走越远了……楚王赟,是你吗?是你就请

---

① 《湖光山色》,第 40 页,作家出版社 2008 年版。
② 《湖光山色》,第 11 页,作家出版社 2008 年版。
③ 《湖光山色》,第 257 页,作家出版社 2008 年版。

走远点,走得越远越好……越远越好…"①

通过这些描写,小说把楚暖暖对旷开田从刻骨铭心的爱到刻骨铭心的恨的情感历程逼真地描摹了出来。

(四)地域文化色彩浓郁。

小说的故事发生在楚国故都的所在地——楚王庄;主要人物,如楚暖暖、旷开田、詹石磴、青葱嫂等都是楚王庄人,他们在楚文化的浸润下长大又体现着楚文化的不同特质,如楚暖暖"美丽、善良、刚强、聪慧……具有了楚文化中女神的特质……暖暖给人们的印象就是温柔的,其内在美和外在美都体现着楚文化多情浪漫的一面。詹石磴……对暖暖的打击报复,几欲使暖暖陷于绝境……是楚文化霸道一面的最好体现……旷开田……更是楚文化霸道一面的'优秀'代表——权力霸道、情欲霸道、利益霸道"②。

五

小说也存在着一些不足之处,具体地说:

(一)情节设计及人物描写过于简单化或老套,"缺乏对乡村苦难和文化衰败的深刻书写"③。

如楚暖暖本是很精明的,却上当受骗买了假除草剂;深陷债务的楚暖暖一下子抓住商机,并很快富了起来,这不太现实,也不能令人信服;楚暖暖和旷开田之间关系的发展变化实际上是中国传统文学作品,如元杂剧、明传奇中的"贫贱夫妻侍,夫贵相别离"的复现;小说最终结局是"善有善报,恶有恶报",有些牵强——一个拥有广泛社会关系的旅游公司,一下子就被公安机关轻而易举地处理掉了,这未免与现实差距有点大,"这是作者出于对读者阅读需求的考虑,为满足读者的'期待视野'所作的一个艺术处理,属于写作层面上的一个尾声与结局,而不是生活发展的逻辑与必然。"④

(二)楚暖暖、青葱嫂等主要人物过分理想化——楚暖暖美丽、勤劳、善良、

---

① 《湖光山色》,第361页,作家出版社2008年版。
② 刘月新、何文娜:《论〈湖光山色〉的楚文化底蕴》,《飞天》,第26—27页,2011年第4期。
③ 杜昆:《家园的想象与守望——评周大新的〈湖光山色〉》,《宜宾学院学报》,第46页,2009年第9期。
④ 覃新菊:《丹湖之光与善的脆弱——〈湖光山色〉的生态意味》,《鄱阳湖学刊》,第116页,2009年第3期。

有爱心、有智慧、能忍辱负重,简直像个圣母,这削弱其真实性;青葱嫂更是几乎十全十美——如果是她首先遇上谭文博,她肯定也能像楚暖暖一样发家致富,且其心灵又显得比楚暖暖更为"完美"。而"主要人物过分理想化,这是现代小说所回避的方法,现代小说倾注笔力去表现生活的绝望感,去描写人性的痛楚和分裂,去写出生存破碎的真相。"①

(三)人物形象的性格展开逻辑交代不清,如对楚暖暖,小说一开始就写她对金钱,对商业的东西是念之思之的,就是她始终想要有钱,要过城市里面有尊严、很体面的生活,似乎把她写成了一个被金钱所物化的人,但后面又强调她始终是一个乡村道德的维护者;尽管她特别强调致富,但是她强调致富要有一个底线,而对她从商到善的描写中缺乏一个必要的、清楚的交代;小说没有描绘出她自身成长的力量,而是借助外力来改善她的处境②;她"应该有更丰繁复杂的内心世界,尤其是在维护淳朴的乡村伦理时面对的是自己的丈夫,她应该有惊心动魄或细腻微妙的心理挣扎。"③又如,在小说中,旷开田性格变化太突兀、太快,没有必要的细节描写,没有把其"人性嬗变"的因由、过程及心理历程描摹出来,"作者虽然通过旷开田人性的嬗变描述批判了乡村文化的劣根性,但是,这种批判和反思被作品具备的浪漫因素所笼罩,甚至遮蔽了。"④

(四)"小说中有很多触角可以伸开,比如……楚王历史文化基因,它有所涉及,但是它浅尝辄止;小说中提到的那个寺庙里的和尚只是以预言的身份指点几句,好像就是他对每个人的人生都了熟于心,不动声色的给人指点几句然后一一应验。其实这也是作家想要表达的一种超脱一点的,具有文化品格的东西;但是也没有完全展现出来,所以让人觉得这里面有很多头绪,作者都是稍微押一下就放回去了"⑤"暖暖的形象和薛传薪的形象都具有一定的新意,但是却落入旧的故事窠臼,充满了性格逻辑悖论,或是没有很好地展开,没有呈现人物

---

① 陈晓明:《当下乡村的现实——评周大新〈湖光山色〉》,《时代青年(月读)》,第29页,2009年第1期。
② 参见张丽军、马兵:《一部新意与遗憾并存的"未完成"小说——关于周大新〈湖光山色〉的对话》,《艺术广角》,第30—32页,2009年第5期。
③ 杜昆:《家园的想象与守望——评周大新〈湖光山色〉》,《宜宾学院学报》,第47页,2009年第9期。
④ 杜昆:《家园的想象与守望——评周大新〈湖光山色〉》,《宜宾学院学报》,第47页,2009年第9期。
⑤ 张丽军、马兵:《一部新意与遗憾并存的"未完成"小说——关于周大新〈湖光山色〉的对话》,《艺术广角》,第33页,2009年第5期。

自身性格的丰富性,不够通透。"①

不过,总的来说,小说尽管有这些不足之处,但仍不失为一部优秀之作,"是一部摆脱土地束缚而在乡村写作上有所突破的小说"②,"小说所构建的田园乌托邦为乡村写作开辟了一道亮丽的风景。"③

---

① 张丽军、马兵:《一部新意与遗憾并存的"未完成"小说——关于周大新〈湖光山色〉的对话》,《艺术广角》,第 35 页,2009 年第 5 期。
② 贺绍俊:《接续起乡村写作的乌托邦精神——评周大新的〈湖光山色〉》,《南方文坛》,第 47 页,2006 年第 3 期。
③ 贺绍俊:《接续起乡村写作的乌托邦精神——评周大新的〈湖光山色〉》,《南方文坛》,第 50 页,2006 年第 3 期。